忆风舞，情一诺

YIFENGWU QINGYINUO

猫音 著

上册

青岛出版社
QINGDAO PUBLISHING HOUSE

图书在版编目（CIP）数据

忆风舞，情一诺 / 猫音著. -- 青岛 : 青岛出版社,
2018.6
ISBN 978-7-5552-6642-6
Ⅰ. ①忆… Ⅱ. ①猫… Ⅲ. ①长篇小说－中国－当代
Ⅳ. ①I247.5

中国版本图书馆CIP数据核字(2018)第012602号

书　　名　忆风舞，情一诺
著　　者　猫音
出版发行　青岛出版社
社　　址　青岛市海尔路182号（266061）
本社网址　http://www.qdpub.com
邮购电话　010-85787680-8015　13335059110
　　　　　0532-85814750（传真）　0532-68068026
责任编辑　郭林祥
责任校对　耿道川
特约编辑　戚兆磊　伊艳蝶　袁　贞
装帧设计　苏　涛
印　　刷　三河市南阳印刷有限公司
出版日期　2018年6月第1版　2018年6月第1次印刷
开　　本　16开（700mm×980mm）
印　　张　36
字　　数　463千字
书　　号　ISBN 978-7-5552-6642-6
定　　价　99.80元（全二册）

编校印装质量、盗版监督服务电话　4006532017　0532-68068638
建议陈列类别：畅销·古代言情

忆风舞

目录【上】

情一诺

忆风舞

目录【下】

情一诺

第一章
弹指韶光过

龙月国，蜀地。

蜀地是从龙月国的北方前往都城离都的必经之处，此城与离都相去不过百余里，气候却与离都有着天壤之别。离都多山，高峻秀美，四季如春；蜀地却是一年之中有三个季节白雪皑皑，放眼之处，树木屋檐多悬有剔透冰凌，倒也是不同于离都的另一番美景。

大雪纷飞中，一辆马车缓慢地朝蜀地驶去。

“师父，快进城了。”车内飘出的声音，糯软中带着刚睡醒的惺松。

而后有人掀开厚重的车窗卷帘朝外面瞧了眼，咝地倒吸一口气，“哎呀，外面好冷。”

相对车外的风雪交加，车内暖气烘烘，袅袅地萦绕着檀香的清淡气味。身穿火红长裙、十七八岁模样的姑娘趴在车窗上，透过卷帘的缝隙瞧着车外雪景，不时回过头冲车内另一人咧嘴笑笑，露出两颗小虎牙，眼神中带着一种说不出的灵逸之气，乌黑的眼珠子转起来极是可爱。

车内那人阖眸倚在软榻上，一袭雪白的长袍与女孩火红的衣裙形成鲜明对比，如墨发丝一直蔓延到榻上，单手撑着额头，整个人都散发出流光水月般的清雅。

闻声，那人缓缓睁眼看着女孩笑眯眯的侧脸，修眉凤目，黑如点漆的眸子，清润如水的目光透露着睿智与从容，细长的眼角又给整个人平添了独有的勾魂味道。

“唉，还是好慢！”女孩泄气地端坐回位置，不满地嘟着嘴巴，“这才到蜀地，几时才能到离都？”

“莫闹，很快你就能见到无影。”那人启唇，碎玉一般的声音。

女孩突然一顿，若有所思地瞧着自己的师父，“谁说我是想见无影大哥？只是这长路漫漫，实在是熬不住了。”

那人却不看她，又阖起眸子。

尘无影吃了个哑巴亏，心道自己虽然的确如外界说的那样有点不务正业，但好歹也是武林第一庄尘家庄的庄主，哪有这丫头想的那样没有责任感和游手好闲?

碍于圣音双眸里的警告，尘无影只得闭嘴轻哼了声。

其实绝舞好奇的不是什么秘籍，这些都与她无关，她好奇的是，本该在云游山水的他们，为何会因一纸飞鸽传书就千里迢迢前往离都并即将留在蜀地。

她有满肚子的疑问，可一路上只要提及这个问题就会被师父搪塞过去，想到这里，她颇有些怨念地瞅了瞅圣音。

圣音垂眸不知在想着什么，如玉的指尖轻抚着骨瓷杯沿，煞是好看。

绝舞瞧他纤长如扇的睫毛下浅浅的阴影，想起这些时日在路上奔波，因为自己的多管闲事给师父添了不少麻烦，不禁有些心疼。而她又因认床的原因在车上睡得极不安稳，好多次夜里都能感觉到有人在为她掖被子，想来，师父并没有休息好。

许是感受到绝舞的视线，圣音抬眸，眼底的温柔一闪而过，“丫头一路也累了，先去休息。”

他的声音清淡，却低低柔柔，像是轻羽扫过她的心尖儿，她忍不住地轻颤。

她急忙收回视线，抚过脸颊边的发丝以掩饰自己的失态，喝了口水站起来，“嗯，师父晚安，无影大哥晚安！”话还没说完，人已消失在屋内。

“这丫头怎么了？突然就变脸了啊。”无影莫名其妙地瞅了瞅圣音，忽然轻叹道：“唉，老了老了，越来越不知道现在的孩子都想些什么。算起来，她跟着你也有十年了吧？”

圣音薄唇拂过一抹淡笑，“嗯，时间过得很快。”初见她时，她还是个六岁的小丫头，他那时也不过十七岁。

他们相遇的那夜，正是焰门的毁灭日。

那夜很静很静，死寂萦绕着整片大陆，焰门方圆一里之外都能听得到木头噼里啪啦燃烧的声音，满城尽是让人难以忍受的窒息和血腥。

他找到她时，她正蜷缩着身子躲在焰门后山的大石缝里，见到面前的他，满脸的惊慌与无措，牙齿狠狠地咬着嘴唇不住颤抖，似要将所有的痛苦都咽到肚子里，泪水在眼眶里打转，却倔强得不肯流出一滴。从未有过的怜惜就那样缓慢漾过心头，他轻轻地将她抱在怀里，看着她因隐忍而涨得通红的鼻尖，轻拍着她的后背安抚了许久，她才伸出小手紧紧抓住他的衣袖，直到入梦都没有再松开。

她在床上躺了整整一个月，醒来之后却什么都记不起来。

他想过要医治她，但每每听到她咯咯的笑声都会觉得，其实忘记一切何尝不是一件好事？焰门已是过去，没有人知道她的身份，这样无忧无虑的生活或许才是她最好的选择。

无影轻叹，也在想着同样的事情。绝舞这么多年都没记起什么，看来不会再想起来了。其实他也认为这样对于她是最好的选择。

“你支开舞儿，是有话要说？”

圣音抬起眸子，神色清淡，“吟依什么时候回蜀地？”

“瞧你急的，大概明早就到！”无影咧嘴一笑，不无暧昧，“我说你怎么支开那丫头呢，不会是在徒弟面前不好意思吧？”

圣音眉头微微一蹙，“不要在她面前乱说。”

绝舞抬头看着非常大气的牌匾——明月山庄，一时之间有点缓不过神儿。如果她没记错，刚一路过来，没少见到路边的明月绸庄，绸庄里的人络绎不绝，生意似乎非常好的样子。他们现在是要拜访那个绸庄的主人？

绝舞指了指大开的府门，“我们去这里找人？”

无影挑着眉梢，喜气洋洋地朝她眨眼，“当然是找人，而且是找个熟人！”说罢，无影俯身在绝舞耳边轻轻道：“告诉你个秘密，其实这个明月山庄真正的主人是你师父。”

绝舞瞠圆了眸子，待尘无影和圣音走远，才反应过来直追上去。

蜀地第一绸庄的名号不是白来的，这蜀地第一山庄的名号当然也不是空的。虽是大雪纷飞的季节，但从整座院落的构造和设计不难看出，若是春季到来，这里必是小桥流水、万花争艳的景象。

或许是整个府邸的气氛，或许是圣音自进府之后就一直沉默，也或许是无影似有若无的暗示，自从坐进大厅里，绝舞的心就没有安安静静地落下来过。

虽没有主人的迎接，但府里的下人们似乎都认识圣音，尤其与无影很熟悉的样子，婢女们侍奉茶水点心上来的时候，无影还会开几句玩笑，逗得侍女们捂嘴偷笑。

绝舞眼珠子骨碌碌转了转，想起方才进门时无影说是找熟人，这样想来也就不奇怪了。只是，这整座院落的景致和所散发出的气息，无不彰显着主人的韵味和雅致，这更像是女子的宅院，而非男子。

屋内桌上的熏香从香炉中袅袅升起，在空中旋成一朵朵的花儿，窗外的风呼呼吹进，将烟雾吹散开来，萦绕在厅内。

绝舞正坐立不安，屋外传来侍女们低低的传应声，很快有人走进来，笑眯眯道：“三公子，我家姑娘回来了。”

几乎是瞬间，绝舞就从座位上站了起来，后觉反应太过突兀，瞅了眼圣音又坐回去。

那侍女刚说的是“三公子”而非“尘公子”，那说明……她们是在给师父传话，找那位姑娘的是师父而非无影大哥……还来不及想下去，一道倩影已然跃入视线。

她一直跟着师父，因此也不常见到什么女子。但即便没见过多少，看到眼前的人，也只觉人间绝色便是如此。

那姑娘脱去外面繁厚的裘袍，婀娜的身段呈现，绛紫色的长裙，腰系玄蓝色的流苏玉带，如墨般的长发松松地绾成一个髻，一支碧绿的玉簪穿过发丝牢牢固定，两鬓恍若垂下几缕青丝悠悠地拂在颊边，面若梅花，眉如黛，清澈的星目正紧紧地凝望着圣音，碧波盈盈，满目相思。

“师兄。”

这一句轻喃带着几分颤抖飘进绝舞的耳朵，更像是一记警钟，她不自知地收紧了拳头朝圣音望去。

圣音流光水月般的面孔上依旧是浅淡的笑，只是眼眸中浮起的温暖让绝舞的心着实堵了一把。强烈的占有欲驱使她想要站在圣音身边宣告主权，可脚还未移动，一阵清香拂过，那姑娘已扑进圣音怀里。

她瞪大了眼睛，不敢置信地瞧着圣音怀里的女子，心想这世上竟还有比她更“不拘小节”的人。那女子并未太过失仪，只一瞬间便从圣音怀里起身，略显尴尬地抚了抚额角，“对不起，我只是……太……”

圣音愣了一瞬后勾起唇角，拍拍那女子的肩头，有些安抚的意味，“这两年还好吗？”

那女子眼眶微红，点头轻应了声。这绸庄因为有两个得力助手帮忙，经营得很不错。而她，除了太过于思念他，其他一切都好。

无影见那女子几乎快要有些控制不住自己的情绪，轻咳一声，“喂，要叙相思一会儿你们私下慢慢叙！这还有两个大活人站在这里，你们是要忽略我们到多久啊？”

女子脸上掠过一抹窘态，轻嗤，“就你不正经！”

无影抓过身后的绝舞推到两人面前，装模作样地咳嗽两声，“这就是圣音一直宝贝的徒弟。来，认识认识，反正以后嘛，定是常见面的。”

绝舞将无影的手从肩头拨开，乌黑的眼睛笑眯眯地瞅着吟依，“吟依姐姐好，我是绝舞。”无影大哥说这座山庄的真正主人是师父，而这位吟依姐姐又像主人一样住在这里，难道说，这座明月山庄是师父为吟依买的吗？

三人俱是一怔。

无影和圣音对看一眼。绝舞知道吟依的名字只有一个可能，那就是昨夜她并未离开，听到了他们的对话。

吟依只当圣音曾在徒弟面前提及过自己，满是忐忑的心霎时布满温暖，笑望着绝舞，“你好啊，小丫头。”或许，圣音并非如她想的那般对她无情。

绝舞咯咯一笑，凑到圣音身边圈住他的胳膊，吐了吐舌头，“只有师父叫我丫头，吟依姐姐还是像无影大哥一样叫我舞儿好了。”

吟依只当她是孩子心性，笑着应了声，却不知，在绝舞的心里，“丫头”这个称呼是圣音的独有权利。

圣音垂眸望着绝舞唇角的笑，微微出神，顿了一瞬，不着痕迹地将胳膊从她怀中抽出，顺手拍拍她的脑袋，眼底有着不自觉的宠溺。

“吟依，先让人带这丫头下去休息吧。”

吟依扬手招来侍女，却见绝舞皱着眉头满脸的不情愿，“我不累，不想去休息。”

无影盯着绝舞，想示意她不要打扰两人，绝舞不领情，扁了扁嘴，可怜巴巴地瞅着圣音，“师——父——我真的不想去休息，我不累。”师父摆明了支开她，她才不要走！

圣音平日清澈的双眸，此刻幽黑似深潭，定定地望着她没有开口。

她心里有些打鼓，若是往日她这样撒娇，师父定是百依百顺的，可是今天……

她抿着唇，眼里的水汽在圣音的沉默中愈积愈深，最后化为浓浓的幽怨之色，垂下眸子，深深地吸了一口气，蓦地转身跑开。

“喂、喂——这家伙！”无影朝吟依歉意地笑了笑，又瞪着圣音道：“你瞅瞅你把徒弟惯成什么样了。行了啊，你们聊，我去瞧瞧那家伙。”

许是女人天生的直觉作祟，方才绝舞眼底的幽怨深深印在了吟依心上。她也是女人，所以太明白那绝对不是一个徒弟看着师父的眼神。

突然撞进脑海的想法令吟依蓦然一震，这怎么可能？！她强迫自己静下心望向圣音，却见圣音温和的眉目间悬着一缕愁思，身上原本就淡雅的檀香更加浓郁地在屋内弥散开来，熏染着整个屋子，有种令人目眩的迷离。

她是他的师妹，脱离师门经营绸庄生意之前，他们一直生活在同一个门派，所以她太清楚他的情绪起伏。他由于所习武功，身体会自然散发出清淡的香味，只有情绪有所波动的时候身上的香味才会越发浓郁。

莫非，师兄也知道绝舞……可师兄这样的人，怎会允许这样荒谬和违背伦常的事情发生？

圣音在桌边落座，见吟依还愣在那里，笑道：“两年不见，反倒生疏了？”

吟依回神，压下心中异样，瞧圣音端坐在那里，悠闲恬淡，心道许是自己太过患得患失想得太多了。这样想着，心便放宽了不少，“你可算是我在这世上唯一的亲人了，怎么会跟你生疏？”

吟依是圣音师父柳钦的女儿，七年前柳钦弥留之际将吟依托付给圣音，从此，吟依不但是圣音的家人，也成了他的责任。柳钦对他不只有养育之恩，更有救命之恩，这样的恩情他不能不还。

想起父亲临终前的交代，吟依脸颊浮上一抹红晕，却见圣音似乎只是沉浸在过去的回忆之中，并未有任何回应。

心头一酸，吟依越发不安，正欲说些什么化解尴尬，圣音却抬眸笑望着她，“师父临终前给你的玉玲珑还留着吗？”

“留着。”吟依抑制不住地激动。她当然还留着，那是爹爹给他们的定情之物，她一个，师兄一个。师兄那只玉玲珑下的流苏是水蓝色，她的那只流苏是桃粉色。那是她身边与师兄有关的唯一一件东西，她怎会丢?

吟依见圣音的目光停在桌上一处，似乎只是单纯地盯着，又像神志早已游向天际。

顿了须臾，她抬手缓缓覆在圣音手背上，“师兄？”

吟依冰凉的指尖让圣音微微一颤，他并未抽开手，望着吟依凝脂般的手背，轻缓一笑，“我们下月成亲，如何？”按照师父的临终交代，今年，他该娶吟依为妻了。

这句话吟依等了十多年，就在这短短的时间里，她似是经历了春夏秋冬的冷热交替，酸楚瞬间蔓延全身，终是……让她等到了奢望已久的结果。

无影好不容易哄得绝舞心情好了些，听到丫鬟们说圣音已从大厅出来前往住处，急忙追了过去。

他好歹也是个正常的男人，如果说方才在大厅内看不出绝舞的情绪和眼神，那他也白在女人堆里混了！可是，这究竟是从什么时候开始的事儿？他不过两年不见舞儿，这家伙就生了这样的心思？还是说早早就有了，只是吟依的出现成了导火索?

无影心急火燎地找了一圈，最后却发现圣音只着单衣站在梅花园的亭子内。梅花随风飘落在他的身上，有些孤寂的意味。

“刚听丫鬟们说，你们下个月成亲？会不会太急？”

圣音沉吟了一会儿，“不会。”

“等到天暖和一些，岂不是更好？”无影也不知自己为何会对圣音这样的决定有些不支持。他只是觉得，似乎不应该是这样的结果，虽然昨天他还拿圣音和吟依打趣。

圣音侧眸望着无影，眸中有犹如琉璃的光，带了点不明意味的悠悠倦意，“早晚都是一样的结果，不如……”

无影几乎没有想便脱口而出道：“不如早些与吟依成亲，好断了舞儿的念想！”

圣音忽地静默下来，眯起眸子，目光微冷，“不要乱说。”

“你跟我是什么关系，这种事情连我也瞒？你若是早些告诉我，我将她带在身边，恐怕也不会出现这样的事情！”

外面的夕阳完全淡下去了，暮色渐浓，寒风呼呼。

面对无影的指责，圣音心底云潮翻涌，茫茫无际，脑海里百转千回，却始终找不到语言去反驳。

时光荏苒，冥冥之中十年的岁月弹指一挥间就这样过去了，他以为自己有足够的能力去阻止她的那份悸动，却不知，即便是他，遇到“情”这一字也失了章法，到头来不但让她情陷于此，也同样困住了自己。

“很快就会结束。”圣音凝眸望着远处寒梅，说话的声音如同上好的寒玉一般，清清凉凉，在这略显寂静的傍晚，让人微微发冷。

尘无影嗓音不高，却含着浓重的质疑，“你确定这是最好的结果？”

“且不说我与丫头的师徒关系，你知道我的真实身份，也知道她的真实身份，我们是不能在一起的。”虽说这些是一开始就存在的现实，第一次从嘴里吐露出来，他仍觉心里死灰般的寒冷，“与其酿成不能挽回的悲剧，不如以师父的身份一直守护在她身边。”

圣音脸上的萧瑟是尘无影近三十年来从未见过的，那样的落寞竟让他无法直视，忍不住移开视线。

不远处忽然传来翅膀拍打的声音，一只白鸽落于肩头。圣音取下信鸽腿上的字条，看完内容，拧了眉。

“怎么了？”

他指尖轻动，细长的字条瞬间化为灰烬消散在冷风之中，“日教动作倒是快，刚刚进了蜀地。”

“日教三年之前就开始蠢蠢欲动，严曦想必是要待时机成熟重振当年雄威。”无影轻嗤道，“他既然想迅速壮大，定不会错过任何拿到秘籍的机会。”若是传说中的秘籍在手，任何武林中人都将少奋斗至少二三十年。

一片梅花随风飘来，圣音信手拈来，花瓣在指间轻颤，他冷笑着松手，看着那一抹红消失在寒风之中，“严曦想要独吞秘籍，就肯定不会将消息散播出去。短时间内，我们需要专心对付的，也只有他而已。”

初更入夜，树梢上挂着的雪堆随着一阵凉风颤悠悠地坠地，银辉洒在一片雪白之上，照耀得夜晚竟如白昼般明亮。

悄静的院落里断断续续地传来吵闹声，偶尔还有瓷器碎裂的声音。

“你这家伙，别闹了！”

尘无影气急败坏的声音从大敞的门内传出，带着几分无奈和不知所措。

缓步前进的银靴悄无声息地停在门外，圣音看着屋内地上的一片狼藉，抬眸就见无影复杂地看着他，“你可算来了！”

无影落下这么一句话，转身离开，经过圣音身边的时候，悄声道：“她知道了。”

圣音愣了须臾，便撩袍迈了进去。

一只坠着桃粉色流苏的玉玲珑滚了几圈之后安静地躺在厚而绵软的地毯上。他没有看她，径直走进去拾起那只与他腰间配饰一模一样的玉玲珑。

火盆烧得正旺，木炭轻微的毕剥声成了屋内唯一的动静。

他垂眸看着手心里躺着的玉玲珑，仍未看她一眼，“吟依的玉玲珑怎么会在你这里？”

绝舞颤抖的指尖扶住桌边，使了十二分的力气才忍住翻腾的情绪。师父腰间坠着的玉玲珑这么多年都未换过，她有几次尝试着换副新的配饰给他，都被婉拒了。她本以为师父是因念旧，却原来……是因不舍。

自从傍晚她从大厅内跑出去后，他就没正眼瞧过她。她砸碎了屋里几件值钱的东西，他不过问，却独独问她如何拿到他的定情信物。

这么多年，无论她招惹了多大的麻烦，他哪次不是温言劝哄，最后替她收拾烂摊子？

原来，他不曾动怒，只因她未触及他的底线……

屋内被火盆烘得温暖如春，她却觉得身处冰天雪地之中，浓浓的寒，就那样一直沁到骨子里去。

她脸上阴一阵，晴一阵，却又不甘示弱，微微扬起下颌，稳住情绪，“是吟依姐姐刚才来我屋里落下的。”她没有说谎。刚才吟依见她没有去用晚膳，便端着粥与小菜给她送来，她只是无意间瞥见吟依腰间的配饰拿来看看，吟依走时忘记带走而已。

她侧首，默默直视着他，目光中闪烁着很多复杂的情绪。

她知道他不信。玉玲珑是吟依与他的定情信物，这么多年不曾离身，怎会突然落在这里？况且吟依不懂武功，而她是江湖上小有名气的“红刹”，将玉玲珑从吟依身上悄无声息地取下对于她来说轻而易举。

“你已经过了任性的年纪，我不会永远为你善后，你要闹到几时？”他的声音很轻，好像一块薄冰突然碎裂。

温文又近乎冰冷的声音，伴着夜间微凉的空气，让她有着沁入骨髓的冷意。

她轻笑一声，眼角有泪珠滑落，声音中是控制不住的颤抖，“不会永远为我善后？当然。呵，师父马上就要成亲了，今后她才是师父应该去关心的人。所以，你现在迫不及待地想要把我扔掉，对不对？”

她以为他是因为拜谁所托才来到蜀地，没料到却是成亲这样的事情！

有一些东西，似乎在这句指责脱口而出后蠢蠢欲动。

他终于抬眸，漆黑的眸子对上她早已模糊的双瞳，心蓦地一紧，唇角却浮起一抹莞尔的笑意，“就因为这个你摔了这么多东西？你是我的徒弟，一日为师终身为父，哪有扔掉自己孩子的说法？”

这么多年了，那些几乎快要浮出水面的秘密就这样在他的一句轻描淡写中，不着痕迹地被化为乌有。

她失神地背过身去，蓦地闭上眼。

在师父心里，她始终是个徒弟。

他的所有容忍和宠爱，都只因，她是个孩子。

这些年，他的过分溺爱和无微不至，让她误以为他对她至少是有一些男女之情的。她不是没有想过他们的师徒关系，可是，她不怕流言蜚语，如果他愿意给她承诺，天上人间，她都会陪他走一遭。

可是……她再深的情，在他的无情面前，也终究不过一场闹剧。

唇角不禁浮现出一抹嘲笑。她像个孩子般抹去眼角的泪水，喃喃道：“我本以为师父如今要成亲，嫌弃我总是闯祸，所以想丢开我。看来不是这样……是我多心了。”说罢，她吸吸鼻子，扬起头勉强撑起笑脸，笑眯眯地瞅着他，“对不起，是我太任性了，我现在就把这个还给吟依姐姐。”

她走过去伸手就要去拿他手心的玉玲珑，谁知他收回手心，“我还给她就好。”

“那也好。”她怔怔地望着他轻晃的袖袍，小脸儿上呈现出莫名的凄凉。

“丫头。”他垂眸望着她，眼底闪过淡淡的伤，迟疑而又矛盾地缓缓抬起手，掌心覆住她流过泪水的冰凉脸颊。

她不着痕迹地侧开脸走到门边，任他的手僵在原处，“闹了半天怪累的呢，我先休息啦，师父也快回去睡吧。”

他不禁苦笑。想起今晚来找她的真正目的，被她这样一搅和反倒给忘了，“教给你的凤玥剑练得怎么样了？要学会自保就要有一定的根基。你之前的功夫也只够应付那些不会武功的贪官污吏，若真碰上江湖中人，定是要吃亏的。”

“我会好好练的，师父放心，今后舞儿一定不会再给你惹麻烦。”她看着门外，“师父慢走，不送。”

不知是谁将三公子此刻在蜀地的消息传了出去，龙月国各地忽然很多的人赶往蜀地，有些是为着三公子的名号纯粹想要一睹真容，有些是江湖各派之人，想要切磋武艺。蜀地一时之间热闹非凡，本就不大的城，因大量游客涌入，导致各个客栈一夕之间爆满。

蜀地最大的安乐客栈，三层之高，百余客房，如今人满为患，新进客人几乎无落脚之地。坊间小民闲来无事最爱八卦，尤其是在这种聚众的地方。

“大家能凑在这里，那就是有缘人！你们，还有你们……”有人站起来指着周边一干人等，兴奋道，“大家都是为了见同一个人是不是？”

一人挤眉弄眼道：“喂，你们知不知道三公子其实还有个女徒弟，而且这女徒弟就是传说中的‘红刹’？！”

此话一出，客栈立即炸了锅般闹哄哄起来。

但凡受过三公子恩惠的人都知道，他每次出现都是孑然一人，身边甚至连随从和丫鬟都没有。如果真有徒弟，为何从未见过其跟随身边？

一层角落的位置，绝舞握着水杯的手蓦地僵住，指尖的银针在瞬间脱手而出，凌厉地射向消息散布者的膝盖，只听一声闷哼，那人已哀号着捂住膝盖坐下。

不知是师父刻意隐瞒，还是无须告知，所有人都不知道三公子其实还有个徒弟，所以这十年下来，并没有人知道红刹就是圣音的徒弟。而她私心地也不想将两人的师徒关系暴露出来，总奢望着，有朝一日，或许……他们之间会是另外一种关系。

“你可听说过明月山庄最近的消息？”

低低的声音从嘈杂的人声中传来。绝舞眼角余光瞥了一眼相隔一桌之外的两个人，只一瞬又恢复了自然。

那人俯身在身旁人耳边，悄声道：“听说吟依下个月就成亲了！”

身旁之人显然震惊无比，“这吟依虽艳冠蜀地，提亲的人络绎不绝，却好像不曾与人定过亲，这个消息，当真？”

绝舞神情陡然一颤，她昨夜只是偷听到丫鬟们说她们的主子要跟三公子成亲，却不知道这么快！她该怎么做，她能怎么做？就此撒手不管吗？要管，她又如何管？她在他眼里不过是个长不大的孩子，况且身为徒弟又怎能置喙师父的亲事？

她一手捂着胸口，闷得难受。忽然，一股无形的压力袭向她，压迫得她似乎抬不起头。过了须臾，她才抬眸望向邻座，果然，一位丰神俊朗的公子正望着她，那人一袭藏蓝的绸袍，腰间佩戴着龙纹佩，姿态器宇轩昂，浓密飞扬的剑眉下，双眼竟是深邃的蓝。

那人手边放着一把剑，与其说他是江湖中人，不如说他更像皇亲国戚，整个人举手投足间流露出一种贵气。

不喜欢被人这样近乎赤裸地盯着，她狠狠瞪了那人一眼。那人似是没料到她的反应，也不生气，眼底的趣味更浓了，甚至走过来与她同坐一桌。

那人噙着笑，觉得这姑娘很有意思，“你嘴巴里嘀咕什么呢？”

绝舞撇撇嘴巴，“要你管。”

那人挑眉，“在下独孤翊。”

绝舞拈起一块绿豆糕放进嘴里，不理会对方的自我介绍。

独孤翊见她没有反应，笑道：“姑娘是外地人？”

“你怎么知道？”她总算起了点好奇心。按理说，从他们的装束打扮，根本就瞧不出来什么本地人和外地人，更何况她也没有口音。

独孤翊深蓝的眸子里闪过一抹笑意，“因为你听到我的名字没有反应。”

绝舞扑哧一声笑出来。许是跟在圣音身边太久，从来没见过这样自大的人，“为什么我听到你的名字，就一定要有反应？你又不是国主！”如果她没记错，国主也不叫这个名字呀。

独孤翊不再绕弯子，“在下是这蜀地的城主，不是什么坏人，姑娘不必防着。我坐在这里，也不是为了套近乎。”独孤翊伸手点了点她的手背，“刚才那人是被你的银针伤的？”

她讨厌被人碰触，厌恶地擦擦手背，心底还是有些佩服独孤翊能看见她出手。不是她大言不惭，若说使暗器，她的功力还是相当不错的。所以，眼前的人，功力显然也低不到哪里去。

独孤翊忽略她眼底的防备，“我不在乎你是因为什么出手，只是想知道，姑娘是什么时候进蜀地的？”

“三天前。”

独孤翊眯起眼睛，“三天前什么时间？”

“傍晚。”

她觉察到不对劲，“你这是审犯人还是做什么？对不起，恕不奉陪！”

正欲起身，桌下一只脚迅速挡住她的去向。她白了独孤翊一眼，一掌劈过去，轻巧移步，灵活地侧开身。独孤翊紧紧相逼却不伤人，一手在她不防备之际蓦地抓住她的手腕拉至身前，低头俯身在她耳边道：“姑娘恐怕真扯进了一起命案之中，必须得随我走一趟。”

除了圣音，她哪里与人有过这样近距离的接触。独孤翊温热的呼吸拂在她的脸颊，她蓦地烧红了脸，另一手羞愤地朝他胸口击去，却在途中被他拦住扭在身后。

“姑娘武功不错，只是太过轻敌。”独孤翊紧紧握住她的手腕，满眼的笑意，“若是不想太难看，就自己跟我走出去。嗯？”

她抿着唇，气急败坏地瞪着他，最终敌不过他，一跺脚，乖乖地跟着离开。

一直跟着独孤翊进了城主府，绝舞才知道自己不但被骗还中了蛊毒。

“你、你、你！我跟你无冤无仇，你为什么害我？”她只觉胸腔里一团怒火燃烧，想要发作却又有另一股真气作祟，拧得她心肝儿都疼。

独孤翊闲适地喝着茶，“不要生气，先吃些东西。”

“吃什么吃，鬼知道你的东西是不是又有毒！”她瞪着独孤翊，深吸一口气坐下，“你到底想要什么？”

“姑娘不必心急，既然我给你下了蛊毒，自然有解药。”独孤翊放下手里的茶，起身逼近她，“我只是想让姑娘帮我拿到一样东西，事成之后我自会给解药。”

她后倾身子，拉开两人间的距离，轻嗤，“什么东西必须我去拿？你堂堂蜀地城主随便一句话还怕没人为你卖命？”

“倒不是没有可以用的人，只是，如果是你，要容易一些。”独孤翊站直了身子，绕着屋子里走了几步，回头看着她，笑道，“我想要明月山庄的刺猬草。”

她皱眉，“没听说明月山庄有这个东西。”

“这么说，你确实住在明月山庄？”

她看到独孤翊眼中闪过一抹亮光与笑意，这才惊觉自己又上了当，间接承认了自己与明月山庄有关系，心中顿时不悦，轻哼了一声。

“姑娘不必太过防备，在下只是想用你的解药，去换明月山庄的唯一一株刺猬草。”独孤翊开始劝说，“你拿来刺猬草，我自然会给你解药。”

她站起身往外走，“实在对不住，你可没什么值得我相信的地方。更何况，我不稀罕你的解药，更不会去帮你偷东西。”她不是不害怕自己身上的蛊毒，只是至今为止，她还没见过师父解决不了的问题。

独孤翊看出她的小算盘，“我只要半株刺猬草，另外半株是你的解药，而药引只有我这里有。当然，如果你觉得身边的人有能力为你找来其他药引，也不是不可能，但至少要花费几天时间，而到那时，你的蛊毒恐怕已深到无药可救。七窍流血而亡的样子，可并不好看呢，姑娘。”

“你！”她怒气攻心，蓦地回身，还没来得及说，一口腥甜味溢出嘴角，晕了过去。

独孤翊瞬间移至门口，伸手接住倒下的绝舞，“我要刺猬草也只为救人，你怎么这么死脑筋，又不是让你做什么伤天害理的事。要不是我与吟依没有过交集，不好开口，也不会找到你。”

第二章
人似当时否

绝舞被独孤翊扛着走进明月山庄的时候，丫鬟们惊呼着急忙进去传话，还未走到大厅，圣音已闻讯赶了过来。

他身着一袭雪白的裘袍立于拱桥之上，平日里温润的黑眸此刻深邃如墨，凝视着桥下两人时，流泻出冷魅的幽光。

独孤翊忽觉一股若有似无的杀气穿透而来，那杀气既非强烈也非尖锐，却冰冷、纯粹。他蓦地止住脚步抬头望去，只一眼，仿佛整个身体都被束缚住般。四周突然安静下来，院内的鸟虫声、丫鬟们的呼声，都静了下来。纵然他无法明确地知道这究竟是种什么感觉，也莫名地汗毛直竖。

桥另一端的圣音让独孤翊有种恍惚的感觉，很难想象世间竟有这样清逸空灵的人物，更难想象那样的杀气出自眼前之人。

圣音双手交叉在雪白裘套之内，悠悠地从桥那端走来，柔软的墨发在寒风中扬起，他单手轻扬，独孤翊只觉手背像是被利器所击，一个不小心，肩上的人掉了下来。

几乎在瞬间，一阵风掠过，独孤翊再回神时，昏睡的绝舞已躺进圣音怀里。

晌午的阳光淡淡地洒在圣音完美的侧脸上，他伸出手拂过绝舞滑落脸颊边的发丝，眼神似清水流转，未看立于原地的独孤翊便转身离去，“先带这位公子去大厅，我随后就到。”

管家还呆立在原地，直到独孤翊伸手在面前晃了晃，这才急忙上前为独孤翊引路。

绝舞迷迷糊糊地醒来，听到丫鬟们说方才来的客人在大厅，匆忙就跑下了床。

什么蜀地的城主，她看那人简直就是无赖！

明月山庄只有一株的刺猬草定是非常珍贵，怎么能因她的一时疏忽就给了这样的浑蛋!

她跑到大厅，却又咬着唇怯怯地站在门口不敢进去。她才惹师父生气，又跑出去闯了祸，还连累到吟依，不知是否又要被师父凶。

吟依抬眸见绝舞穿着单衣站在外面，急忙叫丫鬟拿来薄毯为她披上，“你中了毒怎么乱跑？快进来，别着凉了。”

吟依的关心让绝舞更加歉意，她呢喃着说了句对不起，却不敢去看圣音。她无力地抬起步子刚迈出脚，脚跟还没站稳就觉一股气流由脚底蹿上，险些跌倒，幸好吟依及时将她扶住。

此时一个丫鬟端着托盘进来，清秀的脸上那淡淡的不情愿没有逃过绝舞的眼睛。

她有些干涩地开口，“这是什么？”

吟依笑而不语，掀开红布将那托盘中的东西奉上，“依照约定，独孤公子是否应该拿出解药了？”

就在独孤翊准备接手的时候，绝舞忽而掠过去挡在独孤翊面前，“不许拿！”她自己闯的祸自己来解决，她不想欠吟依的恩情。

吟依只当绝舞太过自责，急忙道：“舞儿，这刺猬草在府上也没有其他用途。况且，我们都是一家人，不必这样见外。”

绝舞此时的位置恰好背对着吟依，因此吟依看不见她眼底充斥的泪水，她抬头倔强地望着独孤翊，“命是我的，我说不换就不换！”

“还没闹够？”

淡然清漠的声音钻进耳朵，她只觉讽刺，前几天才说过不会给师父添麻烦，今天不但将麻烦带进了屋，还牵扯到师父的未婚妻。

她强迫自己忽略他的声音，下一瞬，却被一股强大的力量定在原处动弹不得。

独孤翊见机取过刺猬草，将药引与剩下半株留给吟依，“感谢吟依姑娘相赠，今日之恩，独孤翊来日定当回报！”

绝舞眼看独孤翊拿着该死的刺猬草离去，一股怒火上涌，又晕了过去。

夜黑风高，荒山野岭间阴风阵阵，在清冷的月光下可以明显看到，贫瘠的土地上散布着数不清的墓碑，一黑衣男子行色匆匆，闪电般在碑林中穿行，最后在一座不起眼的墓碑前停下。

谨慎地环顾四周，黑衣人再三确定无人跟踪之后，俯身在墓碑左前方五寸左右的地方轻轻跺了跺脚，随后墓碑前的一块地面缓缓打开。黑衣人又回头环顾一圈之后，走了进去。

一个透着阵阵寒意的大厅中，“启禀教主，属下刚刚确定，圣音确实是迦隐的少主。”

前方不远处，黑暗中有人开口，“可有查到圣音那个徒弟的真实身份？”

“禀教主，据属下探听到的消息，圣音即将与明月绸庄的吟依成亲，若绝舞真是焰门遗孤，圣音应该不会放过这样好的机会。”

“哦？”暗处之人语气中带着怀疑，低喃道，“难道，我猜错了？”

如果这样解释也说得过去，毕竟焰门秘籍从不外传。而且，在他向外界散布红刹便是圣音徒弟之前，江湖上无人知晓绝舞是圣音的徒弟。若绝舞真是有秘籍之人，圣音何不趁此机会娶了绝舞将秘籍占为己有？

“下去吧。”

“是。”

黑衣人退下后，黑暗中被称为教主的男人慢慢走出阴暗角落，此人正是日教教主严曦。

传说，《玉骨玲珑》和《凤凰舞》结合起来将会练成绝世神功。自古以来，迦隐的《玉骨玲珑》只传男，而焰门的《凤凰舞》只传女，如果传言属实，两个门派若结为姻亲，岂不是一统江湖？然而百年以来，两大门派互不招惹，既不仇视也不亲近，更别提结亲。

所以很多人都在怀疑，是否有江湖中传言的绝世神功。

严曦也不是没有质疑过，但他坚持了这么多年，不想在还没有结果之前就放弃。他恨只恨当年因一时之气，不清不楚地一把大火烧了焰门，竟然忘记《凤凰舞》就在焰门之中。正当绝望之际，偶然间注意到圣音身边的女孩，调查后发现那女孩出现在圣音身边的时间恰好是十年前。

焰门刚毁灭，绝舞就出现在圣音身边，世界上真有那么巧合的事情？他不信！

本来自信满满的他，却意外得知圣音将与吟依成亲！身处江湖之中，没有人会看着一统江湖的机会在自己眼前溜走而无动于衷，更何况，《凤凰舞》以及将有可能练成的绝世神功对于圣音来说都是唾手可得的事。

除非，绝舞并非焰门传人，她本人没有《凤凰舞》这本秘籍。或者说，当年焰门的遗孤当真已经死了？！

他浪费了这么多年，真要舍弃绝世神功而只取《玉骨玲珑》吗？！

相反地，倘若婚事只是圣音的障眼法，他就要谨慎行事了。

严曦眼神一凛，手拍三掌，瞬间，一个身着黑色劲装的女子出现在他面前。

“教主。”女子动作迅速，脚步轻盈地从石门外移至严曦面前，几不沾尘，足见其轻功之深不可测。

严曦唇角勾起一丝笑，“寒霜，别人办事我不放心，我要你先去寻找机会确认绝舞是否知道圣音的真实身份，再设法进入明月山庄确认圣音此次成亲的真实性。”

女子神色未变，也未问原因，“是！”

严曦捋着胡子，眯起眼，圣音，我倒要看看你究竟葫芦里卖的什么药！

清晨，天色刚蒙蒙亮，被拨来服侍绝舞的两个丫鬟捧着早餐从院内小径上经过，快要到园门前，两人互看一眼。

“青衣，你说，那姑娘万一还是不吃呢？”

被唤作青衣的姑娘抿了抿唇，“不吃就放在屋里吧，她饿了总会吃的。”

“可是，这都快三天了，况且她余毒刚清，怎么这么不爱惜自己的身体？”

青衣瞅着紧闭的屋门，脸色担忧，“不知是在闹什么别扭。不过听其他姐妹说，那日她知道三公子要成亲后就这般了。”

“好奇怪，自己的师父要成亲很正常，她怎么这样无理取闹？”

青衣瞪了眼说话的丫鬟，“别乱说话！别看三公子这三天没来看过，听说宝贝着她呢。不知是谁，说昨个儿夜里，还在这门前见过三公子呢，只是没进屋罢了。”

丫鬟撇撇嘴巴，“三公子那样的人就该配咱家小姐，不知这姑娘有什么不满意，真是刁蛮。”

两人念叨着走到门口，敲了敲门不见动静，便推门而入。

“绝舞姑娘，我们端了些粥给你，吃些吧。”

又唤了两声，见坐在窗边的人不答应，两人对看一眼，将餐盘放下便离开了。

绝舞没有点灯，麻麻亮的天从外面只见红绡纱糊的窗户上映着一个纤细的人影。

她为了避开吟依和圣音在一起的画面，已经三天没有迈出这屋子半步。

若是以往闹了脾气，无论她跑去哪里，不出半日，师父总会有他的法子找到她。可是这次，她就在原地，等了三天也不见师父踪影。无影大哥每天都会来陪她说说话，却不见捎来任何师父的消息。

也许，这次是真的不一样了。

从来没有过的无力感充斥着她的每根神经，回顾过去这些年，她除了以红刹的名义劫富济贫之外，似乎再也没有做过什么有意义的事情。而且这些小打小闹的善举，还总是惹出一串的烂摊子留给师父处理。

而吟依，不懂任何武艺却独自一人扛着明月绸庄的生意，经营得井井有条。不仅温婉娴静，而且琴棋书画样样精通。这样对比下来，她竟如此不像个女人，所有女儿家应该会的她都不会，除了舞刀弄剑，善使暗器，她一无所长。

她不想承吟依的任何恩情，却因无知大意将自己陷于泥潭之中，进退不能。

连她都开始厌恶自己，凭什么觉得师父会喜欢她呢？

或许，只有吟依那样的女人，才配站在师父的身边。

初听到他将成亲的消息，只觉震惊与不可思议，待他云淡风轻地证实那不仅仅是流言时，如火般的愤怒席卷全身，却最终在意识到他只将她当作徒弟后，瞬间转为流水般的萧瑟清冷。

她捧着一只暖手小炉，不知在想些什么，无意识地朝门外走去。

天色还未大亮，曲折回廊上挂着的红灯在风中摇曳，每一段回廊两侧都点着臂粗的大红蜡烛，远远望去，红灯与红烛交相辉映，将雪白的园子点缀得喜气洋洋。

她蓦地顿住脚步，有意识地去环顾四周，这才发现方才经过的地方，每间屋子的垂帘都换成了大红色的七重纱。

这亲事还有一个月，整座府邸就已经这样张灯结彩，她还怎么待得下去？

尘无影刚踏出房门就看到几步之外呆立的绝舞，脸色很苍白，一双眼睛幽幽沉沉，像潭水一样深不见底，薄薄的唇角抿起，看上去有几分傲气，又有几分落寞。

在这样各处都披着红彩的院落里，此刻的她看上去是那样格格不入。

无影急忙回屋取来单衣为她披上，“你这是嫌我操心操得还不够是不是？这大清早的穿成这样在外面溜达。幸亏不是半夜，否则还不得被人当作幽魂给吓死啊！快进屋暖暖！”

绝舞这才发觉有些凉意，紧了紧单衣，瞅着无影，“我现在这样，就算不是半夜，看着也像幽魂。”

无影一时语噎。

吱呀一声，尘无影身后的那间屋子房门打开。

绝舞知道圣音住在那里，她没有抬头，只是更紧地抱住手中的暖炉，好像那是救命稻草一般。

无影轻叹一声，转身离开，留下两人站在回廊上无声相对。

圣音徐徐走了过去，看到她苍白的小脸，目光中紊乱之色一闪而过，复又平静。

他没有说话，只是脱下厚厚的裘袍为她披上，指尖拂过她脸颊边的发丝，似有若无地轻叹了声，那极轻的余音消散在冷风之中，似有诉不尽的心事。

冰凉的指尖触在她的肌肤上，竟滚烫了她的脸颊。她紧抿着唇，布满血丝的双眼轻轻阖上，一行泪珠顺延而下，温热的泪水似在风中被凝结般，落在她细嫩的手背上，扎得皮肤生疼，心中一遍遍回想他曾经的柔情万种，却已是雾轻云薄。

她鼓了很大勇气，悄悄地将一只小手塞进他的袖口，而后紧紧握住他冰凉的手。

他微僵。只见她抬起我见犹怜的脸蛋儿，浮着淡淡雾色的眼睛哀戚地望着他，颤动着唇，许久，才嗫嚅着开口，“师父，不要成亲，好不好……”

这样熟悉的声音，恍惚回到了多年前的很多个瞬间。

她闯祸后，最喜欢用这样小鹿般受惊又受伤的神情，一双乌黑的眼睛里盈盈水光，瘪着嘴巴求他不要生气。

十年的相依相随，感情在不知不觉之中滋生，他甚至不记得这一切究竟是怎么开始的。只是回忆起自救回她以后的每一年、每一月，每一时、每一刻，似乎都有一些那么深又那么鲜明的印记刻在脑海中，有些回忆甚至细微得连她的一颦一笑都清晰记得。

不知不觉间他已隐隐感觉到，眼前这个自己一手带大的孩子将会是他此生无法逃离的劫难。然而，他却无法不逃。

清晨又飘起了雪，雪花被风卷着飘荡进走廊，落在她的唇边、他的袖口。既不冰冷，也不缠绵，仿佛在此刻的纷乱之上又增添了几分动荡。

她在他的沉默中咬着唇，过了半晌，眼泪越流越多，砰的一声，暖炉滚落地上，她哭着扑到他怀里，轻颤着叫“师父”。

他隐于袖袍内的指节泛白，像隐忍着极大的痛楚，静默半晌，才缓缓抬臂迟疑地将她揽入怀里，一手爱怜地轻抚她的背脊。她叫得那样柔软彻骨，却像一记鞭子，残忍地抽在他的心头。心痛，在这一刻明显得无法忽视，全身每一处都在痛，他却一点办法都没有，只能收紧手臂，感受她的存在。

她窝在他的怀里，他的体温、他的呼吸，甚至他的心跳，她都能很清楚地感觉到。他温热的呼吸洒在她的额头，心跳得竟也那样快。

她抱得越发用力，用楚楚动人的声音求他，“师父，我们离开蜀地，不去离都，回到北国去，我们还像以前一样云游山水，我保证会好好练剑，不再不听话，也不再给你添乱，好不好？”

以前他们住在山上，他离开几日她并不觉得时间难熬，因为她清楚地知道他一定会回来，可现在……现在他要成亲了！即便以后她都留在他身边，他的心却会放在另一个人身上，咫尺的距离也如相隔天涯！

他微僵的手臂缓缓松开她，指腹拂过她眼角的泪珠，凝视着她的眼睛，一个字一个字地说：“丫头，你是我的徒弟，永远都是。”

他的声音低低袅袅，任她瞠着眼，也望不穿他眼中的流年荏苒。

他说这句话的时候她拧着心，以为自己要窒息，但最后她只是闭上眼狠狠推开他，咬牙切齿地丢下一句“你娶她我就离开”，然后便跑开了。

为她披在肩头的裘袍滑落在风中，仅留下一抹寂寞的幽香。

曲折回廊的拐角处，一抹水蓝怔愣地靠在红柱上，满脸震惊。

蜀地边境有一山，山间有一温泉，名望泉。

泉水四周蕴腾着温热的水雾，一道笔挺身影立于池边，刀刻的五官憔悴中带着风尘仆仆，有些失去了光泽，却不难看出这本就是一张丰神俊朗的脸。

身后树丛传来细微的声响，男人侧过脸，望着走近的独孤翊。意外地，两张脸竟出奇的像。

“太子要见臣，何必选在这荒山之处。”独孤翊深深望着眼前的男人，语含讥讽，“或许，是怕太子妃千里迢迢暗中相随？”

立于池边的正是龙月国的当今太子司空霄，独孤翊同父异母的哥哥。

司空霄拧眉，却没有反驳，过了半晌才问道：“姒儿还好吗？”许是太久没有开口，声音很是沙哑。

独孤翊冷笑，“没被太子妃毒死，还算命大。”

闻言，司空霄恍惚浮起一抹笑，竟有些残花凋零的感觉，“那就好。”好像此刻，他除了不断地重复这三个字，已不知再说些什么去表达自己的心境。

不过是有情人无法厮守。也许这世间的每一天都在上演着同样的情节，然而像他这样后果严重到险些失去她的地步，恐怕并不多。

如果他的放手能换来她此生平安，那么他愿意只是远远看着她便好。

独孤翊神色肃穆地凝视着眼前人，神情慢慢缓和了一些，“虽然救回了她一条命，但她并不好。你……不去看看她？”

“去看，也不过是徒增伤悲。”司空霄沉默许久，才继续道，“我这次来是想告诉你，父皇已经暗中派人着手彻查你义父的命案，如果你在七日之内还不能给予回复，父皇恐怕会借机降罪于你。”

“我做事不是为他司空仓离，更不是为官位！”独孤翊双眸充满嘲讽和憎恨，“他早就想除掉我，即使不是这一次，也会有下一次。”

“你注意隔墙有耳！再怎么说他都是你父皇！”司空霄沉声训斥，转而道：“听说三公子圣音就在蜀地，你义父的案子你去寻求他帮助或许能快些。”

三公子？可不就是前些日子在明月山庄遇到的男人，那个举手投足间都散发着仙气儿的人？

独孤翊扬眉，不禁笑出声，摇摇头，“我前几日刚刚见过这个传说中的三公子，确实是个神仙般的人物。他目前正住在明月山庄。为了救绝姒我已经欠了明月山庄一个人情，还来不及去还个人情，这次再前去求助，不知是否会有结果。”

义父的案子……作案工具直接指向了银色毒针，银针由后脑射入，留在头颅内足足三寸，针上毒药奇特，能让人在瞬间致命，却感受不到任何痛苦，义父走得非常安详。他细数如今江湖擅使毒针之人，完全符合这种作案方式的人只有红刹和迦隐菊阁阁主孤傲洁。而孤傲洁案发当日人在北城，这是很多人亲眼目睹的。如今最有可能的就是红刹，也就是最近在蜀地传得沸沸扬扬的圣音的徒弟。

碰到绝舞那日，他本是想要登门拜访明月山庄的吟依，不料在门前看到她横冲直撞地跑出来，他一路尾随其后，看到她暗中发出银针，他这才联想到最近的命案，便以此为借口将她带到府里，在她喝的茶水里下了蛊毒。

想来，她至今恐怕都不知道自己是何时被下了蛊毒，他不禁觉得好笑。如果不是与她有那样一次交集，真的很难想到那个劫富济贫的红刹防范意识竟然这样差，完全没有江湖中人该有的警惕心。如果没有圣音那样的师父在身边，那家伙估计很早就命丧黄泉了。

“不要、不要！娘、娘……不要丢下舞儿！爹、爹……呜呜，奶娘我不要走！我要和爹娘还有姐姐一起！不要、不要！呜呜……姐姐，你在哪儿？！你在哪儿？！舞儿好怕，呜呜，好怕……”紧紧蹙起的眉昭示着梦魇的可怕。绝舞梦中呓语，头冒冷汗，手挥脚踢地把被子蹬得到处都是。

圣音恰好端着午后水果走到她门前，听到屋内惊恐的梦语急忙推门而入。

“丫头、丫头，醒来！”圣音赶到床前，轻拍她的脸颊，不见有反应，急忙覆上她的胸口先为她镇住心神，而后用力将她摇醒。

她被他摇醒，猛地坐起，气息紊乱，惊恐地睁大双眼紧紧搂住圣音，“不要走、不要走！不要丢下舞儿！”

“做噩梦了？”

“嗯……”心仍然扑通扑通地快速跳动，半睡半醒的状态根本分不清眼前的人是谁。

“好了、好了，没事了。”他抱着她，安抚似的轻轻抚着她被汗水浸湿的背，“一切都过去了、过去了……睡吧，丫头……”

她蹙着眉，安心地窝在他怀里，不一会儿工夫就在他轻柔的安抚下重新进入了梦乡。

待她睡熟后，他用湿毛巾帮她擦了额头的汗，替她放下床幔，这才轻声离开。

自那日她在失控下对他说出那些话后，两人心照不宣地谁都没去找谁，虽然住在一个院子里，却很少再碰面。

今日，他听尘无影说舞儿蛊毒化解之后一直不好好用餐，身体十分虚弱，终是忍不住想借着送水果之名前来看看，却不料听到她的梦呓。

在他救回她的前三年，她几乎夜夜被梦魇纠缠，那个时候他夜不离身，只因为她习惯了夜里梦魇中窝在他怀里哭泣，需要他哄劝很久才能安心睡去，到第二日醒来，她对夜晚的事情一丁点都记不起来，他却将她所有的痛苦都深深地记在了心里。这样的日子，在她被他救回的第四个年头才算消停。他怕她晚上醒来找不到自己，后来便在自己的房间设了一间隔间，她就睡在隔间里，三年前她才搬出他的房间。

仔细算来，她已有七八年不曾做过这样的噩梦了。没想到，过了这么多年，这丫头还是这样没有安全感。

绝舞自梦中醒来已经是两个时辰之后，她拖着疲倦的身子趴在窗前，下颌疲倦地耷拉在胳膊肘上，睫毛在阳光下轻微颤着，淡黄细小的汗毛懒洋洋地浮在微红的脸颊上。

屋外吹来的风虽冷，却让她混沌的脑袋清醒了不少。

方才的噩梦竟然真实得好像亲身经历一般，现在闭上眼，梦里的画面还会在眼前一幕幕飘过。她轻叹一声，可能因为最近太累，白日里因为师父即将成亲的消息煎熬，夜间还总是做噩梦，那些画面好像很多年前也在梦里出现过，但又好像只是一个影子飘忽而过，她也记得不太真切了。

她只记得，梦里燃烧着一场地狱般的大火，疯狂地灼烧着她熟悉的一草一木一砖一瓦，有个奶娘一样的人冲进她的房间不等她问什么事就抱着她朝后院狂奔，火红的颜色映照着整个园子，耳边不断传来疯狂呐喊、撕心裂肺的哭声，一切紧张构筑的惨烈情形让梦里的她惊得一句话都问不出口。那人抱着她走到后院的石窟，把她藏在石窟的缝隙里，神色慌张地告诉她不要出来，等到外面没有动静了再出去。她哭着问爹娘和姐姐在哪儿，那人只是重复告诉她千万不要出去，随后抹着眼泪让她以后要好好照顾自己就转身离开了。她乖乖地点头答应，安静地待在里面。她本来是想要等到外面没有动静再出去的，可是后来……后来似乎有个人出现在石窟面前，修长的身影，雪白的衣袍……

突然，脑袋炸裂般的疼痛中断了一切画面。

屋外的梅花香气卷着屋内馨淡的熏香，散发出奇异的味道，片片花瓣飘落，把屋内的伤情渲染得更加浓重。

绝舞捂着脑袋慢慢睁开眼，回过身发现桌上有盘水果，都是自己爱吃的。

“青衣。”绝舞披着衣裳走到门前唤了声。

“姑娘？”

“这桌上的水果是你端来的？”

“不是。”青衣瞅了眼木桌，摇摇头，继而又道：“青衣刚才看到三公子来过。”

绝舞抿了抿嘴角，“嗯，知道了，你下去吧。”

“是。”

绝舞才回身准备再小躺一会儿，便听到身后不远处有人唤青衣。

“青衣青衣，快来！你猜谁来了？独孤公子来咱们山庄啦！就是上次扛着绝舞姑娘回来的那位，咱蜀地的城主！哇，近处看五官简直太深邃啦。”

青衣扑哧笑出声，“再好看也没有三公子好看。三公子是这世上最好看的人，这样的人终于要跟咱们小姐成亲了，真好啊。”

“话虽这样说，但三公子完美得像神仙，咱们独孤城主更像人间的人，实实在在好接近些啊！”

……

两人的窃窃私语声越来越远，绝舞扶着门棱立于原处，久久不能移步。

一张檀香木的书桌，三把沉香木的椅子，明月山庄的书房房门紧闭。

圣音一只手放在桌上，指尖轻扣着桌面，薄唇轻抿，唇角微微上扬的弧度散发出一种淡然优雅的意味。他扬眸看向独孤翊，“那么，独孤公子今天是来求助的？”

他的音调微微上扬，眼睛里分明蕴着些笑意，却让独孤翊觉得那琉璃般的眸子中情绪冷到了极点。

尘无影端着茶杯置身事外，犹如看戏般看着两人之间暗流激涌。说实话，他不明白独孤翊怎么敢上门求助。首先，独孤翊对圣音的爱徒下了蛊毒；其次，又拿蛊毒当作筹码向圣音的未婚妻索了唯一一株价值连城的刺猬草。就凭这两点，正常人都不会好意思前来求助。

“欠三公子和吟依姑娘的情，在下日后定当十倍奉还。”独孤翊望着木桌后漫不经心的圣音，语气诚恳，“于私，独孤凌生是我义父；于公，他是龙月国的国师。还请三公子能出手相助。”

圣音显然并不是那么想听，他没有看独孤翊，垂眸把玩着茶壶。在温热的柔光下，晶莹剔透的指尖随壶形画着流线，沉默须臾之后，他才缓声道：“无影，送独孤公子出去吧。”

独孤翊没料到传闻中那个经常无偿助人的三公子会做出这样的选择，怔愣了一瞬，脸色略有难堪地朝门口走去，复又停步，回身道：“或许还会有其他人丧命……”

“这与我何干？”他眉目温和，说出的话却让人如坠寒窑。

独孤翊深深吸一口气，眼底划过一抹失望，“既然这样，打扰了。”

砰的一声！

独孤翊险些被从外面推开的门撞到高挺的鼻子，定神后只见绝舞喘着气立于门前，还是那样火红的衣裙，外面披着雪白的裘袍，毛茸茸的帽沿衬得大病后的脸色越发惹人怜惜。

她瞪了眼独孤翊，侧眸望向屋里的圣音，默默出了会儿神，继而低声问：“师父为什么不帮？”

圣音看到绝舞站在门外的一瞬间，眼底缓缓浮上一抹温热，暖化了方才因为谈话而冷凝的眸子。

尘无影一见绝舞急忙跳起来，生怕两人再次翻脸。再怎么说这屋子里还有外人，这事儿要是被别人知道再传出去，指不定传成什么样子。且不说有毁三公子的江湖名声，舞儿一小女儿家以后还怎么嫁人？

“舞儿，有话一会儿再说，啊。”无影使劲儿冲绝舞挤眉弄眼。

无奈绝舞眼底只有圣音，丝毫没有施舍一丁点儿余光给他。

圣音反问："为什么要帮？"

他的声音带着淡淡的疏离，让她那双平日里清澈天真的瞳眸布上了从未出现过的失望，"师父没听他说，可能还会有其他人丧命吗？"

他把玩瓷杯的手微微收紧，似笑非笑地望着她，"这位独孤公子拿我徒弟的性命相要挟，换走了蜀地唯一的一株刺猬草，这笔账我还没算，有什么理由帮他？"

她哂然一笑，心头迷迷蒙蒙的说不出是什么感受。那日她态度坚决地不允许换解药，是他强行制止了她。她本以为，他至少是有四五分在乎她的，原来，他还是嫌弃她惹了祸却连累吟依。

纵使他心里怪罪她，可看在师徒情分上仍救了她。所以，她该感谢他吗？

这么多年来，她对他的感情从依赖到倾慕，再到情思深缠，有哪一段时间不是五味交织，想离开却贪恋他的温暖，想放弃对他的感情却纠纠缠缠到了现在？都说时间会冲淡一切，她一直等啊等，等着有天会遇到另一个让自己心动的人，然后发现自己对师父不过是崇拜之情。可是等到了现在，等到他即将成亲，她却深陷于此，再也无力反抗。

他如今的淡漠和曾经的温柔不断在眼前和脑袋里交织，她睁着眼是煎熬，闭上眼还是煎熬。

她闭了闭眸子，又睁开，沙哑着声问："那怎么样，师父才会帮？"她方才在来的路上，已经听丫鬟们说了。独孤翊那日强行要挟换取解药，是为了救他妹妹的性命。她忽然间觉得，独孤翊并没有自己最初印象那般坏。在她心里，一切为了救家人而犯的错，都是可以被原谅的，更何况，他是在有解药的情况下才对自己下的蛊。

一抹异样的光在眸中掠过，圣音浅浅一笑，"你保证从今以后，无论什么原因都不会离开，我就帮。"

她眸子泛红，已然怒色隐隐，她当然知道他在说什么。

他怎么能这么残忍？

尘无影忍不住抹了把脸，指缝间瞥见独孤翊若有所思的面孔，心突突跳了两下。

"好。"泪，自眼眶滑落，滴在脚边地上的雪花上，晕开。

独孤翊沉默地看着这对师徒简单的对话，觉得有些重要的事情被自己忽略了去，再望向圣音，只见他看着绝舞，眼神那样认真，眉梢竟带着一丝落寞。

独孤翊还来不及细想个中缘由，便见圣音在纸上写了一句话，随后纸哗的一声脱手而出，落入独孤翊手中。独孤翊扫了眼纸上内容，朝圣音郑重地点了点头。

圣音扬了扬手，独孤翊手中的纸呼地飘了出来，白色袖袍挥过，空中的薄纸立刻应力而碎，化作粉末飘散风中。

独孤翊惊讶之余，侧耳果然听到屋顶似有人急速跑过的声音，虽然极轻，但仍旧听得到。

既然不便多说，独孤翊只是拱手言谢，离开之时，独孤翊经过绝舞身边，深蓝的眸子凝着她微红的双眼，俯身低低道："谢谢。"

独孤翊离开后，尘无影和圣音对望一眼，无影便借口离开，留下屋内两人，沉默蔓延。

绝舞不知在想些什么，杵在门口既不出去也不进来，大开的门钻入呼呼冷风，吹得她的黑发贴在有些黏湿憔悴的脸上。

圣音轻叹一声，起身施施然地走过去将门掩上，而后拉起她的手朝屋内走去。

他的动作那样自然，好像他还是那个疼她宠她、无理由包容她的师父，好像他们之间不曾发生那些不快乐。

她有些怔愣地看着他修长的手指，任他牵着她走到炉火边的木凳旁坐下。

"暖暖手。"他将一个温度适中的暖炉放进她怀里，在他身旁的椅子上坐下。

"不情愿？还是想离开？"

"那么，师父还是要成亲？"她紧抿着唇，心里叫苦。

她颤抖的音节几乎将完整的一句话说得四分五裂，他听在耳里，心却揪在了一起，脸上却是疏淡温和的神色，好似她在他眼里不过是个闹别扭的孩子。

他朝火盆里扔了块木炭，"这个是无法改变的。"

她颤悠悠地站起身，已无话可说。

他双眸微闭，火光映在脸上竟显得从未有过的疲倦。

第三章

相似画中人

香阁，坐落于蜀地和离都的交界处清山附近，蜀地常年积雪，离都四季如春，因地理环境的原因，这阁内不若蜀地那般寒冷，气候温润舒适，一年有一半时间漫天雪花生姿，而另一半时间却鸟语花香宛如仙境。

这香阁，至今尚未有外人来过，并不是因地势险峻或地处崇山峻岭之间，相反，它建于湖之中心，一条鹅卵石铺成的桥面将八角形阁楼与湖岸相连，楼阁与岸遥遥相望，岸边绿树林立。春夏气候湿润，花香飘浮于水波之上，烟雾缭绕，让人有身处仙境的感觉；秋冬冷气颇重，却不失美感，湖水周围白雪皑皑，寒梅傲雪，交相辉映，美不胜收。

之所以没有人来，只因这里住的人。

“萧萧几叶风兼雨，离人偏识长更苦。软枕数秋天，蟾蜍下早弦。夜寒惊薄被，泪与灯花落，无处不伤心，轻尘在玉琴。”悠扬歌声伴着哀婉词句从八角楼阁上飘出，似回雪漫卷，又似丝絮飞扬，悲伤之情满溢其中。

香阁三楼的主屋，精致木雕窗微阖，门也只是轻轻地掩着，淡雅熏香缭绕屋内，倾耳细听，自傲梅屏障后传来一声浅浅的叹息。

雕刻精美的木榻上，铺着水绿色的流苏，上面坐着一女子，一袭鹅黄色的长裙，手抚木琴，细弦在指尖流转，那声叹息便是由此女子发出。标致的脸上蛾眉微蹙，菱唇紧抿，神情倦怠中有些苍白。

“小姐，城主来了。”落梅一进门就看见小姐抚完琴后盯着窗外发呆，肯定是在想那个人了。不禁在心里叹口气，为小姐难过。那位都是有主的人了，前些日子才因这件事险些没了性命，那人竟不来看过一次，小姐这般痴情是为何？

看到美人不应，落梅又轻轻地唤了声：“小姐。”

“嗯，听到了，让哥哥在一楼厅里稍等，我这就下去。”一身黄色轻纱的人儿缓缓起身，对落梅投去轻轻一笑，走到铜镜前，开始整理有些凌乱的纱裙。

“是。”

盯着铜镜中的人儿，柳眉杏眼菱唇桃红腮，眉间那股隐隐的愁绪任她几番遮掩都浮在那里散不去。她轻叹一声，在镜前只稍停片刻，随即轻移莲步朝门外走去。

“哥。”见到眼前男子，女子含笑盈盈一福，先前的愁容了无踪迹。

独孤翊立在一幅画前，正紧紧盯着那幅画若有所思，总觉似曾相识。听到身后的声音，急忙回身走过去，上前仔细瞧着女子，待细细看一遍过后才道：“这两天气色比前些日子好多了，你要多加休息，别再去想那些有的没的，听到没？”

绝姒闭了眸子，苦涩道：“你也觉得我将自己弄到这般凄楚的地步，是咎由自取？”

“当然不是！”独孤翊急忙解释，“你知道我不是那个意思！只是，你与他已经再无希望，你何不向前看，好好过自己的日子？你这样自甘堕落，只会助长他的得意！你现在最好的选择就是过得比他好！”

绝姒笑得竟比哭还难看，“比他好……一个心都没有了的人，怎么过得比其他人好？”

独孤翊看着绝姒似乎什么都不再争不再抢，对生活失去动力的模样，只觉心惊。正矛盾着是否需要告诉绝姒，司空霄这样做也是为了保全她，忽然想到方才进屋看到的那幅画。

那幅画已经挂在那里五年，绝姒经常盯着画上的女孩儿出神。他一直以为画里的小姑娘是绝姒小的时候，她只是在缅怀自己的过去，可是最近，他忽然间觉得画里的女孩十分眼熟，似是在哪里见过。

独孤翊疾步走到画前，画上的是一个六七岁大的女娃儿，右手腕上红绳下坠着圆形桃木，穿着黄色的袄，扎着两个圆圆的发髻，可爱的脸儿上一对灵动闪亮的眼睛睁得大大的，是个人见人爱的人儿。

为何在最近两天觉得画里的人眼熟？

独孤翊回身问已然红了眼眶的绝姒：“这画上的人是你画的？”

“是。”绝姒不知他为何突然这样问，忽而又似想到什么，急忙跑过去，“你见过这个女孩儿？！”

独孤翊惊讶绝姒的反应，不过被绝姒这样一提点，他好像真是在哪里见过，否则也不会看了这画五年，这会儿才想起什么。

“好像……是见过。”独孤翊再仔细去瞧，那画上姑娘的眉眼竟与圣音的徒弟绝舞十分相像，虽然绝舞应是十八岁的年纪，若细细去看，还真是绝舞小时候的模样。

独孤翊迟疑道：“这画里的女孩，跟你是什么关系？”

绝姒迟疑了，转过身思量片刻，这才低低道：“她是我妹妹，同父同母的亲妹妹。”

独孤翊大惊，“当年救你时怎没听你提起？”

绝姒苦笑着摇了摇头。在她心里舞儿一定是葬身于那场大火当中的。事发当晚舞儿跟奶娘在一起，奶娘一个柔弱女子武功都不会，在那样的情况下是不可能保住舞儿的，她曾经在大火过后，一个月里每天都回焰门寻找，却连蛛丝马迹都找不到。

她不想提起这些痛苦的回忆，只想将它们深深地掩埋起来。她不是没想过报仇，可是凭她一己之力怎么去跟那些人对抗？何况，她那时也只是个十岁的孩子，什么都不知道，也是现在才对仇人的线索有了一些头绪。

独孤翊看着绝姒脸上的痛苦，走过去扶住她的肩，“姒儿，不要难过。这么些年，我已经将你当作我的亲妹妹，我们是一家人。你心里的苦不告诉我，还能告诉谁？更何况，或许，你以为不在的亲人，至今还在呢。”

绝姒猛然抬头，震惊地看着独孤翊，“你说什么？！”

“我是说，也许画里的小女孩还活着呢。”如果他没记错，那日在与绝舞简单的过招中，无意中看到过她右手腕上的红绳，以及红绳下坠着的圆形桃木。

绝姒突然推开独孤翊，看着他不住摇头，“不要乱说，不要骗我。你见过？见过画里的女孩？万一、万一不是舞儿呢……万一又一次失望呢……”

“你妹妹叫什么？”

绝姒虽悲伤，却还清楚地记得，从小爹娘就告诉她不要向外人说起妹妹的真实姓名，而且江湖上根本没有人知道焰门还有个二小姐。她知道爹娘是为了保护舞儿。

如果，现在将舞儿的名字说出来，江湖上应该也不会有人能想到舞儿的真实身份。

再三思量，绝姒轻轻吐出一个十年间不曾提及的名字，“绝舞。”

独孤翊湛蓝的眼眸，此刻乍现一束光芒，笑意霎时从嘴角蔓延至眼底。

绝舞像是命中注定一般出现在绝姒绝望之际。独孤翊不禁想，前几日他才借绝舞求来刺猬草救了绝姒一命，今日绝舞的出现又将彻底扭转绝姒已经失去希望的人生，或许这就是姐妹缘分吧。

绝姒看着独孤翊满溢笑容的眼，颤抖着上前握住独孤翊的手，“哥，你真的见到舞儿了？”

独孤翊重重点头，“我不但见到了她，还与她见过两次，你前些日子中毒的解药我便是通过她才求来的。你先不要急，等我慢慢告诉你，你只需要知道，她过得很好，无须担心。”

提及绝舞，独孤翊想起昨日在明月山庄的书房见绝舞，她似乎与圣音之间有些什么，整个人都灰蒙蒙的，情绪并不好。他给她下的蛊毒分量并不重，加之及时服下解药，两到三天的时间便能痊愈，身体不应当那么虚。

绝姒一直忍着的泪水终于流了下来，跌坐在椅子上泣不成声，好像要将多年来的隐忍和自己感情受伤的全部情绪都挥发出来，久久不能停歇。

眼看着就要到与圣音约好的时间，独孤翊嘱咐落梅好生服侍着绝娰睡下才离开。

绝舞在圣音和尘无影赴约前往案发地点不久，便摆脱吟依从后门悄悄溜了。左右打探了半晌才辗转到了案发地，却不见两人踪影，回程的路上才知道衙门会在今日审理这件案子。

“真是奇怪，国师大人这么好的人，竟然有人对他下如此毒手，真是歹毒啊！”

“我昨个儿听说，国师大人是被暗器所害，这个暗器是红刹善使的毒针……”

“简直就是无稽之谈，红刹在江湖上劫富济贫，何时害过好人？乱说！”

绝舞在人群中穿梭，听了不少关于这件案子的议论声，唯独这几句对话让她小心肝儿颤了颤。她才到蜀地没多久，怎么就被卷入一件命案了？

“唉，城主大人这些日子心情一定不好。城主和国师都是好人，真希望好人一生平安。”

绝舞撇了撇嘴巴。独孤翊是好人？

马上就要挤到衙门前，绝舞又听旁人道：“今天要审谁？不是说红刹是疑犯吗？莫非抓到了？”

“恐怕没有，听说还有另一个疑犯，我们一会儿先看看。”

忽地一声惊堂木起，一个师爷模样的男子高声喊：“升堂——”

衙差们条件反射性地应：“威——武——”

威武声中，一人匆匆从内堂跑了出来，在堂上之人耳边不知念叨了句什么，官椅中的县令蓦地惊起，脸色大变，急忙整理仪容就要朝内堂走去。

就在县令整理仪容的当口，围观的百姓中惊呼声此起彼伏。只见内堂处一人掀帘而出，一袭白袍施施然走了出来，身后跟着蜀地的城主独孤翊。

县令惊得头都不敢抬起。能让当今的五皇子、蜀地城主走在其身后的人，他当真是不敢抬头看啊。

围观的百姓们是没有见过圣音的，但偏偏就有人认了出来，“那是三公子！”

绝舞挤着走到人群中的第一排，看着堂内俊逸脱俗的容颜，那样恬淡温雅的风华恐怕也只有她师父才当得起，被认出来似乎也在情理之中。

绝舞出现在前排的一瞬间，圣音黑眸扫过，便落在了她身上。

一旁衙差急忙拿了两把椅子过来，独孤翊和圣音落座，县令也不敢坐下，就在一旁站着。

“审得怎么样？”独孤翊看了眼堂下已遍体鳞伤的疑犯，眯起眸子，率先开了口。

“这个……卑职已派人前去搜寻城主那日提及的疑犯，还没有消息……”

圣音斜倚在木椅上，眼神悠悠。方才看案发现场时听独孤翊说起独孤凌生死因，他大略猜到独孤翊之前说的另一个疑犯是谁，便笑问："独孤公子说的是？"

独孤翊摸摸鼻子，有些尴尬。他初见绝舞那日的确怀疑过，虽然只是怀疑而已，他也不愿放过任何蛛丝马迹，所以就让衙门官差去寻红刹的踪迹，却没有点明谁是红刹以及在何处。

这……如今要砸自己的场子，独孤翊蓝眸闪闪，"这位是三公子，方才去过案发现场，也与我讨论了一些细节，已经排除红刹的可能性。"

县令闻言急忙福身向圣音行了礼。难怪城主这样客气，原来是当今国主都要敬让三分的三公子。

"可是，之前种种证据都指向了红刹，三公子和城主可是有了确切的证据吗？"县令思量再三，还是开口道，"若是没有，卑职还是要……"

"要什么？红刹是三公子的徒弟，以三公子的为人，难道徒弟会做出这等残忍的事？"

县令不无惊讶。这些日子不是没听说过坊间传言，不过他只当是传言，如今真真切切地被人证实，着实也吓了一跳。

独孤翊有些急，他请了圣音来帮忙，如今却因为自己之前过早的判断又将人家徒弟牵扯进来——若真将绝舞关进去个一两天，且不说他得在圣音手下挫骨扬灰了，就是绝姒也不会放过他的。

不多时，整条街都被堵得水泄不通。这些日子前来蜀地目睹三公子风采的人好像都闻讯赶了过来。独孤翊的话像是炸药一样，才扔出衙门，围观的人就哄地热闹了起来。

绝舞死死瞪着独孤翊。十年都没对外公开而刻意避开的事，就这样让他公之于众，她恨得几乎想将他碎尸万段。

独孤翊话出口的瞬间，圣音抬眸扫向绝舞，只见她紧咬着唇一脸愤怒，心里不禁叹了口气。虽然独孤翊自作主张说出红刹身份，但此刻这的确是最快的解决方式，为了查出幕后那人，他们拿到的证据现在还不能公开。

独孤翊在县令耳边嘀咕几句，县令舒展了眉头，命人将堂下疑犯押下了牢，并对外宣称三日之后再审理此案。

独孤翊和圣音为了避开衙门外围观的人，走进堂内准备从后院离开，绝舞急忙跟了上去。

绝舞跟了上去也不出声，默默走在两人身后。独孤翊回身看了绝舞几次，只见她耷拉着脑袋，气色很差，而圣音云淡风轻的模样也不知在想些什么。

独孤翊想起绝姒的嘱托，对圣音道："三公子，在下有几句话想跟绝舞姑娘说，不知绝舞姑娘能否晚回去片刻？"

圣音闻言停步，看了看身后可怜巴巴跟着的人儿，转而望向独孤翊，目光若寒潭般沉静，“独孤翊公子有什么话，不能在这里说？”

绝舞闻言便问独孤翊：“你有话跟我说？”刚好，她也“有话”要跟他说！

独孤翊点点头。

“师父，我晚回去片刻吧。”绝舞转向圣音请示道，目光却越过他不知在看着远处的什么，有些涣散。

她不想回去，一刻都不想留在明月山庄，整座山庄无处不在的喜气只让她感觉窒息得透不过气。

圣音对上她的眸子，沉默须臾，转身离开。

她一向黏他。这些年他身边也有过一些不错的青年才俊，她从来不屑与那些人有交集，可这次，她不介意独孤翊向她下毒还开口求他帮独孤翊，现在，竟然还接受独孤翊的邀约。

她是因为他坚持成亲，已经在为自己找后路了吗？

他徐徐漫步在飞雪之中，氤氲缭绕的雪雾在周身蔓延，身体并不觉得冷，心头却袭上一股冷意，恍惚间发觉自己竟第一次有了害怕的感觉。

他有时很庆幸她的身份，因为她的身份他才有机会在十年前救了她，才能遇到她；可同时也因为她的身份，他们永远没有可能。然而即便如此，他也从未设想过她会离开，她是他一手带大的，在他的世界里，这是绝对不允许发生的事情。

可她竟说出要离开他的话，那一瞬间，他突然发现自己或许并不了解她。

忽而，淡淡的菊香透过雪雾飘了过来，圣音蓦地停住脚步，“出来。”

“属下拜见少主。”着水绿色衣裙的女子出现在几步之外，面戴比衣服颜色略淡的绿纱在雪雾中若隐若现。

“不记得我的话了？”他目光蓦地沉了下来，语气冰冷，完全不同于以往的温雅。

绿衣女子立即单膝跪倒在地，眉眼神情毫不变色，平静的声音中不带一丝恐惧，“少主息怒，属下有要事禀报。”

“我明日就会回去，你没得到消息？”他淡淡出声，给人一种无言的压迫感。

“就是知道，属下才来的。”女子语气坚定，即使知道主子动怒了，也毫无畏色。

他沉默须臾，“起来说。”四位阁主办事他一向放心。虽然之前叮嘱过，没有他的吩咐决不能在他以圣音身份示人时踏近他身边半步，眼下看来，的确有什么事情发生。

女子站起身，直直立在圣音面前。此女子正是迦隐四阁主之一的菊阁阁主——孤傲洁。迦隐四位阁主各个身怀绝技，这是人尽皆知的事。眼前女子，浑身上下没带任何兵器，皆因菊阁阁主善使暗器。外表看起来似乎没有什么危险性，实际上她身上暗器多到足以一次性要百人性命。

“近几日，迦隐的厨娘换了。”

圣音双眼森冷地射向眼前的女子。就为这个？

“原来的厨娘莫名身亡才被更换，属下觉得事情蹊跷，所以我们四个商量过后才决定冒死前来告诉少主，劝少主先不要回去，等属下调查清楚现在厨娘的来历再议，说不定日教已有人潜入了迦隐。”孤傲洁直视圣音。

“不需要。”听了解释，没有起伏的冷冷语调没有丝毫的感谢意味，“以后没有我的命令，不许擅自来这里，下不为例。”

“是。”孤傲洁仍是平静的语调，没有该有的委屈。对她来说，少主这次已经是太开恩了，她很清楚，若是换作别人，早就人头落地了。

语落，孤傲洁来不及拜别，圣音已消失在雾霭之中。

大雪停歇，夜间天空反倒清明一些。

绝舞回来的路上忍不住激动与惊喜。她没想到，这么多年了，她竟然还有个姐姐在她从来不知道的地方想着她、念着她！可万一是独孤翊弄错了呢？为何师父从来未提及过她还有个姐姐的事儿？这个消息来得太过突然，她还得回去静下心好好想想！

浑浑噩噩地走进明月山庄，到了院子里，看屋里亮着灯，她以为是青衣或绿萝在为自己铺床，便没在意。

直到推门而入，才发现圣音手里执着一册书，静静坐在桌旁。她不是不惊讶的，轻唤了声：“师父。”

师父是在等她？她不确定也不敢问，之前的自作多情被伤得体无完肤。她安静地站在那里不再多话。

“过来。”

她挪了半步就不再移动。

他抿着唇角，啪的一声将书摔在桌上站了起来。

她现在就站在他面前，却学会了伪装，那副无所畏惧的神情激得他心尖儿都疼，他胸口闷得厉害，缓缓吸了口气，“去了哪里，这么晚回来？”

她没有看他，走到矮柜旁换了双舒适的鞋子，低声道：“跟独孤公子转了转，就在城内，没去哪里。我跟谁去了哪里，师父曾经也不曾过问，现在是怎么了？”她只是这么随口一问，可还是希望他能说些让她听了舒坦的话。

她咬着唇偷偷去看他，只见他望着烛光，桌上蜷曲着半握的拳，曼声道：“你一个姑娘家在人生地不熟的地方这么晚才回来，师父总归是要担心的。”

师父！师父！他就算不提醒，她也知道他是师父！

她烦躁地甩开鞋子，伤心又愤怒，他怎么可以待她那样温柔又这样残酷？！

“我已经安全地站在这里，师父也不必担心，早些回去休息吧。”她咽下苦涩的微笑，下了逐客令。其实她多想与他待在一起，能多久就多久，可她太怕他又说出让她心疼难过的话来。

她在赶他？

一阵风扬起，就在她眨眼间，雪白的衣袖在她眼前缓缓落下，他已然站在了她面前。她屏住呼吸，视线落在他第二颗盘扣上不再移动。他与她的距离很近，她甚至能感觉到他温热的呼吸拂在她额前，忽而冰凉的指尖触在她的下颌，心突突地跳起来。

他垂眸看着她颤抖的长睫，两指捏着她下颌强势抬起。

她捏紧拳头，不得不抬眸看着他。

他眼底浮光隐隐，深深地望进她的眸子，“他同你说了什么？”

绝舞只觉心神慌乱，额头、手心出了一层细密的冷汗。她不曾见过这样强势的他。十年来，他待她一直极是温柔，甚至没有高声凶过她，她每每犯了错可怜巴巴地认错时，他只会轻叹着拍拍她的脑袋，告诉她不要担心，他会处理。

他身上清淡的香味开始在周围蔓延，她觉得心都快从胸腔里跳出来了，不自觉挪了挪，不作答，把脸别向一边。

可是这次，他显然不打算放过她，捏着她下颌的指稍稍用力，俯下了身在她耳边低低道：“他都说了什么，嗯？”

他吐息间的热气就喷洒在她耳边，声音低低袅袅的，带着不曾有过的魅惑。她整个人都颤抖起来，恨不得推开他跑掉。他却像看穿了她的想法般，另一只手扶上她的腰将她搂了过去，手间温热的气息隔着衣料缓缓传入身体，酥腰轻颤，她脸红得像煮熟的番茄。

“他、他……”她脑袋开始变得混沌，无法思考，支支吾吾地说不出话。

他的唇几乎碰上了她的耳垂，“说了什么？”

怎么会这样？师父怎么会这样？这样是不对的，不应该是这样的！

见她还是没有反应，他捏着她的下巴将她拧过来，双眸直视着她蒙了雾水的眼睛，然后缓缓俯身，将唇印在她轻颤的眼睛上，低低喃喃：“丫头，你说过不走的，不能过河拆桥……”

她只觉脑袋轰的一声，像是炸开一般，僵在原地不能动弹。

他将她拥进怀里，手指穿过她柔顺的发丝轻声安抚，“你答应过师父，不走的。”

她静静地靠在他怀里，脑袋混沌过后反倒异常的清醒，她舔舔干燥的唇，推开他，“师父不必这样哄我。我答应过，只要师父帮独孤公子我就不离开，不会食言的。”

独孤公子！她回来不多时，提及这个名字倒是频繁！

他冷了眸子，独孤翊做事她就觉得都是有苦衷，他真情实意，她反倒觉得他在哄她。

好，好得很！

“记住你的承诺便好。”

他气得不浅，侧过脸不看她，拂袖而去的时候隐隐听到她浅啜的声音。

她跌坐到地上，抹着眼泪越愈发失魂落魄。她实在不懂跟师父的关系怎么变成了现在的样子，越发暧昧却也越发疏离，她简直要被现在的境况折磨疯掉了。

第二日，天空难得的晴朗，少了雪花的明月山庄依旧很美，暖洋洋的日光照在厚厚的雪上，闪闪发亮。

“绝舞姑娘。”青衣站在床幔外轻轻唤了声。

见里面没有动静，她提高嗓音又喊了声，仍是没有动静。青衣想起圣音的嘱咐，心突地一跳，急忙拉开床幔，呼地一下把床上的被子全都揭开，看到仍旧沉睡的绝舞，提起的心这才落下。

“嗯……”绝舞迷迷糊糊想要把身上的被子重新盖上，结果两手乱摸一通还是没有摸到。

青衣被她可爱又迷糊的模样给逗笑了，俯下腰在她耳边叫了声：“绝舞姑娘，起床了！”再不起床，可就晌午了。三公子特意吩咐过今天要带绝舞姑娘出去散心，她可不能疏忽了。

“啊！”从来没人在大清早这么近距离地叫过自己起床。习武之人天生的敏感，即便是很小的声音也惊得绝舞猛然从床上坐起，看到床边是青衣，这才拍拍胸口，松了口气，扑腾一声又躺回去。

青衣笑着道：“姑娘，今天天气不错，我们去集市转转吧，你来蜀地这么久，应该还没去玩过，我今天带你出去好不好？”

昨夜辗转反侧无法入睡，似是寅时才睡着，这会儿外面估计也就刚过卯时，要让她起床她宁愿永远醒不来。

“不去，好困……”

正在青衣左右为难不知该找什么借口时，绝舞蓦地从床上跳起来，“现在什么时辰？！”

青衣一脸茫然，“刚过卯时啊。”

“啊！”绝舞手忙脚乱地从床上跳下来，匆匆穿好衣裙，嘴里不断念叨，“完了完了，晚了晚了……”

青衣好奇道：“什么完了？”

“没什么，青衣你快过来，帮我梳妆打扮打扮。”绝舞手忙脚乱地挑配饰，“听说你化妆水准很高，一定要把我打扮得漂漂亮亮的哈！”

“哦，好。”青衣有些莫名其妙，不过仍很尽心地帮绝舞挑了些适合她的配饰。

绝舞盯着镜中显得有些憔悴的人儿问：“青衣，你说我是不是变丑了？”

青衣看都没有看镜子，认真梳着手中的发丝，“姑娘还跟刚来明月山庄的时候一样漂亮。”

“你都没有看镜子，还这么说。”她不满地咕哝。

“青衣天天都跟你在一起，还用看镜子吗？这段时间姑娘虽然憔悴了些，但大大的眼睛，俏俏的鼻子，不点自红的菱唇，还是这么可爱，哪里丑了？”

绝舞因她的赞美安了心。昨天独孤翊说今天会让她跟姐姐见面。这些天因为太受打击整个人都很憔悴，她今天一定要打扮一番，精精神神地去见那个也许是姐姐的人。

青衣果然好水准。绝舞盯着铜镜里的自己，小嘴微抿，粉面桃花，很精神的模样。

她冲着镜子里的自己笑笑，水润的眸子里即刻漾满了笑意。

青衣瞅着她，忍不住问：“绝舞姑娘要出门？”这样梳妆打扮，该不会是去见某个男人吧？

绝舞哼着小曲儿尽量让自己的心情愉悦，以掩盖近几日的低迷，“是啊。”

“那青衣陪着姑娘吧。”

“不用。”

“姑娘人生地不熟，万一走丢怎么办？”

“不会，我可是跟着师父闯荡江湖的人，怎么会丢？”绝舞不自觉地又提及圣音，抿了抿唇，深深呼吸一口气站起身，拍拍青衣的肩膀，“好啦，我走了。”

“姑娘。”青衣去拽绝舞的衣袖。

绝舞疑惑地回身，“又怎么啦？”

“我还是跟着姑娘去吧，否则三公子会责怪青衣的。”

“哎，我说你今天怎么了啊，青衣？做什么总是阻止我出门？”时间已经晚了，绝舞不想再耽误下去，沉了沉脸色，“你的主子究竟是吟依还是我师父？”

青衣顿了顿，不知该如何回话。她的主子看起来是吟依，实际上是圣音。

很老套的情节，当年她在路边卖身葬父葬母，一个戴着银色面具的男人刚好经过，他并没有停下的打算，是男人旁边的女人开口劝了好久，他才给了她银子安葬父母。之后她一路都跟着那个男人。但那个人并没有留她的打算，她声音都哭哑了，说要报答救命之恩，最后那人在蜀地给她找了一个差事，走时问了一句话：“你想报恩？如果有一天，报恩需要用你的命换呢？”她当时只是愣了一瞬，便答应了下来。

她本就已经走投无路，他救了她，她的命自然是他的。

之后那人就再也没有出现过，只是隔段时间就有人来教她一些礼仪和需要学的东西，直到前段时间，戴银色面具的男人再次出现在她面前的时候，她才知道，这个人就是江湖上人人都敬畏三分的迦隐少主。当他揭下银色面具的瞬间，她愣在那里一句话都说不出来。她从没见过那么俊那么美的人，美得令天下所有女人都黯然失色，而那个人居然也是人人敬仰的三公子。

她从来都不知道，一个人居然可以这样游刃有余地扮演两个截然不同的角色，一个冷酷无情，一个温润和煦。就在她发呆之际，一颗药丸送到了她口中。少主告诉她，她吃下去的是绝命散，要是她敢把她知道的告诉别人，就会立刻因药效发作而身亡。其实何必呢，她早就说过，命都是少主给的，她自然不会做忘恩负义的事。

就在青衣愣怔之际，绝舞抽回袖子转身就走。但让绝舞万万没有想到的是，青衣忽然一个翻身跃到自己身前，手臂一伸挡住了她的去路。

"抱歉，姑娘，我必须跟着。"

绝舞惊讶地张大了嘴巴，"你居然会武功！"这明月山庄一个小小的丫鬟都会武功？！

"姑娘不要为难青衣。"青衣为难地劝着绝舞，希望绝舞能改变主意，"外面不安全。"

公子吩咐过，最近日教的人在蜀地非常活跃，国师独孤凌生的死就是日教人所为，而且还险些嫁祸给了绝舞姑娘。绝舞姑娘武功不错，但毫无心机和城府，若是在外被日教人所骗出个差池，她就是赔上性命都还不起。

"我非要去你怎么拦？！"

"那就得罪了。"青衣豁出去了，明知道自己武功不如绝舞，也总得一试。

谁知道，刚伸出去的胳膊还没碰到人就被绝舞耍了诈给跑了。青衣焦急地看着绝舞离开的方向，命一个丫鬟给尘无影留个话，便急忙跟了上去。

蜀地与离都交界的西南方有座山，名清山，暖阳如玉，云雾如带，放眼望去，碧色满山，扑面而来的是满山竹香。清山虽不高也不陡，却传说凡是进山之人没有能活着出来的，不是在山间迷路，就是被莫名暗器所伤，所以江湖人都不知道，神秘的迦隐就坐落在这清山之巅。

清山脚下不远处，有间雅舍隐在官道旁的竹林深处。雅舍四周被竹篱所围起，周边繁花锦簇，是隐居的佳所。

绝舞在独孤翊的带领下推门而入。只见一位戴着竹编纱笠的女子坐在窗前，纱笠的四周围着淡黄色的纱，女子手撑下颌，看不清长相。

"你……"

听到声音回头的绝姒，揭开面纱，一眼就看到了绝舞。

绝姒心思翻涌地凝视着犹豫不前的绝舞，一手支撑着桌沿颤颤巍巍地站起身，双眸漾起朦胧的水雾。满盈的眼泪顺着粉颊缓缓流下，眼泪最后竟一发不可收拾地狂流不止。

十年啊，十年！她们姐妹相离十年，绝姒以为见了面会完全认不出绝舞现在的模样，可是当她看到绝舞的时候，她只一眼，心底就坚信了绝舞的身份。

绝舞的双脚像灌了千斤的重量，死死地定在地上竟无法前行。在独孤翊告诉她她还有个姐姐活在世上的时候，她起初是不信的。后来回忆自己这些年做过的梦，那些片段真实地存在于脑海里，想抹都抹不去。虽然她对七岁之前的事情已经失去了记忆，可是那些感情好像还深埋在心间，只要被人提起，心就会止不住地疼。

或许，眼前这个女子真是自己的姐姐，否则看到她那似乎永远都停不下的泪水和类似激动的神情后，心为什么会疼起来？像是被影响般竟也有丝兴奋和激动。莫名的情绪让她的心乱了一把。

绝舞抹去眼角溢出的泪水，缓步走过去，垂眸看着绝姒扶在桌边因用力而变得苍白的手指，然后覆了上去。

绝舞的手才刚碰触到绝姒，就被反握住。

绝姒颤抖的红唇微启，多想叫一声“舞儿”，可张开了口，却不知从何说起。前一天晚上准备的满腔心里话，这会儿竟一个字也说不出，只能试着用目光传达自己日夜的思念。

绝舞看着绝姒的眉眼，那种熟悉的感觉扑面而来，迟疑而激动地叫出了声：“姐、姐？”

绝姒忽然间就哭出了声，猛地将绝舞搂进怀里，“舞儿、舞儿……是姐姐、是姐姐啊！”

脑袋突然一阵阵地刺痛，绝舞咬牙忍着脑袋突然传来的阵痛，叫着她名字的这个声音这么熟悉，记忆中的什么仿佛要从脑袋中迸发出来，挤得她的头发涨。好疼，头好疼。

“姐姐，是姐姐吗？”绝舞再三呢喃，还是不敢相信姐姐竟然活生生地站在自己眼前，万一、万一是个陷阱，欺骗她的呢？

绝舞蓦地推开绝姒，退后几步，“不、不对，姐姐死了，姐姐在十年前就死了！爹、娘，全家都在十年前的大火里死了！”

冲口而出的话让绝舞自己怔愣在原地，她到底在说什么？这些都是梦中的事，她为何会当作事实脱口而出？

炸裂般的疼痛袭来，她抱着脑袋蹲在地上。十年前的所有画面开始在眼前飘过，那么多的画面，忽然之间全部回到她的记忆里。

她的话像刀一般割在绝姒心头，绝姒蓦地捂住嘴泣不成声，跑过去将蹲在地上的绝舞紧紧抱住，“姐姐还活着、还活着！”

绝舞不可抑制地颤抖起来，十年的一幕幕如洪水来袭，湮过她的身体，扼住她细嫩的脖颈，直到再也无法呼吸。

“狸但斑斑，跳过南山……南山北斗……猎回界口……界口北面，二十……弓箭……”

绝姒哽咽地念着小时候她们最爱的童谣，轻拍着绝舞颤抖的后背，泪水不止。

一首两人共同的儿歌，将往事帷幕拉开。

哈，姐姐，你不要走啊，这边，快来这边，快点快点，舞儿在这儿呢!

姐姐、姐姐，舞儿最喜欢姐姐了!

呜呜，人家不要啦，人家要姐姐抱。

好嘛，姐姐要的话舞儿就给，人家最喜欢姐姐了。

姐姐长得真漂亮，舞儿也要长得像姐姐这么漂亮。

还是姐姐对舞儿最好，最疼舞儿了。爹娘不爱舞儿了，都不让舞儿出去玩!

为什么今天晚上不可以跟姐姐睡，我不要！我就要跟姐姐睡!

姐姐，你在哪呢？爹娘在哪儿呢?

姐姐，你骗舞儿，呜呜，呜……哇呜……

你说来找舞儿的，为什么不来……舞儿好怕、好怕。这儿好黑，没有姐姐，没有娘和爹……为什么都骗舞儿，娘和爹也不见了……姐姐坏，姐姐不要舞儿了……娘和爹也不要舞儿了……都不要了……哇呜呜，呜……

舞儿再也不要喜欢姐姐了……

“姐、姐……”绝舞突然抱住绝姒，放声大哭起来。两个十年都没有叫出来过的字终于说了出来。

绝姒欣喜若狂地搂住舞儿，泣不成声。

“对不起、对不起……”

欣喜、内疚、心痛，一瞬间全部涌上绝姒的心头。

独孤翊看着姐妹俩重逢的画面，湛蓝的眸子浮上一层水雾，悄悄地退出屋子关了门，将剩下的时间留给十年不见的两人。

第四章
一眼相思意

绝舞以为圣音在山庄里，怕被他发现自己跑了出来，想着尽快赶回去。她不知道的是，圣音与吟依早在她出明月山庄之前就已经离开了，此刻恐怕已经快到离都的边界了。

昨日圣音与独孤翊所查的国师命案与日教脱不了干系，为了能确定是日教所为，他还需要回迦隐去仔细看看那份卷宗。七年前，迦隐内部发生动乱，他的爹娘都是死于那场动乱之中，而他们致命的原因与独孤凌生基本吻合，唯一一点不同的是致命位置有所偏差。

羊肠小道上，吟依易了容走在同样换了身份的圣音身边，看着身旁沉默了一路的人，她几度张口欲言又止。

其实这段时间很多的话都在她心里百转千回，有些事她想问却不敢，有些事她想做决定却同样没有勇气。她不问不代表她看不出来，尘无影好几次看见她都欲言又止，眼神闪烁，她心里只是苦笑。

她没有那样迟钝，尘无影瞒着她的事，在第一次见到绝舞时她就看出了端倪。她与师兄从小一起长大，却从未在师兄脸上见过那样的神色，他看着绝舞时眼底有掩饰不了的宠溺，却又隐忍着淡漠的疏离，矛盾而挣扎。

对于她，师兄也一样疼爱，却是对妹妹般的疼爱。犹记得当年那个俊美的小男孩，拉着她的手说“哥哥会永远保护你”，如今，他是在保护她，却不是用她想要的方式。

吟依微抬首，望着身边的圣音。今日他里身穿着上好的紫色绸缎，外身套着比里衣颜色稍淡的紫色蚕纱，腰间戴一个白玉镂空龙纹佩，虽没有白衣的出尘，但浑身透着一股尊贵冷傲的气质，加上银色的面具，更是散发出独有的邪魅气息。

几经挣扎，吟依终于忍不住打破沉默，“师兄，我们成亲时间再推后一些吧。”可以与师兄相守是她这辈子的心愿，但她不想在这样的情况下完成。如果他只是为了爹临终的遗愿而与她成亲，那么她宁愿不要。可她又不甘心轻易放弃，不如给他和自己多一些时间。

她已经等了这么多年，不在乎多等一些时日。

绣着莲花的墨色靴子停住，圣音垂眸望着吟依，“为什么？”

吟依淡淡地柔和地牵出一抹笑，“近些日子日教活动频繁，我总觉得会有些事发生，心神不宁的。况且，日教已经知晓你的身份，难保不会在成亲当日引来不必要的麻烦。不如，等除去日教，为师兄的爹娘报了仇再说。”

圣音面具下的薄唇微微抿起，默然片刻，道：“成亲的日子不能再推了，日教那边你放心。走吧，最好赶在日落之前回到迦隐。”

吟依知道圣音决定成亲只是为了完成她爹的遗愿，所以万万没有想到圣音会拒绝这个提议。

寂静的郊外忽然传来咯咯的笑声，以及一道爽朗的男声。

吟依看看不远处的竹林，止步望向圣音，只觉这笑声非常熟悉。

其实圣音早就听了出来，只是在吟依看过来的时候，他才陡然间意识到这笑声为何这么熟悉。那丫头不是应该在明月山庄的吗？无影究竟是怎么给他看人的？

虽然圣音戴着面具，但从那双变化不定的眸色以及浑身散发出来的清香来看，吟依知道他不但动气了，而且气还不小！

“师兄！”就在圣音旋足的瞬间，吟依蓦地拽住了他，“别忘了你现在是圣忆风，不是圣音，不是她的师父。”

一句话，让挺拔的身躯僵在原地。

“听这声音应该是要走出竹林的，要么等上一小会儿，等出来后再确认。这样闯进去，万一是我们听错了呢？”吟依好心相劝。

圣音迟疑之后又点点头，狭长的双眸微眯，透着愠怒。这丫头，说了不能随便出庄，经过上次的事居然还不长记性。

竹林里的三个身影越来越近，交谈的声音越来越清晰，待看清绝舞身边那抹藏蓝色的身影，圣音眸中突然掠过一抹寒光。

吟依看清绝舞身边的绝姒后，不禁轻咦了声，“那不是独孤翊的妹妹吗？”同住蜀地，在路上自然是见过的，只不过是点头之交而已。

圣音眼眸漆黑，深沉得看不出任何思绪。独孤翊的妹妹？这么快就已经跟独孤翊熟悉到与人家妹妹相谈甚欢了，好得很！

就在吟依想着如何控制住圣音怒气的时候，远处忽而传来一道突兀的声音——

“呦，这不是蜀地的城主独孤翊吗？”一道冷哼从不远处道路左侧的小山丘上传下来。

独孤翊三人循声望去，发现了立于不远处山丘上的人。

这条路名水道，却并不是真正的水路，只是比其他的路都干净些，没有土灰和石块，干净得即使扬风也吹不起一粒沙尘。这是从清山脚下回蜀地的必经之路，同样也是去离都的必经之路。

独孤翊没有回答，示意绝舞和绝姒继续上路。

“这么不给面子？”声音随着水蓝色影子的靠近越来越清晰，让人不禁在心里揣测起来人的武功高低。

“有事？”来人武功不低，看来要小心提防。

“在下是日教的水护法。”独孤翊面前的人，没有回答他的问题，反倒是报上了身份。

既然对方没有回答他的问题，他也没理由继续逗留下去。独孤翊湛蓝的眸子看了眼水护法后，从他身旁掠过，后面跟着好奇的绝舞和绝姒。

“城主这样就想走？”

独孤翊仍沉默着往前走，似乎对方不是在跟他说话。后面的绝舞和绝姒倒是有些不安。

“听说城主和迦隐的少主似乎有来往？”

又是迦隐！绝舞听到这个名字就觉得火大。她和师父从北城一路到蜀地，遇到不少偷袭的人，一个个都说什么迦隐的传世秘籍在师父身上。她实在觉得好笑，师父是什么样的人，江湖上谁人不知？师父身上怎么可能会有迦隐那种邪教的秘籍？真是荒谬至极。迦隐真不愧是让人退避三舍的魔窟，与他们完全没有丝毫干系的人都能被卷入纷争！

心里愤怒着，绝舞忍不住回头瞪了一眼所谓的日教水护法，“你们日教可真够无聊的！我们根本不知道什么迦隐和破秘籍，别来烦人！”

“舞儿！”绝姒急忙制止住舞儿的话，不想她惹来不必要的麻烦。

“哦？这位姑娘当真不知道迦隐？”水护法双眸紧紧盯着舞儿，若有所思又怀疑地问。

绝舞咬着牙，忍着冲上去揍他一顿的冲动，喊了两个字：“当、然！”

迦隐少主的徒弟居然不知道迦隐，这可真是天下第一大笑话，哈哈哈！

远处的吟依有些心急地望向圣音，担心那个自称日教水护法的人暴露圣音的身份。毕竟现在江湖上知道圣音真实身份的人，只有日教。

圣音只是静静地观望着，不见有任何动静。

水护法没有再同绝舞讲话，而是转向已经停步的独孤翊，“迦隐可是邪教，要是传出堂堂龙月国蜀地城主和迦隐的人有勾结，您也不好朝上面交代吧？”

独孤翊转过身正对水护法，湛蓝的眸子颜色变得愈来愈深沉，隐藏着一触即发的怒气，“本城主与谁来往，还轮不到你这个小角色过问。更何况，还是早就已经销声匿迹的日教！”

水护法不怒反笑，笑声在寂静的路上显得格外刺耳，“在下只是奉劝城主，千万不要交了不该交的朋友，更不要对不该动情的人，动了情。”说到最后一句时，他暧昧地将视线落在绝舞身上。

独孤翊嗤笑道：“当真是贼喊抓贼！纵使迦隐杀过再多的人，也比你们日教来得光明正大！”

水护法笑着摇了摇头，阴险笑道：“教主既然让我来提醒城主，我当然就不能这么回去。”

“你想做什么？”

“听说前些日子，城主与圣忆风的徒弟有过交集。”水护法扫了眼绝舞，也不挑明，“只要城主配合，告诉我圣忆风的徒弟在何处，我便放你们走。如何？”

有病，根本就不知道什么圣忆风的徒弟，让他说什么，“你要威胁我也得看看有没有这个本事！我们走。”独孤翊毫不犹豫地拒绝了这个可笑的要求。

“那就不要怪我失礼了！”

找借口出手才是你的目的吧，独孤翊心里冷哼道。他们有三个人，一个不会武，一个武功虽高却心思单纯，算起来他们有两个人来应付。日教的四个护法武功都不低，不一定能占上风。

还不待他思考完，水护法的剑就刺了过来。真是太心急了，这点时间都等不得。独孤翊迅速推开绝舞和绝姒，漂亮利落地接了水护法一剑。但他估计错了，对方的目标并不是他，才和他过了不到三招，那把剑就越过他对准绝舞刺了过去。

绝姒惊呼一声：“小心！”

绝舞瞧见那把刺过来的剑，反应敏捷地腾空而起躲了过去。

独孤翊在对方身后一连几招，招招致命，想要拖住对方。

水护法心里有些发怵。其实今天意不在伤了他们谁，只是想挑起个是非，让独孤翊怀疑圣音，谁料那个红刹是个榆木疙瘩不说，连独孤翊竟也没有联想到圣音身上。

过了十来招，水护法虽然武功不低，但同时对付两人还是有些吃力，这个圣忆风的徒弟武功居然比他预料的还要高些。

任务还没有达成，他必须拖延时间，心急之下，不顾身后独孤翊的剑，直接一剑向绝舞的心脏部位刺去。

绝舞和独孤翊都没有料到对方居然如此狠毒，会出同归于尽的一招，一时之间没有反应过来。绝舞看着水护法眼中迸出的嗜血杀气，觉得奇怪。她又没得罪他，为什么剑剑要她的命呢？

绝姒眼看剑尖儿就在绝舞身前几寸，自己跑过去也来不及，在一旁惊得几乎昏厥过去。

突然间，那把利剑在将碰到绝舞衣服时被弹出数丈之外，同时，身后人也被独孤翊狠狠地刺进了一剑。剑没碰到人自己倒是受了伤。然而剑的主人却笑了，似乎这才是他主要的目的。

砰的一声，利剑落地，断成了两半。

随后伴随着如清泉流淌的笑声，一抹紫云从天而降，如羽般轻飘飘地落在三人面前，衣袂翻飞中清香四溢，一张银色的面具在一团紫色中若隐若现。

待紫衣人站定在绝舞面前，绝舞都还没有从刚才的惊吓中清醒过来。天哪，好险，那把剑差一点就要了她的命。

哪来的香味？虽味道不同，但她还是一下就想到了师父。回过神，发现一个戴着银色面具、衣袂飘飘的人站在眼前。

是他救了她？

她看着眼前的人，因刚才惊险一幕而狂跳不止的心竟奇异地逐渐平静下来，随即心又紧张地怦怦直跳。她震惊地捂住胸口，因为除了师父，没有人给过她这样的感觉。

眼前的人戴着面具，根本看不到脸，可为什么感觉这样熟悉？

绝舞抬首望向那双眼睛，狭长的眼眸深邃若海，与师父的眸子那样像。脑中不由得将眼前的人和圣音联系在了一起，像是着了魔般，不知不觉中手已经伸了出去。真的很想看面具下的脸是不是也和师父一样的俊美呢。

“舞儿！”眼看绝舞就要失礼了，独孤翊赶紧制止住她。

那声舞儿刚刚叫出，圣忆风淡漠的双眸泛上了冷色。

她一怔，看着这双既陌生又熟悉的眼睛，真舍不得移开视线。

唯一不同的是，这双眸子没有师父眸中的温暖，很冷呢。

好冷漠的人，她开始怀疑，刚才真是他救了她吗？

“谢谢。”绝舞抽回手，礼貌地对着眼前的紫衣人道。

丫头，没有认出他。

虽然他并不想让她认出来，但真的有点失望，毕竟一起生活了那么多年……

他心里五味杂陈，移开视线，没有搭理绝舞的道谢。

不远处的水护法突兀地大笑起来，“独孤城主，迦隐的少主刚刚救了你们，你还敢说和他们没关系吗？”水护法得逞地朝独孤翊笑道。

独孤翊震惊地看向绝舞身前浑身散发着威严和寒气的紫衣男人。他听说迦隐的少主冷酷无情，杀人如麻，根本不会去管不相干人的死活，今天为什么会救他们？

圣忆风挑起入鬓剑眉，转向血流不止的水护法，扬起一抹幽冷的笑，“你还不走？”

远处的吟依勾唇苦笑。师兄会放日教的人一命是因为绝舞在场吧。尽管现在他是圣忆风，绝舞根本不认识他，他也不想在她面前暴露残忍血腥的一面。

水护法今日前来本就是抱着必死的决心，圣忆风能饶他一命实在大大出乎他意料。呸地吐了口血，水护法狠狠瞪了眼圣忆风，转身捂着胸口离开。

圣忆风复又垂眸看着眼前发呆的绝舞，伸出一根白皙纤长的指，轻轻抬起她圆润的下颌，眼角浮现出一抹笑意。

那笑，有点冷，有点邪，也有点魅，让绝舞不禁浑身一颤，像被施了法，无力抵抗。

“这位小姑娘，和人过招时记得长点儿心眼。”狭长的眸子一眯，宛似流水的声音从那张面具之后逸出，带着淡淡的戏谑。

那双魅态横生的双眸像是对她施了魔咒般，让她不能自拔，根本没发觉自己的失态。

像，真像，师父那天生气时也是这般模样。

独孤翊皱起浓眉，走上前把呆愣的人儿拉到身后，“请圣少主自重。”

这种保护的动作看在圣忆风眼中格外的刺目，就好像她是独孤翊的专有物!

独孤翊挑衅地瞪着圣忆风。这就是迦隐的少主？依他看来，这人不只是传说中的冷酷，还是个轻浮的家伙!

“呵呵，少主又调戏人家姑娘了。”身后易了容的吟依轻步移到圣音身旁。以目前的状况来看，她再不出现，难保师兄不会和独孤翊动手。

看到圣忆风身旁的白衣女子，绝舞心里不知为何闷得慌。

那白衣女子冲绝舞一笑，“小姑娘，刚才真的很险，以后要小心。外面的人知面不知心，还是在家安全。”说完后，转向圣忆风，“少主，我们也该上路了。”

经过刚才那一番惊吓，绝姒坚持让绝舞在离此处不远的香阁住一晚，第二天清早再离开。

绝舞怕圣音担心，起初推托，而后又想起圣音最近对自己的态度，一咬牙答应了下来。心想师父现在是有人陪的，而且忙着操办婚事，哪里还有闲心顾着她？她这样拒绝姐姐，到头来师父那里也不过是自作多情，不如多多在乎眼前真正关心她的人。

这样想着，带着一些叛逆和报复的心理，反倒舒坦了很多。

绝舞到了香阁，像个没见过世面的孩子，上上下下跑了个遍，这才气喘吁吁地跑到大厅里，结果，刚踏进去脚就被门槛儿给绊倒，随着啊的一声惊叫，整个身子就向前倾去。

眼看那张可爱的脸就要和大地来个亲密接触，忽然一个强健的怀抱做了她的肉垫。

“你……”绝舞一抬首，望进那双湛蓝的眸子。对了，第一次见他的时候就发现他的眼睛是蓝色的，后来昏倒了就没再注意过。

好漂亮的眼睛，只是，为什么看着会让人心里难受呢？蓝色，应该清澈而绽放光彩的色彩，为何会隐着丝丝忧郁呢？

“你预备一直躺在我怀里？”独孤翊含笑的蓝眸正瞧着怀里盯着他发呆的人儿。虽然发出的声音仍是平板没有音调，但不可否认，那双盯着他的眼睛，让他心里的某根弦发生了一阵微微的颤动，情绪出现了前所未有的波动。

看到绝舞落在独孤翊怀里，绝姒这才拍拍胸口舒了口气，“舞儿，我这才见你多久，就被吓到两次。都这么大的人了，怎么还这样冒冒失失，摔了可怎么办？”

“你、你非礼我！”绝姒话音刚落，绝舞就以最快的速度用力推开伟岸的身躯，可是她身子到底是娇小得多，用力太大反倒把自己给推了出去。

“是你扑到我怀里的。”独孤翊低头整理自己被弄乱的衣襟，顺便调整刚刚被那双清澈眸子搅乱的心绪。

绝舞语塞，睁大眼睛瞪着眼前面无表情说话又难听的男人，“那、那是因为你自己扑过来要接我的。我又没让你接！”

独孤翊瞬间无语。这世上怎么有这样不讲理的人，被人救了不但不领情，居然还抱怨！

绝姒在一旁看着两人，忍不住扑哧笑出声。她可从没见过有人能让独孤翊这样无言的。

独孤翊瞪着绝舞，甩甩袖子不再理会她，“看来下次救你前一定要征得你的同意了。”

“你听好了，大木头！”绝舞张开嘴，一字一字地清楚喊道：“没、有、下、次！”

绝舞的话让独孤翊颇受打击。

他虽不喜与人交往，但好歹也是风度翩翩，别说在蜀地，就是在整个龙月国，他也是众多名门闺秀心中的佳偶，怎么在她眼里就成了木头了？

绝姒在两人之间来来回回看了片刻，只觉这间屋子里有些感情在以蝶破茧之势从一颗平静许久的心中逐渐爆破而出，笑意忍不住浮上嘴角。

这么多年了，终于有人能让独孤翊有所改变。

夜色已晚，独孤翊向下人交代了给两位姑娘准备些夜宵甜点之后便离开了。

绝舞灌下一大杯水，“姐姐，想不到木头对你真是好啊，住这么好的地方！这下我对他可改观不少！”

绝姒笑着问：“为什么叫翊哥哥木头？”

“他啊！一板一眼的，不是木头是什么！”绝舞瞅着绝姒摇摇头，“你说他如果第一次见我或者第一次进明月山庄，就直言要刺猬草是救人，不就完事了吗？非要拐那么大的弯子得罪这个得罪那个，一点都不灵活变通，不是木头是什么？”

绝如疑惑道：“得罪谁了？”

绝舞突然意识到这个不能说，否则可就是挑拨，嘿嘿干笑两声，急忙转移了话题，“姐姐，快跟我说说这些年你都怎么过的吧，我太好奇了。”

入夜，蜀地郊区的墓地深处，冰冷孤寂。

日教教主严曦坐于大殿里高高的台阶之上，眯眸望着甬道深处。

细碎而凌乱的脚步声逐渐传来，甬道那端渐渐显现出水护法踉跄的身影。

待水护法走至台阶之下，严曦看着他胸口不断流下的血，唇角勾起一抹笑，“允你坐下回话。”

水护法得令后虚脱般跪倒在地上，脸上蒙着的黑布脱落，竟是前些日子受到严曦嘱托打探消息的义女寒霜。她吸了口气，方缓慢无力道：“回禀教主，绝舞的确不知圣音的真实身份，而且独孤翊也不知道。”

严曦单手拍向石椅把手，眼底亮光忽现，“千真万确？”

“是。”她等了好些天，才等来今天圣忆风回迦隐巧遇绝舞的机会，她算计很久，自然是不会错的。

“办得很好，这是愈合散。”说完，严曦眯起满是皱纹的双眼，意味深长道：“下去养伤吧，等伤好得差不多了，还有更重要的事要交给你。”绝舞在圣音身边这么多年竟然不知道他的真实身份，看来圣音是有意隐瞒绝舞。

“是，谢谢教主。”教主突然给这么贵重的药，很奇怪。不知为何，教主的眼神让她没来由地心慌。

“和土护法联系了没？”

“听说他的人已经进入迦隐。”

“嗯，那就好。”严曦双眼顿时迸发出势在必得的决心。

寒霜喘息着瘫坐在地上，垂着眸不发一言。

严曦又道：“你们四个对于我来说，就是自己的孩子，等将来我得到了梦寐以求的，自然不会亏待你们。”

水护法心底略微浮现不安，“属下明白。”

“所以，你们想要的，我会尽力帮你们。”

闻言，寒霜心中的不安越发扩散开来。

看来她的猜想不是完全没有道理的，难道教主知道她……

“谢谢教主。”虽然心里七上八下，表面上还是装作无事的模样。

“你们明白我的心就好。”说完，严曦忽然一阵风般掠至台阶下，像个慈眉善目的父亲般拉过寒霜的手，“表面上你们四个视我为教主，心里要当我是父亲。”

寒霜压下心中逐渐溢上的恐惧，“是。”

严曦将一粒药丸塞入寒霜手中，“这是这个月的绝命丹，只要你们乖乖的，每个月都不会少。”

“寒霜的命是教主给的，自当以命报恩。”寒霜颤抖着将药丸紧紧攥入手心。

严曦捋着花白的胡子，满意地点点头。

明月高挂，子夜寂然。

清山之巅的迦隐在子夜里显得越发悠然而雅致。迦隐共有十座院落，其中四座分属于梅兰竹菊四位阁主，一座用来做议事厅，其余四座住着迦隐培养的杀手，最后的那座便是圣忆风的居所——惊风苑。

迦隐四周几里都是竹林环绕，设计诡奇，阵法难破，那是迦隐历来数位圣少主布下的阵，一代代相传，在原来的基础之上再进行改善，直到圣忆风这代，周边的四个阵法除了他本人以及四位阁主之外，无人能破。

空旷的大厅中，飘散着淡淡的馨香，若不睁眼看，肯定会以为是女子的闺房，没有人能想到这正是迦隐的议事厅，十来位在迦隐较有声望的前辈此刻垂首站在厅内，悄无声息。

修长的紫色身躯斜倚在高台的红色檀木龙榻上，梅、兰、竹、菊四位阁主立于两侧。

圣忆风清亮的双眸轻轻扫过台下整齐站立成双排的众人，“我不在的日子里，大家过得可好？”

“好、好，很好。”说话的是站在右边第一排的一位老人，看着榻上的圣音满脸笑容，“少主不在的日子，大家过得都好。”

“哦……”

老人似乎意识到说错了话，赶忙纠正，“不是、不是，老夫是说，托少主的福，大家这段时间过得都很好。”

“哦……”圣忆风拉长了音节，“不管怎么说，我不在你们过得很好。”

“是、是。”

“看来，这次回来是个错误的决定。”面具后的嘴打了个呵欠，语调越发落寞。

“啊，不、不，少主误会了，您回来了，大家过得更好。”老人环顾四周，赶紧号召大家。

“对，是啊、是啊，少主回来了，我们过得更好！”众人闻言急忙道。

两侧四位阁主已经忍不住抿起了唇。圣忆风面具后的脸笑了，笑眯眯地望着站在左边第三排的一位脸色愈来愈差的人道：“这次回来，只是看看大家过得好不好，顺便尝尝我们张厨娘的手艺，好久没有吃到，还真有点儿想。”

那人闻言扑通一声跪倒在地上，正是掌管厨房的李管事，“少主息怒！属下管理疏忽，张厨娘已于六日前死了！”

“死了？”闻言，面具下的唇角漾起浓浓笑意，双眸里那抹似有若无的笑意在安静中显得越发妖魅。

完了、完了，这次死定了！

外界只知道少主冰冷的双眸让人恐惧，他们不知道，比那更恐怖的不是没有温度的眼神，而是让人听到就想一头撞死的笑。愈是笑得渗骨，愈是证明他的怒气。

“真可惜，我从小就喜欢她的厨艺。”除了惋惜之外，含着笑意的言语听不出丝毫的怒气。

“少主，这个新厨娘名叫杜玉菲，手艺比张厨娘更好，少主尝了一定会赞不绝口的！”李管事冷汗不住地往上冒，都快把衣服透湿了。他颤抖地低着头，汗从发梢一滴滴地滴落在眼前，“而、而、而且，她……”

狭长的双眸别有意味地盯着连大气都不敢喘的李管事，语气温温道：“说，别怕。”

李管事心里拿捏着，不知该不该说，若是说对了，那他就因祸得福了；若是错了，他的小命就没了，何况这颗头只是暂时放在脖子上。

“这……名叫杜玉菲的女子堪称人间绝色。”豁出去了，反正少主生性风流，要是这女人受宠了，还怕他的地位不保？

“哦？”薄唇轻轻扬起，似乎是感了兴趣，“那今晚我定要尝尝她的厨艺。”

“是、是！”看少主的表情，应该是原谅他了，这下可好了！

“记住了，陈管家。”轻飘飘的声音在空旷大厅中回荡。

“啊？！”李管事终于抬起了头，一脸震惊，难道命令不是给他的吗？！

被提名的陈管家先怔愣了一瞬，而后恭手沉稳道：“是！”

让人心惊的双眸终于缓缓闭上，冷冷道：“幽寒。”

“在。”龙榻右侧蓝衣蒙面纱的女子听到名字后，走下台。

“阁主、阁主饶命啊，饶……”一掌下去，刚才还活生生的人立刻没了呼吸。这个看似柔弱的女子，便是迦隐四大阁主之一的兰阁阁主——浅幽寒。

众人垂首，没有言语，没有震惊，平静得没有丝毫反应，好像死的人不是和他们共事多年的同伴，只是路人甲路人乙。只有第一排刚刚说话的长者轻轻地叹了口气。

不是他们没有同情心，只是迦隐历来最憎恨和无法原谅的便是叛徒。

七年前迦隐惨案，就是因叛徒才导致了那场血腥的动乱，迦隐足足死了上百人，圣少主及夫人也惨遭暗算。得知消息的圣忆风赶回迦隐才挽回了更惨重的损失。

面对叛徒，迦隐永远是宁错杀也不可放过的原则。

待毙命的人被拖出去后，圣忆风重新睁开眼睛，懒懒道：“大家也站累了，没事禀报的话就下去吧。”

待紫色背影悠悠然消失在门外，厅内传来整齐划一的吐气声，而后便是衣服窸窣的声音，一个个抹着额头汗水叫苦连天，方才真是闷坏了不少人。

“少主，厨娘来了。”玉蝶站在屏风外低声道。

“叫她进来。”慵懒的声音透过屏风传了出来。

门外女子一身水蓝色丝绸垂沿至脚底，后面拖着长长的裙摆，外衣上面罩了一层透明的白纱，漂亮有形的锁骨在白纱下若隐若现，微风拂过，蓝色的裙摆和白纱便随风舞动。好一幅美人图，谁能想到这样标致的人儿居然是个厨娘？

此人正是被传的杜玉菲，身上穿的是圣音之前让丫鬟给她准备的衣服，说是听说她长得美，让她打扮好了来见他。

这就是迦隐的少主？竟是好色之徒，怪不得土护法命她前来。

杜玉菲美艳的脸上分明是强装的镇定，狂跳不已的心忐忑不安。说不害怕那是骗人。放眼整个龙月国，有几个人是被迦隐少主传召而不恐惧的，恐怕不超过五人。

杜玉菲走进门，房间并不是她预想中充斥寒冷和压抑的冰冷，相反的，整间屋内淡淡的熏香漫溢，扑面而来的气息温暖湿润。

听到从屋内右方传来若有若无的水声，美眸转向屏风。

“进来。”

杜玉菲站在原地踌躇不前，心下思量着该不该进去。

“不要让我说第二遍。”声音的温度降了很多，明显地表示着不耐烦。

曼妙的身姿终于有了行动，缓慢移步走进屏障。

视线定在屏内的木桶上时震住了。

这……就是那个少主？！看到屏风后景象的她不可置信地睁圆了美眸。她本以为会看到一个面目狰狞的变态，谁知……

露在水面上的背部，曲线优美，光滑白皙，犹如绸缎，沾在背上的水珠在烛光的辉映下闪闪发光，长发也湿漉漉地搭在肩上，剩下的部分如墨般漂浮在水面上，说不出的阴柔和妖魅。即使没有看到正面，也被这画面吸引了视线。这样优雅的男人，真的是那个可怕的少主？

“到前面来让我瞧瞧。”一只手把玩似的撩着浴桶里的水，另一只胳膊撑着浴桶边缘，长抵着下颌。

杜玉菲怀着好奇和不安的情绪朝背对着她的圣忆风正面绕去。其实，她真的很想知道什么样的一张脸能拥有这样的身躯。

然而，看到正面时美眸黯了下去，虽然只是一瞬，随后又恢复了原貌。

因为，她看到的是一张没有表情冷冰冰的银色面具。本来她以为，至少沐浴的时候，那张面具是取掉的。

看到黯下去的眸光，面具后的唇轻轻上扬，魅眼直勾勾地盯着站立在眼前的人儿，“果然是个不可多得的美人儿。”

看过那张面具后，杜玉菲的眼睛就不知道该放哪儿了，毕竟眼前的人是个魔鬼，而且还是个光着身子的魔鬼，要是一个不小心，瞧见不该瞧的，说不定眼珠子就没了。

“很怕？”修长的手从浴桶中懒散地提出，水花一片片地掉落在水面上，双眸似笑非笑地凝视着眼前的美人儿。反转手心，手指轻轻一弹，指端的一粒小水珠倏地弹出，杜玉菲左侧突然就亮了起来，“太暗，看得不太清。”

杜玉菲转首看向左边，那支本来没有点的蜡烛现在正灼灼燃烧着，用水点蜡，这她还是第一次见到。

“看着我。”

杜玉菲不自然地摆正眼光，有些害怕直视圣忆风的双眼。其实本来是不想往下看的，可是、可是这样的身体真的很诱人，不自觉地，目光从面具上缓缓下移。原来，这个男人不像她想的那般阴柔，胸膛白皙而健壮。

“听说，你的手艺很好？”

烛光总是能够将气氛烘托得很暧昧，能让原本就没有的情愫在幽暗的光线下悄悄滋生。杜玉菲捏着手心，觉得自己的心跳越来越快了。

“不敢当，但奴婢可以保证是用心去做的。”

“哦？端盘你认为不错的甜点让我尝尝。”这个女人没有被他刚点蜡时故意散出的迷魂粉迷惑意志，看来日教派出的不仅仅是个花瓶。

呵，聪明是聪明，但聪明反被聪明误。

犹豫之后，杜玉菲还是拿了一盘点心端到圣音面前，“这盘名叫松花糕。”

“很普通。”

“这个和其他的松花糕不同，是用窖糕粉做成的。”

狭长的眼角轻挑，声音浅浅地戏谑道：“你站得那么远，难道要让本少主起身自己去取？我倒是不介意，只怕毁了你姑娘家的名誉。”

“奴婢不敢。”

杜玉菲走到浴桶边，微俯下身子，将盘子呈到圣音面前，微微抬眸，这才发现圣忆风不知何时已取掉了面具。她就那样俯着身子愣在了那里，两抹红晕浮上双颊。她简直不敢相信，男人也可以长得这么美。她是个对自己要求极高的人，即使这样，对自己的容貌也是十分满意，但若是和眼前的人比起来，她真要自惭形秽了。

美不失俊，阴不失阳，柔不失刚，更是温中带冷，雅中带邪。天哪，眼前的男人究竟是怎样的一个人！或许，也只有这样的人，才能轻易骗过所有人而同时担任两种身份了。

两人离得那样近，她觉得他甚至都能听到她怦怦的心跳声。

欣赏着眼前美人儿满脸的惊艳，他一手拈着糕点放入口中，一手掐住她尖削的下颌，眯起眸子笑道：“确实不错，以后你就留着吧。”

她分不清他究竟是在说糕点不错，还是在说她不错，她没有问，只是回神后站直身子淡淡回答道：“是。”能留在这儿，对她来说，第一步已经成功了。

惊风苑外，梅阁阁主冷沉香不屑地看着离开的杜玉菲，“日教太没水准了，居然用美人计。”

身旁一身青衣的竹阁阁主高轩叶抿唇浅笑，“恐怕这位姑娘已经‘被美人计’了。”

冷沉香听说那言外之意，捂着肚子笑起来，“哈哈，也是也是，恐怕这会儿已经被少主迷得晕头转向了。那日教教主是没见过少主，否则就不会来什么美人计了，什么美人在少主面前还不得逊色几分啊！不过，”冷沉香摇摇头，拍拍高轩叶的肩膀，“你说少主除了用这招就不能用点其他的？”

高轩叶垂眸看着冷沉香，“除了感情，还有什么能令一个女人快速臣服？”

“我怎么知道！”冷沉香一眼撞进高轩叶沉稳的眸子，脸红心跳地慌忙低头逃开。

高轩叶看着逃跑的人，笑着摇摇头，缓步走出了惊风苑。

丑时，惊风苑的书房内，微弱的烛光忽明忽暗，从室外望去只能看到依稀亮着的烛光，分不清屋里的人已休息抑或是秉烛夜谈。

门咿呀地轻轻打开，微风吹入室内，烛火摇曳得厉害，转瞬间，四道身影立于书案之前。

“少主。”

“杜玉菲会留在迦隐，你们四个轮流盯着，看看她进迦隐究竟是要做什么。”圣忆风放下手中卷册，忽明忽暗的烛光映在他的脸上，有种勾魂的冷清，“她武功不低，千万别小瞧了她。”

四人互望一眼，“是。”

圣忆风潋滟的目光停留在手中的卷册上，手指轻握，“七年前引起迦隐内乱的柳曦，还记得吗？”这次回来，本来只是想看看当初内乱与现在蜀地命案之间的牵连，却没想到发现了曾经没注意过的细节。

“记得。”当然记得，柳曦曾经也算是少主的师叔，却辜负了前门主对他的信任吃里扒外，勾结外人引起了那场血雨腥风的内乱，从那之后便消失无影，不知死活。

“日教现在的教主严曦，很有可能就是曾经的柳曦。”圣忆风眯起眸子，眼底闪过狠厉之色。

四人眼底皆闪过震惊之色，这也就说得通日教为何会知道三公子的真实身份了。虽然在迦隐除了四个阁主之外无人知道圣忆风还有三公子的身份，但若曾经是迦隐之人，又对三公子的身份产生怀疑，再略施手段得知真相也不难。

“这次我们要从长计议，不能打草惊蛇。”

冷沉香疑惑道：“那少主的意思是，国师的命案暂且搁置，不了了之？”

“当然不能。”圣忆风看向高轩叶，笑问：“轩叶觉得应该如何处理？”

高轩叶微笑，“如果不了了之，反倒会引起日教的怀疑。不如找个合适的替死鬼，也好消除了日教的疑虑，让他们只当咱们没有识破而抓错了人。”

圣忆风挑眉，“就这么办，栽赃这件事儿沉香最在行，就交给沉香来办好了。”

孤傲浩和浅幽寒忍不住笑出声，高轩叶则是笑看着冷沉香红了脸。

“少主这话是什么意思，什么叫我最在行啊！”冷沉香指着高轩叶嚷嚷，“再说，这是他出的主意，让他去办好了，干吗叫我？”

圣忆风瞅了瞅高轩叶，“他出主意，你去办，不是正好吗？好了，我也困了，就这么说定了，下去吧。”

“是。”

第五章 奢望终成梦

“唉、唉、唉……”一声声叹息从屋内传出。

“二叔……”吟依难得露出少女模样，依在一个紧闭眼、皱着眉的老人身旁。

“别叫我别叫我，我可不是你二叔。”老人不开心地扭过头，扯回被吟依抱在怀里的胳膊。

“二叔……”吟依无奈地笑笑，把老人粗糙的手握在手心里，“您老人家就不要生气了，雪儿给您赔不是还不成？”

老人生气地瞪着面露喜色的吟依，“我不认识从来不想我的人！不认识不认识！”

“你还知道你有个二叔？！一声不响地跑出去做什么绸庄生意，三年没个音讯。现在回来了，居然还是因为圣忆风那小子回迦隐才顺道回来！而且，你、你、你回来的第二天才来看我，你、你心里……”

“好了、好了嘛！”吟依捂住老人的嘴，制止他长篇大论。她知道，一旦二叔开口教训人，那没有几盏茶的时间是不会结束的，“昨晚回来都大半夜了，而且那时候你们不是在议事厅商量事儿嘛，雪儿这一到清早懒觉都没睡第一个过来看的就是您，您消消气儿吧，啊！”

说罢，老人竟抹起眼泪来，“你爹走了这些年了，我可就你一个亲人了。三年了，都不回来看看我！我、我这把老骨头还不知道能活多久……”

吟依跟着红了眼眶，急忙道：“是雪儿不好、是雪儿不好！二叔快别哭了，您这样、您这样我也难受！”

眼看吟依的眼泪就要流下来，老人急忙抹掉眼泪，“二叔不哭了，你也别哭了啊，你个狠心的丫头！圣忆风那小子呢？”老人没好气地瞪着无雪。

放眼整个龙月国，恐怕也只有这个老人敢明目张胆地喊圣忆风的名字，还小子小子叫个不停。

“师兄他有事和四位阁主商量。”吟依瞅了瞅老人，小心翼翼道，“那个，我们下午就要走了。”

老人闻言一蹦三尺高，“下午？！”

吟依急忙安抚，飞红了脸，悄声道：“二叔别急，这次回来我是想亲口告诉您，下个月我跟师兄就要成亲了。”

老人满脸怒气立马变成喜色，“真的？那小子终于要娶你了？哎，我就说，这是必然的！你爹泉下有知也该欣慰了。”

老人叹口气，握住吟依细嫩的手，“忆风是个好孩子，但并不一定会是个好丈夫，你若是要同他成亲，定要思量周全，明白吗？”

“我明白的，二叔。”吟依努力让自己看着开心些，“师兄会对我好的，我只求能朝夕相处便好。”

老人抬手示意吟依不必多说，脸上是难得的认真表情。日教一天不灭，迦隐就一天没有好日子，“你们成了亲，那孩子也好安心尽早处理掉日教。”

吟依微微一笑，心里却是另一番滋味。

二叔只当师兄为了尽早定下心，其实，她知道师兄有自己的打算。日教最近开始活跃，想方设法地找师兄的弱点，起初目标本是师兄身边的绝舞，但就在这个时候，师兄提出要与她成亲，而且越快越好甚至不愿推迟，没过多久，日教似乎对于绝舞这个目标就松懈了，起先的栽赃嫁祸也不了了之。

或许，这些都只是巧合，可是这个想法曾经在她心里一闪而过之后又不断地浮上心头。

她不愿去想，是因为这个猜想对她来说太过残忍，她不信师兄真的在拿她来转移日教的注意力。她想去问个清楚，又怯于问出口，她怕万一这些只是她的猜测，会伤了两人之间的感情；更怕万一是真的，这个亲恐怕都成不了。

她快要分不清自己是希望这一切早些结束，还是永远都不要结束。希望的一天天接近，意味着幸福的一天天流逝。她只想留在师兄身边，即使是以现在这样的身份，即使每天都伴随着危险的发生。

命运有时真是捉弄人的东西，当她以为这个男人即将从她的世界中消失的时候，居然又要嫁给他。

对她来说，究竟是幸，抑或是不幸呢？

“好了啦，你不要一直跟着我转圈圈好不好？”绝舞不耐烦地对身后的青衣大喊。还让不让她活了？也不知道无影大哥是怎么知道她在哪儿的，还没有和姐姐拜别，就被无影大哥从香阁给“请”了回来。直到现在，已经两天了，天天让青衣像看管犯人一样看着她！

“三公子吩咐，一定要跟着姑娘，请姑娘不要为难奴婢了。”青衣面露难色。

看见青衣也挺为难，绝舞抿着嘴巴也不再唠叨，可是，“你骗我的对不对？师父已经离开两天了，我偷跑出去的时候他都不知道，怎么会让你跟着我？”

本该是质问的语气，从绝舞嘴巴里有气无力地吐出来，反倒有些埋怨的意味。

见青衣垂着眸子不吭声，绝舞拉青衣一同坐下，“算了，我也没跟你发脾气。只是，一直这样真的很闷。”绝舞悄悄瞅了瞅青衣，“师父是跟吟依姐姐一起出去的？”

“嗯。”青衣看着绝舞瞬间失望的眼神，想告诉她其实三公子是很关心她疼她的，又想起三公子警告过不要多话，便再没吭声。

“那你知道师父什么时候回来吗？”

“奴婢不知。”

绝舞掏掏耳朵，“我又不是你主子，以后不要说奴婢啊奴婢的，听着怪别扭的。”

可是三公子是奴婢的主子……青衣正想反驳，看到绝舞警告的眼神，无奈地笑着答应下来，“是。”青衣心里不是不感激的，毕竟，之前别人都一直把她当下人，即便是在明月山庄里。小姐虽然人好，但还是有种距离感，不像绝舞姑娘，从来不拿她当下人看，说起话来像是自己的姐妹。

青衣看她整颗心一直都悬在圣音身上，不由得替她担心。她并没有在迦隐生活过，但毕竟是少主派人调教出来的，少主的事情她也是知道一些的，何况，在江湖上，关于迦隐少主的传言也不少，都不是什么好话，比如生性风流、残酷无情，这都是听多了的词。虽然少主对绝舞姑娘确实非同一般，可不也是马上要娶吟依小姐了吗？

而且，绝舞姑娘并不知道少主的身份，如果哪一天知道了，会是怎样的反应呢？青衣担心地看着她，想着怎么转移她的注意力，“绝舞姑娘，我刚听说有人来山庄里了。”

“唉，绝舞姑娘听着也挺不顺的，你就叫我舞儿吧，反正你比我大，是姐姐嘛！”

青衣吓了一跳，“这怎么成！”

绝舞瞪大了眼睛，“这有什么不成的？你要不叫我舞儿下回我就再偷偷跑出去，让你找不到！”

“这……”

青衣耐不住她的软磨硬泡，最终应了下来。

“你刚说有人来山庄？是谁？”绝舞闭着眼睛感受阳光洒在脸颊上的温暖。

“是个女的。”

紧闭的双眸终于睁开，绝舞紧张地问：“是找师父的？”

青衣无奈地笑笑，就算是找三公子也不敢找上未婚妻的门吧？“是找无影公子的。”

“啊？！”难道是以前的那个姐姐？

“是不是一个不爱笑、看起来很冰冷的姐姐？”绝舞终于露出兴奋的表情，以最快的速度站起身，朝园外奔去，“啊，一定是！我去瞅瞅。”

青衣噗的一下笑出声。真是个孩子，就爱凑热闹。

大厅外立着位身着劲装的女子，紧身衣将女子曼妙的身姿衬显得十分动人，清秀的脸上没有少女的青涩，取而代之的是一种与年纪不相符的淡然。只是，平静的双眸在看着尘无影时有不易觉察的波动。

“好久不见了。”不若外表的冷漠，女子声音显得柔和动听许多。

无影立在那里一动不动。他没有料到她还会回来，也不知她是否只是经过，还会不会离开，一时之间站在那里不知该做何反应，半晌才道：“好久不见。”

看着日思夜想的人儿终于站在眼前，他很想上前紧紧地把她搂进怀中，只是……

“你，不是说不会回来了吗？”

女子端着茶杯的手顿了下，“你不希望我回来？”

“不！”

“那就不要问为什么，重要的是我回来了，不是吗？”女子抬眸浅笑，语气中透着和外表不符的柔情。

无影走近她，将她拉起身，默默地搂进怀中，反复呢喃：“回来就好。”

绝舞刚到门口，就见两人紧紧黏在一起，呀了一声赶忙捂住眼睛，调皮地把指撑开几个缝，却不打算离开，“你们继续、继续啊，别管我。”

“姑娘。”青衣站在旁边红了脸，拽着绝舞的衣袖想让她先离开。

“你这家伙！”无影赶紧放开怀里的人，恨恨地瞪着破坏气氛的罪魁祸首，“谁让你乱跑了！”

“这里又不是外面，我怎么不能来了？”绝舞无辜地睁大双眼和无影理论。

“嘿嘿，姐姐，好久不见了！你怎么这么久都不来找无影大哥呢？”绝舞笑眯眯地打了个招呼，坐在椅子上，双脚晃啊晃的。

那女子道：“有些事情耽搁了。”

“双涵，会住下来吗？”无影一改往日豪气，深情地注视着面前的女子。

“嗯。”

绝舞不满地做了个鬼脸，“哼，真偏心，无影大哥总是对我凶巴巴的，对姐姐就细声细语！”

“去，一边玩去。”无影说完转首看向叶双涵，“走吧，我带你去你住的地方。”

青衣看着双涵离开的背影，若有所思，“舞儿，刚才那位是？”

绝舞神秘地对青衣一笑，“那位可是无影大哥的心肝宝贝呢。”

“以前怎么没见过？”她在这明月山庄也很多年了，无影公子来这里的次数也相当多，不曾见他携过哪位女子。

“不知道啊，之前我也问过无影大哥，他也说认识的时间并不久。可是你看，虽然认识时间不久，无影大哥还是对她很痴情。”绝舞目光一转，落在两人离开的方向，“无影大哥说，她不会再回来了。可那位姐姐还是惦记无影大哥，又回来了。”

不会回来了，却在这个时候突然出现？不是青衣多心，而是她刚才在外面将叶双涵的每个表情都看得十分清楚，那女人不是个爱笑的人，在对着绝舞时虽在笑却像刻意逢迎，本该是个洒脱不做作的人，那样的举动反倒有些让人多疑了。

青衣心里还是不放心，“那位姑娘是哪里人？”

绝舞眼珠子转了转，然后暧昧地瞅着青衣，“你不会是喜欢上无影大哥了吧？怎么对双涵姐姐那么感兴趣啊。”

青衣飞红了脸，“说什么呢，哪有的事！不问就不问。”说罢，提着裙角害臊地跑了出去。绝舞会错了意，青衣也就任她误会。

看着青衣“娇羞”跑出去的模样，绝舞小小年纪竟有种过来人的感觉，她多少次也是那样羞涩而忐忑地从师父面前跑开。

那些，似乎是很久以前的事情了。

“舞儿，休息休息吧。”看着大汗淋漓的绝舞，青衣好心提醒。

青衣手里扭着帕子在原地急得打转，自从三公子离开，舞儿除了外出就是练武，今天这都整整一个下午了。无影公子说她从来没这么勤奋过，以前经常都是三公子板着脸她才会乖乖去练，唉，自从那个叫双涵的女人来了，无影公子也分身乏术，没法顾及舞儿了。

青衣忽然想起来前几日舞儿跟她说过的话：师父跟我说，我太过于依赖他，而且我都长这么大了，不能事事都是他给我善后，他让我要学会独立。

莫非舞儿最近的勤奋练功是因为三公子的那些话？最近舞儿的卖力她都看在心里，看来她真的很在乎三公子呢，这样下去如何是好？

绝舞挥舞着剑，以前所未有的专心在拼命练着。最近在她的勤奋下，凤玥剑第五套剑法确实有了不少的进步，这套剑法是师父专为她而创的。师父说，如果能练到第八套，她的武功就会相当厉害。

从小师父的表扬就是她努力练剑的唯一动力，但从今天开始，她也将为自己努力，她一定会证明给师父看，她会做得更好，不会一直依赖于他，就算惹了麻烦，也有能力为自己善后。

“擦擦汗吧。”青衣拿毛巾帮舞儿拭去额头的汗水。蜀地这样冷的天，她却练得浑身湿透，一会儿停下来定要感冒了。

青衣接过绝舞手中的剑，猛然发现她的手心布满了大大小小的水疱，“手都成这样了还练什么？我给你取药箱去，你乖乖坐这儿休息！”

她垂眸凝视着手中的水疱，直到青衣拿来了药箱扯过她的手，才有所反应地对青衣吐了吐舌头，抱歉一笑。

“晚上就不要练了，不然这双手会更严重的。”青衣想着办法阻止她，“听说今晚有灯会，陪我去看看吧，我特别想看。”

绝舞笑呵呵地答应，“好啊。”她知道青衣是怕她没命地练剑，借机让她出去转转。就是不知道姐姐今晚会不会去灯会呢，自从那日回来后，无影大哥紧紧盯着她，她再没见过姐姐了。

绝舞轻叹一声，头转向院中的梅树。树上的梅花依旧红艳，让她想起了那道雪白的身影在梅树下的画面。

真的才三天吗？为什么她会觉得像过了三年那么久呢？

即使见了面相顾无言，她也想时时刻刻都能看见师父。

她本来是怕师父知道她的感情后，会拿异样或者厌恶的眼神看她，谁知，他竟然装作不懂一样，口口声声说着她永远是他的徒弟。

有时候，她宁愿他大发雷霆打发了她走，也好过这样继续备受煎熬。

可转念再想，她真的舍得离开他吗？

圣忆风与吟依午饭过后便从迦隐出发，想赶在夜晚之前到达明月山庄。毕竟，日教藏在暗处，而且最近小动作也非常多，吟依不懂武功，凡事还是小心为好。

申时，他们已经到了清山脚下。蜀地气候寒冷，吟依从小就不习惯那么冷的天气，即便在蜀地住了三年有余，屋里的炭火总是烧得很旺，她还是无论走到哪里都要抱着暖炉。一整个下午赶路，到了这会儿，已经有些受不住了。

“在这家客栈休息会儿。”虽然易了容，圣忆风还是看得出吟依脸色不太好，提议休息片刻。

进门被店小二招呼着刚坐好，两人就发觉有些不对劲。圣忆风拍拍吟依的手背，示意她安心。

“好嘞，茶水来喽。”店小二很快便将茶水奉上。

另外几桌，坐着各色各样的人，有的看起来是书生，有的看起来是粗汉子，有的看起来则像是土匪一般。唯一不同的是，从他们两人进来到现在，这些人根本没有看过他们。

这就是让圣忆风奇怪的地方。他们的气质和打扮很容易引人注意，更不用说是在蜀地和离都交界的这种小客栈，照理说，一进门就会引起轰动。

可是，这些人对他们的出现，除了淡淡几瞥，几乎不曾注意过。

这世上，有些刻意反而往往会弄巧成拙。

“先别喝……”话还没说完，吟依手中的茶水就下去了一口。

“师兄？！”意识到自己的大意，似乎已经晚了。

圣忆风拉住吟依的手腕，轻轻帮她点了穴，压低声道：“是迷药，帮你点了穴，能延缓时间，我们走。”说完就扶着吟依起身准备离开。

眼看就要出门时，眼前的门啪的一声突然关住了。

“这就是迦隐的少主圣忆风？”一个大汉仰头喝下一整碗酒，语气中带着浓重的嘲讽。

清冷双眸瞬间扫过整个小店，所有人不由得一颤。以前听说过迦隐少主的眼神能杀死人，当时不屑一顾，只当是江湖传言夸大事实，如今亲身体会，才知道一点都没有夸张，如果非要说不属实，那就是传言没有把那双眸子所带来的震撼力表达出来。

这双眼，不但能杀人，更能夺人心魂。

试想，这世上最让人可怜的是何种人？

是死人？不，是活着却失去灵魂的人。

“有事？”

整个小店的人，目光都齐刷刷看向门旁的两人，眼中流露出的除了七分震惊之外，剩下的三分就是恐惧了。他们从不知道一个人的嗓音居然好听到几乎带着魔力的程度，不由得凝神，生怕声音也能蛊惑他们的身心。

那人咽下一口酒，将目光转到了有些虚弱地躺在圣忆风怀里的吟依身上，“今天我们不是来找你的，我们要她。”

“哦？”话音刚落，那双似笑非笑的眼中忽地射出一道寒光，转瞬即逝，甚至让他们觉得自己看错了。

“要她？”圣忆风低首瞧了眼轻喘气的吟依，又从头到尾打量了一遍大汉，“凭你？”

那人看见圣忆风似笑非笑的眼睛，打了个战，分明在笑却让人觉得渗骨的寒冷，“哼，老子我难道不行吗？”

略带嘲笑的凤眸扫向大汉，“说笑了，你行不行我怎么知道？”

那人涨红了脸，就连周围的人，都是想笑忍着不能笑的窘样。

“你！”大汉猛地站起身，庞大的身形牵连周围的椅子都倒在了地上，“放下她，我们放你们走。”

圣忆风不屑地扫向店内所有的人，“谁放谁还不知道呢，这么急着下结论干什么？”

“你以为她只是中了迷药？”大汉身旁一个瘦小的人站起来，色迷迷地瞅着脸色略显苍白却仍不失风韵的吟依。

闻言，圣忆风摸向吟依的腕部，脉象果然开始不正常。他对医术懂得不多，但也猜到或许是中毒了，要是轩叶在就好了。

那瘦子讥笑道：“她中的是断肠草，解药只有教主有。你把她给我们，教主说过会保她不死。”

圣忆风蔑视的眸光射向那个瘦子。严曦会保吟依不死？真是笑话！若严曦真是曾经的柳曦，那么七年前柳曦会杀了自己的亲哥哥，今天更不会在乎侄女的死活。

“给你们两个选择，要么让开，要么，死。”吟依中毒，他实在不愿意浪费时间收拾这些废物。

周围几人哈哈大笑，而后小客栈的人在一声令下之后蜂拥而上，目标全部对准门前的两人。

圣忆风心里明白，既然是日教派来对付他的，这些人的身手定不会太差。直到那个瘦子手上亮出两把弯刀，他才知道，原来日教四护法之一的木护法都出动了。

他让吟依轻靠在较为安静的角落里，一个飞身，颀长的身子像剑般直冲向木护法，途中轻挥两手衣袖，周围十多个人就倒在了地上。顷刻间，小小的客栈一片混乱，刚刚还完好的桌凳早已面目全非。

以三公子的身份出现时，他出手多用扇子，但是以迦隐圣少主的身份，他却从来不带兵器。

他的手，就是最有力的武器。谁人不知迦隐少主圣忆风早已将剑练到剑人合一、出神入化的地步，若是其本人愿意，不必多大的动作，只要静静坐着都可要对方的命。

木护法武功自然不会低，然而才接不到五招，就显得有些吃力了，眼见圣忆风手中无剑却似有剑，不由大惊。惊讶之后却是满脑的怒火，都说圣忆风把剑练到了出神入化的地步，今日却只对他使出不到三成的功力，分明是不把他放在眼里！

修长的手指迅速在木护法面前出入，木护法甚至根本看不清每招下手在哪里，紫色衣袍一挥，便是浓郁的香气，正当要屏息之时已经晚了，原本以为圣忆风身上的香气很正常，原来，这种香气居然也是无形的武器。

木护法睁大眼睛迫使自己保持清醒，摇摇头，刚看清楚迎面而来的一掌，就意识到，下一刻就是自己的死期了。

“住手！”

话音落，那掌刚刚好停在木护法的额前。若是一般人，早就收不住手劈了下去。

这一刻，木护法甚至心里窃喜圣音的好武功。

紫色衣袖一抬，伸出五指钳制住木护法，转首望向声音来源，看到的却是吟依被钳。

如冰泉的双眸射出两束寒光，“想怎样？”

“放心，之前说过我们要的只是这位姑娘，圣少主就不要为难我们这些小的了。”一个长得像书生的人搂着吟依无力的身子，笑眯眯道，“你也看到了，这位姑娘脸色已经发紫了，若不及时治疗，恐怕就……”

如冰双眸终于染上了火焰。很好，这话终于把他激怒了。自从和丫头在一起，他已经很久没有大开杀戒了，这次是他们逼的，他已经退了很多步了。

长得像书生的人注意到了圣忆风眼中的变化，却闻到客栈内愈来愈浓重的香味，意识到情况居然逆转了。手中握着吟依的腰，和仅剩的三个人一步步朝不远的门处移动。

想走？！哼!

圣忆风单掌轻拍桌面，桌上的水壶应力冲上空中，暗紫色的衣袍一个旋身慢慢地腾空而起，从壶中洒出的水滴落至他面前时，修长的手指准确找到滴水的位置，四滴同时射出，直穿门前四人心脏。收回指的同时，紫色的身影立即飞掠门前接住吟依缓缓下落的身体，面具后的脸上难得露出焦虑之色。

吟依颤抖着伸出手，抚上冰凉的银色面具，虚弱且满含歉意道：“对、对不起，师……兄，吟依……太大意，给你添麻烦了……”

“不要说话。”圣忆风搂住吟依的肩膀，声音有些颤抖。

如果吟依真因此丧命，他这辈子都将在悔恨中度过。吟依是因他才中毒的，如果当初他执意和丫头在一起，或许今天中毒的就是丫头。他坚持要尽快和吟依成亲，心底还是为了转移日教的注意力，直到吟依倒下的这一刻，他才意识到自己竟然这样自私。

圣忆风将吟依拦腰抱起，“我们回迦隐找轩叶，他一定能治好你。”

“无影大哥，师父还没回来吗？”绝舞张开双臂挡住无影的去路，扬起可怜巴巴的小脸。

“呃……”额滴神啊，他都躲她两天了，她怎么还是能找到他呢，谁来怜悯怜悯他，“过两天。”

“过两天，又是过两天，已经六天了！你前天说过两天，结果今天我还是没有看到师父！”绝舞踮起脚，双手抓住无影的衣襟，大声质问。

无影的身子都被她拽得快弯成月牙形状了。

“那个……我也不太清楚，你知道的，我每次都被你师父欺负，哪里敢管他的事？”

绝舞想起每次无影被师父噎得说不出话的情形，泄气地松掉手，耷拉下脑袋。

师父不准备回来了吗？

师父不要她了吗？

蜀地很少下雨，此时竟然下起了细细密密的雨，长廊外的细雨如梭，挥挥洒洒地落到走廊，沁冷的空气混着湿润水雾慢慢地浸湿了失落的娇嫩面庞。

人成各，今非昨。

她的痴眷忘情最终换到了什么，真的只是无言离别吗？

"舞儿……"无影担心地唤了声眼眶红红的人儿。

"我没事！"她吸吸鼻子，隐去眼底的忧伤，对无影笑道，"师父肯定是有事耽搁了，那我不打扰你了，先去睡了！"

无影看着她像什么都没发生一样离开的背影，原本就娇小的身子，在雨雾中显得更加的单薄，一股难以抑制的怜惜之情慢慢泛上心底，犹如此刻飘洒下的细雨落在心湖，激起一圈圈的波纹。

夜深人静，好似十五的圆月挂在树梢，柔缓的月光流泻在红色的窗棂上，映出一室的静谧。

看似熟睡的绝舞猛然睁开眼，目不转睛地盯着床幔外的身影。她今天心情不好，根本没那么早就睡着，没料到居然还碰到"客人"。

她一动不动，注视来人的下一步举动。黑色影子轻轻掀起床幔，她快速朝伸进的手劈去，结果反被握在了那人手里。

两人没有出声地过了六七招之后，黑影的手一拉，便把她拉到了怀里。

"放开！"绝舞刚准备喊，就被捂住了嘴，心急之下张嘴咬住那人的手。

"你……"黑影咬牙恨恨道，"怎么跟狗一样！"

"你……"听到声音后她先是怔了一下，随后放开嘴巴，转身看向身后。

"你、你，怎么会是你？！"她指着黑影惊讶道。

"喊什么，你想把人都招来不成？"黑暗中的眸子闪过一缕蓝光，"不过，我倒是不介意。"

"你来干什么？"她退后靠住墙，急忙拉过被子盖住胸前。

黑夜中如蓝宝石的双眸慢慢靠近有点害怕的人儿，沉声道："不用遮了，一马平川没什么好看。"

她涨红了脸，猛然扯下被子，挺起胸膛，气愤地仰起小脸，"谁说我是一马平川了？！你没看怎么知道？！"这个浑蛋木头，果然不讨人喜欢！

"呃，我不介意验证一下。"蓝色的眸光顺着下颌，再到如凝脂般的脖子，落在零落敞开衣领的胸前，蓝色的眸底慢慢凝聚出笑意。

"你！"她这才发现自己上当了。

“你这个大木头、蠢木头、混账木头、笨蛋木头……”

忽然，滚烫又粗糙的手掌覆住了柔软的小嘴，屋里瞬间重新回到了安静的氛围。

粗糙的感觉和师父的手掌完全不一样呢，磨得她嘴痒痒的，好难受，“唔，你放开。我不吵了。”她口齿不清地支吾道，睁着无辜大眼望向近在咫尺的蓝色眸子。这双眼睛，似乎比那次见的时候好看很多呢，少了一分孤寂，多了一丁点的暖色，只多那么一丁点。

她还是喜欢温暖的东西，比如师父。

独孤翊放下手掌，转个身同她一起并肩靠在墙上。

“你来干什么？”

“绝姒让我来找你。”

那口气听着就像是在说，要不是你姐姐我才不稀罕来。绝舞早就习惯了他讨厌的语气，不在意地继续道：“姐姐一定是想我了吧？”

“嗯，她让我带你去香阁。”

绝舞的小脸蛋儿垮下来，“我不能去。”

“为什么？”

“我出不去。”她叹息一声，“自从上次一个人跑出去以后，现在这山庄的人跟看管犯人一样看着我。”

独孤翊瞅着她，“为什么？”

她不想跟独孤翊扯太多关于日教的事，一句话带过，“大概是觉得外面危险吧。”

“你师父对你也看管得太严了吧？人都不在，还看得这么紧。”独孤翊不自觉就回忆起第一次扛着她来到明月山庄时，在桥上看到圣音的画面。作为师父，是不是对徒弟保护得有些过了？

“我看，是你离不开你师父。”独孤翊语气中带着不易觉察的酸味。

“说什么呢你！”她飞红了脸，幸好是夜晚，独孤翊看得不真切。

她也很想去，自从那次之后再也没见过姐姐，不知道姐姐有没有想她。只是，她若再出去一次，师父知道后她就死定了。现在的她，稍微不乖，就会惹师父生气，她不想这样。

两人静静坐了许久，独孤翊本想说服她，但看她苦恼的样子，思来想去之后，掐了掐她因苦恼而皱起的鼻子，留下一句下次再见就独自离开了。

在绝舞念叨了十个日夜之后，终于看到了让她日思夜想的俊庞。

“师父！”她一瞧见迈进大厅的圣音，就不顾外人地奔了过去，甚至忘记了之前两人的冷战。

看到那火红的身影朝自己扑过来，平静如璃的双眸下暗涌着无人觉察的强烈思念。十几日里，夜夜睁开眼，映入眼底的只有无尽的冰冷，看不到她的笑，听不到她的声音，她竟在不知不觉中早已在自己内心根深蒂固。

激动、思念、挣扎，如波涛般冲击着薄弱的理智。待那熟悉的味道落入鼻尖，他已经来不及思考地搂过她纤细的肩，狠狠地揉进怀里。

“丫头。”

一声低喃，仿佛穿越了千年的光阴，在相拥的瞬间终于传达到了对方的心底，然后深深地扎根。

“师父……”听到那声久违的“丫头”，绝舞吸吸发酸的鼻子，收紧手臂。原来，这十天里师父也是想她的，只要知道这个就足够，师父并没有抛弃她。

“吟依呢？”无影破坏气氛的声音突兀地搅了进来。

圣音松开绝舞，看着无影缓缓开口，“十日前就该到了，遇到了些事情，坐下慢慢说。”

本在厅内的绝舞和叶双涵，闻言悄悄退了出去，留下圣音和无影。

一盏茶的时间过后。

“所以，你将计就计，让吟依诈死留在了迦隐？”无影蹙紧的眉头终于松开，他起初听到圣音说吟依不在了，着实吓了一跳。

“嗯。”

“那就是说……”无影抿了口茶，悄悄瞥了眼圣音，“那就是说，这亲是没法成了？”

“嗯。”事情发生到这个地步，是他没有预料到的。他本想遂了师父的心愿娶吟依为妻，同时恰好能借机转移日教在丫头身上的注意力，却不料出了这样的岔子，吟依倒下的一瞬间，他开始后悔自己的决定。或许，一开始他就错了。他不爱吟依，不应该为了一己之私将她搅进这摊浑水之中，还好没有酿成大错。

虽然这样的结果与自己预想的有所出入，但他心里却是轻松了不少，一段时间里沉压在心头的事好像终于放下了，人也变得轻松很多。

只是，有一件事，还是不得不防。

“无影，我要拜托你一件事。”

无影眨了眨眼，“拜托，咱们之间用得着这么客气？”

圣音笑了笑，“从今以后，恐怕得由你多护着那丫头了。”

“你的意思是……”一种不太好的预感袭上心头，无影右眼突突地跳了起来。

“你之前不也说，如果尽早让你带着那丫头，就不会产生现在的局面吗？”圣音虽笑着，那笑意却带了些朦胧，“那丫头太依赖我。你也看到了，在外面的她基本上没有什么自理能力。如今我跟她的关系越发难清了，若是我对她太过严厉，只会伤了她的心。她是个倔脾气，难保不会惹出什么事端来，不如由你来。”

无影咽了口水，“你、你、你这是让我替你做坏人呢啊？我说为嘛好人都是你做，坏人都是我做啊？这不公平啊！”

圣音缓慢地眨了下眼，“咱们之间用得着这么客气，分什么公平与不公平吗？”

无影顿时语噎，“好，你好！你就会用我的话噎我！不过，你也不必担心，那家伙跟以前大不一样了，最近啊，勤奋得有点过头。听青衣说，她练武练得不要命，手心都磨出了不少疱。啧啧，我看着都心疼。”无影故意瞥了眼圣音。

“是吗？”圣音垂眸苦笑，“这样也好，省得以后出去总被人欺负。”圣音忽而想起刚才厅内似乎有个外人，“刚才你身边那个是？”

“叶双涵。”无影撇了撇嘴角。

“哦……”圣音挑起细长的眉，看着无影略显窘态的表情，明白了叶双涵是谁，“就是那个不声不响走了后让你牵肠挂肚的人。”

无影不屑地喊了声，嘀咕着，“谁牵肠挂肚了……”

夜晚的月光，带着柔美气息，大片地挥洒在万物之上，如纱雾气混着渺渺香气丝丝萦绕在水面，勾勒出仙境般的朦胧美。

缥缈不清的水雾中隐约看到半个身躯靠在偌大的温泉边，微风轻轻地拂过水面，吹开了一丝雾气，透过缝隙望去，池边倚着一个白皙宽阔的肩膀，再向上看去，薄薄的双唇微阖，直挺的鼻上方，双眸轻轻阖着，睫毛在月光的辉映下沾着点点水珠，挂在睫尖摇摇欲坠。

闭着的双眸突地睁开，“谁？”

绝舞正欲落下的脚蓦地一顿，懊恼地瘪起嘴巴。她分明一点声音都没有发出，居然还是被发现。

“是我。”听着冰冷的声音，她心里一紧。师父果然在伤心，脾气难得的臭。

她刚刚听无影大哥说吟依姐姐为躲避日教而诈死，看来师父真的很喜欢吟依姐姐，宁愿放弃成亲也要保心爱的人周全。

听到她声音的瞬间，他放松下警惕，“来这里干什么？”

“我、我担心师父，所以过来看看。”不能跟吟依姐姐成亲，师父应该很伤心的。她不想看到师父难过，可刚刚在屋里听无影大哥说起这件事，她却因此松了一口气。最起码在日教彻底垮掉之前，吟依不会跟她抢师父了，她第一次发现自己竟有如此卑劣的一面。

隔着雾气，他的双眸漾着暖暖的温柔，然而重重薄雾的阻碍却使得她无法看清。

她又上前几步，这才发现，不知何时他已上了岸，湿发搭在雪白的袍子上。

他垂眸，将腰带在身侧打了个结，“担心什么？”

不见她回应，他侧眸瞧她，却见她低垂着脑袋，过了半晌才道：“听、听说师父没法与吟依姐姐成亲，怕师父难过，所以、所以过来看看。”

许是心中有鬼，心虚得一句话都说不完整，她捏着拳头，有些后悔刚才那句话。

“怕我难过？你前段时间不还发誓说，我若成亲你就离开吗？”他拂过她脸颊边吹乱的发丝，笑意有些凉，“这不正合你意？”

她脸上闪过被人看穿的难堪，狠狠别过脸，“我的确不想师父成亲，可我也不想师父难过！”

“丫头。”他轻叹一声，揉揉她的发顶，“无论这件事最终怎样，有些事情，却是永远不会变的。”

她明白他在说什么，眼泪悬在眼眶里，扬起脸深深吸了一口气。

师父的意思是，即便不是吟依，以后也会是别人，而她与他永远只能是师徒身份，永远无法以她想要的身份站在他身边？

她突然觉得眼前这个人好陌生，为什么同样的眉眼，却什么都不同了！

她没有想过要取代谁！

她过来只想告诉他，他不在的这段时间里，她真的有很乖地练剑；她已经不会为了一点小伤就去麻烦别人了，她也在很努力地尝试变得成熟。

她还想告诉他，她真的很想他。

不知是雾气还是温泉腾起的热气，圆圆的双瞳逐渐泛上一层水雾，慢慢模糊了眼前的画面，委屈、无奈、心痛，在心中一点一滴地沉淀。

她握紧拳头控制住自己的情绪，低首闭上含泪的双眸，须臾后，睁开的眼中除了红色的血色外，已经没有了水泽。

以前温暖的画面在这样冰冷而失去希望的时刻忽然汹涌而来。她想起小时候每天清晨他帮她打理头发，他最喜欢摸着她的头发说她是个孩子，每当那个时候她就会撒娇地窝到他怀里；她喜欢他宠溺的温柔，所以，练剑时她经常会假装摔跤，因为她知道，身后一定会有暖暖的胸膛，而不是冰冷的土地……

她仰起脸，勾出一抹动人的笑，昏暗朦胧的夜色下竟显得格外凄楚。

他被这一笑恍了神，有些表情本不该出现在那张快乐无忧的脸庞上，此刻却正无声地啃噬着他的心。

她抬眸望着他，像是隐忍着极大的痛苦，“我快要想不起来，师父是什么时候开始疏远我的了。为什么突然间变得这么陌生？”

他低头看着她扑闪的睫毛，那幽怨的语调仿佛把他的心剜了个大洞。他只想要多一点理由站在她身边保护她，她却一定要点破，一定要将事情闹到一发不可收拾的地步。

她把手按在胸口，那里真的很疼、很疼，窒息的疼。似乎不管说什么做什么都是假的，只有她自己的痛苦、失败、悲哀，却偏偏总是真的。

她自嘲地扯起嘴角，既然师父已经将话说到这般田地，她再坚持下去还有什么意义？

既然舍不得离开他，那就放弃吧，从今以后，做一个乖乖的徒弟，留在他身边。

放弃，在某种意义上，或许也是一种对自己的补偿和安慰。

她曾经放下了尊严，放下了固执，放下了伦常，只因她放不开他。

可是这次，或许真的该放手了。

深吸一口气，她忽而绽开一抹如释重负的笑容。

她的视线贪婪地流连在那张看不出情绪的脸上，缓缓抬手，做出了至今为止最大胆的举动，柔软的手指像是试探般碰触着他的脸庞，泛着点点泪光的杏眼甚至不敢看那双曾经让她迷恋如今让她心痛的眼眸。

“丫头……”

她慌乱地急忙按住他的唇，大眼因泪水的冲刷异常清澈，一层淡藕色的水雾掺杂着请求幽幽地凝视着他，哽咽道：“师父先别说，这次听我说。”

她有一肚子的话要告诉他，她要告诉他，她有多想他，有多怀念曾经的他。然而望着他，所有的话都在时间的流逝中逐渐消散在心底，她试着发音，却是徒劳。

最终，她只是慢慢地垂下眸子，转身离开，“从今以后，我会做一个乖徒弟。”

一个心不在自己身上的人，即使把话说得再动听，那人的内心也容不下你的一言一语。说那么多还有什么用呢？与其将爱挂在嘴边给自己爱的人徒添烦恼和为难，倒不如把情意埋在心底，或许，他还会多看自己一眼。

在她落寞转身时那轻飘飘的一句话，终于让他一直都伪装得很好的表情有了一丝裂痕。

很好，他要的不就是这样的结果吗？

爱恨两面，不过云烟。

他要的，只是她安好。

他缓吸一口气，迈步离开。

若不是为报焰门之仇和迦隐七年前惨案之仇，他会带着她隐居山林吧，过着恬静的生活，与世无争，那将是怎样的安静和幸福！

然而，等到所有的仇都已报，那个时候的他还能像从前那样拥着她吗？他似有似无地扯动了下嘴角，自嘲地想，或许到了那时，连现在这样疏远的距离对于他来说都是奢侈。

在时间的无涯荒野里，他什么都无法奢望。

只求，她不要离他太远才好。

轻叹一声，他抬眸环视四周，忽然想起她是非常怕黑的，每到了晚上外出总是像只小猫一样挂在他胳膊上。看看周围树林丛生的黑暗，他加快了脚步，她刚离开不久，应该还能追上。

果然，刚走出围绕温泉的林子，就看到前面一个单薄的背影在碎石小径上缓慢行走，他放慢了脚步在身后跟着，月光将两人的影子拖出长长的线条，压抑的静谧笼罩四周。

他望着她，眸中淡淡的柔和下飘忽着吹不尽的愁绪。

双眸不经意间移到偏右侧的方向，蓦地凌起，刚在她到温泉边的时候，他就知道后面有人跟着她，以为走了，没料到却还在。

他背过身，薄唇勾起一缕冰冷到近乎残酷的笑，双手背到身后，交叠起来，悠闲迈着步子，像是活动筋骨般地转了转手腕，指间一根银针忽地射出。

树丛中，在忽明忽暗的树影之下，一个面蒙黑巾的人痛苦地捂住左肩闷哼了一声，小心地扶住树慢慢滑下，死撑着不发出任何能够引起怀疑的声音。

第六章
似是现转机

“舞儿？！”无影看到从面前呼啸而过的红风，脑袋空白瞬间后叫出了最有可能的人名。这家伙大晚上的发什么疯啊。

“喂！”无影一个空中翻身，用比舞儿更快的速度落到她面前，很自然地一手搭到她的左肩制止她前进。

“喂什么喂！”

很不幸地，无影必定要受到牵连了。她瘪起嘴，睁着大大的眼睛，饱含委屈地对面前一脸迷茫的人道：“你说，为什么我现在练功，站在旁边的不是师父，而是你？”

说完不待无影反应，用力拍掉搭在左肩的手。

“你。”被拍掉手的人无辜地停在原地，一脸茫然。

“你这家伙，大半夜地哪来这么大脾气？”无影追上她，配合着她的步调并排走着。

她忍着满腹委屈，继续紧闭着嘴，她真怕再开口就忍不住了。

无影见她心情不好，识相地跟在身旁不言不语，顺便观察那张脸上的表情。

这家伙，真受刺激了。可怜的无影不禁打了个战，天哪，他以后的日子要怎么过啊。

“舞儿。”无影拉住快速前进的绝舞，红色的人儿一个不注意没有停住差点摔倒。

“你懂不懂得怜香惜玉啊？”她气呼呼地瞅着无影。

“就算懂得，对象也不该是你吧？”无影看气氛不适合，使劲忍着笑意，过分的忍耐使嘴角呈现出僵硬的线条。

就算不是，也用不着这么直接吧？她甩开他的手，背过身去。今天晚上本来就看他不顺眼，还跑来气她，他是存心跟她过不去是不？！

咦？她像是想到了什么，红肿的眼睛滴流一转，嘴角扬起一抹得意的笑。

她慢慢转过身，星眸半含珠泪，在银白的月光下羽睫轻轻一眨，一行清泪滑下娇嫩脸颊，无声的夜里，显得楚楚可怜。

“你要干什么？”无影顿时觉得浑身发冷，经验告诉他，他要倒霉了。

她顶着一张我见犹怜的脸走到无影身边，伸出手拽住一管藏蓝色镶银边的袖袍，头一直低到不能再低，甜甜的嗓音中腻着哭腔，“无影大哥，你最疼我了是吧……”

“别哭、别哭啊。”无影深吸一口气，不安的预感越来越强烈。这个小扫把星，这次又想怎么害他？

“呜呜，人家好可怜……”说着说着就把手里的袖子拿起来往脸上擦。

无影看着她的举动，简直欲哭无泪。他不久前才知道，上次双涵不告而别是因为误会了他和舞儿的关系，这个家伙现在又趴在他身上，噩运会不会再度降临在他身上呢？

“你可怜什么啊你。”我才最可怜好不好，这边被你逼，那边被你师父逼，还要担心双涵误会，这是人过的日子吗？

无影想起自己的遭遇就来气，嘟哝着：你和你师父简直就是天作之合。

“你说什么？”

“没。”无影拼命想要拉出被拽在那双手中当抹布的袖子，可怎么都拽不出来，“你不打算放开吗？”

“无影大哥，你就可怜可怜人家嘛！”她含泪贴近无影，嘟起小嘴道，“我知道，一定是师父怕我黏着他，所以练武的时候让你盯着我对不对？”

“呃……”无影被她盯得心慌，都不知道该不该撒谎了。每次遇到这个小家伙，平日里的威风就都没了。

“是不是？”

“好像、好像，是吧。”

“这是什么答案，到底是不是？”

“是、是、是。”天哪，他再不说是，她整个人都要挂到他身上来了。

师父果然和无影大哥商量好了，她都已经表态得那么清楚，以后不会让师父为难了，他还是不信她，还是想拉远与她的距离。

伤人的答案让她渐渐散了神思，思绪缥缈不定，完全不知道要停留在哪点去思考，才能支撑得住悬在空中的心。

无影趁她不留神之际，正欲从她身边溜走，就被她一把拽住，她恍然想起了自己的目的，吸吸鼻子，笑靥如花道：“无影大哥喜欢双涵姐姐，对不对？”

这是不争的事实，有什么好说的？“你要干什么？”

“没什么，人家只是觉得无影大哥也好可怜。”她星眸泛光，语气中充斥着不言而喻的惺惺相惜，“跟我一样。”

无影白了她一眼。

她又继续道：“双涵姐姐好不容易才回到你身边，你不会舍得她走吧？还记得三年前吗？你找了她那么久都没有她的消息，要不是这次她自己回来，你们俩的缘分可就尽了哦。”

无影背过身，坚决抵制外界诱惑。

她急忙把脑袋探到他眼前，继续诱导，“我们两个可怜人要互相帮助不是吗？只要你在师父面前煽风点火，说我最近练武有点心不在焉，招式问题很多很多，必须得他指点，这样就好啦。这个要求不难吧？”

无影摆摆手，“不行不行，你是嫌弃我最近对你太严厉了是吧？没的商量。”

“没的商量？”她抹干眼泪，眯起大大的眸子，“我今天听说，当初双涵姐姐离开就是因为误会无影大哥跟我之间有点什么，你说我要是在双涵姐姐面前煽个风点个火什么的，嗯？”

“你这家伙！”无影低头看着刚刚还泪光点点此刻却充满狡黠的双眸，心里那一点点心疼已了无踪迹，咬牙屈指在她头顶敲了敲，“你狠！”

“嘿嘿，这么说你答应啦？”她兴奋地拽住无影，像是抓住了救命稻草。

“你放开我，我就答应你。”

“好！”她开心地放开他，向后蹦了一步，拉开了两人的距离。

她将手背在身后，扬首冲他巧笑。那一笑，如春风吹绿了枯草，如甘霖滋润了荒地，让人从心底感觉到了一股泱泱暖意，仿佛所有的痛与伤都能在那俏皮的笑中洋洋洒洒地飞逝。

“你何苦呢？”无影像是自言自语，又像是说给她听。他叹了口气，拉下她坐在身边，悠悠道：“是你的，总会是你的；不是你的，永远也抢不到。如果命中注定是你的，而你还没得到，那证明时机未到，你只要安心等待就好了。”

“要是你，能安心等双涵姐姐吗？”

他答不出。人往往对别人身上的问题都能轻而易举地指出来，可放在自己身上，却又不一样了。

话都会说，做起来，往往很难。

“我以为你会放弃。”

“不，我放弃了……”颤抖的尾音在风中如残枝败柳摇摇欲坠，“我只是，想要争取在师父身边而已，只要在他身边就好……我不会去妨碍他的幸福，他可以去追求自己的幸福。”

无影静静听着她诉说，伸出手臂扶住她的头让她依在他肩上，“慢慢会好的。”

“师父是那么温柔、那么善良的人，为什么会对我这么狠，为什么？”菱唇一声声地轻叹，余音缭绕，缘起缘落间的千回百转，她的念她的痴，最终换来的，真的只是泪眼婆娑吗？

温柔？善良？外人也是这么评价他的吗？无影内心苦笑。

在舞儿眼里，圣音总是那么完美，完美到没有一点瑕疵。终有一天，她会知道，她心中的神，并不是那般圣洁，到了那天，她要承受的就不只是今天的这点儿痛。

“我现在越来越讨厌自己，心里无数次告诉自己，师父认定的事就无法改了。也当着师父的面说过会好好当个徒弟，可是，为什么会这么反复无常？师父的一举一动，甚至一个眼神，仍然会牵引我的视线和身心，若要做到面对那张脸而心无杂念，大概这一生都不可能了。”一片花瓣落在她伸出的颤抖的指上，风起风落间欲走还留，似是诉说着这份情的难舍难分，清秀的脸上露出愈来愈经常出现的哀伤。她真的不甘心。

“我知道，师父喜欢的是吟依姐姐那样的人，可是我毛毛躁躁的，真学不来。”啜泣的言语带着深深的自责和懊恼。

“做自己就好，不必尝试改变，你就是你，谁都无法代替。”你在他心中的地位，即使山崩地裂都无法动摇，你就一点都感觉不出来吗？

“这段时间，她的睡眠可好？”

青衣犹豫片刻道：“起初睡不好，后来每晚奴婢都悄悄将安神的药粉放在香炉里，这才睡得踏实了些。”

“最近有特别的事发生吗？”风轻轻吹落了树上的积雪，几滴不易发觉的暗红色斑点从树叶上显露了出来，在夜里散发着血腥的气息。

“没有。”

他听出语气中的犹豫，有些不悦地凝起眉。

“回三公子……”看出主子的情绪，青衣心里有些发紧，“奴婢不知该不该说。”

叶双涵是无影公子的心上人，若是她无缘无故诬陷了人家，这罪她可担不起。但，那女子若真有问题，她若是不报，可就会害了大家。

“说。”被风扬起的另一堆叶片，悠悠落在那几滴昭示着不安的血渍上，掩埋了与安宁极不协调的一角。

“奴婢觉得，前些日子来庄里的叶姑娘有点……”该怎么说呢，真不好表达。

“她什么时候到的？”

“十多日了。”

“十多日？”刚好是他回迦隐或者是还在迦隐的时候来的。真这么巧？这让他不自觉地联想到两日前那晚。那人大概就是躲在这棵树后吧？清冷的目光缓缓落在了地上方才有血渍的地方。

“平日里多留意她，切记小心，不要被怀疑。”

“是。”

“你已经这样三天了。”

“谁？”绝舞抬起沉重的脑袋望向窗外。算了算了，问也白问，会这个时候出现又用这种死气沉沉的音调说话的人，除了那个大木头还能有谁？“你又来了。”

“来看你是否还活着。”独孤翊躺在离窗口不远的树上，闭目养神。

果然是气死人不偿命的家伙！绝舞心里恨得痒痒，又把脑袋放回胳膊上。算他好命，她今天没心情跟他斗嘴。

独孤翊一个飞身立到窗前，瞅了眼病恹恹的绝舞，嗤了一声后靠在外面的窗棂上，微微偏首，对窗内的人儿道：“你也就这点儿出息。”

她白了他一样，把头转到另一边。死木头、大木头、坏木头，狗嘴里吐不出象牙！

“什么时候能长点志气？”

“你烦不烦哪？”心情已经够不好了，为什么每个人都要来瞎搅和！

她坐起身，把脖子伸到窗外瞪着一脸享受的独孤翊，使劲推着一动不动的强壮身躯，“你来干什么？走开、走开啦！”

独孤翊抓住她乱挥的手，“原来还有力气。”

一只手被人抓着，她只好用另一只手笨拙地捶打，以解心头之气。

“看来你受的刺激还不够。”他在瞬间点了她的穴，使得挥出的手就那么停在了空中。

“你！”

刚想开口，粗糙的触感便落在唇上，制止住她的叽叽喳喳，不过一瞬，很快便离开。

她不敢置信地瞪大了眼睛，气得险些昏厥过去。他竟然敢用指头碰她的嘴巴！

“嘘，安静点，你再这么气下去，我真怕你会喘不过气，一头栽过去。”

他深邃如海的蓝眸平静无波地看着眼前因失控而满脸涨红的娇颜，“我可是来解救你于苦海之中的。”

她翻了个白眼。谁让他来救！可恶，话都说不出来。

“你答应不再喊，我就解了你的哑穴。”

她只是干瞪着他，眨了眨眼表示同意。真是浑蛋！她要是见了姐姐，一定得告状！

独孤翊解穴的同时朝她眨了眨眼，“嘘，你听。”

她不自觉地竖起耳朵听着有没有什么动静。练武之人耳力一般都很好，虽然她迟钝了点，但还是听到轻微的脚步声。如此轻盈的步伐，要不是她跟师父学过千里闻音，肯定是听不到的。

若是……一个恐怖的念头闪过脑海。她睁圆了双瞳，若是一个人就连平日里走路，脚步声都可以这么轻的话，在她所知道的人中就只有一个人能做到——她的师父圣音。

“想出来了？”独孤翊又靠近一点，“你要是再喊，信不信我一会儿让你在他面前难堪？”

她想开口不敢开，想动动不得，只觉得一团火压在胸口。若是这会儿有一个发泄的渠道，她会把所有的气都发到眼前这个浑蛋木头身上。

独孤翊好笑地看着她强忍的表情，脸上一派平静，确定她不会胡来后也解了她其他穴道，“长话短说。既然那个人让你那么痛苦，干脆离开几日，等心情好了再回来。”

“怎么可能！”她朝窗内退了一步，拉远他紧追不舍的视线。没来由地，这种看似无情绪的眼神，却给她一种很想要逃避的冲动，那片汪洋中似乎隐藏着看不见的旋涡，一旦接近，必定会被卷入其中。

独孤翊向前走进一步，隔着窗道：“自上次分离之后，你就再没去过香阁了。难道她都比不上一个让你伤心的人重要？”

“不、不是。”被独孤翊这么一问，她心慌了。她也想姐姐啊，可连她自己都不知道在犹豫什么，既然她的存在对于师父来说可有可无，她去和姐姐住一段时间也没什么不好。

“她很想你。”独孤翊试着以情动她。

“我……”她很想去，又找不到好的理由，她不想这么快告诉师父她的姐姐还活着，如果师父知道了，说不定会把像累赘一样的她送到姐姐身边。

“再不走，他就要来了，想走都走不了。”

她急得也不知道该怎么办，朝园口的石拱门瞧了又瞧，看那道白色的身影是否来了。

独孤翊看她还是下不了决心，俯下身凑到她耳边，“让我帮你下决定？”

她的眼睛仍是呆呆地望向园口，脑袋里却是一片空白。一阵和师父完全不同的纯阳刚的深沉气息就那么迎面袭来，心中除了担心没有丝毫的紧张，怕他接下来的动作，更是一动都不敢动。

她知道，她的动作快不过他。

一个念头不争气地蹿进脑海，要是让师父看到现在她和独孤翊的距离，会有什么反应？

“让我动手？”

走吧。

或许走了，心就不会这么乱了。

梅香沁心，微风拂乱了她颊边的发丝。她在拖延时间，她在等，等他出现，然后温柔又霸道地把她搂到怀里，在耳边轻轻地告诉她，她是他的，谁都带不走。

期望的眼眸中逐渐映出分外醒目的白，她差点就习惯地喊出“师父”两字。

然而，那个让她满心期待的人只是静静地站在园口石拱门前，被风掀起的白袍衣袂飘然，皓白的月光在白衣周围飘散出柔柔光晕，竟让她有一种恍如隔世的错觉。是啊，数丈的路程在两人之间拉开的何止是一段短短的距离？

时间如风般在耳旁拂过，吹得眼前青丝几乎遮住了迷蒙的双眼。当泪水再也控制不住地从眼角滑下时，温热的液体瞬间转成如流水般萧瑟的清冷。一股从未有过的被抛弃的冰冷冻结了她的心。

她轻而缓地勾起嘴角。傻瓜，难道你还要再筑梦，做一场毫无意义的挣扎吗？答案总是残忍而血淋淋的，为什么你总要到最后才知道痛字是如何摧残人心！

“我跟你走。”她艰难地扯动嘴角，吃力地吐出几个字。

独孤翊当然知道圣音并没有拦他们的打算，不然早就动手了。在确定绝舞要和他离开之后，他头也没回地拦腰抱起浑身冰凉的人儿，转身轻点脚尖飞上墙头，迅速消失在夜色之中。

月光下如谪仙般的人只是如竹立在原地，幽阒的凤眸注视着窗里窗外两人亲密的举动，而后一同消失在视线中，没有做任何的动作。

“呵呵，呵……”两人身影刚消失在夜色中，园中树林深处由远而近开始婆娑摇曳，唰唰作响中一串轻如风声的娇笑在林间穿梭。动听之余，在这样的夜里让人不寒而栗。

本就眯着的眼，因突兀的声音抽动了下眼角，双眸扫向沙沙作响的树林。

不一会，一个同样红衣却和舞儿有着截然不同气质的女子走了出来，朦胧的月光下映着姣好的身段，脸部蒙着同样颜色而相对较淡的红纱，一头青丝中缠着红色的缎带，绑成一束搭在因笑而上下起伏的胸前，透过月光只能看到含笑星眸正注视着颇为不悦的圣音，一步一步款款走来。

“少主什么时候喜欢偷看花前月下的事了？”

“你怎么来了？”经过上次孤傲洁的事之后，她居然还敢来？敢情完全是不把他这个主子放在眼里了。

“当然是因为你啊。”女子语气中尽显随意，却也保持着良好的距离，不逾越一步，“少主穿白衣也很玉树临风哪。我来是告诉少主，您交代的、我非常擅长的‘栽赃’这事儿，办妥当了。”红衣女子低头把玩着手里的长鞭，“找了个其他门派的替死鬼，明天就斩首了。”

“嗯。”圣音指尖拈着一朵梅花，“既然你来了，去查查叶双涵这个人的底细。”

与此同时，在离明月山庄不远的黑暗角落里，两个人怒目相对。

“还没办好？”阴冷的声音中透着对说话人的不满。

“好了我自然会通知教主。”

“教主让我来提醒你。”

“我说过了，我会直接告诉教主。”女子冷着眼看着眼前气势冲天的人，“你够格管我吗？”

“你！”男子向前一步，双眸射出寒光。月光从男子背后投下，面部刚好隐没在黑暗之中，看不清五官，但健壮的身子昭示着他定是个练武之人。

“你只是我一个小小的手下。”

“别忘了，我早就不是了。”男子不服气地略提高嗓音。

“还是这么鲁莽。就不怕大声引来人？”女子平静的眸光自然地流露出厌恶之色。

虽不服气，但男子还是压低了声音，“总之，别忘了教主吩咐你的事，别整日沉浸在他的浓情蜜意里不可自拔！”

“用不着你担心。”黑暗中冷艳的脸颊浮出两抹红晕，在微凉的夜风下逐渐升温，只可惜夜太黑，男子并未看到独属小女人的娇羞。

“这么说，你不是真的爱他？”

“你管得未免太多了。”女子冷斥一声后转身欲离开。

男子情急之下忘了规矩，伸手拉住女子的衣角。

“你！”感觉到向后轻微的拽力，女子低首便看到拽着自己衣服的手，原本平静的眸子立即染上盛怒，“不要你的手了？”

“把话说清楚……”男子不知死活地想要得到答案。

他肯定想不到，自己的要求还没讲完，一只手便被活生生地砍了下来，那只刚才还强留女子的手，顷刻间就掉落在地，鲜血霎时染红大地。

“你！”男子吃痛地大惊，他没想到她真会出手。

“给你机会，是你不要。”本念同教，想饶过他，谁知他竟不死活地敢碰她！

“有些事，要懂得适可而止。”女子走了几步之后停下，转首对躺在地上颤抖不已的男子说了这句话之后离开了。

“我吩咐落梅煮了些粥，过来喝点。”绝姒站在绝舞身后，一张倾城之颜上尽是担忧。

“姐姐，我不想喝，你快去吃吧。”绝舞望着窗外的人转过头，冲绝姒扯开一个微笑，随后又趴回窗前，望着湖中烟雾缭绕的景色。

绝姒将手里端的粥放到她面前，而后轻轻扳过她，“有什么话是不能对我说的？”

绝舞欲言又止，不是不说，是不知该从何说起。

良久，两人静静地坐在窗前，任由冰凉的气息透过窗逸进屋内，沾湿了衣襟，却无暇顾及。

“师父，好像讨厌我了。”说出“讨厌”二字时，声音不自觉地哽咽了，冰凉的泪水顺着面颊缓缓滑下，滴到碗里，瞬间在清淡的粥面泛开一圈圈小小的波纹，一如久久不能平息的心。

绝姒笑出声，“你怎么跟个孩子似的？是不是做什么事惹三公子不开心了？”

见绝舞没有回应，绝姒仔细瞧着她的脸色，唇角的笑缓缓淡了下来。

“你？”虽知道现在不太是时候追究这种事情，但该问的还是要问清楚的。

“我喜欢师父。”绝舞瞧着一滴一滴掉落到碗里的泪珠，抿着嘴巴，委屈得像个做错事的孩子。

“你？！”绝姒从小被独孤翊一家抚养长大，受非常传统的深闺教育，着实被这件事震住了。他们是师徒啊！世俗的眼光多苛刻，难道这孩子不知道吗？虽不安，但还是放缓了语气，尽量不刺激此时情绪不稳的舞儿，“你知不知道这样是不对的？”

“为什么不对？”她真的非常不喜欢听到别人说，不能、不可以，为什么不可以？

“师徒就不能互相喜欢吗？那姐姐不是也喜欢太子吗？而太子本身已有妻室，不是吗？”

“我……”绝姒顿时无言以对。舞儿说的是事实，她无话反驳，虽然在最初认识司空霄的时候他还未成亲，但不得不承认，她的确插足了别人的婚姻。

看着绝姒脸上的悲伤，绝舞突然意识到说错了话，急忙道：“姐姐，我不是那个意思。我、我是想说，感情这种事情，是没法控制的不是吗？”

绝姒拂去绝舞脸上的泪水，将她拥进怀里，“没事，你说得都对。”

没空去想绝舞口中的司空霄，绝姒只想知道，三公子那样精明的人怎么会任舞儿的感情到了这样一发不可收拾的地步？

除非——他是有意的。

一个念头慢慢浮现在绝姒脑海里，不安的感觉愈来愈浓重。既然不接受舞儿的感情，为什么不早早断了她的念头？绝姒沉重地望了眼呆滞的舞儿。如今，舞儿对圣音的感情恐怕是世俗礼教都无法阻止的了。

绝姒轻叹了口气，把舞儿被泪水沾湿的冰凉双手握进自己的手里，“有些事情是强求不来的，顺其自然吧。”

“你不知道师父以前有多疼我宠我。我不明白，为什么顷刻之间所有的宠爱都消失了！他以前看我的眼神好温柔好温柔，只要看到他的眼睛，满肚子的不开心就都不见了。可是现在，我却害怕直视他的眼睛，害怕在那双眼睛里看到淡漠和嘲讽，我受不了。”绝舞异常激动，她试图让绝姒了解以前的圣音是怎样的，可泣不成声的她根本无法组织自己的语言。

微微的凉风轻轻吹拂着胆瓶中的花，一声声的狡辩，无望的空谈，宛如蚕丝盘踞在屋内，愈来愈浓密，怎么听来都只是无谓的挣扎。扯不断的回忆听来也尽是沉痛，本尝试着用过往的幸福触摸现今的沉痛，却句句催忆当初，换来的只有满地凄凉。

“舞儿，看着我，”绝姒看舞儿涨红的脸，急忙把手伸到她背后轻轻拂着，帮她顺着气，“不要说了，难受就不要说了，我知道，我懂。你现在有姐姐了不是吗？还有姐姐爱你疼你啊。”绝姒试图转移她的注意力，“我们姐妹俩好不容易相见，我们要把以往没有一起度过的时间补回来。答应姐姐，好好照顾自己好吗？你忍心这样糟蹋自己，然后看着姐姐替你操心吗？”

“不……”绝舞终于从干涸的喉咙里发出一点声音。她不要让姐姐替她担心。

“舞儿小的时候就那么懂事。”绝舞欣慰地笑了，拉起她朝床边走去，“你累了，先睡会儿吧，晚饭好了我叫你。”

绝舞乖乖躺到床上，侧身之际眼角余光瞥到窗角处的一片花叶飘落，眼睛便时不时往外瞧，每次怀着希望抬起的眼眸最终都失落收回。

绝姒蹙了蹙眉。人是昨晚就来了，被伤成这样还惦记着那个男人。她俯身帮舞儿盖好被子后，轻轻掩上门出去了。

“舞儿当真是和三公子……”

“嗯。”独孤翊负手而立，抬首仰望苍穹，试着压下心中腾升的莫名酸楚。

“原以为……算了，再说也是无意义。”绝姒提起裙角缓步走向栏边，“不管那位三公子心里是怎么想的，总之他们不能在一起。”

“此话怎讲？”

“圣音是怎样的人？虽不敢对真实的他妄作猜测，但我完全不信他真如江湖所说那般性情温文，与世无争。要真是那般，怎么可能在这个尔虞我诈的江湖立足？何况那一身的武功无人能敌，到底师出何门也无人知晓。如果我的猜测没错，他就是深藏不露。一个懂得隐藏的人往往有太多的秘密，如此复杂又危险的人，不适合舞儿那种单纯的个性。”绝姒扯出一抹淡笑，“我想，那孩子大概是被三公子的外表和对她的那些好所迷惑了，而有一天当她发现了真相，还会像如今这般痴迷吗？”

十年来身边只有圣音一人，从来不曾和其他人接触过，自然会对他有一种非同寻常的依赖。她还太小，分不清楚什么是爱，只怕是误解了那份相依相随。

独孤翊高深莫测地看了绝姒一眼，心中一叹，“那你的意思？”

绝姒先是毫不避讳地直视独孤翊，而后脸上逐渐浮现出势在必得的笑容，“我想请你帮忙。”

“帮什么？”蓝色的眸子避开似乎看透了什么的视线，转而望向满湖碧波。

“你我都明白的，我想也不必多说了。”她微微一笑，像刚来一样，提起纱裙，悠悠朝屋内走去，留下身后深思的独孤翊。

“查到什么了？”紫色身躯双手环胸斜倚在一根竹子上，压得细弱的竹微微倾了腰。

“那么担心，为什么不自己去？”冷沉香不像菊阁阁主孤傲洁般服从命令，而是大胆问出自己的疑问。

泛着银光的面具悠悠转向红衣女子，“看来你在迦隐很闲，最近没有高轩叶和你抬杠，过得太惬意了？”

冷沉香听到高轩叶三个字时，面纱下的嘴角果然不自在地抽动了两下，看来气得不轻。没办法，胆子再大，对方也是主子，她一个小小梅阁阁主怎敢放肆！所以，再气，也只能憋着！好，她忍！

银白面具上露出的凤眸把视线从气得浑身发抖的人身上移开，抬首望向竹林之外的朗朗晴空，“独孤翊究竟带她去了哪儿？”

“香阁，一个女人住的地方。”

“不是独孤翊的城主府？”独孤翊究竟在耍什么花招？

“听说一位叫作凝香的女子住在香阁，是独孤翊的妹妹。”说完，冷沉香转向圣音若有所思道：“听说啊，少主那个乖丫头最近总是对那女子姐姐、姐姐地叫。”

圣音立即想到之前在回迦隐的路上，遇到绝舞与独孤翊时身边那个女子，应该就是她了。那丫头真的跟独孤翊的关系已经好到与独孤翊的妹妹姐妹相称？

“去给我查，我要她的完整背景。”竹风扬起紫色衣袍，魅惑张狂的气息瞬间弥漫开来。

“你这次来，又是为何事？”终于想起来，她说是为他而来，“叶双涵的身份查出来了？”

“还没有。那女人跟个谜似的。这什么都查不到肯定是有问题，再给我点时间。这次来，主要还是为了少主你留在迦隐的女人。有人这段时间没见你，都快不成人形了。”女子学着用爱慕的眼神望向圣音。

“少来！”他不屑地嗤了声，“她有什么动静？”

“也没什么，只是和日教那个丑得不能再丑的土护法见了两次。”这是真的，她这辈子都没见过长成那样的人，实在是无法入目啊，“人家杜玉菲可是求了那个土护法好久，才被允许留在迦隐的。你究竟用了什么方法，才一小会儿就让日教全力栽培的女人臣服在你身下？”暧昧的语言还故意加重了“身下”两个字，看起来就像个身经百战的女子。

“这是你该关心的吗？就算是表妹，有些事情也不要逾越了。”看来他这些年来对她的管教果真松了太多，已经爬到他头上来了。

“好、好、好。反正如你所愿，杜玉菲留下了。你就让她一直在迦隐？害得我们还要每天防着，累得慌。少主，你到底打算怎么办？”

“到时候就知道了。”碧波般清澈的眸底慢慢漾出玩味的笑，期待中渗透着一丝丝血腥。

看到他眸色的变化，冷沉香细如柳的眉慢慢凝了起来，心又下沉了一截，却什么也没说。须臾，转过身留下一声哀叹，挥袖而去。

尘无影许是在叶双涵那里吃了亏，进屋的时候怒气冲冲，看到圣音轻哼两声，嘀咕着：“女人真是让人费解的生物！”

圣音微讶地挑眉，而后抿唇忍住笑，“很少见你抓狂的样子。”

无影怔了一瞬，“我才没抓狂！”怕圣音继续揶揄，无影急忙转移话题，“让我监督舞儿练剑的事，我是坚决不做了。那家伙的剑法你最近是没看，唉，各种心不在焉各种出错啊，还是得你这个师父亲自给指导指导，我是做不来那事儿了。”

圣音怀疑地瞥了眼无影。

无影嗤笑道：“你以为我骗你？你自己去看看就清楚了。再这样下去，她猴年马月才能像你说的那样有足够的能力保护她自己？”

圣音用杯盖轻撇去水面的茶叶，“我知道了。”

无影犹豫片刻，“我总觉得你这样疏远她，不是个明智之举。就不怕以后后悔？”

“后悔？后悔的事我做得还少吗？”他涩然一笑，后悔的事他早就做了，还怕多这一件？只要能保护她不受伤害，什么事他都做得出来。

无影摆摆手。罢了罢了，他能说什么，简直就是皇上不急太监急。

“从小到大，你总是一味地想要给她最好的，把她当宝一样捧在手心，但你有没有认真考虑过她想要的是什么？你有问过她吗？精神的创伤和身体的创伤相比，或许她会选择第二个！”

“少主，查到了。”恭敬低沉的声音从门口缓缓传入，正是平日里圣音的影子护卫——颜琦。

插入的声音打断了圣音欲言又止的解释。

“进来。”圣音转身之际满脸落寞一扫而空，仍是淡然洒脱的风采。

“你查什么？”无影好奇地看着来人手中的一封信。

“一会儿你就知道了。”

圣音接过递来的信，缓缓打开，眉心渐渐拧起。

“怎么？”

无影先是迟疑地猜测，之后转向门口，远望园中练剑的女子，“你在怀疑……”

“不要怪我，她出现的时间太过巧合，才会引起怀疑。”圣音对无影有些微抱歉，毕竟那女子是无影看中的人，“只是查到些皮毛，但与她之前告诉你的身世还是有些出入。很抱歉，我可能会继续调查下去。”

无影没有回话，而是望着院中的叶双涵，笑道：“可能在很多人眼里，她不是个讨喜的女子，但在我眼里却千般的好。她会因为我忘记吃饭而冷声责怪，事后却悄悄去厨房为我做我喜欢吃的汤面；她会因为我与其他女人走得太近而生气，却从来不愿表露，只是独自一人生着闷气；她也会跟我吵嘴，却每次在我赔罪之前其实就已经消了气……她的出现，才让我对你和舞儿之间的感情有了切身感触。原来，爱情这玩意儿真的会让人身不由己。如果她真是日教的人，我不会刻意偏袒。查出来后，记得告诉我。”

无影的一番话让圣音陷入恍惚之中。他摊开手心，看着手心交错的细纹，想起他的丫头曾经的小动作，她最喜欢腻在他怀里，将比他小很多的柔软掌心贴在他的手心上，紧密相合，十指相扣，然后仰首满足地冲他甜美一笑，用娇憨音调说：师父，你千万不能松手丢了舞儿，舞儿会迷路的。

然而繁华如梦，短暂的幸福最终只落得几番分离。

他忘不了那日，她眼中的期望转向绝望的瞬间，那眼神仿佛一把利刃将他的心口划开深深的裂痕。每晚只要一闭眼，便是永无止境的煎熬。才短短三日，他已经受不住这样的日子了，满腹幽忆无处托，又有谁知道，他并不是那么坚不可摧呢。

一片竹林之中，若隐若现地藏匿着一个圆木小屋舍，朴素中透着精巧，映着周围的碧碧翠竹，显得更是清然脱俗。木舍右后方的山上流泻下一条如白缎般莹白的瀑布，落入到山脚下的池中，泉水叮咚，不绝于耳。

“还没查到？！”一句饱含怒气，和周围雅致环境形成鲜明对比的声音从木窗内迸发而出。

屋内摆设着简单的桌椅，再无其他，一看便知不是经常住的地方。桌后的木椅上一个紫衣人紧绷着身体，闭着的眸缓慢睁开，平静如湖的眸水反射过一束寒光。三天了！除了查到是人都知道的消息，她还查到了什么！

“看来太久没做事，脑袋不好使了。”

“她真的不简单，消息封锁得很好，除了知道她三年前开始经营凝香苑，住在香阁，是独孤翊的妹妹之外，其他都查不到。”冷沉香显然也有点懊恼自己的办事不力，言语中少了往日的无所谓。

“这我也知道！”长指啪的一声拍到桌上，撑起坐在木椅上的身体，只见一阵紫风闪过，他已如鬼魅般居高临下地站定在冷沉香面前。

冷沉香并没有被快如闪电的身手吓到，镇定自若地立在原地，不满地撇起嘴角。有本事自己去查啊，独孤翊又不是一般人，消息封锁得好很正常，她哪能那么容易查到？心里这么念叨着安慰自己，却还是有些抱怨自己的能力，看来和高轩叶那个家伙吵架吵多了，智商都下降了！

紫衣人垂首瞧着眼前人不满的表情，一个点子闪过眼前，“我还是找轩叶算了。”

冷沉香猛地抬起头，一点没有淑女形象地大声道：“找他干什么？！我能做好！”

“三天一点东西都查不出来也敢说你能做好！”

“一个和咱们没关系的人，这么急着找干什么？”冷沉香底气不足地咕哝着。

“没关系？！”圣音咬着牙，隐忍着想掐死她的冲动，从嘴角挤出三个字。

少主再怎么生气表面都看不出来，这次居然这么激烈，吓死她了。

“再给你三天时间，查不出来就交给轩叶。”他总觉得那个女人不只是独孤翊的妹妹那么简单。他不是没打听过，独孤翊是独子，根本没有什么兄弟姐妹，就这样凭空冒出来个妹妹，还跟丫头在这么短时间内就建立了不错的关系，很难不怀疑那个女人别有目的，要么就是独孤翊别有用心。

况且，万一是日教的人，那后果不堪设想！

“知道了！少——主！”冷沉香跺了下脚，顶着气炸的肚子甩开扎成一股的头发飞身而去。

第七章

声声忆当初

叶双涵依在无影肩侧，“那个小姑娘呢？”此刻的她没有了平日的厉气，温婉如初夏蔷薇般轻闭着眼，享受着原本不该出现在她生命中的温馨。

如果一生能任性一回，就让她在这仅有的时间里做回真正的自己吧，即便要付出不可预知的代价，她也认了。

“出门了几日。”小姑娘？那家伙可都一十有八了。无影执起她的手指把玩，看到的却是布满着大小不一茧子的手，粗糙的触感也不同一般女子。

对于叶双涵来说，早已习惯的伤疤，在无影看来竟触目惊心。

听到无影闪烁其词的回答，原本闭着的眸慢动作般地睁开，收敛起才出现不久的放松情绪，僵硬地抽回手，直视无影看着她手的眼睛，“很可怕？”

“不。”他仍然看着被抽回的手，“很让人心疼。”

低柔轻语像丝，慢慢地织成了一张网，网罗住了那颗不知情为何物的心，一点点沉沦。

“这些伤，怎么来的？”她这些年一定过得很苦，虽然她从来不对他提过去，但他知道，她一定是在痛苦和煎熬中度过的。

“没什么，练武之人有伤很正常。”她不自然地将手放到身后，“为什么转移话题？”

“你对她很感兴趣。”无影终于移开目光。

“没有，只是不喜欢你的回答。”

“她确实是出门了。”她的反应很奇怪，性情淡到几乎不会起情绪的人为什么独独对舞儿不依不饶，“你还在意三年前的事？”

她知道他说的那件事，他已经解释过了。再说是因为介意，就显得她太小肚鸡肠了，何况，她也不是那种喜欢争风吃醋的女人。

她微转身，和他并肩而站，“只是好奇为什么今日不见她而已，若是不想回答大可不必答。我不喜欢你有所隐瞒。”

说的人觉得理所当然，听的人心里却很不是滋味。

“我也不喜欢你说话的方式。”看到她那副拒人千里之外的模样，无影忽然就来了火。

她回首凝视他，注视着他眸中的怒火，有丝不解。他生气了？

“这里没有人会伤害你，请收回你浑身的刺！”虽生气，他仍然控制着音量，尽量不让自己太过于激动，冰冰冷冷的眸所泛出的不解，让他有着深深的疼惜。他不喜欢她这样，非得要那么咄咄逼人才能保护自己不受伤害吗？！

这就是他喜欢的女人，如此盛气凌人，又如此单纯脆弱。

她羽睫轻眨了下，整理好自己散乱的情绪，缓缓道：“你在担心我？”

那语气中的肯定让无影哭笑不得，该说她是太自卑，所以用坚强来伪装自己，还是该说她对他，太过于自信呢。

“是。”无影坚定地凝视她，说给她，同时也说给自己听。他真的担心她、心疼她，和对舞儿的心疼不一样。

直白的回答，却让她不知所措。他当真在担心她。

“不需要。”她毅然转身，隐藏起自己泛红的双眼，留下深沉不语的无影。

他凭什么担心她？！就因为她跟他比旁人亲昵吗？！她不需要！他只是她在脆弱无助时可以暂时倚靠的一根伐木，他没有这个权利！

叶双涵狼狈地急步往回走，生怕无影会追上来，若是追上来她的心思就全部都暴露在他眼前了！她咬着牙，低着头，除了脚底快速前进的步子，和两旁迅速后退的景物，再也看不到其他。

砰的一声，左肩传来阵痛，一个踉跄之后，她咬着牙抬首，便看到了一脸和煦如春风的笑。她略讶异地张了张口，之后板起脸，“对不起，没看到。”

“不碍事，叶姑娘没事就好。”清如泉水的声音非常动人，带了三分悠扬三分从容三分优雅，还有一分不认真就觉察不到的冷漠。

叶双涵拉开两人之间的距离，远离他身上自然散发的惑人清香，微微点头算是回了话。视线在那张流光溢彩的俊庞上淡淡一瞥之后立即收回来，随后她拍拍衣袖，也没有询问是否有撞伤对方，就越过他走了过去。

就在她擦身而过的瞬间，突然一个踉跄，心下大惊，还来不及稳住身子就向右下方倒去，她很清楚，即使在瞬间用腰间佩剑撑地也无法及时挽救。

眼看离地面越来越近，就在快要碰地时，左肩下方飘入雪白的衣袖和一把玉骨扇，几乎在瞬间扭转了局面，噬骨的疼痛伴随着身子的站稳愈来愈剧烈，皓齿紧紧咬着唇，忍着痛楚。

“叶姑娘，看清前面的路再出脚，才不会摔得太疼。”暖如春风的双眸像是探究般地盯着那张隐忍疼痛的脸上，而后逐渐将视线移到刚被扇柄打到的左肩，“刚才怕叶姑娘摔倒在地，若是下手重了，还望姑娘见谅。”

她仰首回视，扯过一抹挑衅的笑意，“言重了。”同时，伸手拍了拍左肩皱起的衣料，与他擦肩而过。

转过身，她下意识地垂首凝视自己的左臂，总觉方才圣忆风是刻意扶住她。

是错觉吗？

一思及此，心顿时凉了大半，圣忆风果然是个狠角色！

她没有发觉，她身后那双清明下隐藏着幽暗的凤眸一直目送着她，仿佛要将她看穿一般。待那道素色背影消失在拐角，若有所思的眼眸才收回，转而换上有几分妖媚的笑，抬臂一挥宽大衣袖，甩开扇不疾不徐地朝刚才叶双涵出来的凉亭走去。

“吵架了？我刚看她一副快哭的样子。”还没有走到凉亭，他就感受到无影躁乱的气息。

“她？哭？算了吧！”无影闻声望去，便看到圣音优哉游哉地走过来。他宁可相信公鸡会下蛋，也不相信那个冷若冰霜的女人会哭。

“难说。”

“这两天你忙得都找不着人影儿，怎么这会儿跑来了？”无影见圣音蹙着眉头，调侃道，“这几日不见，不会是偷偷跑去看那家伙了吧？怎么，后悔让独孤翊带走她了？”

圣音别过眼，直接忽略他的戏谑，“那日让独孤翊带走她是为了跟踪他，想查出他那位妹妹的真实身份。”

无影觉得圣音有些多虑，“不是我说你，我觉得你对舞儿的保护是不是有些过了？独孤翊的妹妹当然是他的妹妹，这有什么可查的吗？”

“独孤翊是独子，根本没有兄妹，但半途中冒出来个妹妹，这个妹妹没有姓氏，名凝香，经营着蜀地最大的红楼凝香苑。换作是你，能不怀疑吗？”

“你怀疑，这个凝香是日教的人？”

圣音眉头皱了一下，“对于独孤翊这个人，我们也并不是很了解，不是吗？”

“说。”圣忆风把玩着手中的瓷杯。

冷沉香得意地挺起胸脯，在凌厉的视线下，不怕死地用折磨人的速度缓缓道：“这冷凝香呢，之前并不是独孤翊的亲妹妹，独孤翊只有一个姐姐独孤嫣，三年前过世了。冷凝香虽然不是独孤翊的亲妹妹，却从小在独孤翊家里长大，独孤翊待她如同亲妹妹。别看这凝香苑的老板是冷凝香，她可从来不管凝香苑的事儿，下面大把的人供她使唤差遣，倒是个会赚钱的主儿。”

听了半天都没听到重点，宛如雕刻的薄唇不悦地轻启，“重点。”

“嗯、嗯。”冷沉香清了清嗓子，决定还是保住小命为大，“冷凝香虽然跟我一个姓，但跟我绝对没有亲戚关系啊。她可是当年响当当的焰门大小姐绝姒，十年前大火之夜被独孤凌生所救，才成了独孤翊的妹妹，不懂武功，温婉善良，知书达理……”

“停！”他终于知道轩叶为什么总是和她抬杠了，说话毫无重点的毛病真让人抓狂。

“怎么？不听了吗？”冷沉香像是不明白地皱起眉，不解道，“我以为少主看上人家了让我去做媒呢！”

绝姒、绝姒。

绝舞的姐姐，焰门的大小姐？！

这算是对他多年来至死不渝之心的眷顾吗？垂下的紫色袖袍中，手因激动微微颤抖，连袖口都跟着轻飘飘地荡了起来，霎时间，室内清香四溢。

随着香气的浓重，冷凝香额头的冷汗也愈来愈多。少主生气了？因为刚才那句话？不至于吧。刚才她是开玩笑的，阴冷的寒气逐渐浮上身体，冷沉香一步步后退，远离危险物。

屋内一阵静默，竹风洋洋洒洒地吹进木屋，轻撩起他墨黑的长发，几缕发丝在迷蒙的双眼前摇曳。他垂眸含笑，薄而晶莹的唇角宛如一朵绽放的紫色罂粟，妖娆而危险。

“终于等到这一天了……只是，没想到这么快。”他一心想着，等到一切都尘埃落定，他会带着她远走高飞。却不料、却不料居然有这样一个天大惊喜降临。

如果他没记错，焰门的秘籍应该只传长不传幼，这么说来丫头并不是秘籍传人！

他一直以为绝舞是长女，下面有个已不在世的妹妹，没想到丫头竟然有个姐姐！当年焰门对外宣称只有一个女儿，他本以为焰门掌门夫妇至死保护下来的女儿一定是传承秘籍的长女，没想到那丫头竟然不是长女！

也就是说，他们之间再无阻挠……

他的丫头，注定是属于他的。

冷沉香瞅着圣忆风变幻不定的眸子，心里有些发毛。少主在说什么呢。算了，三十六计，走为上计。

“站住。”圣忆风回身，宽大的紫色袖袍一挥，茶杯脱手而出，朝冷沉香偷溜的方向击去，不偏不倚，刚刚在那只手要接触到门板的时候，只听啊的一声，娇嫩的手便被白色瓷杯打得没了知觉，而瓷杯却完好无损地回旋到原位。他另一手优雅地揭开杯盖，轻撇了几下漂浮的茶叶，缓缓执起杯，含笑望着她，啜饮了一口，“还准备奖励你呢，怎么这么急？”

“少主你确定你没生气？”冷沉香咬着牙，怯怯回首，仔细瞧着圣忆风含笑的俊颜，想要找出一丝破绽，难道刚才的香味是因为过于兴奋？不会吧？少主会兴奋？天大的笑话!

“当然。”圣忆风将茶杯放回桌上，悠悠然坐回木椅上，“又花了两天时间，就凭这么点消息，也敢向我夸下海口。”

“当然还有。”冷沉香看出圣忆风的情绪，揉着可怜的手，抬首正色道，“少主曾经也怀疑过，仅凭日教，在当年是不可能毁掉焰门的。”

“所以？”

“查冷凝香的时候，无意之间发现了一个独孤凌生的秘密。”冷沉香得意地开口，早就把疼忘到脑后了，“我想，这个消息少主你大概会非常感兴趣。”

“哦？”

冷沉香习惯性地把玩起自己的发梢，笑得得意不已。

木窗被风吹得半掩，从椅上垂下的墨黑长发，如丝般从宽阔的肩头披泻而下，桌上完美无瑕的手指有节奏地一下下敲着桌面，随着冷沉香的叙述，长发的主人一如既往地悠悠散散，除了眼神变幻莫测外看不出多余的情绪。

当冷沉香嘀咕完后，像是想从中找出答案般，他仍旧垂眸凝视着敲桌面的手，良久后，翩若惊鸿般拂袖逸窗而出，只留下一句渗透着莫名情绪的话久久回荡在屋内。

终于找到借口去看看了。

少主终于找到借口去看谁了？冷沉香望向窗口，一团团疑问在脑袋中扩散，一时之间消化不掉，懊恼地蹙着眉。

月华初上，柔柔淡淡，衬得地处仙境的香阁若隐若现，仿若一眨眼便会消失在这水雾萦绕中。

窗外，夜正阑珊。窗内，却是另一番景象。

三楼的房门被门闩紧紧地插着，下午开始就没有人能成功踏进过，屋内忽明忽暗的烛光伴着清风摇曳，映得床幔内隐约的人影也跟着忽隐忽现，小小的身躯抱腿埋首于两膝之间，这个姿势从接近傍晚一直维持到现在。

起先还能听到时而传出的呜咽，直到月上树梢，呜咽声也慢慢消失了。许久，如雕塑般的身躯有了动静，发出一阵细微的窸窣声，半晌，终于掀开床幔晃晃悠悠地站到地面，不稳地走到茶几边倒了一杯水，仰颈一口灌下。咕嘟嘟的水声在夜里突兀得刺耳，烛光跳跃了几下，一张憔悴不堪的脸庞，带着心灰，在忽明的烛光下让人莫名心疼。

已经五天了，最初的奢望，到如今的心死，不过短短五天。

五天，足够埋葬她最初那么一点点的念想。

她不断地将曾经那些温柔和宠溺当作救命稻草，紧紧抓着不放，却没有意识到岸上的光景已不是当年，即使侥幸爬了上去，看到的也只是物是人非的凄凉。那些自己以为的幸福其实就像弱不禁风的火苗，轻轻一拂，便火熄情灭。瞬息间，整个世界都颠倒了黑白，重新在她面前款款降临，十年的相依相随，风雨同舟，原以为没有人能比她靠得更近。

咚的一声，门闩落地的声音震得脆弱的耳膜嗡嗡作响，她连转身一看究竟的欲望都没有。伴随着门闩在地面不断回弹的声音，轻而缓慢的步伐一步步移近，最后在离她身后一指长的位置停住了脚步。

“你，还好吧？”幽远而关怀的声音带着温热的气息，从她的右耳后方传了过来，似是单纯询问又似关心。

她干燥的嘴角终于有了动静，像是回答般轻轻动了下，还来不及张口，泪水便从眼角顺着早已干涸的泪痕流下。人心最脆弱的时候，关心的话语往往像是炸药的导火索，瞬间就能点燃情绪。

无声的泪，又一遍上演着无望的忧伤，她紧紧地抓住桌沿，努力将浑身的痛楚全部都聚集在手心，以为那样才能使千疮百孔的心不必承受巨大的压力。

当一个宽大而熨烫的手掌贴在她不住涌泪的双眼上，霎时间，尖锐的刺痛如浪潮般朝她席卷而来，无力抵挡，无处可藏。

不是他、不是他，为什么不是他！

她最终还是被抛弃了吗？

难言的疼痛在心中膨胀，单薄的身体颤抖得愈来愈剧烈，她终于不可抑制地大哭起来。一波未平一波又起，像是坠落深不见底的悬崖，不断地往下坠着，永远也不会停歇。

感受到她的变化，另一只胳膊环到她身前，紧紧将她收进怀里。

她的泪水越来越汹涌，如泉般从他的指缝汩汩流泻而出，从未有过的怜惜漫上他的心头，所有的爱怜都融进一遍又一遍的喃喃低语，“不要哭、不要哭……”

她的隐忍呜咽，他的温柔劝哄，交错重叠，一声掩着一声，声音遍及之处，满地凄凉。

“好些了？”独孤翊从身后拥起瘫软的人儿，难得一见体贴地将凌乱青丝小心翼翼地别到耳后。

许久之后。

“不打算开口说话了？”

“我叫人准备些你爱吃的，一会儿送上来。”

他一人自言自语，仿佛怀里搂着的不是温香软玉，而只是一座石雕。

终于，一声忧伤的叹息，绵远而浓重地扩散开来，“我先扶你回床上休息。”

如雕塑般的人儿在他的搀扶下起身时，虚弱地推搡着他，提出无声抗议。

她从他怀中挣脱出来，转过身在昏暗的屋内对上那双冰蓝的深眸，半晌后，越过他朝屋外走去。

他没有拦她，“去哪儿？”

“明月山庄。”留下一句话后，她径自走出了屋。

独孤翊立在原地，迷离而又恍惚地抬起手，将视线凝聚在刚刚碰触过她的手掌上，仍旧余温未了。

他要放她走吗？

至今仍旧记得初次遇到她时，她像个赌气的孩子，暗伤了散播秘密的闲人；又心思单纯地被他诱拐到城主府，中了他下的蛊毒，最终在他有求于圣音而被拒后她却替他开口求情；她与绝姒初见的那日，在香阁里她的主动“投怀送抱”彻底扰乱了他平静的心湖，久久不能平息。

而在明月山庄的第二次见面，他却看到了不曾见到过的她，浑身散发的哀伤，如同走到了生命的尽头，然而她的泪、她的痴，为的却是另一个不懂得珍惜她的男人！他不甘心！

一次次的见面，一次次的沦陷。

如今，他真的要放走她吗？

付出了不曾付出的真心后，他甘心吗？

不，他做不到！

思量了这些日子，已经被自己的懦弱折磨够了！这次就算是要与圣音，乃至整个武林为敌，他也要留下她！

回过神，他急步朝外追去，怕再晚一步就来不及留住般从三层的护栏俯冲而下，轻如燕般落到通往岸边的碎石小桥上，恰好挡住了她的去路。

“你不能走。”

棱角分明的侧脸，背着月光刚刚好将另一半容颜隐没在了黑暗中，冰蓝的眸子被月光染上柔和的色彩，赏心悦目的画面，她却没有心情欣赏，只是仰首，用眼神冷淡地问他为什么。

“你还没有和绝姒告别。”他居然连个理由都没有想好就跑了出来。

他从三楼直接跳下来，急忙拦住她，就为这个？她蹙起眉，疑惑地瞥了眼他后，径直越过他。

“不要走。”他拉住她纤细的手腕，低沉的嗓音仿佛自喉间逼出来一般。

“你——”她回首，却撞上他清湛如海，不掺入一丝杂色的蓝眸，往日的讽刺挖苦全然不见，只觉那目光柔柔的，像有千丝万缕萦萦绕绕，不禁为之一怔。

突然，如清泉叮咚不绝又带着魅惑风情的笑声，顺着风势传入两人耳中，打破了暧昧的氛围，“呵呵，好个依依惜别的画面。”

似曾相识的声音，让绝舞混沌发涨的头脑猛然一醒。回首望去，只见一紫衣人如鹤般立于几丈之外的桥柱上，飘飘扬扬，虚幻得仿佛随时都会乘风而去，消失于人间。

“这位小姑娘，和人过招时记得长点儿心眼儿。”

是他！他的声音，是除了师父之外，她听到过最动听的。

那日出手救了她的人！他怎么会出现在这儿？！

独孤翊循声望去，便看到了在黑夜中如鬼魅般的紫衣人，虽然对方身上并没有杀气，但他却觉察到了明显的敌意。他保护性地收紧绝舞手腕上的力道，将呆若木鸡的人儿拉至身后，以防万一。

上次救了他们，他就知道没那么简单。圣忆风岂是会随意出手相救的人，今天总算是找上门来了。

看到独孤翊的动作，黑暗中的凤眸危险地眯起，视线却一直落在绝舞吃惊的脸上不曾移开。他刚刚得知消息，便为能见她一面而匆忙赶来，而她居然躲在别的男人身后！

强烈的嫉妒涌上心头，内力将周身气流搅动得狂乱流窜，霎时间衣袂俱扬。

“不知圣少主深夜大驾光临，所为何事？”独孤翊镇静开口，没有被突来的打扰而乱了方寸。

“来会会朋友罢了。”轻笑又起，他忍下心痛轻拂衣袖，朝相依两人的方向飘去，如扬花般随风起舞的轻柔。

独孤翊上前一步挡住绝舞的视线。他可不记得他们什么时候成朋友了，凝起心神望向他，“圣少主何不直说？”

圣忆风停身于离两人最近的石柱上，临风一笑，笑吟吟的眸子，清亮得如暗夜宝石，银色泛着柔光的面具遮住了谜一样的脸，却平添了阴柔邪气的韵味。

“想跟你做一个交易。”话是说给独孤翊听，他的视线却一直落在独孤翊身后的绝舞身上。

独孤翊觉察到他的视线，隐隐的不安跃然而上，“在下素来不与江湖人来往，也不认为与圣少主之间有什么可以交易的。”

“那城主就错了，我相信，你会对我提出的事情非常、非常地感兴趣。”他将视线收回，重新落到独孤翊不友善的脸上。

“在下并不感兴趣。若是没有其他的事，圣少主可以离开了，在下有私事要处理。”独孤翊摆明了根本不想听他的话。

圣忆风澄清到几乎透明的双瞳不悦地眯起，出口的话不失优雅，淡淡柔柔，犹如丝绸般光滑流畅，“那城主义父的清誉呢？”

闻言，独孤翊果然有了反应，浑身立即凝聚出杀气，“我义父又与你何干？”

“哦？”圣忆风走近两人，步履轻盈如羽，笑凝着独孤翊的表情，微倾身在独孤翊耳边道：“看来我猜错了，原来你义父没有参与当年日教的大火？没有勾结贪官？

更没有被先帝下旨处斩？”

看到独孤翊脸色微妙的变化，圣忆风轻轻一笑，“城主的义父，也就是前国师大人，是自杀身亡，而不是被斩首的吧？看来是我记错了。只不过，国师大人清誉满天下，你说，我若是将这真相透露了出去，会怎样？”

独孤翊如墨染的眉拧起，“拿已经过世的人来说事儿，不觉得有失身份吗？”

“话不必说这么早。”圣忆风悠扬的笑容在静谧的夜里竟显得越发妖魅惑人，他忽而放低声音，“国师的清誉直接影响独孤城主现在的声誉，不是吗？若是这件事让你在仕途道路上抹了黑，你还拿什么去跟司空霄竞争呢？”

圣忆风知道他与司空霄的关系？独孤翊压制住心底的震惊，若无其事道：“我独孤翊在这个位置上，从来不为官位。”

“看来独孤城主是不打算合作了，既然这样——后会有期。”说完轻瞥了眼身后被挡住看不见面容的绝舞，眸底闪过一丝危险。

他要走了吗？被堵在身后的绝舞听着醉人的声音，很想上前仔细瞧瞧，却浑身无力又被独孤翊狠狠地拽着手腕，动不了。

圣忆风转身走不到几步，身后便传来独孤翊冷冷的声音，“留步。”

脱口而出的两字让圣忆风止住了步子，背对两人。三人风中衣带纷飞，唯美得不似人间场景，表面的美好下却暗涌着一触即发的紧张。

不出意料的得意慢慢漾上清淡的眸心，同时闪过不可多得的赞赏，还有一丝丝的惋惜。

这个男人，心太大，容纳的是整个龙月国。

而他，心却很小，小到只有一人的位置。

这就是致命的差别，牵挂越多，弱点越多，功亏一篑的概率就越大。

人生没有重演，有时，一次失误便是万劫不复。

“还有事？”圣忆风回身，逆着的风将过腰长发吹散开来，银白的面具在飘散的发丝中若隐若现。

“我怎么信你？”若是他现在做了退步，谁知道圣忆风是不是会反悔。

“城主似乎是不信我了。”圣忆风将双手放到身前，修长的手指伸进雪白的裘套里，避开夜间寒风。

独孤翊有些犹豫，“我们进一步谈。”

“我想城主是没有听懂我的话，我只说要和你做交易，并没说要谈交易。”清淡的语气染上不悦，只消一点，整个人便如神祇一般凛然难犯。

闻言，独孤翊心中的怒火又上了一层。今天总算是见识到圣忆风的狠了，前一刻的笑，便是后一刻的陷阱，真的一点都不能疏忽大意。

“筹码是什么？”独孤翊心下揣测：圣忆风虽是邪教之主，却从不是打诳语之人，只要他开口承认就不会反悔。

圣忆风闻言轻笑出声，凤眸移到独孤翊身后，而后慢条斯理地抽出裘套中的手，伸向绝舞的方向，如柳梢拂水般轻轻一点，“她。”

她？！独孤翊愤怒地握紧拳，刚刚他就看出圣忆风的眼神不对，果然目的在舞儿！

被钦点的绝舞被突如其来的转变吓住了，他们谈的事和她有什么关系，怎么扯到她身上来了？

趁独孤翊慌神之际，绝舞迈出一步，将整个人呈现在圣忆风面前。

“她不可能。”独孤翊毅然回拒他。

圣忆风瞅着他，淡淡笑起来，“怎么？舍不得？”

绝舞望着他，不由自主地抚上胸口，试着压下疼痛的感觉。心好疼，为什么看到眼前这个人心会这么痛？才平息不久的激动情绪又莫名地升腾了起来。

还不待独孤翊回答，她抢先开口，低喃的声音分不清是说给自己听还是在问对方，“你到底是谁？”

拉近的距离，将她整张脸都暴露在月光之下，泪痕依旧清晰可见。

她方才哭过？是因为他这么久没有来找她吗？面具下的嘴角轻轻勾起，情绪因这个发现缓和了很多。

见他不语，绝舞又道：“那天为什么救我？”

他笑着睨着她，轻柔的语调带着诱惑的味道，“你受伤，我可是会心疼的。”

丫头受伤，我会心疼的。

用震惊已经不能形容她此刻的心情了。她还记得，曾经因贪恋温暖的怀抱，练武时故意跌跤，结果不出意外摔进了柔软的怀里，她调皮地问他为什么总是及时出现，然后他温柔地拍拍她的脑袋，对她说，因为丫头受伤我会心疼。

一样的话，变了称呼，却同样扰乱着她脆弱的神经。

不同的是，一个温柔，一个轻佻。

为什么！为什么在她痛下决心挥剑斩情丝后，又出现了另一个他！

“小姑娘……”

“不要说话！”她望着他后退数步，双手快速地捂上自己的耳朵，原本撩人心弦的声音此刻却如鬼魅般对她纠缠不休，“不要说话！不要说话！”可不可以不要再这么折磨她！

她乍起的声音如狂风般将湖面掀起层层波浪，几只受惊的鸟儿扑扇着翅膀冲出梅林，顷刻间梅瓣如雨般挥洒而下，幽幽地扬起了一片萧索寂寥的冷瑟。

独孤翊顺势接住后退的绝舞，一遍遍叫着她的名字，试着将她从自己编织的梦魇中拉出来。

“不要！放开我！我不要看见他，不要！”

听闻她的自言自语，慌乱间独孤翊瞥了眼同样看似迷茫的圣忆风，面露疑惑。

视线还没来得及重新回到怀中的人身上，余光便瞥见一个紫色身影已欺近身边。

独孤翊一手搂着不断挣扎的绝舞，另一手迅速出掌，连换八种掌法都未能完全躲过圣忆风的进攻。

蓦然间，紫衣身形一凝，移行换位，如惊鸿般掠到他的身后，一手找到准确位置，迅速点了她的风池穴，疯狂的人终于安静了下来。见状，独孤翊抽出腰间佩剑，灌注内力，带起一抹寒芒，向鬼魅般无法确定准确位置的圣忆风刺去。

右手使剑，左手抱人，自然会力不从心，但独孤翊却拼命地紧紧搂着怀中的人，生怕有个闪失。

交手之间，眯起的寒眸不断地向柳腰上那碍眼的手掌扫视过去。突然，他轻灵巧动地闪身，斜斜地飘出独孤翊剑所能及的范围，就在对方稍松懈之下，伸出袖中的手指，宛若利剑般直逼搀扶舞儿的手掌。

独孤翊怒叱一声，手中剑芒暴长，却远远快不过早已剑人合一的圣忆风，只听哧的一声，一抹蓝色碎布便随风飘落。独孤翊心下一惊，还好自己躲得快，不然一只手这会儿恐怕就像这破碎的袖口般遗落风中了。

“呵，没想到城主一介官员，武功却如此高深。”圣忆风并不给他喘气的机会，剑掌合一，凌厉的掌风直逼独孤翊，过及之处道道白光，割得肌肤生疼，漫天的剑光却独独避开对方怀中的舞儿。

独孤翊看出他的小心，心中不由得怀疑起圣忆风对舞儿的重视程度——他以舞儿作为筹码似乎并不单纯为了交易。

就在独孤翊出神的那么一瞬，圣忆风宛如游龙般掠过对方，在半空中掠过一抹紫色光弧，落在不远处的桥柱上，前一刻还在独孤翊怀中的舞儿，此刻却安静地躺在他的臂弯里。

他轻柔地搂着已昏过去的舞儿，回眸一笑，“人我带走了，至于我说的话，自然不会食言。”

话音刚落，身形轻飘飘一闪，竟如缕轻烟般消失在夜色之中，只留下身后绵延不绝的笑声，如同划过长空的流星雨，灿然清亮，回味无穷。

位于清山之巅的迦隐，距离香阁并不算远。这里冬夏交替，夏天并不炎热，冬季也并不寒冷，常常能见到花开遍地却空中飘雪的唯美画面。

此时夜深人静，迦隐的惊风苑内亭台楼阁，小桥流水，月光映照，不必仰赖烛灯，庭苑之美尽收眼底。惊风苑回廊上散落着从外面飘进的零星雪花，屋内的灯光透过窗纱映射在雪花上，点点光亮如天空繁星般闪烁。

屋内燃着数盏烛火，镂空的香炉下冒出袅袅香气，直到子时，寂静无声的屋内，终于有了些许动静。

嘤嘤的呜咽从床上传了出来，才瞬间，又重新回到安静的氛围。

圣忆风轻倚着雕刻精美的床柱，轻垂长睫，视线自始至终都停留在床上那张面容憔悴的脸上，听到呜咽也只是闪了闪睫，发现只是做梦后放心地舒了口气。

“师父、师父……”喃喃絮语断断续续地从苍白唇瓣逸出，露在丝绒被外的双拳紧紧地蜷着，像是隐忍着极大的痛苦。

“不要走……不要丢掉舞儿……”

原本毫无血色的脸因梦魇的折磨变得潮红，额头沁出点点细汗。

圣忆风俯下身将她搂进怀里，不断拍抚着她的后背，轻柔地在她耳边唤着，安抚她梦中的惊慌和恐惧。

“不……不要说话，不要！”当梦里那张戴着面具的脸在眼前越来越清晰，她终于从梦中惊醒，来不及看清眼前的人就手脚并用地对他施暴。

“嘘，安静！”他拉住她胡乱挥舞的柔荑，将两手并到她腰后，制止住她狂乱的举动，“嘘——”

呵气般轻盈的诱哄，让浮躁的人儿慢慢静了下来。她这才睁开初醒的朦胧双眼，定睛在近在眼前的面具上，倏地睁大黑瞳，“你！”

他怎么会在这儿？！她这是在哪儿？！

摇摇脑袋，因突如其来的现实清醒了不少。她记起了昏倒前的事，独孤翊溢满柔情的眸子，眼前人说的话，他和独孤翊的交易，然后……

独孤翊将她当作筹码送给他了？！

她的心一阵猛抽，独孤翊果真将她送人了？

他凭什么送！她又不是他的东西，他有什么权利？

他看出她的痛苦之色，冷冷的气呵在她的额头，“难过他将你卖了？”

她咬着下唇不发一语。她以为至少独孤翊还是将她当朋友的，却没想到原来什么也不是，只是颗微不足道的棋子。

她又一次被遗弃了。

危险的眸子变得深沉，紧张的气息在两人周身散开，她感受到双腕上的力道逐渐加重，这才记起他的存在，将视线疑惑地落到那双夺人心魂的眸上。

“他怎么舍得把你给我？是我自己抢过来的，他也只是个受害者。”他几乎是咬着牙说出这句话。

轻佻的话语中融着浓浓的酸味和火气，像是故意要激怒眼前毫无反应的人儿，而她显然没有觉察到危险，只是静静地望着他。

两人僵持了许久，正当他处于爆发边缘时，她幽幽地开口了，“你，究竟是谁？”

他不自然地闪了下眸，一丝慌乱自眸底掠过，复又淡笑道："圣忆风。"

屋内的暖炉灼灼燃着火焰，偶尔传出木柴噼里啪啦的轻响，离两人最近的暖炉将火的温暖映照在两人身上，火那么旺，却仍旧暖不热此刻两颗冰凉如水的心。

那个江湖上让人闻风丧胆的邪教之尊？

那个冷血无情、行事作风邪魅诡异的圣忆风？

她曾听姐姐和独孤翊谈话间似乎提及过这个人，没想过居然是他！

让她不舒服的是，这个人不仅有着毫不逊于师父的风采，眼睛也长得和师父的一样迷人。令她最无法忍受的是，他居然说过和师父一样的话！

"为什么这么像？为什么……"她失神地喃喃自语，双眼涣散地落到他左侧后的烛火上，跳跃的烛光就像此刻无法平静的心。

"像什么？"他将她拉近，想要更清楚地听到她的话，而她只是一味地自言自语，声音越来越小，最后竟倒在他肩头睡着了。

他看着她卷翘的长睫，在见到她之后第一次真心地笑了。这丫头，总是这么毫无防备。他将她轻轻地放到床上，视线不经意间落在刚刚被自己因激动而握红的细腕上，轻抚着雪白皓腕，自责和疼惜漫上心头。

他又伤了她了。

漫漫长夜，床上的人呓语不断，床边的人却一夜未眠。

与惊风苑相隔一座梅林的是佚苑。

庭园深处的屋内轩窗下，铜镜里，映出一张妖冶妩媚的脸，只是那双勾魂眼中却有着淡淡的忧愁，梳洗过后的娇人儿，已摘下发饰，一手捧着黑发，另一手正用一把琉璃梳，梳理着墨黑丰润的长发，缓缓的，极小心，仿佛捧在手心的上等宝石。

铜镜前搁着一杯暖身的梅花露，她梳理着长发，偶尔喝上一口，白瓷杯的边缘留着艳丽留香的红渍。

早已过了子时，她却不时侧首望向窗外，像是等待什么，毫无困意。

"小姐，该歇息了。"婢女将亮得闪光的黄铜盆子端上来，里面冒着温温的热气，这已经是第六次换上来的水了，不知还要换多少次，她才要洗！

"放那儿，你下去睡吧，不用再来换水了。"美人儿看了眼丫鬟露出的不耐烦，却不生气，只是叫她退下。

丫鬟像是被赦免般迫不及待地转身就走，刚刚要跨出房门，铜镜前的人儿犹豫地开口了，"听说，少主晚上回来了。"

"是。"还抱着一个清丽的可人儿呢。少主怀里的那姑娘比这杜玉菲可要好多了，哪像她一身的妖味儿，简直就是个狐狸精。

"他没说要来？"杜玉菲缓缓站起身，直直地朝背着身的丫鬟走过去。

“没说，少主抱着一个姑娘回来后就匆匆进了惊风苑，再没出来……”婢女转过身打算一次性对她说完，省得她再烦人。

刚刚转过身，便看到近在眼前的杜玉菲，只觉得一阵压迫感，倏地噤了声。平日里别人对她脸色再怎么难看，也不见她反抗，没想到今天只是这样站在她面前，就让她产生了恐惧。

杜玉菲直直挺着腰，仍旧穿戴整齐的露肩长裙裹着她姣好的身段，盈盈水眸垂视着眼前的丫鬟，听不出喜怒地笑着开口，“迦隐的丫鬟们胆子都这么大，想来你们少主的教导方式一定别出心裁了。”

丫鬟一阵心悸，柔如棉的嗓音让她浑身发冷。杜玉菲怎么说也是少主留下的人，她怎么只顾着少主对她的漠视，而忘了她总还是少主的枕边人哪？

“奴婢不敢。”

被吓坏的丫鬟急忙弯腰就要下跪，却被杜玉菲扶住了身，“怕什么？我又不吃人，明早帮我准备，我要见少主。”

“是、是。”被赦免的丫鬟谢完恩赶紧溜出了房，就差没连滚带爬了。

杜玉菲移步到门外，含笑的眸子终于慢慢黯了下去，疲惫中露出恍惚，轻风吹得她腰间绸缎如蝶般盈盈起舞，如柳风姿在寂静的黑夜中，看似单薄而柔弱。

他带回了一个女子？这些她心底都清楚的。

可那天他亲自开口留下了她，证明她在他心底还是有些不一样的吧。

她看了看天色，垂眸看着手中不久前收到的飞鸽传书，仔细瞧过没人跟着后，转身离开了佚苑。

“他回来了。”猥琐的声音自杜玉菲身后的暗处传出，随后一抹黑影出现在暗处。

“护法。”杜玉菲闻言，扇睫轻轻一眨，转过身恭敬地垂首。

“嗯。”土护法一双小如鼠的眼睛，目不转睛地盯着眼前衣着暴露的女人，“圣忆风虽生性风流，却从没见他留下过谁。既然把你留下了，本以为你对他来说，还有点作用，看来我高估你了。”

杜玉菲身侧的两拳因土护法毫不避讳的讽刺紧紧握起，“我会让你看到他臣服于我裙下的一天。”

“哈哈哈！”既狂妄又刻意压抑的声音爆发而出，“这才是我调教出来的人！”

还不待笑声完全消散在空气中，他又横目道：“你确定第一次和他见面时没有失误？！要是露了马脚，圣忆风留下你肯定就是为了斩草除根！”

杜玉菲紧紧地拽着身侧衣料，声音因气愤而轻轻地颤抖，“属下绝对没有出现任何疏忽！”她对自己那天的表现相当满意，事后她细细回想过，绝对没有露出任何引起怀疑的地方。

土护法闻言眸中的厉色缓和了不少，脸上堆起不怀好意的笑，朝杜玉菲身旁靠去，一手拽住单薄衣料下的玉臂，将她狠狠地拽到身边，淫秽的眼光直直盯着垂首的杜玉菲，“等你成功的那一天，我会给你应得的奖励。”

杜玉菲将头垂得更低，避开令人作呕的眼神，“那玉菲先谢过护法了。”

“这个谢先留着，日后再说。”他强行令她的头仰起，“啧啧，我就不信这张脸比不过他身边那个乳臭未干的丫头！”

她媚眼直勾住对方阴险的目光，“护法是指……”

“哼！”他将她用力甩开，“他今天带回的，就是一直跟在他身边的丫头。”

她怒目瞪着背过身的土护法，吃痛地揉着被掐疼的胳膊。

“就是他十七岁那年收的徒弟。”

“这样……”她是不是该有所行动呢。杜玉菲眯起妖艳的双眸，将视线凝聚到不远处的梅林。

土护法猛然间转过身，一阵风过，只见伸出的两指已掐住了娇嫩的下颌，毫无怜香惜玉之意，“最好别出现不该有的想法！她动不得！”

“为什么？”

“这是你该问的吗？！教主怎么交代就怎么做！”土护法倏地又放缓眸色，轻轻地揉起被他掐得泛红的肌肤，“只要听话，教主一高兴，你还怕有什么是得不到的吗？”

“是。”她垂下眼睑，隐藏眼底的怒气。

“或许你该学学水护法，你何时听过她问为什么，之所以能有现在的地位，就是因为她说得少，做得多。”

“是。”袖管里的两手已经被捏得无法再用力了，仿佛再用力一点，整只手就会被捏碎。

土护法暧昧地看着她，“使出你所有的本事让他满意，任何出现在他身边的女人你都可以铲除，除了他那个徒弟。”那个徒弟究竟是不是焰门传人还有待查证，不能轻易杀了，否则教主还不得灭了他。

“是。”

似乎是听出来那个“是”字极不情愿，他又放低音量道：“一个男人，女人多了很正常，更何况是圣忆风那样的人。你也是个聪明人，不会不懂得这点吧？”

“玉菲当然明白。”

土护法怕杜玉菲坏事，暂且先安抚道：“那就对了，你要是将事情办得漂亮，事成之后，那姑娘就随你处置。”

恍神间，土护法那面目可憎的脸已然消失在夜色当中。杜玉菲紧紧捏着拳，注视着他方才离开的方向，浓浓的恨弥散开来。

陈升，你给我的屈辱，日后我定要向你十倍、百倍地讨回来！

第八章
心字已成灰

平日里没有允许，惊风苑是不得入内的。因此，饶是她杜玉菲再怎么想进去，也没有足够的胆不召自入。

丫鬟今早说，从昨晚回来到现在，圣忆风就没从苑中出来过，就是连每次刚回门就要与四位阁主商议的惯例，这次都破了。想来，那个徒弟对他来说是非同一般的吧，抑或者，是这世上独一无二的。

想到这里，被握在手中的琉璃梳，只听咔嚓一声，便成了两半。

她幽怨中带恨地望向镜中细润如美玉的鹅蛋脸，勾魂的水眸，妖冶妩媚荡人心。这张迷煞万千的脸他居然不屑一顾！呼啦一声，她气愤地将镜台上的饰品狂风扫落叶般一挥而下，莹润的珍珠、玛瑙翡翠顿时噼里啪啦地响起来，像是此刻凌乱的心做着垂死的挣扎。

咕噜咕噜，最后一个圆珠在地上停止了滚动，她直直地站起身。午时柔淡的阳光，透过敞开的纱窗洒下，更是将那张无可挑剔的脸衬得似海棠醉日。

她对着窗外的梅林，眼波轻轻一转，坚定的神色中风情万种，垂下的发丝飘散在裸露在外的雪肩上，淡黄色的胡袖水纱包裹着雪白凝肌，露出黄色亵衣，一条银色的珠链系住亵衣绕过雪白玉颈，淡黄色的水纱宽松衣袖垂过手腕，深黄色的腰带系出纤纤细腰，足上系着银白色的铃铛。

即便是抬手将眼前一缕发丝捋过耳后，拈起窗台的一片叶，也尽是撩人风姿，“圣忆风，总有一天，你会落在我手中！”

“小姐，听说少主刚传了竹阁阁主过去。”自从上次之后，名叫小夏的丫鬟就对杜玉菲客气很多，也小心很多了。杜玉菲让她做的事，只要不违背迦隐的规矩，她都会乖乖照做。

“知道了，先去吧。”杜玉菲冲小夏嫣然一笑，方才的妩媚之态顿时消失。

“是。”

杜玉菲取了件黄色的袄裹住衣着单薄的身体，轻摆着娇柔柳腰，悠悠缓缓地朝门外移去。这么多日子了，她终于要见到那唯一令她倾心的男人了。

“怎么还不见醒？”

高轩叶站在床边把脉，神态淡定地对身旁焦虑的人道：“绝舞姑娘的精神受到很大刺激，这些刺激已经超过了她所能承受的极限。心理压力过大，再加上长久的情绪低落，还被少主点了穴，暂时昏迷不醒是正常的。”

狭长的凤眸慢慢将视线从高轩叶脸上移到躺在床上的人脸上，语气中透着丝丝的担忧，“正常？”

“算算时间，大概傍晚时分就会醒了。”高轩叶将绝舞的玉臂重新放回丝绒被内，起身道，“我开些药，等她醒了让厨房煎好给她喝。但是因为神经紊乱会导致胃肠功能紊乱，她可能会没有食欲，进食无味，还会腹胀、恶心，所以，要怎么样哄着她把药喝下去，少主要想些办法了。”

细长的眉慢慢挑起，圣忆风将视线落在绝舞略微干燥的菱唇上，“很好办。”

“那属下先下去了。”

“轩叶。”他怕吵醒熟睡的人，轻声叫住正欲离去的青衣人，“吟依情况怎么样？”

高轩叶闻言道：“伤已痊愈，只是心情似乎比较低落。”说完，他看向圣忆风，笑道：“少主，你似乎欠了不少感情债。”

圣忆风深深地看了他一眼，忽而笑了，那双眼中漾着淡淡的愁，深深的情，“不，我只欠一人的。”

从梅林外望去，成片的疏枝缀玉缤纷怒放，风起花落人独立。过了许久许久，杜玉菲仍旧直直立于梅林中，望着不远处惊风苑的圆拱门，迟迟不动。

终于，待到未时，门内出现了一抹青色，期待的眸色黯了下去，却仍旧迎上前，不失优雅地对来人道：“阁主，是……少主出事了吗？”

高轩叶礼貌地勾起笑，“不是。”说完，轻轻颔首，就要绕过杜玉菲。

杜玉菲又道：“那……”

“傍晚之前，少主大概是不会出来了。”不待杜玉菲再次确认，高轩叶已然离去。

“男人果然都一个德行，看到美女两眼就直了！”

高轩叶刚转过拐角，很长一段时间没有听到的熟悉讽刺便如针般钻进耳朵。他习惯地蹙蹙眉，用手掏掏耳朵，面无表情地回视对方一眼，又继续往前走。

“喂！高老头，看见美女就满脸堆笑，看见我就爱理不理，这看风使舵也太明显了吧？”冷沉香追上离去的高轩叶，口气中的讽刺越来越浓。

突然，挺拔的身躯止住了脚步，冷沉香速度太快一时没有刹住，往前多移了好几步，停住后怒目回瞪立在原地的人，“你太过分了！”

“你有这等闲工夫，还不如去把你的梅阁好好料理料理。”高轩叶看不出情绪地在原地审视着冷沉香。

“我的梅阁被我管理得已经好到不能再好了！”冷沉香挺起胸脯，像只骄傲的孔雀般。

“管理得好，属下就不会以下犯上了。”

“我的属下哪里有……”正要辩解，却突然想起了什么，话到了嘴边又生生咽了回去。

高轩叶见她底气不足，眼一沉，越过她走过去。

“我的事什么时候轮到你来管了？”冷沉香心一急，冲着离去的背影大声吼起来。

地上成片的树叶被风唰唰卷起，随风飞扬，白色的布鞋顿了下后，不顾身后人的大喊，一言不发地离开了。

浑蛋！浑蛋！浑蛋！

高轩叶是大浑蛋！

“又和轩叶吵嘴了？”浅幽寒从冷沉香身后绕了过来，瞧着那张气得发紫的脸，忍住笑意，“你们多久没见了？好不容易见了，就不能饶了对方一次吗？”

“是他过分！”冷沉香伸出气得发抖的手，指着高轩叶离开的方向，火冒三丈地对浅幽寒诉苦，“他那是什么爱理不理的眼神哪。还让我管好我的部下？！我的事什么时候让他管了？”

浅幽寒吃惊地望向气愤的脸，“你不知道他为什么那么说？”

“知道什么？！他就是看我不顺眼，针尖大一点事都要跟我过不去。”

浅幽寒有些哭笑不得地看着她，不知该说什么好。有些事，还是要自己去发现的，让别人说出来，就没有意义了。

“那么，请问你把你的那个属下安置好了吗？”

“安置？安置什么？有什么好安置的？”

“人家都已经豁出命，对你这个主子说出那么露骨的表白了，难道你还不明白？”

“明白是明白，你总不能让我把他给杀了吧，他给我立过不少功呢。”

浅幽寒深瞥了她一眼。朽木啊朽木，她都已经提醒到这个程度，看来沉香还没明白她刚才提的问题重点是在哪里。

只顾着和高老头生气了，居然忘了少主交给她的任务，冷沉香想起主要的事，急忙对身旁的浅幽寒道："先不说了，我还要去吟依那儿。"

浅幽寒侧首，有些讶异，"你也去？"

两人心下顿时了然，终于意识到了问题的严重性，转身一同而去。

在迦隐不远处的清山半山腰，原本翠绿的树木被厚厚的白雪掩盖，露出点点青色，树林之中丝丝雾霭萦绕，空气中弥漫着淡淡的药草清香。有一处不大不小的温泉，温泉高处，层层林木，白雪皑皑。岸边一条幽径通往不远处的两间小木屋，空气中药香浮动，盈满衣袖。

两人站在包围着木屋的一片树林外，各服下一颗药丸后，朝里面走去。

"高老头……"冷沉香站在其中一间屋门外，推开门的同时喊起应该在屋内的主人。

屋内热气扑面而来，顿时将一身的冷气清扫而空。屋内铺着厚厚绒被的床上，只见一女子略微红润的脸颊上透着仍旧残留的苍白，轻轻地被一人环着肩扶在怀中，一只修长的手拿着白瓷小勺，小心翼翼地喂着碗里的汤药，而手的主人便是不久前才与冷沉香有过小小过节的高轩叶。

"你……"

"少主让我们来看看吟依是否还好。"浅幽寒抢过冷沉香的话，抑制住冷沉香差点就爆发而出的怒气，一手按住冷沉香的手，将她拉到身后，向床榻边走去。

吟依从高轩叶的怀中缓慢退开，展开一抹笑，以略显虚弱的声音慢慢道："你们来了。"

"嗯。"同时发出的两声，一声闷哼，一声柔软。

冷沉香非常不情愿地被浅幽寒按在身后，一双大眼透出生气的光芒，直射床边将药丸放回床头的高轩叶。对方却似感觉不到扎人的视线般，坦然抬头对浅幽寒微微颔首。

浅幽寒瞧着吟依，关心问道："有些日子没来看你了，好些了吗？"

"多亏轩叶的细心照顾，好很多了。"剩下的就是心病了吧。

站在一旁从进门就一直被忽略到现在的冷沉香终于沉不住气了，"吟依，少主这段时间有来看你吗？"

话一出口，气氛顿时冷结。

迦隐谁不知，圣忆风自上次离开就再也没有回来过，况且婚事也取消了，这话摆明了就是给人难堪。

不出意料地，吟依的脸被重重落寞掩盖，但还是莞尔一笑，"少主有他的事忙。"

被讽刺的人没有什么反应，旁边的人倒是看不惯了，高轩叶站起身，语调淡淡地下了逐客令，目标直对冷沉香，"如果没事就请出去，我这里不欢迎外人。"

外人？！在他眼里只有吟依是自己人，她在他眼里居然只是个外人！

浅幽寒看着一触即发的紧张场面，急忙道："我们暂时是不会走了。"

高轩叶疑惑地望向她，"什么意思？"

"今天开始，我和沉香一起负责吟依的安全，要住下了。"

"这里有我。"

冷沉香恨恨地盯着那双不情愿的眼，"是少主的命令，况且你一个大男人诸多不方便！"

"随便。"高轩叶用气死人不偿命的无所谓语气，回了冷沉香一句，随后转向浅幽寒，"我在这间屋添两张床铺。"

只是，他和沉香能在同一个屋檐下相安无事吗？

还有吟依，绝对不能出任何差池，不然怎么对得起少主对他的重托？

从未时，到酉时，在冷沉香和浅幽寒去找吟依之际，杜玉菲一直站在刚刚遇到高轩叶的地方，袄下单薄的衣料终究是抵不住两个多时辰的严寒，莹白的脸上已泛起了淡淡紫气，朱唇也盖上了青色，却仍旧一动未动。

屋外冰冷刺骨，屋内却温暖如春。五个暖炉各放在屋内不同的位置，长时间地燃烧，使得屋内一丁点冬天寒冷的踪迹都搜寻不到。

"唔……"绝舞在柔软的被子下面难受地扭了扭身子，折腾了一阵子后，终于慢慢睁开双眼。

她费力地撑起沉重的身子，不顾被子滑下床榻，吃力地走下去。

很香的味道，似乎是被这香味浇醒了脑袋。猛然间，她突然意识到自己之前似乎见到了迦隐的少主圣忆风。

"醒了？"圣忆风坐在离她几步远的椅子上，目光灼灼地瞧着她从醒来到走下床。

她转过身，脑袋还来不及反应，身体就迅速向后退了几步，视线却毫不示弱地回瞪着他，"把我抓来到底要做什么？"

"你认为呢？"

"要杀要剐随你。"她双眼冷淡地瞥了眼他，虚弱地扶着床柱又重新坐回床边。

突然，她笑了，眼里闪起了泪光。望着几步之外的他，除去邪魅外颇为相似的身形，让她莫名地悲伤，莫名地心痛。

他眯起眸子，"笑什么？"

她抬起头，拿苍白虚弱的脸面对那张冰冷的面具，"不管你是出于什么目的，抓我来这里都没有意义……"

最后一个字发出半个音，便湮没在了逼来的气势中，他双手撑在她的两旁，居高临下地俯视她。那双带着邪气的黑眸中有着不怀好意的笑，“没有意义？”

她不动也不跳，只是静静地望着他，“你抓我来，要么是威胁我师父，要么是威胁独孤翊。”想来想去，她似乎也只有这些用处了。

他挑了挑眉，听她继续道：“如果是为了继续威胁独孤翊，我劝你还是算了，我跟他顶多算朋友，你已经威胁过一次，这一次他没有就范，下一次应该也不会。如果是为了威胁我师父，那更没有意义了，他不会管我的死活的。”

他的心陡然一紧，“你怎么知道他不会管？”

“我就是知道。”她低垂下脑袋，喃喃道，“虽然我说了不会再让师父困扰，可师父还是讨厌我了。他不会再管我了，我被独孤翊带去香阁好多天，他都没有来，他不会来了……”

“我将你劫了来，或许，你师父去了你不知道呢？”

她像是听到笑话般，流着泪笑了出来，“师父不会来的。而且，就算来了，也来不及了……”

“什么来不及？”虽然是极低的呢喃，他还是听见了她最后一句话。

她推开他站起身，晃晃无力的胳膊，“不管什么都来不及了。”她已经放弃了，死心了，这次真的死心了。做了那么久的梦，该醒了。

摇曳的火影，辉映着陷入凝思的憔悴面颊，分明无言，却更让人有种心神俱碎的错觉。

心，如此脆弱的东西，轻轻一句话都能令其错乱扭曲，痛不欲生。

漠然如死水般的表情，让他的心口如遭雷击。那双曾经溢满欢乐的双瞳，如今尽是悲伤，幽戚的长叹，声如飘絮般拂过他的心头，却缕缕入骨髓。

他，当真还是去晚了吗？

淡淡的语调，绝望的气息，浓重地向他扑面而来，连哀怨都已淡去的双眸，有着一股强大而特殊的力量，仿佛再看下去，便会面临被抽空灵魂的危险。

他猛然间收回手，慌乱地避开她扫过来的眸子，一个狼狈的转身，木椅、香炉被撞翻的声音尖锐地响起，青筋凸现的手扶住桌沿，心，抑制不住地抽痛。

他从未想过，有一天，她会对他心灰意冷。

闭上眼，心底的痛竟那么清晰、那么真实。

这就是她这些日子承受过的吗？如果这是她痛过的，他愿承受这些痛的千倍万倍。

稍缓情绪，他将满腔恸痛咽入心底，向门外疾步走去，凌乱的步伐昭示着此刻不堪重负的心。

她望着他的背影，咯咯地笑起来。因笑不住颤抖的身子，如一叶被风雨打碎的残萍，飘摇不定，过往的残存回忆逐渐拼凑起来，慢慢消磨着她的大脑，愈痛笑愈烈，空洞的笑，仿佛烈酒般洒在还未痊愈的伤口上。

离别至今，不过短短几天，却已是落尽梨花月又西。

当整个世界都离你远去，而独有你困在这里，生死一线间，没有人会疼惜你的痛楚，没有人。曾经以为，只要有他握着她的手，即使性命垂危都会有活下去的勇气。现在呢，人走了，花落了，风散了，仍要挣扎地活下去。

不为别人，只为自己一颗千疮百孔的心。今后，她定要好好地对它。

她抬首，习惯性地想要抹去脸上的泪水，却发现早已无泪可流。

心死，莫过于此吧。

他逃离开让他难堪的地方，抚上冰冷的面具，若没有脸上这个屏障，他究竟该如何面对她此刻的淡漠，她如今的心死？

无力的身躯靠在门外的墙壁，痛苦像是一种潜伏的病毒顺势蔓延开来。肌肤被虫撕咬般地痛着。眼看两人惨淡的人生，就如这渐渐消下去的斜晖，即将被黑夜湮没，却无能为力。

银狐大氅被遗落在屋内，只剩略显单薄的紫衣被寒风吹拂出令人心疼的萧瑟。

入夜的冷气慢慢腾升起，满园景色雾气萦绕，湿漉漉的沉重，雨滴开始噼噼啪啪地洒下，打在墙面紧闭的窗棂上。突然，一道闪电横空划过，紧随其后的炸雷惊响，雨水哗啦啦地倾盆而下，树木摇曳，叶片狂卷。

他定定地望着满园苍凉，心比雨寒。

天也在对这份感情惋惜吗？

他恍惚地撑起身，猛地一阵惊寒，心颤地扶住身旁的廊柱，缓步走进瓢泼大雨里。暴雨劈头盖脸地浇在半湿的身上，一袭单衣转眼间就已淋得湿透，漉漉地贴在身上，双眼迷蒙地轻轻一眨，睫梢的雨水便一发不可收拾地狂泻而下，透过蒙蒙的雨雾望去，茫然的感觉第一次冲进脑海。

真是莫大的讽刺。如此狂傲，如此自信，又如此坚定的他，竟也有茫然不知所措的时候。冰凉刺骨的雨水透过面具的缝隙渗进，浇在莹白的皮肤上，彻骨的寒气刹那间冷到了骨子里，心，却渐渐地清明起来，仿佛淋漓的雨水将一切的彷徨和不确定都冲刷得干干净净，不留痕迹。

斜雨密织，乱红稀，仰见凄凉，十年心。

十年的相依相随，两颗心却越走越远。

雨水的浇灌让他混沌的头脑顿时清晰起来，他险些忘记今天去见她是为了什么。

他眯起迷离的狭眸，狠狠握起苍白的拳，唇角浮起一抹淡笑。纵然一身凌乱，在微笑的瞬间，仿佛又变回了那个淡定中透着危险的迦隐少主。

她现在对他心灰意冷是因不知道他的感情，若是知道了定会是不一样的结果，一定会的。

院内的他，心思翻涌，痛苦难抑的情绪缓缓地趋于平静；院外，在回廊下避雨的杜玉菲，几乎是在他冲出房门的同时，就看到了他的慌乱和落魄。

妖冶的双眸中是既恨又狠的血光，透过回廊上的镂空砖石，直射向圣忆风背后的屋门，令人心悸的视线，携带着永无止境的嫉妒。

扶在砖墙的手，修整得干净整齐的指甲深深地扣入砖内，发泄着狂烈的忌恨。

绝舞，凭什么你在家破人亡后会拥有羡煞千人的宠爱！同样的遭遇，凭什么我就该任人宰割、被人利用！不甘心，我不甘心！

总有一天我要让你懂得什么是真正的人生！

突然间，杜玉菲想到了什么，眼眸一转，又流露出得意和自信。她将视线拉回到圣忆风重新清亮的眸上，深深地将他印入眼底，而后转身离去了。

"姑娘、姑娘……"

轻唤声让绝舞不舒服地皱了皱眉头，麻木的感觉立即从大腿传上，紧接着又是两声，她在梦中懊恼地挥挥手，却砰的一下碰到什么东西。她迷惑地睁开眼，发现眼前立着一个丫鬟模样的女孩，脸圆圆的，一手抚着胳膊，还不忘冲着她笑。

"姑娘，你终于醒了，睡在这儿容易着凉呢，我给你端了些饭菜，先吃些吧，然后躺床上暖暖地睡。"

"你是？"沙哑的声音从喉间发出，她也顾不得刚刚是不是打到了眼前的女孩，只是问出自己的疑惑。

"我是迦隐的丫鬟，玉蝶。你叫我小蝶就好。"

玉蝶俯下身，要将趴在床边睡的绝舞扶起来，却被挡住了。

绝舞对圣忆风没有什么好印象，连带着对整个迦隐的人都有些抗拒。她拂过玉蝶的手，"不用了，我自己来。"

"姑娘……"

刚动一动，被压到麻木的双腿立即就传来令人难忍的疼，又跌了回去。一再坚持自己站起来的绝舞，终于在试了多次后，勉强坐回床边。

她重新躺回床上，背过身淡淡道："我不想吃，让我一个人静静，你先下去吧。"

"姑娘，你很久没吃东西了，加上精神……心情不太好，对身体不好的，还是吃点好。"少主下的命令，要是办不好，她要怎么交差。

心情不太好？何止是不好。绝舞讽刺地扯动了下嘴角，仍旧不吭声。

"少主说，一定让玉蝶伺候姑娘吃点东西。姑娘要是不吃，玉蝶怎么跟少主交差……"

绝舞深深吸了口气，“这和我没有关系。”

玉蝶的眼泪已经在眼眶里打转了。当时看到少主抱回这个姑娘的时候，第一眼就喜欢上了她，没想到却是个这么冷漠的人，心中立即充满了失望。

听到呜咽声，绝舞忍无可忍地坐起身，眸子狠狠地瞪着玉蝶，直到对方的泪水一发不可收拾却仍旧不敢哭出声后，她无奈地叹了口气，撑着身子朝木桌走去。

桌上放着四个碗碟，其中有她最爱吃的冰糖荔枝，还有一碗银耳莲子粥，都是她最爱吃的东西。每次和师父去酒楼，师父总会给她点这两样甜品。突然，令人反胃的感觉翻涌而上，她迅速别过头，捂上嘴，努力将心中难以抑制的抗拒堵回去，另一手一挥，整桌完好的饭菜就噼里啪啦地落到地上，满地狼藉。

“姑娘，你不舒服？”玉蝶急忙迎上前，帮舞儿抚着背。她是特地按照少主说的吩咐厨房的，怎么还会这样！

“走开！”红色的水袖用力地挡开上前的玉蝶，只听咚的一声，一个重物落地的声音便传了来。

她捂着嘴，回首便看到满脸委屈的一团东西使劲地揉着屁股，眼泪唰唰地往下流，小小的嘴唇被咬得已经开始发青。

绝舞心中一紧，她只是个十三四岁的小女孩，自己这是在做什么！

“起来，坐地上做什么？”

地上的肉团也不知道哪里来的勇气，仰起头，流着泪，就那么和绝舞四目相瞪，突然，她冲着面前的绝舞大喊：“像你这种人，成天都被人宠着，根本就不懂得别人的真心！根本就不懂得什么是该珍惜的。你知不知道有多少人衣食不饱，为了一口饭忍痛卖儿卖女？你知不知道闹灾荒的时候，有多少人死在路边？你衣食无忧，要风得风，要雨得雨，到底还有什么不满，有什么事情解决不了的，要把气出在饭菜上？你不稀罕吃的东西，外面却有人会因为它累得半死不活！”

从头到尾没有停顿的一席话，让绝舞彻底呆愣在那里，张口结舌。

一阵静默后，地上的肉团终于反应过来自己说了什么，猛地噤住了口，霍地爬起来朝门外冲去，留下绝舞一人，如木般立在那里。

良久，良久。

或许，玉蝶是对的。

一直活在别人羽翼下的她，从来没有认真考虑过别人的感受，甚至任性地认为一切的关心和疼爱都是理所当然。正因为这样，所以在习以为常的宠溺消失后，她才会变得那么歇斯底里吧。

她呆滞地闪了闪睫，迟缓地坐回凳上。

眼里一直都只有师父，所以，无影大哥的关心，独孤翊的深情，她从来没有真正放在心里，竟没有想过，或许别人会为了她的一个眼神，或是一句话会不安和难过，就像她面对师父那样。

她的痛是否别人也同样经历过，她不曾考虑过。

这么自私的她，活该被抛弃。

一切的一切，肯定都是对她任性自私、不懂得珍惜的惩罚，一定是。

可是，衣食无忧的她就幸福吗？有谁看到被光芒笼罩的她有多悲哀。

那双如玉的眸子让人沉沦，却造就了如今不堪一击的她。突然从云霄坠入地狱的猛烈冲击，至今隐忍的悲切向谁说，又有谁能体会？

屋外，回廊上被风雨吹打过的盆栽，零星的叶片挂在上面轻轻地颤抖，仿佛刚刚被人拂过般，欲坠未坠间，传来一声浅浅的叹息，而后又如烟般消散在黑夜中。

冷雾凄风中，是谁被悲伤朦胧了双眼，又是谁孑然而立满腹痛苦难消；是谁被无奈伤得体无完肤，又是谁独坐烛前黯然神伤。

烛光幽幽地映射着屋内的摆设，陷入沉思的绝舞并没有注意到，轻如风的步伐已然走近了她，清淡药香也随之在屋内弥散开来。

嗵，木盘落桌的声音轻巧地传来，她仰首又瞧见了那张碍眼面具，心烦地撇过头，却又不得已看到了木盘中放着的两个碗，青瓷碗中的是中药，白瓷碗中的是银耳莲子粥。

"先喝粥，然后把药吃了。"

是她太过心碎，所以连错觉也分不清了吗？为什么她感觉到他的语气中有着淡淡的哀愁。

"我要休息了。"

他俯下身笑睨她，迎面扑来的便是慵懒的气息和悠长的淡香，"是要我亲自喂你吗？"

她连个眼神都懒得给他，只是起身面无表情地和他擦身而过。她一定是晕了，不然怎么以为他这种人会有哀愁？

突然，一股袖风袭来，天旋地转中只见紫色的袖袍卷盖过腰，待稳定后发现她竟然坐在他的怀里，腰部传来温热的触感。

他将目光落在惹人怜爱的脸颊上，看到消瘦了很多的下颌，不悦地蹙起眉。心的折磨果然是最痛苦的，这丫头瘦了不少啊。

他一手搂着她，一手端起桌上的药碗，递到她面前，"把药喝了。"

她挑衅地对上他的眸，"你保证以后不再出现在我面前，我就喝。"

她感觉到肩上的手臂收得更紧了，以为他动怒，却只见那双凤眸仍旧明亮清澈，带着一种似笑非笑的风情，"这天下，除了一个人外，还从来没人敢跟我谈条件。"

她有些不自在地别过头。

他紧接着又道："想知道是谁吗？"

敢跟迦隐少主谈条件的人，不是他最爱的人，就是他最敬重的人。

但是，不管是哪种，都无法引起她的兴趣。

“你不答应我，我也不想答应你。各自退一步，何必弄得两相生厌。”她想要从他怀中挣脱出来，肩上的力道却只见重不见轻，只能懊恼地瞪着他。

凤眸对杏眸，紧张中带点暧昧的氛围在两人之间缓慢流转，眼看有什么就要发生。

“少主！”

门外的声音中隐着难以发觉的紧张，屋内的人还没有开口，屋外的人就已经感觉到穿透墙壁而射出的凌厉之气。

该死的！颜琦向谁借了胆子了，敢这会儿跑来找死！

砰的一声，绝舞以为是门外人胆大地将门掀了开，但当看到门外人低垂的头时，才意识到门似乎是被一阵袖风带动而开的。她微侧面瞥了眼圣忆风，若是跟他来硬的，肯定是鸡蛋碰石头。

圣忆风脸色遽冷，心情被扰得极坏，“说。”

“属下冒犯。高阁主紧急传书，柳小姐那边情况紧急。”

三个阁主都已经放在那儿了，居然还会出问题，日教真是豁出去了！

“先下去。”又一阵风过，门外的人重新被挡在漫漫黑夜中。

他转首，眼眸锁住她的唇，轻滑的语气似是诱惑，“看来今晚不能陪你了，我们快一点解决好了。”

“你要做什么？”再强装镇定，在他的注视下仍旧会莫名地紧张和害怕。

“要么，你自己喝，要么……”他拉长音节，有着故意磨人的意味，“我喂你。”

她利落地从他怀中蹦出，顺便拿起桌上的碗，一饮而尽。太快的速度使得她的两颊涨得通红，苦涩的味道在口中一直蔓延到腹部，变成难忍的恶心。

她可爱的反应将他逗笑了，清澈而温和的眸光在眼底掠过。她怒瞪他时，看到的却仍旧是戏谑中透着得意的可恶表情。

浑蛋！浑蛋！浑蛋！比独孤翊还让人讨厌！

他肯定是故意整她，不然怎么会有那么苦的药！

“冰糖莲子粥很甜，你可以考虑要不要喝下它，如果还是不愿意，我就端走。”他说着端起盘子就要走。

绝舞急忙从他手中抢过木盘，因太苦连口都开不了的她，用从没有过的速度又将一碗同样分量的粥灌入肚子。

放下碗时，屋内就只留下来了清亮的笑声，那道惹人厌的身影已消失在了暖暖的屋内。

清山半山腰，原本安宁静谧的氛围已被刀光剑影与尖叫哀号划破，覆雪的树洒上了刺目的血液，阵阵嘶吼，交织成激烈的画面，铺天盖地。

本来很好奇，三个阁主为何还抵挡不了日教的几个人，直到接近目的地才明白——日教这一回真是派了不少人，三个人外加一个病人，对付一群人，难怪轩叶他们会力不从心。

一片狼藉和兵器交错声中，似风非风的声音如幻般从整片树梢掠过，树林中交战的人皆以为是自己的幻听。

“这儿可真是热闹！”

再一听，却又真实如在身边，心下不由得发颤。

一句如羽般浮在空气中的话，却让兵器交错声和嘶吼声渐趋缓和，众人停下手中的剑，朝木屋的方向望去。只见一朵紫白相间的莲从天而降，轻飘飘地落在木屋顶，霎时间，漫天血腥中便渗入了淡淡的馨香。

“怎么不继续了？”圣忆风将白色裘套中的手抽出，拉了拉裹在身外的银狐大氅，视线似无意地分别瞥过与高轩叶和冷沉香交手的两个黑衣人。

高轩叶沉稳的脸上已经透出了明显的疲惫；冷沉香也已鬓发凌乱，气得咬牙；浅幽寒守在门外，平日里温柔的双眸此刻尽是凌厉之气，紧紧地盯着试图闯进屋的人。

三位阁主武功或许比对方任何一人都高，但在人数上对他们非常的不利，很显然，此刻的局势已经快要被日教的人掌握了。

优雅的视线扫视过众人又重新收回，落到与高轩叶交手的人身上，“这不是日教的土护法吗？原来你也在。”

“哼！”从鼻中哼出的气，因黑巾蒙面发出怪异的声音，让人想笑又不敢笑。

“怎么？敢来竟不敢以面示人？”

经不起激将的陈升，霍地一下扯下面巾，小鼻子小眼立即暴露在空气中。果然，不是一般的丑。

即使累到不行的冷沉香，在见到真面目后还是忍不住噗地笑出声。

一个闪神就被陈升钻了空子，他立即抡起手中的剑趁高轩叶不留神，朝几步之外的冷沉香刺去。冷沉香对战着星护法，再加上以迅雷掩耳之势冲过来的陈升，她一下慌了。

剑却在快要到她眼前时，只听当的一声，玉笛与剑身碰触的清脆声音迸发而出，如金石交鸣，充沛的真气传来，震得周围人皆心下发麻。

冷沉香顺势挥出手中的金鞭，紧紧缠住对方的剑，一脚立地，侧着两个翻身，躲过星护法千钧之力的压迫，白玉般的面颊渐渐地渗出汗滴。高轩叶用玉笛钩过利剑，疾速后退，将土护法的剑逼离冷沉香的范围，脚下滑出一道深深的雪痕。少了一个对手，冷沉香将精力全部集中在星护法一人身上，几个回合之后，两对人仍旧分不出胜负，周围的人一直被吸引着看四人交手，完全忘了自己的任务。

就在这时——

“有完没完？”

紧接着，肃杀的空气笼罩在四周，然后一圈一圈地紧缩，令人窒息。原本安静地服帖在地面的雪花也忽然飞扬起来，如旋涡般层层旋起，将屋顶上的紫衣包裹起来。地面的众人别过头，用胳膊挡住脸，身体被无形的剑气逼退了数步，就连武功颇高的两位阁主和两位护法也不例外。

巨大的旋涡终于在圣忆风落地后慢慢地消失了，剑气也逐渐趋弱，消散在空气中。众人终于清楚地看到那张银白的面具，在雪景之中泛着柔和的光，含笑的眼睛一点之前的肃杀之气都找不到，仿佛一切都只是幻觉。

“怎么少了一个？传说中日教教主最疼的水护法，没来真可惜。”

两个护法看到仅在几步之遥的圣忆风，不自觉地各后退了一步。

土护法和星护法的后退，使得身后的众人也小心谨慎地一步一步向后挪着步子，动作又缓又慢，怕动作大了便会被发现，掩耳盗铃的行为惹来了圣忆风的轻轻嗤笑。

“有胆子进这冷香烟欲阵，竟没胆子出去？”他伸出雪白裘套中被保养得极好的手，掌心向上，轻飘飘落下的雪花就那么温柔地落进他的掌心，一点点消融。

“冷香烟欲阵？！”

不只是日教众多的手下，就连两位护法听到这几个字后，脸都瞬间变得煞白，眼睛都不由得睁大了。进这园子时就觉得奇怪，圣忆风是多谨慎的人，怎么可能将柳吟依放在深山之中没有庇护，原来周围竟布了如此狠毒的阵！

冷香烟欲阵，用了出自迦隐的邪香毒雾，专门迷神乱性及使人进入亢奋与昏眩境地的邪毒阵法。一般人如果嗅到这种扑鼻的香气，哪怕只有一丝一缕，也会中毒。中毒的征兆，便是面泛桃色，若是没有先服下解药或及时避开，不久之后便全身发热，忽而又会全身发冷，渐至昏眩。在欲火煎熬下，双目通红，身上冷热交加，口中却干渴如焚，喉中似要喷火，不是疯狂嘶叫，就是进入昏眩状态，灵智迷失，陷入幻想，直至死亡。

圣忆风极缓地走向土护法和星护法，眸子中是冷冷的笑意，“看你们的表情似乎是不知道。”

看着缓慢迈来的颀长身躯，被吓住的两人着魔般，一动不动，根本就忘记了要出手。

星护法回神，冷哼，“不愧是邪教，招数果然阴险！”

“我可没邀请两位带着这么多人来做客。”圣忆风邪魅的眸中闪着浅浅的笑意，晶莹剔透的颜色似乎能映出世间所有秘密。

星护法阴狠地瞪着眼前似随时会随风飞去般的人，“要是让那位姑娘知道了圣少主的真实身份，你猜她会怎样？”

圣忆风琉璃眸中的魅色愈来愈深，“或许，不用请你们进屋，在这林中我也可以尽地主之谊。”

他环视眼前众人，忽而，众人还未有任何动作，他就如鬼魅般穿梭在其中几十人之间，笑声在周围迅速传开，步伐凌厉快如闪电。才瞬间，他又回到了自己的位置，手中提着一个面色苍白、已被吓破胆的人，那人手中的剑忽地就落到了雪地里，浑身颤抖。

他一手提着那人的领后，一手折磨人般地缓缓上移，最后定在青筋暴起的脖子上，而后轻轻地覆在上面，还没有任何动作，就见那人猛地一阵痉挛，眼泪唰地就涌了出来。

“这位兄弟胆子可真小，我还没有动手，他就吓成这样了，日教不过如此！”

“那只是个废物！”土护法死死瞪着玷污了日教声誉的人，恨不能用眼神杀死对方。

圣忆风的视线飘过土护法，又重新定在他已如死灰般布满汗水的脸上，“连日教都不欢迎你，那你留着似乎就没用了。”

话音刚落，修长白皙的手指，轻轻一用力，手中的人便难以呼吸地张大嘴，两眼突兀地瞪出，仿佛眼前出现了毁灭性的灾害。

恐怖的表情还没有持续多久，只见脖上的手又一收，这回彻底地结束了一条活生生的命。

手指轻轻地松开，便如落叶般飘落在地，刚刚还活着的人，这会儿已如一株枯萎的草般失去了生机。

众人惊恐得连步后退，土护法握着剑柄的手也开始出现不自然的僵硬。日教的心狠手辣在江湖上是众人皆知的，但是，这种轻而易举地结束一个人的生命后，眼中的清澈和柔和还能依旧如常，情绪没有任何波动的人，放眼整个武林之中，或许就只有圣忆风一人了。

这样淡然又摸不透情绪的性子，仿佛世间的万物苍生在他眼中都只是一粒浮尘，轻飘飘的没有一点的重量。

这个世上，真有人能让他心系牵挂吗？土护法和星护法的心里同时浮现出了疑问。或许，任何人都只是他一统武林的棋子，包括那个所谓的徒弟在内。

“安静了？你们今天来的目的就只在柳吟依？”他轻笑地转过身，朝木屋的方向迈去，漂亮的紫色衣袍如花般旋散开。

他走至屋门前，回身时终于换上了从出现到此刻的第一抹厉色，刺人的光芒扫过两位护法，“还是说，你们的目的根本就不在此？”

土护法幸灾乐祸地盯住圣忆风，“我们做了两手准备，要是你没有出现，我们就废了这个女人，没料到你来了；不过，你来了，就意味着迦隐有了空子，我想你应该也已经知道我们的目的了。”

闻言，狭长的眼眸蓦地眯起。他猜到日教可能会有这样的打算，所以派了颜琦在迦隐照顾舞儿。虽说日教的人是绝对进不去迦隐的，但舞儿若是坚持出去，颜琦肯定是不敢拒绝的。现在想来，他似乎是有些欠考虑了。

思及此，他再也无心恋战，脚尖轻点，蓦地腾升而起，众人的身影便在他如清泉的眸中一一映出，“剩下的就看你们的造化了。”

雪白的大氅包着修长的身形，逐渐消失在众人视线中，身后的高轩叶、冷沉香和浅幽寒，也随后依次跟上。

地面留下中了冷香烟欲毒的众人，满面惊心。

楠木椅上坐着紫衣垂地的圣忆风，犀利的眸子给安静的氛围平添了许多紧张和危险。

“人呢？！”

颜琦单膝跪地，一手握剑抵住地面，垂首恭谨地开口，“颜琦失职，任凭少主处置！”

“处置？”他霍然掀袍起身，幽冷地缓缓开口，“处置你能换来什么？人已经不见了！”

他信任他，将人交给他，结果他居然说被人在迦隐外劫走了！

剑出鞘的声音划过片刻寂静的空气，还来不及看清怎么回事，一道剑光便伴着血液飞溅而出，沾红了冰冷的地面，点点殷红。

“属下以一截小指谢罪。”毫无情绪起伏的声音，很难让人想到这个男人刚刚割掉了自己的手指。

圣忆风垂眸扫视了眼颜琦，视线定在刚刚还完好此刻却已经鲜血淋淋的左手，“谁来劫走的？”

“一个胡子花白的人，似乎不曾在江湖上出现过，但其身手非凡，属下甚至看不清他是怎么出手的。除了少主，还从来没见过这么厉害的人。”

从来没见过这么厉害的人？

这天下能与缥缈神剑相比的武功，除了被江湖遗忘多年的玉骨玲珑和凤凰舞，就只有龙旋掌法了。龙旋掌法由历任的日教教主传给下任教主，一般会在武功练成之时接位。但据之前的调查，严曦在七年前就接任了日教的掌门之位，如果严曦真是当年的柳曦，那时柳曦也不过刚刚脱离迦隐，在迦隐内乱时所用的龙旋掌法仅仅是皮毛，根本就没有练成。这样看来，柳曦这教主之位得来得也不光彩！

听闻当年的日教主是有一位妻子和儿子的，莫非都被严曦杀了？

圣忆风眼眸微微一转，浑然天成的逼人气势散发而出，背在身后的双手紧紧握住。照理说，从之前打听到的消息看来，严曦应该还在修炼，居然这么快就出关了。

那丫头落在严曦手里，会怎样?

难道他们已经知道了绝姒的存在？认为舞儿不再有利用价值，所以用舞儿来威胁他或者绝姒?

不，应该不会这么快。

“下次不管是谁再出现这样的失误，就不只是一截指头了。”如果日教知道了绝姒的存在，丫头就会有生命危险。

何止指头，就是成千上万的命也赔不起!

“是！”

第九章
执手醉梦中

阴冷的室内，摇曳的烛光，无处不彰显着此处与世隔绝的孤冷。

冰凉入心的感觉传入身体，绝舞昏昏沉沉地翻了个身，身下比平时略显冷硬的触感让她睁开了眼，环顾四周，竟发现四周都是石墙，屋的正中央摆着一张石桌，一支蜡烛在桌面上燃烧，晃晃悠悠地摇曳着。

平日里她招惹过的人师父都替她摆平了，怎么还会有仇家找来?

这回被抓到这个地方，是谁抓的？又是因为什么？

她眨眨眼睛，神志慢慢变得清晰。她伸手揉了揉酸疼的腰，再捶了捶疼痛的肩，从小睡软床铺的她，果真不适应这么硬的东西。

拖着困倦疼痛的身子走下石床，她扶着墙边瞧边走边摸，试图从没有门的墙壁上找到出口。她总要知道是谁把她抓来的吧?

这种时候不自救，难道还像以前一样等着师父温暖的怀抱吗?

现在的她，只能靠自己了。

“小姑娘。”

有些沙哑又阴森的声音伴着阵阵冷气，从不明的角落传出，继而扩散在整个空旷的石室内，森森寒气扑面而来。

“谁？！”绝舞扶住石墙，冰凉的感觉传入手心。

“即便我说了你也不清楚。”从小被圣音宠着，听没听过日教这两个字都还是问题。

“你不说，怎么就知道我不晓得？”黑瞳蓦地扫向屋顶的一个角落。自从被师父疏远后，她就非常厌恶被人当作不知世事的小女孩。

每个问题，都像一把钥匙，总是能打开那段被自己尘封的难堪回忆。师父喜欢的是吟依姐姐那样才貌双全、温婉可人的女子，不是像她这种无知的傻丫头。

身体不适的感觉越来越明显，她努力将整个身体都贴在石墙上，却终是支撑不住虚软的身子，缓缓滑落到地面。

"你给我下了药？"吐出口的气竟在空气中形成雾气，几乎快要蒙住了她的双眼。

"我不会伤害你的。"你可是块宝，要是你有个三长两短，我这辈子都无法完成梦想了。

"你不如直接说你的目的，来得快些。"漂亮的黛眉早已因身体的难受拧到了一起，皓齿发狠地咬着菱唇，凝脂般的肌肤忽冷忽热，汗滴越来越多地顺着脸颊一滴一滴地滑落到白皙的颈部，身体里却越来越冷。

"难受吗？哈哈，小姑娘，再忍忍，一会儿就会有你想要看到的人来救你。"如蜡烛晃悠不定的声音，使得她发涨的脑袋更加胀痛。

她要被毒死了吗？天哪，太痛苦了。谁来救救她？脑海中一张张面孔迅速地闪过，师父风华绝代的面容和圣忆风那张邪魅的面具，不断重叠在眼前，像魔鬼般缠绕在头脑中，挥也挥不掉。

就算是魔头也可以，谁来救救她……

难道，离了师父，她当真无法自立吗?

"我说过不会要你的命，自然就不会，只是一些会让你意识涣散的药物罢了。"有些不悦于她的不停追问，黑暗中的声音颇为不耐烦。再有一小会儿，她就会不知道自己身在何处又在做什么，那个时候无论他问什么，她都会乖乖回答。

她掌心撑着地面，指尖狠狠扣在地面。他刚才说会有她想看到的人来救她，是指谁?

"我下的毒，只有迦隐的竹阁阁主能解。你说，会是谁来救你呢？"

她忽而笑出声来，虚弱道："你拿我威胁圣忆风？呵，你怎么会觉得圣忆风会在乎我的死活……他不会来的。"

"你错了，他一定会来。"

她已无力与他争论，静下心开始运气，试图压制住快要散发至全身每个角落里的气流。

"我劝你不要乱动，不然只会加快发作的时间。"

明显觉察到体内因运气而起的变化后，她停止运气，看不出多大的表情变化，只是静静地坐着，似乎在等待着死神降临的一刻。

看着她闭上双眼，气息已变得十分微弱，隐藏在黑暗中的面孔，嘴角扯出一抹笑意，问道："你可知道圣忆风是谁？"

她脑中嗡嗡作响，一片混乱中，清晰而沙哑的声音再次钻入她的意识中，她反射性回道："迦隐的少主。"

"他还有另外一个身份，你知道吗？"

她虚弱地摇了摇头。

暗处的声音有些急躁，"那你可知道《凤凰舞》在何处？"

凤凰舞是什么？她又摇了摇头。

暗处那人半晌没有动静，须臾，那人阴声道："你真不知道？你是《凤凰舞》的传人，竟然不知道？！你敢骗我！"

她的意识越发涣散，觉得自己快要进入梦境了，只能靠着仅剩的意识摇了摇头。

那人忽而笑出声，"你不知道也罢，虽然你吝啬于分享秘密，我不介意与小姑娘你分享一个秘密。"

她费了很大的力气才抬起眼皮，长长的睫毛覆盖住了视线，"什么秘密？"

"我一直想从你师父身上夺取迦隐的秘籍，你就不觉得奇怪吗？为什么迦隐的秘籍会跟你师父有关，你就从未想过？"

墙的另一边带着浓浓鼻音的低沉声音继续道："你被骗了这么多年，还对他死心塌地，真是可怜的家伙。"

吱呀一声，刺眼的光透过打开的石门泻进来，突来的强烈刺激使得蒙眬的双眼一阵刺痛，"什么？"

"放你走。"那人阴险地低笑起来，"今天带你来就是想告诉你，睁大你的眼睛，好好去看看你追随了十年的人，究竟是个什么样的人物。"

稍显凌乱的发丝被吹进的风带起，她将视线落在外面，绿意盎然的景色与室内清一色的灰白形成了强烈的对比。至少她知道，自己已经不在蜀地了。

脑袋是转动了，绵软无力的身体却像是钉到地面一样，纹丝不动。平日里水灵天真的双眸，此刻尽是慵懒而酥软的模样。她难受地抵住墙面，体内紊乱的气息似乎凝在了一处，无法纾解。

"不走？"

见她还是不动，忽然一阵强大的气流从身后的墙面传来，直接落在她湿汗淋漓的背部，像是被巨浪推着，身体完全无法自控地从室内一瞬间便被冲到了室外柔软的草地上。

娇小的身躯落地的那一刻，那道之前还以为会是生死之口的石门，终于完成使命般缓慢而沉重地落下。

在迦隐，她一直被困在屋子里，似乎很久没有呼吸到这么清新的空气了。可是，现在的她根本没有什么心情欣赏自然风光，她快要被折磨疯了，解药在哪里？

她会死掉吗？会吗？

她颤抖地撑起身，尽量用脚支撑住身体的重量，一点点地站起来，然而身体却像被施了法般不受控制，像是快要酥掉的骨头将体力从身体逐渐抽出，浑身上下没有一点多余力气。

刚刚才勉强撑起的身子，眼看就要再一次跌倒时，浓烈的馨香使得心中猛然一震，下一瞬间就滑进了熟悉而又陌生的怀抱。

师父吗?

她不可置信又紧张地抬起头，这一望，却望进了一双妖冶的眸子，眸中的她衣衫凌乱，湿发贴颊，好不狼狈。

“你怎么来了？”从喉间滑出的嗓音颤抖中带着愤怒。

居然是圣忆风。以前每次受伤都是师父救她，为什么这次不是，为什么?

她费力地推开他，一种幽微的感官渐渐苏醒，有些迷惘，有些醺然欲醉，分不清究竟是梦还是现实。

他搂起又快要滑落的她，将她苍白的脸颊上紧贴的发丝拨到耳后，眸里尽是叫人心动的柔情。

她心里抗拒着，却没有力气推开面前那堵温暖的墙。只记得昏过去的时候，隐约在耳边听到师父轻轻地呢喃：“丫头……”

到处都是雾霭，她用力挥动手掌也无法驱散眼前的迷雾。

这是在哪儿？她怎么会在这里？她看不清方向看不清路，生怕前面是个陷阱，脚步都不敢迈出一步。

忽而，前面雾霭似被一阵风吹散，长长的石阶在眼前若隐若现，台阶一直蜿蜒而上，在很高很高的尽头，似乎有一个身影在雾霭中沿着石阶朝下走来。

她高兴地朝那人挥舞着双手，提起脚步跑过去。距离石阶越来越近，她惊喜地发现那人竟然是师父。她大声呼喊，师父似乎并没有听到，她加快步伐跑过去，眼前的路却突然断了般，整个地面晃动起来，仿佛是悬空的，随时都会消失。她拼命地跑，想要跳到石阶上。

距离师父越来越近，她忽而使出全身的力气，足尖轻点，一跃而上，已走到石阶脚下的师父微笑着朝她伸出手，她扑进师父怀里，抬起眸子，却发现抱着她的人竟是圣忆风。

她猛地推开他，惊叫着朝后退去，他震惊地伸手去拉她却已经晚了。

她觉得自己一直朝下坠去……

救命！救命……谁来救救她。

师父、师父……

她嘶哑着嗓子呼喊，却没有任何声音。

师父!

昏迷中的人儿不断冒汗，唇角在动，却听不到声音，紧蹙的眉头看来十分痛苦。

圣音在一旁用浸了冷水的帕子不断地为她拭汗，她却浑身抖得更加厉害了，似乎深陷某种强大而痛苦的梦境之中无法解脱，怎么也醒不过来。

青衣看着圣音有些憔悴的样子，不忍道：“三公子，你从昨天清晨回来到现在，一直都守在这里，先去休息休息吧，我在这里守着，您放心。”

圣音双眉微锁，眼眸凝着绝舞冷汗淋漓的额头，引发他心底最深处的怜惜，“不用。”

“我端了些清粥小菜，您先吃些吧。”

“放着吧。”

青衣看到尘无影走进来，急忙使眼色让他帮忙劝劝圣音。无影示意青衣先退下去。他走近床边看着绝舞道：“轩叶已经给舞儿服了解药，过不久会醒的。你再这么下去，她醒了你就垮了。”

他垂眸，握住绝舞放在被外柔软的小手，“我倒宁愿躺在床上的是我。”

尘无影眉头深锁，“见你昨日回来一直太过忧心，所以我没问。严曦将舞儿带去，给她服用了药物导致她意识涣散，也不知道有没有问出什么来。”

“严曦想知道的无非是《玉骨玲珑》和《凤凰舞》这两本秘籍，《玉骨玲珑》这丫头听都没听过，至于《凤凰舞》，这些年我也问过她几次，她根本没有听过。所以，即便严曦想要知道什么，也问不出来。”圣音摩挲着她冰凉的指尖，“我只是担心，严曦从丫头口中得知了她的真实身份。”

“你是说，舞儿焰门传人的身份？”

“不是。”

圣音将绝舞的手轻轻放回被褥里，见她渐渐安静下来，心里也松了口气，“这几日发生的事情太多，我没来得及告诉你。独孤翊那个妹妹的身份查出来了，不是日教人。”圣音顿了顿，心跳有些加快，“她是绝舞的亲姐姐，焰门的大小姐，《凤凰舞》的真正传人。”

尘无影震惊又惊喜地睁大了眼睛，轻手轻脚地拿过椅子在床边坐下，压低声音道：“也就是说，舞儿并非焰门传人？这样和你之间就没有任何阻挠了！”

圣音拂过绝舞贴在脸颊边的发丝，眼睛里流动着一种说不出的流光，“是啊，没有阻挠了，我只希望这丫头好好地醒过来。我再也不会放手了……”

尘无影激动地望着绝舞，忽然觉得这家伙的命也不那么差。本以为早就没有亲人的她却突然多出来个姐姐，这个姐姐又奇迹般成为她与圣音之间的希望。这个世上的事情有时真是难以一言道尽啊！

只不过……

“日教若发现舞儿没有利用价值，而她又是你的软肋，肯定会设法除掉这颗绊脚石。”

“这就是我刚想说的。”圣音沉吟片刻，“不过严曦既然放走了丫头，应该还不知道她有个姐姐，这件事等她醒来，我要与她细说。绝姒的身份千万不能暴露。”

两人说话间，屋顶上一黑衣人离去时不小心踩动一片瓦。

屋内两人一怔，转瞬间，一阵白风掠过，圣音已一掠跃至屋顶。

黑衣人显然动作快不过圣音。圣音单手扣住黑衣人肩胛，略显单薄的肩头让圣音唇角勾起一抹笑意，他虚晃一招，另一手闪电般扣住黑衣人的脖颈。

没有喉结。

圣音逼近，浅笑道："姑娘，三番两次地偷听，可不是什么好习惯。"

黑衣人冷漠的眸子里倒映出圣音一张绝色清雅的面孔，眼底的恐慌一闪而过。

话音一落，圣音收紧手掌，黑衣人紧蹙眉头，不由呻吟出声，"呃……"

尾音轻柔，绝对是女声，却并不熟悉。

尘无影落身在圣音身后，眼底的紧张之色甚于圣音手下的黑衣人。

圣音已觉察有些不对劲，对方虽然是个女子，但并非自己预期中的那个人，随即单指钩住她的黑纱，轻轻一撩，听到身后尘无影极轻的呼气声。

一张清冷的容颜顿时暴露在外，却并非两人以为的人。

"日教的人，嗯？"圣音点住她的穴道，双手轻拍两下，颜琦悄无声息地出现，"把这位带到迦隐，好好招待，该问的一个不能少。"

他才怀疑叶双涵，就这样巧地有女子近乎是故意送上门让他们察觉，这可真是越来越有意思了。

"是。"

圣音回眸扫了眼尘无影，尘无影又望了一眼那个陌生的女子，两人心底产生了同样的疑问。

圣音刚到门外，就听到昏睡中的人儿忽然呢喃出声。他疾步到床前，发现绝舞有转醒的迹象，急忙握住她的手，"丫头。"

"师父……"

圣音在床边坐下，轻声应着，"师父在。"

绝舞冰凉的手指在圣音手中动了动，眼睛慢慢地睁开一条线，迷迷糊糊地看着床前的人，"是师父吗？"

"是。"

"我一定是死了吧？不然怎么会看见师父……"她分明记得，是圣忆风救了她。

他坐过去扶起她，让她靠在自己胸前，扶着她的双手竟然有些微微发颤，"不准乱说。"

"师父，我都快死了，你不会再离开吧？"

"不会的，再也不会。"

她分不清是现实还是梦境，纵使梦境里得到这样的保证，她也满意了，嘴角浮出一抹虚弱的笑，又慢慢昏睡了过去。

圣音的笑容渐渐淡去，双臂紧紧搂住她，像小时候劝哄她那般轻抚着，"睡吧，醒来一切就都过去了……”

绝舞这一睡，又睡过去了三日，中间醒过来的几次都是迷迷糊糊叫着师父，又迷迷糊糊地昏睡过去。独孤翊找来过几回，圣音均以各种理由搪塞了过去。

独孤翊夜半时分潜入明月山庄也不是没有过的事，可谁知圣音最近防范得很严密，明月山庄四周遍布分不清身份的黑衣人，他交手过一两个，武功很是了得。圣音的小心翼翼，让独孤翊和绝姒更加担心绝舞的伤势，却无奈怎么都见不到面。

蜀地天气难得的晴朗明媚，无雪的天空，阳光很温暖地洒在花园，屋内的气氛却显得非常沉闷。

尘无影将屋内不相干的人都撤了出去，自己也轻声退出，关上了门。

绝舞靠在身后柔软的靠垫上，脸色虽然苍白，人已不那么虚弱，只是她低垂着眸子望着床的里侧，无论床边的人说什么都没有任何回应。

终于，圣音的一句话像是触动了她心底紧绷的弦，她动了动略显干涸的嘴唇，“无论什么时候师父都能找得到我？我在哪儿，师父就在哪儿？”

她讽刺地扯唇，“那似乎是很久以前的事了吧？”

“我被独孤翊带走的时候，师父就在园子外，为什么不阻拦？”

“我在路上被日教的人袭击时，师父在哪儿？”

“我被圣忆风掳走的时候，师父在哪儿？”

“我被日教挟持走的时候，师父又在哪儿？”

锥心的痛楚因思维突然的清晰开始在体内蔓延，直到一双臂膀将她环住，她才开始激烈地从他怀中挣脱，抬起眸子，用泛红的眼睛直直地回视他，幽幽问：“既然不在乎我的死活，为什么又要带我回来？不如让我留在外面自生自灭好了。”

他疼惜地抚着她的发，“傻丫头，不要乱说话，我从来没有说过不要你。”

他的温柔让她错乱，她慌乱地别开眼，“那为什么不来救我？”

她怎么能想到，他也会有苦难言？

他又怎么能告诉她，那个她眼中无恶不作而又救了她两次的人就是他？

他将她轻柔地重新拥进怀里，不着痕迹地转移话题，“我让独孤翊带你走，是因为我想知道你近些日子在见的人是谁。”

果然，怀里的人儿闻言身子微微一僵，而后轻声问：“师父知道了？”

“嗯。”他白皙修长的双手抚上她苍白的脸颊，慢慢抬起，“既然姐姐还活着，为什么不告诉我？”

“我……”她咬着唇，垂下眸子，理亏的人反倒变成了自己，“我是怕……师父会把我送到姐姐身边。”

他惊愕地望着她，有些哭笑不得，“你怎么会这么想？”

她嘟着唇，“我现在又不讨师父喜欢，师父难道不想我离你越远越好？”

他拍拍她的脑门，叹息道：“傻丫头，如果我想赶你走，为何要在你开口帮独孤翊求助时以此为理由强迫你留下？”

“……”

她眨了眨眸子。是啊，这似乎也说得通，可那不是之前的事了吗？后来她又说了那么多令师父困扰的话……

她的气息越来越平稳，鼻息洒在他脖颈上痒痒的，他轻笑着拥着她靠在床头，拍着她的背轻哄，“累了吧，不说了，再睡会儿。”

“嗯……”

清晨花香的气息随风飘进屋里，白色的纱帐一角随风轻轻卷起，又落了下来。

床上隐隐传来轻轻的呼吸声。

圣音一手撑住头，侧身躺在仍旧沉睡的绝舞身旁，微深的眼眸中是浓浓的疼惜和爱怜。长指轻抚去她脸颊边的发丝，让沉睡的娇颜印入眼中，小巧的唇瓣经过几日的休息已经恢复了往日的娇艳。

她如猫般懒洋洋地蜷成一团，窝在他身边，脸上浅浅的瘙痒让熟睡不久的她又慢慢醒过来。她懊恼地摸摸脸颊，想要扫掉脸上的异物，却发现碰到了预料之外的东西。她迷糊地睁开眼，一张放大的俊脸近在咫尺。

先是一愣，心猛地一缩，随后她睁大满布红血丝的眼，颤悠悠道：“师、师、师父，早。”

他微怔，大概是没有想到她会忽然醒来，听到她颤抖的声音，他微微一笑，摸摸她凌乱的发，“唔，早安，丫头。”

她蓦地又闭上眼，心里只当自己是做梦。过了须臾，她先睁开一只眼，又睁开另一只眼，发现师父竟还是温柔地望着她。

她悄悄看了一眼，才惊觉自己竟然胆大包天地蜷缩在师父怀里，脸轰的一下烧了起来。

“我、我、我不是故意的……”她支支吾吾解释，“我也不知道……”

突然，他轻笑着将她拥进怀里，“嗯，你不是故意的，我是故意的。这是你的床不是我的，所以你不用解释。”

他微微俯身，将下颌抵在她肩头，“乖，就这样再睡会儿。”一晚上没睡，看到她精神地醒过来，困意突然就来了。

“……”我刚醒啊师父。

“师、师父……”她轻轻唤了两声，声音中还带着些颤抖，他却似乎已睡了过去，不见任何反应，她只能感觉到肩头滚烫的呼吸像是火燎般灼烧着她的皮肤。

不知过了多久，她腾出一只手，轻轻地拉起被角为他盖上。

又犹豫片刻，将胳膊小心翼翼地放在他腰上轻轻搂住。

如果这是梦，她希望永远不要醒来。

他唇角浮出一抹深深的笑意，单臂将她又搂紧了些，沉沉睡去。

屋外本是来送早餐的青衣，看到纱帐后紧紧相拥的两人，喜上眉梢，高兴地退了下去，并吩咐任何丫鬟都不准靠近园子，自己则在不远处守候着，等待两人醒来。

香阁外不远处的竹林，柔和的风带动着狭长叶片，一片片悠然落地。

圣音立于万竹之中，微风吹起他的衣衫，绝尘优雅若风中白鹤。

一身淡黄着装，头戴纱笠的女子，款款从他身后走出，止步于他面前几步之外。

第一次这样近距离看到这个名传天下的三公子，果然不是一般的俊美，岁月似乎不曾在他的脸上刻下痕迹，绝美飘逸得令女子都自叹不如！纱后的薄唇轻轻地开启了，“江湖上赞美三公子的话数不胜数，没想到，没有一句能真正匹配得上公子。”

“姑娘过誉。”他静望着她，淡而柔和的眸子，似乎世间一切的肮脏都无法玷污它。

“不知三公子今日叫凝香来此处，是为何事？”

圣音笑了起来，“我既然能叫姑娘过来，自是已经知道姑娘身份，姑娘何必隐瞒？”

绝姒面纱后的唇角微沉，“公子什么意思？”

一瞬间的寂静后，他终于开口了，“姑娘已经做了十年的凝香，何不继续做下去？”

绝姒不觉抬高了音量，“你是指？”

“作为焰门的大小姐，姑娘应该知道意味着什么。”圣音缓步上前，深深地望进绝姒的眼底，“日教已经蠢蠢欲动一段时日了，我刚把舞儿从日教的手上救了回来，我不希望她再出任何差池。”

“舞儿还好吗？”绝姒有些心急。

“现在很好。只是，如果日教知道了你的存在，你觉得她还会好吗？”

绝姒心底一震，细细想了一圈，终于明白了其中的关系，“你是说，日教在寻找《凤凰舞》，而他们现在之所以留着舞儿的命，是以为舞儿知道《凤凰舞》的下落？”

圣音眼底闪过一抹笑意，点点头。丫头这个姐姐可是聪明多了。

绝姒垂眸凝思片刻，微微蹙眉，抬起眸子望着圣音，“你的意思是让我离开舞儿？”

“不需要。”圣音微微一笑，“舞儿长这么大终于有了一位亲人，是件好事，你不必离开。只是我希望在你们的相处中，你永远以独孤翊妹妹的身份去面对她，再也不要提及焰门。”

绝姒沉眉想了片刻，“我答应你。只是，舞儿总会追问当年焰门的事情，难道要隐瞒她一辈子吗？”

“这个你不用操心，我来应付。”

绝姒轻笑一声，扬起颌尖，有些挑衅地望着他，“三公子养育了舞儿十年，这份恩情舞儿和我一定会回报。只是，焰门的事是我们的家事，我并不希望三公子插手。我方才答应以后以独孤翊妹妹的身份面对舞儿，也是为了舞儿的安全考虑，并非因三公子的要求。”

圣音看到绝姒眼底的抵触，轻笑了声，“在下不记得和姑娘有过什么交集，姑娘为何会对在下如此厌恶？”

绝姒有种被看穿的窘迫，不过仅仅一瞬，她又恢复了笑容，“我对三公子是很感恩，但三公子作为舞儿的师父，越了界，这恐怕有违伦常。”

清亮的眸底闪过一丝的光芒，圣音微微眯起眸子，“什么是伦常？外界有人知道她是我的徒弟吗？”

绝姒突然被噎住。是啊，这么多年，外界竟然没有人知道舞儿是圣音的徒弟，只是最近流传着圣音的徒弟是红刹，而红刹却可以是任何人。

林间的清脆鸟叫，突然就失去了声音，某种不知名的气息开始在四周流窜，弥漫出不寻常的氛围，午间的柔光透过树隙洒下，幽静得令人不安。

“如果你说的是世俗的眼光，那种东西有谁会在乎？”

他低垂着眸，睫毛覆盖住眼底的神情，在一阵短暂的沉默过后，他抬眸优雅如昔地望着她，“从今以后，只要她的心里还有我的位置，哪怕只有一点，我都不会放手。她注定是属于我的，即使违背天意，也是如此。”

琉璃般华丽清朗的嗓音，带着慢条斯理的语调，说出强烈的占有欲，却轻描淡写得如同只是在讨论天气，不禁让绝姒觉得一股凉意从脚底心冒起。她只看到了舞儿用情至深，却没想到这个男人对舞儿的感情深到这种毁天灭地的程度！

绝姒粉拳微微收起，心下一沉。圣音身上所隐藏的危险远远超出她的预料。

舞儿看到的他，也是这样咄咄逼人的一面吗？

不，舞儿看到的全是温柔和善的他，经过掩饰的他！

“等舞儿认清你的真面目后，会有什么反应，你难道就没想过？！”

他勾起薄唇，轻轻一笑，“真面目？呵，她看到的，永远都是最真实的我。”

绝姒忽然有些恨眼前人的自信，道出不可争辩的事实：“比起一个有所隐瞒的人，你不觉得坦荡的人更适合舞儿吗？”

犀利的眸子一扫之前的淡然，幽冷地望向傲然的身姿。

“你这是在‘警告’我？”他缓缓向她迈去步子，身姿清冽，仿若神祇般高不可触，“你倒是聪明，知道对我来说，明的总比暗的好。我念在你是绝舞的姐姐，唯一的亲人和长辈，所以我说了上面的话。”

“但是记好了，不该有的念头，不要去动。否则，最后会连自己怎么香消玉殒都不知道。”他笑意盎然的字句中带着冷彻心骨的寒意。

绝姒被他的气势逼得踉跄地后退了几步。是谁说这个男人是和善温煦的谦谦君子？简直比魔鬼还可怕！

与她愤恨的目光不同，他噙着笑一步步退开，“这浮生一遭，我要的只有她。”

她盯着他修长的背影，雪眸闪光，身侧的拳正伸展开，蓄势待发，但是……

轻飘如雾般的话语，带着浑厚的内力，自他身后散开，一股触摸不到的气流，悄无声息地将她正要挥出的掌风逼了回去，而后渗入成片的枫林中，浑然一体，却久久不能驱散。

待圣音离去，独孤翊走出来，“你刚才是想干什么？你那三脚猫的功夫在他面前……你说你究竟在想什么呢？”

紧抿的朱唇露着倔强，绝姒淡定地挺起傲然身骨，“我只想让他知道，舞儿唯一的亲人并不认同他，并且拼了命也不同意他们在一起。”

棱角分明的五官上，冰蓝的眼眸一缕波动之后转而平静，“他会在乎你的意见？你什么时候变得这么天真了？”

“不管怎么说，我是舞儿这个世上仅存的亲人，我的意见舞儿多少会听的。”

“你想用这个束缚舞儿？”他深深地看了她一眼，语气颇为不赞同。

绝姒转过细如柳的腰肢，视线定在他身后，心思远飘，“她是我唯一的妹妹，我一定要让她跟着能给她幸福的人。”绝姒盈盈水眸转而凝住他，“哥，难道你不喜欢舞儿？”

从来不敢真正面对的问题，从别人的口中说出，他多少有些不自在，“我什么时候说过……”

“你不是会撒谎的人，不用对我掩饰。”绝姒打断独孤翊的狡辩，唇瓣噙笑，美若桃花，“她正处于伤心欲绝之时，这种最佳时机你不利用，还待何时？去带她回来吧。”

独孤翊飞扬的剑眉渐渐聚拢，像是遇到了莫大的难题。

他很清楚他喜欢她，但他不想用这种方式，更不想借绝姒是绝舞姐姐的身份来强求。

在这种情况下，即使真的得到她了，得到的会是她的真心吗？

绝姒平静无波的眼眸划过一丝锐利，“机会往往在眨眼间就错过了，到时后悔都来不及。”

独孤翊看着眼前的绝姒，忽然觉得有些陌生。他眼里的妹妹一直都是温婉贤淑的人，为何突然变得这样工于心计？

绝姒扬起脸，“不要这样看着我。只是，离开司空霄之后，我发现很多事情，都是需要我们自己去争取的，一味地退让只会苦了自己。”

“你还想着他？”

绝姒扬起的眉尖竟显得有几分锐利，“不，没有。我不想舞儿重蹈我的覆辙。她对圣音的感情不会受到任何人的认可，届时所有的流言蜚语都会指向她，而不是被众人景仰的三公子，我总要让她认清这一点才好。”

青衣站在屋外急得打转，实在不明白两位主子究竟在演哪出。今早看着不还如胶似漆，怎么三公子出去一趟再回来，绝舞姑娘就变了脸呢？

绝舞呆呆地望着屋里的桌几，那样的漠视好像看都不想看见他。

师父刚在说喜欢她吗？为什么她会觉得自己在听笑话一样。

她的撒娇，他的宠溺；她的心痛，他的伤害。

不断在眼前回放的一幕又一幕，有欢笑，有泪水，终于，飘远的心思停驻在他曾经近乎无情的话语上，他说她永远都是她的徒弟。谁能相信，不久之前还想将你推开的人，会突然间用深情的眼神凝视你，好像全世界他只看得到你。

十几日的时间，本来很近的他们变得遥不可及。

又几日的时间，他走到她面前，用溺死人的目光让她尘封不久的心出现了裂痕。

这一切的转变让她这些日子的挣扎和痛苦，变得那么多余那么可笑，悲肠断绝一夜间就成了无理取闹。

她讽刺地勾起红唇，青葱般的指捏住床上的被褥，蒙眬的黑眸闪烁几下，却仍是眨不掉其中的水雾。过去的一段时间里，她常常无眠，脑海中反复地思考着一个问题：她恨他吗？

她想恨，恨了，就不会爱了。她也找了无数个理由说服自己去恨，却始终没能如愿。都说爱得越深，恨得越深，但真是这样吗？不，经历过的人便知，恨一个人远比爱一个人更难，你若是真的爱，那就无法恨。

所以，她只能将感情再度转为师徒之情，可一旦他出现在她眼前，她就发现对他的思念不但没有减少，反如劲草般疯狂地蔓延。爱过，方能领略思念的滋味，分离的愁苦和妒忌的煎熬，还有无休止的占有欲，就像另一个自己，不断地提醒着她的丑陋。

人都是这样吗？善良的一面、丑恶的一面，不断交替矛盾。

她因为这个矛盾苦恼不已。而当她终于不想去爱了，以为丑恶的自己便会消失时，却发现，那个善妒的她早已在体内生根发芽，仍旧会因他的一举一动心潮起伏，仍旧带着对他深深的思念而存活着。

她有些无力地靠在床头，这几日身心疲惫，实在是太累了。

“丫头……”

他怜惜地望着她疲惫的娇容，伸手轻触她的面颊，微微张口，喉头却像是被什么堵住，干涩得发不出声，只是动了动。

他等这一天等得太辛苦，等着她长大，等着她懂得情为何物，等着秘籍的真相，终于，还是让他等到了。

然而如今，他又要等着她的原谅了吗？

感情似乎总是千回百转，当他以为看到了永远，却尝尽离别苦；当他再次拥她在怀，却要品尽冷眼泪。

她颤巍巍地站起身，因疲惫头脑一阵晕眩，险些跌倒，还好他又一次及时扶住。

屋外的风吹进来，扬起他的如墨发丝。那张温华似月、俊美得炫目的脸，看了这么多年，竟还是让她看得痴了。

他深深地吸了一口气，“当初要娶吟依，从来都不是我的本意。这些天发生很多你并不知道的事情，我会慢慢告诉你，但请你相信我。”他凝视着她，淡眸中是诉不尽的忧伤。

忧伤，是一种微妙的东西，它悬在女人身上分外楚楚动人，附在男人身上，却是坚毅中的脆弱，脆弱得让人心疼。

他扳过她倔强的肩，迫使她正对他，执起她的手放在他怦怦直跳的胸口，“丫头，我喜欢你，早在你懂得情为何物之前，这颗心除了你就再也容纳不下其他人了。”

他的声音很柔、很轻，带着呵宠，带着哽咽。吹起的风，似乎都能将它掩盖，但又似乎狂风暴雨都无法冲刷它留下的痕迹。

就这样，它留在了她伤痕累累的心里，赶不去，也擦不掉。

她一直失神地望着他，忽然捏起拳头接二连三地抡向他，“师父就是这样！总是算好了一切，然后看着它们一件件发生！你一定认定了我对你还有感情，所以才那么久之后才来找我！你就知道我一定会原谅你。一定是这样。呜呜……”

“丫头，你说错了。”他安抚她激动的情绪，“我不知道你何时会原谅我，我没有把握，我也会害怕……”

逐渐安静的她有些迷惘，师父也会害怕吗？

清丽的脸蛋虽然泛着一丝虚弱的苍白，却仍不减内心流露出的欣喜，她昂起小脸，仰望着他，长长的眼睫沾染了泪水，仿似梨花带雨一般，楚楚可怜。

他轻笑出声，激动中夹杂着疲惫，他将额头抵在她的肩上，“傻瓜，除了你，别人都看得出我喜欢你，就只有你，认为我对你只有师徒之情。”

这样的告白，太美，美得像神话，在梦中都没有梦过如此美的场景。

这一天，她等了那么久那么久，久到仿佛耗去了她一生的时间。

现在幸福降临了，她却猛然间发现自己竟然怯懦得想退缩！

是因为害怕吗？害怕再次被伤害，害怕无法预料的失去。

爱总是会让人变得懦弱又多疑。曾经被伤得那么重，而现在，幸福又来得太快，不由得让她担心会发生变化。若是重蹈覆辙，这颗残破的心，还经得起吗？

她突然噤了声，他尽量屏息，呼吸却仍旧显得凌乱，“又闹别扭了？”

“我没闹别扭。”她垂着眸子，看到他腰间的玉玲珑，红了眼眶。

过了半晌，只听她低低道：“师父刚刚还说喜欢我，可是与吟依姐姐定情的玉玲珑却还挂在腰间，这算什么？”

圣音凝神仔细听着，闻言眼眉轻挑，提起的心又落了回去，“就是因为这个？”

她咬着唇，不满地嘀咕，“什么叫就是因为这个？这是多大的事啊。”

他轻笑一声，将腰间的玉玲珑解了下来，“这是我师父临终前给我的，戴了好些年，已经成习惯了。既然丫头这么在乎，以后不戴就是了。”

他摸摸她的头，在床边坐下，将她抱起放在腿上，“这个玉玲珑你好好收着，虽然不戴了，但是师父送的，你可不能弄丢了。”

绝舞呆呆地望着手心冰凉的玉玲珑，抿起唇角笑起来，将脸颊贴在他胸前，乖乖地嗯了声，“再给我些时间，好吗？我总觉得特别没真实感，像是在做梦一样，真害怕一闭眼睡一觉起来，就什么都变回以前了……”

他拍着她的脑袋，轻声应允，“好，我答应。我们慢慢来。”他总是要给她些时间去适应这样的转变，让她明白他的感觉，相信自己的眼睛，不再不安。

她把玩着他修长的手指，“师父，青衣说你刚才去见我姐姐了，是真的吗？”

“嗯。”

“姐姐说什么了？”不晓得师父会不会怪她刻意隐瞒。

他笑凝着她俏挺的鼻尖儿，伸手捏了捏，“没什么，她说你爱闯祸，让我好好照顾你。”

她不满地握住他的手，“哪有？我已经很久没闯祸了！”

他挑了挑眉头，“那是因为你这段时间没闲情去闯祸。”

无意间的一句话，在两人之间平添了些尴尬。

圣音意识到自己说错了话。他并不想让她回忆起之前的种种不快乐，遂漫不经心地转移话题，“我们离开蜀地，去离都吧。”

她却因为他的话陷入了回忆，没有听进去他的提议，然后问：“师父，你说过，我永远都是你的徒弟，那个时候……”

其实，这几日她一直都觉得自己在梦里没有醒过来，她常常分不清自己是清醒还是沉睡。总觉得眼前这些画面好像是她太过于强求而出现在自己眼前的幻觉，所以这个问题一直压在心底不敢问，她怕一旦问出口，这些美好的画面就消失了。

他收紧了手臂，握住她的手，“我一直在等你主动开口，既然你问起这个，也到了该知道的年纪，听我慢慢告诉你，包括你一直想知道的身世。”

圣音讲了很久。绝舞听到焰门的惨案，好几次泪流满面，包括他们的初遇，以及她被救后自我封闭式的失忆，她也知道了师父之前一直推开她竟然是为了保护她，同时，第一次听到焰门传世秘籍《凤凰舞》与她和姐姐的关系。

不知过了多久，黄昏最后一丝余晖敛起，终将夜色染尽人间，屋内的二人，依旧静静相依，云淡月淡，风轻影斜。

第十章

初现离别意

陈升靠着墙壁，脸上的黑巾挂在一边耳朵上，摇摇晃晃，表情狰狞地紧紧扣住石墙，身边的杜玉菲小心地包裹着他鲜血淋淋的左臂。

“这是真的？！”杜玉菲听到陈升刚刚说完的话，双眸中绽放出异样的光彩。

“交给你的任务完成不了，还要教主亲自出面，你还有脸问是不是真的？”陈升轻蔑地瞅着她，目露凶光。

想起那件事就恨！前几日在清山中了迦隐的冷香烟欲阵，虽然拼了整条命最后跑了出来，教主后来也给了他和星护法解药，但解药珍贵，只有几个人保住了性命，剩下的兄弟都死了！为了一个小女娃，害死了那么多兄弟，都是这个女人办事不力造成的！

杜玉菲双眸上卷翘的睫毛因怒意不住地轻闪，手下微微用力，“他根本就不来这儿！还让孤傲沽一直监视着我，我根本无法接近那个女孩！”接近都谈不上，还谈什么套消息！

“想疼死我啊？轻点！”该死的，独孤翊那浑蛋也不知道在哪儿知道他的消息，半路截到他，要不是他最后无可奈何拿出两个足够分量的秘密跟他交换，中毒后本来就没有恢复的破身板早就死在他的剑下了！

说起独孤翊，陈升只觉窝火。当时受教主所托去给一个女人下毒，谁知道教主竟然是受当今太子妃所托，被下毒之人恰恰是蜀地城主的妹妹，没想到最后人没毒死，还招惹了一屁股的问题，如今太子妃不断派人要杀他灭口，另一方面独孤翊又不断寻他麻烦要为妹妹报仇，他就是九头六臂也实在难以招架了！

陈升喷火的目光死死地射在杜玉菲表情也好不到哪儿去的脸上，“你再失误，就没有这么好过了！教主本来是想找其他人代替你，但我看在你对那圣忆风一往情深的分上，争取了这个机会。怎么一点表示都没有？”

“护法的大恩，玉菲铭记在心，有朝一日，定当回报。”敛起的睫毛下隐着愤恨的光芒，若是有那么一天，她一定“回报”，并且加倍奉还！

“你又欠我一回。”陈升压低了声音在杜玉菲耳边道，“迦隐外有四大迷阵，除了迦隐的人无人能进，教主让你想办法画出迦隐的地图。”

迦隐的地图？！

杜玉菲睁大了眸子，“我每次出入迦隐都会被他们强行蒙上眼布并服用迷阵的解药。如果要画出地图，我必须清楚迦隐的每一个地方，还必须有每一个迷阵的解药，且不说我连解药放在哪里都不清楚，我甚至连迦隐的门朝哪边开都不知道！这地图你让我怎么画？”

“如果你连这点用处都没有，那你让我如何说服教主继续留你在此处？”

“我、我尽力……”

“期限是一个月，你好自为之！”

龙月国的皇宫，地处离都的东北方向，三面环山，只有一条通道通往皇宫，唯一的入口紧连着离都的一条江，与江另一岸的蜀地遥遥相望。

皇宫深处，紫金殿里金碧辉煌，雕梁画栋上，皆是皇家才有的五爪金龙，刻工精美细致，栩栩如生，墙面上有数幅字画，全是几代先帝之作。雕窗下摆放着卷案宽桌，桌后则是红木椅，椅上铺着刺绣精美的厚厚软褥，至于桌上，文房四宝，样样不缺。

椅上的褥垫有凹陷的痕迹，显然是有人刚起身不久留下的。

“你找到给姒儿下毒的人了？”冰蓝眸子望着对面衣冠楚楚的人，亮黄的袍子，高束的发，与前些日子在蜀地相见时比起来气色好了很多。

整个龙月国只有皇室的人才有蓝色眸子，那象征着至高无上的权力和尊贵的地位。此人正是龙月国的太子——司空霄。

同样的蓝，一个坦然，一个深沉，身处皇宫之中的司空霄给人一种浓郁的压抑感觉，蓝眸下似是隐藏着无法察觉的心机和城府。

暗蓝的眸中闪出一抹精光，质问似的投向独孤翊。

独孤翊不动声色地反问：“你怎么知道？”

“我在蜀地的线人不少。”

独孤翊深邃俊挺的面庞上，淡蓝色的眼眸透出些许失望，直盯对面自以为是的人，“明知道太子妃找人下了毒，却能做到至今不动声色。真不明白，她为什么会爱你？”

深黯的眸子轻轻一闪，司空霄沉吟片刻，“那你要问她了，我从没求她爱我。”

独孤翊失望的神色在对方话音刚落便腾升起了怒气，“即使不爱，也用不着那么残忍地伤害。为什么下毒？”

“你知道自己在说什么？”司空霄扬高音调质问，脸色急怒，片刻后才敛袍重新坐回椅上，“那是太子妃所为，与本宫无关。”

哈？终于开始用身份压他了！

独孤翊讽刺地笑出声，“没有你的默许，她没有那么大的胆子；若真是太子妃所为，你定会追究责任。司空霄，我太了解你。你终于意识到绝姒会成为你的绊脚石，不是吗？”

带着嘲弄的笑声终于激怒了司空霄，他紧蹙了眉头，最后从齿间挤出几个字，“我也是被逼无奈！况且，下毒也并非计划之内。”

“并非计划之内？那什么是你计划之内的？”独孤翊讽刺的语气中含着濒临爆发边缘的怒气，“在朝堂之上拉帮结派，在武林之中结交败类，扰乱朝纲，混乱武林，这些才是你计划之内的事情？”

“你！”司空霄拍案而起，响亮的掌声在安静而宽敞的屋内响起，俊朗的脸此刻也因愤怒染上了通红的颜色。

“记清你的身份！你只不过一个小小的城主，在本宫面前也敢放肆！”没想到独孤翊的消息这么灵通，才短短几日就查出了端倪。

独孤翊撇了撇嘴角，“那么，请问太子，今天传臣进宫，所为何事？”

司空霄气结，霍地一下坐回椅上，心里对独孤翊恨得痒痒。要不是念在他的身份，和他对龙月国忠心耿耿，早就给他随便安个罪名杀了算了。

“北城出现了几起杀人案，你去把它平息了。”

独孤翊转过高挺的鼻梁，直直对住面前语气理所当然的人，“我不是北城城主，况且，只是几起杀人案，又不是什么大事。”

“的确不是什么大事。但从十天前开始，每晚同一时间都会死一个人，而且都是女子，这样明显的连环杀人案算是小事？”

独孤翊凝起蓝眸，“为什么是我去？”北城的事，怎么也轮不到他去。

高高在上的神色，终于出现了些许窘迫，司空霄放低了不少音量，“我的事既然你查清楚了，我就直说。我怀疑是日教的人所为，但碍于我和日教教主的关系，我不好出面，也不好交给其他人。”

“还真是感谢太子殿下的厚爱。”独孤翊的嘲讽毫不保留地抛向对面的人。

“你……把这事平息了再说，不要再让更多无辜的人受害。”

独孤翊蓝眸微微泛起光。这人什么时候转性了，“听起来你还蛮关心百姓。既然知道日教的毒辣，当初何必拉帮结派？”

“八皇子在宫中虎视眈眈，没有后台，我要怎么在宫中立足？”深黯的蓝眸终于表现出了一些落寞，“你不在钩心斗角中长大，不会懂的。”

平稳的音调突然迸发出厉人的声音，“我的确不在宫中长大，看来我该庆幸！”

司空霄直立起身，黯蓝色的眼眸看不清情绪，“我不是这个意思……”

“我会去查，不过你也收敛一点。”

独孤翊深深地望了眼一身黄袍、无比尊贵的司空霄，轻扯了下嘴角，最后却什么都没说，转身走了出去。

待独孤翊出了宫殿，司空霄落寞的眸子才逐渐变得幽深不可捉摸，面无表情地扫向身旁的侍卫，“阿离，你觉得这样行得通？”

被唤作阿离的男人站在门的一侧，月光照在他半边脸上，看起来眉目清秀，听到司空霄的问话，阿离垂首朝前迈了半步，走出暗处后的另半边脸上，一道伤疤从眉梢一直蔓延到嘴角，给清秀的眉眼添了几分狰狞。

阿离点头，神色悠然地望着独孤翊离开的方向，“独孤翊并不如他自己表现的那般无欲无求，这局棋殿下绝对是棋高一着。棋局才刚刚开始，我们就看看他最终是会选择丢车保帅，还是宁愿满盘皆输。当然，无论怎样，最终的胜者都会是殿下。”

“无影公子，独孤城主求见。”

紧接着……

又有一位丫鬟怯怯地看着已经变了脸色的尘无影，“无影公子，有位姑娘求见。”

大厅之上，正在品茶谈心的无影听到前面的丫鬟通报，本想着怎么能回绝了去，又听后面的丫鬟说有姑娘求见，好奇心上来了，可是见了第二个就不能回绝了第一个。

无奈之下，只好命两人都进来。

“今天可真热闹。”叶双涵瞅着尘无影有些埋怨。

无影赔笑两声，“嘿嘿，一会儿下午了我带你去转转，赔个不是。”说好要陪她的，结果今早拜访的人不知为何这么多。

不多时，遥遥望去，由远而近，走在前面的是一个风姿婀娜的女子，后面的则是独孤翊，浑身笼罩着颇为不寻常的气息。

“独孤公子请坐，先稍等。”无影看着有过几面之缘的独孤翊，因为猜到了他是为何而来，因此显得有些敷衍了事。

话音刚落，无影早已按捺不住好奇心，将目光转向大厅中的一位女子，掏光所有记忆都想不到在哪见过这样的一个女人，如此气质见过面就应该记得。而他身旁的叶双涵，看见那女子时，无情绪的双眸竟有了一丝波动。

“请问，这位姑娘是？”

对方取下脸上的那块绢布，出现一张美丽至极的脸儿，柔软如墨的黑发略略梳整过，又凌乱地飘下几缕，细白如玉的肌肤上有着精致的五官，弯弯的柳叶眉，秀气的鼻，红润的唇，然而再看那双眼，清丽的模样便一扫而光，那是一双极易让人沦陷的媚眸。

她摆着柳腰，走到无影和叶双涵两人面前，扑面而来的便是清雅的玫瑰花香，“打扰了，无影公子，小女子今儿个是来找三公子的。”

无影心下不禁一惊。吟依是他见过最美的女子，这女子却似更略胜一筹，只是……

“三公子？姑娘怎么知道三公子在明月山庄？”又怎么知道他的名字？

“就不打弯了，小女子杜玉菲，是三公子的朋友。”说完意味深长地看了看无影，又柔柔地添了一句，“麻烦尘公子传个话，三公子会见我的。”

随后，有意无意地瞥了眼无影身旁一直没有说话的叶双涵，两道目光在空气中交汇，一道柔媚，一道冰冷，无声间就擦出了不友善的火花。

无影头大地看向坐在一旁悠闲喝茶的独孤翊，不得不尽点地主之谊，虽然这里也不是他的地盘，“那想来独孤公子是找舞儿的？”

“嗯。”

“去叫三公子和舞儿过来。”无影刚交代完身边的小丫鬟，想了想又急忙叫住已经转身的人，俯身在耳边低声道：“叫绝舞姑娘过来就行。”说罢，又转身对另外的丫鬟道：“领这位姑娘去见三公子。”

圣音与舞儿这两人还是分开的好，这好不容易打开心结，舞儿还没彻底安心，再出点什么幺蛾子他可担当不起。

杜玉菲柔波盈盈地望了眼尘无影，红唇浅勾，微微福身，“谢过公子。”

无影心里思忖片刻，觉得这种情况下还是先溜为妙，所以在绝舞走进大厅的时候，便拉着叶双涵找了借口逃离是非之地。

叶双涵看着杜玉菲有片刻的迟疑，不过最终还是被无影拽了出去。

对舞儿来说，最尴尬的莫过于此了。那日独孤翊不同寻常的眼神，让她想要逃避，而她又正好被圣忆风掳了去，也算是躲过去“一劫”。今天这木头居然找上门，真是倒霉。转念间，她扑扇扑扇睫羽，黑亮的双瞳又露出坚定而自信的神情。算了，迟早的事情，早来早解决。

由于刚开始不知道怎么面对独孤翊，所以一直闪躲的她没有看到，那双湛蓝的眸子再见到她那一刹所流露出的喜色和随即取代的落寞。

“舞儿，我们借一步说话。”独孤翊一副冷静沉着的模样，直直地望着舞儿。这几日他一直心神不定，不知道那日她被圣忆风带走，有没有怨他。

她朝独孤翊笑了笑，“那就去院子里走走吧。”

花园里暗香浮动中，原本英挺潇洒的身影，此刻却显得有些压抑沉闷，藏蓝的锦袍随风飘扬，阳光洒在他倨傲的五官上，斑斑点点，一双水蓝的眸子疏离而孤寂。

“外面的传言，是真的？”独孤翊开口，只有几个字，却停顿了三次。

绝舞抬眸瞅了他一眼，不自在地摸摸腰肩的凤玥剑，安心了不少，随即盈盈笑开，“什么传言？”

“你不知道？”独孤翊惊讶地看着一脸茫然的她，心却安了不少，她都不知道的事儿，也许只是有些人的捕风捉影，想罢，笑了笑，“没什么事。”

独孤翊已经彻底挑起了绝舞的好奇心，她还是觉得有什么，“到底什么事，你说啊。什么时候变得这么婆婆妈妈的！”

“外面传言，你、跟你师父……”

从独孤翊的欲言又止中，绝舞已经隐约猜到他要说什么，她还是有些紧张的，“外面的传言，是红刹跟她的师父，还是我跟我师父？”

独孤翊凝眉，“有什么不一样？”她就是红刹，这有什么不一样的？

“当然不一样啊！”绝舞松了口气，“大家只知道是红刹，又不知道我是谁！”说完，她笑嘻嘻地望着他，“所以呀，大家根本不知道我是谁啊，没关系。”

独孤翊这才拐过这个弯儿，心底却有念头冒了出来，抿唇道：“你害怕外界的流言？”

她摸摸脑袋，“语言的杀伤力有时是最大的，所以你问我害怕不害怕，我肯定害怕的，如果说不害怕肯定是太虚伪。但是，只要有师父在，我就不怕！”

独孤翊垂眸看她，只见阳光下她憨笑的面孔像是娇艳欲滴的花儿。

她的吴侬软语，她的清丽颜色，在这一瞬间像根刺一样扎入他心底。

“你真的了解他吗？你有没有想过，现在的选择在以后的某一天会让你后悔？”独孤翊平静的语气中，不可多得地流露出些许焦急和期待。

绝舞有些怔忪地看着独孤翊，她明明跟他没有什么，怎么这话问的感觉像自己背叛了他一样的？虽然之前他们总是吵嘴，但她已经开始怀念以前的相处模式了，又轻松又自在。他们之间非要弄到现在这么难以面对的局面吗？

“姑娘家的事情，问那么清楚干吗啦！”她故作轻松地将他上下打量了一番，灵巧地向后一跳，坐到身后的扶栏上，“怎么才几日不见，一只大木头的话都变这么多？呵呵，难道是对我有愧？”

“你怪我吗？”她果然还是在意那天的事的。

她偏着脑袋瞅了瞅他，扑哧一声笑了，“这么紧张做什么，我知道你不会出卖我，是圣忆风太可恶了。”说完，还做了个异常气愤的鬼脸。

独孤翊紧绷的表情这才缓和了一些。

“姐姐还好吗？上次那样离开，她一定很担心。”还要抽个时间去看看姐姐，不要让她担心才好，只是最近总是和师父在一起，贪婪得哪里都不想去。

“知道担心就过去看看。”见她不想再说下去，他也不好说。

短暂的安静后，独孤翊落寞道：“过几天我就要走了。”

“去哪里？”

“北城。”

“去北城做什么？”

“去查一些事情。”说完，他若有所思地转向她，用深隽的眸光凝视她，“跟我一起去，怎么样？”

“为什么？！”她呼地从扶栏上跳下来，他去北城关她什么事？虽然她确实对外面的事情很好奇，心里有些蠢蠢欲动，而且这几日她脑海中反复出现师父同她讲的焰门之灾，她想要找一天去与姐姐好好商谈这件事。灭门之仇不能不报，父母之仇更是不能不报！

独孤翊挑了挑眉，倚在她对面的红色亭柱上，“我不管他对你的感情是不是真的，以前的事情还不够说明问题吗？难道你还要依附他而活？”

绝舞很不客气地白了他一眼，什么叫不管他对你的感情是不是真的，真刺耳。

不过，他的后半句话还是有考虑的价值，这也是她这段时间，一直在纠结的事情。

“过几天，过几天我给你答案。”

如果说独孤翊和绝舞的气氛，在刻意营造的轻松中有着别扭，那另外两人可以说是阴沉。

偌大的房间内，紧闭的房门隔开了屋外的光亮。杜玉菲紧贴着墙，被强势的身躯圈在狭小的空间里，圣音两手撑墙，垂眸瞧着她。

暧昧无比的姿势下，佳人眼中却透着难以隐藏的惊慌，方才的淡定一扫而空。

“我答应你什么了？说来听听。”被长睫掩住的淡眸凝住她，薄唇似笑非笑，“想留在我身边服侍，嗯？”

“我只能随便瞎编个理由，难不成少主想让他们知道玉菲是你女人？”语气不甘示弱，也还是无法覆盖颤抖的发音。

他的女人？太可笑了。

“我的女人？”他修长的手从她身侧，逐渐移向暴露在外的锁骨，指尖沿着锁骨漂亮的线条，缓慢移动。

奇异的感觉蹿进心里，杜玉菲连大气都不敢喘一下，将手紧紧地抵在身后的墙上，锁骨上的触感，让她感觉不到丝毫的挑逗，有的只是吞噬人的恐惧。

指尖滑过锁骨，而后慢慢上移，最后停留在雪颈。他笑凝她的紧张，缓慢展开修长的指，覆上冰冷的颈。猛地，她心悸地闭上眼，将让她恐惧的笑隔在心外，失去视线，身体就变得分外的敏感，脖上那只漂亮的手，似乎随时会变成魔掌夺取她的命。

随着紧收的手，洁白的脸上染尽了痛苦之色，她真要死在他手下？！在日教，她幻想过无数的死法，却怎么都料不到会是这样的结局。

就在难忍的窒息快要将她吞噬时，脖上的手松了。

“咳咳、咳……”她捂上颈，难以抑制地咳嗽起来，脸涨得通红，好不狼狈。

他抚上她的背，让她浑身一颤，“怕什么，我怎么舍得让你就这样死了。”说着便轻轻地抚起来，帮她顺着气。

她幽怨地望向他，惊恐未消，“你也这样对她？”

背上的手停了，圣音冰冷的眸子睇向她，“不要在我面前提她，你不配。”

不甘心地将怨气咽进肚子，杜玉菲没再多说一句。她知道，这次贸然前来是在拿自己的命赌。若是他杀了她，那她也无话可说；如果他手下留情了，是不是说，他还是有一些在意她的……

“说吧，是什么让你有勇气挑战我的底线，跑到这儿来？”他倚在墙上，双手抱在胸前，懒洋洋地望着她。

怨恨之色渐渐从眼眸中消散，她直起好了很多的身子，沉默了半晌，冷然地望向他，“想见你。”

细长的眉挑了挑，要他相信这种说法那他就不是圣忆风了，他冷笑，“现在见到了，可以回去了。”

“一直拒绝我、故意远离我，不就是想逼我说真话吗？”这男人太自信，就知道她会有忍不住的一天。其实早在她第一次见他时，他就知道她的身份了，他设计让她为他沦陷，而后他又一直在等，等她主动开口。

她走到他面前，义无反顾，“我坦白所有我知道的，条件是，让我留下。”她受够了日教的各种威逼利诱。与其留在一眼就能看到头的日教，不如选择跟着圣忆风，横竖都是要被人利用，找一个更强大的靠山才有保障。

他敛起眸，久到她要以为她又做错了的时候，他抬起头，意味深长地看着她，“好。”

杜玉菲留下了，这出乎所有人的意料。

无影很自然地将矛头指向圣音，而心里最不爽的人当然要属舞儿。叶双涵本身就比较冷淡，对这件事也没有发表任何看法，更何况，她也不好说。但无影感觉得到，本已经对他敞开心胸的叶双涵，在杜玉菲来了之后，又逐渐隐藏到了自己的世界中。

说也奇怪，杜玉菲说是要留下服侍圣音，但在明月山庄住了一段时日后，下人们很好奇地发现，整日跟在圣音身旁的仍旧是那个黏皮糖一样的舞儿，连用餐杜玉菲都是独自一人。

当日，杜玉菲坚持要住府里最安静最偏僻的地方，圣音坚持将她留在了吟依住过的春园，而同样住在春园的还有叶双涵。因为春园与圣忆风的园子离得很近，为此，杜玉菲一直有些警惕他的决定，可是，一些日子下来，似乎也没有发生什么特别的事情。

住进府里的这些日子里，虽说在一个园里，杜玉菲和叶双涵也只有偶尔的碰面，这偶尔的碰面也不过是一个笑笑，一个表情冰冷，比陌生人还要生疏。

这日，出乎叶双涵的意料，杜玉菲出现在了她的门外。

“有事？”叶双涵平静无澜的眼底，映出婀娜多姿的体态和那张迷惑了很多男人的媚颜，与她的一身素衣形成了鲜明的对比。

“没事不能来找你谈谈心吗？”杜玉菲嫣然巧笑，越过她走进屋内，坐在茶几旁的小木椅上，提起纤纤素手倒了一杯茶水，“何必装得素不相识呢，怕他知道？”

叶双涵知道她口中的“他”是指谁，并没有理会，关上门后折回案边，将桌上快要被风吹起的几张宣纸用砚台压住。

杜玉菲朝她看去，状似无意地瞥过被风吹起的一角，上面密密麻麻的字却无法看清内容。

“有事就说，没事请出去，我要午休。”

“大家出于同教，有必要这么见外吗？”杜玉菲起身，脸上仍是盈盈笑意，执绢帕的手却微微收了起来。

叶双涵冷冷地扫了她一眼，眼中的不屑不言而喻。这种眼神杜玉菲在日教看过太多，有多少人在恋慕的眼光背后深藏对她的鄙夷，她真是恨极了这种自命清高的人！大家都是一个洞里爬出来的，凭什么他们要用厌恶的目光看她，就只因为她出卖了自己的身体？！她就不信他们能比她清白到哪里去！

“你以为自己和尘无影在一起时间久了，就能抹灭过去的痕迹吗？呵，你做梦！”杜玉菲美眸绽出怒光，瞪着叶双涵一副总是激不起情绪的样子。

然而，杜玉菲还是失望了，叶双涵没有丝毫的感情变化，她只是将拉远的目光又拉回到杜玉菲的脸上，“说完了？那你可以走了。”

杜玉菲盛怒的面容松懈下来，逐渐转为柔和，映着笑意的眸子透出刺骨的憎恨，“我这次是奉教主之命而来，待我达到目的之时你的面具也会被撕破，我看你那会儿还有什么脸面对他！别忘了，你还有个身份，那就是教主的义女，谁都能背叛教主，唯独你不能！”在日教多年的经历，让她不再那么轻易把情绪表露在脸上，这个叶双涵对于她却是个例外，她恨死了叶双涵那副拒人千里之外的姿态！见一次，心底的厌恶就深一次！

见叶双涵仍是没有反应，她气急败坏地离开，走到门外，又转首对屋内如雕塑般站立的人道：“不要日子过得惬意了，就忘了教主的吩咐。教主是让你来探取情报的，不是让你来谈情说爱的！”

回首的瞬间，杜玉菲似是瞥到了叶双涵眼中的哀色，但转瞬便抛到脑后。刚说那些也只是刺激她，要真说叶双涵是对尘无影上心了，她还真不信，那个比冰山还冷的女人怎么可能会有感情，她一定是眼花了。

对于杜玉菲，刚开始还议论纷纷，猜测是不是三公子在外面有了感情债，但也有人说，三公子那样的人怎么可能跟那种自己送上门的女人有瓜葛，瞧杜玉菲那狐媚样，才配不上三公子，还是绝舞姑娘和三公子站在一起才配，瞧瞧一个小鸟依人，一个呵护如宝的模样，谁不羡慕？以前春园有些丫鬟看不惯绝舞，经过前次绝舞失踪的事情，才恍然间发现，府里少了一个爱笑的人儿会寂寞不少，况且她们有时对绝舞那么不客气，绝舞也从没在三公子面前告过状。

暖阳静静地挂在天空，周围一片静谧，沁园的房门微阖着，门口两棵经历了几十年岁月的大树，轻风吹过时偶尔掉下几片叶子，飘落在窗台上；精致的窗门大大地敞着，暖风透过窗卷进屋内。

屋内，圣音坐在桌前，手持狼毫笔，轻轻地在宣纸上落笔。

不远处的茶几边，绝舞捻起盘中的雪花糕送入口中，大大的眼睛一直盯着案桌后的圣音。这双眼睛真是好看呢，幽幽的瞳仁如同一泓清澈潭水，就像师父本人一样清明雅致。

绝舞拍拍手上遗留下的残渣，走到案边。眼睛刚瞥到宣纸一角，雪白的衣袖轻轻挥过，下一瞬间，温热的指尖落在她的嘴角，“这么大了，吃东西还跟个孩子一样。”

她把头探过去，想要看看纸上到底写的什么，却被他的衣袖给挡住了，这会儿，再想看，圣音收回去的手又从纸面上掠过，随后收起桌面的东西，放在一摞书下。

师父是故意的？这个念头突然就冒出来。不知道是经历的欺骗太多，还是自己真的成熟了不少，自从重逢后，她总是会在细节中对师父产生猜疑，很多时候都是莫名其妙，连头绪都找不到。

她装作没有发现刚刚的小动作，随后转向他，“师父，还记得你让我练的凤玥剑第五套剑法吗？我练成了！”

“练好了？”清澈的眸中掠过一丝讶异，他当时只想给她找个事做，好让她转移注意力，或许会好受些，并没有真的指望她练成。练到第四套，已是不易，连他娘也只会八套，这丫头这么短的时间内就练成了第五套？

恍然间他似是明白了，“丫头，你过来。”他执起她的手，翻过掌心，当看到小掌上遍布的伤疤时，他的眸子暗了下去，“这么拼命做什么？”

她拿过旁边的椅子坐在他对面，笑得促狭，“当然是为了自己，我要有足够的力量保护自己啊。”

他听得出这话似是无意，却隐含着对他的疏离，以前，她总是心安理得地把自己交到他手中，如今却要分得这么清。

轻轻的叹息落入耳中，她眼眸微微闪了下，没再说什么。回想以前师父像这样叹气的时候，她都会把手按在他紧蹙的眉间，帮他揉开，可现在……

他拉过她的手握在手心里，她只感觉一道暖流顺着掌心流过体内，“师父，你注入真气给我做什么？”

“这段时间你太累了，身子有些虚。”他深情地凝住她，“就算是为了我，好好照顾自己。”

霎时间，某种感动就那样如潮水般涌过来，柔柔地将她的身心浸没。人是一种很奇妙的动物，尤其是女人，再浓的恨，再大的怨，只要对方一句甜言，一句蜜语，便会立刻化为乌有。

“你就是你，永远不要为任何人去改变，即使我也一样。”

她慌乱地躲开他的视线，又一次将他的心隔离在外，随便找了个问题来搪塞，“刚听她们说那日有个女人上门来找师父，师父让她住在了春园？”问出口才发现，这个问题竟还搁在她心里无法释怀。其实，那日独孤翊来找她时她就听丫鬟们说了这个事儿，这几天过去了她也见过那女人一面，也只是匆匆一瞥，确实是个美人，比吟依还要美。

这事儿搁在她心里，今天终于还是忍不住问了出来。

清明的眸光逐渐黯了下去，这是他表白心迹后她的第几次回避，他已经数不清了，究竟何时她才能放下过去，接受他？逃避是办法吗？

“是我以前救过的一个姑娘，最近有很多风声说我人在明月山庄，她就找了过来。”他掏出怀中一支通体银白的步摇，简单而不粗糙，他将步摇插在她头发上，“这个很适合你。”

她屁颠颠地跑去拿来铜镜，对着镜子瞅了瞅。还真是不错，很适合她。

“还记得这支步摇？”

她摇摇头，迷惑地望着他，难道这支步摇还有什么来历？

“你个小迷糊。”他失笑地捏了捏她的鼻子，“有一次我们去集市，你盯着它看了很久，我以为你喜欢。”

她想了半晌，恍然大悟地啊了一声，惊讶地睁圆了眼睛，心底筑起的那道墙又在不知不觉中瓦解了一些。

他莞尔，“你这记性，还能记得什么。”

她笑嘻嘻地扑到他怀里，“只记得师父对我的好！”

他摸摸她的头，笑而不语。是这样吗？若真只记得他的好，为什么这些日子了，还没有对他做出明确的回复，她的心还在害怕和抵触，不是吗？绝舞忽然想起了前几日独孤翊跟她提起的事，“师父，我有事情要跟你商量。”

“什么事？”

“我想去北城。”她绞着手指，像个做错事的孩子。这些天她想了很多，最终做这个决定的时候，她心里忽然害怕起来，害怕面对师父。

他将她娇小的身子搂到怀里，“想什么时候去，我陪你。”

“不用的。”她有些心虚地瞄了他一眼，起身就要离开，“我又不是小孩子，自己可以去。”

须臾的沉默，她一直低着头不敢抬头看他。她已经长大了，这些事情自己是可以做主的，可不知为什么她有种做错了的感觉，或许因为从小都是师父帮她做决定，这次自己来做决定似乎显得有些刻意地疏远两人间的距离。

“跟独孤翊去？”低低吐出的男音宛如醉人醇酒，叫人芳心酥软，只可惜再动人的音律，都难掩清冷的音韵。

如果他没有记错，颜琦昨天来报，独孤翊进宫和司空霄密谈了将近三个时辰，再加上迦隐今日来信，说北城最近似乎不太安宁，隐隐有事要发生，他猜得也八九不离十了。

他一直在学着给她空间，忍着没有问过她和独孤翊交谈的内容，结果这丫头居然还背着他和独孤翊商量好了要去北城。

她转过身背对他站着，许久了都没有转过身的意思。虽说并没有对师父的表态做出回应，但她还是有种背叛他的感觉。

她转身开口，声音中没有了那副纯真和娇甜，多了一分沉着，“我想试着自己独立生活，不想再生活在师父的庇护下。你也看得到了不是吗？只要你不在身边，我不是出现这个状况就是那个状况。再这样下去，以后的自己会是什么样，我甚至都不敢想。”

“我说过，从今以后会保护你。”

“我知道。”她会心一笑，“日教寻找《玉骨玲珑》和《凤凰舞》之前，师父不也是这样想吗，最后还不是无可奈何地将我推离身边？很多事情是无法预料的。”

说出的话让她自己一怔，《玉骨玲珑》和迦隐有关，而《凤凰舞》和焰门有关，既然这样，师父将她留在身边不是更容易保护她吗？为什么把她推开？莫非，师父和《玉骨玲珑》密切相关，所以师父才……不对不对，这样也讲不通。

她忽然觉得很多事情似乎在她没有注意的时候已经开始变得错综复杂。

他将她揉进怀中，轻轻扯唇，一抹淡得几乎难以觉察的怅然，隐没于她的纤颈间，“我已经尽量留给你足够的空间，还不够吗？”

温热的气息扑在她雪白的颈项，泛上一层淡淡的粉色，如盛极的桃花，融在微微的气息中，也将她初泛心头的疑虑融得淡淡的。

她向来清灵的瞳眸笼上一层蒙眬，就如隔着薄雾，一片迷迷蒙蒙，小巧的唇蠕动了一下，又恢复了平静。

他轻轻地将唇印上她莹白得几乎剔透的耳垂，“你若真的想去，就去吧……”

“好。”她敛起眸，掩盖住那抹迷离恍惚。

短暂的停留后，温热的气息缓缓上移，刚刚碰触到红唇，她微微偏头，就这样，一个吻悄无声息地定格在空气中，仓促而尴尬。

他有些僵硬地放开她，声音带着略微的沙哑，“几时走？”

她迟疑片刻后道：“明日。”

他敛起眸，心中的痛浓墨般扑泻开来。清脆的声音，语意坚决，她对他还不曾说过如此伤人的话。即使在他表明心迹时，她的质问最起码还能让他明白她在乎他。而现在呢，短短的两个字决然得似乎不带一点依恋。

“还是不一样了啊……”他的声音很轻，就像如烟的往事一般飘荡在静悄悄的屋内。

他的宠溺如昔，她的眷恋如昔吗？

屋内熏香凝起的轻烟淡淡地笼着她的凝思和他的忧伤，如夜间茫茫月光般缥缈。

“三公子。”门外响起青衣谨慎的声音。

这声轻唤，倒是给圣音一个喘气的机会，方才，胸口真的很闷、很闷。

“什么事？”

“杜姑娘来访。”

他吸口气，清眸一闪，“让她进来。”

绝舞望向青衣，“不行。”这是她第一次，当面对他所做的决定进行反驳。

她似乎是恋上简单又不费力的回答，又是两个字，但这两个字却让他心里的沉闷减轻了一些。

门外的青衣一时之间也不知该怎么办，里面两个主子意见不一，她也不敢轻举妄动。

“为什么？”他垂眸整着皱乱的雪白袖袍，动作轻而慢，刻意在给她足够的时间思考。以往涉及类似问题，她都会窝在他怀里磨叽半天，说不出个所以然。

“不喜欢。”她望向他，容颜波澜不惊，“我不喜欢她。”

他一怔，视线久久地落在她不示弱的脸上，对门外道：“请杜姑娘到大厅，我随后到。”

“是。”

他望着她倔强不退让的表情，眸色深邃而空幻，看不出情绪。

她只是静静地瞅着他，杏眸变得如暗夜露珠般幽黑，混着不服气的气息。她讨厌那个只用眼睛就能勾人心魂的女人！

片刻之后，他不发一语地转身移步，朝门外迈去，身后飘起的白色衣角落入她的眼中，竟带着脆弱的气息，慢慢流淌进屋内。

第十一章
百年的渊源

“三公子。”早已候在大厅的杜玉菲瞧见迈进门的颀长身影，微微福身唤了声。

她本是等在圣音门外不远处的，听到青衣说让她在大厅候着，这才转到了这里。刚才在门外她第一次听到他和绝舞的对话，心中的震撼根本无法用言语形容，她连想都想不到，那个邪魅诡厉的圣忆风竟有那么柔情的一面，他对绝舞的纵容和宠溺，远远超出她之前的预料。

那个淡如风的语调和着暖暖的呵护，还有，一点点的惆怅和无助。

就在那一刻，无尽的凄凉携同憎恨彻底地浸灌了她全身，连在迦隐看到圣忆风的失魂时，都没有过如此强烈的感觉，有种感觉在背后迫使着她，即使最后两败俱伤，她也一定要得到他！

绝舞那个乳臭未干的毛丫头哪能懂他对她的用情，白白浪费了！

如果、如果他对她，有那么一点点的柔声细语，只要那么一点点，她就……

圣音示意两旁的侍女和下人离开，走到杜玉菲对面的位置坐下，“什么事？”

涣散的视线逐渐收回，杜玉菲掩起幽怨迷离的情绪，正视他道：“我现在算是你这边的人？”

“就为问这个？”圣音将手指放在雪白的瓷杯上，指尖沿着杯口画着圈。杯身上精美的青花纹路将他莹白的手指，衬托得越发细滑。

“我只是想确认。”以防到头来，两头都不是人，那她就白费心机了。

他放下手中的杯子，慵懒地斜倚在红木椅的靠背上，冲她扬眉一笑，“当然，只要你忠心，我言出必行。”

“你那日的问题我决定告诉你。”杜玉菲面露稀有的严肃神情，“但你要保证我的安全。”

“那是一定。”

“你的猜测……”余光瞥见由远及近的蓝色身影，蛾眉一蹙，有些懊恼地停住了。

眨眼的工夫，杜玉菲反勾起一抹笑，从容地转向无影，“尘公子。”

“嗯。”无影对她本就没有什么好印象，只草草地回了声，“圣音，我有话跟你说。”

“你先下去。”

“是。”

两人看着杜玉菲渐远的背影，各有所思。

“听说，你准她去北城了？”无影飒爽地撩袍坐下，抬起眼角瞅了眼圣音，“还是和独孤翊一起？”

圣音没有做声，黑睫略微闪烁了下。

无影有些惊讶，飞扬的浓眉向中间皱起。他本以为只是下人的误传，怎么可能是真的？“这不像你的作风。”

圣音对舞儿的占有欲，别人也许不知，他却不可能不知。他还记得，曾经他的庄里有个侍卫，因贪恋舞儿的纯真美好，使计让舞儿摔在了自己身上，故意装作无辜的样子不停道歉，舞儿单纯善良自是没有与他计较，第二天，那个侍卫便永远地消失了。舞儿问起时，圣音也只是淡淡地说那侍卫回乡去了。那个时候，他第一次意识到圣音对舞儿的占有欲，当时还在心底暗笑，哪个姑娘要有位这样的师父，还不知道这辈子能不能嫁出去呢。

一个毫无轻重的人都能让圣音动杀念，更何况独孤翊这个明摆着的强有力对手。他居然还能让舞儿跟独孤翊走了！

“也许吧。”圣音提起唇角，携着幽幽的苦涩，又带着淡淡的笑意，至少，无影还是懂他的。

“以前，我心里满装的只有自己的感情，那样便永远无法听见她的心声。或许，该放手让她自己去闯了，等她累了，愿意回来了，那个时候，她才会安心地永远留在我身边。”圣音低喃，柔浅低醇的嗓音，带着轻幽的叹息。

“难道你的感情表达得还不够明确？”无影瞅着他，声音中带着以往轻松的调侃。

舞儿这家伙，平日里单纯得没心没肺，没想到重新回来，表面上没变，心里却变得……唉，总之，这家伙也不知是不是心存报复，这次可真是伤人于无形之中啊，够狠。这简直比直接回拒更让圣音痛苦，一天到晚黏在一起，却碰触不到心。要不是有叶双涵给了他这种亲身实践的机会，说不定他还无法深切体会到圣音的煎熬。

“我以前给她的伤害，让她变得患得患失，现在的她太没有安全感。”圣音叹息一声，语气中没有一点的怨，只有深深的心疼，“都是我造成的。”

“难道你真要放任独孤翊和舞儿顺其自然？”这男人也太自信了吧。

“我等了十年的人，怎么可能让他抢去？”细长的手指拈起茶杯，轻轻地晃着杯子，杯内水面漂浮的几叶绿茶如扁舟般随波而流。呵，有点想念吟依的香螺茉莉了呢。

“她有非要亲自解决不可的问题，我没法插手，但并不代表，我会不闻不问。”圣音抬眸望向无影，清澈的明眸如同一泓泉水，唇角勾起一抹悠远的笑。

夜深人静，明月高悬。

待所有人都已入睡后，叶双涵意外地出现在杜玉菲的房中。

“是你干的？”叶双涵冷冷的眸子扫向卧在榻上的女人，比平常人略显苍白的手握在腰间的剑上，一触即发。

杜玉菲斜着眼瞅叶双涵，一脸的无言。哎呀呀，好直接、好狂妄的语气啊，被质问的人都还没有回答，她就那么肯定。就算两人不怎么合得来，同是一门，出门在外就不能多说两句吗，用不着这么惜言如金吧?

“你连门都不敲就闯进来，闯进来了又什么都不说，劈头盖脸地给我抛来质问。我哪知道你问什么啊？”杜玉菲从榻上起来，身体软弱无骨，只怕一阵风起都能将柳腰吹折了。

叶双涵从腰间抽出剑，剑尖的寒光在屋内的烛光下露出点点寒芒，直指杜玉菲的方向，“你心里明白。”

杜玉菲缓缓地向叶双涵走去，如葱般的指抚上直指她的剑尖，媚眼沿着剑，一寸寸地上移，最后定格在叶双涵散发着怒气的脸上，“把剑收好了，剑可无情呢，一不小心……”

握剑的手微微一抖，锋利的剑刃划过白玉手指，触剑的两指上立即现出两道血痕，不轻不浅，却足够叶双涵出一身冷汗了。

杜玉菲不理睬手上往外涌的血，另一手抽出怀中的绢帕，细细地擦拭着剑上殷红的血迹。

还散发着热气的血迹，沾染在银白光亮的剑上，宛若血莲般绽放开来，看得叶双涵有些刺目。

“你是说被拦下的飞鸽传书？”杜玉菲擦拭完剑上的血，这才回过头去取屋里的医药箱止血。

“你都承认了。”

杜玉菲坐在镜前，包裹着自己的手指，“我若说不是我呢。”

“真差劲的借口。”就只有杜玉菲中午的时候闯去她的房间，看到桌上的纸，下午传书，信鸽竟迟迟不回。以前从未有过这种情况，不是被人截了还能是什么。

杜玉菲抬眸冲叶双涵柔媚一笑，举起漂亮的十指，“好吧，我怎么说你都不信，那你把我十指都割破解解恨吧。”

叶双涵的表情有一丝松动，“你以为我不敢？”

杜玉菲将包扎好的两指晃了晃，“敢，你什么不敢哪！瞧我刚刚什么都没说，就被你莫名其妙割破了两指。就因为我那天不小心扫了眼你桌上的纸，你就认定是我做的？”杜玉菲笑出声来，带着一丝不屑，“这庄里最容易接近你的人可不是我，我连你身边几步都近不了呢，你倒是怀疑起我来了。再说，我们可是同教，我有什么理由阻止你汇报情况？”

杜玉菲说得头头是道，叶双涵找不出一丝理由反驳。杜玉菲确实没有立场阻挠她。

“今天下午在大厅，我可是看到尘无影和圣忆风在商量什么事情，谁知道是不是说……”杜玉菲别有用意地瞅了眼叶双涵，“话我说到这里，该怎么做你自己看着办吧。尘无影再重视你，你在他心目中的分量，能有和他一同长大的圣忆风重吗？圣忆风的一言可顶你百句呢。”杜玉菲朝里屋慢悠悠地移去，背对着叶双涵挥挥手，“那个即使对迦隐忠心的四个阁主都半信半疑的男人，真没有怀疑你吗？你自己好好琢磨琢磨。我要休息，就不送了，走好。”

绝舞离开明月山庄的这天，天气明媚，蜀地在经历了几个月的大雪之后逐渐开始恢复温暖，天气像个睡足了觉的女郎，风情万种地用她的绿发撩过万物，给整个蜀地逐渐染上温暖的色彩。

许是从前两日开始，两人的关系就有些紧绷，绝舞离开的这天，圣音没有踏出房门半步。

她背着小包袱站在他的门外，“师父，我走了。”

屋内许久不见动静。

就在她以为不会有回应，准备转身离开的时候，屋内飘来一句极轻的话，“你一定要去？”

“嗯。”她这次与独孤翊前去北城是思量再三的决定，并非以前闹情绪的冲动结果。她想，师父若是想明白，总会理解她的。

屋内的人沉默了一瞬，“那路上小心。”

“嗯。”她红了眼眶，“师父不出来送送舞儿吗？”

屋内的人似乎笑了，戏谑道：“你是不打算回来见师父了吗？”

她咬了咬唇，没有再回应，死死盯着紧闭的屋门，过了许久才转身离开。

夜深人静，薄淡的月光，稀疏的星辰，在寂静的夜光里似温暖的烛灯，照着雪似的白色窗纱，透出两条无限美好的黑影，相对而坐。

“你没事真好！”绝姒有些急促的嗓音响起，她舒了一口气，“那晚翊哥哥告诉我，你被圣忆风掳了去，真是吓坏我了，这些日子都没睡好过。我要去找你，他却告诉我圣忆风不会将你怎样，后来你师父又将你带了回去，还好没事，还好……”

“瞧你急得。”绝舞逗着绝姒，清脆悦耳的嗓音比起绝姒的柔软，更添了一抹天真的味道，“小心长皱纹哟！”

“你这个小东西，姐姐还不是担心，竟取笑我！”绝姒拍了一下交握在木桌中央的小手，睨了她一眼。

“好嘛，姐姐最好啦。”

“你真决定要和翊哥哥去北城？”绝姒凝眸望着绝舞，收紧小手，问得有些紧张，语气中却不加掩饰地流露出欣喜，“想通了？”

“嗯！”绝舞吐吐舌头，慧黠地朝绝姒眨了眨眼睛。

“我是说你和你师父……”绝姒一心想问出个所以然，一着急竟问得有些唐突了。

绝舞清亮的黑瞳瞬间失色后又拾起笑意，“都过去了，姐姐放心吧。”

本是说，她重新振作起来了，听在绝姒耳里却成了对圣音的感情也过去了。

绝姒不禁大喜，“不愧是我的好妹妹。”

绝舞扬起笑脸，骄傲地冲绝姒笑道：“那是！”

说起去北城，绝姒高兴舞儿终于肯离开圣音之余又担心起来，“独孤翊毕竟是去办案的，你要小心才好，不该插手的事情就不要去管，乖乖地待在他落脚的地方，当是一次游玩就行了，听到没？”

“好了啦，以后要还把我当小孩子一样谆谆教导，我可就不来了。”

“唉，你这孩子，多啰唆几句你就不愿意了。”

“知道啦，我有分寸的。”绝舞晃着绝姒的胳膊撒娇道，“姐姐你才不过二十出头，不要整日担心我了，不然老得可快了。”

绝姒瞪了她一眼。你有什么分寸啊？有了就不会出现之前的那些事。柔荑放到颈后，绝姒取下脖上的吊坠，那是一个质地上等的纯银小锁，小到只有指甲盖那么大，“喏，这个拿着，等你到北城说不定会用得上。”

绝舞翻来覆去地看着手里的小锁，也看不出什么名堂，“这么个小东西，能有什么用？”

“舞儿。”虽说香阁除了独孤翊偶尔来访，根本无人来，她还是警惕地环顾了一下四周，“到了北城，翊哥哥有他的事要做，也不可能一天到晚都在你身边。若是你遇到了困难，就拿着这个去迦隐。”

“啊？！”绝舞震惊地站起来，“你说去哪？！迦隐？”

“对，迦隐。”前所未有的认真浮现在绝姒脸上，她恍恍惚惚地又陷入了回忆。

那日，独孤翊告诉她，舞儿被圣忆风掳去，她本急着要救人，后来意识到圣忆风正是当今迦隐的少主时，还稍松了口气。

舞儿当年还小，可能不知，但她那时已经懂事，非常清楚迦隐和焰门的关系，那是无论经历几代人，都无法撇清的联系。

她八岁那年，舞儿才四岁，迦隐那时的圣少主圣熠带着夫人李纤仪到焰门做客。圣熠，那个世人眼中魔鬼化身的人物，在她眼里却只看得到慈祥，和父亲一样的和善；而李纤仪，那样的气质，温婉贤淑，也不是世人眼中描绘的那般狐媚。

他们给了爹这个小锁，说是做第一次见她的见面礼。但双方大人眼中所流露的神情，却告诉她，这不单单是送礼和收礼那般简单。直到大火那晚，娘才将她拉到身边，神情凝重地告诉她，这个小锁关乎整个武林，甚至天下的命运，若是她有幸逃了出去，戴着这个去迦隐，一定会有人收留她。

只不过当时造化弄人，翊哥哥的父亲救了她。这些年，她也想过要去迦隐，可等她伤完全养好，重新恢复过来时，已经是三年后的事情了。那个时候迦隐内部叛乱，圣熠和李纤仪一夕之间竟全过世了，而迦隐的少主，也就是圣忆风恰巧那个时候在江湖上销声匿迹。问过无数的人，除了知道迦隐在北城之外没人知道具体在何处，后来又听说是在蜀地边境的清山，最初她将香阁建在此处也有这方面的想法，可是过了这么多年，附近都没有任何人烟迹象，她想，恐怕迦隐是在北城。

传说，迦隐似是天上云，时有时无，虚幻得不像真实存在，没有人找得到。她当年偏不信这个邪，最后还亲自走遍整个北城，竟也是丝毫痕迹都没有找到，最终也只能以放弃告终。

那些噩梦般的日子，纵使她再害怕、再无助，都死命地记着娘最后的交代。今天，她将它交给舞儿，也总能让舞儿多个照应，毕竟，自己除了凝香苑便是香阁，哪里都不去，也用不上。剩下的，只能看舞儿的运气了。

“姐姐。”绝舞焦急地猛晃发呆的绝姒，“你快说啊，是我听错了，对不对？！”

绝姒将舞儿扯到眼前，神情凝重，“舞儿，当年你还小，不懂迦隐和焰门的关系，但是我很清楚，两门之间的关系一直都非常好，两门历代门主之间都是好友。”

听及此，绝舞的嘴巴瞬间张成了鸭蛋状。焰门居然和迦隐关系这么亲？！她和那个魔鬼居然有那么深的渊源吗？完全不搭调啊。

“怎么可能，迦隐可是龙月国最大的杀手组织，而且还是邪教！”

绝姒摇摇头，“邪教？这世间的是非善恶，岂是一言能辨，哪里有绝对的善，绝对的恶？爹娘将你保护得太好，你不知道，焰门也是那些正道人士眼中的邪教。”绝姒挑起一抹笑，带着淡淡的嘲讽，这是对所谓名门正派的蔑视。

绝舞张大的嘴慢慢收了回来，黑瞳迅速地眨了眨，又气馁地蹲到绝姒身边，将头枕在绝姒柔软的双腿上，“姐姐确定我可以去迦隐？圣忆风是个很恐怖的魔头！”

恐怖？她的确也听说过江湖上关于圣忆风的传言，那个如鬼魅的男子，她不信如传言所说的那么残忍，谣言不也是一传十、十传百传出来的吗？

“急什么？你想见也不一定能见得上。”

“为什么呀？”

“迦隐太虚幻，至今没人知道它在哪儿，到时候就算你真有急事要求救，也指不定拿着东西空着急。”绝姒抚着舞儿披肩的柔软长发，温柔得像个慈和的母亲，倒不像是大她几岁的姐姐。

虚幻？她当时在迦隐住的可是实实在在的房子，哪里虚幻了，不过……

“当时我都在屋里，没有出去过，也不知道外面是什么样。”

“把它收好了。娘说，它承载着整个武林，甚至整个龙月国的命运。”绝姒纤细的羽睫扑扇地闪了闪，掩住眼底的泪光。

绝舞静静地趴在绝姒的腿上，幻想着那晚娘是在怎样危急的情况下，向姐姐交代的这件事。那个时候，娘就预知到悲剧了吧？

“嗯。”她会像姐姐当年一样，拼命守住这个东西，或许它和《凤凰舞》有关。

说起这个，她差点忘记来这里的重要目的了。

她从绝姒腿上直起身，“如果我的猜测是对的，那或许我知道这个小锁有什么用，而且还知道它和迦隐有什么关系。”

绝舞俯首在绝姒耳边说了好一阵，才挺起身，望着绝姒深思的面容，等待她的反应。

绝姒盯着桌上的香炉发呆，表情木然了一阵后恍然大悟，“原来是这样……”

“是啊，姐姐。日教现在可能还不知道你的存在，但你一定要当心，等他们知道那是迟早的事。”

绝姒蹙眉，“为什么是我要当心？是你要当心才对！”

“什么意思？”绝舞沉默一瞬，忽然道，“你是说，《凤凰舞》的传人不是你？”

绝姒沉吟片刻，垂着的眸子闪过一抹疑虑，抬眸道：“传人当然是我。我的意思是，如果日教知道你不是传人，那你的安危就与他们无关，他们很有可能会用你来威胁我，所以我说你要当心。”

绝舞鼻头一酸，差点哭了，“到现在你还担心我。我不是说了，我没有事吗？上次，被日教从迦隐抓去，还不是把我完整地放出来了。”

“日教真没对你做什么？”

绝舞犹豫片刻，问出自已这些天的疑问：“日教给我下了药，无非是想听我的真话，他问我知道不知道圣忆风是谁，而后似乎又刻意地告诉我圣忆风还有另外一个身份。紧接着便问我《凤凰舞》的下落，关于这个我是真不知道，所以也没被他套出什么。让我疑惑的是……”

“是什么？”

“按理说，日教将我掳去最重要的是想知道《凤凰舞》的下落，但追问几遍过后，就不了了之了。然后话题就转移到了《玉骨玲珑》上，他好像、好像一直在刻意引导我将圣忆风和师父联系起来……”绝舞越说越迷惑，紧紧蹙起眉头。这些疑问这些天一直盘旋在心里，只是心里一直被师父的事填得满满的，没有精力去想这几个疑点。

绝舞的话让绝姒想起自己对圣音的看法。如此看来，三公子的身份绝非表面那般简单，圣音与圣忆风同样的姓氏，莫非有什么血缘关系？

看着绝舞冥思苦想的样子，绝姒思量片刻决定先不告诉绝舞。绝舞对自己的师父那样崇拜和爱慕，她对三公子的看法却并不好，直接说出来恐怕会伤了姐妹和气，待有足够的证据再说不迟。

见绝姒没有发表什么看法，绝舞追问：“姐姐你不觉得奇怪吗？为什么日教总是追着师父寻迦隐的《玉骨玲珑》？你不觉得日教将我掳去的目的很奇怪吗？”

绝姒垂下的长睫掩住闪烁的目光，抬起头面对绝舞时，温婉笑道：“你那日被日教下了药，真的清楚被问了什么你又答了什么？或许是你记错了。估计是那日被吓到了。不要再想了，已经是过去的事了，嗯？”

“可是……”

“别可是啦。”绝姒拉着绝舞重新坐下，低低叹道，“你告诉姐姐，这次去北城是不是有别的想法？”

绝舞目光闪烁，吞吞吐吐道：“我哪里有什么别的想法，只是觉得自己之前的生活太过依赖师父，也给师父带去了很多麻烦，决定以后要独立起来，这样才不会成为任何人的包袱。”

绝姒不由得扬了扬眉梢，笑道：“你可真是长大了。”舞儿有这样离开圣音的想法，刚好给了翊哥哥机会，她真希望舞儿能借此机会彻底忘记圣音。

绝舞的隐瞒绝姒看在心里，并不点破，只道：“灭门的仇恨不能忘，但无论做什么，我们都需要从长计议，要有很周详的计划，知道吗？”

绝舞蓦地抬眸，“你怎么知道……”

“你那点小心思啊。”绝姒点了点绝舞的鼻尖儿，“你什么都不清楚，就这样唐突地去北城四处乱撞的，怎么查？”

“我也不是什么都不知道啊。”绝舞嘟了嘴巴，“师父告诉了我一些当年的事情。只是，还是不知道仇人是谁。”

绝姒一双眼睛幽幽沉沉，像潭湖水，“至于仇人，这些年通过我拿到手的线索来看，应该是日教。当年，日教为了夺取《凤凰舞》，没少做伤天害理的事，只是凭借日教一己之力还不能对焰门造成那样大的伤害。所以，当年的日教不但有靠山，还有焰门的内应。我们要找的有三方人，所以说一定要小心，你明白吗？我不想打草惊蛇。”

绝舞看着绝姒，心里愧疚起来。她自遇见姐姐起没见姐姐提及过报仇以及当年焰门的事，她一直以为姐姐只是想安安稳稳地过完这一生，不想再卷进这些纷争之中。她起初有些埋怨姐姐这样的想法，后来想想，姐姐不像她喜欢打打杀杀的，甚至不会武功，一直生活在深闺之中，她又怎么能强求姐姐与她有一样的想法呢？没想到，姐姐虽然不懂武功，却一直在探查当年的线索，不提报仇只是时机未到。

绝姒看着绝舞笑了笑，“凝香苑这样的地方什么人都能接触到，人脉广了，线索自然多。这些年我也累积了一些人脉和线索。但我不懂武功，江湖上知道的事情又太少，不如你经常行走江湖懂得多。我这辈子都欠着翊哥哥一家，所以不想在这件事上再麻烦他们。你也要在翊哥哥面前保密，懂吗？”

绝舞重重点头，“我明白，姐姐你不必担心。有什么需要我做的告诉我就行，如果单凭我们两个无法做到，还有无影大哥和师父，他们是绝对可以相信的人。”

“不。”绝姒握紧绝舞的手，“我谁都不信。如果实在需要帮忙，去找圣忆风。”

“为什么？！”绝舞甩开绝姒的手，“为什么你觉得可以去信那个大魔头，都不能信师父？”

绝姒皱起眉，“我就猜到你会这样激动，一遇到你师父的事情就这样沉不住气。我没有说你师父不可信。只是迦隐与焰门历代都有很深的渊源，求助于他们更加有保障。”

“那你怎么知道圣忆风就不觊觎《凤凰舞》呢？我可是听说这两个秘籍若一起练，能练成绝世神功！”

绝姒轻笑，“既然这样，两门历代关系都很好，为什么还是没有人练就这样的神功呢？”

绝舞一下蒙了。

“你只知其一不知其二。”绝姒眉眼恬静，柔柔道，“两门之间不允许通婚，不允许互夺秘籍，这是百年来的门规。百年来从未有人打破，已经形成了两门间的共识，没有人想看到江湖血雨腥风。”

“最重要的是，两门之所以设了这样的门规，是因为《玉骨玲珑》的传人体质至阳，而《凤凰舞》的传人体质至阴，至阳和至阴相生相克，无法共存。”

“至阳之体才能练就《玉骨玲珑》，至阴之体才能练就《凤凰舞》，所以，圣忆风是不会夺取《凤凰舞》的，即便拿到了对于他来说也没有用处。”

“原来如此……”绝舞有种恍然大悟的感觉，“但这样也只能说明迦隐不会对我们存在威胁，并不代表会帮我们。”

绝姒失笑，“你总想着求助于你师父，我再多说无益，待你遇到困难去找圣忆风便知道他会不会帮。也许现在这样讲也言之过早，毕竟焰门已不复存在，或许圣忆风不会帮呢。我们暂且走一步看一步。”

“也好。”

子时，浓郁的夜色将整个香阁都笼罩在黑夜中，仍旧能看到窗纱上，映出的两个人影。

身旁的绝姒都已经睡了，舞儿还睁着圆圆的眼睛，瞅着屋顶发呆。

那日无影大哥的话一直萦绕在她耳边。

要相信心里看到的，而眼睛看到的，不一定是真的。换句话说，你要相信自己。无影大哥是指什么？关于师父的事吗？

要相信自己……她，可以相信吗？

以前就是太相信，宠她溺她的师父舍不得伤她，最后才会被伤得那么深，还无力抵抗。

太过相信，就会事与愿违吧。

夜越来越深，绝舞沉沉睡去后，身边的绝姒缓缓睁眸，眸子清亮得不像刚刚睡醒。

唤了几声舞儿，不见身旁的人有反应，绝姒轻轻掀被走下了床，披上一件厚重外衣走了出去。

自独孤翊刚才出现在她身后，绝姒就知道他有话要说，而她站在这里，也同样有话要说。

“这么晚还不睡？”

绝姒凭栏而望，想起自己前十年的生活，忽然就笑了。她的生活很像一卷画纸，要画出怎样的画面全凭绘图者的意愿。对于她这前十年来说，司空霄就是那位绘图者，而她就是他的笔。

她不是不知道司空霄的利用，只是在不断地期待，司空霄是否会在这十年的画卷中对自己手中的这支笔产生哪怕一丝的感情。

最终，她的奢望还是落空了。

“你准备瞒我到什么时候？”

独孤翊走到绝姒身边，“你什么时候知道的？”

“一开始就知道。”绝姒脸色有些发白，“只是，你这样问，是不是我的猜测都是真的？”

一念至此，绝姒忽然间便看开了。也许，她一直反复纠结只不过是在等一个确切的结果。

心底许久以来的烦躁，也在此刻慢慢地消散了。

“我认为这并非一件坏事。”独孤翊负手而立，“司空霄在暗中勾结江湖邪教的事，朝廷上已经人尽皆知，只是大家不言明罢了。他失人心是早晚的事，你不必跟着他受苦。”

话虽这样说，绝姒还是红了眼，那毕竟是自己倾注了十年感情的人。尽管她已看开一切，也并不代表对司空霄不再有丝毫情分。

“他是你的哥哥，你如今一步步的动作，以后不会后悔吗？”

独孤翊轻笑，笑中带了几分冷意，“在他让我背了那么多黑锅、挑拨了我与父皇的关系之后，你觉得我会后悔吗？你今夜在这里，只是想问我司空霄的事？”

“不。”

“那是？”

绝姒唇角终于浮出了笑意，“我是想告诉你，这次你与舞儿同去北城，是最好的机会。”

“哦？”独孤翊苦笑。

“你不信我？”绝姒的眼眸由淡转浓，“且不说舞儿是否真的已放下了，这次愿意独自离开圣音便是个好兆头。这一路上的相伴，你若真想得到她的心，并不难。”

独孤翊叹了口气，“这个，走一步看一步吧。”

绝姒注视着独孤翊，摇摇头，“你对于其他事情一步步计划得那样周详，怎么到了舞儿那里就都变了？这次，我替你计划好了。”

在独孤翊诧异的目光下，绝姒一句句道出了自己的计划。

“这……”

绝姒看着独孤翊那样心事重重的一张脸，不禁有些好笑，“这是件好事，又不是坏事，两全其美，怎么看你表情像是让你杀人放火呢。”

独孤翊叹了口气，“我也不知道自己最近怎么变得有些杞人忧天，一遇到舞儿的事就瞻前顾后。别看她成天没个心眼，心倔着呢。万一后来知道我们骗了她，不知要闹成什么样。”

绝姒回眸望着独孤翊，“那个时候她心都是你的了，还怕闹啊？”

第二日，天微微亮，绝舞便跟着独孤翊向北城出发了。同行的还有独孤翊的三个手下，其中一人是独孤翊的近身侍卫鱼辰。虽然绝舞之前很少在独孤翊身边见到这个人，初次见面绝舞对鱼辰的唯一印象就是：沉默寡言，比独孤翊还要木头。

几人本是要走陆路，考虑避免不必要的麻烦，最后独孤翊选择水路，那是一条贯穿蜀地和北城的长江——白萍江。

刚出门时，绝舞还不停抱怨天公不作美，第一次正式离开师父出远门就碰到雨天，船在江面才行了一天，那张叨叨不休的嘴就停住了。

过了蜀地，几人已到了南城，这里本就是个好地方，杨柳依依，暖风微熏，是哪里也比不了的。若是在雨天，烟雨蒙蒙，更是别有一番风味，这也是绝舞终于停止唠叨的原因，因为在这片江域，雨天的景致尤为美。

独孤翊和绝舞两人坐在船舱里，舱里摆设精致，典雅而又简单，两人中间放着一张小方桌，上面摆着鲜美的水果和茶具，鱼辰三人站在舱门外直挺挺地守着。这会儿的绝舞，紧紧闭着嘴巴，透过雕刻精美的红木窗，痴痴地望着湖面的美景。

外面下着小雨，雨丝缠绵地落入水中，点点滴滴，丝丝缕缕，击起水面一圈圈的细小涟漪，湖面上一片烟雾氤氲，恬静而悠然，凝神细听，还能听到湖面上飘荡着宛若天籁的琴音和其中偶尔夹杂的悠扬笛声。

船到这一段江，除了他们这艘，还有很多的小舟以及几艘比他们还要华美的异常奢侈的船。

独孤翊看绝舞一副没有见过世面的样子，转而看向外面，“那些不是普通的船。”

“什么意思？”绝舞仍旧将视线停留在离他们最近，也是最豪华最大的一艘船上，看得有些痴呆。那一艘船有着三层楼，垂八角宫灯，紫纱紫幔，随风飘动。

“那是画舫。”

绝舞疑惑地看向独孤翊。

独孤翊便又道：“在南城，那里是歌舞升平、寻欢作乐的地方。”

“原来是那种地方……”听姐姐说过凝香苑后，她就知道那种地方是做什么的了。

若有若无地，湖面上传来了翩翩乐声。不同于方才的音律，有着独特而扣人心弦的魔力。绝舞好奇地望去，发现是从离他们最近的那艘大船上传出的。那艘船的船头异常宽阔，不知何时，一群体态轻盈的女子已在上面水袖流云，和着音乐，轻歌曼舞。

“风淡淡，水悠悠。一曲琴音锁空楼。何时共泛春溪月，断岸垂杨一叶舟……”

悲伤幽然的旋律，和着轻雨越发地撩拨心底的愁丝。

独孤翊像是被感染了一般，没有说话，静静地在听。

绝舞趴在窗沿，歪着脑袋听得出神，落寞地喃喃低语：“好端端的，唱这么悲的曲做什么……”

那艘精致的画舫共三层，第三层相比下面两层的嬉笑喧闹，除了音律之外再无其他多余的声音。船舱的里间和外间用一袭水晶帘隔开，在舱内，正对着门帘摆着一张床榻，榻上躺着一个人，宽袍缓带，雨雾透过他身后的窗，轻轻地洒在他的身上，雾蒙蒙一片，却又没有沾湿他一丁点的衣料，只是更加烘托出了让人迷恋的慵懒。此刻，他静静地望着舱内右侧不远处的一名女子，双眸微眯，似是探究，又似是困倦，自慵懒中流露出一番魅态。

顺着视线望去，一女子怀中抱着一把白玉琵琶，刚刚的曲子应该就是由她怀中的乐器所奏。女子秀气的脸，狐媚的眼，正是前不久才入住明月山庄的杜玉菲。此刻的她，蛾眉淡扫，眼波流转，松松的发髻盘在一侧，剩余的黑发从肩的一侧搭到胸前，剪裁精致的水蓝色长裙微露香肩，包裹着她凹凸有致的身材，不禁让人产生无限的遐想。

一曲毕，杜玉菲抬眸望向榻上的人，对方落在她身上的视线，即使轻如羽，也还是逼得她又将头低下去。每每他用这种眼神看她，她就会心慌。

不知是船外的水雾迷蒙了视线，还是船内的熏香萦绕着有些混沌的思绪，杜玉菲有些头昏脑涨。他在想什么？在想她方才告诉他的话？前几日本就想说的，后来被尘无影打断，今日借独处的机会说出来，至于他信几分她就不得而知了。

她在心底自嘲地轻笑。一定不信的吧。要是仅凭她一面之词，他就相信，那就不是圣忆风了。况且，她才入住明月山庄，就道出了这样的事，他或许会以为她在挑拨离间呢，毕竟那个自称叶双涵的女人还是尘无影的心上人。

片刻，榻上的人终于开口了，“七年前，迦隐的内乱，你可听说过？”

横空飞来的一句话，让杜玉菲抱琵琶的手微微一颤。

她抬起长长的睫扇，唇瓣轻扬，“听过。”

七年前的迦隐，在四阁之上，实际上还存在两堂，玄水堂和宏火堂。听说，七年前的内乱，就是两堂堂主之一所为，在那场阴谋中，不止当时的门主和夫人不幸遇难，迦隐内还死了很多兄弟，叛乱的那个堂主也死了。也因此，圣忆风接位之后，废了两堂，只留下了梅、兰、竹、菊四阁。这并没有削弱迦隐的实力，四阁联合起来，甚至能同时敌过两个江湖上一等一的门派，更何况，迦隐的现任少主圣忆风，武功高深莫测，这更是让江湖上众多门派对迦隐有所忌惮。

当年的叛徒不都已经死了吗？过了七年，圣忆风为何还会提出来？

“那个时候我一个小小角色能知道多少内幕呢。”杜玉菲纤指拨弄了一下琴弦，“刚回忆七年前的那件事，我知道的也都是少主你知道的。只是，本以为，少主是在怀疑玉菲方才告诉你的事情。”

“叶双涵的冷，是表面的。”圣忆风淡淡地扫了她一眼，眼角轻轻地扬起，漾了一抹笑意，带点儿冷，带点儿残，“而你的冷，却是骨子里的。”

杜玉菲朱唇微微弯起，“这样的人，一旦死心塌地，那便是永远。”

今天，他心里没有她的位置，明天或者不远的将来，总有那么一天，她会得到他全部的感情。风，柔柔地吹起她两侧略微松散的发丝，同时吹开了她眼底的盈盈笑意，将赤裸裸的心完完全全地呈现在他的面前。第一次如此真心真意、毫无遮拦、不计后果。

他眼角安静地噙着笑，那样慵懒，又那样随意，忽地，他笑出声来，惬意的笑声宛如流水响在她的耳边，然细听下去，便惊觉笑声中透着浸骨的讽刺。

笑声中，悠悠的笛声随风由远而近，吹皱了一波碧水，扫尽了片刻的静谧，优美的音符随风飞进船舱，流淌在每一个角落里。

轩叶？意识到来人是谁的瞬间，圣忆风有些头疼。不用说，还有另外一个人也会出现。

不出片刻，一袭青衣的高轩叶便出现在帘外，“属下高轩叶，参见少主。”

随后，一道恭敬中又带着怒气的女声传进来，“属下冷沉香，参见少主。”

他果然没猜错，冷沉香也出现了。只是，这次竟来得这么静悄悄，倒出乎他的意料了。

红唇轻勾，微转皓腕，杜玉菲将怀中的白玉琵琶轻轻放在身侧，站起身恭敬地退到侧边，对进门的高轩叶和冷沉香微微一福，“竹阁主、梅阁主。”

高轩叶微颔首，冷沉香则是把头偏过去，轻哼了一声。

杜玉菲仍旧是笑脸，对冷沉香的视而不见，在迦隐时她就早已习惯了。

圣忆风饶有兴味地看着冷沉香偏过去的头和噘起的嘴，又将视线移向到她身旁的高轩叶。表面虽沉稳，但他感觉得出，高轩叶的气息还是有些乱，当下便明白两人不久前肯定又经过了一场大战。只不过，平日里都会从头吵到尾，像今天这么相安无事，还真是前所未有。

高轩叶看了眼杜玉菲，示意她要不要退下。

圣忆风没有开口，淡眸静静地看着他们三个，分不清目光落在哪里。

杜玉菲含笑恭敬地垂下头，正欲退下。

“说吧。”

正要退下的身躯猛然一怔，圣忆风竟让她留下！虽说她将她知道的所有事情都说了，但从没奢望过，他这么谨慎的人能在这么短的时日里信任她。

高轩叶一派平静，对圣忆风的决定没有任何吃惊的反应，往日，冷沉香肯定会有所表示，今天却出奇安静，一个眼神都没有。

“是关于七年前内乱的事。”高轩叶抬眸，漆黑的瞳眸望着榻上的圣忆风，神情莫测道，“当年的柳曦，的确是如今的日教教主，严曦。”

第十二章

再遇圣忆风

话落，片刻，似乎连萦绕的熏香都止住了流动，奇异的安静在舱内蔓延开，静得诡异，静得发冷，静得让人窒息。

榻上的圣忆风虽没有任何动静，但温淡的目光在话落的瞬间变得冷漠异常，清亮的眸色逐渐被嗜血厉光所取代，身后的窗纱也被强大的气流搅动得在风中狂舞，宛若垂死挣扎般紧紧攀着窗棂。

就是这个眼神，就是这个！冷沉香心惊地望着榻上的圣忆风，渗骨的寒意从脚心冒上。就知道说出来肯定会出问题的嘛。七年前她见过这个眼神，结果……

她不敢想象，七年之后的少主还会做出同样的事吗？！

冷沉香忘了冷战，有些害怕地靠近高轩叶，伸手拽了拽青色衣角，但当视线从衣角移到高轩叶的脸上时，才发现一向不怎么有表情的轩叶竟皱起了眉。

就在这时……

“啊啊！啊啊……”一道凄厉的惨叫划破长空，同时也划破了舱内即将爆发的紧张。

下一瞬间，船的周遭顿时沸腾起来，人声越来越嘈杂，那声尖叫似乎是从这艘画舫的下两层传出的，船外所有的人都将注意力集中在了这艘最大最豪华的画舫上。

高轩叶给了冷沉香一个眼神。

冷沉香急忙道：“一定是出什么事了，我出去看看！”说完，一溜烟人影就消失在船舱内。

“少主，听说独孤翊也走水路。”高轩叶不急不慢地开口。现在只能用少主在意的事情，来缓解此刻的情绪了。

一会儿，果然如预计的那般，身后狂舞的紫色窗纱，逐渐趋于平静，最后随着轻风缓缓地飘荡，舱内的紧张气息，随着时间一点点地流失。

杜玉菲轻咬下唇，水袖下的手紧紧攥住。可恶，好不容易有机会跟圣忆风独处，那个绝舞竟又跑出来，真是阴魂不散！

榻上的人终于动了，他缓缓地走下软榻，直直地越过高轩叶和杜玉菲，朝舱外走去。

倩影急忙上前，拿起门口的油纸伞跟在后面，待圣忆风停在甲板上时，杜玉菲已执着油纸伞静静地站在他身旁。

细雨蒙蒙，船外的世界看似一片雾气茫茫，却也还能看得清楚。细细的雨丝落在伞面上，聚集成水滴后，沿着伞边沿落下。她高高地抬着手，将伞执在他的头顶，有几滴溅在了她背上，滑过手背留下一条湿漉漉的痕迹。

“收了。”清冷的话语，少了平日里的戏谑和轻狂，混着刚刚还未彻底疏散的情绪。

杜玉菲顺从地收起伞，退后一步。

修长的身影朝甲板边沿走去，望着下面乱成一团的人群，周边嘈杂哄乱，不时地传来好奇询问和一些女子的尖叫声。

这时，匆忙出去的冷沉香回到甲板，“少主，死了一个人，不是什么大事。”

“嗯。”

圣音含糊地嗯了声，思绪飘到了暴雨的那日。

他一向不喜欢雨天，怀着莫可名状的情绪，他讨厌那种沾染在身上的湿气，湿漉漉的沉重，更是让他不得不想起在迦隐那日，丫头眼底所流露出的绝望。

但今天，他却让杜玉菲撤了伞。

也许，是一种回忆，一种祭奠，让他永远地记住，她的痛，是他给的。

纵使那并不是他本意。

如毛细雨飘在他扶栏的手上，慢慢地在肌肤上晕开，亦如心底晕开的悔和恨。

“少主。”高轩叶看着圣忆风望着自己的手背出神，唤了一声。

“嗯？”圣忆风抬起眸，淡淡地回了声，带着点还未完全消散的惆怅。

“属下认为，还是再去探一次。听说日教分布在南城的分教，今日也会由水路去北城。有人在咱们船上丢了命，恐怕不得不防。”

冷沉香白了高轩叶一眼，那眼神分明在说你存心跟我作对是不！高轩叶当然有看到，只能自动过滤掉。

“沉香，下去再查一次，确定是否与日教有关。”圣忆风回首瞅了眼冷沉香，眼角微微上扬，刚才舱内的诡异神情完全消失，换上了先前的慵懒。

冷沉香心高气傲，全迦隐的人都知道，平日里，高轩叶虽喜欢跟冷沉香斗嘴，但在这种严肃的情况下，还是很少伤她自尊心的。今天，居然当着外人不给她面子，看来这沉香的确是做了惹毛高轩叶的事儿。

“是。”冷沉香咬着牙，狠狠瞪了高轩叶一眼。

“你没有得到这个消息？”

圣忆风身后的杜玉菲自是知道，这句话问的是她，“是。”

这是实话，她在迦隐只是陈升手下的一枚棋子，没有叶寒霜的地位，日教里重大的事情，当然不会告诉她。

高轩叶则是看着杜玉菲，眼神深邃而平静，让人看不出所以然。

杜玉菲轻提眉角，回高轩叶一笑。连圣忆风身旁人的猜疑心都如此之重，更何况圣忆风本人，他真的相信她先前说的吗？

圣忆风望向下两层人最集中的地方，若有所思。一恍神，一道绯色身影带着银铃般的嬉笑声，从远处疾速掠过。

这声音……

不祥的预感袭来，高轩叶说，独孤翊他们也走水路。难道刚才的是……

又一恍神，一道蓝色身影尾随其后，也在眼前掠过。独孤翊！

“呀，怎么了？出什么事了？”脚尖刚刚落到甲板，绝舞就迫不及待地拉过身边一个人，急急询问。

被拉住的一个老妇正要返回，面露恐惧地对舞儿道：“要命啊，死人了！”

“死人了？”绝舞轻咬下唇，刚出来就碰到这种事情，能凑凑热闹，真是不虚此行呢，“怎么死的？”

一个大掌啪地落在舞儿的右肩，毫无怜香惜玉之情，“一声不说就跑来，这儿这么乱，回去！”

“这么大的热闹不凑凑，太可惜了！”绝舞扬眉，冲独孤翊甜甜一笑，“别拦着我，忙你自己的去！”

独孤翊怔怔地看着被绝舞拍掉的手，刚刚那一笑似乎和以前有些不一样，但哪里不一样，又说不上来。

正费力寻思之际，旁边的对话引起独孤翊的注意。

“太诡异啦！死的那个女人，七窍流血，面部发紫，后背的衣服被人剥光了，你说奇怪不奇怪！最奇的是，脖子上还插着一朵紫色莲花！还是梨花落的姑娘，原本肯定是张漂亮的脸，你看看现在，那个惨状让人看了都心颤！”老妇人说完，逃命般地就跑了。

绝舞愣在那里，吞了一口口水，死得这么惨啊？

独孤翊被刚才老妇口中的紫色莲花吸引了注意。那不是圣忆风的暗器吗？只是，圣忆风很少出紫莲，除非迫不得已，而紫莲已很久没有重现江湖，怎会用在一个没有背景的姑娘身上？

绝舞趁独孤翊思索时，一溜烟到了事发地。那里人声沸腾，血腥味飘染着周围清新的空气，奇异的气息钻进鼻子，绝舞忍不住泛起恶心。

“难受就回去。”

大木头怎么跟上来得这么快，她回首叹气道：“你这次去北城不就专门办这事吗？快去忙去，别老在我周围兜圈子。对了，这事儿不是发生在北城吗？怎么离北城还有十万八千里的，在南城就出现这样的事？”

说完，正要回身，视线扫过独孤翊左上方时，诧异的视线霎时定住。

她看到什么？独孤翊循着她的视线回头朝左上方望去。

宽敞的三楼甲板上，朦胧的雨雾中，一袭紫衣在风中衣袂飘飘，似幻非幻，一如往昔般玉树临风。

圣忆风！两人心底同时一惊，他怎么会出现在南城！

也许是感受到两道强烈的视线，本正在寻找那道绯色身影的圣忆风微侧首，终于注意到抬首仰望他的绝舞。

就这样，两道视线在沸腾的人声中交汇，一道清幽，一道诧异。

因为太远，绝舞看不到那双眼眸的神情，但她保证，就算用脚指头想，也猜得出肯定是让人恨得心里发痒的轻狂！这让她不由得想起了之前自己在他面前的失魂落魄。当时感情崩溃，根本忘记去遮掩，竟在他面前说了奇奇怪怪的话。一直隐藏的感情暴露在一个不相识的人面前，实在是太丢脸了！

心底越想越气愤，越想越觉得自己丢人。本想恨恨地瞪一眼楼上的人，心念一转，这样岂不是做贼心虚嘛。思及此，她沉住气，做了一个深呼吸，不管楼上是否能瞧到，冲着紫雾般缥缈的身影挑衅地勾唇一笑，拉着独孤翊的手臂道：“走，别理他。”

被绝舞拉走的独孤翊回首朝楼上望去。见过几次的紫色长袍，这回还是第一次落到他心里。之前陈升为逃命拿了两个秘密与他交换，第一个秘密便是司空霄下毒的真相，第二个秘密与圣忆风息息相关。思及此，独孤翊深蓝的眸子逐渐变得冷凝幽沉，唇角浮出一抹不易觉察的笑意。

“少主！”此时，离去不久的冷沉香再次回到第三楼的甲板上，一脸不情愿的同时有些担忧，“事情的确蹊跷。”

高轩叶一副了然的样子，轻瞥了眼冷沉香。

这个该死的高轩叶，什么都让他猜到了，了不起啊！冷沉香边瞪着高轩叶边道：“死者是一女子。我问过，是梨花落的姑娘。女子后背的衣服全被撕毁，面色青紫，七窍流血，还有……紫莲穿颈，初步断定应该是……凶器。”越说底气越不足，说到紫莲穿颈的时候，已经听得出声音相当的犹豫。

“我说了要准确消息。应该？”圣忆风视线追随着舞儿绯色的身影移动，连说出的话，本应是责怪，都轻缓了几分。

“人刚刚已经被官府运走了，全部戒严，问不出什么。”

圣忆风知道她的顾忌是为何，却不道破，“你今天心神不宁，是迦隐出什么事了？”

冷沉香脸一沉，有些结巴，“不是。”

追随的视线终于收回，圣忆风转过身，轻靠在扶栏上，眼眸暗含笑意，“还有，轩叶，你今天也失常了。你们两个下去互相反思一下吧。”说完，又慢悠悠地走进船舱，留下身后气氛怪异的两人。

杜玉菲小心翼翼地跟在圣忆风身后，揣摩着他的用意。圣忆风不去找绝舞？她刚才分明注意到他看见绝舞了。

“真扫兴！”绝舞耷拉着脑袋，不情愿地跟在独孤翊身后，“都说官府拿钱不做事，怎么今儿个跑这么快，还没看到尸体，人就被抬走了！”

独孤翊没有回话。

两人一前一后，经过刚刚看到圣忆风的地方，绝舞不自觉地扬起头，发现那个邪魅的男子已经不在了，空空荡荡的甲板，随风轻舞的紫色窗纱，看起来竟有些寂寥。

两人回到船上，独孤翊面色凝重，绝舞则静默不语。

突然，醇厚的嗓音灌进绝舞的耳蜗，“我们到北城的时间要延迟了。”

她有些不满地噘起菱唇，“你要做什么？”

“晚上你就知道了。”

“你是说，我们要留在南城？”绝舞想起那个被运走的尸体，忽然又来了兴致，“这太好了！”

独孤翊看着她兴奋的模样，本有些沉重的心情稍缓和了一些，笑着点点头。

此刻，三楼的船舱内只剩下圣忆风和高轩叶两人，两人桌旁相对而坐。

“少主，这件事？”

“不就是一桩嫁祸案吗？”修长的手指轻敲着桌沿，心念疾转着。

高轩叶面色凝重，“柳前辈让我转告少主，少主身边的人也大意不得。”

“杜玉菲？叶双涵？”杜玉菲在他身边，一举一动他都可以掌握；而叶双涵呢，即使杜玉菲戳穿了叶双涵的身份，但目前为止就他所掌握的情报，除了被颜琦半途截下的一封飞鸽传书，叶双涵还没有做出过什么举动，而单看信的内容，也与情报无关。她是在顾忌些什么，还是真对无影动了情？

情字关，难过啊。

提及叶双涵，有件事令他很困惑。那次他故意撞到她的肩，就是为了弄清湖边那晚黑暗中的人是不是她，但肩膀伤及的位置似乎不对，按理应该是右肩，而她，伤的是左肩。

“叶双涵我没有接触过，至于杜玉菲……”高轩叶似是确认地看向圣忆风，“我想少主将她放在身边，不是表面的意思吧？”

"四个阁主，就属你和幽寒比较了解我。"面对高轩叶，圣忆风难得会心一笑。

他在江湖上的诡厉作风恐怕是因七年前那晚的事所造成的，那晚失控下的他杀了日教百余人，甚至波及无辜。虽不是他有意而为，但也不是什么坏事，至少让所有人都对迦隐忌惮了三分；而关于他的风流韵事，却是源于自己的刻意制造。

只是，往后他需要改变在江湖上的形象了啊，不然，会有大麻烦。

高轩叶深沉的黑眸一闪，和少主像今天这样的亲近，七年里，光想想都是奢侈。或许改天，他应该去好好拜访拜访那个神奇的小姑娘，她让少主改变了不少。

"少主，对于杜玉菲还是要多加防范，这样的人能叛变日教，也许也会叛变你。"

"这个啊，我们拭目以待吧。"

圣忆风斜倚着窗，望着江面上不远处的船。透过窗，可以看到窗边相对而坐的两人，一个高大，一个娇小，和谐静谧的画面如芒刺，伤了他的眼。紫纱吹起，拂过眼前，遮挡住哀伤的视线，他将头转回舱内，尝试凝固心底的失落。

她曾经也经历过同样的无奈吧？

一切都看在眼里，想要上前将对方抢过来的欲望那么强烈，却没有权利付诸行动。

心下一叹，他将自己拉回现实中，抬眸冲对面的高轩叶道："今晚，有的忙了。"

高轩叶懂得圣忆风话里的含义。不知是不是经常戴面具的缘故，那双眼睛就越发显得传神，总是能传达很多的感情，有时清澈到仿佛不染世间一粒尘埃，而有时又幽深到让人畏惧。

少主的想法和他的一样，刚听沉香说尸体已经被抬走时，他就开始产生怀疑。想起沉香，高轩叶心里一紧。那个刁蛮任性的小妮子，他要拿她怎么办才好？

斜风细雨，晶帘垂地，掩住的不仅是舱内的对话，更掩住了两人眼底如落叶般飘零的愁怀。

孤独翊和圣忆风他们的船经过的地方，是南城偏北的一个小镇——锦绣镇。这个镇，说大它也大，说小它也小，说它大是因为它繁华异常，说它小，是因为它只有一千亩的地。

锦绣镇的富裕不是凭空的，它不但产酒，也产美人，小镇恰巧位于这条白萍江岸，醇酒美人美景，自古就是温柔乡。这也是为何他们走到这一带，多出那么多画舫的原因了。

到了傍晚，本就不大的雨停歇了，整个江面都变得清明起来。

夜凉如水，明月当空。

此时，两道黑影闪过重重护卫，轻盈地由护墙跃入一个宽敞的院内。

四周一片静谧，其中一人轻轻地推开一个小屋的门，两人走进门内，扑面而来的恶心味道，即使戴着面罩，两人也忍不住捂住嘴。这两人正是独孤翊和绝舞。

绝舞拽着独孤翊低声道："大半夜跑来看尸体，你有病啊？"

独孤翊不说话，直接走向地面中间摆着的尸体。

绝舞无趣地放轻步子走向尸体。到底是练武之人，竟轻巧得没有一丝声音。她蹲在一旁，把脸偏得远远的，捏着鼻尖，紧蹙眉头。

独孤翊低头审视惨不忍睹的女子，视线从眼，再到唇，而后有些怔然地喃喃自语："耳、目、口、鼻，都有血流出，但，为什么觉得有地方不对劲呢？"

接着，他将手指移到女子的颈部，原本雪白如玉的颈，此刻被受伤部位感染得已经面目全非了，上面插着一枝紫莲，直穿过喉，莲的茎从脖后方刺出，"这枝莲……"

好奇心使然，绝舞终于忍不住转过头，视线一下就落在了穿喉的莲花上，"竟有人杀人这么狠，瞧瞧她身上的皮肤，以前的脖子肯定也很漂亮呢，唉。"

独孤翊忍不住瞅了她一眼，"你到底在替她惋惜，还是在替她的脖子惋惜？"

"都有。"绝舞再去看那枝莲，"一枝莲茎就能锋利到这种地步，这个人的内功在江湖上即便不是第一第二，也难有人能及。"绝舞扬起好奇的眸，"这种事情先发生在北城吗？可莲不是南城才有吗？按道理说，凶手是南城人的可能性比较大……"

绝舞一句无心的话，终于让独孤翊茅塞顿开。他猛地抬头望着舞儿。

"干吗啦？突然抬起头来好吓人啊。"还好她的心脏承受能力比较强。

独孤翊湛蓝的双眸在夜里变得异常清亮，"没想到，你还有点小用处。"

"喂，大木头，你说话客气一点哦。"什么叫她还有一点用处？莫非，她刚才说了什么很有价值的话吗？

独孤翊又将女子翻过来，发现背后的衣服除了被撕破之外，背上再无其他伤痕。

片刻后，思量许久的独孤翊和绝舞，像来时一样悄无声息地跃墙走了。

衙门附近的道路，甚至连零星的几个人都没有，凉如水的夜色沉沉压下，空荡荡的街道上刮起一阵冷风。

绝舞不由得瑟缩了一下。或许是因为刚看完尸体吧，怎么觉得阴气这么重呢？

听说这锦绣镇好得不得了，衙门附近却这么荒凉，闹市区在哪里呢。绝舞摸摸发凉的胳膊，"木头，我们去人多的地方瞧瞧吧，这地方怪阴森的。"

独孤翊侧首，冷淡地瞥了她一眼，用平板的音调说道："正要去。"

闻言，杏眸瞬间绽出光亮，小巧的鼻尖一扬，"哎呀，你居然这么贴心，难得呢。"

深刻的五官在昏暗的夜里突然俯下，停在她视线上方三寸处，俯视她的如花笑颜，"你在开心什么？我去热闹的地方是因为有事情要办。"

倏地，笑脸冻结，"你、你、你、你……"心底刚刚冒出来的感动小泡泡，扑哧扑哧，被他的冷言冷语给戳破了。

“你、你、你、你什么？快走！”她没有发现，一丝笑意在湛蓝的眸底掠过。

“你这个平板得跟木头一样的家伙，没心、没肺，没、没、没感情！”不晓得怎么骂人的她，骂了半天也骂不过瘾，一气愤，跺脚越过独孤翊向前快步离去。

猛然间，手臂被人拽住，一股强大的力量将她扭转过去。

独孤翊湛蓝的眸子因黑夜的渲染而深黯起来，平日里朗朗的声音也变得沙哑，他凝注着她，一字一字将话吐出，“我没心、没肺、没感情？”每多说一个字，他的心就多沉一分，心口像压着沉重的巨石，“没心没肺没感情的人是你才对！”忽而，他僵硬地扯出淡笑，带点儿讽刺，带点儿心痛，“不，你有。你的感情只对他付出……”他有些恍惚地松开手中的纤臂，蓝色的眸已经变得迷离模糊，终于，视线从她震惊的小脸上移开。

“不要再用一副天真的面孔来逃避责任，那不是对我的慈悲，那是残忍，比用刀捅在我的心上还疼。”独孤翊拧起浓黑的眉，紧蹙在一起的眉心一如为她而纠结的心，拧到几乎难以呼吸，“如果你能把你的善心用在我身上，在下会无比感激，绝舞姑娘！”

他说得好认真，说得好凄凉，用他一贯的，讽刺又不乏深沉感情的方式敲打着她的心。

她听在心里竟然有些痛，不知该用什么表情去面对他，才不会让他以为她又在逃避。

独孤翊的一番话，让她心里顿时翻涌起来。她没有想要逃避，这次与他一同去北城，就是想要面对这个必须解决的问题。

她之前的无视对他居然有如此大的伤害？那个平日里总是以讽刺嘲笑她为乐的人，心底也会有这么浓烈的感情。她好笨，竟然没有觉察。

那夜在香阁，他满是柔情的眼神，她只当他对她感兴趣，却不晓得这么深。

她不想伤害他的，为什么总是事与愿违呢？深深地吸进一口气，夜间的凉气进入体内，让她混乱的思绪清晰了不少。

她转身追上独孤翊，仰首望着他。俊朗的脸上薄唇紧紧地抿着，像是在压抑着什么。

“我没有逃避，这次能和你一同去北城，就没有想过要逃避。”

独孤翊微讶，将她的表情看进眼底，心中不由得松了一口气。这家伙终于决定面对现实，他的努力算是有了一点回报吧。

她将他方才的话和表情，深深地印在心里，看到他的痛，就会想到自己以前的痛。

因为爱过，所以懂得。

如果可能，她会把对他的伤害降到最低，是的，如果可能。

一路上，两人之间的对话由于之前的小插曲少了很多，但也因舞儿最后的诚恳，多了以前从未有过的默契。

他们都不再提那件事，有些事情不是开口说，就说得明白。

他的深情，是她承担不起的重担。

她的无情，是他面对不了的事实。

或许，会有那么一天，所有的一切都变得云淡风轻，她不再欠他的感情债，而他也不再为她神伤。

独孤翊带绝舞去的地方果然没有让绝舞失望。这里是锦绣镇最繁华的闹市区，景象大不同于衙门周围的荒凉，处处张灯结彩，车水马龙，人声鼎沸，很是喜庆。

说起锦绣镇闹市区中人最多的地方，那要属位于江上离岸不远的梨花落。凝香苑是蜀地第一大青楼，这位于小镇的梨花落便是南城当属第一的红楼。与凝香苑不同的是，去凝香苑的人都为春宵一刻，而去梨花落的人，却有很多人是为另一目的——梨花酒。

大地回春，万物生机盎然之时，在江面望去，若是有风，整个锦绣镇便是处处梨花，将秀气的小镇装点得莹白如雪。锦绣镇最为有名的酒是梨花酒，最热闹的地方是梨花落，这里不仅汇聚着销魂的人儿，也汇聚着让整个南城有钱人趋之若鹜的美酒。

美人、美乐、美景、美酒。

如此享受，谁不向往？

夜风凉凉，四月的锦绣镇，一场雨后，虽没有暖风徐徐，也没有漫天梨花海，却不失秀雅清灵。梨花落共有五层，下面两层是红楼，上面两层专门用来品酒，而最后一层是不对外开放的。它的周围停着大大小小的画舫，在红灯的辉映下能瞧见有些船上的娉婷身影正款款上岸，想必是白日里游玩的红楼女子。

在绝舞与独孤翊两人跃出衙门之时，梨花落靠近湖心的方向，两条修长的人影晃入第五楼。

“两位是？”刚才木子说有人闯入了五楼，她还想着什么人这么大胆，现在见了，倒更好奇了。眼前两人气质非凡，其中一位身着紫衣，加上银白的面具，看上去更是邪魅高贵，那种自然流露的迫人气势常人远远不及。

“不请我们坐吗，桃老板？”圣忆风悠悠地走过桃蕊娇身旁，带起一阵清香，径自坐在桃娇蕊身后不远处的木椅上。

“请、坐。”桃蕊娇有些傻眼，什么人这么随意地把她这儿当自家，况且她还不认识对方！

高轩叶客气一笑，随后坐下。

“今天江上死的，可是你们梨花落的姑娘？”高轩叶朝还在发呆的桃蕊娇望去。

“嗯？”桃蕊娇这才知道了两人的来意，但看两人似乎不是官府之人哪。

她嫣然一笑，“是。两位为今天的事而来？”

高轩叶轻轻点头，“老板知道她最近可有与人结仇？”

桃蕊娇也不掩藏，很坦荡地道：“这位公子问的就难答了，这里的每个姑娘，结交面都很广，我也不好说。听说北城发生了好几起类似的案子，没想到在南城也出现了，第一个还是我们梨花落的姑娘……”说着说着，红润的脸庞泛上一些惋惜。

“据我所知，梨花落可不单是家妓院。”圣忆风狭眸掠过屋里每一寸，发出一声赞叹，“不愧是南城第一的红楼。”

桃娇蕊敛起笑，“二位究竟是什么身份？”

高轩叶一眨眼，“在下是竹阁的阁主，高轩叶。”

“迦隐的那个竹阁？！”桃娇蕊像是受了莫大的触动，震惊地张大了双眼，转向另一人，“那你是……”圣忆风不是七年前起就很少出现在江湖上吗？

圣忆风七年来，虽很少出现在江湖上，但四阁活动如常。前段时间听说，有人见到圣忆风本人出现，她本以为是谣言，没想到今天居然见到本尊了！

“怎么看姑娘的表情，对在下很熟呢。”自唇间悠悠流出的话语，淡如清泉，若不注意他张合的薄唇，似乎要怀疑自己是否真的有听到声音了呢。

听着宛若流水的音律，带着似有似无的诱惑，桃娇蕊的心跳倏地漏了一拍。这个圣忆风果然如江湖上传言，简直就是魔鬼！

“少主美名远扬，小女子想不知都难！”

桃蕊娇故意加重“美名”两字，惹得高轩叶在心里暗暗偷笑。

“是谁让梨花落的老板娘想不知都难？”沉稳的声音自垂地的门帘外传入。

桃蕊娇一愣，露出紧张之色。方才圣忆风和高轩叶两人误闯，都未能看到她的慌乱。

圣忆风将视线转向门帘，“早就来了，何不进来？难不成你这梨花落的主子，还等着客人请你进来？”

早来了？桃蕊娇懊恼地暗骂自己一句，她竟粗心大意到连主子来了都没觉察到。

狭长的眸盯着柔软的门帘，眸光闪烁，像是等着某种期待已久的事情，心中翻涌着起伏不定的波浪。

门帘被掀起，一双冰蓝的眸子准确地射向椅上的圣忆风，“圣少主真是阴魂不散，走到哪里都见得到。”

圣忆风起身，不理会他的话，“尸体查完了，想必城主也查到满意的答案了。”说完眸光扫向独孤翊身后一脸迷茫的绝舞。

独孤翊蓝眸一闪。圣忆风知道他方才去查了尸体？现在又赶来梨花落，或许，是想借自己敢出现在此而为自己洗脱嫌疑。

“这位小姑娘，我们又见面了，缘分不浅呢。”修长的身影闪过凝思的独孤翊，瞬间欺身近绝舞，眸间泛起笑意。

“是啊、是啊，孽缘不浅。”绝舞不服输，不愿他看到自己的心慌，笑眯眯地瞅着，心下却着实被他鬼魅般的步伐吓住了。怪不得那日独孤翊没能拦住他。

姐姐还说拿着东西都怕找不到他，这不用找人都送上门来了，哪里难找了？话说回来，她要把东西拿给他吗？

闻言，圣忆风眼眸里的笑意更浓了。这丫头变了啊，以往只会干瞪着他，现在会顶撞了呢。

绝舞身旁的独孤翊实在看不下去圣忆风语气中明显的挑逗，伸手将绝舞扯进怀里，旋身后退一步，“圣少主似乎对在下的地盘颇感兴趣，今天来梨花落又是为一桩交易？”

绝舞本有些推拒独孤翊，但考虑到在独孤翊身边总比在圣忆风身边好多了，便安静下来。

高轩叶置身事外，为独孤翊和绝舞捏了一把冷汗。还好少主不是七年前的那个少主，不然独孤翊这会儿已经身首异处了。

桃蕊娇则是一头雾水，有些尴尬地站在一旁。

华丽的深紫袖袍下，收紧的十指缓缓放开，上扬的长眸添上了几分邪气和危险，幽深的眼瞳闪着冰冷，紧紧凝住眼前依靠在独孤翊怀里的绝舞。

“此言差矣，今日为何而来，想必城主比我还清楚。”

“我相信城主的办案能力，希望城主不要让我失望才好。”让绝舞心慌的视线，自始至终都没有离开过她，“轩叶，我们走。”

邪魅的深紫长袍宛若流云般从身前掠过。

你当真认不出我啊。

低低吟语飘进耳蜗，绝舞猛然一怔，分不清是幻觉还是真实，但它却实实在在地萦绕在耳畔。她抬首向独孤翊望去，独孤翊仍旧看着圣忆风的背影，表情深不可测，似乎在深思方才圣忆风留给他的话。这么说只有她听到了？

是幻觉？还是真实？

她回首朝门帘外望去，只有被风吹起一角的门帘在飘荡，而后又趋于平静。

少了圣忆风的迫人压力，室内恢复到原有的轻松氛围。

“上次我被他带走，他之后没有为难你吧？”绝舞从独孤翊怀里挣脱出来。真不习惯师父之外的怀抱呢。

冰蓝的双眸终于出现了一些暖色，“你在关心我？”

“那必须啊！”绝舞向木椅走去，不以为意地边走边挥挥手，像是要扫掉方才圣忆风再次带给她的震撼。

“没有。”独孤翊在她身旁坐下，语气中有点不情愿。他实在无法对圣忆风那个人有好印象，“他不是不讲原则的人。”

绝舞玉手戳了戳独孤翊强健的臂膀，“瞧瞧，你把人家姑娘都冷落了。”

桃蕊娇一听，心底发急，赶紧恭敬道：“主子。”

对了，刚才大木头说这是他的地盘呢。原来独孤翊手下不只有姐姐一个大美人儿，这个女人长得也娇嫩得很。

木头身边美人如云，为什么单单选上她？一定是美女看太多产生抗拒了。

“圣忆风自己闯进来，属下拦不住。”桃蕊娇尊卑分明很多，连回话都恭恭敬敬地垂着头。

“他要想来，没人拦得住。”独孤翊没有责怪她的意思。

独孤翊沉浸在自己的思路中：北城的传言明显不是针对日教，而是圣忆风，为什么司空霄会说和日教有关？

“你在想什么？”绝舞双腿在椅子下面晃啊晃，偏着脑袋瞅着独孤翊，满脸好奇。

听到声音，独孤翊将头转向绝舞。想起绝舞方才也说过，要用莲射穿脖颈，内力一定非同寻常，漫无光彩的蓝眸瞬间激起讶然——这明显是一桩栽赃嫁祸。

他和陈升交过手，陈升武功不低，内力却不见得高。听闻四个护法武功不相上下，其中一个已经死了，也不可能是其他两个。

“日教教主吗？更不可能……”独孤翊仍旧看着舞儿，似乎想从她那里找出些什么线索，但又好像没有头绪。

“日教教主不可能什么？”

“太子说，这些事情极有可能是日教所为，但我排除了三大护法的可能，你觉得有可能是日教教主吗？”即使知道绝舞可能不知道，也还是说了。毕竟跟她一同出来，不用岂不是浪费资源？说不定这家伙一句不相干的话，还能给他点启发。

绝舞捧起笑嘻嘻的脸，胳膊撑在桌上，“为什么认为日教教主不可能？是因为江湖上传言日教教主七年都不曾出现过？告诉你，我被圣忆风掳到迦隐期间，被日教抓去，那个人并不是日教的什么护法，而是日教教主本人。”

独孤翊愕然，“是本人？”前些日子，不是有消息称严曦本人闭关修炼，要至少三个月才能出关？

独孤翊很快压下惊讶，蓝眸变得深黯，望着舞儿，眼底闪过一丝莫名的情绪。七年了，还是出现了。当年焰门被毁，他的义父也有参与其中，严曦这次重出江湖，十年前的事恐怕会再次浮出水面。

“所以说，很有可能呢。”绝舞没有注意到独孤翊的异常，只当他在感叹日教教主的出现。

独孤翊沉眸，思索着舞儿的话。

第十三章
此情何人知

是夜，被雨水冲刷过的锦绣镇，渗着淡淡的凉意。万籁俱寂的时刻，在梨花落第五楼的一间房内，传来一道暴怒的女音。

“我为什么要跟你住一间房？”绝舞双手叉腰，粉嫩的小脸气得圆鼓鼓的，站在木桌前，对俯首案边的独孤翊大声质问。

独孤翊轻轻地皱了皱浓黑的剑眉，视线留在纸上，奋笔疾书，他需要尽快得到绝姒的回信，或许，这个案子真是司空霄设的一个局，“没有房间。”

绝舞眼角瞥到桌上的一支笔，唇角勾起一抹绚烂的笑，声音依旧透着严重的不满，“这么大的妓院竟然没有房间？你当我是好骗的！”

绝舞放下叉在腰间的手，顺手拿起桌边蘸了墨汁的笔，转身而去，“不跟你争，我也要去给无影大哥写信了。”

独孤翊眼底刚刚才扬起笑，几乎在同时，笑意冻结在眼底，双眼冰冷地望着眼前笑得花枝乱颤的人儿，咬牙道：“你还真敢！”

绝舞捂着肚子，一手扶在桌面。天哪，木头果然是木头，反应真够迟钝的，这回真让她得逞了，谁让之前每次都比他反应慢！

隐去笑意，可肚子还是因刚才的剧烈运动，有些酸痛，绝舞的视线在独孤翊脸上游走，只见那张俊的脸上，凭空多出了一个大大的叉，在高挺的鼻尖处相交。

哦，还有些不一样，绝舞忍住笑，一步步后退，原因是本该冷漠异常的脸，此刻却是怒气冲天。完蛋了！这是她的第一个反应，独孤翊生气了！

独孤翊抓起桌边的毛巾，慢慢地将脸擦拭干净，眼睛一直盯着心虚的绝舞。

“呃，你别过来啊。”绝舞心底已经在打鼓了，他看起来似乎很生气，嗯，真的很生气，“那个，我也没有想到会得逞啊。啊，停住，别往前走了。你想想嘛，之前我哪次动作快过你，今天真的、真的只是失误。正常情况应该是你在我落笔之前就反应过来嘛。”绝舞一手挡在身前，指着一步步靠近的独孤翊道，“我也不是说你反应慢啦，你、你停、停！别过来了！是我超常反应啦，真的、真的！”说着还猛点头，以证明自己的真心。

“我跟你说，你别以为我好欺……”

“啊！”话还没说完，绝舞头一阵晕眩，整个人被独孤翊拦腰扛在肩上，一双玉腿在独孤翊身后猛踢。

她又惊又恐，“你、你竟然这么对我！你个大木头、死木头、猪木头……”

砰！

天旋地转过后，她本以为后背会有一个疼痛的冲击，却完全相反。绝舞睁大眼睛，发现一个健硕的身体正压在她的身上，而她竟然躺在软乎乎的床上。天哪，他竟敢这么对她！

除了师父之外，她还没有跟别的男人这么亲近过，更别说一起躺在床上。

独孤翊冰蓝的眸子不知何时已经绽出蓝色焰火，在眼中不停地跳跃，她还没有缓过神，只觉得在他眼中映出的她，呆得像个白痴！

不管她平时再怎么装，这会儿和一个不曾如此近距离接触过的大男人贴这么紧地躺在床上，她也无法继续冷静下去了。

她气愤地握着粉拳，捶打他宽阔的肩膀，“你给我起来！”

打在他肩上的拳头对他来说根本就是蜻蜓点水，独孤翊轻松地抓住她乱舞的胳膊，拉至她的头顶，异常湛蓝的眸闪着火光，低沉的声音自喉间逸出，带着一些沙哑，“如果我说不呢？”

宛如火炬的双眸，让绝舞终于有了危机感。

夜好静，静中浮动着即将要爆发的不可预知的危险。

她瞪着那双很欠扁的蓝眸，心扑通扑通直跳。陌生的气息，完全不同于师父身上散发出的熟悉温柔，而是让人紧张的霸道悍然，她的确因这种气势而心慌，却与害羞无关。

“我告诉你，你不可以！”大脑瞬间空白之后，她小心地观察着蓝眸的变化，试着给他讲道理，严肃的音调因害怕露出颤抖的尾音，“我们这样是不对的。啊那个，男女授受不亲，孤男寡女共处一室本来就不合礼数，而且，我们俩还躺一张床上，这传出去像话吗？”

话音落，坚挺的鼻尖又压下一寸，与她娇翘的鼻尖只剩一个小指节的距离，“嗯，的确不像话。”蓝眸闪过一丝笑意。

她呆愣地望着又近了一寸的蓝眸，深邃而炙热，灼热的呼吸撩过她的鼻尖，扑在粉嫩的脸上，让她一阵心颤。

“你给我起来！”她试着挣脱他的手，发现只是徒劳。她的力气怎么可能大过一个男人！这是以强欺弱，过分！

“不。”他说得理直气壮，似乎占理的人是他自己一样。

他的眸，从她的眼向下移动，像是在欣赏一件极品，一寸一寸，最后停留在她小巧的菱唇上。忽而，他的手带着异样的滚烫，抚上她的脸。

她不喜欢除了师父之外的碰触，一点都不喜欢！

水瞳倏地瞪住他，含着少见的怒火。她真的生气了，非常非常生气！木头要是再敢进一步，再敢动一下，他就死定了！

蓝眸中的焰火在跳跃，然而当视线再一次移回到她的双眼时，火焰被慢慢地浇灭了，慢慢平静下来。

平静无波的眼，终于缓缓地流露出深浓的哀怆。

他只才碰了一下，她的表情就这般厌恶。

那，再多一下呢？他突然很想看她生气的模样。

抚在脸上的手缓缓遮住了让他心碎的眼神，也隔开了让她震悸的深沉。

眼前瞬间一片黑暗，她心头一紧，双手被另一只手紧紧地抓住，不能反抗，他要做什么？

还来不及思考，男性的呼吸便覆上她的唇，异常的热度灼烫了她，她愤恨得想出声，以为他会有下一步的举动。

然而，他停住了。

他的唇依旧留在她的唇上，有些颤抖，滚烫的唇息呵出，熨烫着她逐渐升温的脸颊。她感觉到握着她双腕的手攥得更紧了，仿佛抓住的不是手，而是决定生死的一根伐木，哪怕抓坏了她，也绝不松手。

讶异取代了愤怒，他的手覆在她的双眼上，她看不到他此刻的表情，却莫名地觉察到周围空气中流动着极致的酸楚，萦绕在鼻尖，层层叠叠。当某种情绪累积到极致，鼻头一酸，想哭的冲动瞬间湮没过理智，泪水溢出眼角。

他的身体猛地一颤，指间湿热的液体，让他的心沉到谷底。

她哭了。

只因他吻了她！

五指松开，冰凉的空气袭向双眼，她闭着眼，静静地淌着泪。

她发现自己心头很疼，他应该是那个以冷言讽刺她为乐的独孤翊，那个高高在上的蜀地城主，那个发号施令完全不顾她感受的大木头，他可以随便是什么，只是，不应该是如此脆弱的样子。

闭上眼，她看到的是另一个曾经的自己——一个被爱折磨的人。

不知何时起，她竟心疼起他了。

抑或者，只是心疼自己。

一勾新月几疏星，夜阑犹未寝，人静灯花落。

深婉的情韵渗在紧绷的气息中，显得越发余味悠长。

夜很静，静得令人醺然，她能清楚地听到他的急促呼吸和急遽心跳，一下下敲打着她因他而自责的心，莫名地酸楚。

她睁开水雾弥漫的眸，羽睫轻轻一眨，一张棱角分明的俊脸由模糊逐渐变得清晰，慢慢地呈现出来。

你!

当即还没转换过来情绪的巨大转变，方才强烈的悸动还停留在心间，而表情在看到独孤翊的神情时，瞬间冷凝，聚集在眼角的泪水，一眨，顺着脸颊滑下，而后再没有动静。

这是怎么回事？!

她错愕地又眨了眨眼，生怕是自己眼睛的问题。

“你、你、你……”

“你、你、你，你什么你！”独孤翊平静地望着她，松开握住她双腕的手，活动活动筋骨，“真怀疑你是不是女孩子家，手腕居然这么粗，手都捏酸了。”说完还不忘用余光瞥她一眼。

那双眼里，既没有预想的脆弱，也没有柔情，冰蓝的眸盛着以往没有温度的色彩。

是她方才的感觉出了错吗？那为何……

他在说谎，她不是笨蛋。要是连近到贴身的接触，都觉察不到对方的情绪，那她就真的蠢到无可挽救的程度了。

或许，真的是他太会隐藏，从前她才没有觉察到他对她的感情深到这种程度。把什么都埋到心底的沉淀，她体会过。

爱面子的家伙!

思及此，她心里才出现不久的心疼，如尘埃般又落了厚厚一层。

在感情自眸中流露出来前，她及时垂下睫覆住情绪。她知道他肯定不愿意她看出来他方才的失态。

她故作生气，霍地从床上坐起，跪在独孤翊身旁的位置，指着他坚挺的鼻尖道："谁准你碰我的！得了便宜还卖乖！居然嫌弃我手腕粗，哪里粗啦！”

独孤翊潇洒地甩袍起身，回眸疑惑地瞅了眼气鼓鼓的舞儿，对她为何没有生气有些疑惑。

“人要学会面对现实，粗就粗，又没人说什么。”他将情绪埋入心底，告诉自己，急不得，太强烈的占有，只会让她离他越来越远。

他没有看到，也永远不会知道，身后那双杏瞳在他转身的瞬间，眼中的怒意已不见踪影，只是安静地望着他藏蓝的背影。

不多见思索的脸上，多了几分成熟，竟也给灵气可爱的眉眼，平添了几分娇美之态。

绝舞盘腿坐在床上，双手撑着颌抵在膝盖上，“你，不重新找个房间？”他睡长凳，会冷的吧？那么硬，睡着也不舒服。

独孤翊气定神闲地闭着眸，冷冷道：“我说过没有房间。梨花落的构造你也见过，最下面两层住人，中间两层品酒，最上面这一层是不对外开放的，除了大厅，只有两间房，一间桃蕊娇住，一间丫鬟住。”说完还气死人不偿命地补充道：“除非你想住在下两层。”

“那我可以随便和她们两个挤一挤。”

“她们都习惯一个人。”

原来是这样，一个人住久的原因吧。像她，小时候和师父住习惯了，一个人就会睡得很不安稳呢。

师父，不知道师父在明月山庄好不好，还有那个狐媚的女人，会趁她不在，勾引师父吗？

呃，不会的，她相信师父。

如果一个凭空出现的女人，都能让这份感情动摇，那只能说这份感情还不够坚定。

她爱师父，但她不会委曲求全。她要的爱，一定要是全心全意的付出，完美得没有瑕疵。之前以为师父对她没有感情，所以不强求，如今不同，话既已出口，就是承诺，她决不允许这份感情有污点。

想着想着，长长的睫已经快要阖住，她翻身抱住怀里的被子，将身子蜷起。

不一会儿，轻淡的呼吸声从鼻间传来，床上的人儿已然进入梦乡。

长凳上的人，却闭着眼，内心翻涌，一夜未眠。

漫漫长夜，此情，此心，更待何人知？

独孤翊暗地里命桃蕊娇将尸体从锦绣镇衙门运出，安置在一个安全的地方严加看守。而独孤翊和绝舞两人在梨花落又停留了两个晚上——其实那夜之后的第二天他们就可以上路，独孤翊却坚持再留几夜。

绝舞想不通，总是围在独孤翊身边转悠，想要快点去北城。

“明明没有事做了，为什么还留在这儿？！”绝舞不厌其烦地问着独孤翊相同的问题。

独孤翊也不厌其烦地告诉她，“事情还没结束。”

“那你不出去做事，还留在屋子里做什么？”她快气炸啦，分明是在拖时间嘛。大木头到底想怎么样？

其实，她不想留在这里，还有个原因便是圣忆风。每每见到圣忆风，她心底都会有种莫名的情绪，身体更像是不受控制般想要靠过去，这种不由自主的感觉让她心生恐惧。

那日临走前圣忆风似有若无的呢喃似乎又飘进了耳里。

喃喃低语的磁性嗓音，尽是她熟悉的味道。

为什么圣忆风的每次出现，都会带给她内心深处的震撼呢？

那么熟悉，又那么陌生的感觉。

独孤翊看着桃蕊娇放在桌上的账簿，浓眉上扬，不见她答话，便抬头望去。

“出奇迹了。”

绝舞蹙眉，“什么？”

“除了你师父，你居然对其他男人感兴趣。”说完又低回头去看账簿。

“你指的不是圣忆风吧？我对他？！”绝舞像是听到了天大的笑话，“太可笑了！我怎么可能对那个魔鬼一样的男人感兴趣！”她躲都来不及呢。

啪的一声，账簿合上，他站起身俯视她，蓝眸异常湛亮，却也异常冰冷，“看来，让你对圣音之外的人动心，真比要你命还难。”

绝舞愣愣地扬起小脸，哼，以为她不会转移话题啊？

“你给姐姐的信都写了些什么？你是不是已经知道是谁杀的人？”

“我留下，自有我留下的理由。”独孤翊定眸看了她半晌，直到她不自在地要低下头，他才抢先越过她身旁朝门外走去，低沉的声音从身后钻进她的耳朵，“真是个没心没肺的小东西……”

高大的背影后，一个脑袋低垂下去。绝舞默然地敛起眸。她只是不想去碰触那道伤口，为什么每个人都要来提醒她，她的失败！

瞧着桌上的茶杯，白皙的手握起白瓷的茶杯，随即端起一口饮尽杯盏中的凉茶，皱了皱眉。

苦，真的苦，苦得涩口。

独孤翊和绝舞之间就是如此，前一刻吵架，后一刻又像什么都没发生一样，反反复复，不厌其烦。

“姐姐信里说了些什么？上次问你都没有告诉我。”绝舞边往嘴里送饭边问。大木头收到姐姐的信后，就一直愁眉不展，事情应该不顺利吧？

“喂！”真没礼貌，别人叫，至少应一声才对，“是不是和你先前猜到的不一样？”

浓黑的眉依旧皱着，“这倒不是。”

“那是什么？”绝舞干脆放下手中的碗，照他这样的说法，她是没有胃口吃饭了啦。

“你跟你师父那么多年，竟一点江湖常识都没有。”真不知道那个圣音平日里怎么教育的，独孤翊展开眉，沉吟片刻道，“你猜不到让那女子致命的一招是什么？是莲花穿颈。”

目光流转，在独孤翊脸上绕了一圈，她虽不晓得莲花穿颈是什么玩意儿，也似知事情有些蹊跷，“真不是日教教主所为？”

“不。”冰蓝的眸异常坚定。之前怀疑过是日教栽赃，但现在他非常确定，绝对不是日教所为。他等了这么几天，就是在等绝姒的答案。当初让绝姒查一直追踪舞儿的黑衣人时，绝姒就派人卧底在日教了。根据绝姒的消息，日教教主前段时间练功受了内伤，一直在闭关疗养，而南城的命案是刚刚发生，不可能是日教教主严曦所为。

“那还有谁武功那么高？”

独孤翊语气变得森寒，“当然有！你忘了之前掳走你的那位。”

圣忆风？！

“不可能！”

蓝眸凝着杏瞳，满室寂然。

独孤翊的眸子变得空蒙而晦涩，连一个她讨厌的人，她都如此保护，对他，却始终保持距离。或许，她并不如表现的那样讨厌圣忆风吧。

独孤翊的眼神让绝舞一怔，在冰蓝的眸中，她看到自己的失态，慌乱得不知所措。

那脱口而出的三个字，甚至没有经过大脑。

她在做什么？她应该是讨厌圣忆风那个魔鬼的！

独孤翊线条分明的唇角勾起，万年冰湖般的眸看向绝舞，带了一丝恶意的玩笑，“如果不是圣忆风，那就只有你师父能做到了。这江湖上的三门八派之中，只有迦隐的圣忆风内功达到这种境界，如果不是，那就只有你师父了。”

“你开什么玩笑！”绝舞霍地从椅子上跳起，已变了脸色，“扯到我师父身上做什么？”开玩笑也不是这样开的。

“这江湖上武功最高的不是你师父，就是圣忆风，这两人从未比试过，也分不出个高下。”独孤翊看着绝舞的眸掠过一抹逗弄，“你说不是圣忆风，也不是日教，那还有谁？”

“我……那也不能因为这样就说是我师父！不要开这种玩笑，我真会生气。”绝舞看到独孤翊的表情，知道他刚才是故意堵她的话，心情缓和了一点。

师父是她心中的神，干净得不染尘埃。她绝对不允许别人诬蔑他！刚说出话的若是哪个不相干的人，她腰间的剑就出鞘了。

独孤翊蓝眸底的忧郁一闪过后被覆住，“太子让我查的是日教。”

绝舞扬眸瞅着他，等着下文。

“但很明显不是日教所为。莲花穿颈，这一招式，整个江湖只有圣忆风会。”这次没有戏弄，是无比认真的眼神。

有那么一瞬间，绝舞甚至感觉到心底掠过一丝疼痛，却不知源于何处。

“姐姐说的？”不可能，姐姐似乎对圣忆风印象很好，她不相信是出自姐姐之口。

“不是。”绝姒在信里提到的，最让他震惊的莫过于迦隐和焰门的关系。虽绝姒认为不可能是圣忆风，即使种种迹象都是针对他的。不过，也许他应该为绝姒的这份坚持，再确认一次。毕竟没有人会用自己的独门暗器杀人，这不是自投罗网吗？

绝舞忽然之间心乱如麻。

真的是圣忆风吗？姐姐说他不是那样的人啊。

为何她如此不愿是他所为……

当下，绝舞做了一个无比勇猛、无比大胆的决定：她要夜探衙门！当然得瞒着独孤翊这个木头，否则他又要叽叽歪歪半天。

是夜，皎月如钩，夜空如此安宁，映照着孤单的漆黑院落。

锦绣镇衙门附近安静得阴森，不时有轻风从耳畔刮过，带着树叶摩挲的声音，扑扇一声，一只鸟儿腾地飞起，几根拍掉的羽毛悠悠地落在湿润的地面。

墙前一抹娇小的黑影猛然一怔，迅速转过小脑袋，月光投下，在黑暗中映出小巧精致的一张脸，水瞳中隐着恐慌。

绝舞定睛一看，发现是只飞鸟，这才抚着胸口告诉自己镇静，不要才出来就丢人地跑回去。

她终于从桃蕊娇那得知，衙门这般荒凉是因为锦绣镇从未发生过命案，也没有发生过大的偷窃案，百姓安居乐业，很少有事情能用到衙门。而衙门里，平日里除衙门老爷，也没有其他人住。因为发生命案，而命案又和北城的杀人案有关，朝廷才会派这么多人严守。

只是，今夜好安静啊，人都跑哪里去了？

忽而，往前迈的小脚停住，她秀眉一扬，轻提步伐走向墙角，把耳朵贴到墙面上。

仔细听，轻微的呜咽从墙的另一端传来，时断时续，中间似乎还夹杂着颤抖的絮语。看来师父教的千里闻音不是白学的，这下终于能派上用场。

绝舞静下心，闭上眸，仔细听起来。

她敢肯定，这声音不是从墙根传来的，离墙的位置应该还有不少距离，否则不至于用千里闻音听到的声音还这么微弱。

好奇心使然，她轻点脚尖，如翩翩蝴蝶般飞过墙，轻巧地落到墙的另一面。

脚尖刚刚碰地……

"谁？"黑暗中清亮的眸子闪烁若星，吐出的字冰凉如水。

还没站稳的身子一闪，差点摔倒。循声望去，才发现远处一个井口旁有三个黑影，两个站立，一人跪在两人面前不住地颤抖，听起来呜咽声是由跪着的人发出的。

绝舞觉得奇怪，往前跃了几步，这才发现跪着的黑影颤抖得很凶——一个人居然能把另一个人吓成这样，不简单呢。

再定睛一瞧，才发现距离其实并不远，而是太近啦，只有几步。

不见有人应声，对方又道："过来。"

等等，这声音，似乎在哪里听过。

"过来。"好听但阴冷的声音透着淡淡不顺。

夜空的云缓缓地飘过，露出方才被遮盖的月光。

"我干吗过去……"最后一个字还没说出口，在月光的投射下，一张银白的面具映入眼中。

圣忆风！

绝舞急忙止住没说完的话，人已转身如流星般朝墙头跃去。

"站住！"修长身形一晃，风般席卷而过。在绝舞即将到达墙顶时拦腰将她强制搂回，轻轻落地。

她刚出声他就知道是谁了。

该死的，这丫头大半夜居然一个人跑出来，不知道外面危险吗？！

"放开我啦，放开我，你这个大魔头！"

柳腰间的手猛然收紧，"大魔头？"无名怒火冲上心头，在她面前已经尽量地保持好形象，居然还说他像魔头！

"小姑娘，你哪只眼睛看我像魔头？"

清香顷刻间环身漫溢，虽与熟悉的不同，却有着惑人的韵味，温柔的声音带着淡淡的笑意和轻佻，钻进她的耳蜗。闻声她茫然而震惊地抬眸，望进如一泓清泉般的瞳眸。夜那么黑，这双眼睛却清亮得如此妖冶邪魅。

有那么小小的一刹那，她的心有一些紧绷，她的人有一瞬间恍惚。

好像啊。

眼前的银白面具之上泛着淡淡柔光，带着某种未知魔力，将她的心吸得愈来愈紧，瞧着瞧着，那么冷的银色竟让她的心暖了起来。

她一定是太想念师父，所以才会出现幻觉。

面具内的薄唇勾起，他轻轻放开她，好听的声音再次响起，"深夜里跑出来可不是闹着玩的。"

凉气取代了方才的温暖，她身体一颤，猛然间回过神，发觉自己方才又一次因他而失神了。

这个人变脸变得可够真快，刚才声音还那么渗骨，这会儿又柔和得让人产生错觉。

她不动声色地向右迈开一小步，眼神飘向修长身躯后面的两人。

圣忆风微微侧头，身后站立的黑影立刻提起跪在地上的人，正欲离开。

“等等！”如果要问她怎么有这个胆让圣忆风的手下住手，她也不知道，还没经过大脑就脱口而出了。或许是姐姐说过，焰门和迦隐的关系非同寻常，所以她才敢这么肆无忌惮吧。

她底气不足地快速偷瞄了眼立在她身旁的圣忆风，悄声嘟哝，“那个、那个人是谁？”

紫色身影移近她，轻佻的话音字字挑逗着她的神经，“何时起对我的事这么感兴趣？”

早领教过他的魅功了，她这次才不会被勾引。娇俏的面庞轻轻一昂，水灵灵的眸子在背光的阴影下眯成一条线，“不知道吧，我第一次见你就被迷住了呢。”

她的回答让他有一刹那的愣神，“既然这样……”紫影笼罩似的凑近她的脸，“在下给小姑娘一个机会，如何？”

她一动不动，手心渗出细汗，强迫自己镇定，娇美酣甜的嗓音轻巧地逸出唇角，“我知道你不敢真的欺负我，因为你知道我是谁。”

他立在她面前几尺处，一双幽谧的眸子沉沉地看入她的眼底，“当然知道。”

他的当然知道，自然和她理解的不一样。她将双手背在身后，踮起脚，娇笑迎向银白泛着冷光的面具，轻轻启唇，“那你一定知道迦隐和焰门的关系喽？”

晕着淡淡光辉的眸子突然变得犀利——她什么时候知道迦隐和焰门的关系？

从前她什么都说，甚至连晚上做的梦，一大早都会围在他身边叽叽喳喳地讲不停，而现在，她知道了迦隐和焰门的关系，他却不知她是何时知道的。

他们之间，似乎从重归于好之后，就没有曾经那样无话不谈了。

趁他还在恍神，她抿嘴偷笑，立即用起跟圣音学的移形换位，闪到他身后，才瞬间就站立到井口旁。

发觉她的诡计，他迅速伸手，只有绯色的柔软衣料从手心滑过。该死的，他竟然被这丫头耍了，还是用自己教的武功！

没有主子的示意，旁边的黑影犹豫了一下，最终还是不敢轻举妄动。

两脚才刚站定在井口旁，柔软的手就出于本能倏地捂住嘴巴，双眼霎时间睁到最大，重锤猛击般的震悸，狠狠地撼动着她的心口，她不敢置信地看着跪在井前的人，眼瞳中映出惨不忍睹的画面。

紫色袖袍带动一阵风，呼地飘过，僵硬的人下一刻便被卷进温暖的怀中，袖袍将那幅画面隔离在她的视线之外，“不要看。”

感觉怀中人的僵硬，他收紧手臂，心也跟着一寸寸地收紧，他甚至不敢去猜想此刻的她在想什么。一颗心逐渐往下沉，沉入深不见底的冰窖。

她刚才看到了什么？那个还是人吗？！两只眼睛剩两个黑洞，鲜血不停地往外涌，嘴角也在往外涌血，手脚都已经没了，而且全部被残忍地搁在眼前的地上。

“忘了看到的。”看到她的反应，慌乱像一把利剑划过心口，“忘了……”

她终于知道，为什么那么疼那个人还发不出声，因为他的舌头被割了。

“忘了它……”弦音般的声音带着丝丝紧绷和柔情，抚慰着她的惊悸。

一股难以名状的疼痛，如严冬冰水当头浇下。她冒黑独自来衙门，就是想要说服自己，人不是圣忆风杀的，而现在她看到的是什么？终于知道衙门附近为什么没有守卫，一定是他将所有的人都杀了！

她突然觉得自己好傻。只因那双眼睛和师父很像，她就一味认定他的为人，现在仔细回想起来，他们也不过只有几面之缘。绝舞，再也不会有比你更傻的人！

幽静的院内，又响起呜呜的叫声，如凄厉鬼叫，惊飞了树梢上的几只小鸟，淡月隐进云内，收回满园清光。

时间一点点地流逝……

她藏起自己的脆弱，罔顾他的抚慰，奋力挣脱开，脸色冷凝，“不愧是让人闻风丧胆的迦隐少主，手段残忍得果然令人发指！我看连日教也不及你一分。”

他身体异常僵硬，想开口，却不知从何解释起，只能静静地望着她，怅然心伤。一双凄清的眸，映衬着冷光茫茫的银色面具，分外的不协调。

见他不开口，她以为他已处于盛怒边缘。

其实刚才的镇静都是装出来的，毕竟还没有人敢在情绪飘忽不定的圣忆风面前那么放肆。但看到眼前那人的惨状后，她的这些害怕好像就全部消散了，此刻有的，只是对他的残忍的控诉，“我看到了，也不会忘。”

想让她忘吗？她偏不！

“我绝对不会忘。”娇嫩的嗓音透着浓重的倔强，一字一字清晰地从口中吐出，只有她自己知道，内心此刻的脆弱和害怕。

他望了她一眼，提步走向她。

“想灭口？”声音虽含着讽刺的笑，但手心蓦地攥紧，说不害怕那是假的。不怕告诉别人笑话，这会儿她已经后悔了，就算死，那她死前也要见师父一面！还有姐姐、大木头、无影大哥……

心跳开始加剧，身体已经不受控制地发抖。她假装不屑看他，垂下长长的睫，覆住眼底的恐慌，争气争了半天，这会儿要是被他发现她的胆小，那岂不是太丢人啦？

脚步一步步地接近，一颗心也就跟着那么不着边际地沉了下去。她可以逃，但是脚下却像灌了铅，沉重得一步都挪不动。覆下的眸，看到一双洁白如雪的靴子立于眼前，亮得刺眼的白靴两旁各绣了朵紫莲，妖冶地绽放，足上是深紫的长袍，里面衬着白色中衣，清贵而流溢。

他伸出手，手指刚触及柔嫩凝脂的娇颜，她猛地一颤，指尖的冰凉顺着触点渗入皮肤，好冷。

见到她的反应，只当是她害怕，他颓然地收回手。

她依旧垂着眸，长睫隐隐颤抖。

“灭口？”幽魅的嗓音虽轻佻，却隐着淡淡的哀伤，“我怎么舍得……”

后面的一句，很淡、很轻，又让她恍惚得以为是错觉。

他就这样走了？她回过神，发现自己好端端地站在原地，不缺手，也不缺脚。再看看井边，那两个人也早已不见身影。

圣忆风就这样走了？！

在她看到他那样残忍的手段之后，他就这样轻飘飘挥一挥衣袖地走了？！

她摸摸自己的脸，再仔细检查一番自己的四肢，她竟然安然无恙！

“大半夜跑出去干什么？”低沉的声音，虽是责问却有着明显的担心。刚发现这家伙不在，他就找遍了整个梨花落。根本没有想到第一次出远门的她，有胆子三更半夜跑到梨花落之外的地方去。

绝舞失神地越过独孤翊，根本听不见他说的话，整个脑子里装的都是刚才那人的惨状，和圣忆风的那句我怎么舍得。

姐姐说过，他不是那样的人，可她却亲眼目睹了他的残忍。

既然他真如传说的那般阴狠，为何又会放了她？

她又为何总会感觉到他眼中的伤？

“喂！”

绝舞愣愣地坐到木椅上，这才抬起头，“怎么了？”

“出事了？”

“没有，我只是去衙门看看。”她收起混乱的思绪，晃着碰触不到地面的双脚，“找我有事？”

看到她回来，他提起的心终于稳稳放下，“衙门的尸体我早就让人收了。”她冒黑夜探衙门，只为了看一具七窍流血、面色发紫的尸体？

收尸体还蛮迅速，居然不告诉她，害她白跑一趟，遇到那么恐怖的事情。手放到胸口，心还在急剧地跳动着，它的跳动不是为那个残废的人，而是因真相的震撼。

以前和师父在江湖上行走，师父虽有意避开血腥，但也会不可避免地接触到，所以死人对她来说并不是可怕的事，况且，她也亲手杀过人，只是那样残忍的折磨，她却是从未亲眼见过的。

细想起来，自从遇见圣忆风，他不但没有伤害过自己，还任由她在他面前肆无忌惮，本以为她看到的圣忆风和江湖上传言的不一样，然而她今晚还是看到了另一个他，或者说，那个真实的他……

一时之间，她要怎么接受这个转变？

她恐惧的，到底是他的残忍，还是自己内心深处不由地偏向他的心呢？

“要去看尸体为何不告诉我？我可以陪你去。”

绝舞闪着灵动的大眼，有趣地直瞅着皱眉的独孤翊，“你又不是我贴身丫鬟，跟着我做什么？都长这么大了还让人跟着，那跟奶娃娃有什么两样？我才不要！”说完还偏过头，努起嘴巴。

纵然被人说教，独孤翊的神色依然无波，心底还在气她独自一人出门。命案已经牵扯到南城和北城，外面太危险，还好没有出事，若真出了事怎么办。

看到她不愿谈论出门的话题，独孤翊转开话题，“明月山庄一切，咳，可好？”

听到咳声，绝舞才仔细瞧着独孤翊的脸，脸色似乎不太好呢。

“都好呢，不过无影大哥和双涵姐姐似乎没有那么顺利。听无影大哥的语气，双涵姐姐好像又把自己封闭起来了。真想不通，无影大哥长那么好看，对她又那么好，她到底有什么不满意的？”绝舞有些不满叶双涵的冷漠，替无影不平。

“那你师父呢？”独孤翊心下暗忖，依圣音对舞儿的宠爱，怎么可能任由她跟着别人出远门而不过问？

圣音太让人捉摸不透，淡然得仿佛什么事都无法引起他的关注，又仿佛什么都在他的掌握之中，尤其那双眼睛，想到这里，独孤翊心口一紧。那双似是能洞悉一切的眼睛，看着看着便会想要逃脱，跟圣忆风很像啊。

陈升说，绝舞对于圣忆风来说是一个不一样的存在，并保证今后无论绝舞做了什么，圣忆风不会取绝舞的命。这样看来，圣忆风与圣音倒是有共同的地方，呵，这两个人若是碰在一起，会是什么情景，他真是太好奇了。

绝舞皱起秀气的眉，红唇也嘟了起来，“无影大哥说师父不在庄里。”

你不在庄里，你师父能安心留在那儿吗？

那是不是说师父也来北城了？师父会来找她吗？

虽然临走前，师父并不愿相见，但她还是怕师父担心，所以每隔几日都会往明月山庄寄封信。可是师父呢，说离开就离开，却从来没有对她说过，这算什么。

独孤翊拉回思绪，“明天我们上路，今天早点休息。”

绝舞瞅着他的背影，犹豫片刻，最终还是问道：“木头，人真是圣忆风杀的吗？”

“你似乎特别偏袒他。”独孤翊停步，感觉胸口一阵闷疼，“不要告诉我，只因为那双眼睛和你师父的很像！”

爱屋及乌到这种地步，她对圣音的爱，还真是根深蒂固！

绝舞弯弯的眉微拧，连木头也发现了，看来真的很像呢。好想看看那张面具下的脸，是不是也同师父一样的风华绝代。

想起今晚看到的场景，绝舞垂眸嘟哝，有丝丝的失落，“不会了，以后再也不会。”

圣忆风和师父是完全不同的两个人，一个邪魅妖冶，一个温雅脱俗，她之前怎么会认为他们像呢。

独孤翊莫名其妙地看着她，转身走回自己的长凳，准备睡觉。

屋外天气阴霾，云层愈积愈厚，雨才停不过一天，又忍不住哗啦哗啦滂沱直落下来。

“木头。”绝舞坐在床沿，咬着下唇，似是在思考异常重大的问题。

“嗯。”独孤翊双臂交搂在胸前，直直地躺在长凳上。

“那个，嗯……”她伸手抓抓额头，又抿抿唇，还是下不了决定。

半天没有反应，这家伙又在玩什么把戏，“说话！”

绝舞吐口气，牙一咬，心一横，“你睡床吧。”

独孤翊先是微讶地睁开眼，而后直直坐起身，发觉自己的心跳在加快，蓝眸深处光芒点点，“你刚才说什么？”

“还没上年纪耳朵就不好使。我说你来床上睡！”绝舞大方地拍拍身后的床铺，好像她才是主人一样。

她什么时候转性了，突然这么“温柔体贴”？他有些受不了，忍不住逗她，“孤男寡女的，你就这么放心我，不怕我把你吃了？”

“不想病得更严重就过来睡！问题那么多。”绝舞转过身爬到床的最里面，边爬边嘟哝，“第一次见你，你吝啬得一句话都不愿意多说，现在吧，废话又这么多，你说说你这个人……”

她注意到他生病了，思及此，冰凉的胸口有股难以言喻的暖意。

“喂喂，动作还蛮利索，先让我出去你再睡。”绝舞抱着枕头窝在床的里面，朝躺在外侧的独孤翊嚷嚷。

“你不睡这儿？”就说这家伙怎么可能让他睡床上。

“我当然不睡！”绝舞挺挺小鼻尖，“我去和木子睡。”谁说人家木子喜欢一个人睡？上次浑蛋木头骗她，她还误以为真呢，昨天她说要跟木子睡，木子很高兴，说平日里都没有姐妹可以说话。

算了啦，看在大木头生病的分上，她不跟他计较。

绝舞抱着枕头跳下床，蹦蹦跳跳地朝门外跑去。

第十四章 身份显端倪

日教内。

一道倩影开启机关，踏入深不见底的石梯，顺着墙壁上一盏盏微弱的灯火走入内部隐秘的厅堂。

地上夜深人静，地下更是阴气阵阵。

大厅最里面，一人坐在宽大的石椅上等待着，黑暗中看不清面容。

“教主。”叶寒霜恭敬道，往前踏了几步。她心里，其实对教主是有感情的，毕竟他收留了她，养育她这么多年，多年来又是以义父相称。若没有教主，就没有今日的叶寒霜，知恩图报，她不是不懂。

暗处的头缓慢地抬起来，一张慈眉善目的脸露出来，挂着笑容，还有几分不为人知的深意。他等了这么多日子，把她放在明月山庄，也算了了她一桩心愿。这孩子，从小就顺从，这次也一定不会让他失望。

现在就等她的答案，有了她的答案，就可以开始下一步的计划。

“你回来了，事情办得如何？”严曦缓慢地询问，压抑着语气中的急切。

她离开之前，他就告诫她，圣忆风不是普通人，她莫名其妙地出现在明月山庄那么久，那个人不可能不怀疑。还好，这孩子聪明，前几封传书，故意做样子给圣忆风看，又找了个替死鬼。有心眼，不愧是他一手调教出来的！

站在明处的叶寒霜，表情一如既往的冷漠，只是，微抖的睫泄露了她的紧张。

她暗暗咬着唇，心里思忖着如何回答，“圣忆风离开明月山庄正在往北城的路上赶，绝舞同独孤翊一起也……”

“人尽皆知的消息用不着你来汇报。”白眉皱起，有些不耐烦，“尘无影就从未对你提及过绝舞？”

“我问起过，但他总是转移话题。”这倒是真话，尘无影对她虽然真心，却不曾提及过绝舞或者圣音的事情。其实她心里也并不想知道，她很怕自己知道了真相要面对的选择，究竟是告诉教主实情还是背叛尘无影，她很纠结。

“听说独孤翊的妹妹与绝舞关系很好，你可知那个女人的底细？”

叶寒霜沉默须臾，觉得还是交代些什么才好，否则严曦很容易起疑心，“听说，绝姒并非独孤翊的亲妹妹。”

严曦蓦地眯起眼睛，“你说独孤翊的妹妹叫什么？”

叶寒霜一怔，“绝姒。”她有一次无意中听无影提及过，但只有那一次，听得也并不是很真切，不知是否有出入。

严曦突然从主座上站了起来，阴冷的笑声瞬间遍布整座大厅，回音不断在厅内飘荡。

叶寒霜看着严曦激动的样子，一种不祥的感觉油然而生。莫非，她在不经意间说了什么重大的线索？

严曦飞身至叶寒霜面前，大掌拍向叶寒霜的肩膀，“我总算没白对你好啊，寒霜！这些日子，就这个消息是最有用的！”

叶寒霜压住心底的寒意，“这个有什么用？”

严曦眯起眸子，深吸一口气，“绝姒啊绝姒，绝舞的亲姐姐，焰门的大小姐。没想到绝舞竟然不是长女！”

叶寒霜一颗心咚地沉到谷底，似乎听到了她与尘无影彻底决裂的声音。

严曦微微将身子向前倾，从上到下打量着眼前的人儿。叶寒霜似乎有哪里不一样了。

“尘无影没碰过你？”他问得十分直接，也十分愉悦。

纵使冰冷如叶寒霜，脸上还是浮上一抹淡红，“没。”

没？眼角布满皱纹的眼眯起，把她送去是干什么的？一个男人的心都抓不住！

“你知道我的用心，当初把你送去，除了任务之外，是想让你有个好归宿，你这孩子怎么就不懂把握机会？”严曦重新将身子搁回椅中，黑暗中唇角危险地咧开。

好归宿？叶寒霜抬起冷漠的眼，看向黑暗中的脸。

她可以有个好归宿？

严曦看出了她的犹豫，“尽管去追求你的幸福，前提是把任务完成。”灼灼的目光，终于露出急切。他已经等得太久太久了，不能再等下去了，寒霜必须尽快给他消息！

自古英雄难过美人关，尘无影绝不是个例外。他就不信，等尘无影把心都交出去了，能不对寒霜说真话！

圣忆风，我要让你再次品尝被人背叛的滋味，哈哈。

叶寒霜怔忪地站在原地，只觉凄凉。她这样的人，双手不知染过多少人的血，不知替他杀过多少人，现在他告诉她可以去追求幸福？她要拿什么追？

她和尘无影是两个完全不同世界的人，本不该有交集的，不该的。

天下第一庄的庄主和日教的护法，多讽刺的称谓。

“我最多给你三天时间，再去探出绝姒身在何处，并且探出《凤凰舞》的真正传人。”

“是。”叶寒霜疑惑道，“《凤凰舞》不是只传大不传小吗？”既然传人是那个绝姒，为何还要确认？

严曦危险地眯起眼，“话是这样没错，但是当年焰门的掌门从未对外界宣称过还有个小女儿，他究竟打的什么算盘谁知道呢。或许，他为了保住《凤凰舞》偏偏传小不传大呢。”

“可是教主上次从绝舞口中探出的消息来看，绝舞似乎并不知道《凤凰舞》在哪里。”

严曦一笑，“她那时还小，是有可能不知道，但若是她的姐姐还活着，一定知道。”

“那我们何不直接去找她的姐姐绝姒？”

严曦眼底的戾气忽而浮上，“绝姒是一定要去找的，从她那里才能问出秘籍的下落。但如果拿到秘籍，我必须知道谁是传人，才能练成凤凰舞。”练成凤凰舞，凤凰舞传人的血是必不可少的！

叶寒霜怕问得更多引起怀疑，保证一定按时完成任务后便退下了。

三天的时间，以叶寒霜的能力能做的很多，至少去毫无保护可言的香阁将绝姒带来是轻而易举的事情。

可三天后，当她再次站在严曦面前，却是两手空空。

她要怎么做？连她自己都无法解释。她在彷徨，像是陷入了一个没有出口的迷宫，找不到方向。她和尘无影之间是没有可能的，她早已认清这一点，却还是无法狠下心。

别人都说她心冷如万年寒冰，然而如今她的心化了，这是不争的事实。或许现在要做的，只能是将心收回去，因为她不能对不起唯一的亲人。

宽大石椅上的人站起身朝叶寒霜走来，脸色有些苍白，看起来多了几分可怕的压迫感。

“教主？”教主受伤了？

严曦不耐烦地抬手，阻止她的问题，他需要的不是她的关心，是关于《凤凰舞》的消息。要不是前段时间心急练功，引起旧伤复发，他早亲自出动了！

这身体，从七年前获得日教的龙旋掌法，开始练习影响了旧伤，到现在还没完全康复！都是那该死的一掌！当年圣忆风那一掌的仇他一定要报！

他逼近叶寒霜，双眼迸出火焰般的厉色，狠狠捏住叶寒霜的下颌，彻底撕破了塑造的慈父形象。太不知好歹了，亏他还特意为她制造机会接近尘无影！这浑蛋女人害他的计划又要推迟！

“我一定要得到它！”就如七年前一样，谁也无法阻止他！他等不及了。他已经等了十五年了！苦心经营，仔细布局，一步步才走到如今的位置，他已经迫不及待地想要尝尝成功的甜美滋味。

圣忆风杀了他一个护法，很快他也要让圣忆风再次尝尝失去的痛苦！

叶寒霜冷漠的眸子在那双血色的眼睛下有些畏缩。教主虽让他们杀了不少人，但对他们四个护法却从没有这么凶过。所以她一直都告诉自己，教主只是报仇心切，等一切结束，他又会变回曾经的他。

曾经的他？现在想想，她根本就不了解曾经的教主是什么模样，七年前被他所救跟着他时，除去知道他刚刚上任日教教主之外，对他一无所知。进了日教才知道，整个日教的人都对他一无所知，只知道前教主留下一封信将位置传给他。当然，也有怀疑，但教里的前辈过目，最终确定信乃前教主亲笔所留。

她难得多话，试着解释，“绝舞确实是焰门的传人，没有错……”她没有在教主面前说过谎，连自己都觉得声音在颤抖，这分明是在咬自己的舌头，最初说绝舞身份有疑的是她，现在为了保护绝舞说身份无疑的也是她。只有让教主认为绝舞是传人，绝舞才不会有生命危险，否则，教主定会用绝舞去威胁圣音。

“没有错？！”他眯起眼，脸孔变得狰狞。

啪！清脆的掌声在空荡的大厅回荡，在深夜里听来更加刺耳。

远处的烛火晃了晃，让那张苍白的脸变得更加诡异。他瞪着身子都被打偏的叶寒霜，双目因情绪激动而涨得通红。

叶寒霜咬住牙，眸又一次垂下，跪在原地，像是雕塑般一动不动。

“我养你七年，帮你报仇。你就用这个报答我？！”严曦喘息，继续责骂，整个声音传遍了大厅每一个角落，甚至穿过了各个石门外的内室。

脸上的疼痛像是火烧，夹带着心底对他仅存的亲情的流逝。或许，他终究只当他们是棋子，她却天真地把他当作亲人。

还债吧，就当是还债。

“两天后，寒霜定不负教主所托。”她咬紧牙，强迫自己说出口，语气因急促而有些喘，她怕再晚一刻，便无法下决心。

这句话一出，她再也回不到尘无影身边。

从此，他们的关系只能是敌人。

凉凉的夜，清清的光，飞虫在湖畔四处飞舞，几艘画舫和两艘大船静静地停在岸边，四处一如既往的喧闹，到处是嬉戏的声音。

“张大哥，你主子呢？我们马上就要出发，为什么还不见他人？”绝舞叫的张大哥就是独孤翊专门雇给他们划船的船夫。

被唤作张大哥的人，憨憨一笑，“主子说，等他来再走。”

“那他什么时候回来？”真是名副其实的木头，每次都是他拖延时间。

她真的好想离开这里，非常想，迫不及待地想要抹灭那夜的记忆。

“主子说他去那边。”老实的汉子给绝舞指了指方向，正好是那艘豪华到将所有船只都比下去的画舫。

绝舞回神，朝他指的方向望去。杏瞳倏地放大，那不是圣忆风在的地方吗？

木头去找圣忆风摊牌？他不会蠢到这种地步吧。圣忆风武功深不可测，他还去找人家问罪，简直就是送死！

想起昨夜在衙门后院看到的那个人，她不禁打个冷战。不多思考，立即旋身点脚，朝那艘画舫飞身而去。

熏香清雅的气味丝丝萦绕，烟雾如薄纱绕上舱内精致的陈设。

“少主，我去解释。”恭敬的声音夹带着深深的自责。

冷沉香轻轻地扯了扯浅绿的衣角，示意孤傲洁不要随便开口。傲洁跟高轩叶一样，一板一眼的，没看到少主的情绪不对？还说什么话，这种情况下缄默是最好的选择。

孤傲洁正欲上前一步，旁边的高轩叶拉住她，摇摇头。

一种近乎绝望的哀伤，在室内慢慢流淌，深深地埋入室内每一个人心里。

他们看得到少主的努力，少主以圣忆风的身份重出江湖，就几乎不曾轻易要过哪个人的命，换作七年前，估计没有人会相信，甚至连他们四大阁主也不会信，然而少主为了绝舞姑娘做到了。

孤傲洁咬紧牙，总有一天，绝舞会知道少主的身份，而昨夜……

她甚至不敢去想象，少主此刻的心情。

思及此，孤傲洁悔恨至极，都是因为她，都是她的错！那天若不是她为了一己之私追踪当年杀她娘的凶手，不会让那个凶手有机可乘地杀掉衙门所有的护卫，还牵连到少主被绝舞姑娘误会。

瞬间，纤指闪电般扣上脖颈，“傲洁以死谢罪！”

指尖刚刚嵌入肌肤，一道银光飞过，孤傲洁闷哼一声，脖上的手已经无法再用力。

“我不记得有说过让你们谁以死谢罪。”圣忆风微侧首，露出毫无生气的面具。紫色的修长背影立于窗前，负手站着，风吹衣袂，清冷的月光将他整个人笼罩在一种朦胧到似不存在的氛围中，散发着淡淡的哀伤。

“何况，不是你的错……”他低喃，分不清是自言自语，还是说给他们听。

旁边的高轩叶和冷沉香刚才替孤傲洁寻死不成松了口气，紧接着又怕她这回真的将少主惹怒。

孤傲洁嗵的一声，单膝跪地，“属下莽撞！”

冷沉香在旁边抿着嘴，心里直犯急。

“少主……”高轩叶犹豫许久，还是将疑惑问出口，“绝舞姑娘那夜为什么会独自去衙门，你有想过吗？”

据他了解，绝舞一直被少主保护得很好，虽前段时间经历了很多波折，但并不代表才与外界接触的她有那么大的胆子，敢独自夜闯衙门府，很显然，她是冲着尸体去的，“既然独孤翊已经怀疑到少主，而绝舞又隐瞒独孤翊而独自前去，或许，因为她不相信是少主所为，想要找出证据。”

“你怎么知道她瞒着独孤翊去？”冷沉香低声询问，有些疑惑。

“独孤翊不会准许她深夜独自前往。”同样身为男人，他见过独孤翊看绝舞的眼神，明白那是一种什么样的感情。

怔忪失神的身影微微一颤。对待圣忆风，她究竟是一种什么样的心态呢？

苦涩漫溢开来，不管曾经是什么，都已不重要，重要的是她现在不但怕他，而且恨死他了！思及此，锥心的痛楚袭来。

他努力扭转圣忆风在她心中的形象，一番苦心最后却付诸东流。

等他为她报了仇吧，那个时候他再亲口告诉她。或许在这期间，他还能做些什么去挽回。他在挣扎，倘若这种挣扎能换来一丝希望，又何尝不可？何况，现在告诉她身份，只会雪上加霜而已。

琉璃般的眸沉重地闭起，似是再也经不起过多的猜测和假想，任何一种对未来的预测，都极有可能将他打入万劫不复的深渊。

“请止步！”

利落的三个字后，屋内传来门外的交手声。

“少主，属下……”颜琦紧随独孤翊身后进屋。

圣忆风疲倦地挥挥手，示意所有人都下去。

他转身迈开步子，朝独孤翊走去。他收起了平日里的轻浮眼神和举止，平静地凝视独孤翊那双湛蓝的眸。他太想知道，这双蓝眸望着丫头的时候，用的是一种什么样的感情，竟然能让那个没心没肺的丫头产生自责。

以前，除了他，他的丫头从来不会去关心别人。

现在，什么都不同了啊。

他没有说话，眸光在独孤翊深刻的五官上游走，似柔软似挑衅，又似笑似忧。

半晌，独孤翊被看得有些莫名，终于移开视线，开口道：“我实在不喜欢与你打交道。”

细长的眉挑起，圣忆风饶有兴味地等待独孤翊的下文。

“但也不想在证据不全的情况下，给你扣上杀人的罪名。”

“哦？看来该庆幸城主办事的严谨。”紫袍下修长的腿朝不远处的椅子迈去，询问中带着散漫轻佻，“城主也听到南北城的流言了吧？很明显，似乎所有的证据都在说：圣忆风是凶手。”说完，一双凤眸有意地扫向独孤翊。

现在整个龙月国都在传，百年前几乎毁掉整个龙月国的传世秘籍重现江湖！流言一出，举国恐慌。

传说，当年各位皇子为了拉拢迦隐传人以巩固在朝地位而早日继承皇位，用尽心机，自相残杀，在朝廷和江湖上掀起了一场腥风血雨的斗争，或许是连上天都看不过去他们的残暴，最后各位野心的皇子在斗争中无一人存活，讽刺的是，皇位最终由皇帝暗中早已认定的八皇子继承。

一本《玉骨玲珑》已引起这样大的风波，第二大秘籍《凤凰舞》若是也牵扯其中，整个龙月国定无安宁之日，两大秘籍若是同被一门所收，这天下恐怕就要换主了。因此，自那场风波之后，两门之间为了江湖及朝廷安定，才设了门规，规定两门之间不允许互夺秘籍，更不允许通婚。

虽说百年来这个规矩都没破过，而绝姒也坚信圣忆风不会这样做，独孤翊却总是偏向怀疑圣忆风的那一面。

独孤翊径自走到椅前坐下，逼人的视线压向圣忆风，“你杀那么多人，不过是想确定《凤凰舞》的传人是谁，不觉得这样太过残忍吗？”

圣忆风靠在椅上，长长的睫掀起，眼眸悠悠，独孤翊的先入为主并没有激怒他，“所以，你已经认定了人是我杀的？”

独孤翊蓝眸射出寒光，仿佛瞬间冷凝成刺骨的剑，随时能要对方的命，“尸检出来后有一项没有对外公布，但你我都清楚，这些女子都是被……”

独孤翊顿了一瞬，接着道：“都是被先奸后杀的，后背衣服被撕破是为了确认是否凤图。”

“呵，两门传人有肌肤之亲后，女方后背会出现凤图这样的事，城主都知道？”圣忆风安然地靠在那里，静静地瞅着和他的平静形成鲜明对比的独孤翊，“那么请问，你觉得我知道哪个是传人了吗？你不觉得像你说的这般一个个试，太过麻烦吗？”

“当然不，你只是为了引出真正的传人或者真正知情的人。你知道这个知情人无法看着这么多人送命而无动于衷。”独孤翊的语气变得急促，他本就不是温吞之人，一问一答的游戏，他没兴趣。

“你接近舞儿只是为了打探消息，你的目标从来就不是她！”圣忆风真以为绕在舞儿身边转，就会让人相信他的目标是舞儿了？

独孤翊这回错得太离谱了，他的目标，从来都只有丫头一人而已。

“那独孤公子认为我的目标是谁？”

“用不着套我的话，你自己心里清楚。”冷凝的视线警告地射在冰冷的面具上，宣告着自己的保护权，无论是绝舞还是绝姒，他都不会让她们受到伤害。如果圣忆风想要从绝舞这里得到任何关于绝姒的消息，他定会加以阻止。

“不管你用什么手段，我劝你最好不要把主意打在她身上，更别想通过她得知什么。”

圣忆风回视独孤翊强烈的日光，眸子故意显出很无奈的模样，“这怎么办，我就偏对她感兴趣。”

“你！”独孤翊暴怒地啪的一声拍在桌上，霍地站起身。他的情绪一般都在自己的掌控之中，只在两人面前破例，一个是舞儿，一个就是眼前的浑蛋！

如果眼神能杀死人，圣忆风毫不怀疑，他早就在独孤翊的视线下死过不下十回，这个男人对舞儿的占有欲绝不亚于他。这个发现让他非常生气，极度生气。

如果这是丫头所谓的解决问题后的结果，那很明显，笨丫头把问题变得更复杂了。他甚至觉察到独孤翊对她的占有欲比以前更强烈。

他的人，凭什么要和别人一起分享？

圣忆风敛去眼底妖娆的笑意，缓慢起身，等与独孤翊对立而站时，眼眸清亮的光华夺目，除去面具和一身的紫衣，有那么一瞬间，独孤翊甚至以为自己见到了另一个圣音。

然而只是一瞬，那双眸又流泻出幽魅的光芒，“我想要得到的东西，从没有失手过。”

独孤翊的气因这一句缓缓平歇下来，心里有一点点平衡。因为，圣忆风失算了，当这个不可一世的迦隐少主，知道自己一心想要得到的人，早已心有所属会发疯吗？想到这里，闷堵的心畅通了不少。

独孤翊低沉的嗓音透着明显的嘲讽，“那您这回失算了。”

“哦？”听眼前男人的语气，似乎认准了他的结局。

“看来您打听得不够详细，所以不知道她有个相依十年的师父，不知道她早已心有所属。”恢复平静的蓝眸，用同样的平静诉说着。以圣忆风飘忽鬼魅的性格，知道圣音的存在会怎样？他不介意坐收渔翁之利。

猛然间，独孤翊被自己内心的声音镇住。任何事都无法牵引出他的欲望，而面对舞儿，他居然疯狂到这种地步，甚至渴望让圣音和圣忆风残杀——舞儿会恨他的！

什么时候起，他变得连他自己都不认识自己了？

他忽然发现自己对绝舞的爱，像是一种噬人心智的蛊，匿伏在心的中央，一点一滴，将他完好的心变得面目可憎。

夜，静静地流淌。

两人都没发现，本是讨论命案，却牵扯到绝舞身上，并牵扯得一发不可收拾。

平静的蓝眸，轻扬的凤眸，都无比的宁静无害，而两道视线交织，却击出电光石火般的危险气息。

圣忆风先打破一触即发的气氛，他不想失手伤人，况且是在绝舞存在的锦绣镇，“独孤公子不觉得现在下定论太早了吗？”

浓眉不悦地拧起，看来圣忆风还不够了解舞儿，若是了解就不会夸下海口。无所谓，他乐见其成，“我们似乎离题很远了。”

狭长的眸眯起，圣忆风淡淡道：“原来独孤公子也发现了。”

“我会在十五天之内，找足所有证据。”独孤翊转身离开，“你武功再高，我也定会将你捉拿归案。”

“既然一口咬定人是我杀的，为何还多此一举？”圣忆风说的多此一举自然是指，独孤翊前来质问一事。

独孤翊又回过身，“你不是敢做不敢当的人，可你太过自信，认定我查不出。而我一旦查出来，圣忆风，在证据面前你不是会退缩的人。”

在独孤翊的印象中，圣忆风是一流的操纵者，一如他自身的邪魅气质。他在黑暗中立于众人之后，看着他们在阴谋的游戏里撞得头破血流，而当那些可怜的人再也无法支撑下去的时候，他便如魔鬼一般，以最高的姿态出现在最需要帮助的人面前，让他们甘愿用灵魂去交换生命。

如此心高气傲到不可一世的人，在真相面前，不会允许自己退缩，若是退缩，才是对自己的侮辱，那比要了他们的命还令他们难堪。

或许是他偏激，或许是他多想，即便圣忆风七年没有出现在江湖，这种印象却如盘根的千年苍木般，根深蒂固地扎于心底。

“若真是我所为，我便不会蠢到用莲做凶器。”清润的嗓音有着淡淡的不悦，他不想独孤翊把矛头对准他，招致不必要的麻烦。本以为独孤翊足够冷静去分析整件事情，现在看来，是被嫉妒冲昏头了。

“或许你正是看准了这一点，才认为我查不出。”说到最后，蓝眸中逐渐涌起波涛。

“没料到，真是没料到，享誉全国的蜀地城主，不过如此。”凤眼微睨，毫不掩饰地流露出失望之色，还带着淡淡的讽刺。

“木头、木头……”人未到，先闻声，焦急的清脆嗓音穿过门帘，直逼舱内。

绯色的人儿一进舱，立即找准独孤翊，一下扑上去，身后跟着匆忙进屋的高轩叶三人。

“木头，你没事吧？啊？没事吧？”吓死了，吓死了，她以为木头会出事。想起那夜残废的人，到现在还心悸。

独孤翊先是一怔，随后扶正她还没站稳的身子，“跑这么急干什么？”

“我以为、我以为……”说着说着，余光瞥到了一旁的圣忆风，声音戛然而止，随即朝独孤翊怀里缩了一下。看到圣忆风，她就会想到那个残废的人，恐惧便会像冰蚕丝般一圈圈地绕在她身上，越缠越紧。

方才还幽邪的眸，见到她双眼自然流露的惊慌，顿时黯了下去，一颗心逐渐往下沉，沉到深不见底的冰窖。

她果然怕他了。

独孤翊扶着舞儿，捏着纤臂的手不由得锁紧，他的心无法克制地怦然狂跳，第一次见到她为他紧张。她的担心，比世间任何一种神丹妙药更有用，给他的心注入许久未有过的安定。

圣忆风立在那里，玉般的眸中流光隐隐，清冷而深邃，少了轻浮妖冶，却多了凄寒的疼痛。

“或许，这位是让姑娘当初失魂落魄的人？”他以轻佻的音调，毫不隐藏地道出她最忌讳的事，却问得很轻、很淡，同时，带着如冬日雪水般的疼痛，缓缓没过两人的心脏。

他不想说的，最不想在她伤口上撒盐的人是他，但他最终还是没能忍住心底的嫉妒和不甘！

原以为，他对她的耐心和宽容足以用来等她完全接受他，但所有的隐忍在事情脱离轨道，在看她对独孤翊的关心，在目睹独孤翊对她的呵护之时，全部都消失了。

见鬼的等！再这样等下去，不知道什么时候，她的羞赧无措就不再是为他绽放！

绝舞瞬间在独孤翊怀中石化。一句话，足以摘掉所有的勇气和伪装的面具，惊慌还未来得及隐退，便僵在脸上，某种熟悉的疼痛又一次爬上心头。都是已经过去的事情了，再次被人提起还是会在意，缓缓地，疼痛渐渐变得模糊，隐隐约约，有一种莫名的酸楚在血液中静静地流淌。

屋内一片死寂，仿佛所有人都等着她的回答。她轻轻地垂下幽黑的睫毛，再然后，又坚决地抬起，“不是。”

圣忆风戏弄的眼神中含着某种怀愁抑郁，隐藏得很深很深，深到即使紧盯着他的绝舞都没有发觉。

绝舞压下莫名的心慌，告诉自己，他就是要看你的笑话，你不能被他打败！柔荑抚上独孤翊放在腰间的手，挑衅地瞅向让她恐惧的人，“圣少主真是个喜欢怀旧的人，过去虽是永远无法迈过的一道槛，但迈过去了，就永远是过去了，还提做什么。”

果然不出所料，她很敏感地发觉一缕奇怪的痕迹闪过他的魅眸，心中小小一喜。

过去了？她竟敢说过去了！她怎么能拿这个开玩笑！

“是吗……”颤抖的音节从齿间挤出，黑眸迸出危险的光芒，如子夜星空般明亮，却闪烁着逼人的厉色。

绝舞被他不言不语的注视盯得喘不过气，心却莫名地酸疼。分明只有危险的气息，为何她却感觉到他的受伤？

她拉起独孤翊的手，决定离开，她不要再继续看到那双眼睛！

圣忆风是魔鬼！每多看一眼熟悉的眸，她就多沉沦一分，明知道再这样下去，她面临的只有危险，却无法拉回自己的心！

为什么，为什么会有如此相像的两个人！

“少主，有信件。”

如丝般顺滑的美音从垂地的帘外传进，高轩叶三人还来不及出声阻止，眨眼的瞬间，一道婀娜身姿出现在舱内。

刚转过身的舞儿，一抬眸便与进来的人儿打了个正对面。

杜玉菲！

一个烟火在她的脑海里猛烈地炸开，轰的一声后，绝舞的脑中一片空白。她看着那张明艳绝伦的脸，明眸震惊地睁大，还无法从现实回过神。

独孤翊也困惑地盯着杜玉菲。这个女人他见过，那日去找舞儿，就是她和他一起进的明月山庄，听说，她后来留在了那里。整个世界都颠倒了吗？圣音身边的人居然出现在圣忆风身边，还唤圣忆风为少主。

圣音？圣忆风？

该不会圣音和圣忆风有什么渊源？独孤翊瞬间觉得自己的脑袋涨到快爆。事情已经够多了，居然又多出来一件让人头大的事。同时，一个念头又冲至他的心头，让他没来由地激动起来。

杜玉菲看着绝舞和独孤翊，勾唇漾开一抹美到极致的笑，提起纤足，轻移莲步，向圣忆风走去，从绝舞身上收回的目光，毫不避讳地对上圣忆风眼底此刻隐藏在深处的怒火。

旁边三人顿时倒抽一口凉气，事情麻烦了，而且出大麻烦了！

绝舞的小脑袋迅速运转起来。她在园子里见过杜玉菲一回，虽然她不太擅长记人，但因这个女人长得实在祸水，她印象还是比较深的。如果她没认错人，这个人不是应该在明月山庄的吗？为什么会出现在这儿，还唤圣忆风少主？难道杜玉菲是受圣忆风的指使，暗藏在师父身边？！

但杜玉菲在师父身边，又想得到什么呢？不会又是所谓的《玉骨玲珑》吧？但也不对啊，《玉骨玲珑》本就是属于圣忆风的东西啊。

为何所有的事情都将师父和圣忆风联系在一起？

师父和圣忆风之间，究竟是什么关系？

一连串的问题就像一个个铜币一样在绝舞脑海中排开，越排越多。

杜玉菲伸出长袖中的白葱般的细指，将一封信递到圣忆风面前，天生就用来勾男人心魂的媚眸，笑意盈盈，“少主，柳小姐的信。”

此时，高轩叶也敏感地感觉到一道厉芒向他射来，沉声道：“属下疏忽。”

圣忆风立在原地没有接信，危险的眸色消失，此刻冷冷的、淡淡的，看不出任何情绪。

杜玉菲是看准了他不会在舞儿面前将她怎样，看准了舞儿对他的牵制！

冷眸淡淡扫向舞儿和独孤翊，圣忆风下了逐客令，“二位还不打算走？”

独孤翊转身正欲离去，圣忆风道：“太子本让你查日教，结果你却发现种种迹象都指向我，这么明显的迹象，难道太子当初就没有发现？抑或者他的目的，根本就不在于让你查办日教，那只是个幌子。”太子的野心谁不知，用意很明显！这分明是个一石二鸟之计，独孤翊却被嫉妒冲昏了头，看不清真相。

若不是为了舞儿，他不会和独孤翊说这么多废话，“我不想招惹不必要的麻烦，还请城主把事情查明白！轩叶，送客。”

独孤翊沉眸深深地看了眼圣忆风，拉着舞儿离去。心里暗忖，虽然他说了那么多话的确是为了刺激圣忆风，让他主动开口，以省去他不必要的调查步骤，但也只是抱着试一试的心态。万万没料到，圣忆风居然开口对他解释，这不像那个男人的作风。

圣忆风消失的这几年，究竟是什么让他改变了？

绝舞和独孤翊刚走，高轩叶三个互使眼色，便默默退下。

屋内留下杜玉菲和圣音两人，暗流涌动。

“你好大的胆子！”终于，隐忍的怒气爆发出来，将紫衣吹得翻飞，袖袍下的手指在高轩叶三人退出舱内的瞬间，掐上美人如玉的下颌，因怒气而不住颤抖。

一张俏脸丝毫没有畏惧之色，向来媚人的眼神此刻变得深情专一，杜玉菲迎向他的视线，“玉菲不知少主为何动怒。”

他的反应在她的预料之中，但她一定要这么做。她要让圣音的身份，一步步地在绝舞毫无防备的情况下暴露于众。只有这样才会让她所有的计划进展得更快！她再也不想受制于陈升，她要过着自己想要的生活，她要这个男人！

她已经等不及圣忆风和绝舞决裂的那一天了。呵，到那个时候，她不但会是日教的功臣，也会得到他，就快了啊。

“你不知道？”狭长的眸细细眯起，看不清眼底的嗜血之光，只能听到他带有磁性的诱惑之音，“故意出现在她面前，你是想怎样？”

“玉菲不知少主在说什么。”杜玉菲身体微颤，转为柔和的语调。

他俯下身，用一双比女人还要美的眸静静地瞅着她，“你的美丽果然是对付男人的最佳武器。”

她轻颤的长睫，缓缓地覆下，心念着他对她的赞美。

“但你用错了地方。”

美眸缓缓睁开，她惊愕地望着此刻狂风暴雨般翻腾的凤眸。

“你就是用这张脸，去迷惑陈升的吧？”他狠狠地揉搓着她的下颌，毫无怜香惜玉之意。

杜玉菲有些慌，“少主，你知道我……”

“你以为我在吃醋？”男性的大掌以温柔的姿态覆上凝脂般的玉颈，“不要往自己脸上贴金，你这张脸，在我眼里，一、文、不、值。”

她的双手用力，指尖陷入了柔软的掌心中，眼里浮现出屈辱的光芒。

看到他眼底愈来愈多的阴沉，杜玉菲的心开始不住颤抖，连声音都有点扭曲，“你不会杀我的，不会……只有我能将日教所有的情报透露给你！”圣忆风明白，即使他的本事再大，也无法将日教内部消息掌握得滴水不漏！

“我当然不会杀你，我只是很好奇，若是这张令所有男人痴迷的脸被毁……”他俯在她耳边低喃，声音越来越沉，越来越温柔。

杜玉菲猛地伸出手想要推开他修长的身躯，下颌的手却收得更紧，她痛苦地望着他，只感觉到身体越来越冷，越来越僵。不敢相信，她只是出现在绝舞眼前而已，他居然要毁了她的脸！

“还想要你这副皮囊？”诱人的嗓音里带着噬骨的恨意，“那就抓紧时间去办，到陈升身边，然后拿到凶手的证据。若是拿不到证据。”他将视线从她惊恐苍白的脸上，一寸寸地移到她撑在地上的手上，“或许以后，那只白玉琵琶对你来说也只是个摆设罢了。”

看到她眼中的惊恐，心底的恨意却仍旧没有减少。这个女人的出现很容易让丫头产生联想，该死的！

他将她甩离身边，“明晚的这个时候给我证据，当然，还有日教近期所有的活动计划，要一字不漏。”日教现在最重要的计划，应该不是除去舞儿，而是怎样抓到绝姒。

但他仍旧不能掉以轻心，他，输不起。

杜玉菲被他推开，头晕之下身体一个不稳跌坐在地面，面色苍白地喃喃低语：“为什么、为什么……”

她鼓起勇气，昂起苍白的脸，“我们毕竟有一夜……”

不等她说完，白皙到近乎透明的长指覆上冰凉的面具，而后缓缓摘下，一张与方才的邪魅丝毫不符的俊逸容颜展现出来。

他垂眸望着地上的杜玉菲，唇角含笑，那么悠扬，又那么残忍，“你确定那晚是这张脸？”

漾水美眸瞬间放大，窒息的错愕刹那间扼住胸口，这句话是什么意思？！

“什、么？”梳理整齐的发经过一番折腾，零落地散在肩头，杜玉菲摇摇晃晃地站起身，“不可能、不可能……”

圣忆风将面具重新戴回脸上，转过身，“这世上没什么是不可能的。”

杜玉菲失神地一步步朝外退去，忽而想起来什么似的又回首问道：“是那个跟在你身边的人？”那个跟在圣忆风身边神出鬼没的男人，似乎和圣忆风的身形很像。

"你没有资格知道。"圣忆风坐回窗前，望着不远处的另一艘船。

当狼狈的倩影终于消失在舱内，他终于虚弱地将整个身体靠在窗边。

她看到他杀人……

她看到杜玉菲出现在他身边……

她，会怎么想？

蓦然，心口一阵绞痛。他握拳，告诉自己要忍，只要忍到替她报了仇，一切就都会结束。他承认，他耍了心机，希望将来她能用他替她报仇的恩情来忘记他对她的欺骗，只是，他会如愿吗？

他调整好气息，"进来。"

"少主。"

"叫人跟好杜玉菲。"

这几天的事情太奇怪，严曦练功受伤闭关修炼，人不会是他杀的；三个护法的武功他都见识过，没有一个够格用那种方式杀人，况且，陈升被独孤翊伤到胳膊，一直无法完全恢复，而叶双涵又在明月山庄——据无影的消息来看，前几次案发前后，叶双涵都在无影的视线范围内。

也因此，他最早怀疑人是因中毒而死，紫莲只为掩人耳目嫁祸于他，但奇怪的是，他在无影和舞儿去检查尸体之前就已看过，七窍流血确实是由紫莲导致，而致命的也是紫莲。

这么多年，他从来没听说过，除了他有人能用这招杀人。

而这个人，目标是他。

曾经，虽然所有门派对迦隐是既憎恨又不敢动，但却从未真正地得罪过哪一个人。而如今这个人单枪匹马以他为目标，如果不是受日教的指使，那就是他无意中树立的敌人，而且这个人还恨他入骨。

"少主让她去陈升那里，不怕……"

"你以为我真让她去找证据？还是你真以为她一天之内就能拿到证据？即使我给她十天，甚至一个月，她都拿不出。"

高轩叶黑瞳一闪，有着讶异，"少主怀疑是……"

圣忆风递去一个眼神，高轩叶也聪明地将后面的话咽了回去。

待高轩叶出去，圣忆风拿起手上的信，轻轻展开。

师兄，听轩叶说当年的凶手没有死，若你准备行动，请知会吟依一声。

淡眸神色复杂地注视着信的内容。吟依还是会担心，毕竟那人是她的三叔。

闭上眼，就是那夜的血腥和爹娘颤抖的嘱咐，不让他报仇？！他绝对做不到！

他顾不得那么多，无论如何，这个仇他一定要报！即使最后吟依阻止他，他也一定要报仇！

第十五章
双涵亦寒霜

“木头？”绝舞扯住独孤翊，清脆的嗓音带着不确定，心绷得紧紧的，期待着自己的猜测是否属实，“其实，你并不认为圣忆风是凶手，对不对？”

独孤翊想起方才在画舫，绝舞对他的担忧，蓝眸不禁浮现出一抹暖意，“不，我确实认为是他所为。”

砰的一声，绝舞听到自己心中拉紧的那根弦断了。

独孤翊沉凝住她担心的神色，“你很在意他？”

她在意圣忆风吗？

不！她喜欢的是师父那种干净到一尘不染的人，她怎么可能喜欢一个双手沾满血腥的人？

“我怎么可能在意他，开玩笑！”她终于说服了自己讨厌圣忆风，蓦地展开一抹耀眼粲笑，“我是问这个案子。”

独孤翊凝视她，“你在意这个案子，是因它跟焰门的《凤凰舞》有关，是吗？”他方才与圣忆风的谈话，她可能听进去了一些。

她移开视线，“没有的事，我纯粹只是好奇。”其实很多次，她忍不住想要告诉独孤翊焰门的事。这一路相随，那些事堵在自己心里真的憋得喘不过气，但想起姐姐的叮嘱，她还是忍了下来。

独孤翊嘴角微弯，“你不必什么都埋在心里，如果信得过我，可以告诉我。焰门的事我也略知一二，这些日子也派鱼辰去打探了一些消息，或许可以帮到你。”

她被独孤翊的线索吸引到，忘记了初衷，反射性地问道：“什么消息？”

难怪这些天鱼辰动不动就失踪，原来是去打探焰门的消息，一些感动像是春日萌动的小芽，在她的心底一点点长大。

独孤翊看着她，舒展开眉道：“当年焰门大火，日教的靠山已经查出来，只不过这个人，轻易动不得；而当年的内应，这个人也已经有了眉目。”

“内应是？”绝舞捏紧了拳头。

“这个人……”独孤翊扬眉轻叹，转而道，“你还记得你小的时候，收留过的一个小女孩吗？”

绝舞颦起秀眉，这样一个人，好像还真的有。似乎是她和姐姐在集市里赎回来的一个卖身葬父的小女孩，那个女孩比她大，但比姐姐要小一些，并不是个讨喜的女孩子，冷冰冰的模样看谁都像是仇人，她却觉得那个女孩可怜，最后便带回了家。

绝舞慢慢地全部回想了起来，“那个女孩最后好像是留在奶娘身边帮忙了。”

独孤翊幽幽的眼神让绝舞心跳加快，她不敢置信地摇摇头，“不、不可能，那样一个小女孩，当年只比我大一点点，怎么会、怎么会……”

“你不想知道那个女孩现在在哪儿吗？”

心像被外力狠狠撞击了一下，她屏息凝神，沉默片刻，忽而道：“我知道是谁了。”

“你猜到了？”独孤翊对于她这次的敏感，着实佩服。

“是她吧？是叶双涵对不对？！”呼吸好像忽然变得困难起来，她抓住独孤翊的胳膊，凝望着他，“我就觉得她奇怪，无影大哥那样的人，她居然可以做到无动于衷。原来，她进入明月山庄，接近无影大哥和我们，本来就是有目的的！怎么办怎么办？无影大哥会有危险，我得告诉他，得立即告诉他！”绝舞急得像热锅上的蚂蚁，四处转，想要找到纸笔去给无影写信。

独孤翊拉住她，将她小小的手包在大掌里，轻声安抚，“不要急不要急，我已经给无影飞鸽传书了，他应该很快就会收到消息，你不要乱。”

她呆呆地望着独孤翊，“你已经告诉无影大哥了？”

独孤翊点点头。

绝舞忽然鼻头一酸，就红了眼眶，“谢谢你，木头。”她抹去眼角的水渍，扑哧一笑，“我差点又给无影大哥他们添麻烦了，还好有你，谢谢你。”

独孤翊伸手揉揉她的发顶，“傻瓜，说什么谢谢。”

她蓦地怔住，这个动作是师父最爱做的，她从来不允许别人动她的头发。有些不是滋味地抿起嘴角，又因为感激，她没有表露出来，只是仰头冲独孤翊笑笑，不着痕迹地将脑袋从他手下移开。

“你还没有告诉我，为什么那个靠山轻易动不得？”

独孤翊也觉察到了她的抗拒，只是相比以前，她至少愿意接受了，这点认知让独孤翊的心情愉悦了很多。他的手放在船身的护栏上，“日教的靠山也同样是我的死敌，他是我们共同的敌人，我来想办法，你就不要太过操心了。”

她还想问什么，独孤翊转移了话题，“日教这边，你也看到了，圣忆风一直在对付日教，我们暂时按兵不动，坐收渔翁之利也并非坏事。”

“可是……”

“好了，很晚了。你快进舱去睡吧，我再在这里吹会儿风。”

绝舞走前又忍不住问了句：“刚才我们临走前圣忆风说的那番话，你有想过吗？即使这样你还是认为，是他杀的人吗？”

“或许是该重新审视这个案子。”

如果人不是圣忆风所杀，那她那夜看到的是什么？绝舞犹豫再三，看着独孤翊高大的背影，最终还是没有把那夜看到的事情说出来。独孤翊本就偏向是圣忆风杀人，她若说了那件事，无疑是火上浇油。

独孤翊皱起眉，似乎在很努力地想。司空霄的用意，难道真是让他把目标对准圣忆风，为了传世秘籍想拿下圣忆风？越想浓眉拧得越紧。司空霄果然给他设了一个陷阱，想借他之手除去迦隐保住日教，而迦隐一旦垮下，秘籍落入日教手中，对于司空霄来说又是一大支持，看来司空霄这个太子当得太久，已经开始心急了。

舱内，绝舞将自己摔进床榻上，美美地伸了个懒腰，想到独孤翊说重新审视这个案件，她的心情舒畅了很多，还有一点点的欣喜。

如果按独孤翊的说法，日教也同样是圣忆风的死敌，这样说，她与圣忆风就有了同样的敌人，是不是可以联手呢？况且，如果那些人真是圣忆风杀的，她是说如果，那么圣忆风就真是无影说的那般是为了引出《凤凰舞》的知情者，她自己送上门，再以《凤凰舞》为条件，跟圣忆风联手对付日教，岂不是刚好？

绝舞觉得自己这个计划甚好，详细思考一番后，觉得心里踏实很多。

在江上漂泊一日之后，已经临近北城边界，这一带属于庭梧镇——只是一座不起眼的小镇。而这座不起眼的小镇，是圣忆风这次前往北城路途中，最重要的一站。

庭梧镇上有一家不大不小的客栈，名往风客栈，客栈很简陋，却是镇上唯一一处可以供过往行人歇脚的地方，室内陈设俭朴而整洁，一眼看去便给人很舒服的感觉。

镇上的人只知道这家店是在六年前开设的，老板是一位三十多岁看起来很严肃呆板的人，个子高壮，肌肤黝黑，对于其他的一无所知，比如老板来自何处，曾经又是做什么的，这些便更无人知晓了。

此时，他正在柜台后面认真地拨着算盘，偶尔抬头看一眼店里忙活着招呼客人的女人，然后露出一个幸福的笑脸。那个女子便是他五年前娶的妻子，一个善良淳朴的乡下姑娘。七年前的他，怎么也想不到会过着如此平凡安定的生活。

像是又想到什么，那张粗犷的脸上露出愁容。自从那日告诉高阁主当年叛徒没有死的事情之后，心就一直静不下来，总觉得有什么事情要发生。

他本不想说，只想远离过去，过着安稳的生活，然而自从高轩叶找过他后，他就再也无法这样心安理得地过日子。当年多亏老门主，他才能活下去，如今眼睁睁地看着少主蒙在鼓里，他不能再坐视不管了！

环视小店一周，心里重重叹一口气。该搬家了，再待下去，只会引祸上身。

突然一根手指按在算盘的一颗木珠上，木珠子啪的一声炸裂，王权抬起头，顺着手指向上望去。一个身着黑衣的男人映入眼帘，对上那双极小的鼠目，一阵不祥的预感瞬间袭来。

王权礼貌道："请问，这位客人要住店？"

黑衣人没有回答王权，而是将视线移到在店里忙着招呼客人的女人身上，"那个是你妻子？"

王权粗犷的眉因不悦皱起，"请问客人要住店？"

黑衣人回过头，露出狠毒的笑，"不想把她牵扯进来，就找个安静的地方，我们俩谈谈。"

站在小店后院空旷的土地上，黑衣人脸上堆起不怀好意的笑，"王大哥，好久不见，你把小弟我可给忘了啊。"

"你认错人了。"王权冷冷地对对方说道。虽然嘴上说认错人了，其实已经表露了自己的态度。

"哦？当年迦隐宏火堂堂主的得力助手，背叛了堂主，竟心安理得过着这么舒心的日子，你都不会良心不安吗？！"

王权在心底冷哼一声，简直就是贼喊捉贼。那个恶贼背叛的可是迦隐，他只效忠于老门主，若不是他当年及时通报，说不定少主也会出事！

"我自然比不上日教护法忠心耿耿。"王权斜眼望着陈升，眼底尽是鄙夷，"你来晚一步，少主已经知道那个恶贼没有死，找上你们是迟早的事。"

"你个叛徒！"

"口口声声说我是叛徒，究竟谁是叛徒你心里清楚！"王权冷冷地下了逐客令，"滚，我这里不欢迎你。"

陈升气不过，提起剑就要冲上来。

王权又道："少主已经到了北城境内，说不定现在正在往这里来的路上，你再不走，就没机会了。"

"谁听你在这里信口开河！"陈升大吼。

"滚！"

一道光闪过，陈升已提剑向王权刺来。王权当年是宏火堂堂主的得力助手，武功自是不在话下，陈升当年虽不及他，但七年的改变可没人能预料，七年不动武的王权才接十几招已经有些吃力。

"王大哥。"一道柔弱的女音传来，正是王权的妻子。她方才看两人走到后院，那个黑衣人又贼眉鼠眼，她怕会出什么事，所以跟来看看。

陈升咧开一个阴险的笑，就在王权因突来的声音闪神之际，他猛然收剑退身，将魔掌朝后门口此刻惊恐的女人伸去。

“啊——”女人在陈升怀里挣扎，从来没有见过舞刀弄枪的场景，今天真实地发生在她身边，还被用刀架在脖子上，差一点就吓得昏过去，嘴上还拼命地喊着：“你放开我，放开！”

“跟我走一趟，我就放了这个女人。”闪亮亮的刀刃紧紧地贴在女人的细皮嫩肉上，只要微微一用力，就能划开血痕。

“放开她！”居然让陈升这个卑鄙小人得逞！

就在这时，流畅的笛声响起，紧接着，陈升手中的剑开始颤抖，随着笛音越来越近，握在手中的剑也开始逐渐脱离手的控制。陈升咬着牙重新将剑握回手中，恶毒的眼睛充斥着血红的颜色，正准备用力将剑刃按下去，笛音立即转为激烈，如金石交鸣，哇的一声，他吐出一口血，再无力掌剑，剑柄脱手掉在地上。

旁边的小女人吓得面色惨白，脱离陈升钳制的身体眼看就要虚脱地落地，王权几个大步上前，将她揽入怀中。

“你！”陈升气冲冲地瞪着平静的高轩叶，高轩叶居然用魔音七式中的一式对付他。魔音七式中的每一式都会耗去极大的内力，高轩叶从来不曾这么针对过他，看来，迦隐果然对当年的凶手有头绪了！

还是先回去禀告教主要紧，陈升转身正要离去，一支玉笛横在面前挡住他的去路，“如今，还想这样大摇大摆地回去？”

少主之前留土护法的命，是因为绝舞姑娘在面前，而在清山那次，只是给他们个下马威，让他们知道迦隐不是什么人都可以去的，顺便回去带个口信给严曦。如今，已经知道当年的叛徒有可能是谁，他想，少主应该不会轻易放过任何一个和当年血案有关联的人。

陈升皱眉看着面前的玉笛，顿时觉得自己已到绝路，为留下命只能以言相激，“圣忆风敢杀我？他不是为了某个人不再沾染血腥吗，就不怕传到那人耳中，毁了多年的形象？”

高轩叶淡然一笑，“我想，那个人会很高兴自己的灭门仇人死了一个。”虽当年的日教教主已死，而且至今仍不清楚毁掉焰门的究竟是日教里的哪些人，但依目前得到的种种消息，十年前焰门的毁灭和七年前迦隐的血案，都和眼前这个人脱不了干系。

话落，高轩叶突然从通体晶莹剔透的玉笛中抽出一柄短剑，白光一闪，已是血染满地。陈升震惊地望着掉在地上的右臂，眼睛不可置信地睁大，疼痛这才开始从血淋淋的肩膀蔓延开来，他咬着牙恨恨道：“没想到你居然耍诈。”

“耍诈？跟你相比，这只是雕虫小技。”高轩叶沉沉地凝着陈升，“今日不要你命，留着你的命回去告诉他，少主已经知道他是谁了。”

陈升面目扭曲地捂着自己的伤口，缓慢地朝后门走去，暗地里告诉自己，这一臂之仇他一定要报！浑蛋，从来没听说过高轩叶的笛中有暗器！

待怀中的小女人慢慢安定下来，王权搂着她转过身，恭敬道：“多谢高阁主相救。”

“莫要这么说，因为我你才惹祸上身。”

“少主没有来？”他以为少主会来。

“近几日情况特殊，少主不便离开，所以派我来。”高轩叶看着王权，又看看他怀中还没有完全从惊吓中恢复过来的小女人，“少主希望你能重新回到迦隐。”

“这……”他早猜到高轩叶第二次造访的目的了，可他还没有做好回到那种生活中的准备。

“今非昔比，想要和她过以前的日子已是不可能的了。”高轩叶担忧地看着王权，“回到迦隐，至少她是安全的。毕竟不是什么人都能闯进迦隐，你若是坚持不回去，流浪在外，日教随时有机可乘。”

王权看看怀里一脸迷惑地望着他的女人，再想想她刚有身孕不久，这孩子来之不易啊，他要给她一个安稳的环境将这个孩子生下来，“好。”

高轩叶安心一笑，“收拾东西吧。”

“现在就走？”他还什么都没有准备。

“对，少主派我来接你们的，而且嘱咐我这次一定要接回人。当年的一切，等见到少主再说不迟。”

当年造成迦隐血案的凶手就是日教如今的教主严曦，也就是曾经的迦隐宏火堂堂主柳曦，如今迦隐长老级人物柳钦的弟弟，吟依的三叔，也是圣忆风师父的三弟！

“是。”

“少主！”王权双膝咚的一声跪倒在地上，深深地将头低下，一个粗犷的汉子，此刻的声音听起来竟有几分哽咽，“属下对不起你！”

墨般的黑眸闪过一抹流光，而后又恢复平静，安静地望着此刻跪在他面前懊悔的男人，心里轻轻地叹了口气，为了复仇，又要毁掉一个人宁静的生活。

王权垂着头，即使少主此刻要处罚他，他也无怨无悔！

忽而，带着淡淡笑意的声音在他耳侧响起，“你没有对不起我，更没有对不起迦隐。说来还要谢谢你，若不是你，当年的我说不定也难逃一劫，是你救了我。”

“属下不该独自苟活！”想起救自己一命的老门主惨死，而他却为了躲避纷争而隐瞒真相七年，王权就恨不得少主杀了他，那样或许能让他心里好受些。

“人不为己，天诛地灭。这不是你的错。”淡淡的嗓音，有着无奈。

咚咚咚，王权在坚硬的地面磕了三个响头，抱起双拳，无比坚定地道：“自此以后，属下定当誓死效忠迦隐，只求少主给属下替老门主报仇的机会！”

提及老门主，圣忆风平静的内心激荡起复杂的情绪，五指紧紧捏住袖沿，抑制住自己激动的心绪，“现在的严曦，真是当年的柳曦？”很好，若真是他，就方便太多，两门的仇一起报！

王权望着那双此刻让人心悸的眸子，坚定地颔首，“是！”那个恶贼当年不但害死老门主和夫人，还残杀了那么多迦隐的兄弟，最可恨的是自己当年竟然还是他的下属！

“很、好。”

这就能解释通，为何严曦这么多年不曾在江湖上出现了。七年前严曦接了他以幻影神功击出的一掌，深受重伤，算他命大，竟没有死！不过也能想象，这七年来，那一掌给他的折磨有多大！恨只恨当年他的幻影神功只到第八层，若是今天，他一定会让严曦命丧当场！

严曦得到日教的龙旋掌法，在七年里化解了那掌幻影神功，不知今日的严曦，武功到了什么程度。日教几个护法的水平他都见识过，不过如此，整个日教也强不到哪儿去。

七年前日教教主的死，肯定和严曦也脱不了干系，从别人手中抢过的位置，他倒要看看，严曦还能坐多久！

明月山庄。

明媚的阳光暖暖地洒在绿林红花之上，衬托着点点飞絮，已入春的蜀地静谧宜人，然在柔和安逸之中却包裹着一触即发的紧张。

“你刚才说什么？！”本在书房惬意看书的无影，听到眼前女人的一番话后，暴怒地跳起来，差点没掀了房顶。

叶双涵将视线锁在无影身后的一幅山水画上，整个人冷冰冰的像是没有温度的雕塑，“我说我要离开。”

“你再说一遍！”无影咬着牙，倜傥的俊容弥漫上寒霜，黑眸也暗沉起来。

“我说我要离……”毫无声调起伏的声音，又将刚才的话重复了一遍。

“你敢！”他简直受够了！天天费尽心思地拉近两人的距离，几个月后她居然跟他说要离开！

叶双涵淡淡地看了一眼暴怒的无影，心里的痛并不比他少，这一别，他们便再无交集。

这世间，本就有很多无奈，无奈她爱上他，无奈她又要伤他。

叶双涵最终将视线定在那张因怒气而扭曲的脸上，双眸如冬日冰泉，清亮中透着一股触目惊心的冷傲。

既然要走，既然伤害在所难免，那就让她走得干净，走得再无牵挂吧。

“没有留在这里的理由了。”

看着无影颤抖的身躯，叶双涵不自在地将视线移开，发觉桌上的宣纸不知何时竟已被他揉碎在手心，细细的纸末正从紧攥的指缝中漏出。

无影悲哀地发现，在她的脸上找不到丝毫留恋的感情，“我难道还不算理由……”

“我从不会为任何人逗留，你也不例外。”叶双涵冷冷地打断他，冷艳的容颜足以将他冻结。

她转过身，毫不眷恋地向门外走去，“毕竟相识一场，走前奉告你一句，你最好让圣忆风盯紧杜玉菲。”

似乎是在犹豫，走到门外后，她又停住。

无影看到她的犹豫，像看到了希望，然而刚刚伸出手……

“还有绝舞，日教已经知道她不是焰门的传人，一旦严曦抓到绝姒拿到《凤凰舞》，绝舞就不再有利用价值。她现在，很危险。”

再悲痛，他仍旧注意到问题的严重性。他一个箭步上前，猛地拉转过叶双涵，黑眸沉沉，“你是如何知道日教的消息？”舞儿会有危险！他要立刻通知圣音。

她握紧拳，迎上那双曾经让她的心一点点瓦解的黑眸，“亏你还是武林盟主，眼力差到这种程度。圣音早就怀疑我，而整日和我在一起的你，竟丝毫没有觉察……”

他忍着被欺骗的怒气，“重点！”

“我是日教教主严曦的义女。”

猛地，无影紧握纤臂的大手松开，阴鸷的眸瞅着她，忽而，黑眸渐渐黯下，最后趋于平静，“你还是说了……”

她一怔，“你知道？”

“整日和你在一起，怎么可能不知道。”只是，叶双涵知道日教教主是谁吗？恐怕不知道吧？他才得到圣忆风传来的消息，当年柳曦手下有一个人如今还活着，供出了柳曦就是现在日教教主的事实。柳曦一定是用什么谎言蒙蔽了叶双涵，不然叶双涵不会为他这么卖力，还为他杀人。

看着他凝沉的表情，叶双涵冰冷的表情起了一丝变化。他一定很失望吧，会恨她吗？恨吧，那是应该的。

但是，为何心还是会痛呢……

“既然事情都已明了，那么，告辞。”毅然决绝的转身，毫不留恋的语气，如雪峰千年不化的冰雪，在温暖的园子里带起一阵刺骨的冷。

“告辞？”冷冷的声音在她身后响起。

眨眼工夫，一个大掌扣住她的肩头，“叶双涵，或者是，叶寒霜？你也太天真了，既然已知道真相，你难道还以为我会放你走？”

他凝视着她。没料到，她要离开的理由，最终，成为他留下她的借口。只要能留下她，任何方式都可以……

她看不懂他眼底是往昔的爱怜，还是知道真相后的厌恶。

她有些怔然，她只想着如何说狠话离开，却没有想过这个问题。他们现在是敌人，他怎么可能轻易放她走？

她心底苦涩一笑，冷冷开口，“你这么紧张，到底是因为我身份的真相，还是因为绝舞面临危险？”

无影眯起黑眸，听出她话里的含义，故意道：“我不否认我关心舞儿，而且，很担心。所以我更不能放走你这个罪魁祸首！”

在锦绣镇停留几日之后，绝舞终于重新踏上了向往已久的北城之旅，在江面上漂泊了两日之后，已经处于北城境内，却发觉初离蜀地的兴奋雀跃已然消失。

夜色如水。

虽已远离锦绣镇，却仍能听到从同往北城的其他船上传来的阵阵琴音，曲声和谐清雅，在夜空中清音袅袅，回旋在水面上，不绝于耳。

风过，船上装点的花散发出淡淡清香，静静的夜里，撩动着窗边人腮边的发丝。

绝舞默默地扶着窗边，蛾眉似锁非锁，盈盈的眸向外散发着柔柔光晕，望着远处的一艘大船。

那艘应该是圣忆风的船吧，他们从画舫上搬下后就入住到那艘船。在江面随波起伏的船，将她的思绪拉到了起程的那日。她将头微微地靠向窗棂，回忆着当时独孤翊的话。

“司空霄虽让我查办日教，但所有的证据都很明显地指向圣忆风，我怀疑，司空霄是想借我之手除掉迦隐，或者借此要挟将迦隐纳入他的势力范围。或许，我们该把目标重新转移到日教。”

司空霄是太子吧，独孤翊怎么敢那么嚣张地直接喊出太子名讳呢，这不是很奇怪吗？而且，在龙月国只有皇族才会有蓝色的眼眸，莫非独孤翊也是皇子？

这些疑惑她都可以暂时不想，却不能不想师父和圣忆风的关系。

从三年前的《玉骨玲珑》到如今的杜玉菲，师父和圣忆风总有撇不清的关系，她之前从未仔细地思索过，而现在，这些疑问就像是一颗埋伏在心底的炸弹，一旦想起，就像被点了火引，爆发得措手不及。

或许是多想，因为太想念，已经想念到从别人身上寻找那泓暖泉般的眸，想念到已经分不清谁是谁。

那日，她走得心甘情愿。

如今，又想念得入心入肺，夜不能寐。

思念，真的是一种很玄的东西。看到静谧的夜，会想那夜师父轻如点水般的吻；看到晶莹的甜点，会想到师父将它喂到她嘴边时，眼中的宠溺；就是低头看到腰间的凤玥剑，也会不自觉地回忆师父教她舞剑的情景……

睹物思人啊，她要疯了。不得不承认，没有师父的日子真的是无法再忍受了！

师父也在来北城的路上吧，为什么不来找她？她迫不及待地想见那张日思夜想的清俊面庞。

明月当空，湖面如镜，弯弯的月映在湖面上。

“姑娘。”一道略显突兀的声音，虽然不大，却足够打乱她此刻对圣音的万般思念。

“有事吗？”娇俏的脸看似颇为不悦，冲着门外人问道。

门外的丫鬟，又恭恭敬敬道：“那位公子传话，让你去前舱。”

“知道了。”讨厌，师父的人见不到，连在心里偷偷地想一想还要被人打扰。

当被丫鬟叫了数次之后，被搅和得一团乱的脑子再也忍受不了，她终于用胳膊撑着身子，打了个呵欠，懒洋洋地离开窗边，才回首就望到门口的独孤翊。进门都不用敲的，过分！人家好歹也是个女孩子家啊。

“请你几次都请不来，架子越来越大了。”

“谁让你在人家想师父的时候来……”绝舞低声埋怨起来。

低低呢喃没能逃得过独孤翊敏锐的耳朵，顿时，平静的湖水因一句话激起了波涛。真想不通那个圣音到底有什么好，让这家伙这么迷恋。

那张不情愿的小脸看在他眼里格外的不舒服，正欲上前教育一番，余光瞥到窗外有一丝动静，嘴角的笑一掠而过，笑中藏匿着几分恶作剧的味道。

绝舞一抬眸，一张迅速放大的脸孔笼罩住她全部的视线，紧接着，整个人被狠狠地收进一个健壮的身躯。独孤翊动作快得让她甚至来不及反应，在她反应过来的同时，身体也重新恢复了自由，所有事情都发生在一瞬间。

“很软。”独孤翊嘴角邪邪一勾，手指轻揩刚刚不经意间碰触到的她的脸颊，上面还残留着淡淡的香气。

啪！一巴掌毫不留情地落在俊朗的脸上，五个手指印逐渐在他脸上呈现出来。

“不要再开这种玩笑！”上一次不跟他计较，不代表他可以得寸进尺。

独孤翊看着她，脸上并无生气之色，只是眼神变幻莫测，有些难以琢磨。

半晌，他留下一句“一会儿到前舱来”就走了。

蹙起眉，回想方才独孤翊唇角边的笑，不禁打了个寒战。圣忆风也会有这种邪气的笑，但给她的感觉和独孤翊的完全不同，圣忆风的是轻佻，其中又带着淡淡的逗弄和玩世不恭，可独孤翊却是纯粹的危险，像一只正欲掠夺美食的猛兽，一旦出手，便会将对方撕得血肉模糊。

刚踏出房门，突然，一个大掌捂住她的唇，她猛地感觉腰间一紧，整个人便被带入到门外左侧的拐角处。

完蛋了！这是绝舞脑袋里的第一个反应。因为此处恰好是船的最后面，何况她连喊都喊不出声。

“唔……”挣扎的动静才发出一声，抓上覆住她嘴的手还来不及付诸行动，她突然顿住了。

后背紧紧地贴着对方的胸膛，她能觉察到对方急促的呼吸和呼在她耳垂上方的热气，熟悉的香味和手上温柔的触感，让她鼻头一酸。一颗晶莹的泪珠顺着右眼角滑落，流进嘴角，咸咸的味道混着苦涩，在心中化开。

他收紧手臂，惩罚般狠狠地将她搂在怀里，使她更加紧密地和他贴合在一起。他喜欢她为他颤抖，喜欢她像只需要保护的小猫般窝在他怀里。

她感受着他的心跳，透过后背传进她的胸腔，春意般融融的暖，夏日般浓浓的烈，温暖和炙烈交加，带来异样的刺激，让她的神魂为之颤动。

他将头垂在她的颈窝，许久，低沉的声音呼在她的耳边，“丫头……”

师父竟真的出现了，在她最需要他的时候。

停留在唇上的手缓缓移到她的脸颊，轻轻擦拭着方才的泪痕。她为他哭了，“我想你，好想……”

他的唇很烫，手也很烫，让她的心中一阵酥软，小手颤抖地覆上停留在她脸上的大手，紧紧握住。

师父真的来了啊。

这不是梦。

他反握住她的小手，将她拉转过身。

纵然心儿慌慌，她却没有回避，视线与他交缠。

积聚的思念，在看到那双疯狂迷恋的眸后，瞬间化作满腔泪水从眼眶中流出，汹涌得一发不可收拾。她扑到他怀里，双臂搂上他的颈，呜呜地哭起来。

她，似乎也很想念他。意识到这点，薄唇满意地勾起，至少他确定她那日说的话只是为气他，不，是气圣忆风。

“姑娘、姑娘，你在吗？”大概是那位船上的小丫鬟见人久久不到，又来催一回。

听到呼唤，绝舞这才想起方才独孤翊似是找她过去。

至少她应该出去告诉小丫鬟，她要晚点过去，“独孤翊刚找我，我……”

剩下的话，只字不留地湮没在他的吻中。他试探性地轻咬她的唇，感受到她主动地迎向他，惊讶于她竟没有拒绝。

这次，她终于没有再拒绝他。

从最初的蜻蜓点水，到不可抑制的焚火之吻，终于，缠缠绵绵地在她的晕眩中结束，他将她的小脑袋按向胸膛，温和的脸浮上愠色，清亮的眸也变得深黯，像是能吞噬一切的旋涡，极具危险，“丫头，不要在我面前提其他男人，我没那么大度。”

只可惜，她并没有发现他的变化。她先是从吻中回过神，一怔之后，将搂在颈上的手移到他的腰间紧紧地环住，埋在他胸膛的通红娇颜露出甜甜的笑。她喜欢师父的温柔，喜欢师父的霸道。就是好喜欢好喜欢，每每想起来，心儿都会加速地跳。

“丫头，跟我走。”他再也无法放心将她放在那个男人身边！她以为刚才在屋里发生的事情他没有看到吗？！想着那个男人竟然碰了他最珍贵的东西，他就恨不得立即将对方碎尸万段！何况，日教已经知道了舞儿不是传人的真相，马上就会采取行动除去这块绊脚石，她跟在他身边才是最安全的。

她松开手臂，离开他的怀抱，紧抿的唇在抬头的瞬间舒展开，扬眸，浅笑，脸颊上的红晕还没完全消散，在月光下透着淡淡的粉，小小的酒窝绽放在唇角附近，极度可爱。

“我不能跟师父走。”娇甜的嗓音没有往昔的稚嫩，多了执着的坚定。

一袭白衣在夜风中柔柔起舞，月光将他俊美的脸映照出儒雅的气质，清灵的眸底却掠起了一抹几可不察的涟漪，随后慢慢地又重新平复，“为什么？”

“我有事情做嘛。”她总不能告诉师父她的决定吧。她敢对天保证，师父绝对不允许她那么做的！

他沉静地望着她，看到她将视线移往他处，心底立即燃起一把火。他太了解这丫头，每次心虚都会躲避他的目光。

“你舍不得他？”冷然的语气带着浓浓的火药味从薄唇中逸出。

绝舞心一惊，师父生气时的口吻和圣忆风生气时的口吻真像。

好烦，她又想起那个魔鬼了！

重新将视线移回他的脸上，那抹浮在唇角的淡笑已消失，双唇反倒紧紧地闭着，清俊的脸紧绷，蒙上一层黯色。

她不想师父生气的，可是她真的不能说啊。小手伸入他的袖袍下，握住他暖暖的手，然而触摸到的手却冰冷异常，不禁惊愕。师父的手，从没这么冰凉呢。

她慌了，乱了，急忙解释，“不是师父想的那样！舞儿没有舍不得他……”

“够了，不需要解释。”他甩开她的手，仓促地打断她的话，语气轻而淡。

他发现自己竟然害怕听到她的解释，怕她在解释中无意告诉他，她开始在乎独孤翊。那是一种恐惧，像身处无底黑洞，费尽千辛万苦好不容易看到洞口的点点亮光，却在这时，一块巨石压下，断绝了所有的希望！

“师父？”绝舞心里渗出喜滋滋的味道，因为她明白，师父一直都很在乎她。

思及此，她将柔软的身段钻进他的怀里，不顾他的拒绝，很厚脸皮地用双臂环住他的腰，小脸在暖暖的胸膛上蹭啊蹭。

虽说她和师父现在没有明确的关系，但她一定要解释清楚，不然她还要跟独孤翊那么久，又会有误会的，“师父不要生气，舞儿找到合适的机会一定告诉你。但是师父要相信，舞儿不是因为木头才留下的。”

冷然的眸光在她的话语下，慢慢散尽。他无奈地叹口气，举起手臂将她圈起来，一手缓缓抚着她的长发。再大的怨气，再浓的妒意，再多的无奈，只要碰到她的细语呢喃和撒娇姿态，便会烟消云散。

多少人因听到他的名字而胆战心惊，多少人见到他的出现便四处逃窜，又多少人对他恭恭敬敬唯唯诺诺，还有多少人在猜他的弱点到底是什么，他们却怎么也想不到，他致命的弱点，便是怀中这个喜欢对他撒娇的小姑娘。

问世间情为何物，应是一物降一物吧。

罢了、罢了，谁让他宠她、爱她，宠了十年，都已成为改不掉的习惯。

感觉到他的回应，她便知道师父不生她的气了。撒娇这招果然百用不误。

“师父。”

“嗯？”

“我们是不是不可以在一起？”她仰起脸无辜地望着他，问得好天真。其实，她心底早就有答案。师父是什么样的人，她明白，师父一丁点都不在乎江湖名利。至于她，只要有师父，她什么都不在乎。

他专注地望着她，淡淡笑着，看不透内心的想法，“独孤翊告诉你的？”

绝舞低头想想，她不想瞒着师父，况且师父也不是外人，他和姐姐一样是她最爱的人，“是姐姐。”

他弯腰拥住她，将她的头搁在他宽阔的肩上，下巴有些紧绷，唇角的笑容已然消失。

“你怕别人说闲话吗？”他没有回答，而是反问她。

“不怕！”

听到她干脆利落且毫不犹豫的回答，消失的笑容重新回到好看的薄唇，他将她抱得更紧，“傻丫头，世俗的眼光师父从来都不在乎。从未告诉过你，是因为在师父眼中从来都不是问题。”

“嗯！”她就知道是这样，姐姐白担心了。

“丫头，没有人可以阻止我们，没有人。”即使舞儿的唯一血亲，也不可以。

简简单单的一句话由他口中轻轻吐出，恍若海誓山盟，比石坚，比海深，难以摧毁。

她抬首，水灵灵的大眼，笑得娇媚，“师父，我喜欢你，一直都喜欢你，只喜欢你。在我的生命里，除了你，没有别人，从前没有，今后也不会有。”

他的眼神变得深邃，专注地望着她，似是有话要说。

这时她又道：“我离开你要独自前往北城，除了想要磨炼自己、解决独孤翊的问题，最重要的是想变得成熟，不想事事都依赖你。”

手臂一绷，泄露他的僵硬。

第十六章
暗箭最难防

“舞儿想变得足够懂事，再去接纳你的感情。我不要我们之间，再因误会而磕磕碰碰。”

他欣慰地扬起笑，很好，这丫头终于知道他们的感情来之不易，这下总会用心珍惜。

“所以，我才决定继续留在独孤翊身边，历练自己。师父那么疼我，肯定不会想我再受伤吧？我这也是为师父着想，怕师父以后一个不小心惹人家伤心了，会自责难过。”

含笑的唇角开始抽搐，这丫头太会堵人了，现在是怎样？都说他疼她，说他舍不得她难过，他能说不同意吗？！

将她放出来到底是对还是错？他怎么觉得这丫头越来越机灵，说不定以后吃亏的人会换成他。

“丫头。”他盯着她瞧，目不转睛，眼眸中深情流转，故意俯到她耳边轻柔道，“我发觉你不但变得机灵，也越来越有小女人的味道了。”

闻言，她蓦地脸红了。

她羞答答的可爱模样，带着少女逐渐变得成熟的娇媚，全部被收入他的眼底。

“舞儿！”煞风景的醇厚男音从不远处传来，打破了此时暧昧绵绵的氛围。

圣音不悦地皱眉。

“师父？”绝舞不解，圣音为何牵着她准备出去。

“既然来了，出于礼节也应见一见老朋友。”他才知道，许久前的深夜在温泉边，暗处的人不是叶双涵，而是独孤翊身边叫鱼辰的护卫。是他太疏忽，只想着防叶双涵，竟忘了这位情敌，独孤翊也应是那个时候知道丫头和他的关系的吧。这个男人并不如他最初想的那般光明磊落，抑或者，骨子里就不是那么安于现状、无欲无求的人。皇家的人哪，果然个个都有野心的。

他有预感，这个男人为了得到想要的东西，会不惜一切夺取原本并不想要，甚至深恶痛绝的东西，比如——皇位。

圣音笑得温柔，看在舞儿眼里却莫名地升起阵阵冷意，这个笑，也和圣忆风好像啊。

“师父，我还有话问你……”还不待舞儿说完，他们二人已经站在独孤翊面前。

“原来你师父来了。”独孤翊看着圣音放在绝舞腰间的手，双眸一阵刺痛。

绝舞本就不想让独孤翊对她再抱有任何希望，刚好借此故意道：“嗯，是啊。好多天不见，很想呢。”说完，还笑眯眯地圈起圣音的胳膊。

“这丫头给你添麻烦了。”圣音揉揉她的发顶，说话时仍旧低头看着绝舞。温润的嗓音，淡淡的清香，在月下温柔地溢开，飘荡在空气中，不着痕迹地宣告着自己的独占权。

独孤翊掩起暗涌的情绪，“哪里，舞儿很乖。”

“木头，我还有话跟师父说，一会儿过去找你。”绝舞想起刚刚想问的话。

“嗯。”只要舞儿不跟圣音走就好，剩下的慢慢来。

绝舞有些担心，毕竟把师父和圣忆风凑到一起很不可理喻，但她真的很好奇，为何两人的影子总是在她的梦中重叠出现。

她又端出很拿手的可怜兮兮模样，拽着圣音雪白的柔软衣角，慢慢地抬起水眸，眸里漾着方才死命挤出来的一点点眼泪。

圣音一看便知道，她不是有什么求他原谅，就是有事拜托他。

“师父，舞儿有个疑问，一直想问。”水灵灵的眼眨呀眨，“你先保证不可以生气。”

果然，他就知道没好事，“好。”

“绝对不可以哦！”

“绝对不会。”

“那我问了。”

“嗯。”

“你先发誓。”

“我发誓。”

“师父怎么知道我上次被日教抓去？”

时隔这么久，她居然还不忘，“我说过，你去香阁我一直派人跟着，当然知道你被圣忆风带去，更知道日教将你抓去。”

“师父见过圣忆风？”她问得小心翼翼，尽量不让自己的目的显得很明显。

他一顿，发觉某人目的似乎并不单纯，“见过。”

“听说他很厉害，师父是武林第一，那和他比呢？”

她低下头，故意把玩自己腰间的凤玥剑，不看他的眼睛。那双眼睛太清澈、太明亮，似是能洞悉一切。在那双眼睛面前，无处躲藏。

他修长的指端起她的下颌，迫使她面对他，“是你在问我，为何我感觉心虚的人反倒是你？”

“人家哪有！”怎么不看师父也会露馅？

“时间不早了，不是还有事找独孤翊吗？师父先走了。还有，日教已经知道你不是秘籍传人，既然决定留在他身边，就保护好自己。下次见到你，如果受了伤，我一定会重重地罚你。”提到独孤翊，圣音心里很不是滋味。再忍一忍，不久以后，他就可以带着她过着与世隔绝的生活。

小手及时抓住转瞬欲逝的衣角，师父居然转移话题，以为她还和以前那么好骗吗？“师父，舞儿觉得，你和他，很像……”

水风轻，月露冷。

修长的背影僵住，在烟水茫茫中显得有些孤寂。

他承认，他想让丫头在心底深处对圣忆风和圣音产生联想，这样以后告诉她时，她才不会因太震惊以至于无法接受。

因此，以圣忆风出现在她面前时，他才会做出让她迷惑的动作、说出让她迷茫的话；也因此，他在努力改变圣忆风在她心中的形象。

但是，现在他多后悔做过那些事情，说过那些话，因为她对圣忆风的印象实在让他觉得心凉。

他可以逃避很多，除了命运。

他可以改变很多，除了真相。

他可以放弃很多，除了她……

逃不过的命运，放不开的她，他还没有在两者间找到一个契合点，再给他多一点时间，也许，可以将最后的伤害降到最低。

他回眸凝住她，眼波淡然，温柔依旧，只是多了轻幽的叹息，轻轻浅浅的嗓音飘出，“丫头，救你那日，我便说过，相信你所看到的，很多事情，是要用心去体会的。”

雪白的衣料从手中滑落，她望着他宛若流云般离去的身影，呆呆出神。师父为何不否认？

无影大哥也说过，要相信自己。

现在的问题是，她要相信自己什么？

心底一个声音告诉自己，师父和圣忆风是完全不同的两个人，只是巧合地同姓，巧合地长着一双很像的眼睛，又巧合地在戏弄她时露出同样的目光。

心底另一个声音却告诉自己，世上不可能会有两个没有血缘关系却如此相像的人。

“你在怀疑什么？”如暗夜般沉沉的声音在舞儿身后响起。

绝舞立即掩起自己的情绪，“在想什么时候还能见到师父。”

“你在想，为何圣音和圣忆风会如此像！”

一个旋身，绝舞震惊地望着他，而后发觉自己的行为已经泄露了心底的想法，独孤翊竟也有这种想法，“你什么时候……”

“是那晚，离开锦绣镇的那晚，在他们的船上时发觉的。”当他宣告对舞儿的占有欲，圣忆风站起平视他的那一瞬间，他看到的是圣音的眼神。他不信邪，所以不信这世上有如此像的两人。

“他们只是像而已，你不要小题大做。”绝舞敛起情绪，面无表情地看着独孤翊。

“我有说过什么吗？还是你自己心虚。”

“你！”绝舞有些气恼，决定不在这个问题上和他吵嘴，反正也吵不出结果，“我有重要的事情要告诉你。”师父方才说，日教已经知道传人不是她了，那证明已经知道姐姐的存在，她要赶紧通知姐姐以便防范。日教现在应该在想尽办法找姐姐。

“我恰好也有重要的事情告诉你。”

独孤翊背靠扶栏，深沉的眸在黑夜里泛着点点蓝光，“你先说。”

轻轻一跃，轻灵的身子坐稳在扶栏上，身后是安静流动的江水，泛着因船行驶而形成的细致波纹。江面吹起的风调皮地滑过绯红衣角，卷起衣衫如蝴蝶翩翩起舞。

绝舞微侧螓首，明亮的眼睛一直望进蓝眸的眼底，“我要去迦隐。”

独孤翊并不惊讶，只是望着她，“你打算做什么？”

“首先，如果那些人真是圣忆风所杀，而他真是想要逼出《凤凰舞》的知情人，那么我过去可以作为条件去交换。其次，圣忆风和我有共同的敌人，我可以用我说的条件来交换他与我合作。”

“如果人不是圣忆风所杀，圣忆风对《凤凰舞》也并不感兴趣呢？你拿什么筹码让他与你合作？”

绝舞不是没有想过这个，她只是打心眼里觉得，圣忆风会帮她，就像姐姐当初那样坚信圣忆风会帮忙一样。最初，她觉得姐姐对圣忆风的信任太过于轻易，可自她与圣忆风几番接触之后，却同样不由地愿意去相信他。

“我是怕你冲动。”

绝舞看着他，随即咯咯娇笑，“不是冲动，我想了很久才做了这个决定，傻瓜才会去送死。”

他不想她去迦隐，虽说她若是去，能帮他得到很难查到的线索，破解这个案子，但是他不想。想到她在那个魔魅的男人身边，他就恨得牙痒痒，“迦隐不是你说进就进得去的。”

"拜托，我还没有那么蠢好不好，迦隐在哪儿连你都不知道，我怎么可能知道？既然说了要去，自是有办法。"绝舞冲独孤翊笑道。

她的疑惑太多太多，都要等到见了圣忆风慢慢去挖掘。脑袋忽然骨碌碌一转，她要进迦隐也要见到圣忆风才可以，要如何才能见到他呢？难不成，直接闯他的船？嗯，这个主意不错，过了这村儿就没这店儿了，上了岸还不晓得要到哪里去找人呢。

独孤翊欲言又止，他无法阻止她，那是她的家仇，她有权利去决定自己做什么，只是，那个男人……罢了，他还是先找出给日教定罪的证据吧，绝舞去圣忆风身边说不定会给他带来意外的收获。

司空霄这回算是栽了，若真是日教所为，他刚好借机毁了司空霄的后台。他多年来一直没有忘记母亲临终前的话：尽心尽职一心只为龙月国。然前段时间绝姒的一句话却像一记棒槌，狠狠地将他敲醒！他决定不再一味地拥护司空霄那个有勇无谋的懦夫。

母亲是为了让他避开宫廷的险恶才带着他留在蜀地，却在临终之际让他回到皇宫与皇上相认，这其中的矛盾他竟然一直没有发觉，直到绝姒直言不讳的一番话。

你母亲离开皇宫，是为了让你在安全的环境下成长；让你回去，是因为你强大到已足够保护自己，面对皇宫的争权夺势能够处理得游刃有余。她让你回去是让你夺回属于自己的一切，不是让你拥护一个无能之人登上皇位！

他不否认，这番话带给他多年来不曾有过的激情，在筹备以后的计划时他感觉到他的血液在沸腾！或许，这才是他的真实面目，这些年，他压抑得太久，终于有个人站出来，告诉他可以夺回属于他的东西。这就像一根导火线，燃起的将是永无止境的欲望。

太子之位本就该是他的，得到了太子之位，他就可以得到他想要的一切，包括她！

想到有一天，能够将那柔软娇嫩的身子拥在怀中，高大的身躯开始不可抑制地颤抖。是的，他要得到她，带着异常的激动情绪的黯眸沉沉地望向用迷惑的目光瞅着他的舞儿。等到他兵权在握，就没有人可以阻挡他得到她！圣音不行，圣忆风也不行！

一道阴冷的气息划过周身，握着木栏的手突然收紧，他可以借这次命案毁了日教，如果好好筹备一番，他也有借口倾尽所能地毁掉圣忆风那个男人。

夜静静地流淌，绝舞好奇地望着仿佛进行着激烈挣扎的独孤翊。终于，在她的注视下，独孤翊收敛自己的欲望，沸腾的血液逐渐趋于平静。近几日，想要得到她的疯狂念头，拼命地往他的头脑里钻，他曾克制过自己，却无法将它彻底扫除。最终，他放弃了，他告诉自己，你只是想要得到自己喜欢的东西，这没有错。

明月渐渐地被云遮掩，月光变得淡如水，洒在船上，给此时的气氛添了一层不可捉摸的神秘。

粗糙的食指缓慢地摩擦着木栏，仿佛在细数着以后的每步打算。独孤翊挑起飞扬的剑眉，“去吧，希望你除了得到日教的线索外，还能另有收获。”说完，他别有用意地看着她。

绝舞还未来得及行动去找圣忆风，又得知一个令她害怕的消息。

“你说什么？！姐姐被绑架了？！你手下的人都那么白痴吗？！是怎么保护人的！”

独孤翊眉峰深锁，紧抿的僵硬嘴角显露出严肃的神情，“劫走绝姒的应该是日教。”

“日教教主！”绝舞泄气地一屁股坐回椅子上，没辙地托着腮。这怎么办才好？当初是日教存心放她，现在把姐姐抓去，难道是因为知道真相了？！

看着绝舞恍然的神情，独孤翊道：“没错，日教知道了。”

“怎么可能！只有我们几人知道，而且我和姐姐的接触也并不频繁，为何日教会知道？”

独孤翊看看绝舞，思量着要不要告诉她最近外面关于明月山庄的传言。

“快说啊！”绝舞心急地催着欲言又止的独孤翊。

“叶双涵，她也是日教教主严曦的义女，或许是她告的密。”独孤翊安抚绝舞，“你不必担心无影，无影那日收到我的传书已经将叶双涵扣下了。”

绝舞圆亮的眼睛先是闪了闪，一脸你开玩笑的表情，而后看到独孤翊严肃的表情，咧开的嘴才慢慢回到原位，试探地给独孤翊一个确认的眼神，最后不得不接受事实，咽下口水，纤小的肩无力地垂下，“无影大哥一定很伤心……”

独孤翊瞪她一眼，“我看你现在该担心的是你姐姐怎么办。”

“日教目前不会动姐姐，就像当初不会轻易杀我一样。”知道日教是因为这件事劫走绝姒，她心里其实舒了口气。毕竟目前不会有事，她们还有时间去救人。

独孤翊瞧瞧绝舞，蓝眸下闪烁着从未有的赞赏之色。这家伙不如以前那般莽撞，反倒成熟了不少。

绝舞振奋起来，提起垮下的小脸，圆圆的大眼灵黠一转，视线滴溜溜地在独孤翊的脸上打转，“看来，这趟迦隐之行不可避免了。”

她觉得，圣忆风能救姐姐。

其实她自己心里也很没底。迦隐和焰门关系再深厚，那也是前几辈的事情，前一刻的亲人都能变成后一刻的仇人，更何况多年没有联系的两个门派。

而且，圣忆风那个高傲自大又轻佻无礼的家伙，真会不顾自己的安危去救姐姐吗？

独孤翊抬起湛蓝的眸，表情有些古怪，“在担心他不会救？”

“嗯。”谁能想象圣忆风会不顾生命安危去救另一个跟他几乎没有什么联系的人？

绝舞的脑袋急速运转起来，“不对，他会救的！如果圣忆风真是为了秘籍才杀那么多人，他就一定会为了秘籍而救姐姐！”想到这里，绝舞绽放出兴奋的笑容，犹如一朵娇艳的花朵，令人不由得失神。

独孤翊蓝色的眸望着她，有一瞬间的走神，而后凝神道：“人若不是圣忆风杀的呢？”

才抖擞起来的肩又垮下。是啊，人很有可能不是圣忆风杀的，那他就不是为了秘籍，那姐姐怎么办？！不行，她一定要尽快到圣忆风身边，然后尽快想办法说服他救姐姐！

“啧啧，真是个美人，为何让圣忆风动心的人不是你，而是那个乳臭未干的小丫头呢？”黑暗中传来的声音，让绝姒打了个冷战。

“你是谁？”

“放心，就像当初我抓绝舞那个丫头一样，我不会把你怎样。”

“严曦！”

日教教主！绝姒双眼射出两道光，紧紧扣住石椅才不让自己冲动地冲上去。那个害死她全家的严曦！

“哼，在江湖上为非作歹的日教教主竟躲在暗处不敢以真面目示人，莫非是缺鼻子少眼睛的，怕别人耻笑不成？”

一阵抽气声传出，随后气息又趋于平稳，“本教主不屑见你们这等鼠辈。”

“哦？难不成玉皇大帝才见得起你？”讥讽的声音，句句刺激着暗处的人。

“哈哈，绝姒，你够胆量！”冷厉的声音在石室回荡，“只有圣忆风才配见我！”

阴冷的石室让绝姒感到一阵冷寒。她本就没有练过什么武，这样的阴冷让她有些受不住。听他说起圣忆风，绝姒一笑，“圣忆风可不见得愿意见你。”

怒火隐隐的声音显然是在克制，“他要来救你，不见也得见！”

“他不会来的。”

“果然是姐妹俩，说话的口气都一样。”黑暗中的低沉嗓音，带着沙哑传来，“你是绝舞的姐姐，他就一定会来救。”

蛾眉蹙了蹙，圣忆风会因为她是舞儿的姐姐来救她？圣忆风和舞儿是什么关系？

许是看到了绝姒疑惑的表情，低沉的声音又响起，“他喜欢你妹妹可喜欢得紧呢。”

圣忆风喜欢舞儿？！

这个消息当真把绝姒给镇住了。怎么可能！舞儿何时和圣忆风这样相熟，为何没有告诉她？！

“哈哈，原来你还不知，等你见到他就明白了。他一天不来，你就在石室内多留一天，我不信他不来！”阴冷的声音开始咄咄逼人，“与其浪费时间等候，这段时间里我们不如来玩一个我问你答的游戏，如何？”

绝姒凝眉，想起绝舞的话，预料到严曦可能会对自己用药物控制来探知真相，不由得紧张起来。绝舞是真的不知什么，所以套不出话，可她就不一样了，她知道得太多……

“没拿到证据？”圣忆风指尖轻轻触及眼前人颤抖的下颌，缓缓抬起。

如此好听的声音，此刻听在杜玉菲耳中，却如催命魔音，“拿到了。”

眉尾轻挑，他示意她将证据拿出来。

杜玉菲将怀中的一份信件和沾染着血的紫莲拿出，放在面前的木桌上，莹白的手经过紫莲上黑血的衬托，呈现出诡异的苍白。

狭长的眸淡淡地瞥了一眼桌上的紫莲，视线落在莲颈的下端。这仿造品仿得可真够格，或许除了他本人，没人能区别出来。他拿起桌上的信展开，逐字看着信上的内容，“陈升没有怀疑你？”

杜玉菲有些微的恍神，他这算是在关心她吗，“没有。”

“抬起头来。”

她在紧张，万一圣忆风不信她，那她就会前功尽弃，然而当看到那双眸时，她竟看到若有若无的笑意，这算是对她的认可吧，收紧的心终于放松了。

船外静得一丝风声都没有，被云掩起的月光不再出现，整个夜呈现出神秘的墨黑，有着吞噬掉万物的危险潜力。

突地，淡眸警戒地眯起，厉光射向杜玉菲右侧三寸的后方。

下一刻，呼啸声从杜玉菲的耳边擦过，掠过圣忆风右侧紧贴面具一寸的地方，砰的一声，深深地轧入木窗边沿，几缕墨黑的发丝被轻轻扬起，又缓慢无声地悠悠落在肩头上，整个过程迅速得来不及眨眼。

“少主！”紧张之下，杜玉菲猛然站起，隔着木桌拽上深紫的袖袍。刚看到那支箭从他耳边呼啸而过的瞬间，她的血液几乎停止了流动。如果那支箭没有被她用内力朝外阻挡一寸，如果她刚才……她不敢想下去，若不是她，圣忆风刚刚……

杜玉菲因刚才的小插曲惊慌不已，浑然忘记以圣忆风的武功，那支箭根本伤不了他丝毫。

在凌厉的目光下，终于，那只拽着袖口的手尴尬地收回，“对不起。”

“先下去。”他轻拂袖口，仿佛方才沾染上的是不干净的东西。

她垂下头，将他轻拂的动作看在眼里，眸色黯然，“是。”

一身青衣的高轩叶踏进舱内，步伐沉稳依旧，只有额头上沾有几滴不易觉察的汗珠，古井般无波的黑眸扫视与他擦肩而过的杜玉菲，眼底首次出现一抹同情的情绪。

“少主，她果然不但骗了陈升，也骗了你。”

咔嚓，木椅右侧的扶手断裂，脆裂的声音在寂静的夜突兀得可怕。瞬间，手中的信化作粉末，洋洋洒洒地落在鲜红的地毯上。

方才的暗器是他让轩叶射出的，目的是想摸清杜玉菲的武功到底有多高。

第一次，沐浴时见她，他以水燃灯的瞬间，弹出的不只是水珠，还有胭脂醉人，那是一种药效极强的迷魂散，无色无味却能令人神志不清，这种药粉即使武功再高都无法觉察，但若内功深厚，可以自动将此药粉屏蔽在体外。

很显然，杜玉菲就是这种人。

所以他当时才会说，她第一步就走错了。

很可惜，他始终无法确定她的内力究竟有多深厚，所以刚才和轩叶演了一出戏。

那一箭是用尽轩叶全部功力射出，而杜玉菲竟轻而易举地用内力将箭朝外逼退了一寸！

虽然，这个女人是出于本能想救他。

爱情这种东西，果然很容易让人做蠢事。

从日教的傀儡，到爱情的傀儡，杜玉菲的命运，或许，从一开始已是注定了的。

风起，云涌，既浓且郁的气流，给万物都凝上了厚重的气息，窗外的江面掀起阵阵波浪，平静之色霎时湮灭，似是昭示着某种变化正在发生。

一抹绯色身影在暗夜和冷风中落立于船上，大眼在黑暗中骨碌碌地搜寻着，终于，视线落在正中一个掩合的门上。

右脚尖还未离地，一袭水蓝色的衣衫从不远处晃入眼底。那抹蓝，在黑夜中异常的刺眼；那抹蓝，曾经在她毫无防备时进驻明月山庄；那抹蓝，曾经又在她迷惑不清时出现在圣忆风身边。

随后，另两人出现在那抹水蓝旁边。窃窃私语在寂静的夜，分外清晰地传入绝舞耳中。

“姑娘，你真香，少主赐的香粉果然不同呢。”

绝舞猜想，那双媚人的水眸，此刻一定洋溢着笑，柔媚中透着傲慢。

另一个声音又低低地传来，“姑娘，少主对你可真不一样呢，出远门都将你带在身边，以往被少主宠幸过的女人，从没有能见少主第二次的。”

被奉承的对象，依旧默不作声。

“好啦，你别说了，少主一定等不及了，姑娘你快去吧。”

说完，两个人影悄悄地离开甲板，留下那抹水蓝的身影。

婀娜的身形，在黑夜中宛如水蛇般，柔软又危险，摆着柳腰，移着莲步，终于娉婷地走到那扇绝舞正欲“拜访”的舱门前，停留片刻后走了进去，没有任何通报。

圣忆风对这个女人是不同的，不然杜玉菲岂敢私自进入。想来，圣忆风这种身份的人，身边都会有红颜知己吧，杜玉菲是其中一个吗？想象着杜玉菲与圣忆风之间可能存在的关系，胸口似乎有种不寻常的情绪在悄悄滋生。

踌躇须臾，绝舞移动步子，在静得没有一丝声音的夜里，朝那扇门走去。

娇小的身影停留在门前，开始犯难。到底是直接进去，还是礼貌地敲门？

算了，反正她冒犯圣忆风也不是一次两次的事，这会儿要是明目张胆地敲门，说不定还来不及开口，她就被他的属下扔到江里喂鱼了。

她掀起门帘，轻推舱门。

做贼心虚的视线，却直直落在一片雪白而光滑的半裸玉背上。而后背的主人，正颤悠悠地跌进那个纹风不动的男人怀里。

绝舞望着一片雪白出神。太过美丽的东西，总是拥有与生俱来的危险性，这片如丝绸般让人忍不住想要抚摸的肌肤，便像一把利剑，狠狠地刺在她的心口上，莫名其妙地痛，又莫名其妙地熟悉。那种痛，清晰得如同当初听闻师父和吟依姐姐成亲时一样，张皇失措霎时弥漫心头。

虽碍眼，但她仍是毫不犹豫地断定，这绝对是一幅让人喷血的极致美景，只是，喷血的人不会是她，那，会是他吗？

比心纠得还紧的眸光，快速移向那个冷冰冰的男人，想要确认那双轻佻的凤眸，此刻是否如其他男人一样满含情欲。

两道视线在温香软玉面前赤裸裸地纠缠，他人的存在，此刻如尘埃一般，飘浮在空气中，无法得到任何人的注意。

淡淡的眸，看到舱内出现的绯色身影时，惊讶、慌张、怒气，如闪电般在眼底掠过，最后，眸色平静下来，只是静静地望着她。沉静若夜的眸就那样看着她的慌、她的乱，云淡风轻的，没有一丝情绪起伏。

他想知道，她此刻的反应。

他想知道，她对圣忆风，是一种什么样的感觉。

静静地，悄悄地，雨滴落在江面的声音叮咚地传入舱内，须臾，雨水宛如瀑布，哗啦啦地拼命往江面上砸。

她望着他，费力地想要看清那双眸中的神情，等她集中注意力时却发现，那双眸子淡然得没有一丝起伏。

这种淡然，目前为止，她只在一人眼中见过，那便是师父。

心，开始不受控制地脱轨。

究竟，谁是谁？

是谁将她搂入怀中，轻声低喃，温柔而宠溺。

又是谁将她拥入怀中，浅笑戏谑，轻浮又认真。

终于，宽大袖袍中的手伸出，有些粗鲁地拽过面前半裸的女人，俯首在白玉颈间，语气阴沉，用只有两人能听到的声音道：“给我滚出去。”

纵使被人羞辱，高傲的姿态不减往日，杜玉菲回身，妖媚的水眸故意绽放出异样光彩，扬着胜利的笑意，鄙夷地瞅着紧张的舞儿，葱指将几乎落到腰间的衣服优雅地重新披上肩头，覆住雪白双肩，而后缓缓地轻移莲步，从绝舞身边走过。

绝舞屏住呼吸，然而玫瑰花的香气还是钻进她的鼻间。

她装出镇定无事的模样，朝不远处的木榻走去，大方地坐在软软的榻上，语气甜甜，“我似乎来的不是时候呢，打断你的好事了。”

圣忆风立在原地，幽幽微微地望着她，看着她大大咧咧的表情，心底一阵失落，“你来做什么？”

是啊，她不该来呢。

她责难似的斜睨一眼，扬起轻快的嗓音，边说她边将脖上挂着的小锁从衣领里拽出，挂在手指上，在眼前晃晃悠悠，“我知道我不该来，但是，你不是在找这个吗？我可是来双手奉上某人不惜以杀人为代价去换的东西！”她心里相信人不是他杀的，但看到他刚才和杜玉菲在一起，她就气，非常气，气得恨不得将拳头抡在他身上。

以杀人为代价？

原来啊，这就是她心中的他。

他悠悠地迈着步子，眸色魅惑，走到她面前弯下腰，垂首俯视她，正对着一张娇颜，“我可是个杀人狂，你居然敢来送死，胆量不小啊。”

她一手撑着木榻，身子向后微倾，避开惑人的淡香，摊开掌心，上面躺着那只小锁，“我来找你帮忙，这个是筹码。”

“送上门的东西，谁会不要？”圣忆风的视线落在小锁上。若是知道这个东西在她身上，他老早就将它取回了，秘籍只会让她的处境更危险。

虽然姐姐也交代过，若圣忆风想要就把它给他，但亲口听他承认对小锁的觊觎，心还是有些难过。

他真是为了拿秘籍吗？不过，若是这样，姐姐也有救了呢。

他又将身子俯下一寸，两手分别撑在她的两边，将她圈在小小的空间里，“当然，送上这么好的礼物，有条件是必然的，要什么呢？”

“我要你救一个人。”

在杜玉菲进门前不久，他才接到日教的“邀请函”，让他亲自去救绝姒，这丫头居然这么快就得到消息，“谁？”

“我姐姐。”她又往后退开一寸，不让他温热的呼吸扰乱她的心绪，她又道：

“那个为非作歹的日教教主看我姐姐长得漂亮，就把她捉去。日教那么厉害，只有你这么厉害的人才救得出我姐姐。”

狭眸微眯，他瞧着她娇嗔的模样，心一紧，这模样太诱人！这丫头居然用这种撒娇姿态跟他说话，若站在她面前的不是他，那她简直是往火坑里跳，他压下心中的火，“好。”

“好？”他会不会答应得太快了，让她好不安心啊。

她松口气，又挺起胸膛，“你还要答应我一件事。”

他深吸口气，莞尔一笑，“说吧，你可是拿人人都想得到的秘籍交换，有资本讲条件。”

“我要留下。”圣忆风真好说话，这样的他跟事事顺着她的师父好像。她急忙将自己从思绪中抽出来。

“留下？”

“对，留在你身边。”

留在你身边。

听起来多温馨，多感人，多令人兴奋啊。

若这句话是她在满含爱慕的眼光下说出，他会很高兴。然而，她留下，却是别有目的。

是独孤翊让她来监视他的吧。

面具后的唇角勾起漂亮的弧度，轻轻吐出一个字，“好。”

江面上传来的落雨声，越来越大，屋内越来越静，细腻无形的情绪在屋内蔓延，恍若流动着宿命的气息。

圣音没能带得走她，她却自愿留在圣忆风身边。

这就是宿命吧，她终究只能属于他。

独孤翊本要就寝，听人说有姑娘找，好奇之下来到主舱内。

这艘船上，除了他只有鱼辰和舞儿，再就是船夫和一个丫鬟，之前的两个护卫被他留在了梨花落帮桃蕊娇。他实在想不出还有人能在一望无际的江面找到船上，况且还是一个女人。

“是你。”平静的语气，没有惊讶。

“是我。”同样平静的语气，带着点点娇柔。

独孤翊看着对面的女人，心思飞速盘转起来。所谓无事不登三宝殿，莫非，是圣忆风派杜玉菲来警告他？不，这可不是圣忆风的作风。

独孤翊冰蓝的眸，凝住面前的女人，“不说话看着我是想怎么样？你那套在我这行不通。”

被圣忆风羞辱不久，现在又被这个男人羞辱！杜玉菲皓齿紧紧咬住下唇，又突地松开，望着独孤翊，媚眼如丝，“城主多虑了，玉菲和某人一样，心里只有少主呢。”

某人？这个女人是指谁？

“怎么？不晓得我说的某人是谁？”杜玉菲绽开玫瑰般的笑容，面露疑惑，心里却暗暗阴笑，“不就是跟在你身边的那个红衣小姑娘吗，难道城主你不知道？”

咻！手中的茶杯直直地朝杜玉菲飞去，却见茶杯在即将碰触到那张美得不可方物的脸时，突然扭转方向，被内力狠狠地击回，又沿原路更快于刚才的速度飞回。

独孤翊不动声色地接住被反击回的茶杯，“看来，是个深藏不露的高手。”

“呦，生气了呢。”纤纤细指捂上红唇，杜玉菲眼角微扬，“看来城主不是个喜欢听实话的人啊。”

“说清楚！”

唇上的玉手缓缓放下，提起裙角，悠悠地朝独孤翊走去。

眉轻扬，唇微勾，一个字一个字缓缓从红唇中吐出，“绝舞，喜欢圣忆风。”

“不可能。”除非……

不可能？真是个倔脾气的人，表情都松动了嘴还硬，“人家先是圣音，后是圣忆风，就是轮不到你这个现在守在她身边的人……”

“唔，放开……”杜玉菲瞧着被紧紧捏在独孤翊手中的胳膊，蛾眉微蹙。

“不要在我面前演戏！”那么深的内力，这点疼算什么？

“好、好、好，我说。”拧起的眉舒展开来，将在独孤翊手中的胳膊收回，她不信独孤翊没有猜到圣忆风是谁，不然刚才就不会是那个表情，“圣忆风和圣音，是同一个人。你之前也有怀疑，不是吗？”

冰蓝的眸子闪过一道光，刚毅的嘴角竟勾出一个浅浅的弧度，浮着略显诡异的笑。这句话，像是干涸沙漠中突降的甘霖般，将他快要凝固的心瞬间溶解。仿佛在那个“圣”字出口的瞬间，他的心就开始剧烈地跳动。那是一种激动到极致的情绪，带着毁灭性的力量，从心的最深处迸发而出。

果然！

圣音，圣忆风。难怪会有那么多相似的地方！

蓝眸勾勒出轻蔑的目光，落在对面那张不怀好意的脸上，“你想让我告诉她，然后毁了他们？”

“不。我还没那么傻。”若是那样，她回到圣忆风身边，只有死路一条。

“很好，我也不打算这么做。”若是他亲口告诉舞儿，舞儿只会恨他。况且，她现在也已经开始怀疑，他要做的只是点到为止。

“我来，是想跟城主做场交易。”杜玉菲靠近独孤翊，踮起脚，在他耳边低语了好一阵后，慢慢后退站回原地。

杜玉菲美丽的脸上绽放着微笑，掩饰心中的不安。她一直都在赌，起初是赌陈升的好色，再次赌圣忆风的信任，现在她站在这里，只是凭自己作为女人异常敏锐的直觉，赌这个男人对绝舞的占有欲。

如果，独孤翊够爱绝舞，她就会赢得这场赌局。

亮得异常的蓝眸慢慢淡下去，独孤翊拧起浓眉，脸上露出不可思议和震惊。须臾，平静的眸高深莫测地望着眼前的女人，又过了片刻，他转过身望着窗外漆黑一片的江面，静立许久。

绝舞和圣音亲密的画面跳在眼前，她对圣音的迷恋，对圣忆风的袒护开始疯狂在眼前蔓延。终于，他转过身，有些不甘心地咬着牙，“成交！”

他明白他赌的是什么，他赌的是多年的心血，赌的是前途，赌的是母亲的遗愿！

事情一旦败露，毁掉的人不是圣音，而是他。那时，司空霄只会落井下石，而他，不但会失去皇上的信任，还会身败名裂。

脚才刚刚踏上岸边，绝舞就雀跃起来。本以为北城整年天寒地冻，肯定一番荒凉之色，没想到竟也如此美，冰天雪地尽是晶莹剔透的纯洁。树枝被冰厚厚地裹着，隐约透出里面的枝条。她蹦蹦跳跳地跑到树下，伸手握住一束枝条，寒意从皮肤一寸寸渗进骨头里，冰融化在温暖的手心，化成水顺着手腕蜿蜒而下，汇成一条细细的水流。

松开手中的枝条，溢满光彩的眼眸看着手心的水痕逐渐褪去颜色。

美丽的东西，都会转瞬即逝吗？

肩头一暖，低头看到前一刻才落到肩上的绯色棉袍，抬眸又见暖色，她心虚地扭回头，避开那双让她产生错觉的眼眸，“你什么时候去救我姐姐？”

“放心，日教不会将她怎样。”日教不过是想知道《凤凰舞》的下落，既然绝姒是传人，日教就不会将她怎样。

太阳落山的时候，绝舞慢慢转醒，她只记得当时跟在圣忆风身边一直走、一直走，后面的事情却不大记得了，再次醒来她似乎已在床上睡了一觉。

这不是当初她住过的那间房。坐起身，她看到一个修长的身躯刚刚好挡住了窗外微弱的光。她的视线仔细地掠过房间的每一寸，发现屋内的摆设，除去五个暖炉之外，和明月山庄沁园的屋内摆设极其相似。

这也是巧合吧。

“醒了？”他听见窸窣声回身，看到她坐在床边发呆。

她微微偏首望着他，恍若看到了很久之前的那个清晨：她起床慌张地寻找师父的身影，一只脚才碰触到地，便看到站在窗边回首正望着她的人，嘴角噙着淡淡的笑，仿佛有春风从唇角慢慢地流淌出来，那一瞬间，她的心暖得都快要化了。

这样的情景，似曾相识呢。

一切，都只是巧合，真的只是巧合。

抛开思绪，她若有所思地望着他。在船上，她用小锁换得留在圣忆风身边的机会，虽达到目的，但她心里很难过。他那么自然地收下小锁，好像迫不及待地告诉她，他对秘籍的觊觎。可独孤翊说，人很有可能不是他杀的不是吗？

心底的小鼓开始不听使唤地连续敲击，她再也沉不住气，鼓足了勇气，认真问道："那天我看到的，是你做的对不对？"

他听着她陈述的话语，一丝疼痛在心口掠过。

她没有注意到自己的语气早已给他判了刑，只是紧捏着床单，迫切地想要听到那个"不"字。无影大哥说，要相信自己，直觉告诉她，圣忆风不是那样的人，画面能产生的假象太多，说不定只是个误会。

"你已认定人是我杀的，我还有什么好说。"他望着她，眼眸幽深晦暗，牙关轻颤，说出的话却似云雾般缥缈。

他转身就要离去，她心急之下跑过去抓住他的袖口，"你说啊。那些护卫不是你杀的，那个人也不是被你害成那样的，对不对？！"

发觉她语气中的急躁和迫切，他心底有一丝松动，莫非，她没有那么讨厌圣忆风？

她一句无意的关心话语，便能扫尽他心底的一切阴霾。

狭长的眼角逐渐上扬，噙着淡笑，如一道涓涓细流般轻柔，他反问道："你希望不是我，对不对？"

她蓦地松开手，发觉自己的失态，急忙道："我为什么希望不是你？不是你杀的人对我来说有什么好处？顶多知道自己的处境不是那么危险罢了。"

见他不以为意地笑着，她又来了火气，"再说，就算人是你杀的，你也不敢拿我怎样！"

他望着她，心底暗暗叹息，不是不敢，是舍不得啊丫头。

她就不信她用激将法，他还能不说实话，"现在江湖上传得风风火火，你是为了得到《凤凰舞》而滥杀无辜。我已经把它交给你了，也请你停止那些残忍的举动！"

他眼底的笑意更深了，"你忘了，传言还说，要练就神功必须知晓谁是传人，有《凤凰舞》传人的血作为引子，才能练功。"

"那又怎样？"刚才的大嗓门，突然就降了一个档次。他不会把主意打到姐姐身上了吧？

绝舞挺起胸脯，一副视死如归的模样，"我就是《凤凰舞》的传人，你不必再动其他念头。”

“哦？”低沉的声音带着愠怒。如果今天站在她面前的圣忆风不是圣音，那她只有死路一条！

听闻他语气中的不悦，她有些困惑。听到她是传人圣忆风应该高兴才对，为什么会露出一副她惹他生气的模样，难道他已经知道她不是了？

不对，只有独孤翊、她和师父知道啊，别人不会知道的，况且她和姐姐并不常见面。

“那我们干脆速战速决算了。”他的话打断了她的沉思。

“嗯？解决什么？”她下意识慢慢后退，嘴角有些抽搐，不自然地笑着，如果需要血，只需要一丁点吧。

“你说呢？”他一步步接近她，方才的浅笑又变回邪气，语气带着淡淡的戏谑。

下一刻，他钳住她的腰，几乎在同时，指尖轻佻地托起她的下颌，“虽不是艳丽的玫瑰，却也是一朵芬芳的茉莉呢。”

“你！”腰上的力道让她莲足一偏，轻巧地滑向另一侧，满心只想着怎么脱离魔掌。

偏偏他的步伐利落诡异，不管她怎么闪躲，他都如影随形地跟着她，始终摆脱不掉。

她愈避愈急，渐渐失去耐性。绯红的衣衫，在移动中化为一朵红云，裙摆起伏荡漾，衬着她又怒又急的嫣红脸儿，分外的好看。

本是故意吓唬她的口不择言，现在看着她红扑扑的小脸，嘟起的红唇，他迫不及待地想要尝尝她甜美的味道，当然，如果没有这张该死的面具！

他不再继续和她玩猫捉老鼠的游戏，握住她的一只手腕，顺势一把将她拉进怀里，一手抚上她的脸颊，俯下身逼近她，以指尖揉擦着她柔嫩的肌肤，眼底的笑意更坏了。

灼热的肌肤与气温转眼间将她包围，她的心开始不规律地跳动，她惊骇地发觉竟然一点都不讨厌他的碰触，这种熟悉又陌生的感觉，有些令人醺然，又有些缠绵。

她在他怀里动弹不得，怒瞪着他，“你到底……唔……”

趁她开口说话，他将手指微微探进她的嘴里，塞了一个白色的药丸进去。

她看着他眼底得意的笑，恶作剧般地咬住他的手指，本要咬得他流血，但是，当牙齿碰触到他的手指时，一时之间竟下不了口。

不是因为害怕，只因为那手指的触感实在太熟悉。

他轻轻抽出手指，摩挲着她的唇角和气鼓鼓的脸颊，低眉而笑。

他又笑！

“你到底给我吃的什么？”

他迷恋地看着她，手掌停留在她的脸上，“迦隐四周都布有阵法，每个阵都有毒，刚才给你吃的东西，能让你即使误入毒阵，也会安然无恙。”

她提眉，不相信地去瞅他，却见他认真地看着她，那眼神与师父很像很像。

“你喜欢我？”不知怎的，这句话脱口而出。

他看着她有些懊悔的模样，微微一笑，流转的魅眸像春风般吹拂着她的心口，“很久之前就喜欢了。”

她怔住。这样的回答让她竟不知道要说什么好了，只好硬着头皮接下去，“那是什么时候的事？”

他敛眉不语。

看到他因她的话退缩，她有些开心，又有些失望，还有些紧张。

再抬眸，呈现在眼前的是一双清澈的眸子，如春风，如流泉，面具后的薄唇上扬起一个好看的弧度，什么都没有说。

纵然无语，她仍旧能感受到那双眼眸所传递出的感情，如果不是她自作多情的话……

“你和我师父什么关系？”

他只是看了看她，便一拂衣袖离开了。

她在自己住的院子转悠了一圈，问了几个侍女后发现，这里住的人很少，似乎迦隐的人并不在这里，而圣忆风也很少来这里。姐姐或许猜错了，迦隐并非真的在北城，她总觉得上次被圣忆风掳去的地方才是迦隐所在。

屋外的景致，清一色的晶莹剔透，小拱桥下的水却没有冻结，哗啦啦地流淌着，水面上还浮着淡淡的水雾。这不是普通的水，而是从雪峰脚下引来的温泉，因此，即使北城再寒冷，冬日里园子的冰层再厚，这条蜿蜒贯穿整个迦隐的水流却从未间断过。

她费尽千辛万苦，从高轩叶那里打探到圣忆风今晚不在迦隐，她这才有机会出来。

深夜子时，一抹迅如疾电的红影飞掠过梅林，速度极快，几乎与夜色交融在一起。最后，红影停留在一座院前。

望着院子，绝舞有些失落。看来杜玉菲真的不只是圣忆风的下属，不然不会独自一人就有一个院落。

“既然已在门口，何不进来一聚？”正欲敲门的指关节还未碰触到门板，就听到里面传来娇滴滴的声音，听得绝舞头皮一阵发麻。

她大大方方地推开门，看到杜玉菲坐在贵妃椅上，衣裙整齐，显然还没有睡。

“你在等我？”不然她想不通，都已经子时还未睡觉的原因。应该不是等圣忆风，他今晚不在迦隐。

杜玉菲望着绝舞，容颜上绽放开一朵美丽的花，眼眸却变得更深，若有所思地望着她，“这不就是你今天来找我的目的吗？想知道为何我去了明月山庄留在你师父身边，如今却又出现在圣忆风身边？”杜玉菲又柔柔一笑，“要我告诉你，可以。”

“但有条件是吧？”这个女人怎么可能好心地不求回报，说不定当初留在明月山庄，也是和师父做了什么交换。但师父为何会介入到迦隐的事情中呢？

娇艳欲滴的红唇一勾，杜玉菲满意地笑了，“聪明，我可不想白白告诉你一件可能让我丢了性命的秘密。”杜玉菲媚眸底闪过一丝光芒，“为了我的安全考虑呢，我不会告诉你真相，但会让你看到真相。你只需要帮我做一件对你来说非常简单的事便好。”

绝舞轻咬住下唇，有些犹豫。

可是眼下又只有这一条路是最快的了。

“好。”一张纸在话音落的瞬间从杜玉菲手中飞出，绝舞急忙伸手接住，就差那么一点点，她差点让信从手中滑落。这一招，足够让绝舞认清眼前这个女人的功夫有多深，若真是交起手，她肯定是输的那个。

“让你做的事都写在上面了，回去再看吧。”

这个女人为何会愿意帮她这个忙？以她住在迦隐的地方来看，在迦隐的地位应该不低，她要有什么需要，手下应该会有人帮她解决，除非，这个问题是无法在迦隐正大光明解决的，“你要背叛圣忆风？”

“不，怎么会，我只会为他好。”杜玉菲美丽的眸因笑眯起来，隐藏起眼底的歹毒。

“你喜欢他？”想到这个美丽的女人喜欢圣忆风，绝舞心里很不是滋味。

“不。”

绝舞莫名松了一口气。

“我爱他。”

刚放松的心又莫名紧绷进来，绝舞仔细地观察着杜玉菲的表情，“你和他什么关系？只是主仆？”

“怎么会呢？我是少主的人。”纤纤细指捂上朱唇，眼神妩媚又暧昧地飘向对面那张变得有些苍白的脸，话音软得令人酥骨。

绝舞稳住颤抖的手，将脑海里圣音的影子从圣忆风身上除去，调整好凌乱的呼吸，“那你当初非要巴在我师父身边做什么？”

“想套我话？呵呵，你还太嫩。”杜玉菲捂唇笑起来，“不要想从我这里听到什么实质性的东西。”

“很晚了，我要休息。不送了，小姑娘。”

绝舞回到房里，这才拿出绝姒给的字条，看完上面的内容，不禁皱起眉头。

如果杜玉菲真像自己说的那般爱着圣忆风，为何要迦隐的地图？更何况，杜玉菲那样高的武功，都做不到在布有毒药的阵法中画出地图，凭什么认为她能做到？

圣忆风的确给她吃了解药，但杜玉菲又怎么能肯定她会在毒阵中安然无恙呢？

绝舞拿着字条万分矛盾，她不想做对不起圣忆风的事，但杜玉菲给出的条件实在太诱惑人，她太想知道师父与圣忆风之间究竟是什么样的关系。

迦隐在北城的地图？按杜玉菲的意思来看，迦隐的本部似乎并不在这里。如果她只是给了杜玉菲这里的地图，也不会对迦隐造成什么大的伤害吧？

犹豫了许久，绝舞决定白日里在迦隐转一转，那样或许更好探究迦隐的各个出入口，若是夜间行动，在守卫这样严密的迦隐反倒容易引起怀疑。

绝舞正要去催圣忆风救绝姒，便听下面的丫鬟说有位姑娘刚被少主带回来，急匆匆地跑出屋子，恰好见到正与浅幽寒走进来的绝姒。

“姐姐！”绝舞在绝姒身边转了一圈，又见绝姒脸色除了有些苍白外还好，这才搂着绝姒好一阵雀跃。

浅幽寒笑着将空间留给两姐妹，便离开了。

绝舞拉着绝姒在屋内坐下，还是忍不住仔细询问一遍：“那个神经病没对你怎样吧？”

绝姒点头，“嗯。”

绝舞凑过身，又细细地将绝姒打量了一遍，见绝姒脸上难掩憔悴，却没有她当时那般的虚弱，“他没用同样的方法对付你，是吗？”

绝姒朝窗外看了一眼，低声道：“没有。”

“他就这样好端端将你放了？”虽然姐姐安然无恙她很开心，但不禁还是觉得好奇，“是圣忆风用什么作为条件交换了吗？”

如果日教没有从姐姐那里得到想要的东西，她不觉得日教会无缘无故就放了姐姐，如果圣忆风前去拿什么做了交换，倒还是有可能。

提及圣忆风，绝姒的脸色似乎有些怪异。

一直盯着她的绝舞终于还是发现有些不对劲的地方，迟疑片刻道：“你告诉日教什么了？”她并非怪罪姐姐，但她必须知道日教已经知道了什么，才能做出相应的对策。

绝姒握住绝舞的手，低声道：“你已将《凤凰舞》给了圣忆风，他才会来救我，是不是？”

“是。”

绝姒抬眸，流转的明眸隐了些自责，“我告诉日教，《凤凰舞》如今在圣忆风手中。”圣忆风救了她，她却出卖了他。

绝舞皱起眉头，盈盈站起身，“这……我们这是出卖了他……”

绝姒起先是有些懊恼的，随即又拉住绝舞道：“他们本就是死敌，其实，也无所谓的不是吗？”

“那不一样。”绝舞不着痕迹地躲开绝姒的手。

绝姒抿着唇，红了眼眶，“这也并非我本意。”

“但是你可以选择不说的！”绝舞不由自主地提高了音量，这似乎是她们姐妹相认以来第一次闹得不开心，“你是《凤凰舞》的传人，对于严曦来说还是有用的，即便你不说出《凤凰舞》的下落，他也不会对你怎样。”

绝姒很缓慢地眨了眨眼睛，脸上浮现浓重的哀色，“你这是在因为我出卖圣忆风，而怪我？”两人的血缘亲情竟敌不过她与圣忆风短暂的几日相处？

“我不是这个意思。”绝舞忽然觉得心里烦躁起来。她不想责怪姐姐，姐姐能安然回来是她最大的心愿，“只是，他救了你，我们却恩将仇报，这样是不对的。”

“可他也并非救得没有条件，不是吗？你拿了《凤凰舞》与他做交换，这是多大的筹码！”

绝舞忽然语噎，竟然找不出反驳的话来。

绝姒的眼底很快浮起了水雾，她抿着嘴角，像是在忍受着极大的委屈。

两人突然的沉默在屋内逐渐蔓延开来。

过了许久，绝姒才哑着嗓子道：“我之前骗了你。”

绝舞疑惑地抬眸，却见绝姒眼眸闪烁地望着她，一种不祥的预感逐渐漫上心头。

“骗了我什么？”她现在太害怕听到“骗”字，她不明白为什么骗她的反倒都是她最信任又最爱的人。

“《凤凰舞》的传人，不是我，所以我对于日教来说是没有利用价值的！”绝姒走过去抓住绝舞冰凉的手，“我怕日教会继续针对你，所以告诉你我是传人。其实不是这样。虽然《凤凰舞》传大不传小，但当年日教觊觎秘籍杀了不少焰门兄弟姐妹，爹娘为了保住秘籍，也为了混淆日教对秘籍传人的认知，能同时保护我们两个人，所以在这一代，秘籍是传给你的。”

绝姒看着绝舞呆滞的表情，继续道：“在你成亲后，你的背部便会显现出凤图，那是《凤凰舞》传人的标记。”

“那……”绝舞咬着唇问，“你怎么知道，你的后背部没有凤图呢？如果你弄错了呢？”

绝姒看着绝舞懵懂的眼神，苦笑着摸摸她的脸颊，垂眸低声道：“我之前与太子在一起过，所以我很肯定我没有。”

夜冷，风冷，寒冷的天气仍旧遮掩不了北城中心歌舞坊的热闹非凡。楼外整条街灯火通明，灯笼高挂，喧闹声流窜在街道的每一个角落，给寒冷的夜增添了许多的暖意。

在歌舞坊的后院，有一座独立的院落，是廉湘雨的住处，不同于前面歌舞坊的浓烈酒味，只有淡雅的清香。听说这座院落是位达官贵人为博红颜一笑，专门令人建筑的。这位廉湘雨姑娘，便是歌舞坊的头牌，艳若天人，艺冠群芳。

此时正是亥时，在这座独立的院落前厅里坐着三人。

“两位爷要找湘雨？”歌舞坊的老鸨谄媚地对眼前两个男人笑着，脸上的脂粉因笑得用力有些脱落，白色粉末飘荡，散出刺鼻的脂粉味道。明眼人都看得出，这两个男人气质出众，不同于以往来玩的公子哥儿，这种人是万万得罪不起的。

“对。”开口的是一旁的高轩叶，沉稳客气。

“这……”老鸨故意咂着嘴，显得有些为难，“不怕得罪二位爷，你们也知道我们湘雨是这里的头牌，她说不见客，就是我也不敢强求，那丫头说了今日休息，不让人打扰，你看这……”

高轩叶从怀中拿出一沓银票，推到旁边的老鸨面前，“我们不会耽误太久，只见一面。”

果然，老鸨伸出手急忙把银票揣到怀里，双眼绽放出亮光，笑开的嘴看到银票就一直没有合上过。天哪，见一面就是一沓一万两的银票，这样的生意不做她就白活这么多年了！

旁边的圣忆风已经显得有些不耐烦，晚一刻说不定廉湘雨的命就没有了。他倒不是担心谁的死活，只是这个命案到最后会扯到他身上。若不是以防万一，他就直接去找人了，哪用得着在这儿光明正大地浪费时间。

不一会儿，一个白衣女子从门外走进，一袭白地描花，一顶望仙髻，金银明灭，流光溢彩，头上的步摇随着步伐叮当作响，煞是好听。

圣忆风探究似的望着她由远走近。既说了休息不见客，为何还打扮得这么隆重？

“小女子湘雨见过二位公子。”声音娇柔却不做作，让人听着不由得心神舒畅。

待廉湘雨立于面前，圣忆风才看清，那是一双完全不同于烟花女子的淡定眼眸。

“你们聊，我先下去了。”

老鸨正要离去，被高轩叶拦住，“你要留在这儿。”

老鸨不明所以地被高轩叶强行按在椅子上，干巴巴地坐在一旁。

“你是王老爷的小女儿。”

老鸨在一旁正欲插话，被高轩叶点了哑穴。天哪，这件事除了廉湘雨，就只有她一人知道，如今要败露了，她以后的生意可怎么做啊？廉湘雨说得好听是王老爷的小女儿，其实是那男人和一个青楼女子所生的，不被王家认可的小杂种。她当年收留廉湘雨就是看她长着张漂亮的脸，又生得机灵，将来能为她赚大钱，现在要是被人知道是王老爷的女儿，那男人肯定会铲除这个会给他前途带来污点的女儿，以后谁来给她赚钱！

一丝落寞从眼底闪过，廉湘雨启唇，淡淡道："是。"

这丫头不想活了，竟敢承认！老鸨在一旁急得不知所措，但受制于高轩叶又动不得，只能干着急。

听到她不怕死而这么快承认，一个猜测瞬间闪过，只有将死之人才会将生死看得这么淡！圣忆风倏地站起身走到她面前，提起她的雪白皓腕，手指放于她腕上，"你中毒了。"

廉湘雨勾起笑，"是啊，有人比你先下手了。"

"不是你父亲派的人。"居然又比他早一步。这个杀手很清楚他的计划，一切的迹象都将真凶的可能性指向那个人，但他始终想不通，为何那人这么高的武功却甘心受制于人。

廉湘雨有些惊讶，随即恢复淡然，"不是他就好，我以为他始终无法忍受我的存在。"

"何时中的毒？"

廉湘雨摇摇头，还来不及开口，一口黑血涌出嘴角，直直地跌进圣忆风的怀里。

高轩叶看着倒下的娇躯，心中阵阵惋惜。红颜薄命啊，就这样香消玉殒了，最可悲的是，死前都不知自己为何而死。

究竟为何而死呢，到现在他和少主都不知道。死的这些女子，除了南城的那个是青楼女子之外，其他的全是闺阁千金，即使这个不被家族认可的小姐，身体里也流着名门望族的血。

"少主！"高轩叶低头之际才发觉，椅上的老鸨不知何时竟也死了！

又是嫁祸，而这次的嫁祸目的是人赃俱获！

"湘雨！"撕心裂肺的哭声从门外传进，紧接着一个水蓝色的身影闪到圣忆风身边，抢过已死去的廉湘雨狠狠抱住，"姐姐还来不及赎你出去，说好等我的！为什么要留下我一个自己先走！为什么、为什么死的会是你……"

高轩叶拧起眉，杜玉菲怎么跑到这来演戏？瞧那风情万种的眸子此刻尽是悔恨和心碎，旁观的人，谁能不相信死的这个女人确实是她的亲妹妹。

圣忆风敏感地发觉问题不对，根本不理会死去的女人是不是杜玉菲的亲妹妹，伸手将地上的杜玉菲抓起，"你这是演哪出戏？"

"少主。"高轩叶无意扫过地上的廉湘雨，猛然间发现，廉湘雨颈上竟插着一枝紫莲，和以往那些尸体的位置都一样。这是何时插上的？！

圣忆风在抓起杜玉菲的同时就看到了那枝莲。直到这一刻，他才对之前的猜测万分肯定。杜玉菲的武功竟深到这种地步，在他面前都能作假。呵，日教教主可真失败，手下有个武功如此高的人，却不知。

墨黑的发丝松松散散地披泻在背上，他微微弯腰，几缕发丝垂到眼前，轻拂过杜玉菲满是泪水的脸颊。袖袍下的手收紧手中的纤臂，袖口用银线滚着精致的花纹，是朵朵缠绕的莲，此刻正妖娆地绽放在寂静的夜中，酝酿着不可知的突变。

“果真是你。”修长的双眉淡然一挑，没有怒气，没有惊讶，声音也淡淡的听不出情绪，只是眼眸变得深邃。

杜玉菲仍旧在哭，呜咽得失去了柔媚，楚楚可怜得让任何人看了都想去怜惜，“少主在说什么，玉菲不明白。”

圣忆风眯起眸，密密的睫毛几乎要覆住眼底的阴霾，“你处心积虑地陷害我，到底什么目的？连陈升都被你蒙在鼓里。”

杜玉菲抽出胳膊，身子微微晃悠了下，还算是稳地站立在圣忆风面前，抬手整了整凌乱的发丝，眼底依旧是心碎，仿若此刻真的只是一个痛失亲人的柔弱女子。

哽咽的声音缓缓道出，杜玉菲任泪水从眼角滑落，“少主，你究竟还要错多久？你有没有想过，若是她知道了你的所作所为，还会像以前那样敬你爱你吗？”

蓦地，杜玉菲跪倒在圣忆风眼前，拽着深紫的衣袍，“少主，你之前为了《凤凰舞》不惜杀那么多人，因为我爱你，所以我不阻止，但你为什么要选上湘雨，为什么？她是我唯一的亲妹妹啊。”

圣忆风静静地望着她，眉越拧越紧。

若不是怕落下杀人灭口的口实，他真想杀了眼前的女人。

“少主以为帮她除去日教报了仇，她知道真相后就不会怨恨你吗？！”

修长的指拽起地上的女人，拉至眼前。他的忍耐已经达到极限了，舞儿是否会知道他是圣忆风的事情是他最无法面对的事情，这个女人居然一再考验他的耐心！

另一只手抚上泪水横流的脸，清淡而冰冷的声音从齿缝间一字一字念出，“想毁掉这张脸的念头从来都没有这么强烈过，你说，现在怎么办才好呢？”

慌乱自水眸底划过，然后只是一瞬。

抚在脸颊上的手，指尖微屈，而后陷入柔嫩的肉里，狭眸中的恨意隔着几寸的距离传递到杜玉菲的眼中，“这是你自找的。”

杜玉菲没有挣扎，用泪眼望着他，里面刻画着深深的绝望。

她这次一定要成功，即使代价是这张她曾经引以为傲的脸！

“为了你，玉菲什么都可以牺牲，只希望你能回头，不要再错下去！”

就在说话的同时，攥住皓腕的手猛然将面前的身躯推开，身体向外飞出时带动指尖在右脸颊上划出四道深深的指痕。

被用内力震开的娇躯重重落地，凝脂肌肤上艳红的血液从四道划痕中缓缓流出，滴落在地板和水蓝色的衣裙上，像毒药般慢慢渗开。杜玉菲仰首望着高高在上的圣忆风，如凋零的玫瑰般，眼底尽是凄凉。那双媚丽的眸底眨眼的瞬间又露出阴狠的快意，因痛而越发苍白的唇颤抖地勾起一个弧度，带着浓重而又绝美的残忍。

她做到了！

圣忆风看着杜玉菲脸上异常的神色，猛然抬眸。厅门处一袭绯色安静地站在夜里，悲伤的气息就那么一点一滴地流淌到他的眼里，又钻进他慌乱的心里，而后，慌乱渐渐平息，他耐心地等待着她的反应。

乌黑的圆瞳充斥着呆滞，脸部也因突来的震惊显得僵硬异常。她什么都来不及想，只觉脑袋瞬间被抽空，整个身体似乎都处于一种游离状态，灵魂轻飘，恍若离开了躯壳。

须臾，将震惊沉淀之后，难以言喻的惊慌与羞辱携带着被欺骗的痛楚如潮水般排山倒海地袭上心头，森冷寒意往四肢百骸蔓延而去，一股莫名的意念在脑海中蹿起，不断回旋。不，她要亲手拿下那张面具才相信！

还来不及仔细思考，她就迈开颤抖的步子向那道僵硬的身躯走去。

其实早就猜到了不是吗？然而，亲眼目睹真相为何仍旧会如此震惊和无法接受呢？

小巧的脚停驻在他的面前，她迟疑地抬起手臂，将手覆上那张曾经让她害怕的面具，冰凉的触感让她又将手缩了回来。犹豫片刻，她终于重新抬起手臂，一鼓作气地将面具摘下，自始至终，她的视线都没有落在那双眼睛上。

将面具捏在手中，她这才缓缓地抬眸，那是一张熟悉到不能再熟悉的面孔。然而此刻，这张脸无比苍白，眸上笼罩着一层薄薄的雾，让她看不清他的眼神。

经历了这么多，她本可以稳住此刻的情绪，然而看到那双眼，眼泪终于还是从眼角一滴滴地开始滑落。这双令她迷恋的眸，总是让她失控。

她想要镇定，颤抖得像是要凋零的唇瓣却将她的情绪泄露出来。

她紧紧地攥住面具，眼泪啪啦啪啦地砸在衣襟上和地板上，“为什么要骗我……”她怔怔地望着他的靴子出神，“圣忆风啊……呵呵，转了一圈，原来让我心动的只有师父……如果我早一点发现，师父是不是就不用独自承受那么多痛苦与不安……”

他深幽的眸因她的话闪过一抹光芒，又因不敢确定而压抑下去。

丫头的意思是，她并不在乎吗？

“好个痴情的女娃！”杜玉菲没料到绝舞会是这个反应，忘了自己的处境，不由得开始提醒绝舞，“才被人骗过，又被骗一次，你还真经得住啊。谁知道有没有第三、第四次!”

绝舞这才将头缓慢地低垂下去，视线移到杜玉菲身上。想起当时在船内见到她衣衫不整地靠在圣忆风怀里的情景，酸意泛上心头，唇角勾出轻蔑的笑，“我愿意怎么想，那是我的事，与你有什么关系？你自始至终不过是个配角！”

杜玉菲狠狠瞪住绝舞，余光略过圣忆风，极不情愿地闭住了嘴。

“报仇？”绝舞用余光扫了眼地上的女人，想起方才杜玉菲提及的报仇之事，而后落寞地望着他，“师父早就知道焰门的仇人是谁，却从来没有告诉过我。”她猛地将面前冰凉的身躯推开，平静的情绪变得激动，“十年啊！我跟着师父十年，难道还不足以让你信任吗？！你以为我知道真相，会因之前对圣忆风的偏见而对你产生恐惧吗？呵，你错了，因为我相信师父，所以知道真相也只会相信和师父相关的一切，包括圣忆风的所作所为！”

“我努力让自己变得成熟，变成配得上师父的人。结果呢，到头来在你心里我仍旧是那个不懂事的孩子，事事都要你善后要你包庇！”

她一步步地后退，眼泪像脱线的珍珠不断掉落，“我不想变成你的累赘，不想拖累你，只想要平等地站在你的身边，不只分享你的喜悦，更想要分担你的痛苦。当你遇到困难时可以告诉我，当你苦恼时愿意向我诉说，这算是奢求吗？！是痴心妄想吗？！”

“丫头……”他要怎么告诉她，他只是舍不得她受苦。

“你总是替我安排好一切，从来没有问过我愿不愿意，就像报仇！这种事情是我的责任，可笑的是我当初口口声声要报仇，却不知道自己的仇人是谁，而师父知道却隐瞒了我那么久！我有说让师父替我报仇吗？！为什么不先问我？！你凭什么、凭什么帮我决定我的一切！”

“你知不知道你的隐瞒、你的保护，只会让我更加厌恶自己、痛恨自己！只会让我离你越来越远！”

她一番慷慨激昂的话，瞬间将他打入地狱。每一句指责，都像鞭子一样狠狠抽在他的心口。他僵着身子，双拳逐渐紧握，一动不动地站在原地，无力地看着她离他愈来愈远。

原来一直都是他强迫性地给予，原来她一直都不想要。

他承受那么多苦，每日都在可能即将失去她的惊恐中度过，换来的就是她这句是“凭什么”。

难道凭他对她的爱，还是没有资格吗？

她边后退边摇头，伤情益增，“跟师父在一起，我越来越感觉不到自己的重要性，遇到事情你从来不会跟我商量，好像我只是一个多余的摆设。就算没有我，师父也可以解决所有问题，不是吗……”

不祥的预感在她最后一句话脱口而出后骤然降临，他箭步上前，深恐自己再迟一步便再也抓不住她的手，“丫头，不是这样的！”

她看着他慌张的神情，心底的不忍又开始泛滥，但她已无力再继续下去，“我真的不知道，该怎么继续面对师父了……”

“你什么意思？”他蓦地停住步子，不可思议地望着她，情绪早已超出自己能够控制的范围，声调也不由得提高，“什么叫无法面对？！”

凄迷的泪涌上灵眸，她望着他不住摇头，无法发出一个音节。

“你再说一遍……”他凝望着她，自始至终都无法接受她给的答案，凄惶的心一片迷茫。

她要离开他?

他的丫头怎么可能离得开他?

“我说。”她深吸口气，声音已不如之前那般颤抖，“我现在真的无法面对师父。”

他伸出的手以极缓的速度慢慢收回，心脏一阵剧痛，痛得就像要立刻死去，痛到极点，又麻木起来，体内的血液也从方才的激烈奔涌，渐渐冰冷，痛彻入骨。整个人流露出深浓的哀怆。

无法面对他……

就在他纤长浓密的睫垂下的一刹那，一道声音石破惊天地响起，“舞儿，小心！”

圣忆风即刻抬眸，远方一抹银光掠来，锋利的剑又狠又准地朝绝舞的后背刺去，分明是想一剑夺命。他的心陡地一提，那一瞬间仿佛失去了所有的空气，一阵窒息。

她已退离太远，他还来不及出手，一个高大的身躯推开还未来得及反应的人儿，硬生生地挡下了那一剑。

“木头！”

绝舞看着那柄锋利剑芒不偏不倚地刺进独孤翊的胸口，惊恐地倒抽一口气，大惊失色地疾奔过去，“木头！”

“轩叶。”

轻轻一声令下后，高轩叶已和凶手过了几回招，在过招中，高轩叶不由得心生疑惑。区区几招，那名黑衣人便被高轩叶拿下，却也在被擒住的瞬间咬舌自尽。

高轩叶收手，犹豫后开口道：“少主，应是日教的人。”这个人武功并不高，日教若是要斩草除根就不会派这样的人来，更不会单枪匹马，太令人怀疑。想着，他便将视线移到杜玉菲脸上，探究地观摩起来。或许，又是这个女人的诡计。

杜玉菲抬起勾魂的眸，看看高轩叶投来的疑惑目光，又看向警戒地望向她的圣忆风，妩媚地将浓炙的感情递过去，“这个人可跟我没关系，不过你放心好了，我不会逃。”

剑尖刺入独孤翊的胸肌，鲜血汩汩渗出，绝舞将浑身是血的身体揽进怀里，心惊地望着他的伤口，伤口的血不住地往外涌，似乎永无止境。

“木头、木头！”绝舞抱着独孤翊的头，看着那张俊脸此刻煞白，本就来不及完全停止的眼泪又啪嗒啪嗒地掉下来，越来越多，“别吓我啊。为什么要替我挡那一剑，为什么！”她还不起啊，她拿什么还他！

看到她惊慌失措的表情，独孤翊伤口的疼痛就那么莫名其妙地淡化了许多，“没事……有什么好哭的？又死不了……”

他不住地喘气，胸口起伏不定，吃力地抬起手臂抚上她的脸。这一个动作像是耗尽了他全部的力气，“能看到你为我流泪，值了……”

独孤翊的伤势将她濒临崩溃的情绪推向了高峰，没有一个煽情字眼儿的话却令她大哭起来。刚才在师父面前，她忍着不能暴露太多的情绪，此时此景无疑给了她一个借口，将心头聚积的情绪一股脑全部发泄出来。

“不要说话，求你不要再说话了……”木头不能有事，若真出事，这份债更是怎么也还不清了！

她撕下衣角的布裹住独孤翊的伤口，但鲜红的血却像泉般奔涌不止，才瞬间又将绯红的布料浸湿。她无助地捂着伤口，不曾遇到过这种问题的她根本不知该如何处理，看着独孤翊越来越弱的气息，惊慌扼住胸口，她不能让他死！

圣忆风默默地望着地上早已泪水洗面的绝舞，一颗心犹如坠入万丈深谷。

看着她流泪，他比她还要心痛，顾不得对方是独孤翊，圣忆风无力地开口，“轩叶，过去看看。”

才刚开口又想到了什么，讽刺地抽抽嘴角。他想起她方才的话，那些话犹如鞭子般狠狠地抽在他心口，“罢了，忘记她说过我没有资格。”

绝舞听到圣忆风要救独孤翊，才松口气，又因他的下一句话，心狠狠地揪起来。自己说过的话重新从师父口中说出，竟是如此的伤人。

抱着独孤翊，她无助地望向远处的圣忆风，这里除了师父没有人能够依靠了，“师父，救他、救他啊……听说高阁主医术很厉害，一定能救的对不对？”绝舞求救地望向圣忆风身旁的高轩叶。高轩叶却垂着眸子没有看她。

“师父，你救救他吧，好不好……”她不能再欠独孤翊。

微风吹起他紫色的衣衫，袖口的莲仿若经受不住如此悲伤的气氛，似是要从袖口上飞出般，在风中狂曳起来。

他望着她的泪，听着她为另一个男人向他求情，倏地收紧袖袍，飞舞的莲顿时安静下来，“轩叶，带他到最近的客栈先住下。”

“怎么样、怎么样？木头脱离危险了吗？”一直等在门外的绝舞，看到高轩叶出来，急忙上前询问，“没事的，对不对？”

高轩叶神色复杂地看了她一眼，别有用意道：“不知道是那一剑刺得太妙，还是独孤翊躲得妙，看起来伤势很重，却完全没有伤到他的筋脉。”妙就妙在，那剑只要再进一寸，便会要了独孤翊的命。

“就是说他没有危险了，对不对？”听不出高轩叶话里的用心，绝舞只听得出独孤翊并没有受很重的伤，顿时觉得松了口气，就像压在肩头的包袱被卸了下来。

高轩叶微微颔首，绝舞开心得差点欢呼出来，“那也不会有后遗症？”

“不会，只是需要每日用药静养一些日子，这些天需要有人每日为他把脉，调整药方。”高轩叶言罢，抬眸看着绝舞。

太好了，不然她岂不是要欠独孤翊一辈子？

“那……还要麻烦高阁主这些日子……”

高轩叶微微一笑，打断绝舞，“这个便不是在下能做主的，要看少主的打算。”

“是。”绝舞抿着唇，有些难以启齿，“不好意思，我忘记你们也是有很要紧的事需要处理的。”

“少主。”高轩叶看到绝舞身后的圣忆风，微微颔首后退开，留下两人单独相处。

绝舞一听到圣忆风在身后，兴奋顿时冷却，紧紧捏住衣角，不敢转身。

她感觉到他轻轻的步伐又向她迈近两步，身后熟悉温热的气息萦绕在她的周身，心又一阵慌乱。

两人就那么静静地站着，他垂眸凝视她精致的耳垂，她紧绷神经背对着他，冷风扬起两人的发丝，在风中痴痴缠绕，一如此刻混乱的心境，剪不断，理还乱。

“预备一直这样背对我？”他看着她的背影，心绪起伏翻搅。

她昨夜的话宛如尖刀刻在他的心口，句句锥心，刀刀凌迟。

昨夜的事情疑点很多，但一想到她有可能离开，他就无法冷静地思考前因后果，整个脑海都是她昨夜坚定决绝的眼神。

他用一整夜冷却她异乎寻常的反抗带给他的所有震撼，然而站到这里，那些话还是会在头脑中清晰地罗列出来，更是衬得所有心伤无所遁形。

许久，她迟缓地转身，鼻尖碰触到他的胸前，脚步不由得退后一步，拉开两人的距离，头却始终不敢抬起来，视线落在他衣袍的下摆，“没有。”

她还是这样，一旦紧张得不知所措就会像个做错事的孩子，低头惊慌逃避。这样的举动，他是不是可以把昨夜理解成她一时激动而造成的错误？她现在应该也后悔了吧，只是怕他生气所以不敢面对？

他静默地看着她拉开两人的距离，不言不语地上前一步。两人一退一进，到最后她只能抵着墙，再无退路。

“头抬起来，不然我会以为你在因昨晚的话而愧疚。”平缓的语调徐徐如风，携着哀伤的气息，短短一句话里隐含着深深的控诉。

她用力掐住自己的手心，蓦地抬头，对上他温和中藏匿着凌厉的视线，“我没有愧疚。”

“舞儿。”屋内低沉而有些微弱的声音响起，划破冷凝的气氛。

绝舞心下松口气，木头这句话简直如降天兵，在师父逼人的气势下，她就快要窒息了。

在她还没有理清所有的思绪前，她实在无法平静地面对他。

他来不及阻止，她已经转身迅速走进屋内，随即关上门，将双眸盛满哀切的人关在门外。清新的香气霎时在屋外弥漫开来，随着时间的流逝，愈加浓烈。

良久，他握拳，旋身离去。

一袭青衣的高轩叶出现在客栈的后院，“少主。”

“杜玉菲呢？”

“已押回迦隐囚于地牢之中。”之前浪费了那么久的时间，加上昨夜一夜未眠，他终于弄清了不少事情，“前些时日的命案，如少主所料，全是杜玉菲所为。日教虽是我们的死对头，但在拿到秘籍之前还不会轻易做出这么大的动作，而据柳老前辈的情报，杜玉菲所为并不是出自日教的密令。”

不是？修长的指扣在细长的树干上，树叶被震得片片飘落。

高轩叶看着圣忆风扣在树干上的手指又道：“还有更让人吃惊的。少主还记得那日衙门的事情吧？朝廷派的那些护卫全是杜玉菲所杀，就是你最后见到的那个四肢残缺瞎眼无舌的残废，也是杜玉菲所为。”

清冷的眸由迷惑转为恍然，而后又渗出阵阵寒意，“原来是这样……”

“少主的意思？”

圣忆风将手放回雪白的裘皮，冷眸轻挑，“舞儿在船上碰到杜玉菲的那次，她故意出现，只为了让舞儿对我的身份产生怀疑；在衙门的那次，她已经得知我会夜探，想在我之前毁掉尸体，因此找到当年害死孤傲洁她娘的人来引开她的视线，杀掉所有护卫，却没料到尸体已经被独孤翊运走，一气之下要杀掉那个衙门老爷。”说到这里圣忆风顿了顿。

高轩叶疑惑地问道：“那为何后来又没有杀？”

圣忆风薄唇微勾，“我是在衙门后院发现那个人，舞儿当时正巧在，她应该是准备杀人之际听到外面的动静，确认是舞儿之后，又想到我也会去衙门，算准时间将计就计，废了那个人。当时刚刚发现那个人，紧接着听到墙外的动静，没料到是舞儿，舞儿看到的刚好是颜琦和我在那人面前的场景，误会就产生了。”

“她先是让舞儿怀疑我的身份，而后又让舞儿对圣忆风产生恐惧。一系列的杀人事件是她之前就计划好的，为的只是将它嫁祸于圣忆风，让舞儿对圣忆风从情感上产生抵制。而这最后一次，摆明了要让我在舞儿面前人赃俱获。”咔嚓，雪白裘皮内的手因用力而发出声响，清脆而令人心颤，“却也料到了我不敢将她怎样。以昨夜的情景，我若杀了她，不只会加深舞儿对我的误会，更会落个杀人灭口的罪名。”

高轩叶惊诧，没想到这个女人居然狠到这种程度，而且这样的做法无疑是一箭双雕，不但会拆散少主和绝舞，还替日教立了功，“少主是何时发现的？”

“若不是南城的那起案子，我也不会这么快察觉。”似是有些疲倦，他轻轻将眸闭上，“南城的命案应该也不在她的计划之内。只是，她急功近利，迫切地想毁掉我在舞儿心中的形象，不得已作了那个案子。”

“可出命案时杜玉菲不是在少主身边吗？”刚问出口，高轩叶猛地抬眸，“原来是这样！怪不得当时和少主去查尸体时，发现死亡时间并不对。人是之前杀掉，而后故意放在船上的，所以当时才会产生她不在场的假象。”

“嗯。”

高轩叶微微摇头，“这个女人心机实在重……”

他现在没有时间去处理杜玉菲，还要更要紧的事等着他做，低低的嗓音飘出谨慎的询问，“独孤翊昨夜的突然出现，查出原因了吗？”

“没有。”高轩叶摇头，“属下发现一件很奇怪的事情。昨夜的黑衣人武功并不高，若日教真是为除去绝舞姑娘，不会派这样水平的人来。且不说独孤翊出现得突然，那柄剑刺入的深度也很引人深思，再进一寸，独孤翊当场就会没命。如果真是要一剑致命，就不会刺得那么浅。”

灿如玉的眸流光隐隐，清冷而深邃，忽而，他扯出一抹笑，带了点悲凉，“独孤翊卖命地演了这出苦肉计的戏，还是有作用的。”只是，不知这出戏是否还有另一人的参与。

“少主……”他不懂少主为何要救独孤翊，就是当时不救，等着独孤翊的人来，也不会出人命。而且为了让他养伤，将这个客栈都包下来。

“不用说，我知道你要讲什么。”圣忆风负手而立，沉默须臾道，“以当时的情况，若是不救，她会恨我的。”

第十七章
爱恨谁手葬

绝舞坐在客栈后院的小湖边，望着水中的倒影，清丽的容颜上那双瞳眸有着掩饰不住的哀愁。

转了一圈，她又回到原地。

当初计划到迦隐，用秘籍换取圣忆风救姐姐的机会，而后打探日教的行踪，一步步查出当年灭门案的前因后果，到头来她的一切计划都成了泡影，都成了笑话！本以为自己离开师父一个人也可以做得很好，本以为这样的自己不久之后便会成为帮师父分忧解难的人！

但一向事事顺着她的师父竟然早知她的仇人是谁，而她却一直可笑地被蒙在鼓里，还口口声声喊着要报仇！当她以为，凭着自己的本事也能够让圣忆风答应她的条件时，却发现圣忆风之所以顺着她，是因为他就是师父！

为什么他要让她的一切努力变得如此可笑！

她呆呆地望着湖水中的倒影好一会儿，倏地站起来，猛力一拳击向身边的树干，砰的一声响，震得树叶簌簌而动。这一拳，并没有使内力，她只是纯粹想要泄愤，因此打得粉拳上血迹斑斑。

伤在手，痛的却是心。

痛他不信任她，痛他自私地安排好她的一切，痛他将所有痛苦一人扛，痛他始终无法平等地看待她！

"舞儿。"一声落，伴随着一阵轻咳从后面传来。

含满泪水的眸眨了眨，她抹去脸上的哀伤，转身道："外面这么凉，你病又没好，出来干吗？回去啦！"

独孤翊被她扶着往回走，垂首见她脸上依稀可见的泪痕，"你，还好吧？"

"这话应该我来问。伤没好就不要出来乱走。你早好一天，我就早清闲一天！"她用力在他的胳膊上拧了一下，瞪着眸，没好气地说。

听到她凶巴巴的话，他也不气，知道她是为他好。其实他的伤本就没触及要害，从小练武，这点伤算不了什么，对他来说休息两日已经足够了。

“住在这里也给你师父添了不少麻烦，不如我们回北城的别馆吧。”独孤翊试探地开口，“还是说，你想继续留在他身边？”

她沉默须臾，“等你伤好了我们再走，高轩叶说你的伤需要每日把脉调整药方。”

独孤翊轻笑，“我们去别馆，重新找大夫。”

“可是刺伤你的剑上有毒，普通的大夫能治吗？”她将独孤翊身上快要滑落的衣服重新为他披到肩头，“你不要倔了，这件事就听我的，等你伤好了咱们再回别馆。”

独孤翊蓝眸闪过一抹惊喜，“你真要跟我走？！”

“嗯，你现在最重要的任务就是养伤，想离开这里就尽快好起来。”她和师父，都需要一段时间冷静下来。

“好。”覆下的睫盖住了眼底暗涌的情绪，刚毅的唇勾勒出不易觉察的弧度。

园外一直望着他们二人的高轩叶终于忍不住开口，“少主，不去找她好吗？她那日的情绪很激动。”

圣忆风看着绝舞小心翼翼扶着独孤翊的情景，只觉胸口被万千重石压着，喘不过气。他这两日压抑着冲动，只为让她好好冷静下来，等到气消了，她又会如以往般乖乖地回到他的怀抱，毕竟，他都是为她好，他的丫头会懂的。

“不用。”

静谧的水榭里，气氛因绝舞的到来逐渐变得怪异起来，山雨欲来风满楼的紧张充斥在水榭的每一个角落里。

高轩叶与冷沉香互望一眼，正要退出去，圣忆风却开了口，“沉香可以走了，轩叶留下。”

“师父。”绝舞抬眸瞅了一眼圣忆风，又很快垂下眸子。看着圣忆风叫“师父”，其实她心里还是有些别扭的，毕竟自己之前一直将圣忆风当作一个大魔头。

圣忆风已去了面具，清俊的双眸淡然地看着眼前垂眸的绝舞，不发一语。

她抿着嘴角，绞着手中的袖口，尝试了几次才低低出声，“高轩叶说，独孤翊的病需要每日把脉调整药方，听冷沉香说，你们可能要离开这里几日，不知道、不知道……高轩叶能不能留下来……”最后几个字的声音，绝舞已经低得不能再低，几乎是呢喃地从嘴边溜出。

“你说什么？”

绝舞深吸一口气，“高轩叶能不能留下来……”

圣忆风微垂眸，清如水的眸不易觉察地染上了一层灰色，唇角有了瞬间的僵硬，“你来，就是为了说这个？”

“我、我……”她不是不想说其他的事，只是很多事情没法说出口，她很想他，她却不能说，一旦说出口，她便走不了了。

他的眸色已冷了下来，“高轩叶有重要的事办，为什么要为一个不相干的人留下？”

见他脸上没有半点温情，她黯然垂眸，“算舞儿求你了，好吗？”

他却忽而笑了，凤眸微眯，唇角那抹似有若无的笑意在静谧中显得越发妖魅，“你厌恶我控制你的人生，却不得不来求我，丫头，不觉得讽刺吗？”

她嘴唇颤抖，遮挡了那深深的煎熬。

高轩叶余光扫了眼圣忆风，适时开口，“绝舞姑娘，在下近这几日不会远离客栈，独孤公子那边应该能照顾到。”

绝舞闻言感激地朝高轩叶回以一笑，随后还是不确定地望向圣忆风，而他却已拂袖离开了水榭，只留给她一道逐渐远去的挺拔背影。

风带起他拂袖而去的余香，颤颤怯怯，像纷乱受伤的心。

“师父他……”

高轩叶笑着安慰她，“姑娘不必担心，若是没有少主的默许，轩叶就是再大的胆子也不敢忤逆命令。”

她心底松了口气，这么说，师父其实是愿意出手相助的。

昨夜她的话真的伤了师父的心，师父才会那样讽刺她。

绝娰一直盯着窗边的绝舞，眼睛眨也不眨，连眼睛里的神色都没有变过。清晨，浅幽寒告诉绝娰独孤翊受了重伤正在客栈休养，对圣忆风与绝舞的事只字未提，绝娰也是到了客栈才知道，一夕之间，这么多事竟然都变了。

圣音竟然是圣忆风！

那个风光霁月的三公子，居然会是让人闻风丧胆的迦隐少主圣忆风！

绝娰震惊过后很快平静了下来，在这之前她不是没有怀疑过圣音与圣忆风的关系，只是万万没有想到竟然是同一个人。

自绝娰晌午到了客栈，进屋之后便一直坐在原处望着绝舞，窗边的那个人盯着院外不知何处，三个时辰了也未动过分毫。

终于，绝舞闭上眼睛，“姐姐，师父竟然是圣忆风。”那样落寞的声音，似乎还掺杂了无奈与矛盾，缓缓道出的幽叹，让时间好像都停在了那一刻。

绝娰凝着她的侧脸，走了过去，按在她肩头的手用了用力，却一句安慰的话都说不出口。其实，她在听到这个消息的那一瞬间，心头是有惊喜掠过的，她并不想舞儿与圣音在一起。

圣音就是圣忆风，代表着圣音便是《玉骨玲珑》的传人，而舞儿是《凤凰舞》的传人，他们是注定无法在一起的！

所以她明白，绝舞那句话里的所有悲哀。

浅幽寒在她面前说的字字句句都暗含着对舞儿过分指责圣忆风的不满，其实她心里明白，对舞儿造成最大伤害的，不是圣音骗她，而是，圣音居然是圣忆风，居然是《玉骨玲珑》的传人。

她忽然回过身紧紧抱住身边的绝姒，紧闭着眼，却仍旧阻挡不了泪水的滑落，“怎么会这样？怎么会这样……我以为，只要我过了心里的坎儿我们就能在一起了……可是怎么会这样……师父他，竟然是《玉骨玲珑》的传人……怎么会这样呢？”

“会过去的，再大的困难都会过去，再痛的伤也都会过去……”绝姒紧紧地抱住她，“曾经，我也以为自己会沉浸于那些伤痛无法自拔，但随着时间的流逝，那些伤总会慢慢地愈合。那些挣扎在梦魇中的痛苦、绝望，还是交给时间，去慢慢淡化。”

院内一抹藏蓝色的身影立于树下，远远地望着窗内紧紧相拥的两人。

绝姒的视线落在树下那人身上，淡淡地笑了，“舞儿，长痛不如短痛，何不借此机会离开呢？你继续留在这里，不仅会伤了你，也会伤了你师父。”

离开？

“我说的离开，不是暂时离开冷静一段时间。”

绝舞微微一怔，慢慢抬起眸子望着绝姒，听她道——

“我是说，永远离开。”

客栈大厅内，略显清冷的余晖淡淡地照在地上，轻风不时吹起，混着春日里独特的味道，飘浮于空气之中。

绝舞和独孤翊一同出现在客栈一楼的前厅，引来在座几人的视线。

冷沉香看着两人这几日出双入对，终于沉不住气，“呦，这不是绝舞姑娘吗？这几日都和这位城主在屋里吃，今天怎么舍得出来了？”

高轩叶桌下的脚碰了碰冷沉香。冷沉香只当没感觉，对着绝舞二人哼了一声。

绝舞看了一眼圣忆风那桌的三人，只有高轩叶对她投以微微一笑，她感激地冲高轩叶点点头，与独孤翊在另外的饭桌旁坐下。

看着绝舞不安的表情，独孤翊拍拍她的手，站起身朝圣忆风三人走过去。

“独孤翊感谢圣少主和高阁主的救命之恩，在此也已叨扰多日，今日就要离开，特前来告辞。”

圣忆风抬眸，视线越过独孤翊落在背对着他而坐的绝舞身上，口气却冰冷疏离，

“我是看在丫头的面子上，不必感谢我。”

绝舞不敢回头，只是听着那熟悉的声音，已觉得心痛得厉害。

独孤翊微微一笑，侧身望了一眼绝舞，回身对圣忆风道：“绝舞姑娘会同在下一起离开。”

冷沉香与高轩叶对望一眼，继续垂眸，眼观鼻鼻观心。

圣忆风只顿了一瞬，便拂袖而起，紫袍悠悠荡荡地从独孤翊身旁飘过，袍摆柔软地落在绝舞脚边，“要离开？”

语落，沉默乍临，风停，人不动，大厅内的时间刹那间凝结。

出奇的安静中似乎在酝酿着什么，空气中流动着不同寻常的信息。

她的脸瞬间进入了迷茫状态，直到手腕被他握在手心，整个人都被他狠狠拽起时，才看到他冷凝幽沉的眸子。

在她的心里，他一直是神祇般的存在，有着安静宽和的气息，包容万物。

可在这一刻，看着他眼底彻骨彻心的冷冽，就像是从黑夜里走出来的王者，凛然难犯。

良久良久……

他神色复杂而压抑，“你的无法面对是这个意思？”

她躲了他几日没有出现，今天和独孤翊一同出现就好像在向他宣告什么，他忍着没有责怪她，可是现在，另一个男人站在他面前告诉他，要带着她一同离开。

“那日我与师父说过的，想要离开一段时间。”温热的水雾弥漫在她眼中，热烫的泪水烧灼了她的眼。终于，泪水开始静静泛流，仿佛她才是被抛弃的那个。

他抬手接住从她脸颊上滑落的一颗泪珠，垂眸呢喃，道：“哭什么……”

她拉住他的衣袍，用含泪的双眸望着他，娇甜的嗓音带着撒娇的韵味，却道出最伤人的话：“师父，让我们走吧。”

他全身因紧绷而轻颤着，几乎想立即要了独孤翊的命！

她第一次求他，是让他救独孤翊。

她第二次求他，是让高轩叶留下为独孤翊治病。

她第三次求他，是让他放她与独孤翊离开。

她怎么敢、怎么敢一再挑战他的底线！

“师父……”

他的胸膛因愤怒而起伏着，握起的双拳青筋浮起，他倏地松开手，猛然抬起她的下颌，“你再给我说一遍！”

独孤翊从身后将她扯回，护在怀里，“你这样会吓着她。既然已无法继续下去，何苦在一起彼此伤害？”

听到独孤翊的话，他的心像是被掏空了，胸口的那个洞被寒冬的冷风一吹，冷得麻木，冷得几乎要忘了痛。忽而，他扯出一抹笑，捏紧拳，将指尖陷入掌心，仿佛只有这样才能减少心口的痛，“你告诉他，我们再无法继续下去？”

“没有，我没有这样说……”望着他轻忽的笑容，那么伤痛，令她心口一阵绞痛。

她要怎么告诉师父，师父才能明白，以如今的情况，她继续留在师父身边，不但会重蹈覆辙，还会将两人推向永无止境的深渊。

不，无论怎么解释，师父都听不进去的。

突然，高轩叶等人神情皆变，只有圣忆风一人冷冷凝着绝舞，不为所动。

客栈周围凌乱的马蹄声由远而近，并且是一群人马，声音越来越近。

不出片刻，两队人马整齐地进入大厅，迅速将几人包围起来，人越来越多，直到最后两个似是头领的人物走进大厅，其中一人走到独孤翊身边道：“城主，下官高帅，奉太子之命捉拿圣忆风。”

独孤翊视线一凛，扫过众人，“何时的事，我怎么没有听说？”

高帅凑到独孤翊身边，在独孤翊耳边细细说了须臾，独孤翊这才慢慢松开了眉头。

绝舞惊讶地环视四周后，跑到独孤翊身边，低声质问：“这究竟是怎么回事？”

独孤翊忽然圈住绝舞连步退后，一群人挡到他们二人面前，将他们护在身后。

“木头，这是怎么回事，你干什么？”

高帅看着绝舞扬起一抹笑，“姑娘少安毋躁，与城主在一起，他会保你安全。”

绝舞顿觉有什么不对劲的地方，开始推拒独孤翊，“你先放开我！”

独孤翊俯首到她耳边轻轻道：“不要动，相信我，他们动不了你师父的；再说，即便抓了你师父，你觉得他们困得住你师父吗？”

“那是另外一回事。你凭什么抓我师父？！”

“这是太子的意思，不是我的。”独孤翊点了绝舞的穴道，环着她又后退几步，低声道，“你安安静静不要动，这只是场太子演的戏罢了。你不需要知道原因，只要知道，你师父不会有事便好。”

“我当然不担心师父有事！你们就是再来两批人马也不是师父的对手。”绝舞避开圣忆风扫过来的视线，“你把我穴道解了，师父会误会的！”万一师父以为是她与独孤翊商量好的，那她跳进黄河也洗不清了。她是想要离开，却不想在误会重重的情况下。

独孤翊沉默了一瞬，“既然要离开，何不干干脆脆离开？你这样左右担心，你师父怎么会放你离开？长点出息吧你。”

高帅抬手，凌厉的视线射向圣忆风，“圣少主，在下只是奉旨拿下凶手，还请合作。”

什么凶手？独孤翊不是说凶手不是师父吗？！

看到绝舞震惊的表情，独孤翊又道："我说过相信我，不要担心。"

绝舞惊慌地望向圣忆风，看到那双眸时，她的心顿时沉入冰窖，师父果然误会了。

看着她和独孤翊的一言一语和眼神交流，他的嫉妒和愤怒开始疯狂在体内蔓延，声音徐缓而轻飘，"丫头，过来。"

独孤翊低声道："你明白这些人伤不了你师父的，你若是现在动摇，他看出你的不舍，你觉得他还会放你走吗？"

她握紧拳，蓦地闭上眼，避开圣忆风的视线。

咔，木头断裂的清脆声音传来。

顿时，只觉清晰骇人的怒气开始笼罩在四周。

浓郁的香味霎时弥散开来，她蓦地睁开眸子望向他，那双凤眸虽平静依旧，但紫色的衣袍却开始翻飞，一股不祥的预感在她脑中呈现出来。

"独孤翊，你以为凭这些人也能将我拿下？"他可以承受很多，却无法承受她要跟另一个男人走，只为离开他。

独孤翊沉默着不做解释。

高帅眼底闪出邪恶的笑，心底阴笑阵阵，拿不下也罢，今天太子的目的也并不在此。

高帅抬臂，严声下令，"给我上。"

这一瞬间，周围蓦然安静了下来，每个人的眼睛，都紧紧地锁在圣忆风的身上。然而他略略抬眸，就那样淡淡地朝厅内扫视了一眼，所有人的心里俱是一凝，情不自禁地后退了一小步。

"上！"

又一声，所有人才如梦初醒般蜂拥上去。

高轩叶和冷沉香并没有动，退身一旁，静静地望着独孤翊和舞儿。纵使只有圣忆风一人，然眨眼的时间还不到，人就倒下了大半，剩下的小半则一步步后退，胆战心惊地妄想着他们的主子收回成命。他们惊恐地望着圣忆风。这个男人不用出手都能要了他们的命，这分明是在送死！

他轻飘落地，转身间紫色的衣袂旋成一朵艳魅的花朵，犹如足上那两朵绽放的莲般妖娆，双眸锁住远处的人儿，"丫头，过来。"

纤细的腰间力道猛然加重，独孤翊平静地望向圣忆风，故意做出亲昵的举动，对绝舞轻轻道："你要想清楚。"

正在绝舞心里烦乱之际，嘈杂打斗的声音又一次响起，她看着厅中混乱的场面和遍地尸体，悠悠开口，"明明不是师父所为，太子为何要陷害他？"

“日教的靠山便是太子，现在知道为什么了？”独孤翊高深莫测地看着她，“待这里结束，我细细地说给你听，这里面牵扯到很多你不知道的事情，当然，也包括你师父和迦隐的事情。”

绝舞愕然，日教的后台竟然是太子！

独孤翊屈指抚过她柔嫩的面颊，“所以，白的，太子也能将它变成黑的。”

“你、你别动手动脚的。”

“你不是要离开吗？不演得真些，你师父怎么会信？你师父若是不死心，即便你要走，你觉得走得了吗？”独孤翊解开她的穴道，“好了，我想你自己总能掂量清楚事情轻重的，我解了你的穴道，你少安毋躁。”

周围逐渐安静下去，绝舞抬眸望去，大厅之中又回到了只有他们五人的场景，其余无一人生还，而圣忆风整齐的衣袍，绝代风姿，仍旧那么静静地伫立在那里，丝毫没有方才动过武的痕迹。

“就这么迫不及待地想要离开我吗？”他摘下面具，露出绝美的面容，双眸幽幽地望着她，“甚至和他联手，以拿下凶手的借口搬来这么多救兵。呵，这就是我宠大的丫头……”他低低呢喃，纵然身姿卓绝，浑身却散发出凄然的气息。

伴随着他黯然的语气，两汪泪水已经积蓄在她眼中，“师父，不是、不是的……”

听到她开口解释，渺茫的希望又渐渐升起，“那是什么？”

独孤翊抚上她的面颊，“不要做让自己后悔的事。你昨夜，不是哭着说要让我带你离开吗？”

话落，淡眸微眯，紫色身形恍然一飘，瞬间来到两人面前，出招便直击独孤翊放在绝舞腰间的手臂，两招便将她拉出独孤翊的怀里，却并不打算停手，一手将她抛向高轩叶的方向，而后继续接掌，清朗的声音在两人一进一退中响起，“想从我身边带走人，也要看有没有这个本事。”

“那就试一试！”独孤翊眼底滑过一抹志在必得的决心，抬腿急旋。

圣忆风神态自若，身影悠然，移步若行云流水，化招如回风荡叶，一行一走，一解一收间，轻灵却又飘忽，但出招时，如急雷暴雨，狠厉无情，招招夺命。

绝舞凝目屏息，眸光一动不动地盯着两人，手心捏出一把汗，自己却全然不知。即使身在远处，离两人交手的地方有一段距离，但掌风依然直逼过来，若不是她与高轩叶和冷沉香三人懂武功，恐怕已经被这掌风逼退出数丈之外了。

情势很明显，独孤翊根本不是圣忆风的对手，两人再继续这样交手下去，死的只可能是独孤翊。

绝舞担心地望向身旁的高轩叶，“师父会杀了他吗？”

“平日里不会。”高轩叶顿了顿，他不能让少主回到以前的样子，“现在，你若是不阻止，就一定会。”

师父不能杀独孤翊，那些人不是独孤翊找来的。况且独孤翊还救过她的命，于情于理，她都不能让这样的事情发生！

视线刚落回交手的两人身上，就看到师父手中挥出的掌风竟化作朵朵紫莲，向独孤翊袭去。

眨眼间，绯红的身躯向独孤翊扑去，在落掌之前挡在独孤翊身前。

快如疾电的身影让圣忆风心下大惊，来不及思考，便在瞬间将击出的掌猛然收回，刹那间，漫天掌风凭空消失，然，单薄的唇角却溢出一缕血丝。他痛彻心扉地望着眼前她冒死守护独孤翊的情景，钻心的痛袭来，血不断地从口中涌出，脸色霎时变得惨白。

“少主！”高轩叶急忙上前，点住圣忆风的穴道，将一颗药丸送入圣忆风口中。

因掌风之气紧紧闭着眼的绝舞听到高轩叶的疾呼，这才发觉厉气已经消失，抬眸惊觉圣忆风脸色竟惨淡异常，“师父！”

心乱作一团的绝舞从地上爬起来，慌张地奔上前，握住圣忆风冰冷的手，“怎么会这样？”

苍白的手自她手中抽出，他疲倦地闭上眸，牙关轻颤，死命地攥住高轩叶扶着他的手臂。

独孤翊在她心里的位置，竟然已经重要到可以不顾性命安危。

他曾轻下狂言，不管经历什么样的困难都不会让她离开他身边，却忘记了，有一天她也会变心。

这世间还有什么是能让他信任的吗？七年前爹娘像疼亲生弟弟一样疼爱的柳曦血洗迦隐，而如今，他竟犯了同样的错误！

一个声音悲怆地响起，她心里已无你，放她走吧，难道强留她在你身边，弄得两相生厌吗？

绝舞担心地看着圣忆风苍白的面孔，一颗心提到了嗓子眼，急忙问高轩叶：“怎么会这样？到底怎么回事？”

高轩叶看了眼绝舞，“少主刚才那一掌使出了八成的内力，突然收掌，内力反噬，才会这样。”

独孤翊缓慢撑起在地上的身体，垂下的眸底有着一丝得逞的快意，他就知道舞儿不会放任圣忆风杀他，那夜的苦肉计，用得可真有效果。

圣忆风轻轻的呼吸声，成了偌大的厅内唯一的声响。

须臾过后，他抬起疲倦的眸，望着满面泪水的绝舞，心口又一阵疼痛，他似乎只会让她流泪。

他方才差点因嫉妒杀了独孤翊，若是那样，这丫头会哭死给他看吧？

还好，他没能铸成大错，不然今后总有一天，他会因她的恨而后悔。

她真的已经不再属于他了啊。

那个溺在他怀里，用娇憨的嗓音说着只喜欢师父的小丫头，已经不存在了。

蓦地，胸口痛得几欲爆裂，嘴里发腥，血丝又开始沿着唇角缓缓流了下来。

她拽起衣袖要帮他擦去嘴角的血液。她从来没见过师父生病，更没见过如此虚弱的师父，她心疼得都快要死了，“师父……”

他迟缓地抬手，用力拨去她停留在他脸颊上的手，闭起眸，苍白的唇轻轻嚅动，“走吧，我放你走……”

一阵可怕的疼痛，无声无息地袭击了她，锐利的疼痛在心口炸开，早已泣不成声的她发不出一言一语，脑中一片混沌，无法思考。

这虽是她要的结果，可怎么能这样伤?

独孤翊自她身后慢慢走近，扶住她颤抖的双肩，“舞儿，冷静一点。”

她浑身一颤，独孤翊的话宛如当头一棒，让她混沌的头脑霎时变得清楚起来。

是的，她要冷静一点。她今天的目的就是要让师父死心，让自己毫无眷恋地离开。

她不能乱了方寸。

圣忆风闭上眼，再也不想看到两人的亲密举动，每一个动作，都犹如一把利剑划在他的心口。再看下去，连他自己都无法预知还能做出什么事来。

他缓缓离开高轩叶的扶持，稳住身子，毫不留恋地越过她身边，向门外走去。

“师父！”她猛然回身，望着厅门前的修长身躯。

师父真的要离开她了！

修长挺拔的身姿，在余晖的映照下，憔悴而凄清。

雪白的靴子顿住，他垂首，幽幽开口，“既然我的所作所为，只会让你窒息，只会让你看不到自我，那，我放你走。”

接着，迈出的步伐，一步之后又停住。

“你只会责怪我不懂得征求你的意见，替你决定一切，你可有想过，我爱你，所以我只是想宠你。只是想宠你而已，这样的权利也没有吗……”

他稳住心绪，“你将心放在了他身上，想离开我，这些你大可到我面前来说，而你竟选择用可笑的借口去践踏我的感情、我的付出！”

她听着他哀伤的话语，一字一字像是烙铁般烙在她的心口。如果她知道事情会突然演变成这样，那日心里再气也不会说出如今让师父误会的话。

她后悔了！后悔了！

她的自尊，她的努力，如果在此刻能换回师父的原谅，那她通通都不要了。

“你当初看不清我的心，我可以忍；你在他和我之间摇摆不定，我可以忍；你为了还情债，罔顾我的感受随他来北城，我也可以忍；知道我唯独忍受不了什么吗？”

她好想好想开口告诉他，她没有摇摆不定，心里一直都只有他！

但此刻的她，只能拼命忍住泪，千言万语，百口莫辩。

“我唯独忍受不了你的背叛！你若还有心，记得我七年前的话，就知道我此刻心里有多恨。”他蓦地转身，曾经柔情四溢的眸变得冷厉而决绝，“是谁当初信誓旦旦地说她心里只有师父一人，从前是，现在是，今后还会是！”

哀怨凄婉，缠绵的痛楚溢满在空气中，他句句控诉狠狠地抽在她的心上，蒙眬的眼依稀能够看到他对她的恨，如此的浓重，又如此的入骨。

过了许久，冷风中翻飞的衣袂逐渐趋于平静，他恢复淡然的神情，轻轻扯动苍白的唇，“丫头……”

听着他唤她“丫头”，泪水再也控制不住地滑落眼角。

谁知他后面的一句，却彻底将她推入了万丈深渊。

“我对你的爱，只能到这里。”他没有那么大的胸怀，忍受她心里进驻另一人，更无法忍受她的背叛。

背叛，那是他最憎恨的东西！

“师父……”她不想要这样的离别。

“‘师父’两个字，圣忆风可消受不起。”他冷淡而漠然地望向泪流满面的她，只当她舍不得师徒的情分。

像是承受不住即将失去她的打击，他微微踉跄，扶住身旁的门框，沉重地闭起眸后又决然地睁开，“就不说后会有期了……再见也只能是敌人。”

他旋身，没有人看到，挂在他眼角的那滴泪，迎风而落，跌碎了十年过往。

风，依旧吹着，冷寒却寒不过他的心。

他们的感情已到尽头，再没有明天。

既然她这么迫不及待地逃离他，那就没有必要再见了。

高轩叶和冷沉香深思地看了眼独孤翊，随后紧跟圣忆风离去。

她望着渐离渐远的背影，一身绝世风华，就那样一点一滴地消失在她的视线中，再无能力挽回。泣不成声的她渐渐地瘫在独孤翊怀里，昏睡过去。

冷风阵阵，吹进遍地尸体的大厅，吹散了厅内弥漫的血腥和浓郁香味，流淌着异常死寂的气息，偶尔能听到独孤翊怀中人儿的啜泣呓语。

忆如风，舞红尘
十年踪迹回首梦一场
情如烟，云翩跹
往事缱绻怎消情一诺

月黑，风厉。

独孤翊位于北城的别馆内，苍白的烛光斜斜映照出两条神秘的人影。

“你这回可欠了我一个大人情，不仅让我替你背了黑锅，还害死了我那么多下属。”说话之人望着对面墙上高挂的美女图，眼底闪过一抹笑意，“只是我没想到，你竟然骗过了绝姒和她的妹妹。”

那人回过身，正是当今的太子司空霄，仪表堂堂。

独孤翊勾起唇角，眼中闪动着别样的光芒，“这个人情我自然会还。”

“他们死了那是他们无能。”司空霄摆摆手，不甚在意，只是饶有兴味地望着独孤翊，“我只是很感兴趣，你会怎么还这份人情。”

独孤翊一字一顿道：“你想要重振日教，我想要圣忆风的命，我们的目标似乎并不冲突。”

司空霄直直望进独孤翊的眼底，“你知道我想说什么。”

独孤翊凝神静听须臾，这才正色道：“她们那边我自会说服，目前虽然知道日教是她们的仇人，但凭借的也仅仅是之前的线索。线索是我找的，想要‘翻供’并不难。”

“翻供！”司空霄深蓝色的眸子闪过一抹光，整个人都散发出一种阴沉的侵略感，他低低地笑了几声，“你可真有一手。就不怕日后绝姒和她的妹妹恨你？”

独孤翊脸色一沉，“我自然是不会给她们知道真相的机会。当年觊觎《凤凰舞》的人那么多，究竟是谁下的毒手，也很难说不是吗？”

司空霄冷冷勾起唇角，“你够狠。”他本是想借独孤翊之手毁掉迦隐，却不料三公子竟然就是圣忆风，又出了师徒情这么一出戏，这么一搅和，之前的计划便都打乱了。不过，计划虽然乱了，他们却有了更重要的筹码。

“如果能离间绝舞与圣忆风，那我们的胜算就会大大提高。”司空霄目光灼灼地望着独孤翊，“怎样去用绝舞这颗棋，就看你的了。”

独孤翊用警告的眼神望着司空霄，“绝舞在你眼里是颗棋，在我这里却不是，我不允许你动她分毫。若是让我知道你有半分害她的意图，我们的合作就终止。”

“哈哈，没料到我的弟弟还是个痴情种。”司空霄眉梢轻扬，慢慢转变了语调，“只要你不针对日教，我自然不会动她。”

独孤翊送走司空霄，转身就看见了不远处的绝姒，正缓缓走来。

“怎么还没睡？”

绝姒一脸如明月照白荷的淡然，只是眼底的心痛却那样明显，“我才哄着舞儿睡下。她已经这样三天了，每日跟我说的话不超过十句，饭也吃不下去，除了默默流泪就是发呆，再这样下去，我真怕会出事。”

独孤翊轻叹一声，“除了交给时间，真不知道还有什么能让她振作起来。”

“对了，刚刚我看有人离开，这么晚了还有公事？”绝姒扫了眼院内被风吹得簌簌作响的树林，“你的病刚好，前几日又跟圣忆风过了招，别太累着了。”

独孤翊见绝姒神情无异，应是没有看出方才的司空霄，便笑笑安慰她没事。

绝姒将被风吹乱的发丝撩至耳后，“来北城之前，我告诉了你焰门与日教的瓜葛，将日教的所有线索都给了你，想让你借此机会找出更多的线索，帮舞儿完成报仇的心愿。这次与她见面后，我发现她对你的态度似乎是比以前亲近一些，这是一个好的开始。”

“帮舞儿与你报仇也是我的心愿，并非刻意讨好。”谈及此，独孤翊轻揉着眉心，摇摇头，“她近几日这样伤心，我也只能眼巴巴看着，在想是否能找些其他的事情去分散她的注意力。她的心思，除了在圣忆风那里，就只剩下复仇了。我已派了鱼辰去查更多的线索，也找了一些江湖上的好友去协助查探一些消息，希望近几日能有突破性的进展。”

“你倒是比我还上心。只是，严曦一直在闭关休养，也不知何时才能接触到他，不接触到他，谈何报仇？还有当年日教在焰门的内应叶寒霜，如今被关在迦隐的地牢，我们更是接触不到。”

独孤翊脸上的倦意越发明显，“按理说，日教也是圣忆风的仇人，而且叶寒霜是严曦的义女，杀她更能挫了严曦的锐气。既然如此，我实在不明白，圣忆风为何还留着叶寒霜的性命，迟迟不动手？”

“你，在暗指什么？”绝姒抬眸，心里隐约觉得独孤翊在猜测什么。

独孤翊一愣，笑笑，“我没暗指什么，只是随口那样一说罢了。很晚了，去休息吧。我也该好好松口气了，最近实在疲惫。”

绝姒走出园子，独孤翊那句似是无意的话又钻进了脑海，回身望去，独孤翊还立于远处，低垂着眸子不知在想些什么。

第十八章

真假已难辨

北城所谓的杀人案源于一场阴谋，也终结于一场闹剧。没有人想到，残害了数十名无辜女子的真正幕后推手会是当今的太子。

独孤翊再次见到杜玉菲时，那张绝色的面孔上多了一道不浅的伤疤，从右眼边一直蔓延到唇角，这让独孤翊想起了跟在司空霄身边的护卫阿离。

杜玉菲露出一个明媚的微笑，行了礼，“玉菲见过独孤公子。”

“还是叫我独孤城主吧。”独孤翊目不转睛地看着杜玉菲脸上的伤疤，“我记得圣忆风下手并不轻，这才过了几日，这伤疤像是快要痊愈了。”

杜玉菲眨着眼睛看了独孤翊一瞬，心里念着独孤翊应是知道她与司空霄在北城联手陷害圣忆风的事儿，笑道：“看来你们兄弟俩摒弃前嫌重归于好了？”

“那是我们自己的家事。”独孤翊眉心一蹙，“我之前说过，上次联手情非得已，以后不要再有瓜葛。今日找我……”

杜玉菲截口打断独孤翊，“我今日可是带着消息来的，你确定想让我现在转身离开？”

“消息？”独孤翊挑眉，“你破罐子破摔地搅了圣忆风的局，圣忆风没杀你已是够客气了，你还能得来什么消息？”

杜玉菲抿唇一笑，“圣忆风对绝舞太过保护，这份感情一开始就不平衡，久而久之就越发畸形。这件事儿早埋了祸种，两人闹崩那是早晚的事儿。我只不过在恰当的时间借助恰当的机会，让那颗埋在两人间的祸种破土而出罢了。你要知道，一个人若用情太专，专到极致，伤了心，反倒更无情了。”杜玉菲饶有兴味地望着独孤翊，“这人哪，一旦无情，便更容易博爱了。”

杜玉菲凤眸之中闪动着别样的光芒，“说实话呢，我反倒更喜欢现在的圣忆风，心里没有了心心念念的人，无情得干脆。”

独孤翊微微眯起眸子，“舞儿不过是说了重话，没准过不了多久圣忆风这气便消了。”

杜玉菲忽而笑了起来，纤纤素手捂着红唇笑得几乎直不起腰来，“独孤城主也有这样单纯的想法？”

“笑什么？”

“这伤人之语，如水覆地，要挽回恐怕是不易的。”杜玉菲啧啧两声，“那日绝舞的一番话分明是在圣忆风心口上狠狠捅了一刀，我听着都虐心，何况他呢。”

独孤翊摆了摆手，“你的意思是，圣忆风非但没有绝你后路，还将你留在了迦隐？”

杜玉菲笑道：“我可不指望他是对我突然动了情，他有他的打算。不过呢，我也不吃亏，因为我也有我的打算。今天要说给你听的就与我的打算有关。”

“哦？”

杜玉菲唇角一勾，露出编贝般的玉齿，“绝舞虽然现在因为圣忆风的身份，心里念着两人无法在一起，长痛不如短痛，可是难保不会哪一天突然想明白了，只想要以徒弟的身份留在他身边。你就没想过让她彻底断了念头？”

“感情这种事，如何能在短时间内彻底断了念头，真是说笑。”更何况，他们还有十年的师徒情分。

杜玉菲嫣然一笑，“今天与其说是给你带消息，不如说是给你指条路。我知道你与太子的约定，只是，之前搜集到的所有证明都将焰门的凶手指向了日教，你现在再想改变恐怕不是容易的事。”

“你有好的建议？”

“日教现在的教主是严曦，你可知他曾经是谁？”

独孤翊皱眉，“曾经？难道就不是严曦了吗？”

“他七年前才坐上日教教主的位置，而之前……”杜玉菲掩唇轻笑，“他是迦隐宏火堂堂主柳曦，柳吟依的三叔，圣忆风的师叔。”

七年前？不正是迦隐内乱的时候？

独孤翊眼眸一亮，“怪不得圣忆风处处与日教作对，当年迦隐的内乱便是现在的严曦引起的？”

“正是这样。只不过，我说的重点不在这里。”杜玉菲似笑非笑，一双妖眸却始终注意着独孤翊的表情，“重点在，焰门火灾在十年前，十年前严曦还是宏火堂堂主。”

独孤翊深蓝的眸底蓦地闪过一抹光，眼前一亮，“严曦现在是日教的教主，所以舞儿将整个日教视为仇敌，如果十年前，严曦与日教毫无瓜葛，只是迦隐宏火堂堂主，那么……”

“独孤城主，果然一点就通。”杜玉菲娇笑起来，美艳的面庞像是发了光一般，

“这么说，我们是达成一致了？”

“一言为定。”

到了四五月份，蜀地与离都交界的清山常常是绵绵细雨。

又到落雨时节，迦隐在苍茫的雨夜中显得尤为寂静。

迦隐后山九折七转的山路尽头有一道被青葱树木遮掩住的石门，若非知情人是不会发现这里有一个入口的。

尘无影撑着油纸伞站在被树叶和枝条掩盖的石门之外，默立许久，这才转动手边的石头下不显眼的开关，轰隆隆开启了石门。

地牢本就潮湿，加上雨水季节，里面的土腥味越发的浓。

藏蓝的靴子踏过积水的地面和散落的石块，最后驻足于地牢最里面的牢房。

牢房的里面一位女子披散着头发蜷缩在湿淋淋的角落里，眼睑闭合，拢着眉头，像是被某种疼痛刺伤，蜷缩着十指紧紧揪着腿上的布料。

“你，还是不说吗？”尘无影的声音低低回荡在空旷的地牢里。

角落里蜷缩的身影猛然一僵，而后以极缓慢的速度抬起头，曾经那双冷凝的眸子此刻一片灰暗，如死水一般平静。

“不。”许是太久没有开口，唇上干裂的伤口又重新裂了开，慢慢渗出血迹。

尘无影望着叶双涵过于平静的面孔，终是忍不住问道：“从相识到如今，你说的每一句话都在骗我，每一个问题都带着目的，就连姓名都是假的。我是该叫你双涵，还是寒霜？你告诉我，那么多的话里，有一句，哪怕有一句是真的吗？”

叶寒霜平静的双眸一直望着眼前的地面，始终没有抬眸看尘无影，闻言也不过是眨了眨眼。

许久、许久。

直到尘无影快要失去耐心的时候，她才用干涩而沙哑的声音道：“没有一句是真的。”

虽是早就预料到的回答，尘无影仍是觉得苦楚失落。他以为终于遇到一个让自己愿意定下心去陪伴一辈子的人，这个人竟从最初接近他起便是怀着某种目的。

“严曦不过是一个背信弃义、滥杀无辜、为了目的不择手段的魔头，你真要为他愚忠到这个地步？”

“滥杀无辜？为达目的不择手段？”叶寒霜终于抬起眼眸望向尘无影，平静的眸子也终于漾起了一层水波，“圣忆风也好不到哪里去。据我所知，这十年来，圣忆风为了保护绝舞，手上没少染血！那些人的命就不是命？那些人就不无辜？有些人不过是起了色心觊觎绝舞的清纯美好，甚至只是起了念头便被圣忆风断了命，这些人纵使有罪，也罪不至死！”

叶寒霜反常的激动让尘无影微微眯起眸子，像是回忆起了什么。叶寒霜口述的事情这些年虽然发生过几件，但唯一能让尘无影联系起来的便是五年前的那次事件。

五年前圣音带着绝舞到离都的尘家庄做客，那夜是元宵节，绝舞与圣音不小心走散，圣音通知他后，他带着十来个尘家庄一流的护卫在闹市上寻找绝舞。待他们找到时，绝舞正被一位年轻的公子骗着去河边的画舫，就在他准备阻止时，圣音让他带走了绝舞，再之后，他听闻那晚有一位公子莫名跳河溺水而亡。之所以能联想到这件事，是因为他当时受离都城主所托查明此案，在查案过程中有几次与一女子擦肩而过，如今回想起来，难怪他第一次见她会觉得眼熟，那女子便是叶寒霜。

"你与他是……"

叶寒霜知道尘无影想起了往事，冷冷勾起唇角，"那是我的哥哥，世上唯一的亲人。他不是什么坏人，只是玩心重了些，却死得那样冤枉。你当时明知是圣忆风下的手，所以草草结了案。如今回忆起来，就不觉得愧疚？"

尘无影深深吸了一口气，忽然笑了起来。

原来，他与她的缘分在五年前就开启了，却注定是一场孽缘。

叶寒霜仰起头，越过尘无影宽厚的肩膀，远远望着地牢湿淋淋的墙面，"你不用再幻想从我这里套出任何关于日教的事情。义父在你们眼里是恶人，在我眼里虽也算不上什么好人，对我却有救命之恩，我就算死也不会背叛他。从我进来这里的那一刻，就没想过活着出去。"

尘无影沉默片刻，"圣忆风过几日就会回蜀地，你若执意不开口，到那时连我也救不了你。"

她收回视线，望着尘无影的眼睛，"那你就让他杀了我吧。"

叶寒霜比尘无影和圣忆风想得还要倔强，无影七日之内探访十次，次次碰壁而归，有那么两次，尘无影打开牢门有意放叶寒霜离开，叶寒霜却不为所动。

尘无影忍无可忍，低声道："我放你走，你倒是走不走？"

"不走。"叶寒霜只是静静地望着他，"我若离开，你们总会想尽办法跟踪我，最终找到我义父所在。"

尘无影失望地看着她，像是看一个陌生人般，漆黑幽深的目光沉了下来，"随你！"

看着尘无影甩袖离去的背影，叶寒霜干涸的眸子终于一点点地湿润起来。

旭日东升。

一双纤长素手推开精致的花窗，清亮的美眸眺向远方薄雾缭绕的树林。

绝姒缓缓收回手，回头望着屋内正靠在床边发呆的绝舞，笑着走过去，"我们已经回来十日了。你准备一直这样坐下去？"

绝舞张口欲言，却无以作声。

该说什么？挖空了脑袋她也不知道如何表达才能让姐姐理解她此刻的心情。

不是她不想振作起来，只是蜀地这里有太多关于师父的回忆，她怕一旦迈出香阁，就会有无法遏制的回忆翻涌而来，甚至在香阁，都曾经有师父停留过的痕迹。

她不想留在这里，但独孤翊和姐姐的家都在这；她也不能留在北城，那里闭目尽是绝望的画面；她更不能去离都，无影大哥的尘家庄是她和师父曾经去过最多的地方。

细细想来，在熟悉的地方里，最终只能随着姐姐与独孤翊回到蜀地。

这些日子，她的心情其实已经平缓了许多，很多事犹如天气，慢慢地热或缓缓地冷，需要一个不短不长的过程，等到惊悟，或许只需几日，也或许需要一季。

爱，本身就是一种奇妙的事情，既不可抗拒又不可抹杀。

既然如此，何不顺其自然，太过于纠结，最终苦不堪言的只有自己。

其实，这些日子的不言不语，也有些刻意躲避姐姐的原因。

她看着姐姐，有时会觉得人很奇怪，像是很了解自己，又不了解自己，却每天想去干涉别人的生活，最后弄得自己痛苦难过。

她并不想看姐姐担忧难过的样子，但她实在反感姐姐总是将自己与独孤翊扯在一起。

“我们的生活并不是只有爱情，亲情与友情同样很重要。”绝姒迷蒙了双眼，“这些天，有人查出了当年我们焰门内应究竟是谁，下午我想让你同我去凝香阁见个人。”

绝舞终于有了反应，惊讶道：“独孤翊不是已经查到内应是叶寒霜？”

“当年那孩子还小，认错人在所难免。”绝姒摇摇头，将绝舞的手握得更紧，传递着温暖与关怀，“不过已经确定了是我们当年带回焰门的孩子。我现在也并不清楚是谁，你若想知道，下午就跟我去凝香苑。”

听到不是叶寒霜，绝姒心里竟大大松了口气。叶寒霜是无影大哥喜欢的人，她不想看他们最后反目成仇的画面，纵使叶寒霜是日教的人，只要没有做过伤天害理的事情，最终与无影大哥应该还是有机会和好如初的。

绝舞小嘴轻轻一勾，露出近半个月来的第一个笑容，“我与你一起去。”

姐姐说得不错，生活中需要我们去在意的事情太多，如果只是深陷于一种痛苦之中无法自拔，那么我们失去的将会更多。

凝香苑的二楼贵宾厅内，歌舞升平，欢笑声不断从屋内传出，一副热闹非凡的场景。

“陈大人，您喝酒啊！”衣着暴露的女子偎在身体肥胖满脸横肉的男人身上，

“来，奴家喂您。”

“好、好。”肥胖男人伸手接过酒杯，顺手握住女子的手，色迷迷地把怀里的女子从头打量到尾。

本来还热闹的大厅突然之间声息全无，肥胖男人不满地吆喝道：“谁让你们都停下的？！继续给我跳、给我唱！”

大声的喝斥过后，那些跳舞的女人仍然立在原地，没有任何举动。

“谁惹陈大人生气了？”好听的声音带着淡淡笑意，隔着水晶帘传进大厅，随后一个曼妙的身影进入到了众人视线内。

还没见到人，光是听到那令他酥骨的声音，他就想把这声音的主人搂进怀里。直到见到本人，肥胖男人的魂都飞了，这世界上竟有如此的美人儿。

“你、你、你是？”肥胖男人两眼发直地盯着绝姒，起身站在原地。

“小女子是这凝香苑的老板，冷凝香。”绝姒美眸中闪过一丝厌恶。

眼前这位满脸横肉的人是陈浩，本人并不是什么大官，只是他的弟弟在朝中为官，为人正直，而且颇受皇帝赏识，那位弟弟又对自己这位一无是处的哥哥非常孝顺，所以很多的事情这位陈浩都略知一二。据说，前些日子围剿圣忆风的人便是太子让陈浩的弟弟安排的。

“老、老板……”肥胖男人沉浸在美色中难以自拔。

“是。”绝姒不耐烦地又答了一遍，走向陈浩身旁的位置坐下，随后对周围的人道：“你们都下去吧，我有话跟陈大人说。陈大人坐啊，站着做什么？”

“是、是。”陈浩立即坐回到椅子上，明白“老板”两个字的含意后，脑袋清醒了不少，同时还不忘摆摆自己的架子，“闻名不如见面哪，凝香姑娘真是人间绝色，不知今天找大人我什么事？”

“怎么？”绝姒纤手提起酒壶，起身给陈浩满了一杯酒，“没事就不能找大人你吗？”

“这是哪儿的话，找得、找得。”陈浩直勾勾地盯着绝姒倒酒的纤指，欲抬手摸柔荑，“凝香姑娘要是有什么需要，随时到我府上来，绝对欢迎。”

“凝香先谢过大人。”在贼手马上要触摸到柔荑时，酒刚刚好斟满，绝姒不动声色地移开手，给了陈浩一记迷人微笑，“只是怕麻烦了大人，毕竟大人是个忙人，什么江湖上的人、官场上的人，都想和您沾点儿关系，您说您能忙得过来吗？”

陈浩因绝姒的话扬扬自得，满脸的肥肉因笑颤巍巍地挂在脸上，“要是凝香姑娘有事，大人我再忙还是会通融一下，给你个后门的。”

“凝香记住了，那以后有事，就靠大人你了。”绝姒看似感激地柔柔一笑，“只是，现在龙月国国泰民安，风调雨顺，大人您还是要多休息，要注意身体，不要太过劳累。”

陈浩闻言装模作样道："凝香姑娘是不了解，这天下虽国泰民安，实则暗潮汹涌。"

绝姒像个求知欲颇强的孩子，眨着眼睛好奇地问："此话怎讲？"

"这龙月国平静了近十年，可这些日子江湖上又开始起了骚动。"陈浩看着绝姒眼底的崇拜，更加滔滔不绝，"你应该也有听说，当年焰门大火的三年后，迦隐内乱死了不少人。这江湖三大组织仅剩迦隐，迦隐这一沉寂就是七年，可是最近，却开始活动了。不只是迦隐，连几乎快要垮台的日教最近也频频出现。"

绝姒在陈浩说得天花乱坠之间悄无声息地将药粉撒入酒杯，笑盈盈地递了上去，"不过两个组织而已，这有什么害怕的呀？咱们龙月国还怕了他们不成？"

"妇人之见啊！"陈浩接过酒杯之际色迷迷地摸了一把绝姒的手，笑道，"这迦隐可是龙月国最神秘最大的杀手组织，沉寂这么多年后，谁知道究竟是个什么状况？而这日教，虽然规模大不如前，但据说新任教主闭关七年练武，这重出江湖谁又能料到是什么情况？"

绝姒惊讶地启唇，低声道："我昨日听到有位江湖朋友说，这日教跟迦隐，可是有大仇呢。"

"这只是传言，江湖上的事真真假假，我们怎么能知道呢。"陈浩一口饮尽杯中酒，自豪地说道，"前些日子，朝廷命人捉拿迦隐的少主，这件事情就是本大人的弟弟办的。"

绝姒笑着替陈浩满上酒，看着陈浩已经开始有些涣散的双眼，笑道："听闻当今皇帝非常赏识大人的弟弟呢。只是，听说前去捉拿迦隐少主的那些人，都死了呢，真是可怕。"

"是啊——这跟迦隐少主过手又能活下来的人几乎没有啊。"陈浩瞎摸了两下才摸到桌上的酒杯，故意压低声音，"当年的焰门大火，所有人都以为是日教做的……"

绝姒眼前一亮，"大人什么意思？什么叫以为是日教做的？"

陈浩打了个嗝，肥肉横生的脸上已通红一片，眼神飘忽地望着绝姒，摆摆手，"你不知道啊，你们都不知道。这件案子，可是皇帝命我弟弟亲自暗查的。嗝，不能说不能说……泄露秘密，是要……"陈浩用手在脖子上做了个抹脖的动作。

突然，一阵哐啷的声音。

站在屏风后的绝舞跑至陈浩眼前，腰间凤玥剑在手掌中转了个圈，砰的一声插在陈浩手边的桌面上。

陈浩的酒意顿时清醒了一半，睁圆了眸子望着已插入桌面两寸的短剑，再缓缓地抬头，看见面前紧蹙眉头的绝舞，吓得扑通一声坐到地上。

"不能说？"

绝舞拔出桌上的短剑，蹲在陈浩身边，泛着光的剑尖缓慢地从陈浩的指尖上移，眉眼弯弯，“你是说呢，还是想废了这只手呢？”剑尖停留在陈浩手背的中间，一点点深陷，直到手背冒出鲜红的血。

绝姒望着绝舞，想要阻止，又太过于迫切地想要知道陈浩口中的秘密。

陈浩已经吓得红了眼，撑在地上的手不断地颤抖，脸色一片苍白，哆嗦着唇，“我、我、我真的不清楚……”

“不清楚？你刚刚可不是这么说的。”绝舞咬着牙将剑尖又刺入一些，“说还是不说？”

绝姒在一旁看似焦急地瞧着陈浩，“陈大人，你就说了吧，不然这手可就废了。”

陈浩已经吓得满头大汗，“我……”

“你就说了吧，陈大人！”

绝舞俯过身去低声问：“什么叫‘以为’是日教？”

陈浩咽了几口口水，这才颤悠悠道：“那个、焰门当时之所以会轻易着火，是因为、因为焰门有内应……”

绝舞与绝姒对望一眼，绝舞继续问：“焰门的内应是日教的人，为什么你刚说以为是日教？”

“不、不是日教。”陈浩低头看着手背上越来越多的血，险些哭出声，“女、女侠，能不能先把剑拿开……”

绝舞甜甜地笑了笑，“不行。”

陈浩哭了几声，支支吾吾道：“我、我怕我说了还是会死。”

“放心，只要你说了，我就不杀你。否则……”

“我不是说女侠你，我是说迦隐。”

绝舞、绝姒两人俱是一震，绝舞心跳漏了一拍，急忙问：“什么意思？”

“当、当年焰门的内应是、是迦隐的人，不是日教。”

蓦地，陈浩一声惨叫，绝姒低头看见绝舞手中那柄短剑已刺穿了陈浩的手背，不禁吸了口冷气，“舞儿、舞儿，你快把剑拔出来，别闹出人命！”

绝舞回神，猛然将剑拔出，血液飞溅在她手背，她只是愣愣地看着手中的短剑，而后抬起眸子直直盯着陈浩，“我不信。”

“舞儿……”

绝舞摇晃着站起来，深深地吸口气，问：“你从哪里得来的消息？”

陈浩疼得一脸惨白，半晌才断断续续道：“我弟弟派了大内高手潜入迦隐许久，才查出的消息。不管你信不信，绝对是可靠的……”

绝舞黛眉轻凝，“皇帝为什么会对十年前的事情感兴趣？”

“女、女侠有所不知。当今皇帝，曾经与焰门的掌门是同门兄弟……这些年，皇帝一直在派人查当年的大火。最初所有证据都指向了日教，但越查疑点越多。最近才查出当年的真相。所以皇帝命太子派人，前些日子去北城捉拿圣忆风……”

“我不信、我不信、我不信！”

绝姒只觉身边一阵风掠过，不过眨眼的工夫，绝舞已从屋内消失。

“舞儿？！”

绝姒看看地上的陈浩，叫了两个护卫，“把陈大人送回去，事情交代清楚，不允许外传。”

“是。”

绝姒再三叮嘱过后，急忙出了凝香苑去寻绝舞。

陈浩被人扔在府门之前，整个人虚软地躺在门外石狮脚下，隐约看到一双靴子停在眼前，而后听到低沉的声音道：“今晚的表现很好，这是药，用过几次手上的伤便会痊愈。”

“谢、谢……城主。”陈浩另一手捡起脚边的药瓶。

紧接着又听到头顶传来另一道声音，更加阴森，“要想活命，嘴巴闭紧了。”

“是、是、是！”陈浩费力地抬起头，待看清另一人时险些吓破了胆，“太、太子殿下……”

司空霄蓦地眯起眸子，“你认错人了。”

陈浩一凛，“是、是下官认错人了。”

微风轻拂，绿树婆娑。

绝舞孤身立于松涛阵阵间，满眼的氤氲仿佛开天辟地时的鸿蒙之气，却又多出三分矛盾、三分迷茫。

事情究竟为何到了如今这般地步？

她强迫自己平静下来，可竟然控制不住手指的微微颤抖。她蓦地握紧拳头，咬着牙忍耐那种侵袭过来的折磨与矛盾，静静地等待激动的情绪慢慢沉淀，慢慢消散。

她一面告诉自己不能相信片面之词，一面又不断地回忆起过往种种。

焰门大火燃烧得悄无声息，很多人都是等到第二日才知道消息，为何师父会那样巧地赶到焰门，像是那夜只为救她；以圣忆风那样冷漠无情的性子，当年为何会救一个孤女又带在身边精心抚养多年？如果师父真的意不在《凤凰舞》，当初她拿《凤凰舞》作为条件让他去救姐姐时，他为何会收下《凤凰舞》；如果师父真心对她，为何会在杜玉菲做出那样的事情之后，仍旧留杜玉菲在身边？

曾经没有在意过的事情，在这一刻忽然被放大很多倍，在心里膨胀起来。

她喃喃地重复着不可能，心却一点点地偏向自己不愿意相信的一侧。

怎么会这样？

这十年来，师父那样宠她，纵使这次她说了重话，惹了师父生气，纵使她说过要离开，师父也不应说出彻底断绝关系那样绝对的话。

可师父却说从此再无瓜葛……

是因为已经拿到《凤凰舞》，她对于他来说已没有了任何利用价值吗？

每想起一个疑点，就让她的心更痛一分，直到最后脸孔变得煞白一片。

风摇晃着树叶，她软软地靠在树干上。那一阵阵松涛的响动，听起来仿佛是啼哭的声音。

一叶叶、一声声，皆是她心碎之音。

回到香阁，还未踏入门槛，绝似已扑了上来，紧紧抱住她，“你跑去哪里了？！知不知道我担心死了！越是想刚才陈浩的话，越是觉得后怕！”绝似担忧地摸着绝舞冰凉的脸颊，迟疑片刻道，“迦隐真正所处之地并非北城，是在蜀地，而且就在这清山附近。你答应姐姐，不要再乱跑了，好吗？万一、万一，圣忆风他……”

绝似想要说，如果圣忆风真是为秘籍，如今他们对于圣忆风来说已无利用价值，放她们走也许只是看在十年情谊的分上，若是再次相见，不一定会是怎样的情景。但她想了很久，终究是没有说出口。绝舞心里的伤还未痊愈，她怎么能在她的伤口上撒盐。

绝舞低垂着眼眸，“我知道你要说什么，师父不会伤害我的。”

“你！”

“姐姐不要说了。”绝舞越过绝似朝楼上走去，“看不到当年那小孩，听不到她亲口承认，我是不会相信的。”

绝舞看着眼前似曾相识的面孔，心一阵阵抽搐。那日对绝似说出那样的话，其实她是有私心的，她想，若是那孩子已经死了，也就死无对证了，她或许还能妄想是自己多心。

可是，她没想到，不过三日时间，独孤翊已将当年她带回焰门的孩子押着带到了她眼前，当年处处流露着青涩和胆怯的小姑娘，如今看起来楚楚动人。

独孤翊轻轻按住桌上被风吹起的宣纸，用手稳住被风吹得跳动的烛火，“你还记得她的名字吗？”

绝似走过去关上窗，回眸担忧地看着立于桌边的绝舞。

绝舞两手死死撑着桌面，唇瓣嚅动着却始终无法叫出名字。

“小喜……”

念出名字的不是绝舞也不是绝似，而是跪在桌前的小喜本人。名字出口的同时，小喜捂着脸不可抑制地痛哭起来。

绝姒脸上的愤怒正要发泄而出，被独孤翊伸手拦住。

“我知道，事情发生了就是发生了，无论我怎么解释都没有用。但我还是想说，我不求得到原谅，只是、只是希望小二你不要那么恨我……”

小二……

她在家里排名第二，所以以前小喜就喜欢叫她小二。因这个名字她觉得难听，所以只准小喜在两人的时候才能叫。

绝舞瘫坐在椅子上，真的是小喜？

她已经不在乎究竟是什么原因，让当年那样小的一个女孩做出那么残忍的事，她只是想知道，“你当年是日教派过去的？”

小喜眼神露出一抹迷茫，而后压下疑惑，抿着唇摇摇头，“是少主派我去的……”

她胸口泛疼，依旧不放弃，“以圣忆风的为人，会斩草除根的，为何当年没有杀你？”

小喜抿着唇解释，“少主他，是我的表哥。”

表哥？

绝舞的脸上忽然现出飘忽的笑，呵，师父居然还有表妹。这么多年她都丝毫不知道。

是啊，她怎么能知道呢？

十年，她甚至不知道他究竟是谁！

独孤翊知道绝舞始终不愿意相信，葬送焰门几百人性命的幕后黑手是圣忆风，便问小喜：“你讲讲当年是如何里应外合害得焰门几百人葬身火海。就从舞儿为何将你带回迦隐开始，一点点慢慢说来。你若诚实，或许舞儿会饶你一命。”

小喜咬着唇，虽满脸泪水，却有种轻松解脱的感觉，“我今天被带来这里，没有想过要活着回去。这些年我一直在煎熬中度过，晚上闭着眼看到的全是大火那夜的哭喊。不是没有想过以死谢罪，在大火之后我去找过你，却一无所获，大小姐也是一样。我觉得你们并没有死，所以一直在等，等你们有一天找我，我告诉你们所有……”

小喜细细讲来当年的一点一滴，很多只有两人才知道的小细节她也说得毫无破绽。待完全讲完，绝姒脸上早已布满泪水，死死地瞪着小喜，“杀人偿命，你害了这么多人，就算死也不足以解恨！”

相比于绝姒的激动，绝舞看起来反倒冷静很多，“那你知道为何迦隐与日教处处为敌？”

“现在的日教教主严曦，就是曾经迦隐的宏火堂堂主柳曦，当年焰门的众多事宜，少主都是交给柳曦去办。事成之后，少主因柳曦没有拿到秘籍而迁怒于柳曦，而柳曦早有反叛之心，恰好借此机会暗中发起迦隐内乱，才有了七年前江湖上都知道的迦隐内乱。”

绝舞听完只是沉默地站起来，走到小喜面前缓缓蹲下身，“你一条命怎么够还债呢？”

她始终觉得师父是全身上下都充满温暖的人，是能对素昧平生的人给予关怀的人，江湖上三公子的名号那样响亮，凡是提及此名，大家眼里都是仰慕。

可是她眼里、江湖人眼里，这样的一个人，在当年竟然派了十岁出头的小女孩利用苦肉计博得他们的同情，借一个女孩之手杀了焰门上下几百人。

“即使不能还债，也必须得死。”绝舞腰间的短剑瞬间出鞘，眨眼间已抵在小喜的脖颈上，秀眉一挑，“我不是几岁的小女孩了，不会因为你几滴眼泪就心软。你就先下去，好好面对焰门几百条孤魂的控诉吧。”

纵使再恨小喜，绝姒看到那飞溅而出的鲜血，以及小喜睁圆眸子倒下的身影，还是忍不住侧过脸。

绝舞平静地拿过白布擦拭掉短剑上的血迹，凝视短剑出神许久。

这把凤玥剑连带剑法都是师父为她而量身定制的，当年，他有没有想过，有一天，她会用这把剑杀了他的人。

独孤翊叫人进来将小喜的尸体抬了出去，将屋内收拾妥当后回头去看绝舞，却见绝舞扫了眼绝姒与他，下了逐客令，“不用担心我，我没事，你们出去吧，我一个人静静。”

绝姒不放心，还想说些什么，被独孤翊制止住，拽了出去。

绝姒与独孤翊两人在屋外不远处的水榭内，静默片刻，绝姒扬起唇道：“谢谢你将她带来，否则，舞儿是绝对不会相信当年的事是圣忆风所为。”

“不必感谢，这都多亏了鱼辰。”

绝姒注视着独孤翊，“幸好舞儿及时脱离圣忆风，否则我真不敢去想是什么样的后果。想来，圣忆风也是看在十年的分上放了舞儿，只是那傻丫头心里依旧过不去那道坎。”

独孤翊拍拍绝姒的肩，“舞儿刚才能毫不犹豫地下手杀了小喜，证明她心里已经相信小喜的话，也慢慢开始接受圣忆风是仇人的现实，否则，她不会允许自己错杀的。”

绝姒点点头，终于露出一抹笑容，“那也是，真希望事情能变得简单一些。”

独孤翊皱起眉头，“但真正的凶手毕竟是圣忆风，且不说要杀他本就很难，就是舞儿，应该也下不去手。”

绝姒微微一笑，“你太低估仇恨的力量了。”她方才分明听到舞儿对小喜说“先下去”，证明舞儿心里已经有了报仇的意愿。

第十九章
重遇成陌路

眼前一片白茫，银铃般的笑声在白雾中由远及近，一张灵动可爱的脸出现在眼前，吸引了一大部分的视线。

那张脸让他所有的阴郁都消散开来，他伸出手，即将触及娇嫩容颜时，一道低沉的声音响起，“舞儿，你又到处乱跑。”随即眼前的人儿被那人搂回怀里，又逐渐远离他的视线，那个声音的主人是独孤翊。

他只能默默地站在原地，看着她离他越来越远，越来越远……

不，不要走。

丫头……

她说，我要跟他走。

他眼睁睁地看着，却说不出话，伸出手，却远远触及不到那绯色的衣角。

“丫头！”圣忆风猛然从榻上弹起，手指深深地扣入被褥，俊美的脸惨白异常。

三年了，当年她的那句要离开，仿若咒语般让他夜夜不宁，每每从梦中惊醒，都是冷汗涔涔。惊醒之后就再也无法入睡，睁着空洞的眼，无眠到天亮，这三年间，他是这么过的。

他在骗自己，一直都在骗自己，他从来都无法忘记她！

那种被啃噬的心痛日日夜夜地煎熬着他。

他永远都无法忘记她用背叛回报他全心全意的深爱与呵护，为了和独孤翊在一起，她不惜放弃十年的师徒情分，不惜假意践踏他的付出，只为了离开他。

“少、主……”身旁，怯怯的声音悄悄响起，一只纤细的手抓住他雪白的中衣。

他顺着手看上去，是一条雪白的玉臂，手臂的主人娇艳欲滴，仔细看去那秀气的眉目，竟和故人有几分相似。他看着颇为熟悉的容颜，心一阵绞痛，抓过纤细的皓腕，毫不怜惜地将身旁的女人抛下床，冷冷地下了逐客令，“滚。”

小女人吓得掉出眼泪，惊慌失措地赶紧抓过一旁椅子上的衣衫，胡乱裹在身上，夺门而出。

昨夜在花楼见到这个女人，那令他刻骨铭心的眉目使他深深的相思泛滥而上，不知为何，鬼使神差般将她带回迦隐，只是，他从未允许她留在惊风苑。

三年过去了，那丫头还是有让他失控的本事。

咚咚咚。

门外响起三声轻响。敢在此刻前来敲他门的人，只有一人。

该死的高轩叶！

他扒梳开额前被冷汗打湿的发，微微整理了凌乱的中衣，“进来。”

“少主，这些年日教的人已经解决得差不多，只是，严曦依旧不知所踪。”高轩叶静静立于床前，汇报着最新的消息，“至于司空霄，失去日教的支持，目前只得乖乖待在皇宫，不敢轻举妄动。”

“尽快找到严曦的行踪，我要亲手结果了他！”咔嚓一声，指关节发出清脆的声响，琉璃色的淡眸射出狠厉嗜血的光芒，让人不由得心惊。

当初杜玉菲将日教所有的消息都给了他，他本可以一举歼灭日教，却没有下手。焰门的案子疑点很多，那么大的门派岂是日教一派就能轻易灭掉的？所以他在暗中搜集当年的线索，果然发现焰门被毁司空霄出了很大的力，当然，也少不了独孤翊义父的掺和。

等一切查清，他才开始行动。日教几个护法中，叶寒霜早已随了无影留在尘家庄，陈升又是个废人，而星护法是武功最低的一个，加上杜玉菲的帮助，这三年中，他逐渐地瓦解日教实力，看着严曦一日比一日落魄，他要慢慢地、慢慢地折磨那个叛徒，让那个人亲眼看着自己十五年建立起来的基业在手中一寸寸流失，最后，再亲手解决了他！当年救绝姒之时和严曦交过手，那七年里，严曦的武功的确长进不少，不但化了幻影神功的那一掌的旧伤，连功力都升了几层，更别说又过了三年，要彻底除掉他，须从长计议。

“少主三年来不忘帮迦隐和焰门报仇，我想门主和夫人在天之灵，也能瞑目了。”高轩叶垂眸瞥了圣忆风一眼，暗自试探，故意提及焰门。绝舞二字，三年来是迦隐的禁忌，但没有人说，不可以提焰门。

果然，淡眸漾出一抹可疑的波澜，随即被长长的睫覆住，圣忆风跨出修长的双腿，扯过紫袍，裹住精健修长的身躯，随即淡淡道：“是替迦隐报仇。”

“是。”高轩叶暗暗叹口气，“属下方才接到尘家庄请柬，五月初一武林大会，邀少主前去。”

“这个无影，不怕我前去扰了那些武林正道的兴趣。”他扯出玩味的笑，“不过，也是时候出现了，圣音三年前在江湖上凭空消失，我总得给大家一个交代。”

“少主意思是说……”少主要将身份公之于众？

“对。”如墨长发披泻在他身后，略微凌乱的发丝将他整人衬托出难言的慵魅，“你下去，传杜玉菲过来。”

“是。”已经退到门口的高轩叶又停住，转过身垂首道：“属下有一事，不知该不该报。”

他略微挑眉，嘴角挂着玩味的笑，“你有胆将一个女人半夜放在我床上，没胆说话？”

高轩叶黑眸一闪，笑了。

“你从进门之时就想说了，一直忍到现在，委屈你了。”

高轩叶仍旧垂着头，视线刚好落在紫色袖袍口，“前几日，蜀地又有人死在凤玥剑下。”

须臾。

“又？”

“对，这三年来一直有，只是属下未报。”

良久……

“是吗？每日都有人死，这不稀奇，下去吧。”淡然的语调，却不可避免地带着微微的颤抖。

“轩叶告退。”

不过片刻，杜玉菲出现在门外，端着早膳。三年后的她，比三年前更加妩媚动人，脸上的那几道抓痕在高轩叶的细心调理之下，已全然消失，那张脸，一如往昔的风情万种。

三年前，圣忆风在地牢中，说他不计过往让她从此跟随他。当她问为什么时，他只道了句，因为她恨你。听到他的答案，她笑了，笑得花枝乱颤，应了一个好字。

她知道他口中的“她”是谁，圣忆风在报复那个“她”。而她，心甘情愿地当一个棋子，只为能留在他身边。

就这样，他让高轩叶医好了她的脸，而她的武功终于有了用武之地，除去日教，她功不可没。到现在，她还清晰地记得，陈升看到她武功那一瞬间的惊骇神情，这辈子都没有比那更痛快的事情了！

回神，杜玉菲端着早膳，推开门直入室内。

圣忆风似乎并不恼怒她的无礼，只是淡淡道：“过来替我更衣。”

“是。”她勾起红唇，妩媚一笑，捧来折叠整齐的衣衫，一件件为他套上。

圣忆风一动不动，当她的玉臂环过他，替他系上紫玉腰带时，他顺势搂过她的腰，旋身坐定在床上，将她固定在他的腿上。下一刻，他封住她的红唇，缓慢地、火热地吻着她，最后变得疯狂，像是发泄积聚许久的情绪，眼眸幽暗无底，甚至看不穿情绪。

许久，他离开她的唇，看着她在他颈间喘息，“五月初一的武林大会，你随我去。”

玉臂环上他的颈，将唇凑到他的薄唇边，美眸半眯，吐气如兰，“好。”

杜玉菲覆下长睫，眸光轻闪，圣忆风今天失态了，而能让他失态的只有一人。

绝舞，又出现了。

蜀地，城主府。

在城主府，三年前多了一座舞园，舞园中的一切都是最好的，雕栏玉砌，绮户朱阁。

蜀地人都知道，这座园子是痴心的城主为心爱女子所建，而这女子便是当初消失三年后重出江湖的红刹。既然如此相爱，为何仍旧没有将心上人娶进门，便成了人们心中的一大疑虑，大家都说，红刹忙着为民除害，不是那种愿意被圈在屋里的大家闺秀，城主自然无法轻易让美人点头。

舞园之中，日迟风暖，满园花草争艳，四季如春。此时，一阵悠扬的琴音伴随着暖暖的风飘荡在香气四溢的园中，只是，琴音中却有着淡淡的愁绪。

“姐姐！”绝舞一手啪地打在琴弦上，低头望着弹琴的绝姒，“你有事瞒着我。”

绝姒抬眸冲她嫣然一笑，拉下她坐在身旁，“哪有什么事，这不好好的吗？”

绝舞的视线审视般在艳若牡丹的脸庞上兜了一圈，“不，自从一年前你就变得很奇怪，每次看到我都欲言又止，你是不是有什么瞒着我？”

绝姒看着她甚是娇艳的双颊，矛盾与理智不断地在内心深处交替，却终是开不了口。

“我只是担心你。”绝姒转而一笑，“圣忆风就要将日教彻底瓦解，五月初一的武林大会不知道会起怎样的风波。当初翊哥哥建议坐收渔翁之利，待圣忆风除去日教，我们少了一个对手，再去对付圣忆风。眼见这一天很快就要到了，我担心你……毕竟他是你师父……”

绝舞眼眸转冷，“你忘记了，他已经不是我师父了。我也不会犹豫。”

“我……”绝姒再次欲言又止，望着绝舞有些发呆，而后摸摸她的脸，“这三年我看你练武很用功，听翊哥哥说你武功大有长进。但我还是很担心，圣忆风武功究竟如何根本就是个谜。我在想，我们是不是、是不是就算了……”

绝舞不可置信地睁大眼眸，“你在说什么？这种事情怎么能算？爹娘和焰门几百条的人命，怎么能就这样算了！”

绝姒的劝说让她震惊，即便如此，她也没有多想，只是有一些怪异的感觉爬上心头，却又很快消散而去。

“我这不是担心你吗？你若不爱听，我不说便是。”绝姒抓住她的手，“你也老大不小了，你和翊哥哥的事……什么时候办呢？”

提及独孤翊，绝舞心中很挣扎。她不是不感激独孤翊的，只是这三年来，独孤翊对她与姐姐的百般关怀却让她越发不安和越发看不懂了。

她有时会觉得独孤翊细心万分，他看着她的时候，好像整个世界他只看得见她；有时候，她却莫名地感觉害怕，他眼底的占有欲似乎越来越强，有时甚至让她毛骨悚然。

绝姒看见她的犹豫，恍然低声呢喃：“你，还是忘不了他……”

提及那个“他”，她仍是不自禁红了眼眶，心口又开始犯疼。

“无论从哪一方面讲，你们都是不可能的，为何还这样执迷不悟？”绝姒垂眸拨动琴弦，一声叹息化为余音，久久萦绕在绝舞耳畔。

“他早就将你忘了。”绝姒抱着琴悠悠站起身，平日里柔软轻缓的嗓音也不由得提高了很多，“这三年里，杜玉菲一直在他身边，你知道吗？”

忽然，离开那日，他的话又钻进了脑海——

我对你的爱，到这里为止。

心口猛然一阵闷痛，她撑住因绝姒的话而袭来的痛楚，随后发觉她语气中的疑点，“姐姐怎么知道？当初我们说好，在我准备好一切之前不会再去接触任何有关他的消息。姐姐是怎么知道的？”

绝姒倏地噤了声，越过绝舞就要离去。

绝舞抓住她的手臂，“你还知道什么，告诉我！你不告诉我，我就不答应独孤翊。”

啪！一个巴掌清脆而响亮地落在绝舞的脸颊上，绝姒低头看着自己的手，悔恨地握起拳。

“翊哥哥为你做了多少！你还要任性多久？”

绝舞瞪着圆眸，失望地望着绝姒，“好，很好，你为了他打我！现在巴掌也打了，告诉我！这一年里究竟发生了什么，让你屡屡对我欲言又止，让你突然开始逼婚，让独孤翊变得不像从前！”

绝姒抬眸，表情严肃而认真，“我告诉你，但你必须立誓嫁给独孤翊。”

一颗心疾速冷却下来，绝舞垂下双手，指尖不住颤抖，“你告诉我所有事情，我就嫁！”

如今的她，已无牵无挂，或许跟着独孤翊也是不错的选择。

“你随我来吧。”

紧闭的房门，压抑的气氛。

不过一盏茶的时间，屋内姐妹二人却像隔了几个春秋一般，陌生得不似亲人。

“你什么时候知道的？”

绝姒难得在自己妹妹面前心虚起来，“一年前。”

绝舞蓦地转身，笑得有些高深莫测，“你一年前就知道，却眼睁睁看着我在爱与恨之间矛盾与纠结，你怎么忍心？那个人是我师父，是救我养我的师父！是我爱的人！他甚至救过你！”

“对不起对不起！”绝姒走过去想要拉住绝舞，却被绝舞甩开，“这一年来很多次很多次我都想告诉你，但是怕你忍不住回头去找他！我没有想过要一直瞒着你，可你与你师父注定无法在一起，我怕铸成大错，所以想等到你与独孤翊成亲后再告诉你，那个时候也还来得及。”

“怎么会来得及？”绝舞低垂着眼睛，心中不住颤抖，“我本就对不住师父，却还在心里恨了师父三年……”

“舞儿……”绝姒掉了眼泪，哽咽得说不出话，“有些失去是注定的，有些缘分是永远不会有结果的，爱一个人不一定要去拥有。”

门外忽然传来咚咚的敲门声。

“舞儿，你们在里面吗？该吃饭了。”

绝姒神情忽然紧张起来，抹去脸上的泪痕，揉了揉僵硬的面孔，走过去紧紧拉住舞儿，低声在她耳边道：“算姐姐求你，这件事不要让翊哥哥知道，快把眼泪擦干。”

绝舞虽迷惑，但想来绝姒不是无缘无故这样要求，便打理好自己才应了声，“在里面呢，等会儿就跟姐姐过去。”

听到独孤翊的脚步声远离后，绝舞才问：“为什么瞒着他？”

绝姒微微一笑，“他若知道当年的小喜是假的，知道当初冤枉了你师父，肯定会怕你回去的，我不想让翊哥哥担心。”

绝舞知道绝姒的解释很合理，她也不想去怀疑什么，只是这些年经历过太多欺骗，她已经不知道该去信任谁。不知究竟是因为自己太傻还是太蠢，连自己仅剩的亲人都可以在朝夕相处间欺骗她一年……

她嘴上没有反驳，却在绝姒低垂的眼眸里看到一抹类似紧张的情绪闪过，姐姐又在骗她，不过没关系，这次她会查出来。

绝舞在前往明月山庄的路上打探了一番，这才知道自从师父他们离开后，明月山庄已交给了另外一个叫孟晓风的商人。据说这位新主人刚过而立，却知交满天下，当中更不乏闻名于世的文人学士、朝廷命官、商贾名流。

不过，一路走来听到最多的还是“清雅”这两个字，人还未到明月山庄，绝舞却已经对这个新主人有了很多的了解。

天上月昏暗，扯过大片的云絮为纱，遮掩住皎皎流莹的月华。

绝舞没有走正门，而是从侧院翻墙而过，穿过一道回廊，恰好是她曾经住的院落。

她悄悄推门而入，刚踏入房间就怔住了，整间房子居然还是自己曾经住时的模样，甚至连装饰品的摆设都没有变过。

“谁？！”

身后传来熟悉的声音，绝舞微微一笑，转身，“好久不见，青衣。”

青衣瞪大眼睛看着站在屋内的绝舞。还是那样娇小婀娜的身段，还是那样娇憨甜美的笑，她却觉得似乎很多东西改变了。她静静地注视了片刻，才发现，变化的是那眼角眉梢所自然流露出的成熟与自信，没变的是表情里的三分俏皮三分妩媚。

她们三年没见了。

青衣蓦地跑过去抱住绝舞，“你还知道来看我！”

绝舞笑呵呵地抱住青衣，酸了鼻尖儿，“想你了，青衣。”

青衣松开她，笑着捏捏她的鼻子，看着她的变化，心里觉得酸楚。她自然是听说了三年前她与少主就分开了的消息，她心里始终认为这两个人终究会在一起的，舞儿一定会忍不住去找少主。可三年过去了，这两个同样在蜀地的人却像是陌生人一般，不曾联系不曾见面。

青衣拉着她坐下，三年没见，两人反倒更像是姐妹一般。

“你可是无事不登三宝殿，这大晚上翻墙进来，不会只是叙旧吧？”

绝舞扁了扁嘴，“虽然有些伤感情，但还真是有事，嘿嘿。”

两人正要说起，绝舞忽然听到有人走进院子的声音，“有人来了。”

“我们约明日中午，蜀地的醉满楼见如何？”

绝舞听出这脚步声是习武之人，便点头，“那明天三层雅间一号见。”

宽阔的大道上，一人一骑在蜀地第一酒楼“醉满楼”门前停下，绯衣人儿利落下马，将缰绳交给店小二。

“三层雅间一号，今早订的。”

绝舞进去的时候青衣正在品茶，见她进来笑了笑，“今早定雅间，居然都能让你订到一号，这些年自个儿在外面认识了不少朋友吧。”

“那当然呀，咱人见人爱的，当然朋友不少。”绝舞眼珠骨碌碌地转了一转，脑袋伸出门外叫了小二过来，然后坐在青衣对面，“赶紧点菜吧，我快饿死啦。”

青衣搅拌着碗里的饭，看着吃得起劲儿的绝舞，几次想要开口都咽了回去，最终还是忍不住问：“这三年你见过三公子吗？”

“没有。”绝舞夹菜的手顿住，很快又恢复笑容，转而道：“我今日来找你，是想让你帮忙。”

“帮忙？”青衣疑惑，“我能帮你什么？”

绝舞想让青衣去查当初在明月山庄住过的叶寒霜究竟是不是当年日教在焰门的内应。

青衣看了看窗外，集市里的人川流不息，有几个城主府的人穿梭在人群中，护卫装扮格外显眼，“三年前独孤翊带给你和你姐姐的那个小喜，是假的。你怀疑，是独孤翊故意而为？”

“是的。”

“我总觉得这些年无论我走到哪里，独孤翊总是派人暗中跟着我。”绝舞蹙眉，很是懊恼，“起初我以为他是担心，可后来慢慢觉得不对劲。姐姐告诉我那件事的时候肯定有事隐瞒我，而又怕独孤翊知道。我直觉这件事跟他脱不开关系。想来想去，如今能拜托的人，只有你了。”

青衣将视线从窗外收回，心中颇为感动，“我很高兴你愿意相信我，放心吧，我会想办法帮你查到的。”

“至于独孤翊那个人。”青衣关上被撑开的窗户，“你还是留个心吧。”

“嗯。”

“少主，现在就起程去尘家庄？”带着轻微讶异的女声飘进屋内。

“嗯。”

简简单单的一个“嗯”字，让绝舞在屋内前一刻还挂着笑容的面孔僵硬起来。

师父……

她最熟悉的声音。

有一丝不满的声音又道：“可是轩叶还没到，少主休息片刻吧，我想吃……”

“那就找另外的地方，没有经过我的同意私自定下了这里，还没有找你算账。”

清清浅浅的嗓音飘来，像暖阳般落在她冰冻了三年的心口，逐渐化开。

“这里有什么不好……哎呀，少主等等我啊。”

青衣咬唇看绝舞挣扎的样子，却又不好提醒绝舞追出去，毕竟绝舞不知道当初在明月山庄的她是少主特意安排过去的。

青衣正苦恼着如何让二人能见上一面，就见绝舞蓦地站起身，风一般地冲了出去。

她冲出雅间的时候，圣忆风与冷沉香二人恰好走到雅间门前，她只听到冷沉香倒吸一口气，稳住身子才发现自己与圣忆风仅隔了一指。

迎面而来的熟悉清香逐渐在周身蔓延，属于他的温度与气息，就像是一个无形的牢笼，将她禁锢在原地，无法动作。

她的视线落在他的第二颗盘扣上，迫切地想抬眸去看看他，却又胆怯得不敢动，生怕一个不经意的动作便会打破此刻的静谧。

"……"师父……

嘴巴里的两个字还没出口，便听到头顶传来熟悉的声音，"沉香。"

被点名的沉香怔了一瞬，立即上前，"姑娘，麻烦让让。"

绝舞喘着气，失了魂般看着冷沉香。

冷沉香本就对绝舞有气，他们少主是那么骄傲的人，可曾经为了留住眼前这个不知好歹的人放下身段放下自尊，这个可恶的女人最终却背信弃义，离少主而去。当年，少主因她救独孤翊而收回的那一掌整整调养了三个月！

这三年来，她很多次都想去教训教训这个女人，每次都被高轩叶识破拦住了，而今天，大好的机会就在眼前，她却在看见绝舞眼底的悲伤时失了勇气。

她最终也只是冷冷道："姑娘，你挡着我家少主的路了，没看见吗？"

那冷冷的带着嘲讽的声音钻入耳朵，绝舞并不在意。她终于缓缓地抬起头，视线落在那双思念已久的眼眸上。

那双幽邃的眸子虽然正看着她，却早已没有曾经的温暖与宠溺，像是看陌生人一般冷冷清清。

"喂！"冷沉香忍无可忍，推了绝舞一把。

这一推，她柔软的身子像是风中的垂柳一般，倒向了一旁，幸好被及时赶出来的青衣扶住。

青衣不想在绝舞面前暴露身份，只是微微朝圣忆风点了点头。

就在那抹紫色的身影即将从眼前走过的时候，绝舞忽然伸手拽住那紫色的袖袍，死死不放。

"有事？"他的声音带着一份致命的魅惑，飘在她的耳际。

她嘴唇微微发白，如雪水般冰冷的疼痛缓缓淹没过心脏，"师父……"

圣忆风眼底闪过一抹笑意，说出的话却是寒透了心骨，"师父可不能乱认，姑娘若还是不放手，就不要怪在下无礼了。"

她还是不放，只是贪婪地望着他的眼睛，像是有很多话要说，却无从开口。

他轻笑出声，微微俯身在她耳边，"这是要以身相许吗？"戏谑的话语，挂着余味悠长的声韵，慢慢滑过她的耳垂，吹起耳畔一缕青丝。

他轻佻的话语让她红了脸，却冷了心。

在她出神之际，他眯起眸子，不留情面地甩袖推开她，"姑娘家还是自重些。"

她看着柔软的衣料从指尖滑落，红了眼眶，唇角却浮起一抹笑，笑容糅杂了难以言明的情绪，像是悲哀，又像是解脱。

天咫尺，人南北。

终究成陌路。

他三年前说过：我对你的爱，到此为止。

他做到了，她却被困在原地斗兽般地痛苦挣扎。

这三年，她无数次幻想过两人再见面的场景，原本以为会针锋相对，或冷言相对，却不料，却不料是这样的陌生。他看着她，好像她只是一个路人，她看到他眼底映出的自己，那样卑微与渺小，悲凉得可笑。

“舞儿？”

听到青衣的声音，绝舞这才惊觉自己在青衣面前失了控，不知青衣会如何想她方才的反应，她急忙抹去眼角的泪滴，“刚认错人了，以为是师父。”

“大概是你太想念三公子。”青衣笑笑，握住她的手，“为什么不去找三公子呢？”

“心里念着便好，不一定非要相见。”绝舞莞尔一笑，回首望着楼梯的方向，“我怕独孤翊找到，先回去了，刚说的事一定要尽快啊。”

“放心吧。”

绝姒不知绝舞上午去了哪里又见了谁，只见她魂不守舍了一整个下午，晚上便坚决地要求第二天出发去尘家庄。

“可是离武林大会还有十日。”

“我很久没有去离都了，想到处转转看一看，更何况，已经三年没有见过无影大哥了。”

绝姒听说过尘无影对绝舞的好，她不在绝舞身边的这些年，尘无影将绝舞当作妹妹一般没少尽心，她心里是很感激的，于情于理都不好反对。

离都是个四季如春的地方，但凡稍微富贵的人家，院落里稍加留心，都会修出极雅致的院景。

被誉为武林第一庄的尘家庄地处离都南方，后靠乐山，整座庄有一半建在山下，有一半建在山坡上。郁郁葱葱的树木，精致的房屋和凉亭，错落有致，遥遥相望。一座座八角造型的楼阁在山林中隐约浮现，潺潺的水流声涌进耳畔，如诉如歌，水绕山行，令人遐思悠悠。

沁风水榭中，轻柔的山风携着淡雅的琴音飘飘然流泻而出，撩拨心弦。

亭中美人偏首含笑，白衣胜雪，眉目宛然，纤指拨弄着琴弦，曼声而唱，“银床淅沥青梧老，屧粉秋蛩扫。采香行处蹙连钱，拾得翠翘阑恨不能言。回廊一寸相思地，落月成孤倚。背灯和月就花荫，已是十年踪迹十年心。”

抒发情怀的低沉吟唱如潺潺溪水，流淌在百花千树的后山里，在惬意怡然中含着浓重的哀怨意味，给这清水清风的美景平添了寂寥悲伤。

一曲终了，尘无影饮下一杯酒，看着对面眉头轻蹙的吟依，“现在身子怎么样？”他们似乎有三年没有见面了。

“好多了。”吟依拨弄了一下琴弦，余音缭绕，笑道，“当年日教的毒下得确实狠，这几年只要逢大雪天气，身体就会疼得厉害。不过多亏轩叶照顾，现在好太多了。”

尘无影眼前一亮，“要么，搬来尘家庄住，或者，你可以考虑在离都开一些明月绸庄的分店。这里四季如春，气候更适合你养好身体。”

吟依偏首，微微一笑，“听来是个好主意。赶在武林大会之前的这些日子，刚好可以到处看看，看哪里适合开绸庄。”

“没有问题，我派人陪着你。”尘无影转动手中酒杯，“你，没跟他一起来？”

提及他，吟依脸上笑容微凝，很快又舒展开，指尖在琴弦上划过，“你不是很清楚吗，他这三年身边跟着的都是杜玉菲。”

“那个女人虽狠，也着实在对付日教上为迦隐出了不少力。”尘无影沉默须臾，“重要的是，那个女人对忆风很忠诚。”

吟依眼眸轻闪，知道尘无影的言外之意是在说绝舞。毕竟，当初是绝舞提出要与独孤翊离开，这样比起来，似乎杜玉菲对师兄要真心得多，“我从没见过师兄那样宠溺过一个人，没想到两人竟会闹到如今这般田地。你们这些年没联系过？”

尘无影苦笑，“书信联系过几次，那家伙心够狠，前两年我的信她从来不回，今年开始才会回一两封。这次武林大会，我邀请了独孤翊，她应当会来的。”尘无影眉心夹愁，“两人这次若是见面，我真希望……他们能和好。”

一个丫鬟忽然气喘吁吁地跑来，“庄主。”

“怎么了？”

那丫鬟呵呵地傻笑，“绝舞姑娘来了！”

“真的？！”尘无影兴奋得来不及跟吟依打招呼，便一阵风地离开了。

吟依看着尘无影离开的背影，眼底的羡慕那样明显。绝舞是个幸福的人，身边有这么爱她疼她的人，而她呢，除了二叔，这世上便再无亲人了。

丫鬟瞧着吟依，笑道：“吟依姑娘，这里风凉，还是先回屋休息吧。”

“嗯。”

尘无影心急火燎地赶到前院，只见一个红衣少女亭亭而立，秀发如云，肤净如雪，袅袅地站在石榴树下，樱唇红润赛过树上花，说不出的容光照人。

绝舞看到尘无影，唇角飞扬起一抹笑，“无影大哥！”

“当真是女大十八变啊。”尘无影步于绝舞面前，细细打量一番，笑着赞道，“这三年没见，出落得越发好看了。”

绝舞眨眨眼，神态娇憨，“那必须呀，也不看是谁的妹妹，是吧？”

尘无影闻言哈哈大笑，两人一路谈天说地，走到绝舞住处时还意犹未尽，好像不曾分离过这三年。

“独孤翊没跟你一起来？”

“他啊，来了，住在客栈里。”

尘无影挑眉，“他不知道你来这里？”

“嗯。”

见绝舞不愿多说，无影也不勉强，“你赶了几天路也累了，好好休息，我们晚上再聚。”

“嗯。”绝舞环视这间自己曾经住过的屋子，物件摆放还是四年前来这里时的模样，“那个……”

无影听到绝舞迟疑的声音，转身，“怎么了？”

“没什么。”绝舞指着墙上的一幅画，撇撇嘴巴，“这幅我十三岁时的画，怎么还挂在这里呀？难看死了，你明天必须得画一幅我现在的模样挂上去。”

尘无影先是一怔，随即又笑起来，莫测地看着绝舞，“你这家伙，这幅画不是我画的。”

“不是你画的？那个时候不是你送给我的生日礼物吗？”

尘无影状似随意道：“这是你师父当年画的，我只是借花献佛罢了。”

绝舞轻应了声，咬着唇犹豫片刻又问道：“那个、那个……师父已经到这里了吗？”

听到绝舞还叫着师父，尘无影只觉心中酸楚，微笑着走出去替她关上门，并没有回答。

五月初一这一天，尘家庄聚集了很多人，和尚、道士、尼姑就占了大半，还有江湖各派的人，黑道白道全部云集于此。

绝舞这几日里转遍了尘家庄的每个角落，这是她曾住过不短时间的地方，最后一次停留在这里还是四年前，四年之后再来，却仍旧熟悉，一草一木，都能勾勒出她的回忆，哪些草木花树前留下过她和师父的足迹，都一一清晰在目。

穿过前院，经过铺着鹅卵石的曲折小路，绕过假山，越过小溪，来到曾经常品茶聊天的随园。

草木依旧，人已非。

满园盎然看在眼底，都是刻骨相思，一点一滴地勾起过往。

她漫步到凉亭，手指抚过长长的木栏、朱漆的柱子，最后坐在石凳上，不禁想起前几日在醉满楼遇到他时，他冷漠的眼神以及疏离的话语。

当真是人已非啊。

三年前，她听到了世上最美妙的声音。傻丫头，在你懂得情为何物之前，这颗心除了你就再也容不下他人了。

那日，风轻，云淡。

她的脸儿最后却红得快要烧着了。

轻风吹过，猛感脸上一阵凉意，抬手覆上脸颊，发现又落泪了。

“绝舞姑娘。”

这声音熟悉得很，绝舞抹去泪水猜测着是谁，回头发现竟是高轩叶。

盯着对方瞅了半晌，直到那句“绝舞姑娘”再度传来，才意识到自己的失礼。看对方一身随意的青衣，久违的熟悉让她心生温暖，起身甜甜一笑，“高阁主，你也来了。”

“在下是陪同少主一起来的。”高轩叶微微一笑，不知是否刻意。

“高轩叶！”远处一道女音响起。绝舞循声望去，只见一团火红，气势汹汹地奔来，嗔怒道：“又趁我不在勾引别家姑娘！你现在经常跟在少主身边，好样没学到，坏样倒学了不少！”

“沉香。”高轩叶无奈地揉揉额角，这妮子怎么就看不到他刚才给她的眼色呢。他们两人这么多年，为何一点心灵相通的地方都没有？想着想着，一阵心寒。

“梅阁主？”听闻那娇嗔的声音，想起在醉满楼听到的对话，几个字便脱口而出。

冷沉香这才望向绝舞，不望还好，这一望让她怒气上涌。少主这两年已经平静许多，谁知自前几天再见过绝舞，性情又阴晴不定起来。这几日他们跟在身边没少受苦，最重要的是，少主又因为绝舞影响了心绪。

“你怎么阴魂不散的？”冷沉香没好气地瞪着绝舞，“哦，对，我怎么忘了，你是独孤翊的女人呢，当然会在这儿！”

绝舞黯下眸色，不知该说什么。

“沉香！”高轩叶沉声制止沉香的讥讽。

两个阁主都已到，师父也来了吧。

“闭什么嘴？少主以前多宠她，她拿什么回报少主！”冷沉香不服气地甩开高轩叶，看着面色发白的绝舞故意道：“不过啊，少主这三年来过得不错，身边美人如云，好不自在。人总不能吊死在一棵树上，你说是吧？”

“够了你！”高轩叶情急之下点了冷沉香的两个穴道。

冷沉香不能言不能动，只能怒气十足地瞪着他。

“姑娘，失礼了。”高轩叶对绝舞歉然一笑。看出绝舞的欲言又止，他又道：“少主他随后到。”

绝舞不好意思地绞着手，“这样啊，谢谢。”

高轩叶微微一笑，对绝舞拱手道："在下先行一步。"随后扛起一动不能动的冷沉香转身离去。唉，想到等会儿解开冷沉香穴道时的河东狮吼，高轩叶一阵头痛。

午时，众人皆聚于尘家庄的前院，整齐地坐于两侧，静静的像是等候什么。

江湖上早有人传闻，此次表面是武林大会，实际上尘无影是要宣布迦隐与日教之事。日教多年来在江湖上为非作歹，却在这近三年间再次销声匿迹，甚至有人说日教早已被迦隐拆得四分五裂。

日教被毁，无论于正道还是邪教，都是大快人心的一件事。然而以上都是众人的猜测，所有的真相，都等着尘无影出现，才能知晓。

最让人期待的除去迦隐和日教，就是三公子圣音，听说消失三年的他在今天的武林大会中也会出现。

一阵豪爽的笑声从远处传来，"各位远道而来，尘某招待不周的地方，还请见谅啊。"

众人陆续起身，寒暄起来，"盟主哪里的话，客气客气。"

绝舞在不远处的一棵树上，静静地坐着，大大的眼眸在众人头顶扫过来，又扫回去。来来回回数次，终于黯然地垂了下来。

师父还没有来。

"你这家伙这几年越来越冷血，越来越过分了啊。"独孤翊一跃而上，在茂密的树枝上找到了绝舞，"竟然半道上把我给甩了！"

"喂，注意用词。什么甩了，是不小心走散了。"绝舞甩开他的手，"我也很多年没见无影大哥了，很想他，所以提前来看看他，不行吗？"

看见她嘟起的嘴巴和幽怨的眼神，独孤翊一肚子的气立即就消了，轻叹一声，指尖戳戳她的脑袋，"每次就你有理。"

"坐这么高干什么？下去吧。"

"不想。"不知为何，经过前几天的偶遇，他冷漠的态度让她害怕再次相遇，她害怕在众目睽睽之下他用陌生人的眼神看她。

独孤翊一脸平静，"他很快就到了，你不想见见吗？"

"不想。"绝舞低垂着眸子，"见与不见都是一样，见了反倒闹心。"

且不说绝舞是实话还是假话，总之独孤翊听在心里还是很受用的。他环住绝舞的肩，捏捏她的鼻子，"既然这样，就下去吧，该面对的总要面对。"

独孤翊亲昵的举动让她反感，不待独孤翊反应，就一跃而下，轻灵地落于地面。

在远处正和人寒暄的尘无影余光瞥到一抹绯色从高处滑落，抬眸不经意间便看到了绝舞，绝舞也正好将视线睇了过去。

两人先是一怔，而后相视而笑。

尘无影暗暗地看着她转身离去的背影，心头涩然，他始终无法相信舞儿当年竟开口说要离开圣忆风。

忽而，一阵微弱的铃声响起，并且越来越逼近，这时一串流泉般清新而又惑人心神的笑吟声混着铃声一同传来。

众人霎时间安静下来，只有绝舞一人，听到声音时瞬间僵硬，木然地迟缓转身，同众人一样，循声望去。

只见一团紫云从上空飘过，身若流云，行如轻风，一只雪白的靴子轻轻点足，以侧身面众，安静无声地落地。而后，一袭水蓝色长裙的女子丁零一声，在紫衣人身后落于会场，脚脖上的银铃声轻响几声后骤然消失。

陷于方才如梦般画面中的众人久久不能回神，痴呆地看着从天而降宛如神祇般的人，这时人群中不知有谁低道了声："圣忆风！"

众人这才窸窸窣窣地低语起来。

第二十章
凌乱不成曲

德高望重的空幻大师首先回过神，合掌走到圣忆风面前道，礼貌道：“十载不见，圣少主风采依旧啊。”

圣忆风眼眸淡淡含笑，“大师过奖了。”

尘无影漠然地看了眼圣忆风身边的杜玉菲，一掌重重落在圣忆风肩头，“我们俩可是许久没见了啊，一会儿叙叙旧去。”

众人因尘无影的举动，着实吓了一跳，平日里不见尘家庄和迦隐有什么交集啊，而这迦隐少主也不是什么人都能随便碰的，这一掌可落得不轻。大家都屏息凝神，看接下来会发生什么。

然只见圣忆风轻拍尘无影落在他肩上的手，“这是当然。”

风起，花瓣轻轻地飘洒而下，在绝舞面前如雨般挥落，一如此刻脸颊上挂满的泪珠，被风一吹，摇摇欲坠。

她在远处痴痴地望着那抹紫色的身影，纵使看不清，能这样远远观望也好。

许是发觉有道灼热的目光落在他的身上，圣忆风微微转首，很快捕捉到了那抹在梦中出现过无数次的绯色身影，这个身影前几日再次闯入他的世界，搅得他心神不宁。

两道视线在嘈杂的人群中交会，默默相视，一道灼热得尽是满满思念，一道漠然得尽是冰冷疏离。

风停了，云静了，花落了。

心儿也碎了。

她慌乱地躲开他投来的视线，急得不知该如何是好。

看到她急忙躲开他的视线，清淡的眸下闪过一抹光，而后又恢复平静，漠然地将视线收了回去，仿佛刚才看到的只是一棵毫无生命的树。然心底瞬间翻涌起的波涛，却泄露了他此刻的情绪。

她竟如此不愿见到他！三年过去了，心里的痛并没有减少，反而与日俱增。既然不愿相见，几日前的偶遇又为何装得那般思念？

狭眸一勾，他以极快的速度顺势搂过身旁的无骨柳腰，旋身如绽放的莲花般落于身后的高台上，伴随着一气呵成的动作，又是一阵悦耳的银铃声。

瞬间，再次引起众人一片哗然。

绝舞看着高台上的两人，这才惊觉他身旁的那个女人居然真是杜玉菲！

杜玉菲是当年害得她和师父决裂的罪魁祸首，甚至将那么多的命案嫁祸于师父，当时师父还因杜玉菲的陷阱毁了她的脸。可是现在，师父不但原谅这个女人，还治好了她的脸！

心中的震惊还未退去，台上的人开口了。

不高不低，不扬不抑，却偏偏好听到让人轻颤的嗓音淡淡飘来，“大家不是很好奇圣音三年前为何突然消失吗？”

四周突然变得安静，突然，一人冷冷开口，粗声粗气，咄咄逼人，“不要告诉我们，是你把三公子害死了！”

此话一出，众人开始窃窃私语，不到片刻周遭一片哄乱。

“是啊，他是死了……”清冷的语调徐徐介入嘈杂的声音中，周围就那么静了下来。

是啊，他是死了。

众人不敢置信地互相对望。

三公子武功那么高，怎么可能轻易死掉！

对，不可能，一定是被奸人所害！

……

“各位只知道利器能让人致命。”圣忆风狭长的眸定在人群中一个呆滞的人儿身上，声音悠然而清朗，“却不知道，这世间最毒的是何物，它伤人于无形，却能在瞬间致命。”

“是什么？”有人怯怯开口，音量很低，却还是让圣忆风听到了。

绝舞再也受不了他的冷言冷语，狼狈地转过身，掐着自己的手心才能迫使眼眶的泪不那么轻易流下。

看着她转过的背影，圣忆风轻笑，她喜好逃避的毛病还是没变啊。

他揽过身边的温香软玉，狭眸对着美人魅惑一勾，修长的指捏住皓白下颌，举手投足间优雅而慵懒，“这就要大家自己去想了，你说是吗？”

杜玉菲瞥了眼台下的那抹正在回身的绯红，顺势偎入圣忆风怀中，柔荑轻抬，捂住嘴咯咯地笑起来，这一笑，带动脚脖上的铃铛也清脆响起，令人酥软的声音娇嗔地传进场内每个人的耳中，“少主就会寻大家开心，莫要吓着他们了，还是快说了吧。”

他转首，面对众人，以极缓的动作摘下面具，“这就是圣音消失的原因。”

映入众人眼中的是这样一张脸：飞扬的细眉入鬓，挺拔如玉的鼻流露着内敛的倔强，薄薄的唇色淡得恰到好处，凤眸狭长而幽魅，偏偏其中又透着淡淡的琉璃色，如冰如水，微微朦胧，去掉面具后的双眸竟比先前更加美，似是夺尽了天地间最美的极光。

如墨黑发披泻在身后，因风而凌乱的发丝偶尔拂过如玉脸颊，绝美飘逸，仿佛不染半点俗世烟尘。那是一种怎样的风华绝代！在这张脸前，三千粉黛都要失了颜色。

只是，为何这么面熟?

久久的寂静。

“是三公子圣音！”人群中见过圣音的人，半晌后回过神，指着台上的人大喊道。

经他这么一嚷嚷，众人从惊艳中回过神，其中不乏众多见过圣音的人，也慢慢地认了出来。

怎么会这样？！

圣音就是圣忆风，圣忆风就是圣音？！

怪不得尘无影敢那样和圣忆风说话!

绝舞痴痴地望着日思夜想的俊容，脚不受大脑控制地挤过人群，一步步地朝台前迈去。

时间一点一滴地流失，心跳逐渐失律。

她的脑中一片空白，寂静的世界里只能容纳下台上那道修长的身影，周遭一切的嘈杂被她屏蔽在外。

他看着她一步步地走向他，血液由平静逐渐地沸腾起来，心不可抑制地跳动起来。

她在干什么?

就在因她的走近心慌不已时，她哭着说让他放她走的画面又突地蹿到他的眼前，激情瞬间冷却，他静静地望着她，面无表情。

众人继续在议论，而她眼中只有他。

在她心里，他不是迦隐的少主圣忆风，也不是三公子圣音，他只是师父，那个疼她宠她、将她护在手心的师父。

她是那么想他，想得心都快碎了。

可师父说，他恨她。

终于走到台下，数步之遥，她却仿佛经历了几世轮回，踏遍了千山万水和重重阻碍后才站在了他面前。

如今，她还能如此轻易地走进他的心吗?

眼角挂着泪珠，她望着台上如神祇般高高在上的人，缓缓伸出手，“师父……”

她忘记了，他们的师徒情分三年前就断了啊。

心口猛收，眼前一黑，眼看身体就要落地，一个强有力的臂膀将她搂入了怀中。

“舞儿。”独孤翊轻轻唤着，像是怕惊了怀中的人儿。

台上，迈出的步子不动声色地收回，拳在袖袍内紧紧攥着，薄唇扬起一个好看的弧度，“这不是独孤公子吗？三年未见，身边佳人却独独还是那一个，城主真是难得的痴情人。”

独孤翊蓝眸淡淡地落在杜玉菲身上，“彼此彼此。”

“呵呵，好个彼此彼此！”

杜玉菲缓缓上前，“少主你瞧你，将人家姑娘都吓晕了。”

他垂眸望着绝美的脸，在绝舞眼前缓慢地俯下身去，将唇印在杜玉菲娇艳的红唇上，声音低沉而魅惑，“你不怕就好。”

咯咯娇笑扬起，美人笑着埋首在他颈间，“少主就会寻人家开心。”

印在杜玉菲唇上的吻，是如此的轻，砸在绝舞的胸口却是如此的沉痛。

她猛地推开独孤翊，狠狠地瞪着圣忆风怀中满面春风的杜玉菲。杜玉菲脸上的笑在她满是创伤的心上撒了一把盐，心中浪潮汹涌。这个女人躺在本该属于她的怀抱中，她实在无法忍受！

她瞬间抬腿钩住杜玉菲一只脚，将杜玉菲勾出那个温暖的怀抱，短剑出鞘，溜起一串寒芒，剑如闪电，锋芒急起，转眼已向杜玉菲刺去，眼看手中的凤玥剑，就要刺进杜玉菲的胸前。

突然，一掌轻灵飘动，无声无息地袭来，轻松地挡下她，毫不费力地将她逼开，强大的气劲让她连退数步，险些跌倒，手中的剑，哐啷一声落地。

人群中有人认出了那柄凤玥剑，她是红刹！

红刹似乎和迦隐少主有仇！

瞬息间，谣言四起。

独孤翊稳稳在身后接住她，制止她又要出击的冲动。

“我的人岂是别人随便能碰的？”

我的人？她垂着眸，倔强地咬住红唇，直到红艳的唇失去了血色，她才仰首，直直望进那双流光溢彩的眸中，携带着浓炽的感情和三年来的刻骨相思。

她炽烈的目光让他迷惑，他敛眉，平复自己因她而再次混乱的心，冷眼道：“城主，自己的人请管好，下次若再出这样的乱子，就休怪我手下无情。”

不顾独孤翊的阻止，她冲上前，扬起头倔强地看着他，挑衅道：“手下无情？你能杀了我？”

他蓦地眯起眸子，她凭什么以为三年后的他不会将她怎样！

“你以为我不敢？”他淡淡勾唇，有一种似笑非笑的悠扬，却在眉宇间带了一丝冷意，“对待叛徒，我从来是，杀、无、赦。”

他眼中的冷厉让她退缩，心开始慌起来。

叛徒、叛徒，她是叛徒。

不是这样，当初是误会，她不想那么离开的！

不过三年时间，师父真对她一点情意都没有了吗？

她不信！

她渐渐平静下来，又上前一步，嘴角弯弯，眼底却是落寞的伤，“既然这样，那杀了我。”

他静默片刻，凤眸微眯，“即便杀你，我也不会选这样的场合、这样的时间，这若是传出去，说我堂堂迦隐少主与一个小姑娘起了冲突，置人于死地，我这颜面恐怕就挂不住了。”

她的脸刹那间变得惨白，却很快勾起一抹笑，瞬间腰间短剑出鞘，以闪电般的速度朝他袭去，“若是我率先挑衅，那就另当别论了，不是吗？”

她出手的瞬间，不只独孤翊变了脸，连圣忆风的脸色都难看起来，她竟这样逼他！

紫色衣袂在风中荡起，他垂眸间涩然一笑。她这样任性妄为，不过仗着他舍不得伤她，不过仗着他爱她！

他足尖点地，身体向后仰下，避开她全力挥来的剑，眼看她的攻势又凌厉地袭来，他旋身蹿起，又在瞬间俯冲向她手中短剑。

场下皆是懂武功之人，屏息凝神地盯视着二人，其实闭着眼都能料到最终谁赢谁输，可是所有人心里都发觉圣忆风对这个红刹似是非常纵容，短短几招之内处处相让，对方却死死相逼。

眼看他就要撞上剑尖儿，绝舞心中一抖却并未迟疑，他却幽幽地笑了，笑容绽放在唇角，宛如一朵冰凉的雪花。

恍神间，他极快地屈指扣住她手中剑身，一声长吟，幽沉竟如魔魅之音。

他指尖动作极轻，她却感到一股强大的外力顺着剑柄传至手腕，一阵尖锐的刺痛袭来，手指微颤，短剑竟掉在了地上。周围忽地起了倒吸声。

他眼眸微闪，另一手扣住她光滑的细腕，猛然间拽至身前，方才扣剑的手眨眼间袭上她雪白的颈部。

“舞儿！”独孤翊惊叫出声。这一瞬间，他竟然不敢确定圣忆风是否真的会杀了绝舞。

周边人冷汗淋淋，在圣忆风手下命悬一线的人儿却像是解脱般地笑了起来。

他的指腹按在她的肌肤上带给她清晰的战栗感，却不是源于害怕。

她勾起唇角，望进他清凉如水的眸子，红唇轻动，“杀了我。”

他垂眸看着近在咫尺的她，被睫毛覆住的眼底格外深幽黝黯，像是隐藏着无尽的波澜。

她咯咯笑起来，“怎么，舍不得？”

他蓦地眯起眸子，收紧五指，却在她一声疼痛轻吟后又松了力道。

尘无影在一旁静默地站着，他知道圣忆风是绝对不会伤绝舞分毫的，可舞儿那家伙这样咄咄逼人，简直就是一心求死。

“舞儿，别闹了。”尘无影终于忍无可忍地出了声。

圣忆风垂眸，视线落在她的指尖，有鲜血顺着她的手指滴落在地上，他心里一紧，松了手。

独孤翊瞬间上前将绝舞圈进怀里，“前几天才伤了手腕，你逞什么能！”

她没有回应，只是死死地盯着圣忆风，手抚上方才被他握住的脖颈，心一阵阵抽痛。

他刚才有那么一瞬间，是真的想杀了她吧？

杜玉菲轻笑一声，走过来执起圣忆风的手，美眸斜斜地望向绝舞，“少主，留她一命吧，毕竟相识一场。”

绝舞狠狠瞪过去，她是死是活用不着这个女人多话！

“舞儿！”独孤翊适时地开口，“圣少主，在下保证会管好未婚妻，不会有下次。”本还在苦恼如何告诉圣忆风这个事情，没想到赚到了这么个好机会。

圣忆风微微一笑，优雅而礼貌地轻缓道：“恭喜独孤公子，届时不要忘记发喜帖。”

她完全没有听到独孤翊和圣忆风的对话，注意力全部集中到躺在地上的那柄凤玥剑上她默默蹲下，捡起方才被他打掉的剑，又缓缓拾起，仿佛拾起的是自己碎了一地的心。

师父竟这样护着杜玉菲。

她现在终于明白了为何总会有人愿意挥剑斩情丝，因为那些思念就像蚕丝一般，一缕一缕纠缠不断，直到缠绕得整个人都无法呼吸，作茧自缚的痛苦更加无法解脱。

如果三年前，她能狠下心远离蜀地，或许，再过几个三年，心里的苦就不会这样深。

可是没有如果，三年后的重遇让她压制在内心深处的感情又一次破土而出，竟无法自已。

这一边，尘无影为了缓和气氛，跃身站在高台上，抱拳道：“在下散发英雄帖召集各路英雄汇聚于此，除了一年一度的比武盛会，还想要宣告一件事。如今，日教几乎已经瓦解，只有严曦一人在逃，今天，尘家庄与迦隐共同宣布，黄金万两悬赏严曦下落。诸位在场的，或是今日之后知道此消息而此刻不在场的，只要提供到严曦的下落，均有重赏！”

黄金万两可是相当大的一笔财富，此话一出，场下顿时沸腾起来，尤其一些年轻人更是热血沸腾。捉拿严曦不但是大出风头的机会，还能拿到重赏，想来没人能拒绝这样的诱惑。

突然有人笑问："那捉拿到严曦，是否能当上下一届的武林盟主呢？"

"这哪行，武林盟主是大会上比武选拔出来的！"

"我觉得这是个好主意啊……"

……

一时之间，议论纷纷。

尘无影扫了眼场下垂着眸子的圣忆风，"既然三公子曾经是武林第一，而迦隐少主圣忆风本就是三公子，那么今日，谁若能赢了圣忆风，便是本届的武林盟主！"

此话一出，场下反倒顿时静默了下来，静得甚至连呼吸的声音都能听到。

死寂中，只听圣忆风缓缓开了口，"不必了。"

他轻点足尖，一个旋身飘上高台，回身环视场下，轻勾薄唇，唇角那抹似有若无的笑意在静谧中显得越发妖魅，"谁能杀了严曦，谁就是本届以及下届的盟主。大家觉得如何？"

"这个提议不错。"

"是啊，这么多年一直是互相比武，这样的竞争，反倒能提起大家的兴趣。"

最终，一致表决之下，大家同意了圣忆风的说法，不再一一淘汰，而是所有人公平竞争。

绝舞手中攥着在入睡前收到的飞鸽传书，仔细确定无人跟踪后悄声跃出尘家庄。

半缺的月高高悬在天际，被大片的薄云遮去光华。尘家庄本就处在山脚下，此刻方圆几里外早已漆黑一片了，只有微稀的星光洒在不明显的羊肠小道上。

小道旁茂密的树林里，急促的奔跑脚步声，给原本静谧的郊外增添了很多诡谲的气氛。

绯红的衣袂飘过树梢，突然，她停于一根粗壮的树枝上，足尖点着树枝微微起伏，圆圆的眸子盯着树下不远方一道修长的身影，她紧紧蹙起了眉头。

莫非，她被人耍了？

可暗号分明只有青衣与她两人知道。

"姑娘不必担心，我是替青衣过来见姑娘的。"树下那人开了口，声音清润优雅。

树下那人突然又噤了声，低声道："姑娘先别下来。"

绝舞侧耳细听，远处果然有极快速的声音传来，须臾，五道魁梧的身影从各方将树下那人包围了起来。

"诸位来得也太及时了。"树下那人笑声中带着嘲讽，"我与各位无冤无仇，为何一路尾随至此？”

“要怪，只能怪你多管闲事！”

“哦？”树下那人笑了起来，“我孟晓风这些年管过的闲事太多，不知大侠说的是哪一件？”

孟晓风？！明月山庄现在的主人？青衣的新主子？

一个主子会替自己的丫鬟跑腿？绝舞顿觉孟晓风在自己心中的形象高大起来。难怪那日提及明月山庄的新主子，青衣脸红了起来，原来如此。

“你一商人偏偏去插手江湖中事，能活到今天也算你命大！”

孟晓风了然地哦了一声，又道：“这江湖中事，在下管得也不少，不知大侠您说的是哪件？”

“何必跟他废话！我们只管杀了人，回去拿报酬就行，兄弟们上！”

“不知你们雇主出了多少银子来买在下这条命？”

五人对望一眼，有人阴笑道：“如果你愿意出更多的价钱，那么我们今天留你一命。”

树下那人忽然哈哈大笑起来，手中折扇啪地打开，“我是个商人，从来不做亏本买卖，为何要多出价钱呢？”

“你命都快没了，还想着你的银子？”五人中有人大笑。

“我若出了银子你们不杀我便会离开，你们离开相当于我放了你们五条命，我这是在用自己的银子换你们五人的命，这种亏本买卖，在下可从来不做。”

五人还没听出这句话的言外之意，被围在中间的孟晓风已迅速出招，眨眼间一人已倒在他掌下，扇起扇落间，刀剑哐啷落地，几人的哀号霎时在寂静的树林里响起，惊飞了一群树上栖息的鸟儿。

大掌在讨饶的颤抖声中袭上最后一人的脖子，“派你来的人是谁？”

“不、不能说……”

“你不说，就是死路一条。”

“我说了也是死路一条！”

“不，你只要说了，我就留你一命，去给派你来的人回句话。”

那人似乎犹豫了一下，“你若说话不算数？”

孟晓风笑道：“我孟晓风做事，最讲究诚信。这个想来你是听过的，只要我答应的事情，绝对不会反悔。而且，派你来的人不就是怕我今晚见到那人，说出真相吗？”孟晓风无意间扫过树梢，“那人还未到，他也不会露馅，何不趁现在说出来？”

那汉子沉默一瞬，“独孤城主派我来的。”

孟晓风长长地哦了一声，“你尽可以回去告诉他，他担心的事还未发生，但如果再让我发现一次被人跟踪，那我就不敢保证他的秘密是否会在整个龙月国公布了。”说罢，他甩开那人，“回去回话吧。”

那汉子跑远，绝舞仔细听过周边动静，这才一跃而下，立于孟晓风眼前，瞅了瞅这个从商却武艺高强的人。

“独孤翊为什么要跟踪你，又为什么要阻止我们见面？”

孟晓风甩开纸扇，轻摇起来，“这就是我今天来这里见你的原因。”

绝舞看着眼前人，觉得在集市里听到的那些关于孟晓风的传言并不假。这的确是个容易让女孩子家动心的男人，既清俊温雅又不失风流。

“飞鸽书信是你写的？”

“不，当然是青衣写的。”

绝舞点头，脸上一本正经，“你查到了什么？”

见孟晓风似有疑虑，绝舞眼睛亮晶晶地望着他，“独孤翊并非我心上人，你不必有顾虑，直说无妨。”

孟晓风还没见过这样直接的姑娘，笑道：“那在下就直说了。你本是让青衣帮忙查叶双涵，在下与青衣顺着叶双涵查下去的时候，倒是发现了一个重大的秘密。至于叶双涵，的确是当年你救回焰门的小姑娘，而三年前独孤翊带去你面前的那个女子只是独孤翊为了栽赃圣忆风而找来的一个小角色。”

叶双涵便是焰门内应的事，让绝舞的心又变得沉重起来，想到无影与叶双涵好不容易摒弃前嫌在一起，她真不知以后该如何面对无影。

她压下心底的顾虑，继续问：“那你说的重大秘密是什么？”

“独孤翊的义父，也就是明月国之前的国师，十年前参与了焰门大火一事。”

孟晓风的话像在平静的湖面丢下一颗大石头，砸得水花四溅，绝舞只觉脑中嗡嗡作响。

独孤翊的义父？！那不就是救了姐姐的人？！

她蓦地握紧拳头，“独孤翊知道这件事？”

“是的。”

她点头，已有泪水在眼眶里盈盈闪烁，“我明白了。”

她终于明白，为何独孤翊要替日教隐瞒真相而将罪名嫁祸给师父，一来可以保全他义父的名誉，二来可以彻底断绝她与师父的关系。

“你们初到蜀地时，国师被害便是日教所为，只是那个时候日教将这件事栽赃给了你。”

绝舞讽刺地扯起唇角。说来独孤翊也真是可悲，不但不能为自己义父报仇，还因为仇人手中有把柄而不得不与仇人联手。

其实这三年，她对独孤翊总是有些猜疑的，但万万没有想到独孤翊会做出这种不堪的事情。

她想，她与姐姐身上发生的这些不幸，或许真是老天爷为了惩罚她们认贼作父，眼拙不识人。姐姐苦恋太子，却逃不过被利用后抛弃的命运；她与师父十年相依相随，眼看就能相守一生，却偏偏注定分离。

“绝舞姑娘，你还好吗？”

见绝舞直直瞅着地面不作声，也看不出什么表情，孟晓风轻拍了拍她的肩，“绝舞姑娘？”

绝舞这才回神，看着孟晓风微微一笑，月光透过树的缝隙洒在她的脸上，将她映衬得像朵小花似的，“没事。”这些年经历的欺骗和震惊太多，听到这件事后平静下来，反倒不觉得有什么好稀奇。

“谢谢你，也帮我谢谢青衣，这些日子我可能暂时无法回蜀地。”绝舞黑如点漆的眸子静静地望着孟晓风，“她插手了这件事，我怕独孤翊会找到她，你会照顾好她的吧？”

孟晓风收起纸扇，双手负于身后，温润的目光里透着睿智与从容，“我自是会照顾好她。不知青衣在姑娘面前提起在下时，是怎样的反应？”

绝舞扑哧一笑，偏起脑袋，“像孟公子这样的人，也会有不自信的时候？”

孟晓风微垂下眸子，缓缓收起笑容，“姑娘大概误会了。”

绝舞黑瞳闪烁了一下，问道：“公子什么意思？”

孟晓风淡淡一笑，目光更是温文，“我只是单纯地想知道，青衣在提及我时，是怎样的反应。”

真是个别扭的人！

绝舞撇撇嘴巴道：“青衣没说过什么，但提及你，倒是有些羞涩。”

这句话让孟晓风轻拧起了眉头。这下绝舞的脸色也变得有些不好看，“恕我直言，若孟公子对青衣并无爱意，请不要做让姑娘家容易误会的事！”

孟晓风知道绝舞在指什么，并不在意她的无理，“我只是觉得她一个人很苦，这次前来与你会面也是我的主意，毕竟蜀地离这里并不近，她也只有三脚猫的功夫。独孤翊已经觉察有人在暗查，她出门危险太大。”

“既然这么关心她，你为什么一副担心的样子？”

孟晓风沉默了很久，就在绝舞以为听不到答案的时候，开了口，“青衣，她是我的妹妹。”

绝舞蓦地睁大了眸子，心底震惊不已，“可青衣说她的家人都死了！”

“我站在这里，证明她还有亲人活着。”孟晓风苦笑。

“这……你为什么不早早告诉她？”早说，就不会有现在的情况。

孟晓风听出绝舞有些埋怨的语气，“我，并不清楚能在这里留多久。既然注定要分开，我不想给了她希望，又让她失望难过。”

绝舞不明白为什么找到亲人之后还要离开，但毕竟这是别人的私事，她不好过问。

最终她只是点点头，也不知该回应些什么。

孟晓风看出她的尴尬，轻轻一笑，“我只是想拜托姑娘，若是与青衣交谈中提及在下，尽量引导她……”

知道孟晓风不好说，绝舞会心一笑，“放心吧，我明白。”

绝舞回尘家庄的路上，一直在思考这件事是否要告诉绝姒，几番犹豫之后决定暂且不说。绝姒对于独孤翊以及独孤翊义父的敬重她是看在眼里的，这样突然告诉绝姒这件事，恐怕对绝姒打击太大。

远处的一声叹息忽然传入耳中，绝舞蓦地止住脚步，环视四周，发现已经到了尘家庄外的围墙不远处。

她轻点足尖，藏身于一棵树后，几丈之外，两道高大的身影隐于墙角。

“你这是什么意思？！耍我？”虽然极力克制，但发怒的声音在黑夜里仍旧有些突兀。

这声音绝舞三年来每天都会听到，她再熟悉不过。只不过，另外一人是谁？月光恰好照在那人脸上，她好像从未见过，却又觉得似曾相识。

“彼此彼此，你不也是毁了约定？”

独孤翊沉默一瞬，“当初我冒着被揭穿的风险，刻意将焰门大火之事栽赃给圣忆风，已表现出我的诚意。日教这三年来的没落是他们自己无能，与我何干？”

那人似是笑了，“那日教垮了台，我再找其他门派来巩固我的地位，又有何非议？”

“当初我们联手对付迦隐，如今你倒戈，置我于何地？”

“曾经的敌人，今天的朋友。无论是从政还是从商，都是一个道理。这点，你不会不明白。”那人也逐渐冷了声音，“我从未拦着你与迦隐联手，是你自己过不去心里的坎。”

独孤翊沉默许久，“我即使死，也绝不会与圣忆风联手。”

“那我们恐怕就无法再继续合作了。”

“你心里应该清楚，迦隐推崇的一直都是八皇子，更何况八皇子曾在七年前迦隐内乱时救过圣忆风的命。”

那人丝毫没犹豫道：“那便是铲除日教后的事了。”

“哈哈——一旦铲除了严曦，放眼整个江湖，还有谁能与圣忆风相敌？迦隐一旦称霸江湖，你认为你的太子之位还能坐多久？”

那人并未回答独孤翊的问题，只是反问道：“你这样支持严曦，不知国师大人泉下有知，是否会心寒呢？”

“你不用拿已死之人来压我，人既已去，何必苦苦纠缠。”

那人冷笑，“你如今果真是够冷血。”

“相比对自己的女人下毒手的你来说，我还差得太远，怎么能说够冷血呢？”

是太子？！

绝舞指尖抠得树皮一片片掉落，这就是那个把别人真心当作驴肝肺的浑蛋？总有一天，她要让这个人偿还对姐姐的不公！

出尘家庄时还能看到稀疏的星辰，此刻抬头望向天空，没有月亮的夜纵使漫天星辰也依旧无法为寂静的大地增添多少光亮。

还未走到房间，远远地，绝舞便看到屋内忽强忽弱的灯光。她很难想到这个时间还会有谁在她的房间等着，当一个想法忽然跃入心头的时候，心蓦然疾速地跳动起来。

脚步不可抑制地加快，几乎是用跑的速度跨过门槛，却看到屋内一道藏蓝的身影背对她而立。

那一刻的失落难以言说。

独孤翊听到动静，回身看到跑得气喘吁吁的绝舞，微讶地扬起眉梢，笑道：“后面是有鬼追你吗？”

绝舞停了须臾，才费力扯出一丝笑容，“怕黑。”

独孤翊走到桌几前拆开纸包，“刚才出去一趟，路过点心店看到这个便给你买了些，都是你爱吃的。”

在听到孟晓风说的那些关于独孤翊的事情之后，绝舞很难再像曾经那样自然地面对独孤翊，可现在她还不能翻脸，她袖口内的手紧紧握住，才能克制住自己不上前去质问，才能阻止自己不拔出腰间的剑刺向对面那个假仁假义的人。

她垂着眸子走过去，拈起一块绿豆糕，尝了一口，“味道确实不错，改天再去买些吧。”

独孤翊脸上的笑容又深了一些，像个邀功的孩子一样，让绝舞又尝了另外几种口味的甜点，“你喜欢吃就好，等咱们回去的时候路过那里，再带些回去给你姐姐尝尝。”

她舔了舔唇，抬眸笑着点点头。

独孤翊看着她，烛光下那样娇美的眉眼，让他再难以控制自己内心深处的欲望，他跨过去一步，蓦地将她扯进怀里，紧紧拥住，“舞儿，等回蜀地，我们就成亲。”

她靠在他怀里，双眸盯着桌上忽明忽暗的烛火，看不出情绪，只是在他说这句话的时候眨了眨眼，唇角掠过一抹冷冷的笑，“好。”

独孤翊万万没有想到她会答应得这样快，惊喜地扶住她的肩膀稍稍拉开些距离，眼底的喜悦那样明显，“你说什么？！再说一遍！”

她扑哧一声笑出来，双手抚上独孤翊冰凉的脸颊，“我说，回蜀地，我们就成亲。”

独孤翊先是怔了很久，紧接着松开手在原地转了几圈，而后蓦地停住脚步紧紧盯着她，似是要确认她那句话的真实性，又似有千言万语要说。他以为，她是白日里见到圣忆风后牵动了曾经的感情，害怕继续沉沦才借口答应他的求婚，以逃避对圣忆风的感情。

他不甘心这样得到她，可转念再想想，只要有了陪在她身边的理由，还怕自己的感情在今后的十年、二十年甚至一辈子的时间里无法打动她吗？

这样想着，他突然释怀了，高兴地走过去抱起她，在原地转了起来。

她的惊呼声伴随着他的笑声乍然在屋内响起，不绝于耳。

这厢，杜玉菲正扶着喝多了酒的圣忆风往屋内走去。不远处的笑声传进耳里，杜玉菲挑了挑眉，“少主，尘无影怎么说也是你的好友，竟这样吝啬，让你与其他人同住一个园子，都舍不得为你单独安排一座院落。”

圣忆风缓缓从杜玉菲手中移开身子，揉揉涨痛的太阳穴，挥了挥手，“你下去吧。”

杜玉菲撇唇，微微福身，“是。”

纤瘦的身子才转过拐角，就被一道强有力的身躯撞到，“哎呀，看着点儿！”

妖媚的眸子哀怨地瞅着眼前高出自己一头的人，“大晚上的，你到处转悠什么呀！”

撞到杜玉菲的人正是曾经因渎职而自断了小指的颜琦。

“抱歉。”颜琦垂眸看着杜玉菲，很快又移开，道歉过后便抬步离开。

杜玉菲咬着唇角蓦地回身，“你给我站住！”

颜琦停住脚步，却不回应，两人间的气氛忽然静寂起来。

杜玉菲终是比不过颜琦的耐心，提着裙角风一样地走过去，站在颜琦面前扬起尖尖的下颌，看着他，“我是哪里得罪你了？你凭什么对我爱理不理！”

“杜姑娘误会了，并没有。”

杜玉菲又向前挪了一小步，距离颜琦只有一指的距离，又轻声挑逗地问：“是我没有得罪你，还是你没有对我爱理不理？”

颜琦垂眸望着那双明若星辰的眸子，眼底无波，“姑娘没有得罪颜琦，颜琦也没有对姑娘爱理不理。”

杜玉菲离颜琦已经到了很近的距离，却感觉到颜琦的呼吸并没有自己预料中的急促，平稳的呼吸就好像在对一桩木头说话。

她咬着牙恨恨地退开，“如果没有，那么麻烦您不要再坏我好事，不要有事没事就出现在我眼前！”

颜琦顿了一瞬，退开一步，又越过杜玉菲，“是。”

忆风舞，情一诺

YIFENGWU QINGYINUO

猫音 著

下册

青岛出版社
QINGDAO PUBLISHING HOUSE

图书在版编目（CIP）数据

忆风舞，情一诺 / 猫音著. -- 青岛 : 青岛出版社，2018.6
ISBN 978-7-5552-6642-6
Ⅰ. ①忆… Ⅱ. ①猫… Ⅲ. ①长篇小说－中国－当代
Ⅳ. ①I247.5

中国版本图书馆CIP数据核字(2018)第012602号

书　　名　忆风舞，情一诺
著　　者　猫音
出版发行　青岛出版社
社　　址　青岛市海尔路182号（266061）
本社网址　http://www.qdpub.com
邮购电话　010-85787680-8015　13335059110
　　　　　0532-85814750（传真）　0532-68068026
责任编辑　郭林祥
责任校对　耿道川
特约编辑　戚兆磊　伊艳蝶　袁　贞
装帧设计　苏　涛
印　　刷　三河市南阳印刷有限公司
出版日期　2018年6月第1版　2018年6月第1次印刷
开　　本　16开（700mm×980mm）
印　　张　36
字　　数　463千字
书　　号　ISBN 978-7-5552-6642-6
定　　价　99.80元（全二册）

编校印装质量、盗版监督服务电话　4006532017　0532-68068638
建议陈列类别：畅销·古代言情

第二十一章
温柔的陷阱

窗外叽叽喳喳的鸟声将床上的人儿闹得睁开了眼。绝舞睁开眼，透过帐幔看到外面已大亮的天色，伸了几个懒腰便裹着衣服下了床。

昨日她到屋里后又匆匆出了门，只是看到摆设一如从前，今日在这大亮的天里仔细瞧过一遍，才发现屋里虽然摆设未变，却比曾经美了很多——绣帐如霞，软榻也很是精致。

穿戴整齐推开门，还未踏出房门，她便蓦地僵在原处。

杜玉菲尾随圣忆风从斜对面的房间里缓缓走了出来。他的视线从绝舞身上一掠而过，杜玉菲在他身后柔柔地拽住他的袖口。他回身，杜玉菲抬手抚平他微皱的领口，他伸手拍拍她的脸颊，拉起杜玉菲的手向园子外走去。

她站在原地许久，自认已调整好情绪后，这才回身关上门走了出去。

独孤翊诧异地看着绝舞，“你要与我联手？”

“是的。”绝舞回视独孤翊，眼神没有闪躲，“他这样的人不配当太子，更不配当一国之君。”

独孤翊笑着揉揉她的脑袋，“我明白你是在为绝姒抱不平。你的事，就是我的事，说什么联手不联手？你既然想扳倒他，我自然与你一条战线。”

绝舞看似感激地走过去依偎在他怀里，“这些年我算是看清了很多事情，到头来，只有你与姐姐是真心待我的。”

独孤翊有些受宠若惊，抬手抱住她，“你明白就好。”

他与司空霄见过面之后，一直在想：若是司空霄与圣忆风联手，那么他的性命定是岌岌可危。他本想着若是能拉拢舞儿心甘情愿与他一条战线，那么圣忆风肯定会有顾忌，没想到得来全不费工夫。

“嗯！”

“要扳倒司空霄，眼下正好有个机会。”

她从他怀里抬起脑袋，眨巴眨巴眼睛，“什么机会？”

“他今夜会在江上会见欧鸿雁，这就是绝佳的机会。一旦被我们捉到现行，就是玉皇大帝也保不了他！”

绝舞愕然道：“这个欧鸿雁是什么人物？”

独孤翊笑着看了她一眼，走到窗前，慢慢道：“这个欧鸿雁既不是朝廷命官，也不是江湖上能叫得出名号的人物，但他却是近五十年来唯一一个造反过后还能活着的人。五年前，欧鸿雁不知从哪里集结了百来号人谋反，计划缜密，步步为营，最后刺客甚至已经到了皇帝寝宫……”

绝舞急忙问：“那后来呢？”

“谁料，皇帝那晚身子不适，传了自己最好的神医朋友来。那位朋友一踏入皇帝寝宫便闻到寝宫内香炉的香味有异，急忙点了皇帝的穴道，自己也很快采取措施避开毒气，这才救了皇帝一命。”

“那位给香炉放毒香的刺客自然没能逃出来。只不过，自那以后，欧鸿雁这个人也销声匿迹了。最近，有传言说欧鸿雁又在离都附近出现。我也得到消息，今夜司空霄极有可能会在江面的一艘船里秘密会见欧鸿雁。”

绝舞舒展开眉头，拍手叫好，“如果我们抓到他与欧鸿雁密谋，那么皇帝也不会饶了他！可是，有人见过欧鸿雁吗？万一到时候我们抓到了人，司空霄打死也不承认那人就是欧鸿雁呢？”

独孤翊神秘一笑，“当年见过欧鸿雁的可不仅仅是太子一人。”

“你也见过？”

“我见过。这证据自然不算什么，皇帝也有可能会怀疑我为夺太子之位故意陷害司空霄。但最最重要的是，皇帝本人曾经见过欧鸿雁。”

语毕，独孤翊顿了顿，有些为难地看着绝舞，“只是……”

“只是什么？”绝舞好奇地望着独孤翊，想起那晚听到的独孤翊和司空霄的对话，心下大概也猜出了独孤翊想要说什么。

独孤翊似乎难以启齿，在绝舞的不断追问下，这才道：“司空霄看到日教大不如前，已经放弃了拉拢日教，如今、如今找上了……迦隐。”

绝舞转过身去，背对独孤翊，沉默地倒了一杯茶，“司空霄曾经不是还陷害过他吗？”

独孤翊知道绝舞说的“他”自然是圣忆风。如今她既不叫他“师父”，也不愿提及那个人的名字，独孤翊心中有些窃喜。

“这世上哪有永远的敌人和永远的朋友？只要有利用价值，敌人一样可以成为朋友。”

绝舞回眸，微偏螓首，乌黑的眸子直直望进独孤翊眼底，“你是怕我到时候因为他在场而乱了立场？”

“毕竟，你曾经与他生活过十年，叫了他十年的师父。”

她紧紧抿着唇，生气地转过头去，厉声道：“你别忘了，也是他害得我家破人亡！”

绝舞满含恨意的眼神与声音让独孤翊微微一震。他疾步走过来，扳过她的肩膀，看到她因发怒而涨红的脸颊，自责道：“是我不好，是我不好，我不该提这个，别生气了。”

她生气不看他。

他搂着她轻轻拍哄起来，“我以后不提了，别生气了啊……那你今晚，与我一起去吗？”独孤翊没办法，只能转移她的注意力。

她吸吸鼻子，“嗯！”

独孤翊又哄了半天，说了几个笑话，她这才抿着唇笑出来，“你怎么这么逗呢！”

“那还生气吗？”

“不气了。”她摇摇头，又问他：“你住客栈还习惯吗？要不，一会儿跟我回尘家庄吧，我让无影大哥给你安置间房。”

“不了，反正过两日我们就离开了。”

她拉住他的大手，晃了晃，抬眸可怜巴巴地望着他，“我们再留几日好不好？好不容易来一次，离都有很多好玩的地方，还有很多好吃的，下次再来不知道是什么时候了。”

独孤翊定定地望着她娇憨的模样，有些失神。

她从未在他面前这样撒过娇，他竟不知她撒起娇来这般让人无法抗拒，心底不能控制地想要满足她所有的要求。他想，如果她这般要求他不再与圣忆风作对，他恐怕都能答应她，当然，前提是她像现在这样留在他身边。

“好吧，就答应……”

独孤翊的话刚说到一半，突然之间，砰、砰、砰几声巨响响起，紧接着，轰隆隆的声响四处炸开，脚下楼宇震动，天摇地晃，一连串的哭喊声和呛鼻的烟灰漫天袭来，沙石飞扬。

“舞儿！”脚下一阵晃动，独孤翊急忙抱起舞儿，点足借力而起，迅速地在二楼倒塌之前飞身到客栈正中央的园子里。四周围绕的客栈房屋顷刻间毁于一旦，女人、小孩的尖叫声，客人们四处逃窜的声音不绝于耳，原本热闹非凡的客栈眨眼之间变得一片狼藉与紊乱。

绝舞震惊地看着眼前逃窜、飞奔的客人们，有些回不过神，刚才还在二层有说有笑，转眼间客栈就成了废墟。

她拽着衣角，有些迟缓地环视四周。忽然，一道身影从眼前疾速闪过，她还未思考，脚步已跟着追了出去。

“舞儿！”

她顾不上身后独孤翊不舍的声音，只是想确认刚刚看到的人究竟是不是她曾经见过的那个人。

尽管尽了最大的努力，她还是将人跟丢在街角。

“舞儿！”独孤翊追上来拽住她，“你跑什么？”

绝舞蹙眉望着人头攒动的人群，“没什么。”

“你刚刚看到了什么？”

绝舞垂眸望着地面，却不经意间看到地上的一枚指环。她捡起来端详半天，确定自己一定见过这枚指环。

独孤翊从绝舞手中拿过那银色的指环，看到指环内侧雕刻的字迹，蹙眉道：“这是迦隐的东西。”

这么说来，自己见过指环也不足为奇了。绝舞夺回指环，淡淡道：“可能是我看错人了。”

独孤翊见她神情无异地离开，犹豫片刻，还是叫住了几步之外的她，“你没有看错人，这个指环迦隐内只有圣忆风的影子护卫颜琦有。以前圣忆风常常在外，很少停留在迦隐，所以迦隐内部一直有着‘见此指环如见少主本人’的规矩。”

见绝舞止住了脚步，独孤翊继续道：“你就不觉得颜琦出现在客栈很奇怪吗？”

“你想说什么？”

“眼下，迦隐的眼中钉除了严曦就是我，严曦人不在离都，那么他们只有可能是来找我。”

绝舞讽刺地扯起唇角，回过身望着独孤翊时，却睁大了眸子，一脸不敢相信的表情，“你是说，迦隐故意派人想要杀掉你？”

独孤翊不答，后又冷冷道：“我只是没想到，圣忆风竟然罔顾客栈那么多人的性命，只为不动声色地除掉我。更可恶的是，他今早明明看到你与我一起出尘家庄的，他是知道你与我在一起的，竟也不顾你……”

绝舞握紧手中指环，走过去握紧独孤翊的手，脸色宛如寒霜，“没关系，我不怕。我们一起，总有一天会除掉他的。”

除掉圣忆风这样的话从绝舞的口中说出，独孤翊不能说不震撼，毕竟，她曾经那样深地爱过圣忆风，并且在几日前的武林大会上还在圣忆风面前失态。

这一刻，他只觉得，女人一旦恨起来，还真是有毁天灭地之势。

司空霄方踏进船舱，还未来得及与欧鸿雁客套，就听到翅膀扑闪的声音，紧接着，一封飞鸽传书落在他手里。他展开信笺，原本意气风发的脸上顿时蒙上一层复杂。

还是……走漏了风声。

是继续留在这里等待一战，还是离开？

司空霄转首望着窗外，在月光的照射下，能隐约看到波光粼粼的江面，以及很远处灯火通明的江边。

“走漏了风声？”欧鸿雁看着司空霄的表情便知道定是有问题。

“来人！”司空霄陡然转身朝甲板上喝道。

甲板上的阿离听到声音赶来的时候，一眼就看到船舱内两人脸上凝重的神色，“主子。”

“江上可有什么动静？”

阿离不解，“并没有。周边的船属下近几日都仔细观察过，都是一些经常泊在江面的船，今晚并没有行踪诡异的人出现。”

司空霄将刚收到的字条递给阿离，神情严肃地道：“这是你办的好事！我说过今晚必须万无一失，消息是怎么走漏的？！”

阿离看过之后显然也很震惊，立即道：“此次是属下办事不力，事后愿负全责。但是现在劝主子还是先离开，再晚，恐怕就来不及了。”

欧鸿雁突然嗤笑一声，“你家主子可是当今太子，还怕其他人不成？更何况，这周边都是我的人，谅谁胆子再大也不敢闯进来。”

阿离却不理会欧鸿雁，低垂着眸子对司空霄道：“主子若信得过属下，请立即离开，此处不宜久留。若是被独孤翊抓到把柄，就很难翻身了。”

司空霄明白阿离所指，便不再多言，回身对欧鸿雁道：“下次见面我让人再通知你。”

欧鸿雁却突然挡在门前，“太子也知道，我们见一面并不容易，否则也不会拖这么久。今天你若是就这样走了，谁知道下次见面是什么时候？不如……”

欧鸿雁话还未说完，轰隆一声巨响响彻云霄，船外水柱喷涌，脚下的船舱像是经受着大风大浪般，猛烈地晃动起来。

待舱内三人飞离出去站在最近的一只船上环视四周时，才发现四周的船已面目全非，一片狼藉。

司空霄与阿离对视一眼，正欲离开，却听到远处一道声音传了过来，“太子殿下，这大晚上的与曾经的反贼窝在这船舱里，是在看星星、看月亮吗？”

然后是一道笑得咯咯开怀的女声传来，“从没见过太子殿下，这初次见面就这样狼狈，真是不好意思咧。”

司空霄望去，发现对面那艘船的甲板上有两道身影，周围逐渐响起了打斗声。他没料到独孤翊还带了这么多人手来。

欧鸿雁看情势不妙，转身就要逃走，却在转身的瞬间被早在他身后不远处的鱼辰擒住。

这场戏绝舞正看得高兴，却见司空霄的唇角忽然浮出一抹诡异的笑。她顺着他的视线望去，便看见一艘巨大的乌木船缓缓而来，船身沉稳地划开江水，浪花撞得江面哗哗作响。

那艘船的船舱里，熟悉的身影迎风而立，肩后的长发及衣袂在风中飘飞。距离这样远，她还是能闻到他周身散发出的淡淡馨香。

司空霄冷冷一笑，“想要送命，还是立即离开？你们自己选择。”

见绝舞站在原地出神，独孤翊拉住她的手，俯身在她耳边道：“你去对付圣忆风，司空霄我来，他的功力我领教过，不过是三脚猫的功夫。待解决了司空霄，我去帮你。”

独孤翊转过绝舞的肩膀，将一颗丸状物塞进她手里，“你只需拖住圣忆风便行，不要硬碰，最后实在无法拖住就将这个砸在甲板上，趁机离开。明白吗？”

绝舞垂眸看着手中圆圆的丸子，点点头。独孤翊说得有道理，今晚他们的目的只是抓到司空霄与欧鸿雁，至于师父……不过，这对于她来说也算是个能与他说说话的机会。

脑袋里有些混乱，待反应过来时，她发觉自己已经站在了圣忆风的面前。

她根本没有想到要说些什么才能拖住他，当高轩叶的声音灌入耳中的时候，她才恍然发觉自己已身处船舱内近半盏茶的时间。

高轩叶笑道：“绝舞姑娘，你不是有话说吗？”

“我……”她有些惊慌地朝软榻上的人望去，只见他灿如黑玉的眼流光隐隐，清冷而深邃，就那么定定地望着她。

忽而，他笑了，单手撑着下颌，斜倚在软榻上，“她不过是想要拖住我而已，哪里有什么话说。”

师父知道？

那他为什么静静地坐在这里，罔顾船外发生的事？

“为什么帮司空霄？”

“那应该帮谁？你未来的夫君？”

她瞬间惨白了脸，“他不是……”

“呵，不是吗？那晚我听到你答应了。”

师父果然听到了……

“不是那个样子的，我是为了……”

“我不在乎你是为了什么。”他悠悠站起身，长长的紫袍拂过船舱内柔软的地毯，“只要你不再出现在我面前便好。我说过，再见面恐怕就是敌人了。你真是一而再、再而三地考验我的耐性。”

他在她身旁停住脚步，俯身，勾起她圆润的下颌，望进她的眼里，“对待叛徒，我从来不手软。看在十年的情谊上，今天是最后一次给你机会。如果还有下次，不要怪我狠心。”

她蓦地瘫软在地上，低低呢喃：“不是这样子的……”

“轩叶，送人！”

就是这样？她不想走，她想在他身边多留一些时间，无论是以什么样的理由。

她抹去眼角的泪水，撑着身子站起来，“司空霄不适合当太子，更不适合做一国之君。听说迦隐一直都是支持八皇子的，为什么要帮司空霄？”

她期待的声音没有响起，她看着他走出船舱却无力挽留。

反是高轩叶在她身后笑道：“少主并没有帮司空霄，否则方才也不会任姑娘用这样蹩脚的理由留在船舱里。”

“那今晚师父为什么来？”

也许绝舞并未发觉自己方才说了“师父”二字，但高轩叶却清清楚楚地听到了。他眼底闪过一抹笑意，“姑娘只要知道不是为了司空霄便好。天色已晚，在下送姑娘上岸吧。”

她回眸看看舱门，不见任何人影，失望地点点头，“嗯。”

不出绝舞所料，皇帝得知此事后失望至极，并最终在各位大臣的建议下以谋反之罪将司空霄打入大牢。司空霄算是彻底垮台，这终是了了她一桩心事。

独孤翊大概是怕绝姒在蜀地听到风声一个人难过也无人诉苦，便将绝姒接到了离都，陪绝舞住在尘家庄。

绝姒到尘家庄已近一天的时间，吃不下，也喝不下。绝舞没有办法，便去厨房让厨子做了绝姒最爱吃的淡粥。

端着餐盘迈入园子的时候，曾经熟悉的画面顿时浮现在眼前——三年前，刚离开师父的时候，她也是闷在屋里，既不吃，也不喝。姐姐天天亲自下厨做她爱吃的东西，再亲手端进屋里，有时会与她聊上几句，有时就只是单纯地坐在屋里陪着她，两人都不做声。

"姐姐。"她叫了一声，脚步在门前停住。

绝姒侧身坐在窗前，烛光从她的一侧照过去，美丽的面庞显得尤为妩媚，睫毛长而卷翘。她低垂着眉眼，整个人文静得像是一朵无声绽放的花朵，却又在眼角眉梢渲染了几分哀色，并不深，淡淡的，恰到好处。

她抿了抿唇，勾起一抹笑，走了进去，"姐姐，尝尝这碗粥，可是我亲手熬的。我不轻易下厨的，你可得卖给我个面子。"

绝姒知道她是想让自己吃些东西，这丫头哪里会熬什么粥？她也不拆穿，拉着她一起坐下，"我吃些就是了。"

银匙在碗里细细搅动，两人又静默了好长一段时间。夜色渐浓，风吹开了一扇窗子，夜晚的凉气随风卷了进来，桌面上的一张纸飘到地上。

绝舞伸手关上窗，又起身去捡飘落在地上的纸，那白纸上的黑字让绝舞红了眼——

梳洗罢，独倚望江楼。

过尽千帆皆不是，斜晖脉脉水悠悠。

肠断白蘋洲。

"你，还等着他回心转意？"绝舞心底不是不惊讶的。她以为姐姐早就放下了，如今心情不好也只是因为还留有一些情感，毕竟人非草木，孰能无情？可万万没想到，姐姐心里还一直期盼着司空霄能回心转意。

绝姒急忙走过去抢过绝舞手里的纸，将桌上的几页纸也一同揉起来扔在了地上，"没有！"

绝姒的反驳让绝舞更加痛心，呼吸都因这两个字紧了起来，仿佛有只无形的手抓住了她的心脏。只是三年她都已熬不住，姐姐究竟是怀着怎么样的心情才能熬至今日？

她走过去搂住绝姒的手臂，将脑袋枕在她的肩膀上，"姐姐……你怪我吗？是我让独孤翊与我一起扳倒太子的，我受不了他那样对你、那样利用你！他不值得你这样牺牲！"如果他对你有哪怕一丝的感情，就不会让人给你下毒！

“我不怪你，怎么会怪你呢……而且就算你没有求翊哥哥，他最终也要扳倒太子的，我一直都知道。”绝姒的声音淡淡的，与她眼角的哀色一样。

在听到司空霄被打入大牢时，绝姒震惊地发现自己心底其实还是念着他的，被绝舞这样问，她眼底有迷茫之色一闪而过，“我应该是高兴的，可却高兴不起来。”

绝舞的目光落到床上的软枕头上，她伸手将枕头抱过来放在怀里，低声道：“我明白的。”

理智告诉自己应该去恨这个人并且忘了他，情感上却无法控制，这个人会不断地钻进脑海、心脏，无时无刻不搅进自己的生活，然后自己便会感到纠结、挣扎与彷徨，越是挣扎，越是想念，越是想念，便越是忘不掉。

她太明白这个过程中的痛苦。

只是，司空霄不是个值得姐姐为之付出的人啊。

看到绝姒这样失神的模样，绝舞已经不太确定自己是否要告诉绝姒独孤翊的真面目，既然太子已经扳倒，她也无需利用独孤翊，无需演戏了。

“听翊哥哥说，你答应成亲了？”绝姒转移话题，在谈及此事时，脸上终于浮现出笑意，“我本怕你心里有结，埋怨翊哥哥当时诬陷你师父，但其实想想，他也是为你好，不是吗？毕竟，你与你师父是不能在一起的。”

绝舞沉默起来，不知道再告诉姐姐独孤翊的事情会不会雪上加霜，姐姐一直是将独孤翊当作亲哥哥的。

“怎么了？”绝姒见绝舞不说话，脸色凝重，转而问，“你不会是反悔了？”

绝舞摇摇头，“我没有反悔。我从来就没有想过要嫁给他。”

绝姒浑身一震，蓦地站了起来，“你说什么？”

绝舞也跟着起身，看看绝姒，走过去将门窗都关了起来，确定园子里无人后，这才慢慢道：“你这些年这么敬重独孤翊，你知道他都做过什么？当年，焰门大火的背后主谋不仅仅是日教，那个我们一直以为是靠山的日教，独孤翊曾经告诉我是太子，但其实并不是。当年真正与日教联手、出力最大的是独孤翊的义父，也就是救你的那个人。”

绝姒的脸色霎时间惨白，她跌坐在床边，“你……是说，那些年我一直叫爹的人，其实是害我们家破人亡的凶手……”

“是。”

“至于独孤翊，他一直都知道这件事，打着帮我们寻找凶手的旗号，却不断地在替国师掩护，仅仅为了那根本就不属于他的名誉！”

“他在明知日教是我们一直寻找的仇人的情况下，还与日教联手。三年前，太子派人捉拿师父、杜玉菲嫁祸杀人罪给师父，这些都是日教、太子与独孤翊联手做的，甚至那晚的刺客都是独孤翊的苦肉计！”

“姐姐，听过这些，你还敬他？！无论是司空霄，还是日教，都是我们的敌人，他却一而再、再而三地与他们联手。三年前，他故意陷害师父。”绝舞冷冷一笑，“你说他是为我好！可你想想，一个正常的没有任何目的和诡计的人，怎么能做出这么缺德的事？！”

见绝姒露出非常悔恨的表情，绝舞走过去拉起她的手，“姐姐，我们要除掉的不只是日教，还有司空霄和独孤翊！”

“可司空霄已经被打入大牢了。”

绝舞盯着绝姒的眼睛，“我的意思是，血、债、血、偿。”

两人在屋内沉默许久。

“我、明白。”绝姒微微顿了一下，神情有些苦涩，“焰门几百条人命的仇、杀父杀母之仇是一定要报的。至于司空霄，无论你要怎么做，我都不会怨你。”

“那就好。”她等的就是这句话，因为要除掉司空霄，她不想硬碰硬，如果姐姐最终能接受，那么由姐姐出面是最好的。

绝姒觉得闷得慌，拉着绝舞站起身，“在屋里闷了一天，陪我去转转吧。”

“好。”

两人推开门，万万没想到独孤翊就站在门外，脸色铁青。

绝舞先是一怔，随后反倒觉得轻松，她正头疼要怎么去与独孤翊对峙，让他听到也好，省了她一番口舌。

倒是绝姒有些不自在，突然知道这样的事情一时间竟不知该如何面对独孤翊，只是眼神很复杂地看着他。

独孤翊皱着眉，并没有像她们预料的大怒，只是脸色很难看，“所以说，你从未想过要与我成亲？”

“没有。”绝舞回答得干脆。

绝姒看着独孤翊的表情，有些害怕地扯住绝舞的衣袖，低声道：“少说些。”此刻，绝姒还真怕独孤翊做出些什么来。

“我全心全意相信你，你竟然摆我一道。”独孤翊又开了口，声音略微有些低沉，腰间的剑在此刻看起来竟有种肃杀的剑气。

绝舞镇定地问：“你想杀我？”

独孤翊忽然大声笑起来，“绝舞，我在你眼里仅仅是这样的人？！我虽然做了不少欺骗你的事，可我从未想过伤害你！”

这句倒是实话。绝姒看着独孤翊，心底也有些难过。虽然独孤翊隐瞒了很多事，这些年却是真心将她当作妹妹，或许他是为了替国师赎罪，一直尽心尽力地照顾她。若要说起独孤翊，其实也并非那样罪无可恕，没有功劳，还是有苦劳的。再说，当年害他们的又不是独孤翊。国师是独孤翊的义父，他作为晚辈去维护长辈的名誉又何尝不是情理之中的事？

短短的几句对话使绝姒心里千回百转，已没有了方才在屋内的愤怒。

“舞儿，我们冷静下来谈谈吧。”绝姒无论怎么想，都觉得不应该这样仇视独孤翊，更没有严重到像舞儿方才说的那样要他血债血偿，“你可以不嫁给翊哥哥，但没必要这样仇视他。”

绝姒的话让独孤翊周身的凌厉之气骤然消失，他看着绝舞，“你们先静静心，我稍后找你。”

独孤翊离开了，绝舞也没有陪着绝姒去散步，只是深深地看了绝姒一眼便离开了。

“你确定能与舞儿好好沟通吗？”绝姒的眉间隐着担忧，听独孤翊要再次去找舞儿，她有点担心，毕竟这七天里，独孤翊已经找了舞儿数次，哪次不是被骂得狗血淋头？虽然他们已经回到蜀地，舞儿也答应她暂时留在城主府，但并不代表舞儿愿意妥协。

“你在担心我？”独孤翊的眸光落在绝姒的眉尖，哂笑道，“不用担心。舞儿她也只是在气头上，她还能杀了我不成？你何时见过她随意杀人？对于之前的事，我真的很抱歉，谢谢你能体谅。毕竟，义父对我有养育之恩，我必须要保全他的清誉……”

砰！

一股强大的气劲将门撞开。

绝舞立于门前，双眸冷冷地朝屋内一扫，朝独孤翊走去，“三年前我从师父手里救你一命，算是还了你替我受的那一剑，你我本就不再相欠。看在你那十年里对姐姐十分照顾的分上，我也不再计较你的欺骗与伪善。我今天就是来郑重告诉你，从今往后，我们再没有任何瓜葛。”

“舞儿！”绝姒想起她说过要去找圣忆风，此刻她又这样摊牌，分明就是要离开，心头一急，早已忘了自己和她的冷战，“你冷静下来想想！”

“我很冷静。”绝舞瞪着独孤翊，眼睛亮晶晶的，“你当初为了让我放弃回到师父身边，故意找人冒名顶替、诬陷师父，让我恨了师父三年！三年后，你又到处肆意宣布你我的婚事，如今让师父这般恨我。”

她深深吸了一口气，“你听好，独孤翊，纵使师父恨我入骨，我心里也永远只有他一人，永远不会有你的位置，永远不会！”

独孤翊猛然站起，蓝眸汹涌深邃，克制住想掐住眼前的小女人脖子的冲动，“你想回到他身边？！你别忘了，当初焰门的内应是叶双涵，叶双涵如今跟尘无影可是如胶似漆。你怎么去面对你的无影大哥？怎么去面对作为无影至交的他？更何况，你是《凤凰舞》的传人，他是《玉骨玲珑》的传人，你们是注定不能在一起的！”

绝舞猛地将目光射向独孤翊，毫不隐藏讽刺之意，“我并不求那么多，我只是想陪在师父身边。你想太多了。”

独孤翊冰蓝的眸露出一道幽暗的光，“你若回到圣忆风身边，我会请旨带兵围剿迦隐。随便找一个罪名，还是比较容易的事。”

绝舞嗤笑，“迦隐岂是你想进就进得去的？”

她当初为了给杜玉菲绘制北城迦隐的迷阵图，曾经使计让冷沉香带着她走过一次那四个迷阵。四个迷阵其实只有一条路通往外面，而这条路须用轻功围绕周围四个阵按照规律踏出七七四十九步才可出去，若不小心踏错一步或用错力道，都会埋骨于阵中。

“你忘记了你曾替杜玉菲绘制过一张迦隐的地图吗？”

“那是北城，并非清山。”

独孤翊哈哈大笑起来，“你可真是单纯至极。北城和清山的四个阵，是完全一样的。”

绝舞心中大惊，却不动声色，“杜玉菲如今对师父死心塌地，你怎会得到那张地图？”

“很不幸，三年前与杜玉菲站在同一战线的人不是你师父，而是我。”独孤翊双手环胸，阴沉地望着她，“我手里有迦隐的布阵图和进出路线，只要圣忆风不毁阵，无论他这四个阵如何变化，我都能找到进出的路。”

绝舞还未开口，他又道：“这四个阵，幻影八卦、冷香烟欲、五行花树、鸳鸯迷梦，是百年前的迦隐的门主所布，其中机关无数，要破，很难，要毁，更难。我想，就算圣忆风本事再大，在短时间内也无法毁掉这四个阵。他若毁了，对我来说更是方便；不毁，我一样能进，只是要大费周章罢了。”

绝舞的脸色越来越差，“独孤翊，我没想到你竟是个小人！”

独孤翊凝视她气愤的小脸，她怒瞪着他的模样煞是可爱，他喜欢她生气的模样，“正人君子？若能得到你，即使名誉尽毁、前途断送，我都无怨。”

“你！”独孤翊这三年来变得越来越可怕，越来越让她琢磨不透！原来，这才是他的真面目！

简直就是地狱魔王！

绝舞气急，立刻抄起桌上的景泰蓝器皿往墙上掷，哐啷的声响在室内响起，器皿撞上墙壁，碎了一地。

独孤翊见怪不怪，无所谓地挑挑眉，在桌子前坐下，“屋里还有，你可以继续摔，我还供得起。”

环顾屋内，她发觉绝姒不知何时已经退出去，怒气又燃了上来，姐姐总是向着独孤翊，却不顾她这个妹妹的感受！哐啷，桌上的所有器具让她一股脑拂到地上。独孤翊依旧安然地坐在那里。

她抽出腰间的凤玥剑，弯弯的剑身瞬间被她抛出手，飞速旋转着朝独孤翊刺去。哧啦——布料破碎的声音刺耳地响起。剑旋飞回手中，她挑衅地望着独孤翊。

这一剑终于惹怒了独孤翊，她竟然连剑都敢抛出来！

健壮的身躯瞬间压下。倏地，鸷猛的吻烙下来，封住她的怒气，带着震天动地的霸气，掠夺她的呼吸。

她猛烈地在他怀中挣扎，然他的怀抱像牢笼一样紧紧锁着她，再挣扎也只是徒劳。她狠狠地咬住他的唇。嘴里尝到血腥味，他不但没有放开她，反倒变本加厉地掠夺。

蓦地，肩头传来刺骨的疼痛，他一顿，却没有放开她。

她瞪着他，手下用力，剑又进了一寸，她能感觉到滚烫的血正从他的肩头汩汩流出，浸湿了她的手。她的手开始颤抖，而他却疯狂如初。

对于独孤翊，她第一次从心底感到恐惧。

她不再挣扎，而他也逐渐缓慢下来，放开了她。他的肩头还插着那柄剑，血流不止。

跳跃着火焰的蓝眸凝着她。他拔出肩头的剑，血瞬间涌出。他轻轻舔去唇角的血，脸上挂着邪魅的笑，“撒娇的你，我喜欢；耍脾气的你，我更喜欢。”

“住口，你给我住口！”她激烈反驳，退后数步，抵住墙，才勉强稳住自己发颤的身躯。

他上前，将她圈在一个狭小的空间内，手指拂过她因恐惧而轻颤的面颊，“不要离开我，否则你会看到尸横遍野的场面……”

绝舞看着他，不禁打了个冷战。

“微臣认为，太子之事还须再商议，这……”

“微臣也这样认为。”

“微臣也……”

沉稳的声音响起，不怒自威，“好了，你们先下去，立太子的事以后再说。”

“是。”

“独孤翊，你留下。”

“是。”

待几名大臣都已离去，年迈的皇帝轻叹一声：“坐。”

“是。”独孤翊恭敬地坐于一旁的木椅上，始终垂着头。

皇帝缓缓起身朝独孤翊走去，在他身旁的椅子上坐下，“孩子，朕对不起你。你从小不在宫中长大，长大后，朕也不曾关心过你，你受苦了。”

独孤翊眸光微闪，“臣不觉得苦。”

“孩子，还在怪父皇？”皇帝拉起独孤翊的手，那双手已经苍老得满布皱纹，他们现在仿佛只是普通人家里拉家常的一对父子。

“臣不敢。”

“唉——”皇帝轻轻地松开独孤翊的手，起身走开，“怨吧，你该怨的。朕不但没有尽到一个做父亲的责任，还让你在三年前差一点因受人陷害而毁掉前程。朕当年不该怀疑你啊。”

独孤翊看着皇帝苍老的背影，“皇上当年对臣很宽容。”

老皇帝摇摇头，“若是霄儿也能如你这般让我省心就好了。”

“另立太子之事，还请皇上深思，毕竟，此事非同小可，若处理不当会引来朝廷动荡。”独孤翊敛眸，隐去眼底的眸光，“王丞相是太子身边的人，若真废了太子，必然会引起轩然大波。”自己想得果然没错，皇帝不会轻易地真正罢黜太子，他将太子打入大牢不过是掩人耳目，怕落人口舌而已。

皇帝回首，看向垂着头的独孤翊，眼底闪过精明的光，“朕想立八皇子。”

“请皇上深思。”

“你似乎非常偏袒霄儿。”

“臣是为龙月国着想。”

“霄儿冲动好强，不是合适人选。”皇帝不松口，一句句逼问。

“八皇子虽聪颖过人，但还欠磨炼，且在朝中并无多少拥护之人，若立为太子，王丞相必会召集人马引起混乱，只会令八皇子陷入困境。”

皇帝审视着独孤翊，过了半晌，“哈哈，好！就依你言，再过些时日，朕便恢复霄儿的太子之位。”

“皇上英明。”

第二十二章
盼有相见日

月上树梢。

幽香萦绕在屋内，袅袅不绝，屋外的清风吹进屋，将纱帐吹得轻轻飘荡起来。

绝舞将被子盖过鼻尖，只露出一双大大的水瞳，睁着眼，在黑暗中眨巴眨巴。

她竖起耳朵，确定屋外的人已经离去，听远远的打更声，已是二更天。

独孤翊走了？

她轻手轻脚地揭开被子，穿着整齐的衣服，根本没有要睡觉的样子。

眨眼的工夫，一抹绯色身影出现在屋外的回廊上。门没开，窗没动，人却完好地立在外面。连舞园都没出，她就看到园口处月光下的两抹身影，其中一人看身形就知是独孤翊，而另一人，她也无比熟悉，是姐姐。

“皇上说他不立八皇子？”轻柔的声音清晰地传入舞儿耳中。

“嗯，只要不立八皇子，一切好说。八皇子精明聪颖，一旦被立为太子，跟他作对可比跟司空霄作对难太多了。”

“这说到底最初也是由我引起的，是我让你去争取该争取的东西。如今，我竟有些反悔了……”绝姒颦眉，语气忧郁，“总觉得会有什么事发生……”

独孤翊开口安慰道：“至少你的仇也算报了一半，我们可以把心全部放在这件事上，不用分心。”

“是啊，日教如今已毁，就剩下严曦苟延残喘，这也算报了一半仇了。”绝姒轻叹一声，“只是，叶双涵却轻易动不得。就是舞儿，她也有自己的顾虑。至于太子……舞儿是一定要置他于死地的。”

“你不应该再念着他。”独孤翊冷冷地道，“我们必须赶在他恢复太子之位之前，借八皇子之手除掉他。”

见绝姒沉默不语，独孤翊劝说道：“我知道当年义父做了不该做的事，可他也救了你、养育了你，即便这样，你在心里还是恨他的。那司空霄呢？他才是那个真正最该千刀万剐的人！他不但利用你，还设计毒害你！”

绝舞在远处的树上，用千里闻音将独孤翊和绝姒的对话听得一清二楚。

独孤翊真要夺太子之位？

既然如此，她便不用操心司空霄的命，独孤翊自然会做到万无一失。这段时间，独孤翊去忙太子之事，恐怕不会将她看守得那样严，她只要与姐姐和好，让姐姐放松警惕，出城主府也不是什么难事。

“依老臣看，这件事一定要严查！欧鸿雁被追杀了这么多年，都无人发现其踪迹，太子怎会突然找上了他？！微臣斗胆，这其中一定有诈！或许，是有人陷害太子！”王丞相垂首愤恨道。

一旁的赵离瞅了一眼王丞相，“此事非同小可，太子若真与欧鸿雁勾结，那么皇上性命堪忧啊！”

“皇上……”

“够了，你们两个一人一句，眼里可还有我这个皇上？！”皇帝龙颜大怒，拍案而起。

“皇上恕罪！”

“你们两个赔罪倒是整齐得很！”

两人垂首，心潮暗涌，不服气地瞪了对方一眼。

“先退下。”

“是。”

等王丞相和赵离都退下，龙椅上的皇帝才疲倦地对独孤翊道：“刚才为何不开口？”

“臣以为皇上心中已有答案。”

老皇帝精明的眸光闪了闪，“朕没有。”

“那是臣猜错了。”

“你觉得霄儿当真与欧鸿雁勾结？”

独孤翊沉默不语。

皇帝叹了口气，“朕知道了，你退下吧。”

“是。”

皇帝望着独孤翊走出去的背影，眯起眸，捋捋长长的胡须，“出来吧。”

“哈哈，刚才那个就是皇帝老儿你的私生子独孤翊？”从角落里蹦出来一个眉毛、胡须发白的老人，正是许久未出现的吟依的二叔柳钦。

皇帝似乎对柳钦的无礼习以为常，“两年多前的话，可是真的？查清楚了？”

柳钦摸摸自己花白的眉毛，嘻嘻哈哈地坐到椅上，“怎么，皇帝老儿不相信我？就是你那个好国师拿一把大火把焰门烧了！你以为凭日教也能毁了焰门？嗤！焰门可是跟迦隐一样的大门派，岂是说毁就毁的。”

皇帝不高兴地哼起来，“可是，这与霄儿、独孤翊有何关系？那两个孩子都不是这样的人。”

“你还不信？！”柳钦从椅子上蹦起来，“不说了、不说了！不跟你说了！既然这样，我走了！”

“唉，留步！前辈留步！”唉，他这个当皇帝的为什么对一个老顽童这么低声下气！

“哼！”柳钦停步，鼻子翘上了天。

“唉，是朕不对，是朕不对，您老回来吧。”皇帝无奈地赔礼道歉，“要走也要帮朕解决了霄儿的事再走，还有立太子的事！”

“哎呀呀，我为什么要帮你啊？！”柳钦不开心地蹦到皇帝面前，还无礼地扯了扯皇帝的胡子。

“你！”被人这样冒犯，皇帝终于忍不住了，“大胆！”

“吼什么吼！你爹都没跟我这么吼过呢！”柳钦跳起来，毫不客气地拍了一下皇帝的头，吹胡子瞪眼道。

皇帝底气不足地坐回到龙椅上。先皇怎么会结交了这么一个老顽童呢！气死他了！

“要不，请你那好徒弟帮帮忙？”

“哪个徒弟？忆风可不是我的徒弟，他叫我师叔，并非师父！你三年前可是默许了你的好儿子私下发兵在北城捉拿忆风小子，凭什么现在他要帮你哪！”

皇帝脸红道：“我说了那是个误会！当初朕哪里知道霄儿是去抓谁。”

柳钦挥挥手，不耐烦地打断皇帝，“知道了、知道了，帮你就是了。”

“前辈答应帮忙就好。”

见皇帝态度客气了很多，柳钦一拍胸脯，灌下一口酒，“好说！只要让我有酒喝就好！哈哈！立八皇子！”

皇帝看了柳钦一眼，“那独孤翊呢？”

噗！

一口酒喷出。

“独孤翊？”不成不成，圣忆风那小子会恨死他的。

柳钦的头摇得像个拨浪鼓，“不行、不行！”

皇帝见柳钦愁眉苦脸的模样，“前辈，你这是什么表情？”

柳钦难得正色地看着皇帝，轻叹几声，慢慢道来这些年司空霄和独孤翊做的事，最后竟将皇帝气得晕了过去。

六月的北城，冰冷中透着淡淡暖意，阳光洒在身上，会有暖烘烘的舒适感。

花楼，北城烟花之地最负盛名的地方。歌楼妓馆，把酒风月，闲情别绪，尽在亭台楼阁之中。

花楼深处，轻烟薄雾，白雪纷纷，从一片梅林中传来清晰悦耳的笑声。

“喏，少主不吃，是看不起奴家吗？”美人瞧着面前美得惊心动魄的俊容，芳心酥软。

一双勾魂的凤眸轻微地眯起，只消朝怀中软玉轻轻一瞥，就足以令美人芳心怒放。薄唇微微勾起，将柔荑中晶莹的果子含入口中。

一旁的高轩叶眼观鼻，鼻观心，目不斜视。若是让沉香知道他陪少主来这种地方，沉香恐怕要把他竹阁的屋顶都掀了。

他不想，真的不想。

“少主。”高轩叶沉稳开口，“我们约了贾大人，未时在前楼相会。”

“让他等着好了。”

“是。”他还能说什么？忽然想到了来这里之前得到的消息，他便笑道：“听闻绝舞姑娘逃了婚，已经离开蜀地，也不知此刻是在哪里。这件事在蜀地传得沸沸扬扬，属下看这独孤翊的面子和里子怕是都丢尽了。”

忽地，传来女子的尖叫，“啊——少主！”

“滚。”

高轩叶这才抬眸，见女子慌慌张张地朝梅林外逃去，心下无奈一叹：分明就忘不了，还要逞强。他微微转首，看着椅上的圣忆风。他身披白裘衣，闭着眸，静静地仰首靠在椅子上，淡淡的阳光透过梅树的缝隙洒在他如玉的肌肤上，纤长如扇的睫毛在眼窝处透射出一抹淡淡的阴影。

一切都是如此的静谧和安详，只有紧握的拳泄露出了他此刻的心情。

白色的裘袍卷起，裹住紫色长袍，“走吧，去会会那位贾大人。”

“是。”

圣忆风方掀开纱帘，就闻到一股属于女人身上的脂粉味。看来，这个贾大人还给他准备了一份“厚礼”。自从武林大会上揭下面具以真面目示人之后，武林各派只要有女儿的都迫不及待地想将女儿送到迦隐，甚至连官宦世家也如此，好像一夕之间，所有人都忘了迦隐曾经是他们眼中碰都不敢碰的邪教。

“圣少主。”屋内一身华服的男人看到踏入屋内的圣忆风立马起身迎上前，脸上堆起笑，一双眸直勾勾地在俊逸的脸上流连，“早听闻少主是个神仙般的人物，没想到竟是如此的让人惊艳！”

贾富贵的眼神，让圣忆风一阵恶心。

他轻缓地走过贾富贵身边，长指撩袍，在榻上坐下，随即看了眼桌前的女人，“这个？”

贾富贵沉下脸，对女子道：“去，出去！”而后马上又笑盈盈地走到圣忆风面前，“刚叫来消遣的。”

“哦？”魅惑却又毫无感情的眼眸往贾富贵脸上一睇，“我以为是贾大人送给我的。”

贾富贵立马赔笑，手开始不规矩地朝放在桌上的比女人还美的手探去，“要她做什么？我们还是谈谈计划吧。”

就在贼手即将碰触到细嫩的指时，冷冷的声音响起，“贾大人若想要留着这只手，就请自重。”

“啊！是、是、是。”贾富贵急忙收回失态的手，连连点头。

高轩叶看着圣忆风已接近抽搐的唇角，心下狠狠地笑了一把。若是冷沉香知道，恐怕会笑得前仰后翻。

他不得不承认，这个贾富贵也太大胆了！

“八皇子身边有多少人？”圣忆风直切主题，想趁早解决问题，再和这个男人多处一刻，恐怕今后他的食欲就没了。

“不及太子一半。”贾富贵正了脸色，“听说，前日里独孤翊面见皇帝时，支持的仍是太子。”

“独孤翊当然坚持不废太子，毕竟太子比八皇子好对付很多，不是吗？”圣忆风薄唇微微一扬，眼底流光隐隐。

“少主的意思是……独孤翊要夺太子之位？！”贾富贵立刻惨白了脸。独孤翊虽算是皇子，但多年来对龙月国尽忠职守，不曾动过邪念，为何突然要夺太子之位？

圣忆风修长的指捻起夜光杯，轻轻地晃着杯中剔透的美酒，“贾大人果然聪明。”

“这怎么可能……”他始终不相信独孤翊是这样的人，亏他平日里最敬佩的就是独孤翊。

圣忆风眼中忽然射出一道犀利的光，悠然道：“没什么是不可能的。”英雄难过美人关，为了将最好的东西给他爱的女人，独孤翊便会不惜一切代价。

贾富贵低下头，看到圣忆风手中的那个夜光杯不知何时竟被捏碎，酒水混着血液从他的指缝间静静地蜿蜒流淌，滴落在桌上。

他心里一阵惊悸：看来圣忆风和独孤翊有莫大的仇怨啊！这下他似是能明白从来不过问朝廷之事的圣忆风怎么会无缘无故地帮八皇子了。

圣忆风接过高轩叶递来的帕，慢条斯理地擦拭着手上的酒、血的痕迹，“独孤翊这次必会借八皇子之手除去太子，八皇子可千万不能掉入圈套。”

贾富贵一改最初色坯的模样，严肃异常，“还请少主协助八皇子！”

“这样我有什么好处呢？”清亮的眸直直地望进贾富贵胆战心惊的眼睛。

这圣少主不会是反悔了吧？

圣忆风轻悠悠的声音响起，“我的条件很简单，自始至终都不要碰独孤翊。”

“啊？这……”看刚才的情形，圣忆风是憎恨独孤翊的，为何不让碰他？

“恕小人愚昧，还请少主赐教。不除去独孤翊，八皇子如何没有顾虑地得到太子之位？”

将最后一点血迹擦干，圣忆风抬眸，冲贾富贵淡然一笑，“除，当然要除。只是，由我亲自来。”

他要独孤翊身败名裂，他要让她来求他！

贾富贵因圣忆风这一笑，顿时呆住。太美了！他见过的美女如云，却从来没见过笑得如此美的人。

猛然回神，贾富贵尴尬地大笑，“哈哈哈，好说、好说。这点小要求根本不算要求，八皇子一定会答应的。”

徐徐起身，圣忆风不悦的嗓音触动着贾富贵高度紧张的神经，“不需要他答应，我只是提前打个招呼，让他不要动我的猎物罢了。”

“啊，是、是、是。少主说得是。”贾富贵抬袖抹了把额头上的冷汗。

“这个交给八皇子，让他不要轻举妄动。”圣忆风递出一封信，“你可以走了。”

“是、是。”贾富贵接过信，低头哈腰，一步步地退出纱帘。

圣忆风回身，眸不经意间触到高轩叶的视线，“看什么？”

高轩叶恭敬地低下头，幽黑的眸敛起，覆住眼底的笑意，“没什么，只是觉得少主的魅力似乎又提升了不少。”

“人呢！”独孤翊愤怒的咆哮声在蜀地城主府的上空炸响。

厅里的一群丫鬟、守卫，扑通一声跪下，不住发抖。

“奴婢不知啊。”

“奴才从今早起就没见过绝舞姑娘了。”

大掌霍的一声挥下桌上所有东西，蓝眸因愤怒变得阴暗，“给我找！翻遍整个蜀地也要给我找到！”

“是！”地上的护卫赶紧连滚带爬地朝外奔去，生怕迟了一下就被主子要了命。

“舞儿若存心不想让你找到，就连你我都没法子，何必训斥他们。”绝姒担忧的声音传到每个人耳中。对此刻跪在地上的一干人等来说，这声音简直犹如天籁，让他们感激得痛哭流涕。

独孤翊冷哼，“找不到？我非要将她找回来！”

绝姒淡淡说道：“她定是去北城找圣忆风了。”

独孤翊紧握住桌上的剑，语调更加阴沉，高大的身躯猛地站起来，“圣忆风？！她去找圣忆风？！”

“不要冲动，你就想这样去？那孩子现在脾气执拗得很，我们再想想法子。”

独孤翊坐回椅上，愤怒的眸趋于平静，渐显无力。这三年，他把能做的都做了，她却离他越来越远，到底要他如何，她才会乖乖地留在他身边？

“翊哥哥，听说司空霄中毒了，皇帝正在查此案，案子结了吗？”

独孤翊支开所有下人，低沉地道：“没，皇帝仍旧在查，如今八皇子是太子的头号敌人，太子中毒，所有人想到的都是八皇子，但我们仍要多加小心，松懈不得。只是，这司空霄的身子似乎又慢慢恢复了。”独孤翊甚是不明白地皱着眉，那副毒药药效极强，是他从百毒之王那里以一万两黄金换来的，“百毒之王说这毒药天下只有一人能解，既然如此，司空霄为何病情转好？”

“莫非那人是宫中的御医？”

“不，他说此人并不在朝野之中，所以我才好奇。以司空霄的本事，应该无法结识这种厉害人物。”

绝姒缓缓地摇起手中的扇子，“你是说，有人暗中相助？”

“对，而且看起来是帮司空霄，其实是帮八皇子。”

绝姒捻起一颗梅，放入口中，柔柔一笑，“这正好，让他们互相质疑吧，省了我们的事。”

独孤翊眸中闪过一簇异彩，但愿吧，只是他觉得事情没有这么简单。

在北城的东北方向，靠近江边，有一片菱形的湖。在柔柔的日光下，湖水光亮得如玉人的凝脂肌肤，风将湖面掀起淡淡的一圈圈的涟漪，仿若深宫中闺怨少女的呢哝，淡淡心酸，点点离合泪。

就在这片澄净的湖水之畔，有一座宽敞、恢宏、气派的府邸，沉厚的朱漆门上挂着银色的兽环，左右各有一只盘踞的狮子，正是八皇子的府邸。

“圣少主为何解司空霄的毒？”司空离坐于主座上，此刻的心情极差。

圣忆风垂着眸，注视杯中漂浮的茶叶，看也不看司空离，淡淡开口，“在下只是不喜欢卑鄙的手段而已。”

司空离忍着怒气，大掌重重地拍向桌面，“毒又不是我们所下，这次刚好借机除去司空霄不是正好？！圣少主为何要多此一举呢！”

“毒是独孤翊所下。”

“那又如何？刚好借刀杀人，真想不通圣少主到底……”

持续不断的抱怨被圣忆风淡淡的一瞥憋了回去，他薄唇轻吐，“独孤翊要让他死，我就偏不让他死。”

高轩叶心底叹了一口气，少主说要帮司空离根本就是借口，完全是想和独孤翊作对。

司空离不确定地开口询问：“你和独孤翊有仇？”

衣袖轻挥，倾斜的杯中漂浮着的一片茶叶瞬间射出水面，从司空离耳边呼啸而过。主座上的人吓得半天回不过神。

宛如雕刻般精美的唇冲着司空离淡淡一勾，圣忆风起身离去。

“八皇子逾越了。”高轩叶沉稳地开口，“八皇子切记，不要再问起关于独孤翊的任何事。在下告退。”

厅内愣神的不只是司空离一人，还有一人便是贾富贵。他此刻痴痴地望着圣忆风远去的背影，久久拉不回想要一同跟着离去的思绪。天啊，这天地间竟有如此让人着迷的人。

“擦掉你的口水。”司空离从惊讶中清醒，才转头就看到一旁痴呆的贾富贵。

“啊，是、是。”

“少主，司空霄的病已好。少主接下来打算如何？”

“杀。”

“少主既已让属下救活了他，为何又要除去？”高轩叶垂眸，掩住双眼中促狭的光。

“他要死也应死在我手里，其他人休想动他。”

“是，属下去办。司空霄死后就剩司空离和独孤翊了，少主准备如何？”

见圣忆风没有答，高轩叶便不再问。他看着脚下的路，觉得越来越不对劲，“少主，我们这是要去……花楼？”

"嗯。"

"这，恐怕不妥吧。"

"你现在倒是挺会反驳。"

穿过碧波湖水，走过成片梅林，空中的白云在地上投出影子，若有若无，仿佛一个个难以捉摸的梦。

轻轻的、浅浅的叹息在梅林中荡起。"思悠悠，恨悠悠，恨到何时方始休哪……"

"你刚才说什么？"他抬眸朝高轩叶望了一眼。一股清幽冷冽的花香缭绕鼻端，映入眼帘的是几朵带雪的红梅。

"属下没有说话。"高轩叶沉稳的脸色看不出一丝异样。

娇嫩的花瓣上一些结冰的雪晶莹剔透，凝成细小的球状，熠熠地闪着细碎的光，闪得他有些困倦。圣忆风勾唇，若有若无地笑了，他止步，旋身，"走吧，回去。"

"属下正要劝少主回去。"

"怕沉香找你麻烦？"

"不，怕少主后悔。"

轻轻的声音在高轩叶耳边响起，"我从没后悔过。"

"少主说得是。"死鸭子嘴硬啊。

北城白茫茫的树林中晶莹剔透，散发着淡淡的树、草的气息，清新沁鼻。

远远望去，一片白中有一点红。

绝舞盘腿坐在地上，往嘴里送着东西，身上仍是在蜀地时穿的那一套单薄衣裳，没有添任何保暖衣物。

这片林便是通往迦隐的唯一一条路。她当初只知道出来的路，并不知道进去的路，所以只能坐在这里等了。这一坐就坐了两日，她的嘴唇已经冻得发青，却并不显得焦急。

她要在这里等，等着里面的人接她进去。

十年的感情，纵使师父当初那么恨她，她也不信师父真的将她忘了。

这次前来，她想了很久，无论用什么方法，一定要挽回师父的心！

又过了两天，带来的干粮都已吃光，却依旧不见人影。

她的身体开始发颤，双唇青紫，前两天还能用内力保住体温，但现在连吃的东西都没有，她好累，累得连运气的劲儿都没有了。

可她仍然不放弃，心底的信念是如此的坚定，师父不会让她死在这里的。

这样的信念一直支持着她坚持下去。

终于，意识开始涣散，咚的一声，饥寒交迫的身躯倒了下去。

圣忆风淡淡的眸轻扫过大厅内的人，“没话了？”

一阵骚动后，大厅安静得连针掉在地上的声音都能听到。

“那就退下吧。”

人退去了一半，却还有一半依然留着。

入鬓长眉轻挑，圣忆风轻笑，“四天前，你们就欲言又止，说吧，什么事，我不怪罪就是。”

他身后的四大阁主个个低垂着眸，高台下的众人也依旧垂着眸。听他说“不怪罪”，这才有人迟疑地抬起头，慌忙瞥了他一眼。

“说！”

“绝舞”二字是迦隐的禁忌啊！他们要不要豁出性命告诉少主？

可外面那个可怜的人儿都已经昏迷了，他们犹豫这么久，那个少主至今都没忘的人恐怕就要丧命了！

终于，终于……

有个老人抬起眸，“少主，迦隐外有个姑娘四天前就在那里了，始终未离去。”

听到是个姑娘，圣忆风只当又是哪个不要命倒贴上来的女人，“为了一个女人，你们支支吾吾了四天？”

“是个身着红衣的姑娘，长得甚是可爱。”

心咯噔一下，停止了跳动。

圣忆风薄唇微启，“红衣姑娘？你们可认识？”

不是她，绝不会是！

她当初哭着要逃离他，不会回来的。

忽而，他又想起了什么，凤眸危险地眯起。他刚出手对付独孤翊，她就来替独孤翊求情？

看到圣忆风眸中的危险，众人只当他是因为恨，又都噤了声。

这时，高轩叶沉稳的声音响起，“是绝舞姑娘。”

抽气声整齐划一地在台下响起。敢在少主面前直接提起那两个字的人，果然只有不怕死的高阁主。

紫袍轻撩，圣忆风起身，徐徐向内室走去，“是吗？那让她继续在外面等。”

高轩叶沉稳的声音又响起，“北城气候严寒，冰天雪地的，绝舞姑娘四天前就到了迦隐外，一身上下只有一袭单衣，并未带任何保暖衣物。”

雪白的靴子停驻瞬间，又朝内室迈去。

“今早已昏倒在雪地中。少主若……”

圣忆风的心陡地一停，凤眸闭合，双拳紧攥，俊美的容颜霎时间变得难看至极。

下一瞬间，一道紫影闪电般掠过空旷的大厅，飞出厅门。强大的气劲逼得厅下的众人连退数步，有的站不稳，甚至跌坐在地上。

冷沉香稳住脚跟，抬眸，“咦？少主呢？”

高轩叶的黑眸平静地望向紫影离去的方向，微微一笑。

袅袅轻烟一丝一缕地从香炉盖上的镂空处飘出，细烟飘到半空中，随着从门缝吹进的风消散在屋内，香味四溢。

熟悉的香气萦绕在鼻尖，即使闭着眼，她也知道自己已在迦隐。苍白的唇角勾出一抹淡淡的笑容，她就知道，师父舍不得她……

好想睁开眼，瞧瞧这间屋，这间师父三年来住的屋，但眼皮好沉。好累，她真的很累，再睡一会儿吧。

隐隐约约的声音传来——

“少主，你不等她醒来吗？”

“既然死不了，我留在这儿做什么。”

之后再无动静，想必人是走了。

既然死不了……

这句话是师父说的吗？

绝舞再醒过来，是一天之后。她躺在床上，看着窗外的一草一木。白雪皑皑，没有蜀地的波光潋滟、徐风暖阳，却有她最喜欢的味道，那是师父的味道。

睁开眼，她没有看到师父，也没有看到有着五个暖炉的房间，她在的这间屋，不是当初师父住的屋。这里不是惊风苑，准确来说，她也不知这是哪里。

“姑娘，喝药了。”

房门被推开，扎着两个圆圆发髻的蓝衣小丫鬟走进来，让她想起当年“教训”她的那个丫鬟，“这里可有一个叫什么蝶的小丫鬟？”

小丫鬟疑惑地看了绝舞一眼。

绝舞又道：“惊风苑的。”

小丫鬟更迷惑了，“惊风苑里从来没有丫鬟伺候。”

“没有？”呵，可能是师父当初从别的地方调来的。那个时候，她还不知圣忆风就是师父呢，“那平日里，你们少主都不需要丫鬟服侍吗？”

“不用，少主有杜玉菲姑娘。”

漾着笑的水瞳瞬间黯下来，杜玉菲！想着每天在师父身边的人是杜玉菲，她就恨不得杀了那个女人！

“宁儿，多话！”门口传来轻轻的指责，声音宛若空谷幽兰般让人的心一阵沁凉。

绝舞向门外望去，一袭蓝衣的女子轻移莲步朝她走来。同样是蓝衣，穿在眼前的女子身上，却高雅大方、温婉贤淑，完全不若杜玉菲那般妖媚。

“兰阁主？”

浅幽寒让丫鬟退下，走至绝舞身边，含笑轻柔道：“在这里还住得惯吗？”

“嗯。”绝舞无力地扯出一抹笑。那四日真的将她冻坏了，不过算是值了，她第一步就赌赢了，虽然师父不愿见她，却也舍不得她死在外面。

“阁主能告诉我惊风苑怎么走吗？”

浅幽寒淡淡地笑着，“没有少主的传召，没有人能进那里，姑娘还是安心在兰阁住下吧。”

“谢阁主提醒。”她是来做什么的？怎么可能安心待在这里！

“师……你们少主没有问起我为何来吗？”

浅幽寒有些不忍地看着她，顿了顿，道：“没有。”事实上，少主将绝舞姑娘抱来这里确认她无生命危险后，便再也没有过问，也没有出现过。

绝舞裹着浅幽寒送来的裘袍，不知不觉地走出了兰阁。缓步至湖畔，她伸手掬水，湖水刺骨般冰凉，天边残阳如血，映在漂浮着冰块的湖面上，有一种别样的美。

院子里覆在薄雪下的冬花，在寒冷的天气里依旧散发着沁鼻的香味，她不由得伸手摘下一片花瓣，花瓣上的白雪簌簌落下，融入地面的积雪。

她扶着双膝站起身，还来不及擦拭手指上的水渍，便看到湖边不远处有一个人，虽然是个姑娘，但整个人散发出的气息让她觉察到了危险。她的脸色微微有些苍白，眼睛眯了起来。

那姑娘寂然地站着，忽然朝她走过来。待那姑娘走近，绝舞才发现那一双眼睛冷冷地闪着寒光，仿佛利剑挥出后森森的剑影。

她不记得与这样一位姑娘有过仇，那么，在迦隐内对她起了杀意的人，究竟是谁？

绝舞犹豫着该不该喊人，她不知自己现在所站的湖边究竟在迦隐的什么位置，她似乎是走了很久才到这里，应是个僻静的地方，若是喊人，不一定会有人在附近。

而且，如果喊出声，对方若武功高强，定会看破她此刻身体虚弱，找到她的弱点。她可不想在还没得到师父的原谅之前就死于非命。

为今之计，似乎只有静观其变了。

那姑娘手中没有武器，在绝舞的两步之外停住，就在绝舞放松警惕的时候，陡然间，她身形拔高而起，一股凌厉的杀气破空袭向绝舞。

绝舞手心轻击腰间的凤玥剑尾端，短剑出鞘，神思电转间已手握凤玥剑躲过那姑娘几掌。十招过后，她不退反进，足尖轻旋，两人身影在雪地里交错，剑光隐隐，银光乍现，宛若流星划空。

对方招招取命，她却不用内力速战速决，只能拖延时间。

“谁派你来的？！”

那姑娘冷冷一笑，“能在迦隐内取你性命，你觉得是谁派我来的？”

绝舞闻言反倒笑起来，躲过朝她面门劈来的掌，“你不必暗示。师父若真想要我命，任我死在外面就好了，何必多此一举。”

那姑娘被绝舞的剑气划破了胳膊，微微轻喘，“这迦隐内自然是有想要你命的人。”

“杜玉菲？”绝舞一手握住那姑娘的手腕，用力一捏，手中的短剑袭上对方脖颈，“说！是不是杜玉菲？”

那姑娘轻轻一笑，笑意有些飘忽。两人听到远处渐近的脚步声，就在绝舞出神之际，那姑娘竟然自己握住剑柄自刎了！

绝舞蓦地松开手，看着那年轻的身躯在自己眼前倒下。因方才用力过度，她的胸口一阵气闷，血腥味上涌，唇角竟溢出血来。

那姑娘手心有毒！她急忙蹲下身，扯下裙角的一块布，捻起地上冰凉的手腕，果然在那姑娘手心发现残留的少量黑色的粉末。

一定是她方才近身的时候撒向空中的，可恶！

绝舞捂着胸口突然跌坐在地上，单手撑在地面上，撑住摇摇欲坠的身子。

“绝舞姑娘！”昏倒之前，绝舞看到一抹青色的身影疾速掠来。

“姑娘这几日本就伤了身子，大病还未痊愈，如今又被下了毒。恐怕，短时间内很难好起来。”高轩叶看着软榻上的圣忆风。

气氛一下子沉静了下来，屋内的几人谁都没有说话，只是静静地望着他，等待他说一句话。

一时间，馨香扑鼻，让人沉醉。

良久，良久。

他撑着身子从软榻上起来，“那就留她在兰阁多住一些时间，病好了就送出去。”

“是。”高轩叶微微一笑，“这些日子属下就留在兰阁，也好调理绝舞姑娘的身子。”

“嗯。”

注意到高轩叶欲言又止，圣忆风轻轻动了一下，“查到那刺客是谁的人了吗？”

冷沉香撇嘴道：“在迦隐内部这样张狂的人，还能有谁？！少主心里明镜似的。”

“沉香！”高轩叶急忙制止。

圣忆风荡人心魄的眼眸朝冷沉香睇去，“这是在埋怨我没管教好自己的人吗？”

冷沉香将头撇去一边，“沉香不敢。”

“你不敢？”圣忆风修长的腿迈下软榻，“放眼整个迦隐，什么都敢做的就只有你跟轩叶，还真是天生一对。”

“少主！”一向大大咧咧的冷沉香也禁不住圣忆风这样讲，顿时羞红了脸，一跺脚，跑了出去。

浅幽寒与孤傲洁二人忍着笑意，“那属下先退下了，去看看沉香。”

圣忆风挥挥手，“下去吧，看着她点儿，别让她去找杜玉菲的麻烦。”

“是。”

高轩叶若有所思地看着圣忆风，“少主真要护着杜玉菲？”

“不然怎么办？翻脸吗？”圣忆风轻轻一笑，“她手里可有迦隐的布阵图与进出路线，若她一生气散布了出去，麻烦就大了。”

高轩叶惊讶地看着圣忆风，他很少这样惊讶，“三年了，少主还没拿到地图？”

圣忆风掀开屋门口厚重的垂地帘，朝外走去，摇摇头道：“她是个聪明的女人，也是个谨慎的女人，非常懂得保护自己。”说起地图，还是那丫头留给他的麻烦。

高轩叶紧跟上去，也摇摇头，“那是少主没有尽力。若杜玉菲早早成为少主的女人，地图恐怕早就交出来了。”

估计所有人都不知道，看起来是杜玉菲贴身伺候圣忆风，但其实圣忆风并未碰过杜玉菲。

圣忆风慵懒地瞅了一眼高轩叶，“你这是在怨我？”

高轩叶笑道：“属下怎敢？属下只是道出事实而已。”

“绝舞姑娘这会儿可能已经醒了，少主要去看看吗？”

圣忆风挥挥衣袖，“我去吟依那里坐坐。”

第二十三章 茫茫何所望

五更天，天色蒙蒙地亮起来，整个迦隐都笼罩在一份静谧之中，只有丫鬟们起得早，在园子里动作轻悄地各司其职。

清晨露水很重，剔透如珍珠般压在草尖。风过，露珠在叶尖晃晃悠悠，徐徐地跌落在土壤里。

绝舞自兰阁的苑中慢慢踏出，依照着这些日子跟丫鬟们聊天提及的路线，不断在脑中拼凑，然后拼凑出兰阁到惊风苑的路线。

她双眼蒙眬地望着眼前的路，所有风景都在眼中化为乌有，唯有脚下的路能引来她的注意。她要踏着这条路，一直走到惊风苑——师父在的地方。

埋着头，数着步子，数到一千零九十五步时，她终于到了惊风苑里。再走过回廊，八十九步后，她站在了曾经住过的屋子的门前。

还有些苍白的菱唇微微嘟起，而后向上轻轻一勾，一朵狡黠的花朵在唇边绽放。

她轻手轻脚地推开门，没有发出一丁点声音，而后轻轻地将门合上，又埋下头，数着步子，一步、两步、三步……十七步后，她走到了他的床前。

缓慢地蹲下身子，她跪在他床前，心醉地看着俊美的面容，手抬起，又放下，来来回回数次。终于，她将指轻轻地点向他的眉，沿着眉形缓缓地描画。

师父……

半晌，她的手指离开了他的脸颊。

她慢慢俯下身躯，轻轻地抚过他的唇，微微停顿，一滴温热的泪水顺着她的脸颊滴落在他唇边。

她看到他微蹙的眉，慌张起身。师父要醒了！

凌乱的步伐从床前一直响到门口，又消失在门外。

床上的人缓缓睁开眼眸，望着床顶的纱帐出神，再也无法入睡。

梅林中，红花纷飞，轻雪飘扬，轻柔地落在紫色身躯上，化在围绕在他肩头的雪白绒毛中。

高轩叶从袖中取出一封信，递给伫立在梅树下的圣忆风，“柳前辈的信。”

长指接过信，轻轻展开，视线从右至左看去，眉头越来越紧，“师叔竟和先帝有这样的交情。”

高轩叶虽不知是何事，但从圣忆风的口气听来觉得是好事，“听少主的语气，他们交情应不错，这是好事，少主为何皱眉？”

“师叔答应皇帝，助独孤翊登上太子之位。”轻轻的声音悠悠地响起，听不出喜怒。

高轩叶先是一怔，而后笑了笑。柳老前辈果然什么事都做得出啊，看少主这回要怎么处理。

“恕属下直言，独孤翊确实比任何人都有当帝王的资质，前辈大概是为龙月国的将来着想。”

浅笑轻扬，“你是在责怪我因私羁绊龙月国的未来？”

“属下不知少主与独孤翊有何私怨，怎能说属下责怪少主？”

圣忆风捻起落在手心的花瓣，在手中揉碎，最后洒落于风中，“你胆子越来越大了。”

高轩叶含笑垂首，继续道：“少主心中既已无绝舞姑娘，与独孤翊何仇之有？”

“轩叶。”

“是。”

圣忆风话锋一转，似是丝毫不气高轩叶方才的冒犯，“北城洛王府的洛千金，听说是北城第一美女，你可见过？”

少主突然提及这个做什么？

“见过。”

“与杜玉菲比起来，如何？”

“一娇一媚，一清一妖，洛大小姐不及杜玉菲美，却远远比杜玉菲更吸引人。”

“你对她印象不错。”圣忆风眼眸一眨，不怀好意的笑隐在淡然的语气中。

这该怎么说？

“属下只是善于欣赏美好的事物。”

“听说洛大小姐曾与你有一面之缘，对你印象甚好。上门提亲的人数不胜数，却从未有人掳获美人心，想必与你有很大的关系。”

“属下不懂。”高轩叶一顿，忽觉四周阴气重重。

圣忆风望向高轩叶身后，唇畔噙着笑，“为了你的终身大事考虑，我曾派人私下里打探过，洛大小姐之所以一直未嫁，是因对你一见倾心。”

有这等事？他怎么不知？不对劲，太不对劲。

高轩叶抬眸望向圣忆风，顺着他的视线转身。身后的冷沉香早已黑了脸，想必这就是方才他感觉阴气重重的原因了。天！这妮子在这儿站了多久？

还来不及开口解释，拳头瞬间铺天盖地地打来，“高轩叶，你这个浑蛋！色坯！杀千刀的！竟然在外面勾引千金大小姐！你给我——”

高轩叶熟练地点住冷沉香的哑穴，钳制住胡乱挥舞的粉拳，回头对一脸幸灾乐祸的圣忆风道：“少主，属下终于明白什么叫报应了。”说完，他高深莫测地朝圣忆风身后瞥了一眼，而后抱起愤怒的冷沉香朝梅林外走去。

看着高轩叶扛着冷沉香离去，圣忆风嘴角的笑慢慢隐去，心头泛起苦涩，曾几何时，也有那样一个人会为他吃味……

想罢，他旋身，朝高轩叶相反的方向走去。

他垂眸踩着地上飘落的梅瓣，松松软软的，一步，一步，想着那日清晨，她柔软的唇印在他唇上的感觉。三年之久，感觉却一如从前。

她是后悔当初离开了吗？

抬眸，不期然地撞进一双大大的眼眸中。

心，瞬间停止跳动。

多久没有这么近距离地看过这双眼瞳了？

他很快收起自己浓重的愁，淡漠无情地从她眼前走过。

她急急转身，抓住他的衣角，“师父……”

他顿住脚步，回眸浅笑，优雅如昔，却无情地将她的手指一根根掰开，“你一再地示好，若是为了替独孤翊求情，劝你还是省省吧。”

语落，人已消失在梅雨中，不见踪迹。

替独孤翊求情？她为什么要替独孤翊求情？

好累，累到眼睛睁不开，眼皮慢慢地垂下。

绯色的身躯在梅海中徐徐落地，携带着浓浓的悔和思念，幻化成花海中的一朵。

黑暗来袭，她只记得在意识消散的最后一刻，一道声音响起，唤着她的名字，却不是他的。

兰阁。

绝舞疲倦地睁开眼，将左手从绒被中抽出，一根根地抚过，这五根手指上有师父留下的触感，即使不如以往温暖，她也满足了。

“姑娘，喝药吧。”那个穿蓝衣的小丫鬟宁儿走进来，担心地看着绝舞憔悴的面容，“高阁主说，姑娘的身子因风寒一直没好，紧接着又中了毒，好不容易解了毒，姑娘又不听话到处乱跑，倒在雪地里。姑娘你就不要让大家操心了，快快把药喝了，出去时多加衣服。”宁儿越说越生气，最后竟然睁着圆圆的眼睛瞪着绝舞。她实在想不明白，人为什么这样不爱惜自己的身体。

宁儿在面前絮絮叨叨地讲话，绝舞鼻头一酸，流下泪来。

“呀，你别哭啊，”宁儿急忙跑过来用帕子擦拭着她脸上的泪水，“奴婢不说了就是。”

绝舞拉下小丫鬟的手握在手心，吸吸鼻子，浮出一抹虚弱的笑，“宁儿，谢谢你。”

宁儿闻言，脸倏地红了，“姑娘……别谢奴婢……这是奴婢该做的。”

摇摇头，她将头轻轻靠在宁儿肩头，“很久没有人这么关心我了。”姐姐和独孤翊虽对她千依百顺，却一直在用一种无形的方式囚禁她，以他们认为正确的方式对她。那些都不是她要的，他们的囚禁让她喘不过气，拼命地想要逃离。

宁儿一听绝舞哀伤的语调，眼眶也红了，伸手搂住绝舞，轻轻拍起来，“姑娘不哭，以后宁儿关心你。”

“叫我舞儿就好，不要叫姑娘。”绝舞抬头，看到宁儿红红的眼眶，微微一笑，伸手捏了捏宁儿肉乎乎的小脸，大眼睛狡黠地眨了眨，“我不介意你叫我舞姐姐。”

“那奴婢就叫你舞姐姐。”宁儿开心地笑了，“不只是我关心舞姐姐啊，兰阁主、高阁主，他们刚刚都来看过舞姐姐，都很关心你呢，还有……”还有，方才少主也来过，可是少主说让她当作什么都没看到。

“还有什么？”绝舞期盼地望着宁儿张开的小嘴。师父也来过吗？

“呵呵，没有啦，奴婢给你端药去，都快凉了。”宁儿机灵地转移话题，过去将药给绝舞端了过来。

这样不是办法，以目前的情况，她根本无法接近师父，她要找个借口接近师父才行。

闪亮的水光在绝舞眼底一转即逝。绝舞对端着药的宁儿道：“宁儿，我不喝，你去把它倒掉。”

“啊？为什么？”宁儿不懂，但更多是担心。兰阁主说要好好伺候舞姐姐，还说舞姐姐比迦隐任何一个人都来得尊贵，轻忽不得，若是有了闪失，会丢命的。

“没有为什么，我不想喝，你去把它倒掉。”绝舞缩回被里，闭上眼。

宁儿将药放在桌上，急忙走到床前，“舞姐姐，高阁主说你若是不好好服药，会落下病根的！”

病根？那就落吧，这身子她早不想要了！

见绝舞没有反应，宁儿便又喊了声：“舞姐姐，奴婢求你了，兰阁主说让宁儿好好服侍你的，你不吃药，奴婢……”

沉默许久，绝舞道了句：“将药放在我床头吧，一会儿我喝，你先下去，我要休息会儿。”

听绝舞说愿意喝药，宁儿这才松了口气，“那奴婢把药放着，舞姐姐要记得喝，奴婢先退下了。”

关门声轻轻地传来，绝舞起身，看着床头的药碗，面无表情地将整碗药全数倒进床头的花盆中，双眸里闪着残忍又痛快的光。

“你刚才说什么？”轻轻的语气从榻上传来，却无法遮掩愠怒。

浅幽寒静静地望着榻上脸色泛青的圣忆风，“绝舞姑娘自转醒后就不再喝药。”

“什么时候开始的？”

“两日前。我是今早才发现的，她将所有的药都倒进床头的花盆。”

他闭上眸，紫色袖袍轻飘，“随她。”

“绝舞姑娘说，少主一日不见她，她便一日不喝。”

她竟不惜用自己的健康换取见他的机会，就只为了给独孤翊求情！

他忽然觉得很哀伤，一种近乎绝望的哀伤。他用三年的时间去忘记她，三年后，空荡荡的心却还是会因她而胀痛。

他不想见她，怕她用一双含泪的眸帮独孤翊求情，一如当年抓着他的衣角求他放她走那般。他再也经受不了第二次的凌迟，她为什么要一再逼他！

“你下去吧，她爱怎样随她！”她休想再一次伤他，他不会给她这个机会！

“轩叶。”

“是。”

俊美的容颜蒙上惨淡的光，他摒去那股凝在心口的疼痛，轻轻启唇，“书信给师叔，告诉师叔，他若插手立太子之事，我就让独孤翊死无葬身之地。”

“少主……”

“另外，告诉司空离，今晚我会去他府上，让他将朝中位高权重的几位大臣邀至府中。”

高轩叶蹙眉，“少主预备如何？”

“朝中大臣多是因为独孤翊为人耿直，对龙月国忠心耿耿，才对他多有敬佩。今晚，我要让他身败名裂。”

“少主，这……”独孤翊虽和少主有仇，但将他赶尽杀绝对龙月国来说损失颇大啊。

修长的身躯站起，冷冷地朝高轩叶瞥去一眼，“你有意见？”

“属下不敢。”

紫袍轻挥，卷起一阵冷香，修长的身躯在夕阳的余晖下逐渐消失在远处，留下淡淡的落寞和哀愁消散在空气中，绘不出的孤独和寂寥。

几位在朝中为官较久的大臣静静地坐在右卫将军府的大厅，偶尔窃窃私语，偶尔抬眸望向主座上的司空离，几度欲开口，最后又咽了回去。

终于，有人沉不住气，是位年长的老人，“臣斗胆请教八皇子，今夜宣臣等所为何事？”

“各位耐心等候便是。”司空离刚毅的唇角噙了抹神秘的笑，这让几位大臣更是好奇。

一旁的贾富贵自进门开始就一脸兴奋。

司空离不屑地轻叱：“丢人。不知道的还以为你在等哪位佳人。”

几位大臣听见司空离的话，好奇地看向贾富贵。

贾富贵干笑道：“哈……哈，八皇子就爱开玩笑……哈……”

忽而，一股奇异的清香由远而近，逐渐飘来，萦绕在胸口，竟带来淡淡的舒畅感。

“八皇子庭院里种了何种花草？竟如此清新。”一位大臣睁大了眼，好奇地朝厅外望去，然一片漆黑的夜里，他在淡淡的月光下看不清任何草木。

“那不是花草，是人。”司空离的黑眸定定地望着外面，起身含笑道：“要等的人来了。”

几位大臣听司空离所言，又想起方才司空离对贾富贵说的话，不禁好奇：莫非他们要等的是哪位绝代佳人？这个节骨眼上，司空离是想用美人贿赂他们?

“各位久等了。”温润淡雅又带着若有若无笑意的嗓音自门外传来，让人如沐春风。

众人微微一怔，回过神，发现一个身穿白色裘袍的人在淡淡的月光下走进大厅。

待看清容貌之后，抽气声和惊赞声在屋内响起。

卷进厅内的雪花在他身后轻轻飘落。圣忆风取下白色裘袍交给高轩叶，露出裘袍下紫色的长衣，衬得白皙的脸庞更加绝美，在出尘、清逸之外平添了一股魅惑之感。

司空离拨开一旁痴愣的贾富贵，上前抬手道："圣少主请。"

"嗯。"圣忆风对众人微微颔首，朝主座走去。

"这位是……迦隐的少主？"其中一位稍年轻一点的大臣不确定地开口道。

"对。"司空离坐在圣忆风一旁的位置上，"圣少主今晚有话跟大家说。"

几位大臣顿时想到流传至今的百年前秘籍之争。百年过后，迦隐为何突然又卷进朝中之事？

看到众人质疑的神情，圣忆风勾起一抹高深莫测的笑，"在下是江湖人，并不想干预朝中之事。"

自己内心的想法被圣忆风轻松地说破，几位大臣皆干笑着，"少主说的哪里的话。"

圣忆风微微一笑，端起茶杯，轻呷下一口茶，"在下只是不想让众位大臣被假象蒙蔽了眼。"

"少主这是什么意思？"听到圣忆风如此说，有人口气中透着淡淡的不悦，却又不敢发作。

圣忆风袖袍轻扬。身旁的高轩叶会意，从袖中取出一叠纸，一张张地递到几位大臣手上，"还请各位仔细过目，之后再做评价。"

约莫一盏茶的时间，厅中响起低语。

"这……不大可能啊……"

"是啊。"

"但证据确凿，况且两年前是有这么个案子，最后不是被皇上压下了吗……"

"对，说不定是皇上故意偏袒独孤翊。"

"没准这个案子，真是这样的……"

"但是，独孤翊看起来不像是这样的人啊……"

"等等，这儿还有一份。"一直在看手稿默不作声的一人突然道，"天啊，是独孤翊做的！"

"什么？"

"太子中的毒竟是独孤翊下的！"

"不可能！"

"那你看看。你看，证据都在这儿。"

“这……”

“怎么会这样……”

司空离和贾富贵互看一眼，默不作声。

圣忆风真有一手，这么短的时间内就将所有证据都拿到手。伪造一把不难，伪造得这么真就太不容易了。

“咳咳……”其中一位年迈的大臣一阵轻咳后，骚乱的几位大臣静下来，“这些不足以说明问题，两年前的事情也许是真的，但毒害太子一事乃大事，不可妄加论断，待我们下去好好查证。”

那位大臣说完后，眼神若有若无地扫过司空离。

司空离含笑道：“几位大臣好好查证便是，早日还我一个清白。”

清越的声音阻断了谈话，“迦隐向来不愿介入朝廷，今天我只是想让大家明白真相。独孤翊早已经不是曾经的独孤翊，这些年为了能得到太子之位，他没少在暗地里动手脚。在座诸位，还请深思。大家也听说了，太子第一次中毒之后病情好转，那是在下命高阁主所救。”

“竟是这样……”

“此事还须商讨。”那位始终不信服的大臣道，转而向司空离说：“圣少主、八皇子，臣等先告退。”

“诸位大臣慢走。”

待所有人都走后，司空离不耐烦地对贾富贵道：“你还不走？”

“走、走、走。”贾富贵将视线从圣忆风身上收回，转身一步三回头地朝门外走去。

司空离不好意思地对圣忆风道：“少主莫要怪罪，贾富贵无坏心，他这个人……”

“知道了。”平缓无起伏的声音打断了司空离的解释，“八皇子，接下来在市井中散布谣言的事，就由你做吧。”

“这是当然。”

“嗯。”圣忆风接过高轩叶手中的白色裘袍，披在身后，朝屋外走去，“轩叶，我们走。”

走出右卫将军府后，圣忆风和高轩叶两人互望一眼。高轩叶颔首，突然转身朝一旁的石狮掠去，从后面抓出一人，扔在圣忆风面前。此人正是方才离去不久的贾富贵。

“啊！饶……命……饶命……”

俊眉厌恶地蹙起，圣忆风转身继续向前走，再多看一眼，眼前的人就会污染了他的眼，“轩叶，一只手。”

惨痛的哀号在身后响起，在漆黑的夜里尤其阴森可怕。惨痛的叫声中夹杂着高轩叶沉稳又隐忍着笑意的声音，“下次若再碰到，要的就是你一只眼睛。”

“可有严曦的消息？”

“已寻到他至离都的痕迹，相信过不了两天，就会找到他本人。”想想方才那个断手的贾富贵，唉，少主今天心情不好，那个可怜的人刚好做了出气筒。

提起严曦，圣忆风垂在白裘下的两手不禁握紧，摒弃掉那抹扎根于内心深处的痛，“师叔还在宫中，是真预备帮独孤翊吗？你书信给师叔，可有回信？”

“属下正要说此事。”高轩叶微微一笑，“柳前辈已从皇宫起程回迦隐了，说少主您既然这样恨独孤翊，他也不好帮衬，以后不再管此事了。”

“嗯，这样就好。”

淡淡的叹息声从薄唇中逸出，一如风中的雪花飘落，逐渐融化。

“翊哥哥，你别这样！”绝姒深感独孤翊对绝舞太疯狂了，若一直这样下去，独孤翊会错得更离谱。

独孤翊罔顾绝姒的劝阻，冰冷的目光射向跪在地上不住颤抖的男人身上，“这已经是第几天了，还找不到！”

“属、属下……属……”

一道血光刹那间在大厅扬起，跪在地上颤抖的男人终于无法再开口说话，睁着恐惧的眸倒在地上，脖上的血汩汩往外流淌，身体周围一片艳红，范围越来越大，向四周蔓延开去。

“一同去找人的还有哪个？”

如鹰般的目光射向尸体旁早已吓得面色惨白的人身上，手中的剑正要砍下，一双柔荑适时地握在青筋暴起的手上，“翊哥哥，你杀再多人也找不到！舞儿恐怕早已经在迦隐了！”

剑毫不留情地砍下，厅中又见血，“那我就去迦隐要人。”

跪在地上的丫鬟已经吓晕过去一多半，另一小半在绝姒眼神的示意下慌慌张张地逃出大厅。

暴戾的吼声响起，“来人！”

从门外慌慌张张地跑进来一个护卫，就站在门口的位置，生怕再进去一点便会被砍脑袋。

“传话到迦隐，告诉绝舞，她要是想看尸横遍野的场面，就不要回来！她一天不回来，我就杀一个人，她若一直不回来，我就将整个城主府的人都杀光，直到她出现！去！现在就去！”

“是、是！”领了命的小厮不要命地向外奔去，仿佛迦隐比城主府要安全得多。

“哥！”绝姒不可置信地瞪大眼睛。如今的独孤翊视人命如草芥，万人的性命在他眼中都敌不过舞儿的回眸一笑！

“你这样，嫣姐姐泉下有知会恨你的！”

独孤翊疯狂地转身，朝绝姒吼道：“人都已经死了这么多年，还提什么！”

绝姒上前抓着他的双臂摇起来，“哥，你清醒一些！”

独孤翊冷冷地拨开绝姒的手，“怎么，你也觉得我害怕？你们一个个心里都装着别人，把我放在什么位置？”

“哥，我是为你好，你不能再这样下去了，这样只会让舞儿离你越来越远！”

吵闹争执的声音在厅内戛然而止。一提及舞儿，蓝眸中的愤怒缓缓地淡了下来，“不，她不会离我越来越远，她最后只能是我的……司空霄中毒后身子已大不如从前，知道皇上今早传我进宫做什么吗？”独孤翊刚毅的唇轻轻咧开，蓝眸因激动而波光点点，“他想立我为太子。”

“什么？！”绝姒惊呼。这太令人惊讶了，皇上从未对独孤翊提及过此事。

“你没听错，皇上确实要立我为太子，虽然他从未在我面前表露过。”独孤翊从袖口掏出一个令牌递给绝姒，“看看这是什么。”

绝姒拿过令牌，手在颤抖，没想到太子之位得来不费吹灰之力，“这是……兵符？”

“对。皇上说，八皇子在朝堂上拉拢了不少大臣，司空霄如今身子骨弱，不少曾经立场不坚定的大臣都倒向了八皇子一边，况且他们以为司空霄一旦死去，只有八皇子能做太子，他们从未想过，我也可能是太子人选之一。皇上告诉我，他有意立我为太子，但我从现在开始，要在朝中拉拢势力，兵符是以防万一，怕八皇子造反。”

“皇上他……很信任你……”绝姒望着独孤翊刚毅的面容，有着淡淡的愁，忽而看到他蓝眸底闪过的光，有些惊悚地道：“哥，你不会是想用兵符……”

“我说到做到，她若执意不回来，那只能我去找她了，只是，那个时候恐怕就不如现在这般轻松了。”

“你疯了！”

夜很静，天地都很静，静如死亡。

整个城主府，阳光的味道在逐渐消散，阴冷笼罩着万物。风啸啸地吹过，带起如鬼般的泣声，飘散在府里的每一个角落，不甘地控诉着。

“哈哈，许久不见，城主别来无恙啊。”深沉喑哑的声音从窗外飘进窗内，笑声让人不寒而栗。

在声音传来的瞬间，独孤翊拿起桌上的剑，而后又放下，“严曦，你终于出现了。”

严曦从外推门而入，熟练地在黑暗中找到木椅坐下，“圣忆风追得太紧，来晚了啊。”

“哼，你再不出现，我就要派人出去寻你的尸体了。”

严曦粗糙的手抬起，捋捋胡须，笑道：“城主可真是关心在下。若是让绝姒和绝舞那两个丫头知道，城主的立场恐怕就为难了。”

“这个不用你操心。”

阴险的眸光自严曦狠厉的眸底闪过，“若是绝舞找我报仇……”

独孤翊不耐烦地站起来，听到他说这些就心烦，“够了！我说了她们不会知道你的行踪就是不会，你用不着担心！让你来不是听你说这些废话的。我登上太子之位的可能性很大，但圣忆风在暗中帮司空离跟我作对，如果圣忆风真插手，那事情就棘手多了！”

严曦老谋深算地眯眼，“皇上有意立你为太子？”

“对。”

“今日来，我便要告诉你，我的伤已经痊愈，是时候向圣忆风发战帖了！”

“好！我找你也正为此事。”

“想不到城主铁铮铮男儿，竟为了一女子做到这种地步。”

独孤翊甩袖起身，不悦道：“这不需要你管。我们各取所需，你的目标是圣忆风，我的目标是绝舞，到时你不许伤她一毫。”

“那是一定。”严曦垂下头，阴阴地咧开嘴，“《凤凰舞》和《玉骨玲珑》如今都在圣忆风手中，我自是不会动绝舞那丫头。”

忽而，严曦气愤地起身，大掌狠狠地拍在桌上，“恨只恨为了避开他的追杀，我四处逃窜，错失了夺取两本秘籍的最好时机！”绝姒的血因为有独孤翊的关系，他早已经取到，而圣忆风，在不久后的比武中，他不但要取到他的血，还要取到两本秘籍！

有了两个传人的血作为引子，再拿到两本秘籍，他就大功告成了。

独孤翊将视线钉在木桌上的大掌上，“三年间，圣忆风说不定早已经练得你口中的绝世神功，你怕是对付不了他了。”

“这你放心，绝世神功少说也要五年才可练成，这三年，圣忆风最多练至一成，而现在我的伤已痊愈，凭我的龙旋掌法，对付他，够了！”

黑夜中，蓝色的瞳眸显得越发深不可测，似是隐着不为人知的秘密。

“等你们交手那日，我会带足够的人，但愿你不要让我失望。”

月光下，修长的身躯在兰阁园前踱步，跨进拱门，又转身跨出去，来回数次，终于，轻轻地叹了口气。

罢了，相见不如不见。

转身正欲回惊风苑，他机警地瞥见不远处的黑影，勾唇，轻吐出好听的音调，“何人来访？不妨入内让在下以茶水相待。”

迦隐从未有不相干的人进入过，能躲过重重机关，无事地走进来，那就只有一人——曾经跟杜玉菲合作时换到迦隐地图的独孤翊。

“圣忆风，别来无恙啊。”

圣忆风温润的眸瞬间转冷，“独孤翊！”

“在下此次前来，无心冒犯，只是想找回那只迷失的小猫而已。”

小猫？！

疾风劲气，独孤翊只觉得被一股力量牵引，瞬间莫名其妙地被逼退数十步，而下一刻，浓郁的香味携着阵阵冷风逼近周身，一只冰凉的手蓦地掐住他的脖子，将他定在墙面。他抬眸，望见的是比他更冷的一双淡眸。

独孤翊邪恶地勾起唇，“空有一身武功，留不住她又有何用？”

脖子上的手越来越紧，独孤翊毫不怀疑，下一刻他就会死在这只漂亮的手中，但是他却没有丝毫畏惧，“三年前，你怕她恨你，没有杀我，同样，今日你也不会。”冷厉的目光从琉璃般的眸中射出，凤眸微微眯起，墨发逐渐在风中摇曳起来，唇角的笑越来越妖魅。独孤翊猛然抓住脖子上的手，却发现连圣忆风的一根手指都无法掰开。难道他失算了？

“你以为凭今天的她，还能从我手中救出你吗？”薄唇轻轻地吐出残酷的字句，“她已经没有那个价值了。”

就在此时，一道带着哭腔的声音颤巍巍地传来——

“师父……”

就在圣忆风分神之际，独孤翊轻巧地从那只手中挣脱出来，“哦？我怎么看舞儿至今仍有这个本事呢？不然我怎么有机会脱身？”

她又在他要取独孤翊命时出现……

他将手收回到裘套中，优雅转身，对独孤翊道："人你已经见到了，可以带走了。"

绝舞闻言猛地扑向圣忆风，死死抓住他的衣襟，"不要！师父，舞儿不要走！"

圣忆风垂眸疑惑地望了她一眼，她的脸上满是惊慌，又让他迷惑了。

独孤翊沉声道："舞儿，我们回家，那天是误会，事情不是你看到的那样。"

圣忆风抬眸望了独孤翊一眼。他们在闹别扭，所以舞儿才会不想回去，原来她只是将他当作师父，只是想要个避风港。思及此，怒气上涌，他无情地甩开衣上的小手，冷冷道："你们自己的问题自己回去处理。"

绝舞回眸狠狠瞪住独孤翊，"你给我闭嘴！根本没有误会，你瞎掰什么？"

"你！"独孤翊瞬间欺身上前，抓住舞儿的手腕就要拖走她。

舞儿急忙闪躲，因身子虚，步伐有些不稳，却还是动作迅速地抽出腰间的剑，毫不犹豫地将剑接二连三地刺向独孤翊。倒是独孤翊步步闪躲，一直在让着她，怕她伤着。

"给我滚回蜀地去，不要缠着我！"独孤翊一直在躲，绝舞却一直不饶人地将剑往独孤翊的身上刺。

独孤翊猛然拽过绝舞的手腕，在她耳边低沉地道："我让家丁带给你的话没带到吗？那我再重复一遍。我说过，若是不想看到尸横遍野的场面，就不要离开我。昨日，我杀了两个家丁，你一天不回，我就杀一个，杀到你回来为止！"

绝舞心悸地望着独孤翊，抽回自己的手，用尽全力向独孤翊砍去，"魔鬼！"

圣忆风站在一旁静静地看着，起初以为两个人在演戏、小打小闹，后来越看越不对劲，绝舞分明是在取独孤翊的命，每剑都准确地刺向致命的地方。

自她出现在他眼前后，无论是眼神，还是说出的话，都令他开始不断动摇。

当年，是他误会她了吗？

正在他沉思之际，突然，绯色的人儿朝地面倒去。紫风扬起，在她落地前一刻赶在独孤翊之前将昏迷的人儿搂入怀中，动作优雅、迅速，还带着一丝慵懒。他将指轻按在她的手腕上，眉拧得越来越紧。独孤翊刚分明一直在让她，她怎么还会突然昏倒？

"放开她！"独孤翊愤怒地咆哮道。

圣忆风淡淡地望了他一眼，独孤翊脾气可真坏了不少。

"她不想走。"

"我的未婚妻自然是要跟我回去，我们只不过闹了点小别扭，把她给我！"

“小别扭？”他将怀里的人拦腰抱起，同时一个念头也在心里深深地扎根，狭长的眸子挑衅地冲着独孤翊一挑，“招招取命也叫小别扭？那我真好奇你们这三年来的相处模式是怎样的。”

“你把她给我放下！”

圣忆风冷冷瞥了他一眼，“你擅闯迦隐，我还没怪罪，现在还想从我这里带走人。过了三年，独孤翊，你还这么天真。”

修长的身躯转身朝惊风苑的方向走去，“你们四个，热闹看够了就出来替我送客，记住了，要好好送。”幽魅的嗓音悠悠响起，轻轻地扬在夜中，勾勒出缥缈的音韵。

“这是怎么回事？”清冷的声音在惊风苑的屋内轻轻响起，一旁的冷沉香和浅幽寒大气也不敢喘一下，“风寒会严重成这样？”

高轩叶面不改色心不跳，“是风寒，绝舞小姐有内伤，所以才会导致昏迷。”

圣忆风狭长的眸子望着床上憔悴的人儿，心疼之色在眸底一闪而过，“内伤？”

“对，相思成疾。”

噗——

笑声从冷沉香嘴中毫无收敛地喷出。相思成疾？哈哈，高轩叶真会说话！看到圣忆风冷凝的视线，冷沉香识相地掩住嘴，将头转过去，肩膀还在不住地颤抖。

圣忆风表情极其怪异地看向高轩叶，“你刚才说什么？再重复一遍。”

依旧沉稳的声音响起，“相思成疾。”

他轻轻瞥了高轩叶一眼，不相信的意味颇重，“你们先下去。”

“是。”

“等等，独孤翊……”

冷沉香急忙接话道：“少主放心，我们可是‘很客气、很客气’地把那家伙送出去啦！只给他了一点‘小小’的教训。”

高轩叶无奈地看了冷沉香一眼，的确是“很小”的教训，如果中了这天下只有他能解而药引又极其难找的毒也算是小教训的话。

圣忆风轻轻抬手，“好了，下去吧。”目光始终没有离开床上那张憔悴的面庞。

待人都出去后，长长的睫毛微微动了动，她睁开眼，对上床边一双正要逃避的眼眸，“师父……”

他略显仓促地收回留在她脸庞上的视线，“自己的身子，自己不清楚吗？只是风寒？”

莫非师父瞧出什么来了？不会，高轩叶不出卖她，师父就不会知道。高轩叶说这毒极难诊断，师父只是略懂医术，绝对看不出。

见她蹙着眉不开口，心知她又有什么瞒着他，他气恼地起身，“愿意说了再来找我！”

“师父！”她急忙叫住转过身的他，思量着如何找借口让他留下。

他径直走向门外，没有回答，没有停顿，甚至没有回头看她一眼。

一道门，再次将他和她隔开。

离开惊风苑的冷沉香，抓住高轩叶低声询问：“真是相思成疾？”

“我敢骗少主吗？”高轩叶拍了一下她的头，眼底滑过一抹光，“只不过，这只是其中一项而已。”

“你隐瞒了少主什么？”冷沉香当起好奇宝宝，开始追问。

“到时候你就知道了。”

冷沉香颇不满意地捶了高轩叶一拳，“喂，有什么是不能告诉我的？你和你那个亲亲侍女就什么都说！”

高轩叶的语调沉稳依旧，“不要胡闹，她不一样。”

她不一样、她不一样……

“她有什么不一样？”

“好了，乖，去睡觉。”

冷沉香沉沉地看了高轩叶一眼，转身离去，“的确不一样，秦倾在我心中也不一样。”

高轩叶敏感地听到她的低喃，将她拽至身前，黑眸凝视着她，“你刚才说什么？”

“我说，秦倾对于我来说也不同，他不只是我的属下。”冷沉香傲气地直视高轩叶。

黑眸一沉，高轩叶面无表情地放开冷沉香，转身离去。

冷沉香气冲冲地在高轩叶身后跺脚，这个浑蛋！

第二十四章

终是心难舍

师父……

不要！师父，舞儿不要走！

你给我闭嘴！根本没有误会，你瞎掰什么？

滚回去！不要缠着我！

师父……不要走……

又一次，他从睡梦中惊醒，冷汗涔涔，无力地靠在床柱上，想着见到她后的点点滴滴。

当年，是她流着泪让他放她走，今天她又喊着说不走。

她的背叛是真实的，他亲眼目睹，今天她的一句“不要走”，能改变什么？！

他还有足够的信心去相信她吗？

不待天亮，绝舞渐渐转醒，她费力地撑开沉重的眼皮，望着屋内摆设。这不是兰阁，是哪里？

她下床，朝门外走去，在园中拉住一个打扫的丫鬟问道：“你们少主呢？”

“奴婢不知。”

她去了惊风苑，没有人，心下隐隐不安。

一路问去，都没有问出个所以然，最后只能问出佚苑在何处。

直觉是个很奇妙的东西，她感觉得到，师父在杜玉菲那里。

穿过香气阵阵的梅林，她看到一座不大却不失雅致的庭院。

柔荑抚上胸口，压下阵阵闷疼，思及和高轩叶之间的秘密，愈来愈苍白的唇开出一朵略带残忍却不失漂亮的花朵。从进迦隐前，她就打了这个赌，并让高轩叶替她保密，若一切的努力都无用，这个赌便是她最后的筹码。师父的心若真不在她身上，那她也只能接受事实，下定决心去走那条路。

站在门前，她紧紧抿住唇，做好足够的准备以便承受开门后的沉重打击。

手刚刚碰触到门，吱呀一声，木门被人打开了。

眼前的女子是杜玉菲，只随便地裹着中衣，香肩裸露，长发没有梳理，凌乱地搭在胸前，妩媚的眼居高临下地望着憔悴的舞儿，“哟，怎么是你？独孤翊的未婚妻出现在迦隐，真是稀奇。”

绝舞将视线定在杜玉菲雪白的颈上，粉拳捏得咯咯响，扬眸挑衅道：“我找师父。”

纤细白嫩的手指轻轻捂上红唇，杜玉菲打了个呵欠，顺便将门关上，“他在睡，过会儿再来吧。”

就在门关到只剩一条缝隙时，绝舞举起手插了进去，用力将门掰开，“我现在就要见。”

“那也要看你能不能进来。”

下一刻，绝舞抬手，玉指反扣在杜玉菲的腕上，娇容上有抹冷笑，她加重指劲，将杜玉菲的手从门边上抠下。杜玉菲一弹指，灌注内力，击在绝舞的手背上。

绝舞抽出短剑，逼开房门，欺近杜玉菲，以极其迅速的步伐在杜玉菲周身绕了一圈。杜玉菲甚至看不清她到底身处何处，绕到杜玉菲身后的舞儿抓住她长长的发，猛然向后拽下。

“你！”圣忆风在，她不能，也不可能无所顾虑地对付绝舞，居然被这丫头欺负成这样。

杜玉菲伸出玉手，向绝舞手上的凤玥剑击去。绝舞眼疾手快地将剑收回，在收回的瞬间一剑划出，杜玉菲的手背多了一条血痕。

绝舞看着杜玉菲的手背，乌黑的大眼露出笑意，只是有些虚弱。她在撑，她知道她的身体根本无法动用这么大的内力。

杜玉菲的掌正要击出，屋内轻淡的嗓音传出，“你出去，让她进来。”

杜玉菲愤恨地瞪了一眼绝舞，走出去关起门。

绝舞颤抖地将剑插回剑鞘，步履虚浮地朝屋内走去。

圣忆风斜倚着床柱，宽袍缓带，衣衫凌乱地裹在身上，墨黑的发从宽阔的肩顺沿而下，绒被刚好盖到他的腰际。他定定地望着她，“找我？”

绝舞看着他，视线从肩一直移动到腰际，发现床上只有一个枕头，心痛减少了些许，“师父为什么要这样？”

“你忘了？我们三年前起就已无师徒情分。”勾唇浅笑，他掀被起身，修长的腿跨下床，取过一旁的长袍穿上，动作优雅从容如昔。

她望着他的眼，隐去眼底伤痛，一步步走过去，在他身边停下，“舞儿也想陪在你身边。”

心咚地一沉。他眯起眸，“你刚才说什么？”

她扬起眸，语不惊人死不休，“舞儿可以像杜玉菲一样陪在师父身边。”

语落，啪——一记耳光落下。

两人都愣住了。

时间在凝固，空气一点一点地从室内抽离，所有的声音都在那一瞬间消失，留下一室死寂。

她颤巍巍地抬手，抚上脸颊，烧痛的感觉从脸部蔓延至全身，狠狠地钻进她的心里。这一掌，可真不轻哪。

她抬眸望着他，从不可思议到愤怒，再到幽怨，最后归于平静。

师父竟出手打了她……

他回视她，眼眸如一口古井，无波，亦无澜，随后转身离去，“你若再不走，恐怕下回就不只是一掌了。”

谁知身后气死人不偿命的声音又响起，“师父若真要我走，早在我来的第一天就将我扫地出门了，不是吗？”

他顿住，猛然回身，望住她，看不出情绪。

她不顾脸颊的疼痛，扬起得意的笑，娇美的眉眼像是在昭告胜利般讽刺地映射着他的痛苦。

终于无法再忍受下去，他清淡的眸变得深邃，冷冷地质问：“三年前既已离开，为什么要回来？看着我痛苦，看着我因你一次次失控，你很得意吗？！”

突然发觉自己的失态，他退后几步，“如果这是你想要的，你已经看到了，现在就走，给我滚出迦隐！”

他旋身走出门，扬起紫色的衣袍，在风中疯狂地起舞，一如他此刻粉碎的心，再也无法宁息。

她没料到他会发那么大的脾气，惊觉他已离去，顾不得心口的闷痛，一口气追上去，从身后紧紧环住他的腰，“师父，不要走！我不是故意气你的！不要走！不要走！不要——噗——”

湿热传来，他不安地回身，惊恐地看着鲜血大口地从她口中涌出。霎时间，惊心动魄的感觉湮没他。那样触目的红，化作了一团火，狠狠地灼痛他的心。

他接住她缓缓下滑的身体，脸色顿时大变，变得比她的脸还要苍白。

她虚弱地撑开眼皮，“师父……呵呵，关心我就……说嘛……真爱……面子……”

“闭嘴。”他的声音如同他的指尖一般，都在颤抖，脸上的表情比北城的天还要冷。他搂着她向竹阁飞身而去，过往之处，梅瓣纷飞。

众人掩门而出。

园中出现一段长时间的沉默，久到足够沉淀所有感情。

清冷愠怒的声音一字一顿地响起，“高轩叶，你给我个解释。相思成疾？亏你想得出来。”

冷沉香不安地看着高轩叶，担心圣忆风降罪于他，急忙在高轩叶开口的同时道：“少主，你不要怪他，是绝舞姑娘不让他说的！”

逼人的视线没有从高轩叶身上移开，“沉香，你再多说一个字，我就狠狠罚他。”

高轩叶抬眸，直视圣忆风，“少主，绝舞姑娘进迦隐前就已中毒。”

“什么？”

看出圣忆风眼中的愤怒，高轩叶知他误会了，“这不关独孤翊的事，绝舞姑娘是在进迦隐前自己开始服毒的。”

“她自己？！”她到底在想什么？等等，似乎哪里不对劲。

“从进迦隐前‘开始’？”

“对，绝舞姑娘从进迦隐前至今日，每天都会服用非常少量的红心草。”

“红心草……红心草……她不想活了吗？”不断的低喃自他口中逸出。她竟然服用红心草！那是一种毒性极强的药，一次服用足量便能致命，无法挽救，她竟然天天服用！

高轩叶的声音突然响起，让其他三位阁主顿时吓出了一身冷汗，“对，她不想活。”

圣忆风疾掠上前，长指抓住高轩叶的衣领，两人连退数步才停下。

“刚进迦隐你就给她把过脉，为什么隐瞒我？”

“属下以为让她死了正合少主之意。”

俊逸面庞上尔雅的招牌笑容已然消失，衣领上的手也蓦地松开了。他迷离地望着高轩叶，平缓的语调幽幽如落花般凄凉，“为何你们每个人都要如此逼我……”

“少主，绝舞姑娘说，若少主心里还有她，愿意救她，她就会接受我的治疗；若少主心中已无她，她会继续这样下去，直到毒发身亡。”

时间在静谧中凝固，所有的伤，所有的痛，就在那一瞬间停止了涌动，须臾，才慢慢地扩散开去，如同晨间草叶上的露珠，凝聚到足够的力量滴下，然后渗入土壤，扎根。

她不是要离他而去吗？她不是誓死保护独孤翊吗？

为什么会为了他的在乎以命做赌注？

安静的园中，只有指关节咯咯的声音不断响起。许久，他启唇，冷冷道："去开药。她想死，没这么容易。"

"是。"

"高阁主，把我送到惊风苑好不好？"绝舞用期望的眼神瞅着高轩叶。

高轩叶搅动着手里的药碗，将一匙药递到她嘴边，"在这里方便养病，你先安心在这休养吧。"

绝舞噘起嘴，脸又垮下来，"师父为什么不来看我？我昏倒的时候他分明那么着急，现在为什么又不来看我？师父是不是真的不喜欢我了？"说着说着，她双眼开始泛红，眼看泪水就要落下来。

高轩叶完全被她的急速转变打败，"现在不能不吃药，当初是毒并不深，所以我才冒着生命危险答应帮你隐瞒，现在你的病拖不得，再拖就真无药可救了。"

"可师父还是不来看我……"

高轩叶深深地望了她一眼，"少主是害怕。"

"害怕什么？"

"怕你给了他希望，又再一次将希望扑灭。"高轩叶让绝舞将最后一口药喝下，才慢慢道，"总之，你已经迈出去很大一步了，不是吗？"

"话是这样说没错……"绝舞绞着手指，不安道，"但师父还爱我吗？过去三年了，师父说不定对我已经没有感情了，他看我受伤担心，也许是因为我曾经是他的徒弟。他现在不是有杜玉菲那个妖精吗？那天我还看到她在那里过夜……"

高轩叶将碗收起，轻笑，"少主从未碰过你口中的那个妖精。"

偌大的房内，四五个丫鬟端着水盆，拿着毛巾，颤抖着立在一旁。绝姒坐在床边，黛眉紧拧。

"快、快去宫里请御医！"绝姒擦拭着独孤翊额头上不住往外渗的汗水，动作熟练而镇定，仔细看才会发现她的手在细微地颤抖。

她就知道去迦隐不可能安全回来，他为什么这么冲动？

“慢……”独孤翊抓住绝姒的手，“此毒名鸩，只有一人能解，请御医也没用……”

绝姒柔柔的嗓音中带着恼怒，随即看着独孤翊的眼神变得迷离，“高轩叶？”

独孤翊虚弱地闭上眼，任由绝姒帮他擦拭着不断渗出的汗水，“对。”

“端药来。”绝姒伸出手，接过身旁小丫鬟手里的药碗，小心地喂独孤翊。不出片刻，独孤翊便安睡过去。

“睡吧，无论如何我也会帮你拿到解药。”绝姒担心地望着脸色苍白的独孤翊，心底泛起疼惜。

“你们好好照顾城主，他醒来后就给他服下方才的药，如果问起我，就说……解药和舞儿，我定会帮他带回其中一样。”

“是。”

门外有一道身影，透过镂空的木窗，看着屋内床上至今仍旧不醒的人儿。轩叶说，救回她的那夜她醒过一次，为何之后再没有醒过？

她到底在想什么？如果这是为独孤翊求情而演的苦肉计，他不会再放过她！

颜琦无声无息地来到圣忆风身后，“少主，绝姒在外求见。”

闻言，圣忆风微微侧首，眼底滑过一抹深思。

“她说一定要见到少主。”

“带她进来，到大厅候着。”独孤翊中了毒，她怕是来求解药的。

“是。”

裹在长袍下修长的腿跨进大厅，他的目光直直地射向厅中背对他的绝姒。

感受到背后的凌厉视线，绝姒转身，望见的却是他尔雅的笑。

俊逸的脸上噙着淡笑，他悠悠地从绝姒身边走过，并没有像往日那样坐到高台的檀木椅上，而是在她不远处坐下。

“为独孤翊而来？”

绝姒看着他，心里一阵苦涩，“希望少主能手下留情，让绝姒带解药回去。”

圣忆风抬眸，淡淡地望着她，“舞儿、解药，自选一样。”

她狠狠咬住朱唇，思量着该如何选择。先选解药吧，这样翊哥哥以后才有机会夺回舞儿。

正欲开口，清浅的嗓音又飘来，“选了解药，舞儿以后就是迦隐的人，我便不会放她回去。”

“你……”

他转首，望着厅外成片的火红梅海，“她本就是我的人，三年前错过一次，如今我只是拿回属于自己的东西而已。”

屋外，风轻轻地吹起。

方才走来的路上采的一朵梅在轻拈的指间颤动，似是要随风而去。他微怔，收紧手指，将花瓣留在手中。他再也不会让她溜走。

丫头曾经有一句话说对了：他只会为她着想，却从来没为自己想过。

这回，无论她的心在哪儿，他都要自私地将她留住。她今后的日子，他要留给自己。

“舞儿是翊哥哥未过门的妻，少主这是强人所难。”绝姒不甘心地咬住唇，她一定要让舞儿跟着翊哥哥!

“据我所知，她是悔了婚来到迦隐的，蜀地已经传得沸沸扬扬了，你还要再继续遮掩吗？”他轻轻摇头，施施然地向她走去，修整得干净漂亮的指尖极尽温柔地拈住手中花朵，嗓音中带着淡淡的笑，“为什么这么反对舞儿跟着我？”

“不为什么，只是不喜欢！”绝姒踉跄着后退数步，她在他的注视下竟有些慌乱。从他进门的那一瞬间，她便掩饰自己的情绪，自认为已滴水不漏，他为何还会看透?

“不用惊讶，这些天我也做了不少调查。”他放开手中的花朵，指尖染上绯红的颜色，“当初舞儿之所以会离开我，是因为你骗了她。”

圣忆风眼底幽幽冷冷，流光转动，“为什么告诉舞儿，《凤凰舞》的传人是她？”

见绝姒羞愤地看着他，却被他堵得一字都说不出，他微微一笑，“我并不想知道你的真实目的，只想告诉你，我与她之间不会再有任何误会，她也再不会离开我。”

他望住她，深深地，轻轻地，忽而，勾唇，展开一抹极尽妖魅的笑。

“好，我答应你留舞儿在这里，解药拿来。”

“你错了，刚才那个不是条件，只是向你陈述一件事实而已。”

“那你想要什么？”绝姒一脸戒备地望着他。

他勾起一抹笑，“兵符。将独孤翊的兵符拿来给我。”

“不可能！”

“是吗？那独孤翊只能等死了。”他慢悠悠地坐回椅子上，轻轻地抿了一口茶，“其实，我并不想要他的命，既然这个条件你无法答应，那就不要怪我无情了。轩叶，送客。”

“等、等等！”绝姒望着他，欲言又止，不断地绞着手里的帕子。翊哥哥要兵符是拿去对付迦隐，皇上若知道一定会龙颜大怒。将兵符偷出来，说不定翊哥哥才不会越错越离谱。

看绝姒挣扎的模样，他又道："兵符对我来说无用，我只是想让它物归原主而已。"

几经挣扎之后，绝姒道："好，我答应你。但你要给我时间。"

圣忆风眸底幽光冷晦，"我是有耐心，只怕独孤翊的命等不得，所以你还是快些的好。"

绝姒咬着唇，"今天晚些时候我就过来。"

解药此刻就在高轩叶手里，他心下是万般的不情愿，那药引极难找，他费了很久的工夫才弄到。想到药引，他又想起冷沉香那妮子，随便下毒就好了，她偏偏要下鸩，他的解药啊，真心舍不得。

绝姒轻轻地擦拭着独孤翊额头上冒出的汗水，"一定很难受吧，再忍忍，刚服下解药，应该不久就会好了。"

独孤翊双手紧紧地抓住被褥，忍着体内的剧痛。痛楚像火般燎过他的五脏六腑，宛如一把火炬在炙烤着他，他必须用非常强的意志才能将痛楚压到最小。

许久之后，体内的烧痛逐渐减少，一道道暖流缓缓滑过胸口，疼痛的感觉也慢慢消失，他终于能够开口问出疑问："圣忆风愿意将解药给你？"他不信圣忆风会因为绝姒的求情就给解药，"还是你跟他用什么做了交换？"

绝姒将手里的毛巾放进盆中，示意丫鬟将盆子端出去，这才回视脸色还带着淡淡苍白的独孤翊，思忖半晌，道："他是跟我说了条件，但我并不认为他是因为这个条件才愿意给解药。他说让我们永远不要想着将舞儿带回来。"绝姒不断地绞着手里的帕子，"你也知道，若他不放人，我们根本无法将舞儿带出来，这根本就不算是条件。我想，他是刻意将药给你的……"

"刻意？"独孤翊望向绝姒，蓝眸里闪着仇恨的光芒，"你其实是想说，他不想让我死得这么容易。是吧？"

"哥……"

独孤翊凝视着绝姒，泛笑的眼眸像是利刃一样能穿透她，"你说实话，用了什么去交换？我不怪你。"

"我真没用什么交换，他或许是怕再次与舞儿闹僵吧。"绝姒咬着牙，不知该如何回答。她用假兵符换了那个真兵符，真兵符给了圣忆风，不知独孤翊是否能觉察出来。

“你没用兵符换？！”

“哥，你是我最重要的人，我怎么会拿兵符去换呢。”绝姒看着独孤翊冰冷的蓝眸中掩藏的受伤，罪恶感突然席卷而来。

看着绝姒的慌乱，独孤翊烦躁地将头埋进膝盖里。他在干什么？他吓到她了！

“下去吧，让我一个人静静。”

竹阁的屋内，熏香幽幽地飘散。这是一种不同于惊风苑的淡淡竹香，清雅、清淡。

“三天了，为何还不醒？”隐含怒气的声音在房内压抑地响起，怕惊了床上的人儿。

在毒深入五脏之前，他就将绝舞的毒止住了，高轩叶心知根本不会有大碍。

“绝舞姑娘那日醒来，说是住不惯竹阁，怕是受环境影响，才至今昏睡不醒。”沉静的声音中隐着极难觉察的笑意。少主若再不将绝舞姑娘接去惊风苑，他以后还不知道要替她骗少主多久。

“从什么时候起，你学会戏弄本少主了？”指尖滑过苍白的面容，他用毯子将熟睡的人裹住，轻柔抱起，“她以后就住惊风苑。”

高轩叶急忙上前拦住，言不由衷道：“少主，竹阁有属下，照顾绝舞姑娘方便些。”

清淡的眸扫来，高轩叶看似担心地放下手臂，“少主慢走。”

修长的身影在走出屋门时，怀里的人儿露在外面的小手悄悄地朝高轩叶晃了晃。

待屋内无人，绝舞才小心翼翼地睁开一只眼，看了看，又睁开另一只，看了看，小脸顿时垮下来，这不是师父的房间！

师父不是将她带回惊风苑了吗？为什么还是不让她住那间屋呢。

宁儿端着药走进来，“舞姐姐，我给你把药端来了。”

“宁儿？！怎么是你？”宁儿不是兰阁主手下的丫鬟吗？

“是啊，宁儿以后负责照顾舞姐姐。”阁主说看她和舞姐姐投缘，就让她以后伺候舞姐姐。她当时好开心，兰阁主虽然人好，但和她年龄相差太多，舞姐姐比较像是个能说贴心话的人。

“咳咳……”

宁儿赶紧把药端过来，“舞姐姐，快喝药吧。”

想起师父，她就一阵恼，喝什么药！

“不喝、不喝……咳咳……”

“舞姐姐……”

“我不喝！我不喝！”

“舞姐姐，你喝药吧，奴婢求你了，你别跟自己的身子过不去啊！”宁儿看着面色惨白的舞儿在一旁干着急。

“不……喝，拿开……咳……”

绝舞夺过宁儿手中的药碗，将药全部泼进花盆，“不喝、不喝、不喝……咳！”

蓦地，一阵锥心的痛袭来，分不清是身体所致，还是精神的创伤所致。

“不要勉强她，不喝就罢了。”清浅的嗓音从门口传来，“你先下去。”

“是。”一看少主来了，宁儿赶紧低头退出去。

听见他那么漠不关心的语调，绝舞咬着唇，将头垂下去，忍着告诉自己不哭，眼泪却还是不争气地一颗颗掉落到被褥上。

他的目光在那张憔悴不堪的脸上不多停留一刻，优雅从容地在离她几步之遥的地方坐下，“独孤翊三年前演了出苦肉计，今天你又在我面前演苦肉计，你俩还真是绝配。”

她望着那双冷淡的眸，这跟独孤翊有什么关系？她撑着虚弱的身子问道：“师父为什么要这么说……”她若是不用苦肉计，怎么能进入迦隐？如果不用苦肉计，他现在怎么可能会在这里跟她讲话？

他自坐下后就不曾看过她，细长的指从桌上瓶中插着的梅枝上拈起一朵花，在指尖轻轻捻弄，“你不是为独孤翊求情而来吗？既然以死相逼，我给你一个机会，有什么话，现在说吧。”

他查过，她并不清楚独孤翊和他之间的明争暗斗，再加上她前两天对独孤翊狠毒地出手，他相信，她不是为求情而来，心底甚至有个声音告诉他：她是为见他而来！只是，他不敢轻易下结论，只要不是她亲口承认，他便不信。

她用乌黑迷离的眸望着他，“我没有想过要与独孤翊成亲。如果师父愿意给我时间，我会慢慢告诉你我与独孤翊之间的所有事。”

“少主，杜玉菲姑娘找您。”门外的声音轻轻地传进屋内，划破一室沉寂。

绝舞咬住下唇，看着圣忆风从椅子上站起，朝门外走去。

她不能让师父走！

顾不得虚弱的身子，她猛地掀开被，朝床下奔去。地面刺骨的冰凉从光着的脚心瞬间蹿入心口，一个冷战，她的身子向地上栽去，“师父、别走！”

听到咚的一声，他回身便看到她狼狈地趴在地上，双眼含泪地望着他。凤眸瞬间黯下来，等他意识到自己做了什么，她已经躺在他怀里。

感到缠绕在颈上的手突然收紧，他垂眸，便见她正用乌黑的大眼可怜巴巴地望着他，无限委屈。

呼吸突然之间变得急促，他不禁搂住她，猛觉自己的反应后又蓦地松手，眼看她就要落到床上。突然，柔软的两条手臂将他的颈压下，下一瞬间，她泛青的唇贴上了他温热的唇。

冰冷的唇重重地贴在他的唇上，让他怔然，她的举动完全将他的思绪打乱！

见他没拒绝，她闭上双眸，一不做二不休，将修长的腿也顺势环上他的腰，整个人挂在他身上，把他缠得紧紧的，柔软的舌向他因讶异而轻启的唇内探去。

轰！

脑袋炸开，他睁大眼看着她为所欲为。

他蓦地闭上眼，又睁开，再望向她时，眼中已是清冽冷静。

他倏地将她从身上扯下，稳住紊乱的呼吸，动作一贯的优雅从容，“这里不是城主府，由不得你胡来。”

早已经看出他的犹豫和心软，小嘴委屈地一瘪，她大胆地扑上去重新环住他的颈，将脸窝在他的颈项蹭起来。

“师父……舞儿只对你胡闹，你不要凶。”

他再闭上眸，深深吸了一口气，“三年前，你我就已不是师徒的关系了。”

她狡黠地笑，“师父永远是师父。”

他一怔，是啊，永远只能是师父。

他狠狠地扯下她的手，说着言不由衷的话：“你这么主动地投怀送抱到底想为独孤翊交换什么？如果不是解药，那么，是太子之位？”

她茫然地望着他，独孤翊的太子之位为什么会与她扯上关系？

“少主，杜玉菲姑娘说有急事。”

她急忙拽住他的袖口，“师父，不要去！”

他将袖子从她手中抽出，神色复杂地望着她，“你先休息，我晚上过来。”

“不行！”

他没有看她，而是将目光转向窗外，幽然低语：“你，凭什么说‘不行’？”

她在瞬间狠狠怔住，是啊，如今的她，凭什么？

看着小小的身躯垮了下去，他抬步迈了出去，终是不忍心，又轻声道：“你当年绘了一张迦隐的布阵图给杜玉菲，我总得去收拾这个烂摊子。”

她布满阴云的脸蛋儿终于明亮起来，盯着他离开的背影，重新打起精神。

师父的态度已经软化了很多，她只要再稍加努力，就可以跟以前一样留在师父身边了！

“姑娘，你这是做什么呀？我们来就好了。”

小丫鬟谨慎地跟在杜玉菲身后，见她一步步地朝二层走去，手里端着方才亲手下厨做的饭菜，步伐缓慢又仪态万千。

不得不说，眼前这杜姑娘这三年间变化不少，人已没有初来迦隐时的妩媚张狂，似乎沉淀了不少，偏生又长得那样美。这三年里，她整个人似乎一分分地从当初的妖媚化成了如今举手投足间总携着倦色的模样。

许是等得太久，人便乏了。

那日乍然听说，少主竟是从未碰过这位杜姑娘的，所有人都震惊极了。

正想着，已到了二层的门外。小丫鬟停在外面，听到杜玉菲道：“一会儿少主来了，记得通报。”

“是。”

小丫鬟默默地站在屋外，看到圣忆风缓步走了上来，正要通报，圣忆风抬手示意让她下去。

小丫鬟朝屋内看了一眼，福身退了下去。

“这些菜是我亲自下厨做的，尝尝吧。”杜玉菲背对屋门而坐，斟了两杯酒，径自笑道，“在迦隐三年，我似乎很少下厨。”

圣忆风敛袍而坐，看着桌上的三道菜，过了一阵，才道：“将那张地图交出来吧。”

他甚少用这样的语气说话，更是从未用这样的语气与她说过话，这样带着商量口吻的语气，让她不禁为之一颤。她微微抬眸，“我从未想过要将它给别人。没错，独孤翊手中是有一份，那是三年前作为筹码我答应给他的，这个我承认。”

他喝下一杯酒，定定地望着她，“那种东西在别人手里，我终是无法安心。”

“别人？”杜玉菲捻起酒杯，轻啜一口，“是啊，我在你眼里永远是别人。亲手绘了这张图的她，却是你心里认定永远不会背叛你的人。”

圣忆风微微一笑，“不必激怒我，当初她离开的原因我已知晓，并非背叛。”

关于这点，杜玉菲也是知情的。既然圣忆风这样讲，她已明白，他是打心底里原谅绝舞了。

至于她，永远没有希望。

“在你眼里，当真是红颜如白骨，倾城如粪土。这么多年，你眼里、心里竟只容得下她一个人。”杜玉菲撑着桌沿站起身，呵呵地笑了起来，走到床前，从枕下拿出一封信笺模样的东西，“这就是那张地图，当初给独孤翊时，我描了这一张，仅此而已，再没有其他。”

她将地图在圣忆风面前展开，让他仔仔细细看过一遍之后，放在烛火上，看着它燃烧成灰烬。

“这张图三年来就在我枕下，只要你想，随时可以拿走。可你避我如蛇蝎，甚至连我的床都不愿意碰。”

圣忆风低垂着眸子，缓缓站起身，“你休息吧。”

眼看他的身影就要消失在屋内，她失神地跌坐在地上，“你不杀我吗？”

“这些年，你帮我对付日教，没有功劳也有苦劳。我并非是是非不分的人，当然，你伤了她，这个仇我是一定要报的。”他的声音低沉而稳，“颜琦。”

“在。”

“给她服下。”

颜琦走到杜玉菲身边，点了她的穴道，喂她吃下一颗药丸。

杜玉菲看着圣忆风，“直接一掌劈死我便好，何必多此一举用毒药？”

圣忆风早已远去。

颜琦扶着杜玉菲在床边坐下，“这并非毒药。”

杜玉菲只觉身子越来越疲倦，她惊讶地望向颜琦，“那是？”

颜琦不忍看她，扶着她躺好后为她盖上被子，“睡吧，等醒了我送你出去。”

颜琦转身的瞬间，她蓦地抓住他，“你给我吃的究竟是什么？”

“你醒后，便知道了。”

圣忆风走后，绝舞又窝在床上抱着被褥睡了一觉，待醒过来已快到戌时。

听宁儿说杜玉菲傍晚叫圣忆风过去，且亲自下厨做了几个菜，这下她心里不舒服极了，便叫着宁儿一起到厨房，也想要准备两道小菜。

“舞姐姐，你这身子就不要乱动了，在旁边坐着，我来就好。”

“不行、不行，我至少要打下手，我可不想被杜玉菲给比下去。”

“可是，都这么晚了……”

绝舞帮宁儿准备着调料，“没事，师父说晚上会过来，就一定会过来的。师父说话一向算数。对了，一会儿别忘了拿一坛酒来。”

绝舞到迦隐后，宁儿就没见她这样开心过，不禁也被感染了，咧嘴一笑，“放心吧，我不会忘的。”

绝舞趴在桌上，等到快过了戌时也不见圣忆风人影，情绪低落了好一会儿，这才裹好裘袍，端着餐盘朝书房走去。

书房外，颜琦直直地站在那里，看到绝舞，急忙迎上前。

“绝舞姑娘。”

“师父在里面？”她吐吐舌头，“那帮我敲下门吧，我端着盘子不方便。”

“姑娘快进去吧，外面太冷，不必敲门了。”说罢，颜琦便替绝舞推开了房门。

圣忆风听到动静抬眸望去，见她披着裘袍、端着餐盘，一路走来，脸蛋儿和小手都冻得通红，不禁面色一沉，“胡闹！”

她本含着笑意的眸子顿时黯了颜色，站在原地，竟有些不知所措，“你、你说你晚上要过来看我的，可是这会儿都不来……”

话还未说完，他已走至她身前，接过餐盘放在桌上，拦腰将她抱起，搁置到书房内的软榻上。

“师父……”她望着他烛光下清雅俊美的面孔，许是太久没有见过他这样温柔的一面，鼻头一酸，红了眼眶，蓦地抱住他的胳膊，“师父很久没对舞儿这么温柔了。”

她见他并不拒绝，又得寸进尺地钻进他的怀里，手臂圈起他的颈，窝在他暖暖的胸口嘤嘤啜泣，“舞儿这三年来好想你，每时每刻都在想，想得心都疼。”

眼泪逐渐浸湿他胸前的衣料，湿热的感觉传至胸口，他这才低下头，看着胸前的她，僵硬地举起手臂，抚上她不住颤抖的后背。

感受到他的主动，她更嚣张地收紧手臂，将他紧紧抱住。

“你不要再生气了好不好？别送舞儿回去。舞儿当年是因为……”

他轻抚她的后背，“好了，不说了，我都知道。”

“师父知道了？”

“嗯。”他的指尖抚过她被泪水沾湿黏在脸上的发丝，指腹抹去她脸颊上的泪水，“你我之间不存在你的那些顾虑。”

她蓦地一震，揉揉眼睛，抬眸看着他，“师父，什么意思？”

“《凤凰舞》的传人并非是你，而是你姐姐。”

“可姐姐说是我！”

他如水的眸扫过她哭红的眼眸，拍着她的背，“她骗了你，虽然我并不清楚是为什么。”

她震惊地睁大了眼睛。她一直以为姐姐是因为那件事才不愿意她与师父在一起，没想到，却是因为不想她与师父在一起才骗她说她是《凤凰舞》的传人。

姐姐怎么能这样！

顿时，莫大的委屈袭上心头，她在他怀里大哭起来，惩罚般地把眼泪、鼻涕都往他的衣服上蹭，“你为什么不早告诉我？为什么不早告诉我！”

他既哭笑不得，又心疼懊恼，只能紧紧搂住她，“是我不好，是我不好，不哭了，乖。”

她一直窝在他怀里喋喋不休，像是要把三年里没有说的话一次讲完。说了近两盏茶的时间，她的声音越来越小。

“师父，别送舞儿回去……”轻轻的鼾声从他胸前传出，她的小嘴还在不停地絮絮叨叨，“舞儿不喜欢那里，独孤翊越来越可怕了……也讨厌杜玉菲……”

直到她在他怀中睡去，他唇角的笑意还未消失。

他轻手轻脚地将她放平，垂眸望着她安静的睡脸。她的脸颊上还有未彻底消失的泪痕，一条手臂依然紧紧地挂在他的颈上，另一只小手覆在他的大掌上，死死地握着。

他在她身侧躺下，将她牢牢地搂进怀里。

他们竟然因一句谎言分离三年。

他差一点就要永远失去她。

清晨的阳光淡淡地洒进屋里，风吹动着纱幔轻舞飞扬。

他侧躺在她身边，撑着额头，静静地望着身边熟睡的人儿，眸光闪烁。她就这样躺在他身边，他甚至恍惚地以为这是一个太过美丽的梦，唯恐发出微微一点动静，这样美好的梦境就碎了，破了，消失了。

她瘦了很多，肉肉的脸变得消瘦，两只眼睛在消瘦的脸上显得又大又黑。在尘家庄时一瞥，他就知道，这三年她过得并不好，却不愿多想，更没料到她的憔悴是因他。

手轻抚过她脸颊上的发丝，指尖传来的触感是如此的真实，他的丫头，终于回到他身边了。

他当年愤怒她对独孤翊的保护，以至于完全没有注意到她当时的异样。他若可以理智一些，若可以清醒一些，就不会失去她三年，他们也不会痛苦这么久。

还好，她回来了……

他的丫头回来了，这不是梦，她真真切切地躺在他身边……

他感到她身体一阵轻颤。她大概是在做梦，长长的睫毛微微扇动着，眉头也拧起，胸前的拳头攥得紧紧的，身体不住地颤抖，泪水自紧闭的眼角溢出。

“师父……师父不要走……不要走……”

听着她的呓语，他心疼地搂过她，将唇轻轻地印在她出冷汗的额头上，“丫头，师父在……永远不会再抛下你……永远……”

迷迷糊糊中，她听到让她安定的声音，唇角勾起一抹满意的笑，逐渐地，身体不再颤抖，呼吸平缓，她又睡熟了。

“少主，我有要事禀报。”门外低沉的声音响起，音量不高不低，恰恰好传进圣忆风的耳朵。

看着床上的人儿，三年来，他第一次心情如此轻松和愉悦，连被打扰，声音里也有淡淡的喜色，“进来。”

颜琦轻推开门，走到床边，在此过程中谨慎得没有发出一丝声音，始终低着头，“严曦出现在南城，向少主发了战帖。”话落，他从袖中取出战帖递上。

一直停留在嫩白娇颜上的视线终于收回，圣忆风微微转身，一只手接过颜琦手中的战帖，打开过目，“何时出现的？”

“就在昨晚，因少主已经休息，所以没报。”

“四阁主可知？”七月初一，距今还有十五日的时间。

“昨晚就已知道此事。”

“让他们午后在大厅候着。”这一天终于到了。他就料到严曦会主动发出战帖，看来是有十足的把握，不然严曦不会这样做。

“你先下去吧。”

“是。”

又过了几个时辰，快要日上三竿。

她静静地望着眼前闭着眸的圣忆风，悬在空中的心这才安稳地放下。

三年了啊，她又可以如以前那般在师父身旁了，真好。

这个温暖的胸怀，就像个安全的堡垒，为她挡风遮雨，依偎在这里，所有的不安都会烟消云散。而她三年前因气师父不顾她的感受、隐瞒所有、独自承担痛苦，竟不顾他的感受，将他给她的呵护和宠溺全盘否认。她怎么能那么说？师父那个时候该多伤心。

她翻个身，趴在床上，两条胳膊撑在床上，托着下颌，睁着大大的瞳眸望着他的睡颜，偶尔眨一下长长的睫毛，视线最终停留在那张薄唇上，再也移不开视线。

像只偷腥的小猫般，她伸出舌尖，快速地舔了舔干燥的唇。怎么办？好想咬上去，她变得好色哦。开心地咧开嘴，她又朝他挪近了一寸。哎呀呀，近了，好近了，能感觉到师父的呼吸轻轻撩拨着她。终于，她将唇覆了上去。

感觉真好，师父的嘴巴好软、好暖。久违的感觉让她的心蓦地开出一朵花，并且在心底如映山红般大片大片地蔓延开来。她闭着眸，扬着可爱弧度的唇，轻轻地贴在他的唇上，感受着他传给她的温暖。

忽而，一只手环过她，将她放倒在床上，变被动为主动。他轻轻吻着她，很柔很柔，就像他始终给她的呵护，又如蝶儿戏花那么灵巧、那么珍宠，诉说着无尽的相思。

她睁大眼睛，看着方才还熟睡的人突然清醒过来，脑中有片刻的混沌。不过才一瞬，她便回过神，将双臂环上他的颈，享受着他的爱怜。

他的舌挑动了她的，不断纠缠。他的吻像醇酒，让她的一颗心逐渐沉醉。

缠绵稍歇，他微退开寸许，看着她迷蒙的眼和红润的脸颊，笑得迷人。

“丫头……”

她的小手还紧紧地揪着他的衣领，小嘴呼呼地喘着气，迷迷糊糊地嗯了一声。

他的指尖点上她的唇，勾勒着因方才的吻而充血的红唇，眼眸蒙上一层晦暗，低低轻喃：“他可有碰过你……”

“谁？”她随口问了一声，视线在他脸上流连。天啊，保佑她以后每天早晨醒来都能看到这张脸。

看她心不在焉，他压下头，轻咬了一口红润的唇，几乎是咬着牙道：“独、孤、翊。”

“没有、没有、没有！绝对没有！”她赶紧撇清关系。

看她匆匆忙忙地回答，他的眼底掠过一抹狐疑，“没有？”

乌黑的眼珠开始滴溜溜乱转，“没有。”

薄唇微勾，笑却没有深入眼底，他知道她在骗人，“确定？”

他的眼神让她心虚，她轻轻推开他的身体，缓缓将身体抽离出来，眼神开始飘忽，“好像……是吧……”

大掌倏地一下将她重新拖进怀里，薄唇轻启，字字冰冷，“好、像？！”

“啊！救命……呜呜，只是碰了嘴巴，那也不是我愿意的啊。师父要为我报仇……”

缓缓飘下的纱幔遮住了无辜的呐喊，一时间，锦榻上，红鸾帐暖，绞绡影缠。

第二十五章 红尘似眉弯

三年来，整个迦隐头一回洋溢着轻松的氛围，似乎连空气都活跃了起来。

“你们可看够了？”轻轻的嗓音悠悠地扬起，尾音带着淡淡的弧度，勾进众人心坎里，漾起一池水。

众人回神，接二连三地道：“够、够、够了。”

圣忆风脸上扬起浅浅的笑，前所未有的温煦，“那我们进入正题。今早我拿到严曦向我下的战帖，诸位怎么看？”

台下沉默片刻，一个苍老的声音沉沉响起，“少主，大意不得。严曦既然敢在十年后主动向你下战帖，就有十足的把握，我们要谨慎行事。”

“嗯。”微微侧首，圣忆风对高轩叶道：“查出是谁在暗中帮他了吗？”

“独孤翊。”

闻言，圣忆风微讶。独孤翊帮严曦，绝姒和丫头应该不知吧，不然以丫头的性子，她会闹翻天的。

高轩叶又道：“独孤翊自从日教瓦解、严曦逃出日教之后，就一直与严曦有联系，照推测，应该已有一年之余。”

呵，独孤翊为了除去他可真是不遗余力啊。

圣忆风垂眸浅笑，修长的手指轻轻抚着另一根手指，“独孤翊拿到了兵符，而严曦又下了战帖，地点定在北城东南部的断情崖，是想趁我赴战之际围剿迦隐吧。”

还真要感谢冷沉香给独孤翊下了毒，才逼得绝姒不得不交出兵符，否则他还要再费心去解决兵符的事。

思及此，圣忆风笑着朝冷沉香望去，“你可算办了件好事。”

冷沉香一脸莫名其妙，“我做什么了？”

圣忆风正欲回话，一道声音蓦地从远处传进大厅，他清淡的眸忽地闪过一抹光。

“哈哈……忆风小子，好久不见，来，让师叔好好瞧瞧！”粗哑的声音配着极其不搭调的嬉笑划过大厅。话音还没落，只见一个身材不高、留着白色胡须的老头蹦到石台的红木椅边，布满皱纹的手拉起圣忆风垂在木椅边缘的墨发，左扯扯，右扯扯。

“师叔。”圣忆风无奈地叹息，阻止了继续蹂躏他头发的手，“您终于肯从宫里回来了。”

柳钦无趣地松开手里的头发，蹦到台下的椅上坐下，白眉下的眼睛转了转，“嘿嘿，皇宫里美酒佳肴享用不尽哪，老头子我还想多待一段日子呢！”

想必师叔在宫里的这段日子，皇上被折腾得够惨哪。含着淡淡笑意的眸凝视着柳钦乐滋滋的脸，“那是什么风把您老吹回来了？”

“还不是听到忆风小子的深情呼唤我才跑回来啦！”

好冷，话语方落，整间大厅寒冷来袭。

冷沉香抚抚胳膊，感觉鸡皮疙瘩起了一身，故意学着柳钦的口气道：“哎呀，那柳老前辈知不知道少主很久前就开始‘呼唤’你了啊？”

高轩叶在一旁瞪了冷沉香一眼。冷沉香扬高如玉的下颌，表示蔑视。

柳钦瞅瞅高轩叶，故意道：“呦，沉香丫头，看来轩叶小子没管教好你啊。”

沉稳含笑的声音缓缓响起，“前辈教训得是，是属下的罪过。”

冷沉香红唇一嘟，“前辈，你……”

“哈哈！”柳钦捋捋胡须，美滋滋地看向中间不语的人，“看来迦隐要办喜事啦，还不止一桩。听说你把那好徒弟找回来啦？”

闻言，圣忆风细长的眉轻轻扬起，唇畔的笑意更深了，“师叔的消息可真灵通。”

“那是必须的啊。”

“严曦向我下了战帖。”圣忆风望向椅上的柳钦，他想知道师叔心中是怎么想的，毕竟他和严曦是亲兄弟。

柳钦笑眯眯的眼睛蓦地睁大，粗糙的掌啪的一声拍向身旁的桌面，一跳而起，“那个浑蛋出现啦？！我要好好教训教训他，到底还是不是人！”

“师叔……”

“不用担心我！你想怎么教训他就怎么教训。”柳钦扑通一声又坐回椅上，不好意思地抓抓头，“最后，别让他死得太难看就好啦……毕竟兄弟一场……”

“我明白。”圣忆风淡淡微笑，“既然你已经不帮独孤翊了，可否请师叔帮个忙？”

“你的请求，师叔肯定答应啦！说！”

“放出风声让独孤翊知道，迦隐正在想尽办法弄到他手中的兵符。师叔你与皇帝相熟，这点独孤翊也知道，由你告诉皇帝，再由皇帝不经意间告诉独孤翊，这样是最万无一失的。”

柳钦抓抓头，“为什么啊？”

“因为，独孤翊手中现有的兵符是假的，我不想让他提前发现。”

柳钦一拍额头，“这招妙，我明白了！”

圣忆风的薄唇很满意地微微勾起，“还有，绝舞的姐姐还在城主府，那道假兵符就是她换掉的。我想请师父帮忙，将她接出城主府，安置在一个安全的地方，在严曦与我决战之前，千万不能让她与独孤翊碰面。”万一绝姒因为担心独孤翊而说出真相，那麻烦可就大了。

“明白明白，你放心就是了。哈哈，我先走啦，到皇宫享受美味去！你应战那日记得叫上我啊，师叔帮你呐喊助威！哈哈……”

话还没有说完，人已经不见踪影，只留下笑声回荡在大厅内。

“你们先下去，将各自负责的地方都布置好，以防独孤翊派兵围剿。一处出了差错，你们百条命也赔不起。”虽没有兵符，但不代表独孤翊集结不了那么多人，还是小心为妙。

“是！”

待大厅里的人散去后，圣忆风才缓缓地将身体靠近椅中的软垫内，露出些许疲倦，“严曦没有露过面，不知他的龙旋掌法练到什么境界了……”

高轩叶沉寂片刻后，道：“恕属下冒昧，为了有万全的胜算，少主为何不尝试去练那个所谓的神功？”

圣忆风勾唇，望着高轩叶，“既然知道是‘所谓的’神功，我还练什么？”

“少主的意思是神功真的不存在？”

“不，存在，只是早就毁了。《凤凰舞》还在，但《玉骨玲珑》早就不存在了。不用担心，我一人足够对付严曦，更何况还有你们四个和师叔。严曦他不是我们的对手，我只是担心他耍诈。”圣忆风对孤傲洁说：“傲洁，你去将严曦的行踪一一打探清楚，看看他都和哪些人在联系，如果真的只有独孤翊，那我们防好独孤翊就行了。师叔那边的事情若是解决了，事情就很简单。”严曦大概猜不到师叔突然撒手不管独孤翊吧，毕竟师叔和先帝的关系不一般。

“是。”

夜色如水。

蜀地城主府的水榭里传来阵阵琴声，曲调和谐清雅、清音袅袅，却隐含了几分不明的愁绪。

水榭周围锦簇的花团半隐半现在墨一般的夜色中。夜风拂过，花香阵阵，撩动抚琴人脸颊边的发丝。

“小姐，披上吧。”

丫鬟拿着单衣为绝姒披上，却见她眼含雾气。

“小姐，你怎么了？”

绝姒将脸颊边的发丝撩至耳后，微微一笑，“没事。”

正待绝姒起身离去，远处有丫鬟飞奔过来，在水榭台下跌了一跤，“小姐、小姐！快去看看吧，城主他、他又……”

绝姒和身旁的丫鬟对望一眼，急忙跑下去扶起下面摔跤的丫鬟，一起朝大厅跑去。

“哥！”绝姒提着裙角匆匆忙忙跑到大厅，不住地喘着气，脸涨得红扑扑的，“你这又是做什么？”

独孤翊呷下一口茶，冰蓝的眸不带任何感情地盯着地上方才被他砍了头的家丁，“没做什么，我在等她自己回来。”

“你们都下去，把尸体收拾干净。”绝姒赶紧转首对身后的丫鬟和下人道，“嘴巴闭紧了，一个字都不能说出去！”

“是、是！”

“你这样舞儿也不会回来的。相处了三年，你又不是不了解！她好不容易和圣忆风在一起了，她不会管你每天杀多少人等她的！”绝姒忍不住拔高音调冲独孤翊喊起来。

“不，她一定会回来！”舞儿纵使再恨他，她的心还是一如既往地善良，她不会看着这么多人死去而无动于衷的。

“舞儿当初在府里和哪个丫鬟关系最好？”

绝姒不安地看着他，“你要做什么？”

“不做什么，赏赐她而已，毕竟舞儿在府里没什么知心的人。”独孤翊倜傥英挺的脸庞散发出一股魔性，静静地瞅着绝姒，等待答案。

“我不知道……”绝姒朝身旁的木椅走去，恰好错过他的视线。

“那如果让我一个一个地查，恐怕受牵连的人就更多了。”他挑眉觑着绝姒一脸戒备的神情，心里不悦。

绝姒抬眼望了一眼独孤翊，眸里有疼惜、有失望、有无奈，只是独孤翊还来不及仔细研究，绝姒就起身朝外走去，“落红。”

有力的大掌紧紧攥起，他望着屋外一片美景，冰蓝的眸露出狂妄的笑意。

接连几日，绝舞晚上总是在噩梦中醒来，心里的不安就像石子投入湖中泛起的涟漪，越来越大。她也不知为何会有这样的感觉，也许是最近独孤翊太过安静，反倒让她有些不安了。

远远地，绝舞便见一个家丁抱着木盒朝她走来。

“这是什么？”

家丁看着绝舞可爱的脸庞和闪动的大眼，黝黑的脸上露出一抹害羞的笑，低下头道：“绝舞姑娘，正巧，这个是要给你的。”

“给我？”绝舞接过木盒，好奇地问道：“是谁送来的？”

“这个奴才不知，奴才也是从别人手上接过来的，说是要交给绝舞姑娘。”

“好了，你下去吧，我自己看看。”

“是。”

绝舞抱着木盒，穿过梅林，向惊风苑走去。沉甸甸的感觉让她的心也变得沉重，不安的感觉再次没有理由地袭上心头，她急忙晃晃脑袋，甩掉不开心的感觉。

一抬首，绝舞竟看到了一抹熟悉的身影。

“青衣！”

那抹淡黄色的身影一顿，回首看到是舞儿，她有些局促，有些慌张，随后很快垂首道：“舞儿。”

绝舞抱着木盒，急忙飞奔过去，见到熟悉的人，她很开心。

“你怎么在这儿？”

青衣支支吾吾，不知该如何回答，“这……”

“怎么了？”绝舞瞧着青衣为难的样子，眼眸一转，“在这里能碰到你实在太好了，你别急着走，进去坐坐，好久没见到你了，还怪想的。”

青衣自知躲也躲不过，而且少主现在和舞儿已经和好，告诉舞儿也无妨，便抬首笑了笑，道：“好。”

“这里面到底是什么东西？重死我了。”绝舞抱着木盒走到惊风苑，圣忆风并不在屋内。她将木盒放到一边，“等会儿再看吧，我们先吃午饭。”

“哇，今天的饭看起来真好吃。”见青衣在一旁不动，绝舞拉着青衣坐下，冲她眨眼睛，“干吗这么拘束？就像在明月山庄一样，把这里当自己的家。”

“舞儿……我……”

绝舞乌溜溜的眼睛瞅了青衣一眼，“行啦，别吞吞吐吐的，我大概猜到你要说什么了。”

青衣蓦地睁大了眼睛，“你知道？！”

“也不算全知道，只是有这种猜测而已，那你说出来我听听是不是我心里想的事儿。”

青衣低着头，“我起初不是明月山庄的丫鬟，也不是吟依姑娘的人。”

“所以，你是师父的手下？”绝舞啧啧两声，“那你可是一开始就知道师父真实身份的极少数人之一。”

“舞儿，对不起！我不是故意……”

绝舞扑哧一笑，挥挥手，“好了啦，逗你的，我早就知道了！”

“你什么时候知道的？”

绝舞的目光之中闪过得意之色，她向青衣眨了眨眼，“嗯，大概就是上次让你帮忙查独孤翊的事情时猜到的，但并不确定。”

“你不怪我？”

“不怪你。师父最初也是为我好，你又是奉师父之命，所以没什么好责怪你的呀。”绝舞的眼睛转了一圈，“但不管怎么说，你也是骗了我的，所以，你必须补偿我。”

青衣正色道：“舞儿你说吧，不管你让我做什么，我都愿意。”

“从今以后你必须留在迦隐，这样我就能经常见到你了。”说罢，绝舞凑到青衣面前，嘿嘿一笑，“而且，迦隐不错的男子很多哦，到时候我再给你找个如意郎君。”

青衣顿时红了脸，“舞儿，你瞎说什么呢。”

绝舞看着青衣，眼睛亮晶晶的，“你不愿意留在迦隐？”

“不是，只是……”青衣咬着唇，“只是我一直都在明月山庄，而且现在的主子也很不错……”

话题终于扯到这上面，绝舞吃了口饭，状似不经意地道：“你不会舍不得你主子吧？不过，话说回来，孟公子确实不错，留在那样的主子身边也是福气。上次你让他帮你带口信给我，我也跟他聊了不少……”绝舞的余光扫了一眼青衣，果然见青衣的手微微一僵，然后她继续道，“唉，可惜就可惜在孟公子没法在明月山庄留太久。”

青衣闻言，蓦地抬眸看着绝舞，“无法留太久？！为什么？”

“你不知道？！”绝舞眼珠一转，“他再过一些日子就要回去成亲了。”

青衣瞬间煞白了脸，余光扫到绝舞身后正走过来的圣忆风，急忙起身，微微福身，“少主。”

“嗯。”

“我先下去了。”青衣看了看舞儿，急忙跑了出去。

圣忆风敛袍坐在绝舞身边，回眸看了一眼青衣离去的方向，“你都知道了？”

“嗯。”绝舞笑嘻嘻地上前抱住他的胳膊，“你放心吧，我不怪你。”

“你这个鬼丫头。”圣忆风一怔，捏了捏她俏挺的鼻尖儿，侧眸看到另一张桌上的木盒，“那是什么？”

绝舞过去将桌上的盒子抱起来，“不知道，刚才有人说是给我的，那个人说他也是从别人手中接到的。”

绝舞的手才放在盒上，准备解开外面的白布，圣忆风就止住了她的动作，“慢着，我来。”

修长的手指三两下便解开了白色的布，视线落在盒边一滴暗红色的痕迹上，他的神情变幻莫测，对舞儿道：“丫头，把眼睛闭上。”

“不要，我没那么胆小。”

心知拗不过她，他叹了口气，“做好心理准备，不要被吓到，应该不是好的东西。”

缓缓掀开盒盖，舞儿看到盒里东西的瞬间猛然转过身强烈地干呕起来。

是落红！独孤翊竟然将落红杀了！那个魔鬼！

圣忆风取出头颅旁的一张信纸，眼底掠过寒光，砰的一声关上盒盖，“颜琦，拿去妥当处理。”

“是。”

“丫头……”圣忆风伸手轻轻地拍着她的后背，神色担忧，“好点了吗？”

过了好一会儿，绝舞才慢慢将头转回来，喝了一口桌上的茶，“这东西是独孤翊送来的。”

他担忧地望着她，“你认得那个人？”

绝舞已从眼眶红红变成泪流满面，咬着唇道：“是舞园的一个丫鬟。记得我那天跟师父说的吧？我在那里也没什么朋友，只和落红比较熟。刚才那个……就是落红。”

他将她抱进怀里，搂着她颤抖的身子，轻轻地安抚着，“乖，别难过了，看看信里写的什么。”

“嗯。”

细长的眉因信的内容逐渐拧了起来，平静的眸变得犀利。独孤翊可真比他想的还要狠厉。

绝舞垂眸把信的内容完完整整地看了一遍，小脸霎时间变得比方才更加惨白。她低低呢喃道：“都是我的错……独孤翊上次来迦隐和我交手的时候，就跟我说……我一日不回去，他就一日杀一个……我以为他只是说说……没想到、没想到他真的这么做了！师父……都是我的错，我害死了这么多人……”

他心疼地安抚着她，“这不是你的错，没有人能强迫别人做什么。”

“都是因为我自私！我不想离开师父，所以独孤翊说那些话的时候我才故意忽略掉的！我早应该想到他能做出来的！都是我的错……”

“师父陪你回去一趟可好？顺便将那些人安置好。”轻柔如春风的话语让她心底的轩然大波缓缓地平静下来，带着魔力般的语调宛如一颗温润的明珠滚过她的心口，莫名地安抚着她的躁动。

“好。”

一钩皎月静静地挂在如墨泼染的夜空，稀疏的星辰点点镶嵌，月光将整个城主府的美景映照得无所遁形，然仔细看去，便会发觉美景之下的凄凉和寂寞，此时还不是深夜，而偌大的城主府竟没有一个人影。

两抹迅如闪电的身影在月光下闪入府，悄无声息地立于园中的一角。

“丫头，这里你熟悉，你去将那些不重要的仆人遣散，交代他们到城门口的那间小客栈。轩叶他们在那里候着，会安排他们的住处。”

“为什么是不重要的？”

他轻轻刮过她小巧的鼻子，“重要的人独孤翊会留着，不会轻易杀掉的，他还没有疯狂到那种地步。”

“嘿嘿，还是师父聪明，那舞儿去了。独孤翊就在旁边的那个园子，师父你要小心哦。”

“我们没那么多时间，能救多少就先救多少吧。快去。”

“嗯。”话落，绝舞娇小的身影便迅速地蹿入园中。

忙活了半天，她擦擦额头的汗水，终于快要解决完了，就剩舞园了。悄无声息地进入舞园，正欲进丫鬟的下房，眼角瞥见一抹暗影在晃动，她机警地回身，“谁？”

“我的舞儿，许久不见，你的警觉性又提高了。”一阵低沉、缥缈的笑声传来，独孤翊自角落的阴暗处走出。

“独孤翊！”平日里这个时候他应该就寝了，他的作息时间一向很准，为何他会在舞园?

独孤翊向她走去，“你终于肯回来见我了，乖乖。”

乖乖？恶心死了！绝舞站在原地冷漠地瞪着他，“我不是回来见你的！”

异常的情绪闪过眼底，他冷沉一笑，神情添了几许难测的幽寒，“不是？那没有关系，不管为了什么，你回来了就好。”

“少自大了，我一会儿便会走！”若不是为了拖住他，好让师父去取独孤翊陷害八皇子的证据，她才不想跟他在这儿废话！

脸一沉，独孤翊迅捷地起身，狂傲的气势袭向绝舞。他的反应让她顿时无措，连连后退数步，换了几种身法都未能逃过他，双手啪的一声被他扣住。她当下脸色发白，独孤翊以往和她交手时一定刻意隐瞒了功力！

他轻巧地点了她的穴，一只手扣住她的双手，另一只手抚上她的脸，“那些人死得值啊，你还是回来了。”

她狠狠地瞪着他，“疯子！”

“疯子就疯子吧，能得到你就好。”独孤翊俯下头，在她耳边缓缓道：“既然我是疯子，那就不必那么君子了吧，今夜，我要让你成为我的人。”

语闭，他将怀里动弹不得的人拦腰抱起，朝舞园的主屋走去。

就在踏进门的一瞬间，一道紫影飘忽闪过。独孤翊心下一惊，才知圣忆风也来了！

怪不得她能这么镇定！他躲不过圣忆风飘忽诡秘的身法，才一出神，就被对方扣住手腕，酥麻的感觉一直从手腕延伸至整条胳膊。

圣忆风轻巧地接过他怀里的人，松开扣住他手腕的手，瞬间后退数丈。

随即，城主府的四大护卫在暗夜中突然出现，将圣忆风和绝舞两人团团围住。

“圣、忆、风！”独孤翊拔剑，气结地朝圣忆风刺去，“你们也给我上！”

眨眼间，五把剑一同朝圣忆风刺去。他抱着绝舞凌空跃起，飘忽的身影形如鬼魅，衣袂、发丝在风中飞扬起来。他轻轻点开绝舞的穴道，“丫头，抱紧我就好。”

她乖乖地不动，双臂紧紧环住他的颈，还向独孤翊挑衅地扬起眉。

紫色袖袍轻扬，一条白色缎带自袖口射出。以内劲灌注的缎带以闪电之速向四个护卫击去，同时挡下独孤翊的杀招。他抱着她在空中一个优美的转身，在数丈外轻轻落地，紫袍在月光中飞扬，丰姿若神。

“独孤翊，你好自为之吧。”他抱着她轻跃上枝头，消失在茫茫月光下。

“该死的！”独孤翊唰的一声将剑掷出，一道银弧在黑夜中闪过，直直地插进不远处的地面，摇晃两下，停住了。独孤翊狠狠地瞪着剑，仿佛剑插进的不是土地，而是某人的心脏。

他一定要将舞儿抢回来！

“城主、城主！”管家急忙跑过来，哆嗦着身子，不住地擦汗水，“那个……那……”

“那什么那，到底什么事？”他现在可没性子玩猜谜的游戏！

管家向后退几步，勉强抬起大汗淋漓的头，“那个……府里的下人似乎都不见了……还有……”

凌厉的蓝光唰地射向可怜的老管家，舞儿刚才在园里蹿了半天，就为了这个？！

“还有什么？！”

“您的房间……门开着，我不知道刚才……是不是……有人闯进去……”

“啰嗦！”独孤翊再也听不进去老管家断断续续的话，朝自己的住处飞奔而去。

藏蓝的身影刚消失，老管家再也经不住惊吓，虚脱地一屁股坐在地上。天啊，城主怎么越变越可怕！

四个护卫相互看了一眼，走到老管家面前，道：“管家，你还是快离开这儿吧。”谁看不出来，城主现在变得像个魔鬼，杀人成狂，丝毫不顾及情面？

老管家抬起头，两眼闪着泪花，“我不能走啊，当初答应国师好好照顾他们姐弟俩，小姐早就不在了，我怎么能丢下城主一人呢。”

独孤翊踏进房门，扫视了一周后，并没有发现异样。圣忆风不是做事这么不小心的人，既然来了他的房间，出门自会将门关上，所以绝对不是圣忆风。似是想起什么，他关上门，快速走进里屋的床前，将床头的花瓶轻轻一转，床板上露出一个小方洞。他将手伸进去，脸色霎时变得铁青，那几张至关重要的信笺不见了！

他关上机关，坐在床头冥想起来：到底是谁将证据拿走了？难道真是圣忆风？但以迹象来看这并不是圣忆风所为，这个人似乎非常清楚他房内的一切，并没有翻乱其他的东西，目标就是床头。

忽而，蓝眸里划过一抹伤痛和震惊，低沉浑厚的嗓音压抑着浓重的情绪，“这不是真的……”

天大亮，整个城主府的人几乎都被舞儿救了出去。如今空荡荡的府邸纵使有再多的美景，看起来也十分寂寥。

绝姒不安地朝独孤翊的住处走去。

昨晚圣忆风威胁她交出翊哥哥陷害八皇子的证据，否则就杀了翊哥哥。她相信圣忆风是个说到做到的人，何况他那样恨翊哥哥，她无奈之下只能帮他取出证据。

现在，翊哥哥恐怕早已经发现丢了证据，并且怀疑到她了。

站在门口，绝姒深深地吸了一口气，鼓足勇气，轻轻叩门，“哥，你找我？”

“进来。”平静的声音如以往一般低沉，听不出丝毫异样。

绝姒走进门，看到满桌的饭菜，非常丰盛，丰盛到让她不安。

“怎么了？你的脸色不太好。”独孤翊向绝姒的杯中斟了一些酒，抬眸关心道。

是她多心了吗？独孤翊并没有什么不一样的地方。到底是凝香苑的老板，多少达官贵人她没见过？她应付过的场面也多，随即便展开一抹从容的笑，“我昨天出了凝香苑到集市转了许久，买了很多东西，所以才有些累。”

“本来今天这顿饭是想在昨天吃的，结果昨天傍晚没寻到你。”

“白天里买的料子，我有些不喜欢，傍晚就拿去布行换了。”

“昨晚府里出了大事，你知道吗？”

绝姒的心都提到了嗓子眼，独孤翊的平静反倒让她更加紧张，“嗯，听管家说了。”

“昨夜你在哪儿？”敛着的眸闪过一抹异样，独孤翊抬首看了她一眼，夹了一口菜吃起来，“舞儿昨晚也回来了，她没去找你吗？”

绝姒惊讶地看着独孤翊，“舞儿回来了？”

独孤翊仔细观察着绝姒的表情，见她似是真的没见过绝舞，便道：“嗯，她与圣忆风一起，又走了，还放走了我府里几乎所有的人。”

提及圣忆风，绝姒的心跳有些加快，她端起酒杯，一饮而尽，“翊哥哥，我不怕你怪罪，我也有想过放那些人出去，只是凭我一人之力很难做到。我们为什么不能回到从前那样呢？”

独孤翊没有回答她，又向杯中斟了些酒，蓝眸蒙上一层落寞，“我们很久没这样坐在一起吃饭了，真是怀念一家人围桌而坐的日子。”

“哥……”想起曾经的情景，难过的情绪涌上心头，绝姒伸出手，覆在独孤翊的手上，紧紧握住。

“没事，陪我说说话就好了。”独孤翊抽出手，在绝姒的手上轻拍两下，“昨夜，我陷害八皇子的证据不见了。”

感受到大掌下柔软的手瞬间僵硬，独孤翊黯了眸子，松开手。果真是绝姒做的。

绝姒的心微微一颤，“是圣忆风偷走的？！”

独孤翊连灌下数杯酒，声音苦涩，“罢了，有什么好争的。我夺太子之位，本就是为了能得到舞儿，既然她看都不愿看我一眼，我要太子之位何用……”

“哥……”

独孤翊边饮酒，边诉说。绝姒不再插嘴，静静地在旁边听着，直到独孤翊终于撑不住倒在桌上，她这才轻叹一声，将他扶到床上安置好。

鹅黄色的倩影消失于门外后，独孤翊缓缓睁开眼，一只手咚的一声砸到床沿上，不消片刻，血自伤口蜿蜒而下，滴在床边。

手再痛，也不及心底的痛。

她竟然背叛了他！她竟然背叛了他和她十多年的兄妹情！

杜玉菲守着冷清的房间，燃着火焰的美眸瞪着镜中绝美的脸庞，手指嵌入手心，掐出丝丝血迹。

咚，咚，咚。

绝舞打开门，看到杜玉菲，火一下就蹿到了脑门，瞪圆美眸，“你来干吗？”

杜玉菲看着绝舞刚刚沐浴完的模样，小脸儿沁着沐浴过后的润泽，粉颊嫣红，软嫩的模样就像初生的婴儿。然就算绝舞再美，看在杜玉菲眼里都十分的碍眼！

“我找少主。”

绝舞想起曾经被杜玉菲挡在门外的场景，以及她派人暗杀她的事情，冷冷一笑，“师、父、不、在。”

说完，她就要将门关上。就在这时，一只纤纤玉手插了进来，刚刚好把住门框。绝舞可不像当初杜玉菲有那么多顾忌，她狠下心，不顾门间的那只手，迅速将门用力关起来。

“你！”杜玉菲根本没想到绝舞会这么狠，而且还用那么大的劲儿，盈盈水眸立刻含满怒气。她垂眸看着那只刚被无情夹住的手，一道红色的印子横在手背上，分外显眼。

绝舞急忙把门拉开，笑脸上尽是歉意，黛眉也紧紧地蹙起，“啊，对不起，我不是故意的，没想到你的手会突然进来。没事吧？”

“少装模作样！”杜玉菲气结地一掌推开门，走进去。

绝舞刚好站在门后，被她这么一推，一屁股坐到了地上，一双杏眸瞪着杜玉菲，突然，一朵如春花般的微笑在她的唇畔泛开。

杜玉菲看着舞儿千变万化的表情，还没反应过来，一只大掌便将舞儿捞了起来。她顺着胳膊看过去，一身紫衣的圣忆风正用柔和的眸子望着绝舞。

“摔疼了吗？”

杜玉菲看向绝舞，那双刚刚还挑衅地冲着她笑的眸，此刻盈满了泪水，圣忆风这么一问，泪水扑簌扑簌地落了下来。杜玉菲愕然地看着她，半晌说不出一句话。

绝舞又眨了眨眼，两行泪水顺流而下。她瘪起小嘴，趴到圣忆风的怀里，搂住他的颈，“这女人真野蛮，我不让她进，她就把我推倒在地。”

圣忆风从头至尾都没看过杜玉菲一眼。他抱着绝舞走进屋里，将她安置在身旁的椅子上，才缓缓道：“你不是应该已经出了迦隐吗？”

杜玉菲僵硬地走进去，站在两人面前，水袖下的指尖狠狠地掐着手心，似乎只有这样才能减少内心的痛楚和屈辱。

“找我有事？”

“只是，看看少主最近在做什么。”

绝舞脸上方才流的泪水这会儿已经消失，只留下两道泪痕嵌在脸上。她冲杜玉菲扬起黛眉，“师父在忙着陪我。”

“丫头……”他无奈地看着淘气的她，眼里尽是柔情。

她垂下头，低喃道：“本来就是嘛……”

杜玉菲的盈盈水眸带着不甘看着他，她并不怕死，她只是心痛，心痛跟了他三年之后，仍旧在他心中没有丝毫的分量。

“玉菲不怕死，少主要玉菲死，玉菲决不苟活。可是，何必那样防我？”他是她唯一一个全心全意对待的人，而他竟然还不信任她！她承认三年前是她陷害他，但自从三年前开始跟着他，她一直一心一意，她不相信他看不到她的努力！

杜玉菲将视线移到他怀中的舞儿身上，全身似处于万年冰窖，全部的爱恋都在瞬间冰冻，她不敢肯定哪日会不会失手杀了面前这个此刻看起来嚣张无比的家伙。

“你的武功比她高，我不放心。软筋散只会让你功力全失而已，并不会要你的命。”

杜玉菲冷笑，对练武人来说，最大的痛苦莫过于武功尽失，而他竟说“只”。

她不想再争了，从见到圣忆风的那一刻开始争到现在，他心中仍旧没有她一丁点的位置，满满的全部都被绝舞占去。

再争三年、四年，或许还是一样的结果吧。不，或许争一辈子，都是同样的结果。

杜玉菲望着他，扯出一抹痛苦的笑，而后转身走出房间。

绝舞瞧着杜玉菲的背影消失在门外，竟发起愣来，心里有一丁点同情她。她呢哝道：“她其实也很可怜……”

瞧着她呆愣的可爱模样，他莞尔一笑，“知道她可怜，你方才还演戏，哭得可怜巴巴的。”

她似是没有听见他的话，一直望着门口，又摇摇头，“不，她一点都不可怜！她霸占了师父三年呢……”

他笑出声来，忍不住揉了揉她的发，“你啊，除了你，可从没人霸占过我，就你最霸道。”

“你为什么不赶她出去？”

“是谁刚才还说同情她来着？”

“那、那不一样，嘿嘿，同情归同情……”

轻寒，飞雪，情何限。

屋内暖气萦绕，檀香漫漫。

纤挺的背影笔直地坐在铜镜前，杜玉菲像往日一样，驱走了屋内所有丫鬟，静静地望着铜镜中映出的模糊艳容。

香墨弯弯画，燕脂淡淡匀。

她的指抚上铜镜，滑过黛眉，摸过朱唇，紧紧收回，黯然垂眸。

空有美丽外表，却始终无法赢得他的心。

这张脸，要它有何用……

指尖抠上脸颊，杜玉菲缓缓闭上眸，重温三年前他毁掉她脸的瞬间，那钻心的疼痛似乎仍残留在肌肤上。

细尖的指又往脸上的肌肤陷入一些，颤抖的红唇勾出一抹惨笑，眼角滑下了一颗泪珠，滴落，粉碎。

泪水滴碎的瞬间，锋利的四指毫不犹豫地划过脸颊，深红的血刹那间涌出，缓缓地顺着脸颊滑落，一滴一滴，越来越多的血滴落在地毯上，与暗红的地毯融为一体。

门外，忽而响起丫鬟胆怯的声音——

“颜护卫，小姐说不让人打扰。”

“少主有话让我转告。”说话的同时，门吱呀一声被他推开。

“杜姑娘，少主有话让我带给你。”颜琦站在门口，屋外的雪花有几片飘在他背光的脸上，化为水滴。

杜玉菲的背影微微一颤，胳膊缓缓地在身侧垂下。

颜琦垂着的眸恰好瞥见杜玉菲鲜血淋淋的手，血正一滴一滴地从她指尖滴落。

他眸光一紧，大步朝杜玉菲迈去，看到杜玉菲血流不止的半边脸，他向来没有表情的脸顿时僵住。

颜琦掏出帕子，放在她另一只手中，“你这是何苦。”平静的声音没有起伏，却不可避免地带了一丝若有若无的心疼。

杜玉菲抬眸，望着颜琦。半晌过去，她没有动，只是勾唇，露出一抹笑，嘴角带动脸颊的肌肤，疼痛让她蹙起了眉，“他让你给我带什么话？”

颜琦望着这个曾经美艳的女子，眼底有一抹惋惜，“少主让我明日送你离开迦隐。”

“是吗……”杜玉菲抬头，曾经美丽的容颜在她四指划过脸颊的瞬间化为永恒。

现在的她勾唇露出的笑，旁人看到的也只有狰狞吧。

杜玉菲苦涩一笑，“是到该离开的时候了……”

第二十六章
明月现劲敌

夕阳半拦山，云雾朦胧。

竹篱外，绝舞将手中刚刚采摘的花儿整理成一捧漂亮的形状，“这里环境悠然，若是你能一直住在这里多好。前段时间我和师父在山上看到这间雅舍，师父说荒废很久了，没有人住。我实在喜欢，便让师父命人重新修整了一番。怎么样，环境很不错吧？”

青衣不知为何有种奇怪的感觉，自前几日见面，绝舞就一直想要让自己留在迦隐。她笑道：“我是很愿意留在这里的，只是现在我帮孟公子打理生意，也很难走开。”

“你开始帮孟公子打理生意了？”绝舞很惊讶，没想到青衣有这本事，由衷地为她感到高兴。可转念一想，当初可是孟晓风让她提点青衣不要陷得太深，并且让她帮忙将青衣留在迦隐的。难道，他又有了其他打算？

孟晓风说自己不会在蜀地久留，莫非是想要将明月绸庄交给青衣？

她若是能找到吟依姐姐就好了，或许吟依姐姐还能知道些什么。只是，听师父说，吟依姐姐为了养身子如今住在离都，明月绸庄在离都也开了好几家分店，这见一面反倒不容易了。

青衣见绝舞不说话，又是一副深思的模样，伸手在绝舞眼前挥了挥，“舞儿？”

“啊——”绝舞回神，笑嘻嘻地道：“只是说起孟公子，我就想起明月绸庄。这一想起明月绸庄，我就想起吟依姐姐如今人在离都。这下，就想到无影大哥了。”

说到最后，绝舞的语气已经难掩伤感，青衣听着心里也很不是滋味。毕竟，在绝舞眼里，尘无影是哥哥一样的存在，如今尘无影与叶双涵在一起，而叶双涵又是绝舞的仇人，这的确是一件难以面对和选择的事情。

“那，你总不能永远不去见尘公子吧？”青衣看着绝舞，轻叹了口气，“这件事你总是要面对的。想好要怎么做了吗？”

绝舞将手中的花瓣一片片择落，摇摇头，“虽然当年叶双涵还小，也是受人牵制，但毕竟是她亲手放的火，这个我永远忘不了。”

青衣犹豫半晌，道：“有件事，如果我告诉你，也许能减少一些你内心的纠结。”

“什么？”

“你还记得几年前，有一个少年想要调戏你，结果少主和尘公子及时赶到救了你吗？”青衣见绝舞一脸茫然，又添了句，“就在江边。”

“啊，记得。那个人第二天溺水身亡了。”

青衣摇摇头，“那是少主做的，不是他失足落水。”

绝舞惊讶地望着青衣，又听青衣道：“那人是叶双涵在这世上唯一的亲人，是她的哥哥。或许，这便是因果报应，她害了焰门那么多无辜的人，几年之后，她的哥哥因你而丧命。”

绝舞愣愣地看着青衣，“你是想让我放弃，让我饶过叶双涵？”

“我没有这样说。但你真的要取她性命吗？你若杀了她，如何面对尘公子？尘公子与少主又是至交，你若与尘公子翻脸，这件事就永远都是你与少主之间的一道梗。”

“我不知道……我还未想过要取她性命，我只是不知道该怎么办……”

“只要是人，孰能无情？她既然能对尘无影动情，就并非冷血之人。”青衣握住绝舞冰凉的手，“我想这些年叶双涵内心深处也是饱受煎熬的，你若真恨她，留着她的命，让她用剩下的生命来偿还欠你的债。”

绝舞与青衣两人目光相对，一时间，寂静无声。

忽然有声音传来。绝舞听到身后树上极轻的动静，她蓦地转身，便见树上有一人随意地坐在那里，脸上带着余惊。

“无影大哥？！”

绝舞与青衣突然站了起来，皆有些不知所措。

尘无影从树上一跃而下，立于两人面前，对青衣道：“你先下去吧，我与舞儿说说话。”

“是。”

绝舞看着尘无影，竟有些担忧，她还没有想好要告诉尘无影这件事，“无影大哥……”

“你不用说了，我刚都听到了。”尘无影长长吁出一口气，“我没想到，双涵会与焰门的事有关。对不起，舞儿……”

“无影大哥，你别这样说。”她拽住他，小心翼翼，“你没有对不起我，那件事与你一丁点关系都没有，你没有必要为她做的事道歉。”

尘无影摇摇头，表情苦涩。

“不，我应该说对不起。方才听到真相后，我起初非常震惊和气愤，可同时我也惊觉我竟仍是舍不得杀她。”尘无影攥紧拳头，“我要为我对她的不舍得向你道歉。”

“无影大哥……”

“可无论如何，我也无法与她继续下去了。”见绝舞着急着说些什么，尘无影笑着打断她，“你也不需觉得我是因为这件事而做这样的决定，事实上你是知道的，我与她之间一直存在矛盾，争吵不断。一直是我苦苦地维系着这份感情，我也累了……”

两人一直走到惊风苑，尘无影才看着绝舞为难地道：“我知道自己很自私，但你能饶了她吗？我会让她离开，你永远不会见到她。”

绝舞垂眸，喃喃地道：“无影大哥，你容我再想想。”

“谢谢。”尘无影拍拍绝舞的肩膀，转身离开。

“既然兵符在我们手中，独孤翊就成不了什么气候，到时候少主专心对付严曦便可。”

圣忆风望着厅外一片白茫茫的雪景，心里却在想着另外的事。前几日他与独孤翊交手，独孤翊的武功似乎和三年前大不一样，跟他交手时并没有全力以赴，难道是在隐藏什么？

“报告少主，方才门外有人传信，说是严曦的亲笔信。”

高轩叶走下台，接过侍卫的信，递给圣忆风。

修长的指展开书信，他似笑非笑的眉眼瞥向高轩叶，“看来你的工作没做好。”

这云淡风轻的一问，却有着令人胆战心寒的冷厉。

高轩叶垂眸，“少主明示。”

两指夹住信递到高轩叶面前，凤眸却扫向厅下一干人等，“严曦的邀战取消了。”

一句话说出，厅下顿时议论纷纷。

指尖一下一下地敲击着扶手，声音并不大，却清晰地传入每一个人的耳中。

嘈杂霎时间消失。

"轩叶，去查他为何突然取消比试。"圣忆风悠然的声音在寂静的大厅蓦然响起，"不要让我等太久。"

"是。"

离都明月绸庄的生意被抢去两成，严曦突然取消比试，这未免也太巧了，这其中也许有着他们之前不曾注意过的问题。

白雪宛如杨花般落下。

北城花楼深处，有一汪碧绿温泉。雪花才落入泉水，便化为水滴。泉畔花草扶疏，种植着梅花及绿树。

泉畔有一座精雕细琢的木雕小楼，楼外围以薄纱。轻风拂动，雪花伴着飘纱，有着如梦似幻的景致。

厚重的垂帘落地，将冷气阻隔在外。

屋内暖炉袅袅，香气氤氲中流淌着悦耳的琵琶声。

一双纤细洁白的手从外面撩起棉帘，随后，一个娉婷的身影走进屋内，将肩头毛色丰润的雪白披肩递给一旁的仆人，缓缓跪在前方的软垫上，双手平放于膝上，这才缓缓抬眸。眸中映出斜卧于榻上的圣忆风，女子眼中闪过一抹惊艳，不过又很快消失。

女子将略有迟疑的视线移向圣忆风一旁的高轩叶，微微颔首。

圣忆风习惯性地摩挲着绝舞光滑、柔软的小手，"秦织，听轩叶说，你很善于经商。"

"是。"名叫秦织的女子垂眸，恭敬地回答。纵是她神情自若，一个"是"字的发音却有些轻颤。

高轩叶微微一笑，"秦织，不必拘谨，抬起头。少主问什么，你答便是。"

秦织抬眸，没有望向圣忆风，而是对圣忆风身旁的高轩叶柔柔一笑，水盈盈的眸中漾着一抹不明的情绪，"是，高阁主。"

圣忆风将秦织的眼神一览无遗，凤眸轻挑，瞥向另一边的冷沉香，含笑道："听轩叶说，你温婉贤淑，自十五岁及笄就开始接触商场生意，惊人的商业才能在北城颇有名气。"

秦织抿唇一笑，"高阁主谬赞了，我只是略懂一二。"

圣忆风薄唇微扬，露出暖阳般的笑，神态轻松和煦，"既然轩叶曾有恩于你，我也就不拐弯抹角了。"

他微微侧首，气定神闲，似是没有觉察另一侧的暗潮汹涌，“轩叶，将信递给她。”

在高轩叶递出密信的同时，秦织抬眸，长睫微闪，掩盖不住唇角的笑意，谨慎地接过信。

高轩叶收手，轻声道：“秦姑娘，可以退下了。”

“是。”秦织起身离去，在出门的一瞬，回眸望了一眼高轩叶，微微颔首，才走了出去。

“可真是一步三回首，留恋得不行！”一直酝酿的醋劲终于爆发，冷沉香笑觑高轩叶，笑得千娇百媚，“姓高的，你救人都能救出一番痴情来。”

“冷姑娘也看出来了？”绝舞笑眯眯地望向不语的高轩叶，火上浇油道，“高大哥，我也觉得那个姑娘喜欢你呢。她看你的眼神暖暖的，跟看师父时候的惊艳和忐忑完全不同。”

高轩叶轻咳两声，给绝舞递去一个眼神。

绝舞一怔，急忙噤声，意识到自己说错了话。

圣忆风摸摸舞儿的头，“你不是嚷着要跟我来看花楼吗？一会儿我陪你去转转。明天，我们起程去离都。”

“明天？！这么快。”

“嗯，是该去会一会那个神秘的人物了。”他敛眉浅笑，眸光逐渐转暗，眼瞳深处掠过些许火苗。短时间内处处针对离都的明月绸庄，抢了绸庄那么多生意，此人怎么看都大有来头。

皇宫内苑。

凭栏而望，碧波万顷中，莲花开得粉嫩而莹白。

独孤翊静静地望着一池莲花，有些出神。

而皇帝则静静地望着独孤翊，若有所思。许久后，他抬手，示意身旁的太监将托盘端上来。他将盘中之物拿出放在石桌上，这才叫道：“翊儿，过来坐。”

一声轻唤，将独孤翊的神思拉了回来。

独孤翊回首，看到对面的人身上的明黄衣袖精细地绣着九龙凌空的图腾，眼神微微一晃。

“皇上。”独孤翊走过去，在石凳上坐下，抱歉地笑了笑。

独孤翊垂眸，视线不经意地扫过桌上之物，不信、震惊、愕然，霎时间灌入眼底，身体顿时僵住。

“这是你陷害八皇子的所有证据。”老皇帝的脸色蒙上了一层阴沉，他抄过旁边一沓资料扔到独孤翊面前。

独孤翊垂眸望着那沓资料，不祥之感瞬间涌上心头。他伸出手，在碰触到资料的瞬间又收回，“皇上，这是……”

皇帝望着独孤翊，严肃的眼神中忽而多了一抹泪光，“这些，是你这些年来干的所有亏心事的证据！”

“你是该好好跟朕交代交代了！”

“小姐，你走吧。”老管家微微弯着腰，好心地劝说在门外站了一天的绝姒，“城主说他谁都不想见。”

“王管家，你先下去吧，我自己在这儿等。”绝姒微微一笑，笑中带着苦涩，说话时眼睛一直望着紧闭的门，“我会等到翊哥哥愿意见我的时候。”

是她的错，她就不会逃避。如果翊哥哥惩罚她，那么她无悔。

只是，他像现在这样不言不语，甚至不看她一眼，比拿刀砍她还要痛苦。

她抬首，看到天色已昏暗。夕阳西下，残余的烈焰焚烧着渐暗的天际，云朵呈现出婀娜的姿态，却显得纷乱无章，仿若一阵风吹过，便会将云朵吹散。

低低垂眸，盯着裙摆下的绣花鞋，绝姒陷入恍惚。她快要分不清，将那些罪证交给圣忆风究竟是为谁好。

她烦闷地抬起头，不期然地撞进一双湛蓝的眸。

“陪我出去走走。”独孤翊望着她。他衣冠整洁，深刻的眼眸平静如海，看不出丝毫沉郁之色。绝姒微微有些讶异，不过她还是轻允了一声。

蜀地的郊外，多了一分无忧的青草香气，少了一分城中的热闹嘈杂。

碧草边是一条不知名的小溪，溪水清且净，岸边的弱柳偶尔颤颤地在溪水中挑动一两朵涟漪，清澈的溪水让人能够瞧见水下悠闲穿梭在鹅卵石间的小鱼。

绝姒在岸边望着水底，勾出一抹淡淡的笑。

独孤翊靠在岸边的柳树上，细细打量着她，她唇角快速闪过的笑意没有逃开他的眼睛。

“笑什么？”

绝姒回神，冲他柔缓一笑，还是那样娇、那样媚，“我在笑水里的鱼儿很自在。那是一个没有纷争、没有钩心斗角的世界。”

独孤翊的唇角弯了一弯，接道：“是我们自小就失去的世界。”

绝姒在岸边的大石上坐下，幽幽地望向独孤翊，“哥，你怪我吗？”

“我承认自己很震怒。”独孤翊定定地看着绝姒越来越难看的脸色，忽而一笑，“但现在，我想开了。”

在独孤翊的最后一句话说出口的瞬间，绝姒的泪涌出了眼眶。

“对不起……”她垂眸，没有看独孤翊，没有说“谢谢”，而是说了“对不起”。

“我知道你的心意，但我希望下次你能和我商量之后再做决定。”独孤翊湛蓝似海的眸微微眯起，不动声色地望着绝姒的侧脸，“过去的事就让它成为过去，我们还是计划下一步吧。”

忽而，绝姒抬眸，迟疑地开口，“哥，你还想……”

“不。”独孤翊咧嘴一笑，将那股与生俱来、形于外的气质噙在笑里，“既然我做过那么多错事，是不是该弥补一下呢？”

绝姒似乎不太懂，微微皱眉。

独孤翊伸手拽下身旁的一片柳叶，湛清的蓝眸闪过一抹光，“记得我跟你说过溪孟安这个人吗？我想让你利用凝香楼的人脉，注意在离都的这个叫溪孟安的人。”

“这个人不就是现在明月绸庄的最大劲敌吗？为什么要查这个人？你要与圣忆风化敌为友？”绝姒虽然对听到的事情有些欣慰，却不相信独孤翊愿意放弃所有的不甘，甚至去帮圣忆风。

“当然不是，我没那么大度。”独孤翊哂笑，略带玩笑的意味，“我和圣忆风的账下辈子都算不清。”

见绝姒脸色微变，他哈哈大笑起来，声音微沉，“但我不想舞儿一直恨我，我想找回从前的自己。所以，我想尽我所能，帮他们查探一些消息，让舞儿对我有所改观。”

“好的，我会帮你的。”绝姒扑哧一声笑了出来，虽然觉得这样的独孤翊跟曾经傲然的他有些不同，却很可爱，“那，皇上今天邀你入宫是……”

提及此，独孤翊的唇角有瞬间的僵硬，“圣忆风将我这些年做的所有事的证据交到了皇上手中。”他看了一眼绝姒。

绝姒一听，更是愧疚，“那皇上会降罪于你吗？！”

“皇上没说，应该不会。”独孤翊的视线越过绝姒的肩头，望向她身后远方模糊的青山，“皇上觉得对我娘有愧、对我有愧，所以，他出面压下了这件事，希望我不要再错下去。”

“那……立太子一事？”

“太子之位就不可能了。”独孤翊深深吸了一口气，“这次是皇上网开一面，否则，我不但会丢官，还会身败名裂。”

绝姒心惊地望着独孤翊，一种后怕的感觉缓缓爬满全身，同时，自责也淹没了她不安的心。

“对不起，哥，我……”

“过去的事不必再提。”独孤翊拍拍绝姒的肩，反倒安抚她，“这次有惊无险，不是吗？而且以后也不会再有这样的危险了。”他说最后一句话的时候，看着绝姒的眼睛，就像是在保证。

“嗯。”绝姒摸上抚在她肩头的大掌，紧紧握住，“我会尽力帮你争取舞儿的。”

独孤翊唇角扯起一抹悲凉的笑，“我已经不求其他了，只求她能像以前那样对我就好。好了，你先回去吧，顺便去凝香楼交代下面的人注意溪孟安。我再在这儿多停留一会儿，想些事情。”

“那我先走了。”

独孤翊望着绝姒的背影，曾经爱恨分明的眸变得深若寒潭，已让人看不清平静的蓝色大海下是否暗藏着无法预知的汹涌。

细雨霏霏，风流，影动。

绛紫的衣袍缓缓掠过酒楼前的三个石阶，荡过高高的门槛，银色的靴子迈入酒楼。

嘈杂的人声骤停，没有了面具的阻隔，圣忆风俊美的面庞落入众人眼中。在议论声中，修长的身形朝二楼走去，随行的高轩叶和冷沉香吩咐过掌柜后紧随其后。

二楼的厢房，房门紧闭，阻挡了外面偷窥的视线和窃窃私语。

圣忆风坐在窗边，径自为自己倒了杯酒，面色如常地轻轻晃动手中的酒杯，仿佛心不在焉地望向冷冷清清的街道。

一窗之隔，雨急，景碎，人稀。

雨雾扑面而来，打湿了他如玉的面容，轻风扬起他的发。

高轩叶与冷沉香二人在他身后静静坐着，似在等着什么人。

他漫不经心地啜饮完整杯酒，懒洋洋地伸展四肢。酒杯空了，他又为自己倒了杯酒，依然小口小口地喝着。

密集的雨滴渐渐地稀疏。

终于，一个高大的身影推开门走了进来。

“圣少主，真是不好意思，久等了。”来人大步朝圣忆风走去，在他对面的位置上坐下，“只是不知，少主将地点选在离都是为何？”

圣忆风没有抬眸，指尖轻荡酒杯，杯内透明的酒液荡漾起来。他垂眸，恍惚间在荡漾的酒杯内看到了一张巧笑的容颜，心情愉悦地勾起唇，“当然是因为这里离皇宫比较近。”

楼外阴雨连绵，雅间内的光线也有些暗。

圣忆风轻晃着酒杯，细细端详。朦胧的烟雨洒在窗边，让他的容颜看起来有几分如梦的唯美。来人不禁被他的容貌恍了神，似乎有点理解为何身为男人的贾富贵都会迷恋这个人了。

“八皇子，我已将独孤翊犯错的所有证据都交到皇上手中。”圣忆风浅浅的嗓音徐徐响起，“我会让师叔在皇上面前进言，他应该不会将太子之位传给独孤翊，接下来就看你如何表现了。”

闻言，司空离和独孤翊一般湛蓝的眸闪了闪。他沉稳开口，“这件事多亏圣少主，以后若有事尽管开口，只要能帮，本王定当尽力。”

圣忆风这才抬眸瞅了司空离一眼，随即又将视线移到窗外，没再开口。

司空离有丝紧张，听说圣忆风的性格向来阴晴不定，见他不再开口，他以为自己说错了什么。

正在他暗自懊恼之际，圣忆风用低柔的语调慢慢地问：“你可听说过溪孟安这个人？”

圣忆风没有抬眸，但余光还是扫到司空离放在桌上的手微微僵住。他继续道：“这个人抢了明月绸庄在离都两成的生意，看来我只能劳烦八皇子替我摆平这件事了。”

“这个人，我不曾听说过。待我查明，会尽力让他消失。”

司空离没有说“一定”，只说了“尽力”。

圣忆风长睫下的眸闪了闪。他忽而抬眸，冲着司空离轻缓一笑，“不是尽力，是一定。”

圣忆风含笑的声音像是寒风，在司空离耳畔擦过。司空离的嘴嚅动了一下，没有开口。圣忆风笑得柔和，却让他不寒而栗，让他有一种被威胁的感觉。

司空离微微抬起脖子，对自己遭到威胁有些不悦，他毕竟是皇子，现在居然对别人这么低声下气。他语气有些不耐地开口，“我会尽力，还请圣少主不要逼得太紧。”

圣忆风在身体向后倾、靠向椅背的同时，绛紫的袖袍似是无意地扫过桌面，拈起酒杯。然就在那一瞬，一道乌光骤然刺出，狠狠地撞击在司空离手中的酒杯上。

司空离一惊，没来得及闪躲，只觉手被人猛地撞了一下。他低头去看，不由得倒抽了一口冷气！

只见一支袖箭刺穿杯子，直直地抵在他胸前的衣襟上，箭尖轻抵着他的衣服，却没有刺破他的衣服分毫。

司空离的脸色由白变青，重重地一甩手，将酒杯摔在地上，震惊地望着含笑抬眸的圣忆风。

圣忆风居然明目张胆地威胁他！

圣忆风微微一笑，慵懒地站起身，修长的身躯朝司空离倾去，宛如水晶的黑眸流转出异样的光芒。

“不是‘逼’，是威胁。”

深夜，月华初露，有道人影从后墙翻进追忆园，动作轻灵，不发一声。

纤细的身影出现在窗棂处，随着外面的风声树影，窗户被人从外面打开，一双绣着珍珠的绣花鞋无声无息地落在了紧靠着窗户的一张桌几上。

绣花鞋是红色的，少女身上穿的衣服却是黑色的，大概是为了在夜里不引人注目，却又在匆忙之中没来得及换鞋子。

月光投射在她的侧脸上，正是从圣忆风的眼皮底下偷跑出来的舞儿。

屋内，借着月光能模糊地瞧见家具摆放的位置。舞儿扫视了一遍屋内的摆设，悄悄地咽了一口唾沫。

这三年间，她虽然偷过不少贪官，但今天她进的可是目前离都最神秘的富商溪孟安的卧室，一不小心就会坏事。她不免有些紧张。

悄无声息地呼出一口气，告诉自己不要心虚，她只是好奇溪孟安究竟长什么模样，又不偷不抢的。这样想着，她心里舒服了很多，绣花鞋轻移，她步伐熟练地朝床的方向走去。

素手挑开床幔，月光透过她的肩头射向床幔内。就在床幔拉开的瞬间，里面忽而伸出一只手朝她袭去。她本能地接了一掌，心下一惊，知道已被发现，瞬间转身朝外退去。

谁知，就在她转身的同时，一股袖风带着暖流朝她袭来。

她回身，反应敏捷地出手与已起身的人对了一掌。

不容得对方喘息，她立刻又击出几掌。黑暗之中，两人连对几掌，但由于那人背光，舞儿始终没有看清对方容貌，只肯定是个男子。

突然，对方一把扣住她的手腕，微一运劲，她的身子不由自主地撞入了一个温暖的胸膛。

此时，两人身体不过一指之隔，她甚至能感到对方有力的手紧扣着她的右手腕，温热的呼吸喷在她的颈间。她的鼻端闻到了男子的气息。

她又惊又恐，生怕对方有下一步动作。谁知，就在她准备反击之际，不知对方是有意还是无意，扣着她的手微微松了一下。她没有松懈，趁机挣脱开，当下击出一掌，落在对方胸膛，迅速转身，从窗口一跃逃离。

男子走近窗，看着她离去的背影。清亮的月光洒在他的脸上，勾勒出一副柔和的面孔。他垂眸望着刚刚扣住她手腕的手，清俊的脸上勾出一抹笑，“真是个有趣的姑娘……”

他本以为来人是小偷，她进屋却不偷任何东西，直奔他的床铺。当他以为她有可能冲着他的命而来时，他却丝毫觉察不到她身上的杀气。

莫非，她只是听闻传言，好奇而来?

慌乱的步伐落入尘家庄的沁园，她喘着气朝屋内蹑手蹑脚地走去。

她摸摸扑通扑通乱跳的心，为自己能从那人手中逃脱捏了一把冷汗，只是心下暗自奇怪：交手的时候，她能觉察出对方的武功绝对在她之上，可却轻易地让她钻了空子。这太奇怪了。

她甩甩小脑袋，算了，逃出来了就是幸运，起码她知道了溪孟安是个男人，而且还是个会武功的商人。她踩着细小的步子走到门口，紧张得连大气都不敢喘一下，使出浑身解数，悄无声息地将门打开一个小小的缝隙。她眯起眼睛，借着月光瞧见床上似乎没人。

“你又乱跑？”

低浅含笑的嗓音从她的身后传来，随之而来的是熟悉的好闻气息。

她认命地低咒一声，丧气地垂下脑袋。

为什么每次都会被捉住……

她搁在门框上的手垂下，菱唇一噘，垂眸看看自己的黑衣，自知逃不过去，只得认命地转身，面对即将到来的“盘问”。

他双手环胸，懒洋洋地斜靠在廊柱上。月光洒在他的面容上，给他雅致的五官染上一层朦胧的美。

“玩回来了？”他的眼睛含笑地瞅着她，声音轻得似乎轻过月光。

她转身的瞬间，脸上的懊恼由笑意所取代。她笑眯眯地走到他面前，小心地探问：“师父这么晚还不睡，出来赏景啊？”师父该不会在她出去的时候就发现了吧?

"我在等某只淘气的小猫自己回家。"话一出口，他想起独孤翊曾经也这样叫过舞儿，凤眸微沉，勾起的唇角恢复平整的弧度。

这样亲昵的称呼让舞儿的脸蓦地红了。但看到他阴沉的眸光，她以为他真的生气了，赶紧乖乖地又往他身前贴了几寸，"人家只是出去转转嘛。"

他故意将她上下打量一番，"穿成这样散步？"

"师父——"她甜甜地喊着他，像是要唱曲儿之前的拉嗓。她将他的一条手臂拽下，环在自己的双臂间，"我出去找溪孟安了。"

"溪孟安？"入鬓细眉轻挑，对她的答案有些讶异。

"是呀。"她笑眯眯地望着他的眉眼，娇嗓越来越腻人，"我知道师父让高大哥去打探溪孟安，结果根本没有找到那个人的丝毫线索。所以我就想去看看那个溪孟安是男是女，到底是不是个简单的商人。"

"哦？"他的另一只手挑起她的发丝，在指尖缠绕，"那结果呢？"

"结果就是……"

他拈起她的发，将发尾放在她的脸颊上蹭来蹭去，害得她一阵心痒。

"虽然我没看到他的长相，但知道他是个男的，而且会武功哦！"

圣忆风静静地看着她，月光在他弯弯的唇角处氤氲出朦胧的淡光，带着一种趣味盎然的神色。

"师父！"她扫掉她脸上的发梢，有点得意忘形，"你到底有没有听到我的话？怎么样？我比高大哥更加适合打探消息吧？"

淡淡的清香弥散开来，他抬袖，将她拉进自己的怀抱，下颌抵在她的头顶，不着痕迹地叹了口气，"丫头，答应我，保护好自己。"

她伸开双臂搂住他，在他怀里轻应了声："好。"她明白那种牵挂与担忧，像是一种瘾，无法自控。

青绿的落叶洒满了鹅卵小道，无风无雨的天气，太阳柔和得让人醺醺欲睡。

圣忆风一袭紫衣，倦倦地倚在八角亭的朱红梁柱上，幽潋的瞳眸清冷地越过满园花草，望向远方。

他伸手接住一片落叶，细细端详叶面上的纵横脉络，将有些欲言又止的话咽回肚里。

忽而，他的嘴角温柔地微微扬起，"丫头，我昨天在绸庄选了一匹绸布，准备为你做件衣裳，你去帮我取回来吧。"

"好啊。"她乐呵呵地领命。难道老天爷听到她的祈祷了？这么快就让她找到一个开溜的借口。

风，乍起。圣忆风身后的花草婆娑。

只见一个黑影几个起落后，直奔圣忆风而去。

黑影速度很快，但是步伐落在八角亭中却相当稳。风忽而止住，圣忆风顺了顺被风吹乱的发丝，低垂羽睫，不言，不动。

“舞儿可有发现你的行踪？”修长的指拢起被风吹乱的墨发。

颜琦垂首，声音沉静如昔，“没有。”

“以后你就跟在她身边保护她，不要让她发现你。”那丫头喜欢乱闯，却总是不长心眼，实在让人无法省心。

“是。”

“下去吧。”

颜琦抬眸，看了眼圣忆风的侧脸，又道：“杜玉菲已经离开迦隐。”

“是吗？无所谓了，她的武功尽失，不会有什么威胁性。”

“她毁了自己的脸。”

圣忆风抬眸瞅着颜琦，温润的嗓音里笑意盎然，“颜琦，杜玉菲将你的心搅乱了。”

颜琦扑通一声跪下，垂首沉稳地道：“少主误会了，颜琦只是……”

圣忆风似是故意打断他的话，“好了，我无意知道你的感情琐事，将我交代的事办好就行。”

“是。”如来时一般，黑影迅速地消失在沁园中。

黑影才消失不久，豪爽的笑声便从远处传进圣忆风的耳中。未见人，先闻声。圣忆风朝园外望去，微微一笑，“你这个大忙人终于有时间来看我了。”

很快，尘无影藏蓝的身影晃进园中，如风般朝圣忆风袭去。圣忆风并未起身，出掌迎接直直袭来的掌风。两人过掌数回，尘无影这才收手，啪地一掌拍在圣忆风肩头。

圣忆风收手，打理自己稍显凌乱的衣袍，“你迎接人的方式还真是特殊。”

尘无影在亭中的石桌上坐下，抛给他一个暧昧的眼神，“你们俩可终于重新在一起了，我刚才瞅见她跑出去都乐呵呵的。”

提及舞儿，圣忆风的双眸中漾满了蜜意，“那是她为自己找到借口开溜而自喜呢。”

尘无影不置可否地扯扯唇角，开始进入正题，“严曦撤销战帖是为什么？难道是他突然受伤了，还是？”

圣忆风听着，双眸慢慢变得清幽起来，唇角一勾，慢条斯理地道："应该不是。我觉得这件事和离都出现的追忆绸庄的主人有关。"

"你是说溪孟安？"

"想来你也听说了。只是至今，没有人见到他的长相，真是奇怪得很。"圣忆风坐在石凳上，单膝撑起，又靠到廊柱上，慵懒地取过桌上的酒，小口啜饮，"我已经派了一个经商高手在追忆绸庄的对面开了间不起眼的小饭馆查探消息，只是，至今还是无人见过追忆绸庄的主人露面。"

"的确是个很会隐藏的人。但是，按照追忆绸庄发展的速度来看，溪孟安不是个躲躲藏藏的人。他不出现，也许只是……"

"时机未到。"圣忆风与尘无影相视一笑，同时道出了这句话。

"我怀疑司空离和溪孟安认识，我已经派沉香去查了，希望能尽快得到消息。"那日他提及溪孟安的时候，司空离的反应很奇怪，不得不让他怀疑两人有关系。

圣忆风又想起昨夜里舞儿的话，她说没有看清溪孟安的长相，但难保溪孟安没有看到舞儿的相貌。如此深藏不露的一个人，在和舞儿交手后，让舞儿毫发无伤地离开，不是武功真的比舞儿低，就是他故意放人。

最后一个猜测，让圣忆风的心隐隐不安。

第二十七章 一抹梨花白

绝舞到了明月绸庄，才得知圣忆风定制的绸布还没有送到，决定先四处转悠转悠再回山庄。

走出绸庄，她伸伸懒腰，抬头看到万里晴空。

天空不带一抹如絮闲云，清湛得好似透明一般。日头高高地悬挂在半空，明耀，却不刺眼。空中偶尔扑扇而过的小鸟轻快而有活力地嘤鸣，只要静静地听着，便可感到无限的欢欣与舒畅。

她迈着轻快的步伐在熙攘的人群中雀跃前行。忽而，不远处围观的嘈杂的人群吸引了她的视线。

好奇心再次作祟，她忍不住朝热闹的地方走去。

当她抵达时，围观的人比方才她看到的又多了一些。她心下更焦急，仗着身形娇小，奋力地在人群中钻。不久，她终于拨开重重人墙，小脑袋探到最前面，眼前顿时一片豁然开朗，只是看到眼前的场景，娇嫩的脸儿不禁全皱在了一起。

只见一个满脸胡碴的粗汉站在正中央，身旁放着一个刚到他腰际的兽笼，兽笼中放着的不是野兽也不是宠物，竟是一个纤瘦的小人儿。

那个粗汉不断地用手中的木棒戳着笼中蜷缩成一团的小人儿，口中不停地叫卖。小人儿缩成一团，露在破旧衣服外面的皮肤触目皆是青紫的瘀痕。小人儿怯怯地抬头，睁着圆圆的大眼睛惊慌地望着围观的人。

绝舞从震惊中回过神，无法想象人也能被这样贱卖。她霍地站到中央，从粗汉手中抢下木棒，气呼呼地道："不要戳了，我买了！多少钱？！"

粗汉见她要买，也不在意她的行为，大口一张，"三十两！"

三十两？一个人才值三十两？！她瞪着他，伸手去摸自己的钱袋，摸了半晌，才惊觉自己出来是到绸庄取东西的，取自家东西不用钱，而她根本没有带钱！

她看看笼中近乎祈求地望着她的女娃，又看看粗汉，“我没带钱，你不许动她，我一会儿回来！”

见她转身就走，大汉轻嗤一声，大声道：“时间不等人，你没看见旁边这么多人要买？！没钱就不要在这儿撒野！”

“你！”

“四十两，我买了！”一个粗哑轻浮的声音在绝舞耳旁响起。

绝舞转头，看到旁边一个大肚子的男人猥琐地看着笼中的小女孩儿，旁边的人也跟着叫嚣。绝舞站在原地，着急地蹙起了眉，思考着要不要光天化日之下把这女娃抢回去，反正那粗汉也不是啥好东西，这娃肯定是被他拐来的。

就在此时——

一道气虚无力的声音传来，像一缕幽魂在空气中划过，却压过众人的嘈杂之声传到舞儿耳中，“姑娘，我借银子给你，你先将这女娃带回去吧。”

她耳力极佳，好奇地循声回眸，顺着来源找到了声音的主人。

清灵、秀雅，却又虚弱、苍白。

她愣愣地看着眼前的人，有几分走神。

那人长得很出众，穿着她最喜欢的白衣，宛如一朵月下盛开的百合，五官很柔和，一双眸子如星光般闪亮，眉宇间尽是病态，唇角挂着暖暖的笑，但唇色很苍白，看着她的时候，除去温暖的笑意，脸上尽是困倦之色。

她的眸底闪过欣赏之色的同时，闪过了一抹惋惜。

这样一个出色的人，双腿居然无法行走。老天果然善妒。

“姑娘？”低弱的声音再次响起。

她猛然回神，发觉自己盯了对方半晌，娇憨地笑了笑，“对不起啊，因为公子长得实在是太好看了，所以不自觉多看了两眼。”

那公子听了她的话微怔，似乎有点讶异一个姑娘家说话如此直接，不过他随即微微一笑，示意身旁的男子将银子递上去。那粗汉一看有人给银子，二话不说收下钱，将笼子交给绝舞，吆喝着遣散围观的人后，自己也走了。

绝舞来不及说谢谢，急忙将笼子打开，轻柔地将笼子里的孩子抱出来，放到地上。那孩子瘦得皮包骨头，因此显得脸上的眼睛非常大，黑乌乌的，像猫眼一样。她瞪着舞儿，眼中满是戒备。

她心疼地低骂了一句刚才的粗汉，解开孩子身上的绳索，蹲在小孩面前轻声道：

“不怕不怕，我不是坏人，以后你跟着我就不用受苦了。”

许是经过太多虐待，孩子不太相信她，脖子微微地缩回去，大眼睛盯了她很久。看她笑眯眯地一直望着自己，这才慢慢探出脖子，点头应了一声。

她拍拍孩子的头，这才想起来出银子的人，急忙抬起头，发觉对方还在，放心地松了一口气。

“不好意思！刚才急着把这孩子抱出来忘记你这个大恩人了！”绝舞走到那人面前，唇角浮出两朵梨涡，黑亮亮的眸子盯着对方，“请问公子尊姓大名、家住何处？改日我好将银子还你！”

“这点小钱姑娘不用在意。”他抬眸望着她，唇角微微勾勒出一点弧度，明明是微笑，却显得如此虚幻。

他的眼睛看着她时很专注，好似周围的一切都不入他的眼，唯有眼前的人儿能让他在意。

她被他看得不好意思，揉揉脑袋，“公子还是告诉我吧，我不喜欢欠别人，不然晚上会睡不好觉的。”

对方不语，轻轻抬手，身边的男人便俯身在他耳际。

“将这姑娘送回去。”

“是。”

“啊，不用不用，我自己就可以了！”哪有借了别人的钱还让别人送的道理。

对方的睫毛微微一颤，轻轻地咳起来。身旁的男人急忙递上一颗药丸。他吞下后才缓缓抬睫，不好意思地冲她歉然一笑，“让姑娘见笑了，我这身子……”

她急忙摆手，“没关系、没关系，我也有生病的时候。会把家里人折腾得团团转，你比我强太多了！”他的模样秀雅，咳嗽起来分外让人心疼，又好心地帮她解围，这使得她不自觉地开始对眼前之人产生怜惜与好感。

他被她的话逗笑了，睫毛抖动，眼眸上抬，明眸对上她的眼眸，让她猛地一怔。

“就当是为她吧，你看她已经累得无法走路了。即使她再瘦，你抱这样一个孩子回去，还是很困难的。”他微微一笑，“不是想知道我的姓名吗？让他送你回去，等你到家，他会告诉你我的姓名。”

他凝望着她，颤抖的眼睫下，眼瞳如秋水、如星空、如梦中落花般缥缈，却又真实地将眸中的情愫传向对面怔住的人儿。

如梦似幻……

他的视线，让她心慌无措。

她急忙应了一声，看着那人将地上的孩子抱起，赶紧转身一同离去。

轮椅上的白衣人望着两个离去的背影，眸子如两湾幽潭，透出幽深的光来。那波光之下，似乎掩藏着最深的东西，无法让人觉察。

他垂眸，从怀间取出一个玉坠，这是那晚他从探入他房间的姑娘身上取下的。刚才看到她的身形，以及感受到她所散发出的气息时，他几乎就认定了是她，直到看见她腰间断掉的挂坠红绳才能肯定。呵，真是个大大咧咧的姑娘，丢了吊坠，居然都没有觉察。

他的眸子轻闪，想起她方才落荒而逃的紧张，唇角勾出一抹缥缈的笑。

“我家主子叫溪孟安。”

“我家主子说，姑娘若要找他，明日午时可去安家酒楼找他。”

“我家主子还说，他不喜与人接触，因此从未暴露过身份，还请姑娘能为他保密。”

绝舞立于尘家庄大门前，眼睛盯着送她之人离去的背影，脑中盘旋着他的话，不无震惊。

那个人居然是溪孟安？！她几经周折都没见到庐山真面目，居然在今天好运气地碰到了！可是那天，和她交手的人明明能站起来啊，难道她跑错房间了？！

真是丢人！她居然还兴冲冲地告诉师父溪孟安会武功，人家连路都走不了呢。如果是这样，那晚与她交手的人是谁？

可是，那样的一个人，怎么看都不像是对明月绸庄挑衅的人啊……他望着她的时候，脸上的笑温馨而满足，让他整个人都散发着光。只要望着他的脸，她甚至连他身体的缺陷都能忽略。这样无害的人，师父说不定用一个指头就让他趴下了。

张管家在大门内望了望，看到门外傻愣愣的绝舞，上前道：“舞儿，你在这儿做什么？”

绝舞回神，看到张权，呵呵一笑，“张爷爷啊，刚好，你帮我个忙，帮我把这孩子抬回去。”

张管家一低头，果然看到一个脏兮兮的孩子睡卧在地上。

“你怎么捡了个娃回来？啧啧，这娃看起来真可怜！”说着，张管家连同绝舞一起将人抬进山庄。

绝舞将那娃放在床上，看到小女娃的气色更加灰败，她心下不禁一惊，急忙让张管家去请大夫，又跑出去找了两三个丫鬟，让她们帮女娃梳洗，然后拿几套干净、漂亮的衣服来。

“尹昭，将人送到了吗？”溪孟安卧在软榻上，身体软软地陷入榻中，闭目养神。

“已送到。”

溪孟安的眼睫微微轻颤，而后睁开眸低垂着，唇角轻抿，模样看似有几分醺醺的醉意，“她可有答应明日赴约？”

“嗯，已答应。”

长睫轻抬，扫向一旁的人，“怎么还不走？”

“少爷准备怎么做？”

溪孟安回想那晚与绝舞的交手，以及今天的对话，那如花的笑容与银铃般的声音像是甘露洒在他寂寞的心中，更像一道明媚的阳光，让他觉得世界并不那么黑暗。

只是……

他的眸眨了眨，似水晶，似秋水，最后归于平静。

她是让他心动，但仅仅是心动。

“少爷？”低沉的男音打破了溪孟安的沉思。

“先查查她在尘家庄究竟是什么身份。”如果她与圣忆风关系匪浅，他正好可以摆低姿态博得她的同情与信任，然后利用她打探圣忆风的消息，诱惑她步入自己一手布置的陷阱，用她来彻底地打击圣忆风。

只是不知她会不会按他说的做，不将他的身份告诉尘家庄的人。

溪孟安将自己重新扔回软榻上，陷入棉絮中，闭上疲倦的眸，挥挥手，“好了……下去吧，我累了。”

沉重的关门声后，溪孟安陷入软枕中的脸颊微转。他平躺在枕上，双眸盯着软榻上方绮罗纱帐随关门的气流而飞舞的样子，又想起那夜过招时，不经意间碰触到的绵软身躯。心，似乎有些乱了。

尘家庄忽然多出一个女娃，家丁、丫鬟们都好奇地闻讯而来，绝舞的沁园一下子热闹很多。

女娃被丫鬟们洗得干干净净，换了好看的衣裳。经过休息，她从昏睡中醒来，身上的瘀青虽然还在，却不影响她精致得像瓷娃娃般的五官，只是略显瘦弱。

绝舞见女娃笑了，急忙往前趴了一点，轻声道：“你叫什么名字？”

女娃望着绝舞许久，抿抿唇，黯然地垂下大眼睛，摇了摇脑袋。

“是不记得，还是没有名字？”

“我……”许是太久没有发过声，女娃的声音有些沙哑。她顿了顿，道：“我被卖来卖去，没人给我起过名字……”女娃开口说了几个字后，声音变得清楚起来，带着浓浓的落寞，让众人不禁红了眼眶。

“没关系，你不用怕！以后你在这里，大家都会拿你当朋友对待，不会欺负你的。”说完，绝舞冲女娃眨眨眼，“等我师父回来，我让他给你起个名字！”

女娃懵懂地乖乖点点头，“好。”

绝舞打量了她片刻，“你比我小很多，就叫我舞姐姐吧，嘿嘿。”

女娃又乖乖地应了一声，还奉送了一个可爱的笑容，“好。”

“说到这里，你多大？”

女娃偏起脑袋，想了想，“十四吧。”

“什么？！”绝舞惊讶得差点掉了下巴。一旁的众人也不信地摇头，嘴里说着“不可能”。分明看起来就是个十岁左右的女娃，怎么可能有十四岁！

“怎么今天这么热闹？”清越中带着磁性的嗓音混着园中的花香飘进来。

女娃闻声，抬起长长的睫毛，只见一袭紫衣像风般轻又似落花般缓慢地步入房间。闹腾的众人顿时安静了下来，余下的家丁、丫鬟一个个默默退出去，只有绝舞兴奋地从床上跳下，直朝来人扑去。

“师父！”

圣忆风唇角噙着暖玉般的笑意，伸开双臂，轻松地将扑过来的人儿接入怀中，“又不穿鞋跑下来，会着凉的。”他的语气中带着淡淡的呵责，却任谁都听得出那一字字中的关心。

绝舞的一张娇美俏颜笑得如春花般灿烂，双臂在他颈后交叉相环，修长的双腿迅速环上他的腰，光溜溜的脚丫在空气中翘起，“没关系，我知道师父一定会接住我嘛！”

他微微前倾，用鼻尖蹭蹭她的鼻尖，“你呀，永远长不大。”

“我才不要长大，我要永远做师父的小丫头！”她眨眨眸，笑得欢快。

似是注意到绝舞身后朝他投来的视线，他的眸光擦过她脸颊，落在床上，微微一怔，“这是哪里来的孩子？”

他抱着她，朝女娃的方向走去。待走到床边，她迫不及待地从他怀里跳下，过去将女娃拉起，牵至他身边，“这是我今天在集市上救回来的女娃，她好可怜，被卖了很多次，你瞧，身上都是伤。”

女娃娃怯怯地瞅着面前清雅的人物，视线接触到圣忆风探究的目光，小脸蓦地红了，在舞儿鼓励的目光下，这才轻声道：“你、好……”

圣忆风望着面前的女娃，眼中没有其他人看着女娃时的喜爱，只是淡淡地嗯了一声，随后又将目光移回绝舞身上。他将她拦腰抱起，重新放回床边，拿起绣花鞋为她穿上，“喜欢她就留着跟你做个伴吧。”

她安静地坐着，享受他给予的温柔，“人是我带回来的，名字就由师父起吧。”

他抬眸，本是望向她，却不经意间看到女娃朝他投来视线，他不动声色地回望过去。女娃又垂下眸拽了拽她，小声道：“不、不用了……没有名字也可以的……”

“不行、不行！那怎么行？！”绝舞晃晃圣忆风的胳膊，撒娇的意味颇浓，“师父，你就起个名字吧。”

女娃困窘地站在那里，大眼睛红红的，眼看就要流下泪来——

他看了看快哭的女娃，又看了看她，唇角的笑温柔地扬起，“她跟着你，就叫舞影吧。”

她侧首看了看女娃，“这个名字好，以后我就叫你影儿！”

女娃看看圣忆风，又看看绝舞，虽听不懂自己的名字是什么意思，却也开心地点点头，破涕为笑。

饭桌上，尘无影盯着女娃半晌，“这就是舞儿带回的女娃？长得很可爱嘛！就是瘦了点。”

绝舞看看尘无影，扭过头又看看低头红了脸的女娃，扑哧一声笑了，“哈哈，无影大哥，你猜师父给她起的什么名？跟你一样哦，舞影。”

果然，尘无影哀怨的视线射向圣忆风。圣忆风则回以淡然一笑，“和你不是一个字。”

尘无影一怔，看看对面两个并排坐的人儿，恍然地哦了一声。

影儿感受到不友好的视线，怯怯地望过去，只见圣忆风目不转睛地看着她，她急忙害怕地又低下头。

绝舞不经意地扫向影儿，只见一颗泪珠啪嗒一下滴落在影儿的手背上。她急忙抚抚影儿的背，“你怎么了？”

绝舞的话引得其余两人投来好奇的目光。只见影儿的肩膀微微颤抖，却不发出哭声，只能看到泪珠像断线的珠子一颗颗掉下来。

圣忆风单手撑额，狭长的凤眸微挑，眼眸中找不到丝毫同情的成分。

影儿缓缓抬起头，眼角挂着晶莹的泪珠，看起来分外惹人怜惜，“没什么。”

绝舞抿抿嘴巴，红了眼睛。影儿一定是想起自己没人要，相比之下，她真的很幸运，能遇到师父。

张管家微微驼着背走进大厅，感受到屋里诡异的气氛，有人冷眼相对，有人若有所思，有人眼睛红红，还有人嘴角挂着玩味的笑，他一时间怔住了。

“绝舞姑娘，外面有位叫绝姒的姑娘找你。”

圣忆风看着绝舞的脸色由红润一点点变白，修长的五指在桌上缓缓收起。

“张管家，让她在大厅等着吧。”淡淡的声音在逐渐降温的厅内响起。

绝舞侧过脸，躲开能将她看穿的视线，黛眉拧起，又松开，流露出一种极力挣扎却又无可奈何的狼狈。

他将她拉至身前，长指抚上她冰冷的脸颊，抬起她低垂的小脸，让她不得不将视线定在他脸上，“解铃还须系铃人，你们当面把话说清楚。”

她望着他，闷闷地点点头。

“舞儿。”

绝舞踏入大厅，看到几步之外的绝姒，有些百感交集，开始分不清心底的怨恨和思念孰轻孰重。

菱唇嚅动，终究没叫出“姐姐”二字。

“找我有事？”

绝姒先是看看绝舞，又轻轻垂眸，“来看你。我们许久不见了，姐姐想看看你过得好不好……”

一声轻哼若有若无地从绝舞的鼻尖逸出，她的唇角勾出讽刺的弧线，“你会担心我好不好？如果真的担心，当初为什么骗我？你明知道我这三年是怎么过来的！”

绝姒被她说得脸上一阵青一阵白，“你怎么能这么说……”

“我怎么说了？”黛眉轻挑，舞儿挑衅地望着她，“你若真关心我，就不该不顾我的感受，强求我留在独孤翊身边。你明知道独孤翊已经变得残忍成性，却还是为了报恩，用亲情将我禁锢在他身边……”

说着说着，舞儿的眼眶开始湿润，逐渐化为深深的不满和心痛，“你是我在这个世上唯一有血缘关系的亲人，为什么你就不能好好珍惜我们之间的姐妹情分？”

听着绝舞哽咽的语气，绝姒的心也不由得揪紧了。她上前拉起绝舞的手，“对不起，对不起！我只想让你过得好，不受伤害，却用错了方法，到头来反倒一直让你受伤！对不起，原谅姐姐好不好？对不起、对不起……”

两行清泪顺着绝姒的脸颊滑下，同时也将绝舞长期不满的愤怒一点点地从心头洗刷。

亲情，或许就是一瞬间内心的触动之后，能让人忘却仇恨的神奇良药；它是心与心之间的一道无形的红绳，即使两颗心漂泊得再远，也能将其牢牢系住，永不分开。

纠结的心，在绝姒的一声声对不起中，缓缓地舒展开来。绝舞僵硬地抬起另一只手臂，将手覆在绝姒颤抖的手背上，紧紧握住。

她转头，望向一旁一直默然不语的圣忆风。看到他唇角勾出的微笑，一瞬间，她忽然明白了方才他说的那句“解铃还须系铃人”。

她伸开双臂，搂住绝姒，将脸儿埋到她颈窝，闷声道：“只要姐姐不再逼我就好，我不是小孩子，会照顾自已，而且，我还有师父。”

后面几个字，她说得很清晰、很重，也是有意说给绝姒听的。

相比两人的泪流满面，圣忆风则是颇显轻松地靠在椅背上，唇角勾出清雅的笑容，眼睛望向厅外，停驻在院内一处。他想起绝舞救回的那个小孩，琉璃般的眸流转出莫测的光芒。

对离都算是比较熟悉的舞儿，却从未去过安家酒楼的四层。她领着影儿踏入四楼的雅间时，才知道原来安家酒楼还有精致的房间，温暖得就像是家一般。

轻轻推开门，屋内的摆设映入眼帘，灵眸眨动，她四处寻着身影，终于在飘动的重重纱幕中看到一个白色的若隐若现的身影。

屋内静谧如同深夜。

绝舞拉着影儿轻手轻脚地关上门，朝纱幕走去。

撩开纱幕，她蹑手蹑脚地走到溪孟安面前，发现他躺在躺椅上，闭着眸，睫毛颤动，呼吸平稳，显然好梦正酣。

原来他在睡觉……

她看着溪孟安柔和的睡脸，想起昨日离开时，他望向她那一瞬间的眼眸，心中一动，忽然想起来意，轻轻咳了一声。

长长的睫毛动了动，眼眸终于睁开。蒙胧的视线对焦，看向她的容颜，没有半点诧异。

“你来了……”溪孟安勾唇，喃咕一声，居然再度阖上眼睑，准备再睡。

她怔住，急忙出声，声音又不敢太大，怕打扰了他的睡眠，“我把银子放在这里，我先走了，你慢慢睡。”

就在她转身后，那双睡梦中的眸子缓缓睁开，“这是那日你救的孩子？”

她回眸，微偏螓首，看到他睡得迷迷糊糊的模样，笑了，“是啊，你看，很可爱对不对？”说着，她将影儿拉至溪孟安身边，让溪孟安瞧个仔细。

溪孟安水晶般剔透的眸在影儿脸上游弋片刻，轻声道：“是个漂亮的孩子。”

“她都十四了呢，不像吧？”她拉着腼腆害羞的影儿在一旁的椅上坐下，“我打算把她养得圆圆的，那样更可爱。”

溪孟安没有说话，只是躺在那里静静地望着她，唇角勾出绵长的微笑。

被他看得不自在，她赶紧找话题打破寂静的尴尬，“我们叫她‘影儿’，你也可以这样叫。她说，你也是恩人，所以坚持让我带她来。”

影儿可爱的脑袋越来越低，拉扯着舞儿的袖口，“舞姐姐，不要说了……”

“影儿……”溪孟安念出影儿的名字，声音低低的，似是念给自己听。他忽而抬眸，望着害羞的影儿，“如果你愿意，也可以经常来找我。”

“真的可以吗？”影儿抬眸，黑乌的眼睛怯怯地看着溪孟安，“那我可以跟舞姐姐一起来吗？”

“当然。”溪孟安说的时候，没有看影儿，而是望着绝舞。那双眸如星辰，又似春水，看得人心魂荡漾。

屋内，檀香萦绕，纱幕飞扬。

溪孟安的双眸带着一种异样的暧昧，纠缠住绝舞闪烁不明的黑瞳。

直到绝舞转过头避开，溪孟安眸光轻闪，才垂下了眼睑，悠悠地转向窗外，望着来往的行人。

“抱歉，如果你不愿意来，也没什么。我只是，寂寞太久了……”他轻咬着唇，垂下眼眸，一股寂寥感忽而笼罩全身，“刚才，是我太一厢情愿了……对不起……”

绝舞再一次怔住。她没说不愿意啊。

她瞧着他的侧脸，想起第一次见面他看到她的笑容时脸上浮现出的满足感，她忽而觉得自己躲避他视线的行为非常差劲。

“我以为，我们可以做朋友的。”他抬眸微笑，凝视她，“可是姑娘好像……”

“我们是朋友啊！”如此惹人怜惜的人，让她心底的母性陡然而出，“我和影儿可以常来陪你的！”豪语一出，如覆水难收。

短暂的后悔在看到溪孟安由黯然转向清亮的眸时，烟消云散。

她有的是时间，既然可以帮一个人排遣寂寞，为什么不呢？这样想着，她心里别扭的感觉舒服了很多。她绽放出甜如蜜的笑，“以后我们就是朋友了。我没有告诉别人你的身份！”

“我只是怕惹来麻烦……”

“嗯，我了解，你的名气现在很大嘛，总会惹来一些人的红眼。”就像她师父一样，总会有些武林中所谓的“正道人士”来挑衅他，其实那都是些小人。

影儿看到两人轻松地对话，拘谨也渐渐消失，水汪汪的大眼睛祈求地望向绝舞，“舞儿姐姐，那以后我们常来陪恩人，他就不会寂寞了。”

绝舞摸摸她的头，“嗯。”

溪孟安轻咳，略显苍白的脸红润了一些，“我还不知道姑娘芳名……”

“什么芳名不芳名的，叫我舞儿就好，大家都这么叫。”

他望着她微笑，超脱的笑容中多了一丝安逸。他唇角轻启，“好，舞儿。”

绝舞两人离开后，雅间的门被轻轻关起。随后，门外的尹昭走进来。

溪孟安自躺椅上坐起，眸色清亮，全无刚才的迷蒙，唇边勾出一抹笑痕，说不上来是什么情绪。

尹昭将一张字条递给溪孟安，“少爷，这是刚才莹姑娘出门时塞在我手中的。”

溪孟安拢好方才因躺卧而有些凌乱的衣裳，长睫轻抬，接过字条，“是影儿，她以后叫影儿。”

“是。”

溪孟安的眸色在看完字条上的内容后，时暗时明，看不出喜怒。

“少爷？”尹昭看得有些心慌，不知发生了什么事。

“原来舞儿就是圣忆风传说中的那个徒弟……”听闻两人不单纯是师徒关系，圣忆风宠这个徒弟宠得让人吃惊。溪孟安垂眸，分不清心底酸酸的是什么感觉。他应该高兴的，舞儿在圣忆风心目中的地位越重，他的计划就越好实施，可为什么会有点失落的感觉？

“少爷？”少爷又走神了。

溪孟安回神，眸子晶亮如星，没有了最初的淡漠，也没有面对舞儿时的寂寞，虽然脸色依旧有些苍白，却掩饰不住他如鹰般锐利的眸。

“她是圣忆风的徒弟，我的计划就更好实施。”溪孟安冷笑，指甲轻弹手中的茶杯，划破一室寂静。

两道纤细的身影在夕阳的余晖中走入尘家庄。

后花园那一片色彩斑斓中，百花盛开，花团锦簇，染上胭脂红、绛紫、海青、明黄、柔粉，装扮出一幅如诗如画的美景。

“影儿，你会不会觉得他有点奇怪？”绝舞牵着影儿，在花丛中盘腿坐下。

影儿眨巴眨巴眼睛，“恩人吗？哪里奇怪？”

“说不上来。”绝舞黑溜溜的眼珠儿灵动一转，和影儿的一双大眼对看，“你不觉得他看我的眼神很奇怪吗？”

“你是说那种暖暖的眼神？”影儿的脸慢慢地染上红晕，羞怯地抿抿唇，低声道：“舞姐姐，你不知道恩人为什么那样看你？”

“我怎么会知道？”

影儿趴向绝舞耳边，悄悄道：“恩人他大概是喜欢你吧。”说完，一张脸儿染了朝霞般，好似被喜欢的人是她一样。

绝舞顿时愣住，随即放声大笑，将身子摔进花丛中，伸伸懒腰，“影儿，我还以为你单纯得不知道什么是喜欢呢。你想多了啦，他不喜欢我的。一个人怎么可能会喜欢上才见两次面的人？”

“谁喜欢谁呢？”慵懒如筝的声音传来。

尾音还未完全落下，一道修长的影子遮住绝舞的视线。熟悉的香味霎时间弥漫开来，清淡如月下香。

她眨眨眸，软乎乎的脸颊开出笑靥，“师父。”

优雅的唇畔泛起一抹柔软浅笑。他俯身坐下，靠在身后的大石上，伸臂抱起她，让她的脑袋枕在他的腿上，青丝在绛紫衣袍上绚烂绽放。

莹白的长指拨过她脸颊旁的发丝，“在聊什么？”

“舞姐姐在说刚才在集市上见到的事。”小小的声音抢在绝舞的话前，水汪汪的黑瞳一闪一闪地望向圣忆风。

“嗯！”不能告诉师父溪孟安的事，她不能做不讲信用的人。

一直垂眸望着腿上人儿的圣忆风凤眸微闪，敛去眼底精光，抬眸轻轻地看了一眼含羞望着他的影儿，长睫再次垂下，淡然一笑。

他一只手梳弄着她散落在他衣袍上的发，另一只手抚上她轻阖的红唇，细细轻揉，对影儿道：“你先下去。”

“是。”影儿低垂着眸子，急忙起身离去。

她鼓起双颊，望着上方的俊颜，“师父！”

他捏捏她鼓起的脸颊，“这么生气做什么？”

“为什么不能对影儿好一点？她在尽力地讨好你。”她抓住梳理她头发的手，“她好可怜，没爹没娘，被卖来卖去。师父对她好一点不行吗？”

在她喋喋不休间，他抬起膝盖，将她的脑袋撑起，俯下身，拉近两人之间的距离。一头乌发如流泉般滑下，笼住两人。

他绝色的容颜倒映在她漆黑的瞳眸中，温热的鼻息洒在她娇嫩的脸颊上。所有的话，蓦然止住。

他的指轻揉着她柔软的下唇，淡如轻风又幽似深潭的眸子凝着她，缓缓俯下身，“丫头，防人之心不可无。”

夕阳西下，如柳拂池面漾起涟漪般的尾音，在两人的唇齿间消失。

他的墨发将两人圈在一个小小的世界中，可因在屋外，她紧张地紧紧揪住他的衣袖，红唇略显僵硬。

“她只是一个小姑娘，为什么要防？”

他的食指钩住她圆润的下颌，轻轻抬起，使两人的唇更加紧密地相贴。

蝶栖般的吻落在她的唇际，浅尝、轻啄，她跟着他的节奏，忘我沉醉，下意识地轻启唇瓣，迎接他的柔情……

“呃……”轻轻的倒吸气声响起。

她一怔，急忙推开圣忆风，回头看到了身后的尘无影。那倒吸气声显然来自身后的无影。

圣忆风不悦地将她重新搂入怀中，眉梢微扬，“你出现得可真是时候。”

“哈哈！”尘无影也不避让，端着一盘甜点，“刚才在厨房碰到影儿，她说你们俩在这儿，我就跟着来凑个热闹，顺便带点舞儿喜欢吃的甜点。”

绝舞将脸儿埋进圣忆风怀里，紧紧地抓着他的衣服不松手，羞得满脸通红。

尘无影看到绝舞的模样，不禁大笑起来，伸手拍拍她的肩膀，“喂，用不着这么害羞吧？我们谁跟谁啊！”

“不要碰我了啦！”闷闷的声音从圣忆风的怀里发出，她嘟着小嘴，暗暗埋怨突然出现的人，还伸出一只胳膊胡乱拨着尘无影的手。

圣忆风垂首看到怀中人儿的模样，优美的薄唇忍不住上扬，“有什么好羞的。”

“师父！”她羞恼地攥起粉拳朝他的肩上抡去，却换来他更加畅怀的大笑。

尘无影环视周边一圈，看看圣忆风，而后对绝舞道：“舞儿，你不觉得你带回来的影儿出现的时机很巧吗？”

绝舞终于从圣忆风怀里探出头来，“什么意思？”

“你救她时，遇到了谁？”

她的眼神开始飘忽，“没有谁。”

又一个华灯初上的时刻。

追忆园里，隐约能听到下人们走动的声音。偌大的宅院里，点点灯火次第亮了起来，红绸灯笼在回旋的长廊上迂回、蜿蜒。

唯有一扇窗内，昏暗依旧，人也依旧。

暗香浮动，借着窗外回廊上的灯，隐隐氤氲出窗棂淡淡的轮廓来。

溪孟安静静地靠在窗边，视线透过镂空的窗，定在走廊的尽头。他，在等人。

不久，一道高大的身影疾步从走廊尽头奔来，破门而入。随着灌进来的冷风，屋内的纱帐层层飘起。

“好你个溪孟安，这个时候还能如此静心地坐在窗边赏月。”来人正是前段时间才与圣忆风见过一次面的司空离。

他毫不忌讳地跷起二郎腿，坐在溪孟安对面的桌子上，湛蓝的眼睛在晦暗的灯火下如暗夜宝石。

酒味迎面扑来，溪孟安眉头轻蹙，精明的眸射向司空离，“你心情不好。”

溪孟安的话说得如此肯定，看得出两人的关系不浅。

“不愧是从小玩到大的朋友，你还真了解我。”司空离斜身朝窗边的墙头靠去，在桌上盘起腿。

没有一句赘言，溪孟安直接说出猜想："圣忆风威胁你？"

司空离轻叹一口气，"谁让他帮我解决了难题。"

溪孟安沉默片刻，长睫下的眸闪烁片刻，"跟我有关？"

司空离因酒气而略显蒙眬的眼忽而清晰起来，直直盯住溪孟安，"你不用担心，他再威胁我，我也会想法子避过去。"

司空离的话，溪孟安没有丝毫意外。他了解他的朋友，他们都不是什么正人君子，但对待彼此，却始终肝胆相照。

溪孟安温柔地微笑，没有算计，没有虚伪，"他让你怎么样，就怎么样吧。"

"你十多年来一直为此准备，难道现在要放弃了？！"司空离微讶，"他让我毁了你的追忆绸庄，这你也愿意？！"

"绸庄吗？"溪孟安有些倦地朝后靠去。窗外的风顺着吹入，扬起他的发丝，在柔和的脸庞上萦绕，看起来如梦幻般，"本就是为引起他注意而开的，如今达到了目的，想毁就毁了吧。我最近将绸庄的银子都提出来。"溪孟安眨眨眼，显得狡黠，"等你封的时候，也就只是个空壳而已。"

"你这家伙。"司空离不禁松了口气，垂眸，一掌覆上溪孟安略显瘦弱的肩头，"谢谢……"

"为了不引起怀疑，我们以后就不要再见了，有事我会让人送信过去。"

"也好。"

短暂的沉默中，一个漆黑的影子夹带着破空声停在了窗沿上。一只黑色的鸽子一摇一摆地走向溪孟安。

收起心神，溪孟安取下鸽足上的铜管，抽出里面卷曲的信笺。

略微苍白的长指展开信笺，溪孟安满意地扬起唇角，慢慢地摩挲着黑鸽的羽毛，"你四天后会与圣忆风在安家酒楼会面？"

"嗯。"司空离诧异地眨眨眸，戏谑道："你不会在我身边也安插了什么眼线吧？"

"当然不是，是在尘家庄。"溪孟安弹指，燃起一只蜡，将信笺置于火上，一点点化为灰烬，"我把茗放在尘家庄。"

"茗？那个长得可爱却一脸冰块的家伙？"他记得那个姑娘，分明十四岁，却长了一张十岁左右的娃娃脸，还一副老成的样子，"那样的家伙放在尘家庄，会不会太显眼了？"

溪孟安轻笑出声，眸底闪出一抹亮光，"那家伙可是演戏的高手。"

司空离不信地撇撇嘴，很难想象那个娃娃脸会有啥演技，"你手里的王牌呢？是什么？"

溪孟安的眸光闪了闪，夜风轻轻地吹进屋里，吹乱了他眼底的一抹不明情绪。他望向窗外的茫茫夜色，"等你和圣忆风见面的那天，你会见到我手里的那张王牌。"

第二十八章
难见攻心计

清风从大敞着的朱红大门和窗间流入，在屋内丝丝萦绕，卷起床幔柔软的浅影。

烛光悠悠，映出绣着大朵莲花的屏风之后的一个小小的身影。

绝舞坐在铜镜前，皮肤上仍散发着沐浴过的热气。铜镜里，白里透红的玉肌晕染着粉色，将她映衬得像朵小花似的。薄毯裹在娇躯上，只露出颈上的部分，不让夜间的冷气入侵。水汪汪的黑瞳凝望着镜中的自己。

圣忆风倚在床畔，屋内氤氲的热气让他的唇角浮出一抹笑意。他透过屏风望着其后的娇小身影，眼睛里闪过一丝柔魅的澄澈。

咚、咚、咚。

敲门声过后，一道低沉的询问传来，“少主？”

“进来。”他抄起手边本要等她出来给她裹上的大毯，随手一挥，毯子飘上屏风，将上面模糊的人影盖住，密不透风。

颜琦轻轻地走进屋里，垂首道：“少主有事吩咐？”

他的视线收回，落在颜琦低垂的头顶，悠然道：“那日舞儿带着影儿去了哪里？”

绝舞听到屏风外的声音，紧张地拽住披在肩头的薄毯，等待颜琦的回答。

颜琦只是轻微地顿了一下便道：“绝舞姑娘和舞影姑娘只是去了集市。”

灯火朦胧，圣忆风手中把玩着一支银针，在灯下细细瞧着。灯火晕黄，银光流动。这时，他轻轻垂眸，用极低柔的语调慢慢地问：“集市？”

颜琦突然单膝跪地，膝盖撞击地板的声音在静悄的屋内陡然响起，听得绝舞一惊。

"属下失职。"颜琦低垂着头，声音不卑不亢，平静得好似自己没有做错事。

"你哪里失职了？"他边将银针缓缓移向灯火，边用漫不经心的语调道，"你不是一直在保护舞儿吗？怎么会失职？"

"属下、属下那日并未一直跟随绝舞姑娘。"

他依旧细细地看着那支银针，浅浅的嗓音再次飘出唇角，似是不甚在意，"那你去干什么了？"

颜琦的头又低了一分，"属下那日碰到杜玉菲姑娘，她遭人挑衅受伤，我带她去就医，所以误忘了少主的交代。"他的语气有些轻颤，还夹带着一些迟疑。

杜玉菲？被他废了武功，一个女人家行走江湖果然容易碰钉子。

他这样想着，双眸里却看不出丝毫的后悔或者怜惜，只是浅浅地觑了一眼颜琦。

与此同时，颜琦也恰巧抬头。那一瞬间，圣忆风的眼神让颜琦猛然一惊，急忙又低下头，"颜琦失职！"

烛火上的银针被烤成炽红的颜色，鲜艳无比。他轻笑，低问道："既然失职，要如何处置？"

屏风后出现轻轻的倒吸声和不安分的衣料摩挲声。

他的眸光闪烁不定，"这支毒针作为失职的惩罚，如何？"烛光映照下，俊魅的容颜忽明忽暗。

下一瞬，银针离指飞出。颜琦没有闪躲，眼看被烛火烤得火红的银针就要扎入颜琦的胸。叮咚一声，一支银钗击中银针，双双落地，发出清脆的撞击声。

颜琦蓦然垂眸，纵使惊讶，却不敢朝屏风后望去。

圣忆风的入鬓细眉轻挑，对突来的状况似是毫不惊讶，唇角勾出一抹得逞的笑，"你先下去。"

待寂静的屋子传来颜琦的关门声，屏风后已经穿戴好的绝舞才走出屏风。

她不敢看他的眼睛，视线四处乱飘，一步步地走到他身边，"不就做错件事吗？干吗用毒针啊？颜大哥跟着师父那么久了，师父也不网开一面。"

他的视线定在地上的一针一钗上，轻笑道："丫头，你可比以前灵敏多了，居然能拦下我的银针。"

她一怔，因他的夸奖忘了忐忑不定的心事，不好意思地摸摸因刚沐浴完透着红润的脸颊，憨憨笑道："那是因为师父根本就留着空子让我钻嘛！"

长指抵上她的下颌，钩起她因被夸奖而羞得红红的脸颊。他的唇角浮出妖娆的笑，"你不是该质问我，为何颜琦会跟着你的吗？为什么不问？"

她再次怔住，不过很快笑笑，漆黑的眼珠子骨碌碌地转起来，"因为我猜到了啊，一想就知道是师父让他来保护我的嘛，师父这么疼我。”她说着，还用小手环上他的胳膊，慢慢地摩挲讨好他。

他俯望着她，幽潋的瞳渐渐清冷，食指和拇指捏起她的下颌揉捻。

他的动作轻柔，却让舞儿紧张得恨不得逃开他的视线。就在她再也无法承受他能看穿一切的视线时，他悠悠开口，声音冷冷淡淡，“因为你早就知道他跟着你。”

她急忙挥着小手否认，“不知道，我真的不知道。”

“颜琦从来不对我撒谎，所以只要一撒谎，我就听得出他的不安。”他放开被他揉得绯红的下颌，双臂撑在窗沿上，“根本就没有什么送杜玉菲治病的事，他在撒谎。而能让他撒谎的人，只有你。”颜琦对他的忠心，他是知道的。但舞儿是个特例，因为他宠她，所以颜琦一定会乱了原则。

“没有、没有！杜玉菲的事是他自己编的啦，我真的不知道！我只是让他……”双手蓦地抬起，捂住嘴巴。她懊恼地蹙起眉，恨不得咬掉自己的舌头。

他唇角的笑悠然浮起，烛火下流转的眸光迷迷蒙蒙，“你只是让他骗我，却没想到他编了一个这么蹩脚的谎言漏了底。”

“师父——”她挪着小碎步，一步步朝他移去，甜甜地唤着他。

他没有动作，只是望着她，光晕在他的睫毛末梢晕开。她看不清他的眼神，更加心急。

“师父——”娇嗓越来越腻人。

他却只是淡淡地望着她，随后离开窗边，朝床榻走去，“等你愿意告诉我实话的时候，再来找我。”他的声音清浅，听不出喜怒，留下她矛盾地站在他身后，踌躇不前。

沁园内，万花灿烂。在石砖砌成的围墙之内、柔软摆动的杨柳之下，一个如春花般灿烂的娇嫩容颜在柳枝中若隐若现，银铃般的笑声从她的菱唇间袅娜传来——

“舞姐姐，不要抓我痒痒了！很痒，哈哈……”

屋外窗沿下的草坪上，两人笑闹成一团，玩得不亦乐乎。

“谁让你乱说。”绝舞娇嗔的嗓音跟着传来，虽是斥责，却听不出一丝怒意。

“人家哪有嘛！”影儿胡乱挥舞着小手，四处躲着舞儿的“魔掌”，“恩人本来就喜欢你嘛，我都看得出来呢。”

她收回手，轻轻一跃，蹦上窗台，双手撑在身侧，晃动着小小的脚。

“舞姐姐？”影儿起身，抬眸看着突然不说话的舞儿，“你生气啦？你不要生气啊，我只是……”

“没有。”她垂首，看着影儿快要闪出泪花的大眼，疼惜地伸手摸摸她的发顶，轻轻叹了口气，“我没有生气，只是突然由溪孟安想到师父。昨天师父觉察到我在骗他，给我机会让我说实话，我却没说……”

影儿眨眨眸，问得天真，“为什么你不告诉他呢？”

绝舞垂眸，双脚有一下没一下地踢着，“你忘了？我答应过溪孟安的。”

影儿转身靠着墙壁，与舞儿一同望着园中的花草，黑澄的眸底闪过一抹与她的稚嫩可爱不符的促狭的光，“是哦，做人不可以言而无信，所以你不能说呢。”

绝舞又叹了口气，大大的眼睛里迷茫无限，“我不想骗师父，好讨厌自己那么草率地答应溪孟安不说出他的身份。”

影儿笑笑，转身将光滑的下巴放在绝舞的腿上，拉住绝舞的手，眨眨眸，“舞姐姐，不要想烦心的事了，你师父那么宠你，不会在乎你撒一个小小的谎。要不，我们现在去找恩人，问问他可不可以说。恩人那么好，一定不会让你为难的，这样不就两全其美了吗？”

“可是……”她不想去找溪孟安，那个人的眼神每每流泻出希冀的光芒，水晶般的眸子惹得她同情心泛滥，不忍拒绝他。

她的直觉告诉她：溪孟安，是个麻烦的人物。

“舞姐姐——”影儿眨巴着眼睛，摇晃着她的腿，恳求着，“去嘛、去嘛，恩人一个人一定很寂寞。你看我们见他两次，第一次他身边只跟着一个护卫，第二次他一个人坐在窗前看着路上的行人。你不觉得他很孤单吗？”

见绝舞无动于衷，但眼神开始闪烁，影儿加了把劲儿，“而且你师父不是说今天有事出去吗？这样他就不会找你啦，我们赶在他回来之前回来啊。”

“我……”

“要不，我们见他最后一次好不好？就当你去征得他的同意，这样你就不会因为骗你师父而为难了啊。”

在影儿一双期盼的大眼和不断的游说下，绝舞终于迟疑地点点头。

人头攒动的街道上，一辆马车缓缓而行，最终在安家酒楼前停下。

华丽的轿饰让行人纷纷驻足，想要一窥轿内究竟是何人，或许是不多见的王公贵族。

只见修长的指撩起软帘，紧接着，一道修长的身影跨出华丽的轿子。风迎面而来，吹拂起他随意披泻在身后的墨发，使他玉雕般的容颜更加俊美，那莹薄的唇角噙着似笑非笑的弧度，周围抽气声顿起。

经常在醉满楼用餐的某些武林人士，很快认出此人的身份——

“圣忆风！”

“圣音！”

许久没有听到“圣音”二字，圣忆风淡淡回眸，朝声音来源扫去。嘈杂声霎时间消失，因为那一眼，盛着满满的不悦。

他收回眼神，径直进楼朝二层走去。

绛紫的身影消失在楼梯口，议论声又开始沸腾。

大家都没料到迦隐的少主会如此大摇大摆地进入醉满楼，似乎他从武林大会之后就不再隐藏自己的身份。

二楼的窗边，圣忆风悠闲地俯望着众人的神态，唇角勾出讽刺的笑容。

“你如此大摇大摆地出入公众场合，是故意要扰乱民心吗？”司空离带着调侃笑意的声音随着开门声传入厢房。

圣忆风视线右移，笑睨着司空离。屋内气氛融洽，前几日司空离被威胁的尴尬仿若不曾存在过。

“圣少主今日约我，不会只是品酒吧？”

圣忆风轻摇着手中的酒杯，轻笑，“当然不是。难道八皇子忘了前几日我交代的事？”

司空离怎么猜也没猜到他会逼得这么紧，“这才几天时间，想要查一个人都很困难。少主不会这么急吧？”

圣忆风莫测的眼神瞥过司空离紧张的面孔，再次移向窗外，似是在等什么。

“不急，只是问问进展。”他今日的目标可不是司空离。

他故意走漏了今日和司空离见面的消息，是想看看那个影儿究竟在为何人做事。那日颜琦虽然没能跟着舞儿，尘无影却在外面无意撞见舞儿在和一个坐着轮椅的人讲话。他猜测过那人是溪孟安，但舞儿说那夜她探访追忆园的时候，溪孟安是会武功的，而且并非残疾。

舞儿那丫头故意隐瞒和影儿的去向，更让他不得不怀疑影儿。

见圣忆风不再开口，司空离虽觉奇怪，但紧跟着松了口气。

就在圣忆风与司空离见面的同时，绝舞和影儿也在前往安家酒楼的路上。

影儿抬头看着绝舞，“舞姐姐，影儿说句话，你不要生气好不好？”

“你说，我不气。”绝舞随口应着，心里却想着如何对溪孟安开口说以后不再见面的事。

影儿低着头，低低地道："我觉得恩人比舞姐姐的师父好多了。"

绝舞低头诧异地看了一眼影儿。

影儿低着头自顾自地说着："恩人虽然行动不便，但怎么看也是体贴的人，他肯定不会像舞姐姐的师父那样为难舞姐姐。"

两道黛眉不悦地蹙起，绝舞打断了影儿的话，"师父从未为难过我。"

"可昨天他不是因为你的隐瞒而逼问你吗？每个人都有自己的隐私，为什么要……"影儿抬眸不解地问她。

"师父那是关心我。"绝舞的语调已经开始忍不住不耐烦起来，"不要再说起师父的不是，我会生气。"

影儿委屈地抿抿唇，低声道："知道了。"

两人交谈着步入酒楼，没有发觉二楼的窗边一道莫测而幽深的视线一直随着她们而移动。

圣忆风用指尖轻轻敲着手里的酒杯，发出清脆的声响。司空离抬眸看到圣忆风静默的样子，那眸底散发出的魔魅让他不禁一阵冷战，手里盛满的酒险些洒出。

酒楼四层那间似乎为溪孟安而设的屋子，在绝舞和影儿进去时，静谧依旧。

不同的是，这回迎接她们的，是一双春意浓浓的笑眸。

看着那双纯净的眼睛，绝舞的罪恶感陡然而升，让她几乎无法对他勾出笑意。

溪孟安发现她的异样，关心地道："怎么了？你有心事？"

"啊？"绝舞一颤，惊讶于他的细心，"没、没事。"

想了一下，她再次开口，决定将事情一次性说完，"只是，我实在无法隐瞒我师父，他似乎已经在怀疑我欺骗他什么，我不想因为……"

"不想因为我而让你们起矛盾，是吗？"溪孟安接着说完她无法说出口的话，微笑着，笑得云淡风轻，仿似一点也不在乎绝舞的毁约，"没关系，你告诉他吧，我也不想因为我让你们师徒之间有误会。我想，既然是你师父，那就无所谓，我只是不想被商场上的人知道我是这副模样。若是让他们知道追忆绸庄的老板是个残废，我这生意怕是会受影响。"

"不会的！不会的！我师父跟商场上的人不认识的！"绝舞急忙保证，后又发觉自己的自私，歉意地黯下眸子，"对不起，我让你为难了，你却还替我着想。"

"没关系。"他像是朋友般伸手拍拍她放在膝上不断绞动的双手。

他望着她，眸子幽深而宁静，像是要一直看到她心底去，"你还有事？"

"我……"她顾不得溪孟安会如何想她这个言而无信的人，直接咬牙脱口而出，"以后我恐怕不会来找你了，但我会让影儿来陪你的！"

溪孟安那双泛着笑意的眸子在她说话的同时渐渐黯了下去。

他收回放在她膝上的手，缓缓握住躺椅的扶手，脸上的神态由虚弱的白转为苍白，白得像绢纸，身子也微微发抖。

“还是不行吗……”

“啊？”她抬眸，看到溪孟安的神态，忽然觉得自己好似说了很过分的话。

“我们还是无法做朋友……”

“不是、不是！”

“果然……我这等人，怎么可能配得上跟你这样的姑娘……做朋友……”溪孟安的手在袖袍中攥紧，忽而垂在自己的腿上，黯然神伤。

他自怨自艾的模样让绝舞的心越发柔软起来。她急忙将小手覆上他的肩膀，坚定地望着他，“你误会我了，我绝对没有看不起你的意思。”

听到舞儿的话，溪孟安猛然抬起眸，一双蒙眬的眼睛逐渐变得清晰起来，“所以说，你不是嫌弃我……”

“是啊，我怎么会嫌弃你？”绝舞义气地拍拍他的肩，一副哥俩儿好的神情。

“那为什么不能再来陪我？”溪孟安看着她的眼睛，慢慢地问着，语气温柔，如水波轻漾，眼神也是蒙眬万分，看向她的眸子里充满了不解。

她抿抿唇，将手从他肩膀上收回，慢慢垂下头，故意避开他的目光，“这是我个人的原因，与你无关。你就不要问了，问了我也不会说。”

室内重新恢复最初的宁静，窗外的风吹进来，吹起他长长的发，扬起的发柔柔地拂过她的脸颊。两人不语一句。

影儿轻咳一声，跑去溪孟安身边，睁大天真的眼睛，“恩人，我们出去转转吧，你一个人闷在房间里一定很寂寞。你看，外面阳光多好。”

绝舞责怪地抬眸看了一眼影儿，影儿抱歉地吐吐舌头。

溪孟安却没有如往常一般迁就她，而是小心地开口，看着她道：“陪我出去转转吧，我真的闷坏了。”

见绝舞犹豫不决，溪孟安苦涩地勾唇冲她微笑，“就当作最后一次吧……”

听着他不疾不徐又满含委屈的声音，当他说“最后一次”的时候，她终于还是同情心泛滥，说了个“好”字。

壶中的酒一点点地少去，可二层厢房内的两人依旧静静地品酒，不发一语。

司空离偶尔会抬眸看看圣忆风，然后轻轻地叫声“圣少主”。

圣忆风只会抬眸淡扫他一眼，继续垂眸品酒。

司空离不禁开始怀疑圣忆风约他出来的用意，他虽说是问溪孟安之事，却只提过一次，便不再开口。这样跟他耗在这里，莫非他是在……

“圣少主是在等人？”

圣忆风的唇角终于勾出一抹似笑非笑的弧度，他靠在椅背上，笑睨了眼司空离，喃喃自语：“是在等人……”他的眼角噙着笑，笑却没有到眼底，流转的眸色越发清冷。冷，则冰。

司空离隐隐地不安，却始终揣测不出圣忆风眼底的情绪。

忽而，嬉笑的声音逐渐从外面传进来，离他们越来越近。

司空离微微一怔，似乎听到了熟悉的声音，却又觉得陌生。听来听去，他的脸上开始露出古怪的神色。

圣忆风的眸微微一闪，漫不经心地用指尖沿着杯口慢慢摩挲。当声音将要接近门口之际，他手中的酒杯瞬间脱手而出，直直地击中并穿过木门，射向门外的走廊。紧接着，酒杯落地破碎的清脆声以及门外的惊呼响起。

“圣少主？”司空离霍地站起来，有点反应不过来这突然的转变。

“喂，这是谁呀？！”

门外的嗓音娇软中带着气愤传进屋里，圣忆风慵懒地起身，又懒洋洋地瞥了一眼司空离，“八皇子，出去看场戏如何？”

他含笑悠扬的声音中隐隐透出一丝孤傲、一丝酒后微醺的慵懒。

修长的双腿朝门外迈去。司空离不明所以地起身跟在他身后。

拉开木门，圣忆风懒懒地靠在门框上，抬眸瞅着正要冲他挥拳头的人儿，唇角的笑逸出，眼里却看不到笑意，“丫头，做事还是这么莽撞。”

绝舞刚刚举起的手就那么僵在空中，一脸震惊与慌乱地看着不可能在此时出现在眼前的魅颜，满脸错愕。

“呃，师、师父……”

他没有再看她，眼眸里的幽光流转而逝，眯起狭长的凤眸转向她身后的二人，并将视线投向溪孟安。他浅浅地扬起嘴角，“丫头，这是你的新朋友？”

他问舞儿，却看着溪孟安，清冷的眸子比月光还冷。

“呃，是的。”她不安的时候，就会习惯性地抿抿唇角，然后怯怯抬眸，快速地瞅了一眼圣忆风。

“不介绍介绍吗？”他倚着门，略微垂眸望着几步之外的溪孟安，眉眼间自然而然地流露出一种高贵、优雅、不可侵犯的气质。

与他相比，溪孟安表面看起来显得弱势得多，眼眸中所流露出的镇静却明显不同于常人。

司空离看到溪孟安以及影儿，不由得怔住。想起四日前在追忆山庄，溪孟安收到影儿的传书，说起今日他与圣忆风见面之事。

一种猜测忽然闪过他的脑海：莫非，圣忆风早已经怀疑影儿，所以故意安排今日与他的见面？怪不得圣忆风在屋内一直不说话，原来真如他所说，他在等人……

溪孟安身边的那个红衣姑娘，就是他前几日说起的“王牌”吗？她和圣忆风怎么看都不像是单纯的师徒关系。

“舞儿，这就是你师父吗？”溪孟安望向绝舞，他的声音温柔得如同他看着她时的眼神，让绝舞一阵心虚与愧疚。

她咬唇，好像自己真欠了他什么，“是。”

狭长的凤眸扬起，不动声色地沿着溪孟安温柔的视线看向舞儿，“你们很熟？”轻柔的嗓音带着一股绝舞熟悉的香味。

淡淡的香味让她敏感地觉察到圣忆风此刻的情绪，“啊，不是很熟……一点都不熟……”真的不是很熟。

就在这时，溪孟安开口了，“舞儿不是故意隐瞒你，我无法行走，而我的身份最近又是大家猜疑的话题，她是怕我的身份会为我的行动带来不便所以没说。”

溪孟安的声音中带着浓浓的包容与疼惜，字字都在暗示舞儿对他的关心，并当着圣忆风的面毫不避讳地将视线飘向舞儿，让圣忆风不悦到了极点。

圣忆风不失优雅地勾唇道：“原来是追忆绸庄的老板。”既然他暗示自己是最近最受猜疑的人，那必定是追忆绸庄的主人了。

溪孟安轻轻颔首，算是承认自己的身份。

圣忆风的视线终于再次移回绝舞脸上，魅惑的眸子紧锁住她，朝她伸出手。她挪挪小碎步，将小手放在他宽大的掌心。忽而一阵天旋地转，当她反应过来之时，整个人已经被他打横抱起，躺在她熟悉的怀里。

惊讶声四起。影儿红着脸看着圣忆风在大庭广众之下大胆的举动。溪孟安虽惊讶，但只是将惊讶浅浅地表现在他微张的唇间。

只有司空离震惊地睁大了双眸，终于意识到刚才自己心里那股诡异的感觉从何而来——原来，他们之间是这样的关系。

“师、师父……”她想要下来，但看到他愠怒的眼神，又不敢轻举妄动，毕竟是自己有意隐瞒在先。可是，虽然做足了心理准备，也根本不在乎外人如何说，但师父这样在醉满楼中张扬地抱着她，会不会有那么一点点过分啊。

她怯怯地垂下眸，却在不经意间看到整个二楼的人几乎都挤在了走廊上，连楼下的人也一并抬起头看着楼上发生了什么。

几乎在圣忆风抱起舞儿的同时，议论声乍然而起，但碍于圣忆风在场，众人又不敢说得太过火，只是猜测着两人究竟是什么关系。

她的脸一下子烧了起来，像是被煮熟般，滚烫滚烫的。她不知所措地将脑袋深深埋进他怀里。

他似是嫌还不够乱，噙着迷惑人心的笑，将吻印在她细滑的额头，“丫头，安静点。”

整座醉满楼中，惊呼声再次一波又一波地袭来。

她不明白溪孟安为何要自己开口说出身份却不让她说，这样师父更加会误会她对他隐瞒了，她本来就打算说的。

魅惑的眸光从她脸上移开时转为清浅。在司空离惊异于他的迅速转变之际，他轻缓一笑，对溪孟安道：“丫头不懂事，给你添麻烦了。”

“无妨。”溪孟安似是听不出他话里的挑衅，低垂着颤抖的睫毛，看似非常怀念和她在一起的时光，“我们相处得很愉快，她是个善良的姑娘。”

突然，溪孟安的脸一阵苍白，轻咳声响起，并逐渐变得大起来。很快，尹昭出现在他身旁，拿出一个药丸，动作熟稔地让他服下。慢慢地，在众人同情的目光下，咳嗽声渐渐消失，那张苍白如纸的脸也缓了过来。

“不好意思，让大家见笑了。”取出白帕，他轻轻擦拭唇角，眉宇间的病态与那秀美脸庞上的精致五官让人忍不住怜惜。

气氛一下子沉静下来，谁都没有开口说话，只是静静地望着二楼回廊中间的溪孟安。大家没想到被他们猜测过无数版本的追忆绸庄老板，原来是个不良于行且重病缠身的虚弱少年。

最先打破沉默的，还是众人最忌讳的人——圣忆风。

“溪老板注意身体，我们后会有期。”他眯起凤眸，旋身离去的瞬间唇角逸出这句如同柳絮般轻飘的话。

脚下紫色的莲妖娆而优雅地荡过二十多个台阶，慢慢地消失在酒楼前的轿子中。

楼内的人，这才一窝蜂地吵嚷起来。

司空离皱着眉看了一眼急忙跟随圣忆风离开的舞儿和影儿，而后走到溪孟安身边，责怪道：“你太冒险了。万一他认出你，怎么办？”

溪孟安轻轻抬手，尹昭便推着他的轮椅往楼外走去。

“那个时候我还是九岁的孩子，十多年了，我的容貌变化很大，他认不出的。”

司空离跟在他身旁，神态轻松，似是在闲谈，说话的声音却很低，生怕别人听到，“很难说。他这个人心思难测，江湖上谁不知道？这次我估计他是特意走漏消息，让影儿通知你的。这下好了吧？被逮个正着。我实在想不通，你为什么告诉他你的身份？”

溪孟安轻笑，手指在轮椅的扶手上慢慢画着，“我不是说过了吗，本就想引起他的注意。十多年后的今天，以这种方式再见，我喜欢。”

来时惊动众人的华丽软轿悠悠地离开醉满楼。

轿外热闹非凡，轿内却幽静得连急促的呼吸声都能听到。

她坐在离轿帘最近的一角，手指放在膝上不断绞动着，脸上的表情变化不定，看不出是担忧，是不安，还是不满。

圣忆风斜倚在轿内的软垫上，修长的腿相交，刚刚搭在她的坐垫旁，绛紫的长袍从厚厚的软垫上一直蔓延到铺着毛毯的地上。他半闭着眸，一脸的安定宁静，似是已然入梦。

她深吸一口气，像是做了很久的心理准备，终于抬头看着他，“我承认这次隐瞒师父是我的不对，这是因为之前我答应过他。我今天来找他，也是想说清楚这个问题，还有告诉他以后不会再见面的事，没想到刚好让师父碰到。”

窗纱被风吹得忽起忽落，轿内也跟着轻纱的起伏忽明忽暗。她看着他，偶尔借着光能看到他轻闭的睫毛下那两窝淡淡的阴影。

她见他没有回应，自顾自地说着：“虽然我不聪明，经常会少根筋儿，”她垂下头，听到自己说出自己的缺点，声音闷闷的，“但是，交朋友的权利总是有的吧？溪孟安究竟是好是坏，我不敢肯定。但无论如何，如果是我自己选的朋友，即使最后被欺骗，或被伤害，我也不会后悔，因为那是我自己选的。”

“我知道师父疼我，我也喜欢被师父宠着，师父为我做的一切，我都很感动。”

她起身，双膝跪在柔软的毛毯上，扶上他倚坐的厚厚软垫，仰首望着阖眸假寐的他，“但是，能给我一个真实的生活吗？这跟师父给予我疼宠是没有矛盾的，不是吗？我只是希望能够换一种方式。”终于说出了所有心里话，可是没有得到他哪怕一个眼神的回应，这让她提起的心始终无法放下。

软轿渐渐地远离热闹的集市，四周一片寂静，依稀可以听到风儿吹动车帘的声音，一股熟悉的香味轻缓地在轿内流动。

他，一直没有开口。

她仔细望着他，知道他没有睡着，可他却不愿开口对她说一个字。她知道是她不对在先，说好不再隐瞒、不再欺骗，她却最先打破约定，他应该生气的。

轿子悠悠地前行。

终于，在她回到自己的位置不久，他懒懒地睁开眸，在幽暗的轿子内凝住她。

“给你一个真实的生活吗？”他修长的手指动了动，犹似抓住一阵轻风。

低柔的声音让她一怔，她抬眸，发觉他在看着自己，不禁紧张起来。

“我的意思是……”

他收回腿，颀长的身躯朝她俯去。身后没有绑束的墨发如泉般披泻而下，一半荡到胸前，在他如玉的脸颊旁轻缓荡漾，将他雅致的面容衬托出几分慵魅。

香味迎面扑来，她呼吸一窒，后背紧紧贴住车厢，却无法躲过他近在咫尺的俊颜，以及那双魅惑她所有思绪的凤眸。

他单手撑住身体，长长的五指陷入软垫，另一只手用食指绕着不断飞飘的窗帘，将窗帘卷在指上，然后略微施力扯下窗帘，让外面的阳光毫无阻碍地全部透入，照亮了彼此的脸。

“给你一个真实的生活？”他低低地念着这句话，双眸凝着她，“我在你身边，还不够真实吗？”

她见他误会了她的意思，急忙口拙地解释，“不是这个意思！我是说，除了在师父身边，我在外面的时候，可不可以不要让人在后面跟着？我想要自己闯荡，有自己的生活圈，有自己的朋友。”

“例如？”

见他已经开始让步，她的眉眼终于舒缓一些，“就比如在这三年里，我凭自己的能力帮助过很多人，还劫富济贫过啊，他们都在说红刹有多么多么厉害！”

说着说着，她亮亮的水瞳开始失去光泽，“可是，自从和师父团聚之后，你成天让颜大哥跟着我，我走哪儿都被人护着，好不容易想出个风头，结果全被颜大哥抢去了，害我成天无所事事，很无聊呢。”

她耷拉下的小脸，以及语气中的不满终于惹得他紧绷的唇角微微上扬，“还有呢？”

“还有就是我刚才说的。”她眨眨水灵的杏眸，“师父可不可以给我交友的空间？”

这次，他没有回答，只是眯起凤眸，将心底的情绪掩盖住，“绕来绕去，这个才是你的重点。”他若有所思地瞅着她，“溪孟安就这么令你刮目相看？”

“我觉得他很可怜。”想起溪孟安期盼地望着她的眼神，以及自怨自艾的模样，她的双眸渐渐湿润起来，泛起一层温柔的水光，“见他的这三次，他总是看起来很孤单，因自己不良于行而自卑，没有什么朋友，看起来又是一副病重的样子……”

他缓缓退开身，轻叹一声，放开她，低柔又带着无法反抗的力量的声音再次响起，“我不反对你交朋友，也不会再让人跟着你，但是，溪孟安绝对不行。”

“师父……”

他不给她反对的余地，径自走下轿，留下身后张口却无法出声的她。

沁园的凉亭中，两道同样挺拔修长的身影并排而立。

高轩叶望着沉默的圣忆风，隐约觉得有什么事发生了，“司空离的确和溪孟安认识，而且他们是旧识。但司空离这几天也的确在派人查封追忆绸庄，已经有十多家店被封。”高轩叶顿了顿，“属下觉得此事蹊跷。如果两人是好友的关系，司空离为何还会按少主所交代的这么快查封追忆绸庄？”

“或许……”圣忆风眯起眸，心思百转，半晌后，道：“或许绸庄只是他为达到目的的手段而已，目的既已达到，道具当然就不会再在乎。”

“少主是说，他只是想引起你的注意？”

“有何不可？”圣忆风望着亭下水中的鱼群，将手里的鱼食撒出。

他静静地站着，一袭绛紫的衣袍上沾染着落英点点，清风拂过，端的是衣袂飘飘，似是不经意间，就会随风而去。

清眸微微一闪，他想起前几日见到的溪孟安。溪孟安看着他的眼神，总让他觉得，似乎对方是旧识……

“你可见过溪孟安？”

“这几日他出现的次数越来越频繁，我想即使是普通人家，估计也都见过那个如落花般虚弱的俊秀公子吧。”

细眉轻挑，圣忆兴趣盎然地望着高轩叶，“大家这么形容他？”

高轩叶微微一笑，“不但这么说，还总有人将少主跟他做比较。”

“说什么？”

高轩叶轻咳一声，垂眸道：“说曾经的三公子是天上的流云，现在的圣忆风却是危险的罂粟。”

细眉愈扬愈高。

“溪孟安是一朵苍白的花，让人忍不住怜惜。”

宽大的袖袍拂过石桌，带起的风将桌上的落花翩翩扫落。他伸出手指，轻拈一朵在两指之间，“人们果然容易沉浸在虚假的世界中无法自拔。”

曾经的三公子、现在的溪孟安，都只是一个假象而已。

凤眸抬起，睨向站着的高轩叶，“怜惜？知道这个形容溪孟安的词我第一次是从谁那儿听到的吗？”

“少主也听过？”高轩叶有点不信圣忆风居然亲自打探过溪孟安的消息。

高轩叶的一个眼神，圣忆风就知道自己的心腹在想些什么，“那丫头说，溪孟安让人怜惜。”

圣忆风说话的时候，混着慵懒的低柔声音中带着一丝连他自己都没觉察的醋味。高轩叶听在心里，暗暗偷笑，表面却连眉毛都没有挑动，神色也没有变化，“少主不必担心，绝舞姑娘对少主的心日月可鉴。”一句话道出了圣忆风最忧心的问题。

凌厉的视线射来，高轩叶却仍眼观鼻，鼻观心，装作不知道，继续说着：“少主那天在酒楼的行为可算是昭告天下绝舞姑娘与您的关系了，占有欲这么强，属下以为怕是无人敢挑战您吧？”

素白的手轻转，拈花为针，指尖的花瓣即刻飞离而出，划过高轩叶的脸颊，割断几缕黑发，射入身后的朱红亭柱。

“话题扯远了。”圣忆风的嘴角微微勾勒起一点弧度，“我是想问，既然你见过溪孟安，可曾觉得他眼熟？”

这个问题让高轩叶警觉起来，他没有回答圣忆风的问题，反问道：“少主确定除了严曦，再无仇人？”

圣忆风沉默了，许久许久以后，才缓缓道：“严曦夺取日教教主之位时，前教主还有一位妻子和儿子。去查查他们的下落。”

“是。”溪孟安难道跟日教前教主有关？

第二十九章
恩怨如玉碎

银饰店里，老板看绝舞出手阔绰，一下子就买下好几款最新的上等品，急忙奉上笑脸小心招呼着。

“姑娘，旁边可爱的小姑娘是您的妹子？”

老板阿谀奉承的笑脸看在绝舞的眼里格外刺目，她挥挥手，不耐烦地道：“你不用管跟着我的是谁，怕我们偷东西不成！你这样跟着，我们怎么看？！”

“好、好，那姑娘看，有中意的就告诉我。”

绝舞拿起一朵精致的银花在影儿头上比试着，又试了好几个，最终还是选定第一次拿起的那朵银花，“就这朵好看，我们买这个。”

影儿不好意思地推脱着，“舞姐姐，不用了！你都给我买了很多了，这么多我也戴不完的，你也给自己买一点吧。”

“我又不喜欢戴这些东西。”绝舞翻翻水眸，让店家将东西都包好，才满意地拎着东西和影儿走出店。

“舞姐姐，我们真的不去看恩人了吗？”影儿垂眸问着，眼底闪过不耐烦的神色。这个绝舞成日拉着她转悠，她根本无法接近圣忆风，获取主人需要的消息。

“嗯……”虽然有些遗憾，但她不想让溪孟安成为她和师父之间的问题。

沉思的她一不小心被身旁走过的人一撞，身子一晃悠，险些跌倒。

“啊，对不起，姑娘，实在不好意思。”

绝舞见那人非常礼貌，甜甜地笑笑，“没事。”

“所以我跟你说，一定是圣忆风做的……”

刚转回头，她就听到方才撞他的人对同行的人说道。她敏感地捕捉到“圣忆风”

三字，停住脚步，转身跟在两人身后。

“他为什么这么做？溪老板又没有惹到他。”另一个人不解地问着。

“你不知道啊？咱们龙月国最大的明月绸庄背后真正的主人是圣忆风。”那人怕别人听到，音量降低了很多，“听说，最近几个月，追忆绸庄抢了明月绸庄的很多生意，我估计是因为这个事。”

另一人啧啧两声，惋惜道：“溪老板可真够可怜的，被圣忆风盯住，哎……算他倒霉吧！”

“还有呢。”那人放缓脚步，趴在另一人耳朵旁道：“还有人说，前段时间在安家酒楼，圣忆风与溪孟安因一个女子起了争执，而且圣忆风是抱着那红衣女子出去的，搞不好他是怒发为红颜呢。”

绝舞终于止住脚步停在原地，看着两人的背影若有所思。

影儿拉着绝舞的手，抬眸好奇地问：“恩人的绸庄倒闭，真的是因为舞姐姐的师父吗？”

不理会影儿红通通的眼睛，绝舞拉着她转身就走，“谣言就是谣言，一传十，十传百，传出来就变质了。师父不是那样的人，我根本不相信那些话。”

“可是、可是那天，舞姐姐的师父对恩人真的很有敌意啊……”影儿锲而不舍，始终诱导着绝舞。

将软软的手甩开，绝舞第一次对影儿有些忍无可忍，“我知道你喜欢恩人，不喜欢我师父，但请你不要把什么罪名都往我师父头上扣。我师父是什么样的人，我比谁都了解！”

夕阳的余晖洒在郊外的羊肠小道上，温柔地笼罩着一前一后的两人。

绝舞垂眸数着自己的脚步，清嫩娇软的脸上没有太多怒色，也没有太多的悔意，水盈盈的眸里混沌的眼神，让她看起来有几分迷茫。

她想着自己最后的那句话，“我师父是什么样的人，我比谁都了解”。

话脱口而出，当时她并没有想太多。现在想来，她真的了解师父吗？

曾经她以为，师父是谪仙般的人，可实际上，谪仙是修罗。

追忆绸庄之事如果真是师父所做，师父的目的是什么？

圣音不会做这样的事，那圣忆风呢？

她急匆匆地回到尘家庄，却没有见到圣忆风的身影。自从那日在马车上起了争执后，她出门不再有颜琦跟着，她也很少见到他。她原以为师父是在生她的气，可每当见面时，那张脸还是温柔地挂着笑，丝毫没有生气的痕迹。

想着想着，她看到尘无影。问了半晌，尘无影才支支吾吾地告诉她，圣忆风与高轩叶去游湖了。尘无影的态度，让她心里的怀疑再次加深。

尘无影拉住她，“快吃晚饭了，你就不要再往外跑了……”

“我要去找师父！”她冲尘无影撒着娇，“一天没见了，很想呢！”

尘无影有些无奈地翻了翻白眼，“你可真是……唉，去吧、去吧，赶天黑前回来。”说完，他转向一直沉默不语还红着眼的影儿，蹙了蹙眉，随即又展开笑容，“你就不要去了，一会儿就吃饭了，让她一个人去。”

尘无影不由分说地拉着影儿离开。影儿一步三回头地望着绝舞。

绝舞只是看着她，像是在想什么，随后转身离开。

走了大约一个时辰，她到了城西，远远地，看到一道牌楼，写着“月亭”。

再沿着小道往里走了约莫一盏茶的时间，触目可见的一座湖便是月湖。宽阔的湖面澄蓝清澈，布满了翠绿的荷叶和袅袅婷婷的荷花。湖上静静地泛着十来只船，湖面筝音缭绕，在岸边就可听到船内传出的欢声笑语。

她沿着湖畔一只船一只船地搜寻，终于找到一只最清雅、最安静的船。她的眸光闪了闪，在码头找到一只小船，朝目标悠悠划去。

“少主今天实在奇怪，在这个节骨眼上居然有心情来赏景。”高轩叶提起酒壶，在对面的酒杯与自己的酒杯中注满酒。

圣忆风只是靠着窗。飒飒清风拂开柔顺长发，他懒懒地睁着眸，睫毛偶尔会扇动一下，覆住墨黑的瞳眸，却遮掩不住他不自觉地流露出的疲惫。

高轩叶端起酒杯，一手将纱帘掀起挂在白玉弯钩上，一边饮酒，一边赏着翩翩起舞的荷叶，“少主出来是纯粹的散心，还是怕商量的事情让绝舞姑娘听到？”

提到舞儿，那双黑眸终于闪了闪，他收回视线，端起酒杯，一口饮下杯中酒，懒懒地回答：“不知道……也许都有吧……”他的语气流露出鲜有的疲倦。

高轩叶垂眸，慢条斯理地擦拭着自己的玉笛，“少主担心溪孟安？”

他抬起如深海般的眸，淡然乏味地问高轩叶：“我表现得有这么明显？”说完，他的唇角勾起一个弧度，分不清是笑意还是苦涩。

“全写在脸上了。”高轩叶微笑，“少主既然不生气，何必这两日躲着绝舞姑娘？你要知道，这可正是某人乘虚而入的好时机。”

圣忆风轻笑，朝高轩叶手中的玉笛伸过手去，指尖碰触玉笛一端的同时灌注内力，在高轩叶完全没反应过来时，轻而易举地夺过玉笛，轻轻在手心拍打，“真怀疑你这样低的警觉性，是怎么发现我和丫头这两日的变化的。”

高轩叶正要开口，他又抢话，“让你查的事呢？已经过去两天了。”

“少主，你可太强人所难了。”高轩叶抢过心爱的玉笛，“独孤翊那边才查到皮毛，我这边就已经有眉目了，进展已经很快了。”

“独孤翊也在查？”

“嗯。他最近的注意力好像都放在溪孟安身上，不曾找过绝舞姑娘。”高轩叶很自然地将话题引到圣忆风最担忧的问题上。

他淡然地勾起唇角，修长的手指轻轻敲打着桌面，“听舞儿说，绝姒告诉她，独孤翊已经改过自新，想让舞儿原谅他。”

“少主相信？”

圣忆风淡笑着摇头，“我甚至不相信独孤翊会放过背叛他的绝姒。”

绝姒背叛了独孤翊。被最信赖的亲人背叛是什么滋味他比谁都清楚，所以他绝对不相信独孤翊会轻易放过绝姒。也许，这只是暂时的风平浪静而已。

“既然他暂时不会有动静，我们还能轻松些。”高轩叶沉静的黑眸与圣忆风含笑的凤眸对视，“根据目前查出的资料，溪孟安确实与日教有一定的联系，跟严曦也有来往，但是，似乎严曦是受他钳制。”

圣忆风垂眸，沉默半晌，抬起头，唇边的笑淡定从容，“我记得丫头跟我说过，她第一次去追忆山庄潜入溪孟安的卧室，虽没看清人，但与她交手的人不但能站起来，而且武功很高。”

“少主的意思……”

“如果那傻丫头找错房间，就另当别论。但如果对了，现在的溪孟安，只怕比我想象的还要难对付。”

他的话悠悠地在船舱内飘着，如迷音幻影，让高轩叶也跟着警觉起来。

“少主有没有想过，也许……”高轩叶莫测地望着圣忆风，“溪孟安是前日教教主的遗孤。”

高轩叶思来想去，只有这个可能。前日教教主的忠臣都已死去，子孙都早已远离江湖，而最有可能为前日教教主报仇的，只有前日教教主当年生不见人死不见尸的儿子。

“为父报仇吗？”圣忆风向后靠去，冷冷笑道：“那我迦隐上上下下上百条人命如何算？”

高轩叶垂眸不语，许久才道：“冤冤相报何时了。”当年确实是严曦连同前日教教主害死了迦隐上百个兄弟，但前日教教主的妻儿有什么错？

如果溪孟安真是前日教教主的孩子，还真是孽缘啊。

从小舟上一跃而起，绝舞以极轻极轻的动作宛如蝴蝶般落在圣忆风所乘的船的顶端，蹑手蹑脚地俯下身，将耳朵贴在顶棚。

圣忆风幽深的眸子望着他，“你这是在责怪我赶尽杀绝吗？”

“不，他罪有应得。”高轩叶望着他，“只是，如果溪孟安真是前日教教主的儿子，少主打算怎么办？”

他朝高轩叶俯过身去，狭长的凤眸中的嗜血光泽如星般闪烁，阴冷的音节一字一字地从优美的薄唇中吐出，“父债子还。”

高轩叶不予回答，避开圣忆风利刃般的眸光，心中隐隐不安。

溪孟安是前日教教主的儿子？！那个杀了师父爹娘的日教教主的儿子？！

舞儿震惊地捂住嘴巴，防止自己太过惊讶而喊出声。

赶尽杀绝？师父要杀了溪孟安？

很多情绪一瞬间翻涌而上，绝舞失落地一屁股在顶棚上坐下，轻微的撞击声立马引起了舱内二人的注意，也让她后悔得蹭的一声站了起来。

圣忆风与高轩叶对望一眼，圣忆风凤眸轻抬，准确找出声音来源，手中的酒杯带着风声从指尖陡然射出，直直射穿顶棚。

绝舞反应敏捷地在顶棚上一个翻身，避开射出的酒杯。

转瞬，圣忆风斜身从窗内飘出，足尖轻点窗沿，腾空而起，落于顶棚，遍布周身的戾气在凤眸中映出绯色身影时化为乌有。

他立于风中，静静地望着她。风吹起他绛紫的衣袍，有着如仙如梦的优雅、如诗如画的飘逸，唯有唇角的那丝笑容变幻莫测。

“我想师父了，所以过来了。”她说着谎，面不改色心不跳。

“早晨才见过，这会儿就想了？”他凝着她转来转去就是不敢看他的眼睛，一步步走过去，宽大的袖袍带起一阵风，将她带到怀里，一旋身，落于甲板上。

他垂眸，望着她欲言又止的模样，手臂一紧，拥着她走进船舱，“有话进去说。”

“我说怎么少主出去后我就再没听到动静，原来是绝舞姑娘来了。”高轩叶饮下一口酒，对即将发生的事情在心里大概地预测了一下，觉得最好还是趁早离席，“少主慢聊，属下先行一步。”

绝舞走过去，在高轩叶刚才的位置上坐下。

圣忆风重新拿过一只酒杯，提起酒壶为自己斟了一杯酒，静静地喝着，等待她开口。

“溪孟安是前日教教主的儿子？”万一真的是，那师父与溪孟安只能是敌对的关系了。

他呷下一口酒，“还不确定。”

“师父还没有确定溪孟安是不是仇人，就把他的绸庄都查封了？！”她很是不解。为何她心目中理智的师父会做出这么仓促的决定？

刚碰触到酒杯的薄唇移开，凤眸不悦地眯起，直直望住她，“你又去找他了？他告诉你的？”

她噘起红唇，委屈地扭着手指，“没有。我本来也不想与他有什么交集的。”

她的回答无疑取悦了他，他倚在窗边，伸出手朝她勾了勾，柔声道：“丫头，过来。”

她乖乖朝他走去，熟练地窝在他怀里，找到最舒服的位置。

他伸手从她胳膊下环过，修长的指捏住她圆润的下颌，轻轻吻上。

他恣意地吻了她许久，才稍稍退开，伸出舌舔弄着她柔软的唇瓣。她的小手捧住他的脸，张口含住他的唇瓣，轻轻地吮吻。

唇上突来的刺痛让他一颤，“丫头，你真是越学越坏了。”

她捧着他的脸，笑眯眯地回他道：“这样师父才能记住这种感觉嘛！”

他挑眉，看到她粉嫩的唇在他面前因笑嘟起，忍不住启唇咬了一口。

她窝在他怀里，两人静静地享受此刻的安宁与美丽的湖景，谁也不愿开口打破这片刻的宁静。

直到艳红的霞光染红了碧绿的湖面，窝在怀里的人才迟疑地开口，“师父，如果溪孟安真是前日教教主的儿子，你真的……打算、打算……”

后面那两个字她始终不敢说出口，怕说出的话会变为现实。

“杀了他？”他接着说完她说不出口的话，执起她的手，轻咬她的指尖。

“师父会吗？”

“会。”他的齿用力咬住她的指尖，说得斩钉截铁，没有丝毫的犹豫不决。

他感到怀里的人一颤，惩罚性地收紧手臂，“你担心他？”

“我更担心师父。”

她不想让师父变成双手沾满鲜血的人。师父比谁都适合白色，他将白色穿得一尘不染，穿得暖如阳光、轻如白云。师父是给她温暖的人，她不希望她的太阳有一天被乌云笼罩。

“我没什么好担心的……”

她倏地转过来脸面对他，“不对！有杀戮就有牺牲、就有死亡。如果师父真的要与他斗，最后一定会有人受伤！”

他眸光一跳，“与其说你是担心我，不如说你是担心他。”

她顿了顿，落寞地道：“我不是担心他，也不是不让师父报仇。仇当然要报，但可不可以不要牵扯无辜的人？”

“他不是无辜的人。”他脸色微变，看着她，“给我一个可以不杀他的理由。”

她有些心虚地低下头，发觉真的没什么可以说服他的理由，想了半晌才道：“他是我的朋友。”

“你就没想过他是在利用你？”

“怎么会？”

“你不是说过第一次去溪孟安的房间，跟你过手的人不但会武功，还可以站起吗？你怎么就没想过溪孟安也许并不是残废？”

她摇摇头，“那师父怎么就不想也许我那天跑错房间了呢？反正我总是糊里糊涂的，跑错房间也是正常的事。何况，他总是会咳嗽，还会咳到吐血，常常要服药，这总不是假的吧？”

“你就认定他是好人？”

“师父都没有跟他接触，为何就一口咬定他是坏人呢？”

凤眸不悦地眯起，“丫头，你现在可真会跟我顶嘴。”

“我只是不希望有人受伤。”她倔强地咬唇，“他是朋友。”

他紧紧锁住她的双眸，一字一顿，“我再说最后一遍，你与谁做朋友都可以，唯有溪孟安不行。”

“只因为他是仇人的儿子？可是他有什么错？他来找你报仇不也是因为你杀了他爹吗？”她不明白，这样的血雨腥风有什么意思？为什么就不能退一步海阔天空？

她激烈的目光并没有让他退缩，修长的手指缓缓摸上她的额头，抚摸着她紧蹙的眉心。他的眼神如此温柔，让她心如春波，荡漾出一层层的涟漪。

淡淡的香味在他的手指尖萦绕，扑向她的脸颊。她觉察到有些不对，但双眼越来越沉，甚至有些恍惚，最终身体虚软在他怀里，使不出半分力气。

他将她拥入怀，抚着她的发呢喃：“丫头，是他自己找上我的。即使我放他一马，他同样会置我于死地。”

最后，她只记得他拥着她，吩咐船夫将船靠岸。随后，她靠着他，沉沉入睡。

浓郁的奶香味揉进她的梦中，将她慢慢地诱惑醒来。

“丫头，醒了吗？我让厨房做了你最爱的甜点。”圣忆风的声音悠然响起。

她睁开眼睛，蒙眬的视线中逐渐出现熟悉的俊美笑颜，愣了片刻。

不待她反应过来，他打横抱起她，朝桌边走去，搂着她坐在桌前。

逐渐清醒的脑袋回想着船上的一切，猛然想起最后萦绕在鼻尖的香味。她的眼睛直勾勾地看着他，问得有些不确定，“师父对我用迷魂香？”

他拈起一块甜点，堵住她的嘴巴，柔声道：“很少量，只是让你睡个好觉。先别生气，我不是让下人做了你最爱吃的东西等你醒来吗？”

她嘟起嘴巴，不开心地咬掉一口点心，又重新放回盘里，“师父就知道用点心堵我的嘴巴……”

“好了，别生气了。你不让颜琦跟着，我都按你说的做。溪孟安的事，你就不要跟我争了。”见她扭过头张开红唇又要开口，他迅速俯下身用唇堵住她的话。

外面豆大的雨点叮咚叮咚地砸在屋檐上，发出悦耳的声音。

窗前的绿树被雨滴砸得懒洋洋地垂下叶片，在风中摇曳。花园中的花朵花瓣被雨水翩翩打落，撒在绿草上，铺了一地。

绝舞双手支着脑袋趴在窗前。雨雾飘到屋檐下，温柔地轻洒在她的脸颊上，既凉爽，又湿润。

她闭上眼，安静地享受水雾的滋润。不一会儿，窗外青草的味道中夹杂着熟悉的奶香扑到她的鼻中。

她睁眼转首，就看到影儿端着盘子怯生生地站在她身后，心中一叹：继师父之后，又来了一个贿赂她的人。

“影儿。”

“舞姐姐……”

影儿的眼睛红通通的，眼看湿湿的眼眶就要滴出泪珠。绝舞想起那日自己“恶劣”的态度，后悔地摸摸影儿蓬松的发顶，“对不起，那天是我不好。”

“不是、不是！”影儿的脑袋摇得像拨浪鼓，“是我不好！我不该说舞姐姐的师父！他虽然不喜欢影儿，但对舞姐姐很好，我不该那么说他的。”

“好啦！我们不要再讨论这件事情了。”绝舞双手抓住影儿不断地摇着脑袋，顺手取过她手里的托盘，拿起一块甜点塞进嘴巴，口齿不清地道：“嗯，真好吃……”

影儿被她逗得破涕为笑，也拿起一块塞进嘴巴。

两个人像孩子闹别扭般，转眼间和好如初。

“外面下雨，都不可以出去。”影儿与绝舞并排趴在窗前，看着外面的雨景。

眸里狡黠的光一闪，绝舞故意拉长音调，“哦——影儿想出去见谁啊？”

“不就是恩人……啊，舞姐姐，你是故意的！”影儿急忙捂上泛红的脸，“人家不是那个意思啦！就是觉得在屋里很闷啊，想出去转转嘛！只是觉得……”

“好啦好啦，你一解释就给我‘此地无银三百两’的感觉。”她拉下影儿的手，一本正经地低声道，“嘿，你不会喜欢溪孟安吧？”

“人家哪有啦，舞姐姐别乱说！”

影儿急忙伸手去捂绝舞的嘴巴，却被绝舞拽下，“要是不喜欢，你干吗总是为他说话？”

影儿一怔，随即转过身去不看绝舞，过了许久，闷闷的声音才从她嘴中传出，“可是恩人又不喜欢我……”

她扳过影儿的肩，“你怎么知道他不喜欢你？你这么可爱，大家都喜欢你的！”

“谁说的？舞姐姐的师父眼里就只有舞姐姐一个人。”影儿吸吸鼻子，“恩人也只对舞姐姐好。”

“乱说！”她抹掉影儿脸上的泪珠，“你要多营造两人相处的机会才会日久生情嘛。”

“真的吗？”影儿抬眸，天真中又带着无限希望地看着舞儿，“只要相处久了，恩人就会喜欢我吗？”

“当然！”她不忍心打破影儿的希望，重重地点了点头。

影儿绽放出灿烂的笑容，“那舞姐姐会经常陪我去找恩人的，对不对？”

绝舞一怔，忽然有种搬石头砸自己脚的感觉，本想拒绝，再看看影儿闪着企盼的光芒的眼，讷讷道：“好，但次数不能太多。”

如果无法说服师父放弃对付溪孟安的计划，那她是不是可以自己去寻找一个让师父放弃的理由？

高轩叶看着偷偷溜出山庄的两个背影，轻叹一声，“少主，绝舞姑娘最近似乎常与那个影儿去找溪孟安，你不担心吗？”

冷风吹着他如玉的脸颊，带来一阵冰冷，“我不想再在同样一个问题上与她争论不休，到头来还是得出相同的结果。”他淡然的语气中带着无奈，“既然她认定溪孟安是好人，就让她自己去看看自己相信的人究竟是个怎样的人。”

高轩叶有些诧异圣忆风的决定，“少主不担心绝舞姑娘会受伤？”

“她要一个真实的生活，我就给她一个真实的生活。”夜风拂着他的紫袍，绿叶飘落在他的衣袍上，如梦似幻的美丽。

“如果我不放她去，她只会怨我。”他的声音清越而干净，带着淡淡的莲花香气，洒在飘雨的空中。

高轩叶了然一笑，不得不佩服圣忆风的用心，“少主是想说，宁愿是溪孟安伤她，也不愿是你伤她吧？”

圣忆风笑着，呵出的热气氤氲了他美玉般的容颜，增添了几分朦胧。

“她去找溪孟安，无非是想找出让我放弃杀溪孟安的理由。”那丫头的一点点心思，他哪能不知道?

他在刹那间笑了，好看的眉带着一点点懒意扬起，“最终她会发现，只有我才是对的。”

寅时，整座城万籁俱寂，灯火俱灭。

一道娇小的身影矫捷地越过追忆园的高墙，朝溪孟安的卧室跃去。

熟练轻巧地推开房门，找到屋内坐于桌前的人，她单膝跪下，“主子。”

啪的一声，响指的同时，溪孟安面前的一支蜡烛燃起，清秀的面容在烛火的照映下明明灭灭，“可有人跟着你？”

“属下确定没有。”原本娇甜可人的影儿此刻面无表情地跪在溪孟安面前，原本水汪汪的眸中只有无波的冰冷。

“很好。”火光跳跃，映红了溪孟安蒙眬的眸子。

他单手支颌，敛目思索，姿态看起来相当闲散。他冷不丁地抛出一个小纸包，影儿动作利落地伸手接于掌中。

溪孟安满意地勾唇一笑，“将这包药粉分次放入圣忆风的饮食中。”

“圣忆风是很谨慎的人……”影儿顿了顿，“而且他已经怀疑我，所以……”

烛台前，指节分明的长指轻轻地敲打着桌面，在幽静的凌晨发出令人胆战的声响，“没想到我最得意、最无情的手下在舞儿身边久了，居然也变得犹豫了。”

影儿镇静地抬起头，那双水汪汪的眸子冷得似乎能结出冰来，“属下只是希望主子能换种方式。”

“高轩叶擅医人，我却是擅使毒。”溪孟安对影儿笑着，眉清目秀的五官在烛光下有些清淡，“这药是我为圣忆风特意配制的，每次放少量，无色无味，就是他身边的高轩叶也不会觉察到。”

“是。”

两人不再开口，溪孟安没有下令，影儿便保持着同一个姿势跪在地上。许久许久，房间里除了寂静，还是寂静。

溪孟安略一沉吟，而后将目光投向一旁保持沉默的影儿，“交代你的另一件事呢？”似乎对自己想起舞儿的事有些不满，溪孟安并没有直接问及。

影儿依旧低垂着头，“属下已经说服绝舞姑娘，只要属下开口，绝舞姑娘一定会陪属下来见主子。”

溪孟安满意地点头，眸中闪着兴奋的花火，“那就后日。我要安排一出戏，让她完全地相信我。”舞儿第一次进追忆山庄跟他过招，虽然没有看清他的脸，但在圣忆风的提点下，她难保心里会怀疑他会武功，而且能站起来。他一定要让她完全相信他才行。

“是。”

他微微一笑，“下去吧。”

影儿颔首，娇小的身躯瞬间闪出屋子，带起一阵轻风。烛火微微闪了闪。

室内，烛火在溪孟安清秀的脸上投射出忽明忽暗的影子，让他思考的表情更显得沉凝。

他手腕轻巧一翻，烛火顿时熄灭，也让他完全没入黑暗。

追忆园的莲花湖碧水连天，澄清的湖水映着碧空的白云朵朵，与池上的莲叶相互辉映。

坐在池中的水榭中，轻风飘过，便能闻到扑鼻的莲花香，清幽得能让人的心泛起阵阵涟漪。

然在水榭中已经等了近两个时辰的严曦，却没一丝赏景的心情。自从上次溪孟安命令他不得前去赴战，他就再没见过溪孟安，解药每次都是由溪孟安身边的尹昭给他的。两次三番上门，总是被拒之门外。今天溪孟安好不容易答应见他，居然让他看了两个时辰的莲花，还不见人影。

严曦烦躁地转悠着脑袋四处瞧，视线掠过之处，远远地，有两个人沿着桥朝水榭走来。准确来说，应该是尹昭推着一个人朝他走来，而那个人，应该就是他至今还没见过其真面目的溪孟安。

溪孟安穿着白云一般颜色的袍子，若不是坐在轮椅上，他看起来会多几分随意和洒脱。远远地，清风将他的声音带入严曦的耳朵，“久等了。”

他的声音还是那么有气无力，加上秀丽若月下百合的面容，让严曦有片刻的失神。

这个人居然就是不但抢了迦隐生意，还让他在不经意间服下绝命蛊的溪孟安？！

没有了层层阻隔的白纱，他能清楚地看到眼前的人，只是这个人，如何看都是个病弱的美少年，让人怎么也不可能将他与“阴谋”“诡异”四个字联系在一起。

尹昭推着溪孟安一直到了水榭，在严曦面前停留了半晌，严曦才猛然间回神，垂眸道：“溪公子果然是高人。”

带着轻喘的咳声响起，溪孟安含笑缓缓地道：“你这是在讽刺我这个病弱的人吗？”

“公子，风凉。”尹昭将搭在手臂上的毯子披在溪孟安背上，然后把他裹得严严实实。

严曦泛着精光的眸子默然地看着眼前的一切，种种猜测在脑中闪现，突然，溪孟安的声音打断了他——

“不用怀疑。”溪孟安轻笑，眉宇间的苍白病态毫不掩饰，“我的病是真的。”

被看穿心思的严曦脸蓦地一红，垂下头去。

“你求见了不只三四回，可是要问我为何不让你赴战？”溪孟安的手指间捻着一颗珠子，珠子莹润光滑，散发着盈盈的微光，在他莹白的指尖光芒流转。

严曦抬眸望着有些倦态的溪孟安，眯起眼睛，问道：“我问，公子就会说？”

溪孟安抬眸，微微一笑，伸手递出珍珠模样的珠子，低弱的声音溢出唇角，“你拿着它，我告诉你。”

“这七天的解药我已经吃过了，这是什么？”严曦皱眉看着那颗珍珠一样的东西，没有上前接过，“你以为我会傻得再吃下一颗毒药？！”

“我没让你吃。”一次说了太多，溪孟安似乎有些累，他停下喘了口气，喝了一口尹昭递过来的水，“你想办法让独孤翊服下，把他拉拢过来。”

见严曦没有反应，他又加了一句，“我知道你和他有联系。我们目标一致，何不互相帮助呢？”

互相帮助？分明是你在威胁我！这是哪门子的互相帮助？严曦心里闷哼，但碍于溪孟安手中有他的解药，他也不敢明目张胆地反对。

严曦眼底的厌恶和变化全数映入溪孟安犀利的眸。他微微一笑，“拿着。”

严曦走过去接过药丸，“独孤翊不会服下绝命蛊的。”他当时是走投无路，可独孤翊不一样。

“那就想办法。”溪孟安继续微笑，笑得如梦似幻。

溪孟安的笑让严曦不自觉地想起圣忆风，一个同样笑得让人心惊的男人。

这两人若交手，最后结果会如何？

这样想着，严曦有些激动，似乎之前的种种抱负都不那么重要，重要的是，最后是否能打败圣忆风。

严曦将药丸收好，心情激动，“我一定做到。”

“跟我合作，我就不会让你在与圣忆风交手时有任何输的可能。”溪孟安抬首望着严曦，“以你的武功去和圣忆风动手，不是我看不起你，那简直就是鸡蛋碰石头。”

严曦的脸色随着他的话难看到了极点，手上的青筋暴起，“我的龙旋掌法不一定会输他！”

修长的手指在膝盖上轻轻敲着，听到龙旋掌法时，溪孟安垂着的眸中闪过一丝火焰。他无视严曦的不甘，继续道：“且不说神功是否真的存在，圣忆风又是否真的练成，”溪孟安看着严曦，一字一字地道：“即使他只练成了迦隐的幻影神功，那也是你无法比的。”

“幻影神功？”严曦粗黑的眉毛上挑，不屑地道，“到目前为止，幻影神功只有二十多年前的圣熠用过一回。幻影神功虽然厉害，却极为伤身，而且要练至最高层十二层，以圣忆风的年龄，他绝对不可能练成。”

“不可能？这世上有什么是不可能的？”溪孟安忽而笑了，盯着严曦道，“日教的龙旋掌法只传亲子，不传外人，你不也会吗？你说，还有什么是不可能的？”

严曦猛然一怔，后退数步，警惕地看着溪孟安，“你……究竟是谁？”

“一个与圣忆风有仇的人。至于我知道你的事，你不用感到惊讶，知己知彼，百战不殆嘛。”溪孟安依旧笑着，可是隔着被子的手却发出咯吱的声音。

“我们扯远了。”轻轻地呼吸一口新鲜的空气，他一叹，有些疲倦，“总之，你与圣忆风的比武不会取消，只是时候未到。确保万无一失的计划目前正在进行，等到时机成熟，我们就可以让他永远消失。”

严曦看着溪孟安，那眼中提及圣忆风时所流露出的恨意远远在他之上。他忍不住开口，“你与圣忆风究竟有什么仇？”

溪孟安忽而松开手，清脆声响起，破碎的瓷片发出幽幽的光，“血、海、深、仇。”

圣忆风的仇人本就多，多一个溪孟安也没什么可惊讶的，严曦便不再追问。

溪孟安垂着眸，睫毛微微颤抖，握着轮椅扶手的手微微收紧，这才显示出一点情绪来。半晌，他缓缓朝后靠去，双手交叉于身前，直直地望着眼前的严曦，“重要的是下面我要交代你的事。明日，你要配合我演一出戏，一定要真，不能让人看出丝毫的破绽。”

严曦点头，而后听着他说下面计划的种种细节。他看着溪孟安的眼睛，虽然距离很近，却似乎隔着层层迷障，让人无法看清。

终于听溪孟安一一交代清楚，严曦这才问道：“溪公子莫不是也喜欢上那姑娘了吧？”

垂下的眸悠悠抬起，溪孟安望着严曦，眸光渐渐变得犀利，“这不是你应顾虑的事吧？”

严曦轻哼一声，继续逼问，“感情最易误事，我想溪公子是聪明人，应该不会像独孤翊那样被情所困吧？”

溪孟安微微侧首，偏着头望着严曦，“你觉得呢？”

第三十章
一出真假戏

绝舞从未正大光明地从正门进过追忆园，一进门，就被满园的景色震住了，不为它的美，只因它的空旷。

进入园子，一条石桥是唯一的通道，两旁的湖水澄碧得能看到水底自由自在的鱼儿。偌大的园里，触目可及之处皆是水，以及水面荡漾的莲花，美则美矣，但给她更多的感觉是孤寂，像是一颗空洞洞的心，无法填满。

走了许久，才从一个拱门进入有花有草的院子，色彩斑斓得与之前的莲池形成鲜明对比。

“舞姐姐，这里好漂亮，很像是恩人住的地方。”影儿拉着舞儿的手，兴奋地环顾四处的景色，还不时地跑到路边俯身闻闻清香的花朵。

绝舞被影儿拉着，却显得兴致缺缺，并没有影儿眼中跳跃的喜悦。

她站在花园中，步入盛开的百花之中，一袭绯红在万花中却成为最闪亮的一点。她转首望着四处，确定那日进入的的确是这个园子。视线定在不远处的一排房间上，中间的那间是主卧，里面住的应该是溪孟安。如果这样算，她那日并没有走错屋，可溪孟安分明无法行走啊。

“舞姐姐！”

清脆的嗓音打断她的思绪，她回首，看到影儿举着一朵明丽的花冲着她笑。她安抚地微微一笑，继续转过头思考。

如果那天的人真是溪孟安，难道真如师父所说，溪孟安是在骗她？

“舞姐姐！”影儿捧着花，跑过来拉起她，笑得比花还灿烂，“那边有假山，我们过去看看！”

从假山后隐隐传来对话声，两人对看一眼，轻手轻脚地爬上假山，找了一个隐蔽的位置，躲在上面倾耳听着。

绝舞透过缝隙努力瞧着假山另一边的情况，溪孟安与另一个年龄较大的人似乎在说着什么。溪孟安与她正好相对，她能看到溪孟安微微垂着眸，紧紧握着扶手，蹙着眉，似乎在极力忍着什么；另一人背对着她，她看不到他的长相，只能略微看到不清楚的侧脸。

两人像是在为了什么争执着，然后安静下来。那人望着溪孟安，似乎在等待着他的答案。

半晌过去，溪孟安才抬眸，眸里没有往日的笑意，淡淡的。绝舞看得出他在生气，因为他的语气很生硬，“我不会答应你的。”

听到答案，那人陡然朝溪孟安迈近几步，粗哑的声音带着不悦的口气急声道：“我们的敌人都是他，若是联手，胜算更大，你想清楚！”

那声音颇为熟悉，绝舞的脑袋迅速运转起来，搜寻在哪里听过这声音。忽然，她惊讶地捂住嘴，是那个逃亡中的严曦！

严曦怎会找上溪孟安？

他们刚才说的敌人是师父！

影儿担忧地趴在绝舞耳边轻声道：“舞姐姐，那人似乎会对恩人不利，我们要不要去帮忙？”

涉及圣忆风，绝舞绷起神经，听得格外仔细。她转首，对影儿使了个眼色，用手捂住影儿的嘴巴，生怕她发出声引起注意，然后趴在她耳边，“先看看情况。”

溪孟安不大的声音淡淡地道：“他是你的仇人，不是我的。”

“不是你的仇人？”严曦轻哼一声，冷笑道，“圣忆风杀了你全家十多口人，你居然说他不是你的仇人？！真没见过你这么窝囊的男人，亏我还看得起你，真是走了眼！”

师父杀了溪孟安全家！？绝舞顿觉一阵冰冷，僵在原地。

师父不是只杀了溪孟安的爹吗？他爹害死了迦隐那么多人，该千刀万剐。可为什么严曦会说师父杀了溪孟安全家人？

“那是上一代的恩怨，我不想再追究。”溪孟安轻咳了几声，拽紧身上披的薄毯，喘了喘气，抬眸望着严曦，声音变凉了几分，“何况，就算我要报仇，也不会跟你这种人为伍。”

凉凉的一句话，配上溪孟安不屑的眼神，让严曦暴怒。他一把抓起溪孟安，将轮椅上单薄的身躯拽起，“惹怒我，对你没什么好处！”

影儿开不了口，只能无助地拽着绝舞的衣袖，眼神焦急地望着旁边的人，希望绝舞能去阻止。

绝舞看了一眼影儿，然后蹙着眉看假山另一端的两人，没有丝毫动作。她不知道自己为何不想上前，也许是……她根本就不信溪孟安不会武功。溪孟安若不会武功，不会这样挑衅严曦。

溪孟安单薄的身体在严曦粗鲁的动作下有些微颤，脸上的表情却依旧毫无惧色，“你最好现在就滚出这里。”

严曦暴怒，一掌击在溪孟安胸口。溪孟安软绵绵的身子在严曦的怒吼声中，被抛出一丈。

一瞬间，发生了绝舞预料之外的变故。

溪孟安的黑发在风中飞散，丝绸似的纠缠住他白色的袍子，身子轻飘飘地落地，宛如惊落的飞花般美丽。

他的身体在花丛中落下时，身边的花瓣纷纷被震得覆在他的衣袍上。

他单薄的身躯静静地躺在花丛中，静谧得似一场落花雨。

绝舞屏息，看着溪孟安吃力地用胳膊撑起身体，抬起下颌望着朝他走来的严曦。他的唇角勾出一抹不屑的笑。那张细白的脸比白纸还苍白，抽去了所有血色，连唇都变得惨白。

影儿摇晃绝舞的动作越来越大，若不是绝舞点了她的哑穴，说不定影儿会喊出声。

绝舞冲影儿摇摇头，安抚地告诉她不要急。她看着严曦朝溪孟安走去，那日在月湖上圣忆风的话又开始在脑中回响。

“你怎么就没想过溪孟安也许并不是残废？”

如果溪孟安真的要找师父报仇，伪装一切都是有可能的。

严曦站在溪孟安面前，一脚踩上溪孟安的胸口，那张惨白的唇立即涌出一口鲜血，沿着下颌滴在白袍上，染出一朵血红的花朵。

难道他真不会武功？不管他会不会，总不能再让严曦这样欺负人了！

捡起假山上的一块石头，绝舞弹指朝严曦的后脑射去，正准备跃身而起，一道黑影像风一般闪至严曦身后，在严曦转身的同时一掌劈在严曦的颈部。

尹昭的武功并不弱，但不比严曦。两人过招数十回，尹昭一掌击在严曦的肩膀上。严曦似乎颤了颤，肩膀处渗出血，想来应是身体原本就有重伤。严曦的动作变得不如先前敏捷，闻讯赶来的护卫也将两人围住。

严曦看着人越来越多，纵身朝身后的树上跃去，动作矫捷地消失在园中。

尹昭没再继续追，而是赶紧奔到溪孟安身边。

“公子！”尹昭怒吼地蹲下，抱起那纤细的身体，急忙将随身带的药丸送入溪孟安口中。尹昭抱着溪孟安的双手在颤抖，看着溪孟安虚弱得快要昏过去的样子，他的浓眉都纠在了一起。

溪孟安在尹昭怀里，脸上含着虚弱的笑，极缓极缓地抬起手，覆在尹昭颤抖的手上，“不碍事……”说完，他撕心裂肺地咳起来，血再次涌出他苍白的唇。

绝舞愣愣地解开影儿的穴道，松开她。影儿急忙笨手笨脚地从假山上爬下，哭着跑到溪孟安身边，“恩人、恩人，呜呜，你这是怎么了？你别吓影儿……”

绝舞愣在原地，看着溪孟安满身是血的样子，竟不敢出去见他。

他……真的不能行走，也真的不会武功！

如果她不怀疑他，不试探他，刚开始就出手相救，他就不会遭遇这样的事！他那么单薄的身子，怎么可能承受得了严曦的那一掌！

溪孟安快要闭上的眼睛看到影儿时有些吃力地微微睁开，“影儿，你怎么来了……”

影儿哭得一塌糊涂，想要伸手碰触溪孟安，又怕一不小心碰疼了他，就坐在溪孟安身边不停地哭，也听不到溪孟安问了她什么。

忽然，溪孟安的手指紧紧抓住尹昭的手腕，“快、快、快把我扶回房里，我不想让舞儿看到我这么狼狈的样子……咳……咳……”

“公子，别急！”尹昭熟练地帮他抚着背，一个铁铮铮的汉子竟也哽咽起来，“你先缓一缓，顺口气，然后我们就回房。”

绝舞眼睛红通通地望着地上哭得惊天动地的影儿，以及红了眼睛的尹昭，视线怯怯地停在几乎奄奄一息的溪孟安身上。内疚与自责瞬间涌上心头，她窝在假山上踌躇着，不知该不该上前。

犹豫片刻，她轻轻一跃，跃到三人面前。

“对不起。”红通通的眼睛像兔子一样看着溪孟安。

溪孟安慌张地转过脸，将脸埋入尹昭怀里，颤抖着声音道：“不要看。”

绝舞上前，跪在溪孟安身边，颤抖地伸出手，轻轻覆在溪孟安肩头，“对不起，真的对不起……我不该怀疑你……”

溪孟安不可抑止地颤抖起来，而后又平静地转过脸，“让你看到这么狼狈的我……真对不起……”

溪孟安的话让绝舞的自责顿时膨胀，“不要对我说对不起，应该说对不起的人是我！”

“我想，我应该猜到你怀疑什么了。”溪孟安沉默片刻，深深地喘了一口气，靠在尹昭怀里，虚弱的声音慢慢地说着，“我不在乎别人怎么想。但舞儿，你要相信我，我什么都不想争，我这副身子也是侥幸才活到这个时候。上一代的恩怨，我不想延续到下一代。冤冤相报何时了啊。况且……”溪孟安微笑，云淡风轻，“我这双脚，在双亲遇害时就经脉全断，是无论如何都走不了路的……这样的我，还谈什么报仇？”他说着自己的事，戳着自己的痛处，却似乎不在意地像是说着和自己毫无关系的事。

他的模样让绝舞心疼又自责，她不禁收紧手，却弄疼了他的肩头，引来一阵低吟。

她急忙松开手，极度不安，“对不起，真的对不起。你把我当作朋友，我却怀疑你骗我！”

溪孟安眸子上抬，一直看到绝舞心底深处，看到她为他难过得掉眼泪，心底某处似乎也柔软了起来，分不清是在演戏，还是真的动心。

他吃力地伸出手，接住她落下的泪，泪水温热却灼烫了他的手，一直烫到他的心里。

“别哭……”

她的眼泪却越掉越多。

“我不怪你……我们，还能做朋友吗……”

她使劲地点点头，“嗯，以后我会保护你的！”女人与生俱来的母性让她对眼前柔弱的溪孟安产生了强烈的保护欲。

溪孟安望着她微笑，眸光似海、似湖，似天上变幻万千的祥云，好似一切的感情都深藏其中。

“谢谢……”他低语，然后慢慢地闭上眼，在影儿的哭声和绝舞的内疚中，昏睡在尹昭怀里。

绝舞孤身一人走出追忆园，眼前浮现走前影儿对她不理不睬的样子，有些黯然地垂下脑袋，看着自己的脚一步步地印在路上。

她背叛了溪孟安的友谊，也害得影儿难过伤心，她真不是个好人。

天色渐渐暗下去，她娇小的身躯后拉着的长长的影子也随着天色逐渐消失。

她装着满满的心事，却无处诉说。她想要回去说给师父听，却怕师父误会自己过于关心溪孟安。

走着走着，一抬头，她看到“凝香苑”三个大字。姐姐说过，离都也是有凝香苑的。前几日姐姐才来看过她，说过近几日还会留在离都，应是在这里的。

脑袋还来不及思考，在扑鼻而来的浓重胭脂味中，她迈进了凝香苑的大门。

绝姒坐在窗前的软榻上，娴静地翻着手中的书，偶尔轻啜几口一旁矮桌上的清茶。

推门的吱呀声让绝姒抬眸看去，待看清来人，平静的美眸绽放出诧异的光彩。呆愣了一瞬，她有些慌乱地放下书，从榻上站起来。

“舞儿，你来了！”绝姒没有想到舞儿会主动找她。上次她主动找舞儿，两人和好，关系却不如从前，舞儿从来没有主动找过她。

绝姒过于激动，没有看出绝舞情绪的异样，笑弯了红唇，俯身勾上绣花鞋，疾步走过去，将舞儿拉到软榻上坐下。

素手覆上她光润的脸颊，绝姒的目光在她脸上游弋了一圈，发觉娇嫩的脸上只有勉强扯出的笑容，不知出了什么事。绝姒迟缓地开口，“舞儿，出什么事了吗？”

绝舞看得出绝姒的关心，她鼻头发酸，俯下身，像从前一样枕在绝姒的腿上，闷闷地道：“不要问，让我休息一会儿就好。”

望着腿上的那颗小头颅，绝姒的眼眶开始泛红，她已经记不清两人有多久没有这么亲密过了。

绝舞小时候喜欢枕在她的腿上说心事。

纤纤素手覆上她的额头，想要抚平她一直紧蹙的黛眉，那眉却愈蹙愈紧。绝姒张了张口，想要询问，却又怕舞儿对她仍存有芥蒂不信任她，将疑问一再咽回心里。

绝舞分不清自己面对绝姒时是一种什么心情，她已经原谅绝姒，但面对绝姒时又无法如从前那般将所有的心事都讲给绝姒听。

也许，是她不相信绝姒，怕绝姒会将她的事告诉独孤翊。

她一个人想着，怀着复杂及混乱的心情，在绝姒温柔的轻拍中，渐渐入梦。

不知睡了多久，她醒来时躺在窗下的软榻上，身上盖着薄毯，想来是绝姒取给她的。

她的唇角勾出一抹笑意，伸伸懒腰。

出来整整一天，师父应该担心了。她猛然推开身边的窗子，看看天色。天啊，她真的出来太久了，月亮都到树梢了。还没来得及穿绣花鞋，一个高大的影子就步入屋内，站在绝舞面前，给她身上笼了一层阴影。

心扑通一跳。绝舞抬眸，看到望着她的独孤翊，屁股不自觉地往后移了移。

虽然那双湛蓝的眸子在看着她时已经没有让她心惊的占有欲，但他曾经疯狂的举动依旧残留在她的心里，无法抹去。

“你不要过来！”她蹙眉，大声对独孤翊吼出声，声音中有着不易觉察的颤抖。

难道又是姐姐告诉独孤翊她在这儿的？！她就知道不该那么轻易相信姐姐的！

“我不过去。”

初见她时那洋溢着光彩的蓝眸在她的怒吼中渐渐黯下去。独孤翊黯然地退后几步，“对不起，我不想吓着你。”

他低柔内疚的声音并没有让她对他的态度有任何的改变。虽然绝姒已经告诉她，独孤翊悔过自新，可她不相信。那么疯狂的一个人，而且几乎在一夜间失去了皇上的信任与周围人的敬仰，却没有反击，她才不信独孤翊会甘心放弃。

“不想吓到我，就离我远点！”她厌恶地瞪着独孤翊。一天里发生了太多事，她没有多余的精力与他斗嘴。

“原谅我，可以吗？”独孤翊低沉的声音带着忏悔在屋内响起。

她急忙穿好鞋子，起身朝外走去，在他说完后利落地吐出几个字，“绝对不可能！”

她的语气坚决，似乎早就猜出他会这么说。

“为什么？难道错过一次就真的不能被原谅？”独孤翊朝她走近几步。她朝后退了几步。

“杀了那么多无辜的人，却反过来求得别人的原谅。那些被你杀死的人，就该那么薄命吗？！”她说得愤怒，一步步地朝独孤翊走去，“那些人，有些甚至是在你的府里长大的！他们跟着你那么久！你怎么忍心？！还有落红！”她吸吸鼻子，想起落红被砍下的头颅，牙齿咬得咯吱响，“她只是个十四五岁的姑娘，还有那么长的路要走！你怎么忍心……你说你爱我，”她仰起头，看着面前整张脸爬满悔恨的独孤翊，挑起黛眉，“你爱我就不会伤害我爱的人！落红是我在府里唯一交心的朋友！”

“对不起……”

独孤翊伸手去拽她，却被她狠狠甩开，“不要用你沾满血的手碰我。你让我感到恶心！”

“我已经后悔了！”独孤翊湛亮的眸子里泪光隐隐，“你以为我好过吗？！每夜都被噩梦惊醒，从没睡过一天安稳觉！我知道，这是我咎由自取，但我也受到惩罚了，不是吗？除了绝姒，爱我的人现在面对我胆战心惊，父皇对我不再信任，你甚至不愿做我的朋友，对我恨之入骨，这样的惩罚还不够吗……”

“不够！”她想起落红无辜地死去，心里仇恨的火无论如何都无法浇熄，“就是你死了，也还不起那么多条人命！”

独孤翊一怔，后退数步，高大的身躯被落寞所笼罩。他幽幽地望着她，蓝眸变得如深海般幽暗，“你以为圣忆风就不是双手沾满鲜血吗？与他比起来，死在我手下的人数简直微不足道！”

“你给我闭嘴、闭嘴！”独孤翊一语说中她心底的伤，她双手捂上耳朵冲独孤翊怒吼，“不要拿你跟我师父比！”

“是啊，当然不能比，因为你爱他，所以能够接受他的一切。”独孤翊看着她，说完后，突然安静了下来。

她凝着他，看到他眼里直接而深沉的情绪后，慢慢放下手，不再那么激动，“对，我爱他，所以我能接受他的一切。”她看着他的眼睛，一字一顿地说，说得异常肯定。虽然她已经开始分不清这样的话究竟是说给独孤翊听，还是说给自己听，用来平复自己不断起伏的矛盾心理。

她在独孤翊的默然中朝门口走去，然后停在门边回首问道：“姐姐告诉你我在这里？”

她的问话拉回独孤翊恍惚的神思，“你不要责怪她，她只是希望……”

“她只是希望我能接受你！”她心痛地打断独孤翊的话，那颗逐渐要靠近绝姒的心，再一次被拉远。

没想到她在姐姐心里，始终没有独孤翊重要。姐姐明知道她在心里是恐惧独孤翊的，却还坚持要她接受独孤翊！

她真不该那么轻易原谅姐姐！

她死死地抠住门框，乌黑的眸盯着独孤翊，像是要用视线在他身上打两个洞，然而那视线却是像透过他在看着另外一个人。

独孤翊湛蓝的眸看着她的表情，低沉的嗓音开始为绝姒辩护，“舞儿，不要恨她。”

“你闭嘴！”果不其然，她打断了他的话，“你们两个都是一样自私的人！”

她转身离开，啪的一声关上门，隔绝了独孤翊的声音。

独孤翊盯着那扇刚才被她关上的门，蓝眸深邃而锐利，全无方才的忏悔、落寞。低沉的嗓音轻轻吐出几个字，“你果然还没原谅她。”

绝姒，这是你背叛我的信任所换来的报应。

想到这里，刚毅的唇角勾出一抹残忍的笑，他再也无法隐藏血液中隐隐跃动的兴奋。

一抹嫩黄的身影推门而入，绝姒惊讶地看着屋内的独孤翊，又看看软榻，发觉屋内已无绝舞的身影。

“哥，你怎么在这儿？舞儿走了？”两人不会又大动干戈了吧？绝姒不安地想着。

独孤翊眼中的激烈情绪在绝姒推门而入的瞬间收回，脸上换上轻松的笑，“我过来看看你，没想到她也在，不过她已经走了。”

“舞儿……没为难你吧？”想起舞儿对独孤翊的反感与恐惧，绝姒有些担心。

独孤翊摇摇头，“没有，最多被她骂了几句，还好。”

绝姒看了一眼独孤翊，越过他，朝他身后走去，似乎在逃避。刚才翊哥哥眼中那一闪而逝的情绪是什么？绝姒不禁打了个冷战，冰冷的感觉蹿遍全身，恐惧不安的情绪抓紧她的心。

绝舞在路上疾步前行，回到庄里，已经接近亥时。

急促的步伐在迈入尘家庄后逐渐放慢，她刻意绕开最近的路，一小步一小步地朝沁园走。娇小的身躯在月光下拉出长长的影子，陪伴在她身边。

她不知道见到师父究竟该说些什么。

是要问他溪孟安无法行走是不是师父的错，还是要问除了日教前教主，师父是不是真杀了溪孟安全家？

每个问题她都不想问，或者可以说……她怕听到答案。

静静地沿着小径徐行，夜风袭面，夹着淡淡的、若有若无的缥缈香气。风乍起，满园的花瓣随风轻舞，散落残红无数。

不经意地回眸，她透过一旁的假山看到远处的一抹白影站在走廊上，靠着廊柱，衣袂飘飘。

她的唇角勾出一抹笑，师父今天穿白衣。她真的很喜欢这样的师父，七分淡雅，三分飘逸，若神仙一般。她隔着高大的假山，深深地沉浸在此情此景中，痴了，醉了。月光下如梦如幻的美景让她想到曾经的师父。

那个时候，她不知道他的真实身份，只知道他是疼她、宠她的师父。

如果，她永远都不知道真相，是不是能够在他的羽翼下一直幸福下去？

明眸之中漾着轻雾，她自嘲地勾唇笑了笑，原来自己还是没有长大，还是这么怯弱，还是这么自私。师父为了给她营造单纯无害的世界，已经牺牲得够多了，她居然还在妄想回到从前，继续做一只缩头乌龟……

抬起水眸，望着假山另一边静立的圣忆风，复杂的眸光不断闪烁，她始终不知该如何去面对。

迈出去的步子总是在下一刻又急速收回，反反复复数次，直到被一只手捂住嘴巴。

“唔……”

影儿低低的声音在绝舞的耳边轻轻道：“嘘，舞姐姐，是我。”

影儿伸手指指在假山另一边的圣忆风。

绝舞明白她在顾虑什么，拉下她的手，配合地轻声道：“怎么了？”

绝舞嘴里问着她，心思却开始飞速运转起来。影儿出现在她身后，甚至捂上她的嘴，她之前居然一点感觉都没有？！即使她在想问题，但听力绝不会差到这种程度，何况这三年她进步了很多，不可能让一个不懂武的人近身还毫无知觉。

影儿的小脸上爬满了焦急的神情，她轻手轻脚地把绝舞朝远处拉去，“舞姐姐，出事了！”

绝舞蹙起黛眉，月光在她脸上洒下一层淡淡的光晕，“你不是在追忆园吗？”

说起这个，影儿的眼泪开始啪啦啪啦地掉下来。她吸吸鼻子，双手抓着绝舞不住地颤抖，甚至说不出一个字。

绝舞心觉事情不对，慢慢抚着影儿的背，“不急，你慢慢说。”

影儿还在不断啜泣着，在她的安抚下，才慢慢找回自己的声音，“舞姐姐……不好了，我、我本来一直陪着恩人……呜呜，可是……突然出现几个人……然后……呜呜……”

心猛地提到嗓子眼，绝舞抓住影儿，“溪孟安出事了？”师父动作居然这么迅速，她才在凝香苑睡了一会儿，溪孟安就出事了！

影儿不住地点头，眼泪哗啦啦地流着，怎么也止不住，“他们抓了尹昭大哥，然后我好担心，就追过去……结果，他们就不见了……”

绝舞抬眸，看到影儿白皙的额头上果然有一道伤痕，周围尽是血迹。她心疼地拿出帕子帮她擦拭，“不要急，慢慢说，然后呢？”

“然后、然后……呜呜……然后我急忙回到房间，发现恩人也不见了！”影儿说到激动处，倏地捂住嘴巴，怕自己哭得更大声引来注意。

“他们没发现你？”如果发现了，应该不会留活口吧。

经绝舞这么一说，影儿惊魂未定的圆眸透出害怕，身子不住发抖，“我当时去厨房给恩人端药，在拐角的时候看到他们扛着晕过去的尹昭大哥离开，我追不上，就赶紧回房间，发现恩人也不见了！”

说完，影儿在绝舞的怀里虚软下去，瘫坐在草地上，捂着嘴巴，肩膀不停地颤抖。

溪孟安被劫了？！他下午才受了重伤，怎么还能经得起这样的折腾！

绝舞想起下午那单薄的身子在自己眼前落地的场景，心不由得一颤，那样的身子再受折腾，要活命恐怕都难！

绝舞急忙蹲下，“知道是谁抓了他们吗？”她的声音在风中微微颤抖，像秋风中飘落的枯叶。

影儿抽出绝舞握住的手，怯怯地往后移了一点，飘来飘去的视线避开绝舞追逐的视线。她伸手摸着自己被风吹乱的圆圆发髻，支支吾吾道：“不、不知道。”

黛眉轻挑，绝舞拉下影儿的手，“你知道。”

“我、我……”影儿缩缩肩膀，低垂着头，想要抽回手，却又被绝舞紧紧握住，“我真的不知道。”

“你知道。”

“我……”影儿一抬眸，就撞进绝舞逼迫的视线，急得不知该如何隐瞒，咬着唇，眼泪哗哗地往下流。

看着影儿不断躲闪的视线，绝舞皓白的齿陷入下唇，“是……我师父？”

影儿一惊，“我没说、我没说！”说完，她倏地捂住唇，懊悔地转过头，却在背对绝舞时，水瞳中闪过得逞的冷光。

影儿的话像一个重锤狠狠击在绝舞的胸口。她怔怔地一屁股在草地上坐下，似乎所有的力气都在瞬间抽离全身。

她始终不愿面对的问题，为什么会这么早到来？！

“舞姐姐……”影儿胆怯地伸过手，覆上绝舞冰凉的手背，“也许、也许是误会。舞姐姐，你先别难过，要不……你先问问你师父，也许，真的是误会呢……也许只是我听错了……”

绝舞覆住影儿的手，拨开脸颊旁不断吹拂的乱发，声音有些颤抖，“你听到了什么？”

“听到，他们说什么尘家庄的地牢……”说到这里，影儿有些激动，“舞姐姐，你说，尹昭大哥和恩人会在地牢吗？”

绝舞深吸一口气，利落地起身，衣裙上的花瓣纷纷落下，她伸手拍拍身上沾着的青草，硬是逼回眼睛里的泪水，“你先回房。”

“舞姐姐要干什么？”影儿站起来，伸手胡乱抹去脸上的泪水。

“我去地牢。”以前听无影大哥说起过尘家庄的地牢，在上一辈时是用来关押随意闯入尘家庄的人的，已经很久没有用过了，如果她没记错，应该是在尘家庄后园的围墙附近。

“用盐水把他泼醒。”温温的声音回荡在阴冷的地牢内。

哗啦一声，不知是谁倒下一桶冷水，直直倒在被锁链缠在铁架上的男人头上。水中的盐分渗进流着血的伤口，他肌肤上的伤痕在盐水浇灌下的瞬间微微颤抖，似有可怕的疼痛像火在烧灼。男人闷哼一声，紧闭着眼睛不睁开，咬紧牙关，忍耐住喉间那类似野兽的咆哮。

一道修长的青色身影立于生锈的铁栅栏外，不高不低的嗓音慢慢说着：“溪孟安身边的人，果然够硬。”

冰冷的盐水一滴又一滴地落下，滴在满是伤痕、血污的脸上，再掉落在地上，与大量的血迹混合在一起。

男人抬起脸，乱发下那张布满伤痕的脸能让人隐隐约约看出他是溪孟安身边的尹昭。

尹昭冷哼一声，不屑地看着铁栏外唇边挂着淡笑的高轩叶，又闭上眼睛。

高轩叶走到远处的木椅上坐下，交叠起双腿，无波的眸子静静地望着铁栏后狼狈的人，“你若交代溪孟安的计划，我会饶你一命。”

“没想到迦隐唯一有好评的竹阁阁主原来也是个小人。”尹昭缓缓地睁开眼睛，看着高轩叶，嘴角扬起似笑非笑的轻蔑弧度。

高轩叶欣赏地扬起唇，看着尹昭。这个男人自从今天被算计关进这个地牢中，几个时辰内不知道受了多少严刑拷打，居然还能这样镇定自若。

溪孟安能在心与身同时受到那么大的打击后活到现在，与有这样忠诚的属下有很大的关系。

如果不是溪孟安，他真想替少主做决定，把尹昭收到迦隐门下。

尹昭被铁链绑在铁架上。那铁链很是坚固，拷住他的双腕。他几次试着运功，想要扯开铁链，但稍微用功，体内就一阵酥软，四肢百骸都无力。看来，高轩叶给他下药了。无妨，圣忆风这样将他抓来，更有助于公子的计划实施，想来莹姑娘已经通知到绝舞了。

想到这里，尹昭吐出一口气，安然地任自己的伤口继续疼痛，不再顾虑什么。即使牺牲了他，只要能帮助公子完成计划，他死而无憾。

见尹昭闭上眼睛，高轩叶吐出两个字，“继续。”

话音刚落，立于尹昭身边的男人挥起鞭子，毫不犹豫地将沾有盐水的鞭子抽在尹昭身上。响亮的声音伴着闷哼在地牢中圈圈回荡，血花四处乱飞。

尹昭陡然睁开眼睛，狠厉的目光宛如利箭，射向静坐的高轩叶，咬牙道：“想要逼我开口，永远不可能。”

尹昭的眼神决绝得好似下一刻就会咬舌自尽。

高轩叶眯起眸，若有所思地瞅着尹昭，抬手道：“停。”

落下的鞭子及时收住，尹昭身边的高大男人后退一步，站在尹昭身后待命。

“永远不可能？”高轩叶盯着他的眼睛，一字一句地道，“如果我没记错，你还有个十三岁的妹妹在乡下？”

果然，这句话让尹昭勃然大怒，“你敢动她试试！”他奋力地拽着身上的铁链，在空荡的地牢中发出响亮的声音，胳膊上青筋隐隐，两只眼球像要瞪出来一样，恶狠狠地瞪着高轩叶。

“如果你配合，我当然不会碰她。”高轩叶见尹昭情绪异常激动，便知道那个妹妹对尹昭很重要，“一个眼睛看不见的妹妹，很惹人怜惜，对不对？”

“高、轩、叶！”尹昭如狮般的怒吼瞬间响彻整个地牢，震得地牢顶上的地面几乎开始轻颤，地上的花草也跟着颤巍巍地摇晃。

绝舞将影儿支回房，绕开一切可能被圣忆风发现的地方，迅速朝尘家庄的后园飞奔而去。疾速掠行的红影在靠近后园时慢下脚步，穿过熟悉的假山、小桥、流水，谨慎地走向花木更加旺盛的后园。

穿过石砌的拱门，她举目四望，偌大的后园因为不常打理，更加显得杂草猖獗、花木繁盛，似乎真的像是在掩盖一些什么。

借着清亮的月光，她小心翼翼地走进杂草丛中，搜寻地牢入口。

忽然，脚下一震，紧接着，头顶上的大树飘落了几片绿叶。她警觉地四处望了望，并未发觉任何异样。

奇怪地蹙起黛眉，她转身无聊地抚摸着大树，仔细回想尘无影当时说过的地牢究竟在何处。她沿着围墙仔仔细细地搜查了一遍，然而满园都被她踩了个净后，她还是徒劳地回到大树下。

她分明听到有声音，她敢肯定地牢一定是在这后园的地下，可是入口究竟在哪里呢？她颓然地转身抱住身后的大树，将脸贴在上面，喃喃低语：“大树啊大树，入口究竟在哪儿呢？”

“需要我告诉你吗？”

清润的嗓音在绝舞头顶响起。她习惯性地抬起脑袋，对上一双深邃而又柔和的眼眸。他白色的衣袍在夜风中翻起下摆，月光洒在他的身上，晕出一层淡淡的光圈。她眼眸一热，觉得似乎又回到了从前。

树上的白色花朵开得正盛，忽而清风拂过，三片花瓣飘落，一片悠悠地落地，还有两片轻飘飘地落在她的肩头。

他伸手拂去她肩头的落花，倾下身子，优美的薄唇印上她娇艳的红唇。

蜻蜓点水般的一吻，没有相濡以沫的缠绵，也没有进一步的探求，只是浅尝辄止，却因为甜蜜的回忆，让她白皙的面庞染上醉人的红云，如白玉上的一抹丹朱。

望着那张近在咫尺的清俊容颜，她几乎忘了来到后园的目的，只觉得心里越来越热，只想融在醉人的甘甜中，回到曾经单纯的感情中，无需顾虑，无需担忧，也无需承受什么……

她蓦地伸手抱住他，将脸埋入他怀里，好一会儿才慢慢平复失控的情绪。

他感觉到胸前急促的呼吸，以及微微的湿意，没有询问，只是伸手抚着她的发。

她偷偷拭去眼角的泪水，抬眸望着他，“师父，我们离开这里好不好？”

他垂眸凝着她，清浅地笑笑，“等这里的事情解决完，我们就离开。”

“等杀掉严曦，我们就离开，好不好？”她揪紧他，眼眸中漾着轻雾，问得急促。

他没有回答，只是静望着她。墨发因他低垂着头而荡到身前，月光投射在他的背后，她看不清他的眼神，不知道他温润的双眸在她说出这句话时逐渐变得清冷而深邃。

温热的手心覆上她的脸颊，将她的脸又抬高了一寸，“不只是严曦，还有溪孟安，等解决了这两个人，我们就离开。”

绝舞一怔，眸中蒙眬了一下，“师父为什么非要杀了他不可？我今天去了追忆园，无意中看到严曦强迫溪孟安与他联手对付师父，可溪孟安即使被严曦打到重伤，也没有答应。他根本就不想报仇。他说不想让上一代的恩怨延续到下一代。而且，他真的不能行走，也不会武功。师父怎么就不相信呢？这都是我亲眼看到的！”

琉璃般的眸子在阴影中流转出危险的光，“所以，你一整天都在追忆园，一直到快深夜才回来？”

她甩开他，想要离开，却被他圈在怀中，身后抵着大树，无处可去。

她低下头，许久才抬起头，“师父抓了尹昭大哥和溪孟安，是不是……”

话还没说完，他的唇已经准确地找到她的，同时占有了柔软的红唇。

她讨厌师父每次总是这样堵住她的话！

“住……唔……”她在他怀里挣扎着，但他的钳制却像铜墙铁壁，身后的大树更是阻挡了她的去路。

他稍退开，眯起凤眸，看了一眼迷乱的她，长臂揽住她纤细的腰身，将她扯进怀里，随即继续吻上她，持续地加深了这个吻。这个吻在往日的柔情蜜意中添了一份掠夺与警告，肆意而狂妄，烫得让她全身无力，体内的气息被他引导着，全部都乱了。

许久许久，直到她的双脚再也无法支持虚弱的身体，快要从他怀里滑落之际，他才退开。

灼热的肌肤以及他身上独特的香味包裹着她，她在他怀里说不出一句话，只顾着不住地喘气，双臂紧紧地攀着他才能支撑自己已经无力的身体。

他将她抵在树上，俯首咬住她晶莹的耳垂，清越的声音中带着男性的气息扑到她的耳窝，“丫头，我是抓了尹昭。”

他眯起凤眸凝着她，纤长的指轻轻揉捻着被他吻得红肿的唇，“我撤走了你身边的颜琦，放任你去找溪孟安。作为感谢，你是不是也该给我些权利？”

她凝视着他，竟无法反抗。

第三十一章

假戏越发真

阳光落在青色琉璃瓦上，形成耀眼的光芒。

绝舞无趣地坐在窗外的屋檐下，垂着脑袋，回想昨夜圣忆风说的话。师父摆明在威胁她，她如果继续插手，师父就又会管制她的行动了。

影儿悄悄地站在不远处，一副想要上前又不敢过去的样子。

“影儿，你还要在那儿站多久？”

影儿的小手绞着衣摆，慢慢朝她走去，走到她身边还抬头朝屋内望了一眼，“舞姐姐，你师父不在吗？”

“不在。”她还没醒，师父就出去了，想来跟溪孟安的事有关。

影儿脸上的胆怯少了很多，走过去在绝舞身边坐下，沉默了一会儿，才开口问道：“舞姐姐昨天见到尹昭大哥了吗？”

绝舞垂着头，摇摇脑袋。

“那舞姐姐找到地牢了吗？”

绝舞又摇摇头。地牢一定在那里，只是她找不到入口。想起昨夜圣忆风的吻，舞儿的脸一阵发烧，急忙把脑袋又低了一些。

“这样啊……”影儿失望地靠到墙上，“那尹昭大哥一定死定了。恩人的身子也不知道还能不能经得起这样的折腾……”

影儿哽咽的声音让绝舞无比内疚，是因为她没有出手，溪孟安才被严曦伤成那样的，也是因为她太笨，昨夜才又被师父找到，没能寻到入口。

绝舞拉过影儿的手，安抚地轻拍着，“你不要急，我们再想想办法。嗯？”

影儿伸手抹去眼角的泪水，吸吸通红的鼻子，“对不起，舞姐姐，我自从来这里之后，总是给你添麻烦。”

“说什么傻话？我们是好姐妹，我一定会帮你的。”绝舞将影儿搂进怀里，像个大姐姐一样轻轻拍着影儿的背。

“谢谢你。”影儿伸手搂住绝舞，将脑袋靠在绝舞的肩上，乌黑的瞳眸中闪着泪花，同样也闪着得逞的快意。

傍晚时分，一道修长的绛紫身影走入沁园，看到窗下熟睡的二人，温润的眸子在看到影儿时闪过一抹精光，又走出园子，在拱门处留下淡淡的清香。

绝舞睁开迷蒙的眼睛，发觉自己竟然睡着了，伸手推推身边还在熟睡的影儿，“影儿，快到晚上了，起来吧，要着凉的。”

影儿被绝舞一闹，睁开惺忪的眼睛，伸了个懒腰。她看看天色，抿抿唇，道：“舞姐姐，你师父应该回来了吧？”

“应该吧。”

影儿不好意思地道：“我想请你帮个忙。”

“什么？”绝舞也跟着伸伸懒腰。

“你去问问你师父好不好？他那么疼你，一定会告诉你地牢在哪里的。”影儿天真地眨巴眨巴眼睛，“我会煮汤哦，很好喝。一会儿我帮你煮碗汤，你去贿赂贿赂他，说不定他就会同意了。”

煮汤？师父才不会因为一碗汤就答应她呢。看到影儿兴冲冲的样子，绝舞不忍回绝影儿，笑着应了声。

影儿开心地提起裙角，朝厨房奔去。想起绝舞听完她的话后那眼角一闪而逝的疼惜，她黑亮的眼睛中闪着冰冷的笑意。

月光洒在沁园的屋顶，洒下一层淡淡的光晕。

主屋的窗大开着，纯白的纱幔在夜间放下，遮住了屋外的景色，随着吹拂的清风时有时无地卷动着。

圣忆风斜倚着床榻，向来清澈的眸子笼着一层蒙眬，就如隔着薄雾，一片迷迷蒙蒙。他手执一沓纸，一页一页地翻着，看起来清闲而怡然。

木门被轻轻地推开，绝舞端着一碗尚冒着热气的汤进来。她笑眯眯的，唇角浮出两个酒窝，献宝似的把散发着香气的汤端到他面前，眨着眼睛，像是在讨赏。

看到她手上的汤，他将手里的一沓纸放在一边，似是无意地用靠枕遮住，挑起墨黑的长眉，揶揄道：“太阳今天是打西边出来的？”

“哎呀，师父——”她撒娇地让他接住碗，“你别看不起我！这可是我自己下厨做的！”她没让影儿插手，只是让影儿手把手地教她怎么煮汤，最后出锅的时候，她实在担心汤的味道，才让影儿帮她再加工了一下。

怕他不信，她还卷起自己的衣袖，给他看她的“战绩”，“你看，这是我煮汤的时候被烫到的痕迹，还在呢！”

看着她白嫩的手腕上两个烫伤的红色痕迹，他和煦的眸子盯住她，心疼地道：“以后不要自己下厨。”

“人家想亲手煮给师父嘛！”她脸颊娇红，像个情窦初开的少女。她心急地推推他的手，示意他快点品尝她的辛苦。

他看着碗里黑乎乎的汤，唇角微微抽搐。

她紧张地凝望着他，不错过他脸上一分一毫的表情变化。他每喝完一口，她就问一遍：“好喝吗？”

她紧张地盯着他，直到他喝完了整碗汤。

“嗯——”她以为他说汤好喝，双眸绽放出兴奋的光芒，正准备骄傲一番，又听他紧接着道：“除了没有咸味、多了一点苦味、多了一点甜味、鸡肉炖得不是很熟之外，还算好。”

听完他的评论，一张小脸失望地耷拉下来，“真的……那么难喝？”她就是怕难喝，还让影儿帮她加工了一下，难道她做的汤已经难喝到即使加工也无济于事了吗？呜呜！

他将碗放在一旁，张开双臂，将嘟着嘴巴的她搂进怀里，光滑的脸颊在她鼓起的脸上慢慢摩挲，带来一种暧昧的淡淡诱惑，“丫头，我让你在我身边，又不是为了让你煮饭，何必为了这种事赌气。”

见她鼓起的脸颊没有放松，他失笑，“其实没有那么难喝，我故意气你而已。”

她立马绽放出光彩的笑靥，转首望着他，“真的吗？真没你说的那么难喝？！”

“嗯，只是有一点点难喝而已……”

“讨厌！”她抡起粉拳砸在他的胸口，引来他悦耳的笑声。她想了想，双手覆住他的脸，一本正经地道：“从明天开始，我要天天煮汤给师父喝，一定要煮到让师父满意为止！”

想起方才鸡汤咸甜中带苦的味道，他眼角抽搐，“突然觉得，今天鸡汤的味道其实很不错，不用再练习了。”

“师父！”

清晨的阳光轻轻地洒下，幽静的庭院里除了园丁、丫鬟轻微的脚步声外，安静如深夜。

一道娇小的身影走出沁园的拱门后，转了转脑袋，四处望了望，没有看到自己担心见到的人，这才安心地迈出步子，藏身到隐蔽的小路上，一蹦一跃地朝尘家庄的大门奔去。

轻巧地落身于大门口，捂着胸口吐出一口气，笑眯眯地推开大门，迈出去，再转身关上门，却在关门的瞬间吓得蹦到几步之外。

“影、影儿！”她分明很小心了啊，为什么还是会碰到影儿，“你这么早坐在大门口干什么？！”

影儿抱着双膝，可怜巴巴地坐在大门前的石砖上，抬起红肿的眼眸望着舞儿，“舞姐姐。”平日娇软的嗓音此刻掺杂着沙哑。

绝舞不得不面对这样的影儿，她心虚地开口，“怎、怎么了？”

“舞姐姐昨夜里问出恩人和尹昭大哥在哪儿了吗？”影儿站起来，却因坐了一晚骨头僵硬，一个不稳，险些摔倒，幸好被绝舞及时扶住。

绝舞看着她黑黑的眼圈和红肿的眼睛，“你不会在这儿坐了一晚吧？”

“嗯，我担心恩人，睡不着。”

内疚顿时又开始泛滥，绝舞不好意思地低着脑袋，扶影儿在一旁坐下，“我、还没来得及问。”昨天在师父怀里，两人闹着闹着就睡着了，她真的太不讲信用了。

“没关系、没关系。”影儿急忙道，“是我太麻烦舞姐姐了。其实我知道，你师父不一定会说的。”似是想起了什么，影儿忽然道：“舞姐姐，昨天你煮的汤，你师父说好喝吗？”

“呃……”说起这个，绝舞尴尬地在影儿身旁坐下，两个小人儿肩并肩，聊起天来，“虽然师父最后说只有一点点难喝，但我知道他一定是在安慰我。我说要天天煮给他，直到他说好喝为止，结果他就急忙说很好喝，不用煮了……”

影儿扑哧一声笑出来，露出从昨天到今天为止的第一个笑容。看到绝舞投来责怪的眼神，她急忙做了个闭嘴的动作，然后笑嘻嘻道：“没关系，我会教你的！”

“真的吗？！直到我做的跟你做的一样好喝？”她昨天给师父做汤前，尝了影儿的手艺，影儿做的汤真的超级好喝，也因为超级好喝，她才自私地没有让影儿炖汤给师父，她怕师父喜欢上影儿的手艺。

“嗯、嗯！”影儿拉起绝舞的手，眼睛里蹦出兴奋的火花，“我会天天教你，你天天煮给你师父喝，我肯定，以你现在的水平，不出一个月，就可以做到我的程度了！”

“一个月啊？”绝舞失望地耷拉下脑袋。她的水平果然很差，居然需要一个月。

“嗯，没关系，一个月就一个月！”

两人又随便聊了一会儿，影儿说要回房睡觉，绝舞也要出门，两人就在大门前分手。

待绝舞的身影消失在门前的大道上，影儿的眼眸里才流露出原本真实的冰冷。她诡异地勾起唇角，一个月……按主子的计划，那个时候，不但是圣忆风与严曦交手的时候，也是药效发作的时候。

绝舞跟影儿分手后，开始一个人在街上晃悠，本想排解烦闷的心情，去郊外走走，却不知不觉地又朝凝香苑走去。

接近晌午时刻，绝舞经过安家酒楼。里面高朋满座，生意兴隆，店小二忙得恨不得有分身之术，点菜、送菜和吆喝声此起彼伏，热闹极了。

突然，不远处的吵闹声引来她的注意。

回首望去，只见一个熟悉的美丽女子被几个男人围住。

那女子正是绝姒。此刻，她愠怒的容颜上两道眉紧紧地蹙着，双眸轻扫，意外地看到不远处的绝舞，蓦地一下怔住。

绝舞望着她，只是静静地看着，没有上前。

“呦！”一个醉汉朝绝姒走去几步，步伐不稳，险些摔倒，“这不是凝香苑的大掌柜——凝香姑娘吗？！”

另外一个人伸手扶住醉汉，低头在醉汉耳边说了几句话。醉汉霍地一下直起身子，反手甩了说话的男人一个耳光，“我管她的后台是谁，老子我就是看上她了，怎么了？”

“你要挡我？！还是你、你要拦我？！”醉汉无赖地晃着手指朝周围的人指了一圈，又指向绝姒，“知道我是谁吗？我是独孤翊的表弟！独孤翊你知道是谁吗？！你惹得起吗？！”

见绝姒无动于衷，醉汉又走上前，淫秽的视线将静立的绝姒从上到下打量了一个遍，“啧啧，真是个好货色！”说着，醉汉就伸出手想要拉绝姒，却被绝姒闪开，身子失去重心，险些跌倒，还好被旁边的随从及时扶住。他甩开手，恶狠狠地盯着绝姒，“老子看上你，是你的福气，你还别扭什么？”

绝姒盯着他，冷哼一声。一看他就是地痞流氓，还以为自己是有钱的公子哥。她从小跟着翊哥哥，怎么没听说他还有个远房的表弟？

咸猪手再次朝绝姒伸去，这次由不得绝姒反抗，将绝姒紧紧拽住。

“你放开我！”

围观的人越来越多，但听说那人是独孤翊的表弟，没一个人敢上前劝阻。

“放什么？不就是一个混在妓院的女人，跟老子装什么清高！”

绝姒的另一只手甩向男人，啪的一声，一个响亮的巴掌在集市上炸响，引来了更多人旁观。绝姒本会一些简单的手脚功夫，但此人的手劲极大，不像是一般的莽夫，反倒像有一定武功功底的练家子，她使出了全身的力气还是没能挣脱开。

眼看醉汉的手就要摸上绝姒的脸，一道银光闪过，那只手上倏地多了一条血痕，血花在绝姒面前四溅。在醉汉吃痛的怒喊声中，绝姒吓得退后了几步。

银色刀片从醉汉手背上划过后，射入不远处的一家小店的门上。

“有本事在光天化日之下做出这等羞耻之事，就要做好被修理的准备。”一道清脆的声音在醉汉身后响起。

醉汉捂着不断流血的手，转身看到身后清丽的娇人儿，眯起色迷迷的眼睛，“今天真是好运气，碰到一个美人，还附送一个娇娃！”

“给我闭上你的脏嘴！”只见一道红风瞬间闪至醉汉面前，众人还没反应过来，一柄短剑已架到醉汉脖子上，甚至陷入皮肤，割出一道血痕。绝舞成功地看到男人脸上的肌肉开始害怕地颤抖，开心地笑起来，“对付你这种淫贼，我可从来不会手下留情！”

“你、你！”醉汉被这么一惊吓，顿时清醒了不少。这个女娃的武功居然这么了得。

眨眼间，只见绝舞恍若一只翩翩起舞的蝶，游刃有余地穿梭在攻上来的几人之间，像个淘气的顽童，一下子打这个，一下子踹那个，热闹得不得了。

终于把几个人连同那个醉汉用粗粗的绳子绑在一起，她这才笑眯眯地拍手，满足地叹出一口气，在众人的欢呼声中，转身离开。

绝姒急忙追上绝舞，“舞儿。”

绝舞没有理会绝姒。绝姒敏感地觉察到不对劲，“舞儿，你怎么了？”那天也是这样，舞儿没有打招呼就离开了。她以为是因为见到独孤翊，舞儿才匆匆离开，只是今天看来，舞儿对她又有什么误会了。

“没什么，只是讨厌自己一再地相信你。”绝舞没有停步，也顾不得绝姒是否能追上她的步伐，快速朝前走去。

绝姒到底追不上练武的绝舞，几乎在她身后小跑起来，“舞儿，跟姐姐把话说清楚，我想你一定对我有什么误会。”

“没什么好说的。”步伐不大，却移动得非常迅速。

“舞儿，啊——”身后传来绝姒吃痛的轻呼声。

绝舞翻了翻白眼，还是忍不住停住脚步，走回去扶起绝姒。

“舞儿。”绝姒心里真的很委屈，她一心想要让舞儿重新接受她，为了舞儿，她甚至不再去提圣忆风的事，也不再勉强她和翊哥哥。可舞儿为什么就是不能原谅她呢?

绝舞心里藏不住话，看到绝姒快要通红的眼睛，开口道：“那天为什么要告诉独孤翊我在你那里？你明知道我不想见他。”

绝姒抬手拂去眼角的泪花，“我没有告诉翊哥哥。是他突然来找我，才看到你在房间的。”

“真的？”绝舞怀疑地瞅瞅绝姒，却发觉绝姒一本正经，完全没有欺骗她的意思。想来也是，姐姐和她好不容易和好，应该不会做出这么明显的事惹她反感。独孤翊那天为何故意那么说?

绝姒开始心急，“舞儿，姐姐真的没有……”

“我相信。”绝舞打断绝姒，思忖片刻，“姐姐，你……”

绝舞看到绝姒疑惑的眼神，还是下定决心说出口，“姐姐，上次你帮师父拿到独孤翊的兵符，独孤翊没有为难你吗？”

“没有……怎么突然提这个？”

绝舞甩甩头，觉得自己想得太多，对绝姒笑笑，“没事，是我想太多了。”独孤翊即使再坏，都是将姐姐当作他自己的亲妹妹一样，应该不会对姐姐怎样。

“说到这里，”绝姒握住绝舞的手，“翊哥哥真的已经变好了。他不但原谅了我，而且还在帮你们查溪孟安的事。”

“帮我们？”绝舞轻嗤一声，虽然不信，还是问道：“他查出了什么？”为他们查？哼，谁信？搞不好又是为了对付师父。

“这件事是由我负责的。”绝姒亲密地圈起绝舞的手臂，边走边说，“我起初也以为溪孟安是冲着圣忆风来的，尤其在查出他与圣忆风之间的关系后，更认定他是为了报仇而来，但后来才发现，溪孟安真是一个相当无欲无求的人，他并不想让上一辈的恩怨延续到下一辈。”

“而且，从与他接触过的商界的人来看，之前他绸庄的生意都是由他身边一个叫尹昭的人在打理。”绝姒顿了顿，眼底浮现出同情，“大概是因为他身体上的缺陷吧，他本人对功名利禄、俗事虚名都不甚在意。”对一个自小目睹父亲及家人被杀、母亲上吊自尽，又被人伤到脚筋、无法行走的人来说，在长大后被杀父仇人追杀，是一件多么悲哀的事。

绝舞抿抿唇，心里有些难过，连仅存的一丝希望都被扑灭。她心里是向着师父的，所以私心里希望溪孟安的一切也许都是伪装出来的，所以她才会去追忆园，奢望能够找出蛛丝马迹，虽然结果让她失望。

可是连姐姐查出的消息居然也是这样。那她要怎么办？

绝姒看到舞儿发呆，碰了碰她，“怎么了？”

“没有。”她的微笑中带着万分愁苦，语气中也充满了萧瑟之感，“只是有些害怕……”

绝姒停顿了半天，握住绝舞的手，“在担心……你师父？”

绝舞抬眸，有些微讶绝姒对自己的了解。她什么都没说，可姐姐还是这么了解她。她不发一语地凝望绝姒许久，平日里挂满俏皮笑意的小脸儿此刻堆起愁绪，心思翻涌不已。

“我怕师父会做错事。”她怕师父被仇恨的火焰笼罩，变回在迦隐发生惨案时的样子。只要想起高大哥曾经给她描述师父当初的样子，她就胆战心惊。她好怕师父会做出伤害他自己的事。

独孤翊站在厅中，透过镂空圆窗看着一道婀娜的身影从远处走来，他扯动嘴角，笑意渐渐退去。

绝姒没有看到厅内窗前的人影，走到议事厅的门前，轻轻地叹了一口气。

“什么事让你这么烦恼？”随着清朗的嗓音响起，议事厅紧闭的大门从里面被人打开。

绝姒没想到里面有人，吓了一跳，捂着胸口，退了两三步才重新站稳身子，舒出一口气，“翊哥哥，你可真是吓到我了。”

独孤翊的笑声在绝姒的耳畔响起。他的眼睛里闪过一丝奇怪的光芒，故意调侃道：“你心神不定，有事瞒着我呢。”

绝姒再次轻叹一声，走进屋里，低垂着头，隐去眼底可能会惹怒独孤翊的情绪，“我今天见到舞儿，她似乎过得不怎么好。”

“你跟她和好了？”

“嗯。”

“不好？”独孤翊紧跟着绝姒走进去，语气很是担忧，这才问及出了什么事，“难道圣忆风对她……”

“不是。”绝姒迅速打断独孤翊的话，“是因为溪孟安的事。你也知道，舞儿把溪孟安当作朋友，可圣忆风现在却想要置溪孟安于死地，舞儿夹在中间很为难。而且，舞儿很担心圣忆风会因仇恨变得疯狂。”

绝姒没有注意到，在她的身后，独孤翊的蓝眸如火般灼热，始终牢牢地注视着她的背影。

“翊哥哥，你说，溪孟安真是被圣忆风抓去的吗？”

独孤翊在椅子上坐下，随意地端起茶，轻抿一口，“这消息是你查的，不是吗？”

“可……”意识到自己想说什么，绝姒急忙止住。

“可圣忆风不是这种会在暗地里搞小动作的人。”浓眉高扬，独孤翊看出绝姒的心思，蓝眸不着痕迹地闪过一抹不悦，“你手中的证据十足，不是吗？你要知道，溪孟安与圣忆风之间不只是简单的个人恩怨，他们身上背负着上百条冤魂。圣忆风不会轻易放过溪孟安的。”

见绝姒欲开口，独孤翊又道：“即使溪孟安已经不想报仇，圣忆风最后还是会杀掉溪孟安，他不会允许任何一个可能会威胁到他的人存在。”

绝姒清澈美丽的双眸不禁一黯，双手握得更紧，自己却浑然不觉得疼痛。

绝姒抬眸，唇角浮出疲倦的浅笑，“今天累了，我先下去休息了。”

“嗯。”独孤翊轻应一声，俯首品茶，却在绝姒走过他身边时轻轻拉住绝姒的袖口，“今天出什么事了？”

绝姒本恍惚地不知他在说什么，顺着他的视线看去，才看到自己手腕上的一圈青紫。那是今天那个醉汉握住她的手时留下的痕迹。

“没什么，今天碰到一个无赖而已。”

“然后舞儿帮你解了围？”

“翊哥哥怎么知道？”

“该死！”独孤翊一拳捶在桌上，震得茶杯与茶座哐啷啷直响。

“怎么了？”

独孤翊抬眸看了一眼绝姒，又看看她的手腕，浓眉拧起，“那是我派人安排的，没想到居然伤到你，真是一群蠢猪。”

“等等……”绝姒迷糊地望着独孤翊，有点转不过弯来，“那个醉汉是你安排的人？为什么？”

独孤翊睨了绝姒一眼，又低下头，才缓缓道来：“上次舞儿离开凝香苑时，怀疑是你将她的行踪告诉我，我才找到她的。她觉得你背叛了她的信任。”

“我不想再因为我而让你们之间产生误会，所以让人跟踪她，在她跟你碰面的时候演一出戏。我想舞儿再误会你，也不会不顾你的安危，她若出手救你，你们就有和好的可能，可没想到那群蠢猪会出手伤人！”

“所以……”绝姒睁大眼睛，“今天的事，是你为了让我跟舞儿和好而故意安排的？”

“嗯。”

绝姒不知道为什么那双湛蓝的眸子此刻这么专注地瞅着她，那眼神不像一个哥哥看着妹妹的眼神。她的心怦怦直跳。她慌乱地低下头，轻缓地退后一步，“谢谢哥……”

“谢什么？舞儿不在你身边，现在只有我跟你相依为命了。”

绝姒僵硬地扯出一抹感激的笑，然后踩着近乎逃避的步伐离开大厅。

独孤翊就那样看着绝姒，直到她转身的瞬间，嘴角温柔的笑才淡去，换上莫测的表情。

“无影大哥，你就告诉我嘛。”绝舞一会儿蹦到尘无影面前，一会儿又蹦到他旁边，不知疲倦地骚扰着尘无影的耳朵。

“不行。”无论她求过多少次，他还是吐出那斩钉截铁的两个字。

绝舞终于像个泄气的皮球，瘫坐在尘无影对面的椅上，晃着绯色的绣花鞋，垂头丧气的，像是少吃了几顿饭。

尘无影抬眸瞥了她一眼，忽而觉得庄里太久没有有趣的事发生了，眸底闪过一抹算计的光芒。他清了清嗓子，“你想知道也可以，先告诉我你要干什么？”如果被圣忆风那家伙知道舞儿跑去地牢救人，庄里会不会热闹一阵哪？

耷拉的小脑袋倏地抬起，两只水汪汪的大眼睛瞬间绽放出星星般的光芒。她双手托住圆润的下颌，认真地望着尘无影，直接忽略掉尘无影的条件，“我就知道无影大哥最好了！”

尘无影朝她招招手，让她靠近一些，然后趴在她耳边轻声道：“你应该注意过后园那棵大树吧？入口就在树下。你只要在树根处找到一个突起的大圆点，使劲按下去，入口的门就会打开。”

绝舞静静听着，虽然觉得答案来得太过容易，完全不费工夫，却还是小心翼翼地记下尘无影说的每个字。她捂着扑通扑通跳的小心脏，一股做贼心虚的感觉涌上心头，急忙挤出最灿烂的笑容，然后飞奔出去。

月湖上，莲花之间漂浮着一叶小舟。微风袭来，小舟随风徐行。

舟中并无舟子，自然也没人弄舟摇桨，只有一抹绛紫身影伏卧，如舟上绽开的一朵紫莲。轻舟漫无目的地在水上漂浮，轻风吹起几朵涟漪，也吹起舟上人绛紫的衣袂。

天地间似乎只剩下寂静。

直到一抹黑影从湖岸飞身至小舟上，才打破了这片静谧。来人轻而无声地落在船头，颔首立于静卧的圣忆风的一旁。

凤眸轻启，懒洋洋地扫了眼颜琦，又重新阖上。

“影儿今早和舞儿分开后去了哪儿？”

“属下一直跟着她到郊区的一片竹林，最后、最后……”颜琦的头愈垂愈低，有些难以启齿。

轻笑逸出薄唇，圣忆风睨了一眼颜琦，“跟丢了？”

“是……”输在一个小姑娘手中，实在很难启齿。

“不用感到难堪。”圣忆风起身，单手撑额，另一手深入湖水，纤长的手指轻柔地撩拨着清澈的湖水，“她是个难对付的角色，不要掉以轻心，继续跟着，总能找出溪孟安。”

“是。”

圣忆风刚步入尘家庄，一道明朗的声音从远处传来，“你怎么还在这儿悠闲？！”

圣忆风抬首，不知道尘无影这是演的哪出戏。

“什么事？”

“还不是你的那个丫头！”尘无影故作懊恼的样子，拍拍头，“我方才一不小心说漏了嘴，她现在估计已经去地牢救人了！”

含笑的凤眸瞬间幻化为利刃，射向尘无影，“最好不要让我知道你是故意的。”转眼间，紫影带起一股劲风，在尘无影得意扬扬的眸中消失。

身上的盐水干涸，凝结为盐粒，又被汗水溶解。疼痛渗入皮肉，尹昭将内力凝在一处，才能稍稍运通经脉。

从上次高轩叶离开到现在，已经两日整。这两日，他不但被断绝饮食，还要忍受皮鞭的“伺候”，还好平日的训练足够他应付如此的折磨，不然他也许真没有机会再见到主子和妹妹了。

忽然，石门刺啦啦地被人打开，一道修长的身影进入。

尹昭眯起黑眸，紧绷着全身，散乱的黑发遮盖了那双精光内敛的眼睛。

又是高轩叶？他已经说得很清楚了，即使他被折磨死，也不会妥协。高轩叶还想干什么？！

高轩叶身后那道娇小的身影慢慢走出来，他的心狠狠地沉了下去。他想要怒吼，却怕吓坏了他胆小的妹妹。

柔软的衣料拂过地面，尹蓉被高轩叶拉着轻盈地走过来，那双睁开的眼睛像是蒙着一层薄雾，没有焦距，散发出淡淡的光。

一双小手在高轩叶的指引下慢慢地摸上铁栅栏，“哥哥，是你吗？”手上粗糙的触感让她疑惑地回眸“望”着高轩叶。

高轩叶轻轻一笑，“他在这里静养，不宜被打扰，所以用栅栏隔开。你只能在这里跟他说说话。”

尹蓉甜甜的笑容浮上唇角，“嗯。谢谢你。”

尹蓉的笑容单纯得宛如刚出生的婴儿，没有一丝杂念。高轩叶有片刻的内疚，“你们聊，一会儿我来接你。”

“嗯。”

尹昭锐刺般的视线从高轩叶淡笑的脸上移开，在接触到尹蓉的笑容时瞬间软化下来，融为浓浓的怜惜。他的喉结滚动着，强迫自己发出正常的声音，“是哥哥。”

那张清秀的脸上刹那间洋溢起暖暖的笑，“哥哥还好吗？”

在尹蓉叽叽喳喳的兴奋的声音中，高轩叶慢慢退出去。

绝舞一得到消息，就飞奔至后园。围着大树转了好多圈，才在树根处找到尘无影说的那个突起，她使劲按下，忽然耳边传来刺啦啦的声音，就见脚边不远处的一片草地缓缓地移开，露出一个井口大小的洞。

她朝洞里望了一眼，借着日光能看到数个台阶。她紧张地捂着胸口，踩在石阶上，扶着旁边的土壁一步步地走下去。

走至石阶的最底层，摸到后边的一个按钮，她试探地按下去，面前堵住去路的墙缓缓地滑开。

“谁？！”

脚还没迈进地牢，里面一声低沉警告的声音猛然响起，吓得她又跳了出去，捂住扑通扑通直跳的小心脏。

妈呀，被关起来还这么凶。

这声音很熟悉，应该是尹昭大哥吧？

绝舞拍拍胸口，顺便安抚自己受到惊吓的小心脏，朝地牢里走去。刚一进去，一股阴潮的气息扑面而来。她蹙蹙眉，捏住鼻子。在这样的环境下，溪孟安的身体能撑得了多久？

“谁来了？”这是一道清丽的嗓音。绝舞诧异地抬眸，在地牢的角落里看到扶着栅栏的一个女子。那女子粉色的衣裙曳地，身姿柔弱，好似一阵风就能将她吹倒，然吸引绝舞的还是那双蒙眬的眼睛——美则美矣，但是没有丝毫生气。

她惊讶地走过去，还没开口，就听到尹昭同样惊讶的声音，“绝舞姑娘？你怎么来了？”

视线左移，看到尹昭的模样，以及他身上和地上干涸的血迹，绝舞惊愕地捂住唇，不敢置信地睁大眼睛。才要问为何会这样，尹昭就朝她使眼色。绝舞看看一脸迷蒙的女子，再看看尹昭，将心里的震惊压回去。

“尹、尹昭大哥，溪孟安呢？你家公子呢？”绝舞单手扶住铁栅栏的顶端，轻轻一跃，带起一阵冷风。她跃进栅栏，朝尹昭走去。

闻言，尹昭别过头，恨恨地咬住唇，发出一声低低的咒骂。

“这位姐姐认识我哥哥？”栅栏外的尹蓉有些焦急地问着绝舞，涣散的眸朝尹昭的方位望去，却无法确定绝舞的位置。

“嗯，认识。”绝舞这时才明白，原来这位姑娘的眼睛看不见。

听出绝舞的位置，尹蓉的小手紧握着铁栅栏，上下摸索着，踮起脚尖，够到铁栅栏的顶端，“这位姐姐，你进去了吗？刚才那位高大哥说不能进去打扰哥哥静养，你可以进去吗？让我也进去好不好？我好久没有见到哥哥了！”

尹蓉的嗓音带着轻轻的哽咽，任何一个人听了都无法拒绝。绝舞为难地站在那里望向尹昭。

尹昭冲她摇头，示意她千万不要让尹蓉进来。绝舞将尹昭打量了一遍，明白尹昭不想让尹蓉担心。

绝舞走过去，握住尹蓉的手，“这里不能随便进来，我有几句话要和你哥哥说，等说完，我再想办法让你们见面好不好？”

尹蓉没有埋怨，反倒开心地扬起唇角，清丽的容颜上绽放出一抹笑，“好的，谢谢姑娘。”说完，她懂事地扶着墙壁朝后退去，给两人留下谈话的空间。

绝舞俯身在尹昭身边，用很小的声音焦急询问：“你家公子呢？”

尹昭垂眸，散乱的黑发遮住他的表情。绝舞姑娘是真的担心他们家公子，这样单纯的姑娘让他想到自己的妹妹尹蓉。她们都是无辜的人，为什么要被牵扯进来，卷进染血的旋涡？

高轩叶借尹蓉威胁他，公子要利用绝舞毁掉圣忆风。

最后，受伤最重的，会是最无辜的人。

可是，事情已经发展到无法遏制的地步，公子不会妥协，圣忆风更不会妥协。

“尹昭大哥？”

尹昭偏过头，黑发遮住侧脸，“不知被你师父关在哪里。”

绝舞避开尹昭看向自己的视线，不经意地扫过不远处尹蓉单薄的身躯，尽量使自己不住颤抖的嗓音保持平稳，“你妹妹为什么会出现在这儿？”

尹昭的视线在绝舞提及尹蓉时变得锋利。他沉声道："绝舞姑娘想不到吗？"

尹昭的反问像一块巨石，重重地压在她的胸口，让她难以呼吸。她垂下头，扪心自问：想不到吗？她真的想不到吗？连她都是问出地牢入口才进来的，一个眼睛看不见的姑娘能进到地牢，除了被人带进来，还能有什么方法？

"是高轩叶带蓉儿来的，他用蓉儿威胁我。"尹昭咬牙切齿。绝舞听了浑身发冷。

思绪倒转，绝舞想起三年前圣忆风毁掉杜玉菲那张脸时的场景，她清楚地看到那双美丽的凤眸中有着她不曾见过的狠厉和邪魅。虽然她也恨杜玉菲，曾经恨不得杀了那个女人，可是师父含着笑意的眼睛所流露出的冰冷还是让她感到害怕。那是她不曾了解的师父。

绝舞的视线飘向焦急地"望着"他们的尹蓉，眼神黯了一下。师父为了报仇，真的会不择手段，甚至用一个无辜的女子当作筹码……

绝舞咬紧牙根，用深呼吸调整自己的情绪。

尹昭的情绪突然变得激动起来，"绝舞姑娘，公子对你一直有情意，虽然公子没说，但我从未见过他对哪个女子如此上心过。"

绝舞一怔，这样的话被人赤裸裸地说出来，她有些不自在。

"公子真心将你当作朋友，你一定要想办法救公子！"尹昭激动得身上的铁链也跟着晃动起来，"你也看到了，那日公子被严曦所伤，身体很虚弱，你再不救他，我怕就来不及了。你一定要找到公子！"

看到尹蓉担心的面容，以及尹昭身上裂开、流出血迹的伤口，绝舞急忙安抚，"我知道，我知道，我一定会救的。你不要激动！"

尹昭的黑眸望向尹蓉，轻声对绝舞道："为了公子，我死而无憾。只是……绝舞姑娘，能再麻烦你一件事吗？"

"什么事？"绝舞没开口说会救尹昭出去，因为她完全不相信自己有本事在尘家庄将人救出去。

"帮我照顾蓉儿，不要让别人伤害她。"尹昭的视线温和下来，流露出真诚的关切，"蓉儿自小眼睛看不见，但她跟你一样是个善良的姑娘，我不希望她卷进这场血腥的游戏。帮我保护她，好吗？"他一直将蓉儿保护得很好，让她远离江湖的争斗，活在一个他为她构筑的单纯世界中，他不敢想象如果蓉儿知道了一切会有什么样的反应。

"好……"

地牢的石门再次刺啦啦地被人打开，尹昭和绝舞警惕地看向门口。

第三十二章 无意伤人语

绝舞的脚步不自觉地退后几步，心扑通扑通地跳起来，无论此刻走进来的是高轩叶还是圣忆风，她都会暴露。

来人的步伐悄无声息，只传来衣袍轻微的摩擦声，在陡然寂静而空荡的地牢里格外引人注意。

熟悉的节奏让她的心提到了嗓子眼，握紧的手心渗出冷汗。是师父。

魅人心神的香味中携着后园里的花香，顺着门外钻进的清风飘进地牢的最里面，让她的脚步又退后小半步。

“这多年不用的地牢，今天倒是热闹得狠。”悠然的嗓音一如他悠然的步伐，浅浅地飘入三人耳中。

“师父。”绝舞没有往日做错事的心虚，只是立在原地，轻轻地唤了一声，随即在圣忆风浅浅的视线中别开眼睛。

尹昭散乱黑发下凌厉的视线射向圣忆风，在圣忆风的眸看向尹蓉时，心猛地紧绷起来。顺着圣忆风的视线，他看到尹蓉脸上浮起迷惑的表情，才想起方才圣忆风说了“地牢”二字。

“这位姑娘是？”圣忆风迈开轻缓的步伐朝尹蓉走去，温润的嗓音听起来如春风掠过湖面般温柔，让人心底泛起圈圈涟漪。

“师父！”虽然知道圣忆风不会对一个弱女子做什么，绝舞还是反射性地叫了一声。

这一声让圣忆风顿住脚步，心里的不悦陡然增加了几分。她这么急着叫住他，难道以为他会对一个手无缚鸡之力的女子做什么？他在她心里居然已经变得这么可怕？！

停顿片刻，银靴再次迈开步伐，朝立在原地、不知发生了什么事的尹蓉走去。

尹蓉抿唇，小心地开口，“你是？”

“是高轩叶带你来的？”

尹蓉想了想，“嗯。”

“我是邀请你来做客的主人。”他的唇角划开清雅的笑，嗓音温和得让尹蓉卸去了警惕。

“谢谢你！”原来是这个人邀请她来看哥哥的。她已经好几个月没有见到哥哥了，真的好想他。

“那、我能进去看看他吗？”想起自己不该用“看”这个字，她急忙改口，“呃，我是说……”

“可以。”不等她说完，圣忆风淡淡地截掉她的话，“但要今晚才可以，现在我有事跟你哥哥商量。”

“好。”

绛紫的袖袍轻扬。高轩叶从门口走进来，扶着尹蓉，“姑娘，我先带你下去休息。”

“哥哥，那蓉儿晚上来看你。”尹昭想要开口阻止，却在看到尹蓉露出甜甜的笑靥时忍住了。他不忍打破她的幻想。

“嗯。”

高轩叶与尹蓉离去，空荡、阴冷的地牢里留下三人。

绛紫的衣袍在脚下旋开优美的花，在绝舞还来不及眨眼的工夫里，银靴点地，如羽翼般轻盈地飞入栅栏，带起一阵清淡的香味。她只感觉身子一轻，再睁开眼，他已经将她抱离栅栏内。

他甚至没有低头看她，只是将她裹在宽大的紫色袖袍内，凤眸斜斜地瞥向怒焰高涨的尹昭，“你妹妹我就先留在庄里做客，剩下的一切只能看你的表现了。”他在绝舞面前对尹昭说出赤裸裸的威胁，没有往日在她面前的刻意隐瞒。

微风轻拂，落花如雨。

一道紫色的身影在落花间徐步前行，身后两步远跟着娇小的绯色身影。暖暖的日光将两人的影子投射在地上重叠起来，随着脚步一忽儿分开，一忽儿重叠，似是胶般，无论如何也分不开。

他不言不语地走在前面，绕着尘家庄几乎走了整整一圈。她跟在他身后，像个小尾巴，静静地跟着，偶尔伸手掐过一朵路边的花朵，放在指尖把玩。

直到夕阳西下，月亮朦胧地升起，空气中弥漫着细细的水汽，他才朝沁园走去。

淡淡的月光照下来，在白色的窗纸上映下斑驳的树影。一忽儿，一道修长的身影在窗纸上映出。

绝舞站在门外，绞动着手指，踌躇不定，不敢上前。她分明觉得是师父做错了事，她什么都没做，可为什么还会这么心虚？她懊恼地吸吸娇俏的鼻子，不明白为何每次自己都是这般低声下气。

她透过窗棂望着屋内燃起的灯光，斜长的身影映在窗纸上，伴着烛火轻摇，幽幽微微。她迟疑地踏前一步，又犹豫地收回脚，再三反复后，终于摆出一副视死如归的表情踏进屋里。

她轻而无声的脚步朝桌几旁走去，见他依旧埋首看着手中几张写满字的纸，想起从地牢中出来后，他就再没看过她一眼、没跟她说过一句话，她的眸中掠过一丝委屈。她润了润唇，“你不要怪无影大哥，是我逼他说出地牢入口在哪里的。”

烛火微弱的光静静地笼着他俊美的容颜。他斜靠在椅背上，单手支额，修长的手指轻翻着手中的纸页，发出纸页摩擦的簌簌声。

他没有抬眸，润白的指尖轻轻抚着纸的边缘，“你想救他？”

“他是无辜的。”绯衣轻晃，她朝他又走近了一步，“尹蓉也是无辜的，师父怎么可以用她来威胁尹昭大哥？她只是一个眼睛看不见的姑娘，被扯进你们复仇的陷阱，实在太可怜了。”

啪的一声，他将手中的纸页抛在桌上。带起的风吹得烛火微微晃动。他懒懒地站起身朝她走去，始终没有抬眸。

直到立于她面前，他才开口，声音云淡风轻，“在你眼里，他们都是无辜的，只有我是错的。对不对？”

她不敢抬眸看他，他这句话说得淡淡的，表情淡淡的，眼神也淡淡的，可是听在她耳朵里好沉重，宛如成千上万的指控排山倒海而来。

她倔强地别过头，坚信错的人是师父，不是她！

“尹昭大哥？”他轻呵一声，指尖挑起她垂在胸前的发丝，捻在指间慢慢摩挲，感受她的黑发如丝线般顺滑的触感，“我才放任你多久，你就跟他们如此亲密？那你叫溪孟安什么？说来让我听听？”

屋内一片寂静，只有她不规律的呼吸声起起伏伏。

他的声音清清幽幽，虽带着淡淡的笑意，却如深谷中的冷泉般冰冷，汩汩地灌入她的心间。

她的心似是夜风中的花朵，微微颤了颤，紧张得扑通扑通地跳起来。别开的脑袋又朝一边侧了侧，想要抽出他手里的发丝。他却故意使坏似的轻轻拽了拽，她的头皮立即传来轻微的刺痛。

小嘴噘起，一回眸，撞见的却是他平静的双眸。这样的平静比怒焰更让她胆战，她心里隐隐有着忧虑，那双眸子仿佛有很多说不清、道不明的东西凝结在那里。

他凝望着她，绕着她发丝的长指抚着她的娇嫩脸颊，“怎么不说话了？”

“没什么好说的。”她咬唇，皓白的齿陷入下唇，“师父放了溪孟安吧，他并不想找师父报仇，师父为什么要穷追不舍呢？追忆绸庄已经被师父毁了，为什么不能留他一条生路呢！”

长指从发间抽回，温热的指尖离开她的肌肤。她微微一颤。

“我似乎说过，这件事你不要插手。”

“可他们是无辜的，我无法看着那么多无辜的人去送死！”她一把抓住他，急声道，“算舞儿求你好不好？你放过他们吧。我们杀了严曦就离开这里去一个安静的地方，这样不好吗？！”

手被她抓得发疼，他抬眸，淡淡地说了句：“放手。”

她急切地望着他，“师父，放了他们吧。”

“放手。”依然是不温不火的声音，却有不容置疑的坚定。

“我不放我不放！”她另一手也跟着紧紧拽住他，心急地大声喊道，“师父如果一意孤行，错杀那么多无辜的人，又与威胁我的独孤翊，与杀掉我们全家和迦隐上百条人命的严曦有什么区别？”

一番话如倾泻的泉水喷涌而出，霎时间让两人同时震住。

话才说出口，她就开始后悔。她望着他沉寂的眸子，慢慢地松开手，“我是、我是说……”

他微微俯身，一股浓郁的香气携着强大的魄力朝她压下去。她的脚不自觉地退后一步，腰身刚好抵在身后的书桌上。

他伸开双臂撑在桌上，将她环在中间，“我与他们没有区别？”

他缓慢地低下头，心里感到一股刺骨的冰凉。没想到在她的心里，她居然将他与严曦和独孤翊摆在同等的地位。他心痛地望着她，“我在你心里竟是这样的形象……”

“不、不是的！”她抓住他的胳膊，手微微一紧，看到他眼底的伤痛，“我不是这个意思，在我心里，师父永远是从前的师父，没有丝毫的改变！”

两人静默许久。

她轻轻地咳了一声，低声道：“我只是不想师父伤害无辜的人……”

“你告诉我，谁是无辜的？溪孟安，还是尹昭？如果他们是无辜的，那我爹、我娘，还有迦隐死掉的上百个兄弟，都是该死的吗？！”他的声音飘飘然如天上的白云，又似千斤的铁石重重地压进她的心里。

她急着解释，“那是前日教教主和严曦的错，不是溪孟安的错，他那个时候才十五六岁……”

他望着她，动人心魄的美丽凤眸变得幽深，修长的手指抚过她圆润的下颌，缓缓捏住，“丫头，十年前他是无辜的，你能保证十年后的现在，他还是无辜的吗？他们谁都不是无辜的人。你以为消失十多年的人又突然出现是为了什么？”他俯首在她颤抖的耳际，嗓音既冷又轻，温柔似水，却也让人不寒而栗，“溪孟安，一定要死。他不死，死的就会是我。”

浓郁的香味萦绕在她的鼻端，她的身体在他不断高涨的怒气中微微发抖，却不是因为害怕，而是因为他最后的那句话。

“少主，严曦的信。”门外颜琦的声音陡然响起。

他微微退离，望着她迷离的双眸，淡淡地道：“这是最后一次，我不想再从你的嘴里听到任何为他们求情的话。”

“师父……”

拇指覆上她的红唇，他止住她的话，淡淡地望了她良久，紫色的袖袍才缓缓放下。转身离去时，他留下一句淡如清风的话，“丫头，就是你，也无法阻止我复仇。”

绛紫的衣袍荡过高高的门槛，留下一抹寂寥的香气。

“少主。”颜琦跟在圣忆风身边，递过手中的书信。

他伸手接过信，淡眸扫过信封，却没有展开信，只是拿在手中，“你先下去。”

“是。”

长长的回廊上，随着忽起忽落的风，偶尔会飘来淡淡的酒香。

园内，百花开得正盛，三两片花瓣飘然穿过回廊的低栏，悠悠地落在廊上。

圣忆风接过飘进来的落花，然后笑笑，任清风将掌中的花瓣吹落，悠悠地走过那回旋的雕花木梯，走出沁园。

淡淡的月色下，绛紫的衣袂柔柔地垂落在身侧，长卷的睫毛似是沾染了些许倦色，在眼睑处投下淡淡的阴影。清风偶尔会带起他身上独特的清香以及微醺的醉意。

他揉了揉眉心，再次走进一条长长的回廊，在回廊一侧的长条石凳上倦懒地坐下，靠在廊柱上休息。

他要报仇，有什么错？日教前教主杜寒与严曦联手杀了他的双亲，还有迦隐上百个兄弟，现在溪孟安来找他复仇，难道让他坐着等死吗？

她居然说他与严曦没什么两样，呵，真讽刺。

还是说，丫头真对溪孟安动了情……

他被自己的猜测吓了一跳，猛地睁开眼，幽幽地叹了一口气，站起身，提起指上挂着的酒壶，迤逦着走过回廊，间或喝下一口酒。酒意上涌，如玉面颊染上一层淡淡的红晕，半眯的凤眸显得越发魅惑。

他绕着回廊悠悠地走着，出了两个苑落，走进尘家庄的前院。

“少主？”

熟悉的声音在耳畔响起，他没有侧首，依旧慢慢地走着，提起酒壶喝下一口酒。

高轩叶走在圣忆风身边，看看他手上挂着的酒壶，又看到他另一只手上捏着一封信。

“少主，这封信是？”

他垂眸，就着壶喝了口酒，“严曦写的。”

高轩叶的声音听起来警惕了很多，“他行踪不定了这么久，居然写了信来。这次是要做什么？”

眸中蒙眬了一下，他勾唇浅笑，轻轻一扬手，信封如落叶般飘到高轩叶的手中，“我还没看。”

讶异的神色闪现在高轩叶的脸上。什么事让少主连这么重要的事情都可以不顾？他没有开口，静静地拆开信封，将信阅览了一遍。

高轩叶墨色的眉拧起，看到圣忆风懒洋洋地扫来的视线，才开口，“是严曦的战帖，日期定在二十天后，地点不变。”

凤眸轻眨，晕开眸心的蒙眬，变得清明了一些，“二十天后……”

“这个缩头乌龟终于愿意出现了。”高轩叶沉思片刻，“少主，严曦突然休战，又再次出现，而这期间，溪孟安也莫名其妙地出现又消失，这件事太过蹊跷。”

圣忆风接过信纸，扫了一遍内容，浅蓝的纸笺在纤白的长指间化为灰烬，飘散在风里，不留一丝痕迹。

东风起，花雨飘，落红无数，散落在他的墨发、眉梢、衣袂上。

他将手中的酒壶递给高轩叶，眸底呈现出一抹凌厉的异彩。他悠然转身，撒落满身的落花，“这几日晚上听说丫头自己下厨做饭，但那个影儿在一旁没少帮忙。今晚我用餐前你过来帮我查查餐具以及饮食是否有问题。”

“是。”

两人一路无言，心思却在飞速地盘转。圣忆风与高轩叶穿过花园，来到大厅，毫无意外地碰到每天这个时候都在此处品茶的尘无影。

“你是说在暗处帮严曦的人是溪孟安？”这个消息还是让无影很吃惊的。

圣忆风轻轻一笑，“丫头说，她亲眼目睹严曦威胁溪孟安让他与他联手对付我，但溪孟安没有答应，因此被严曦打成重伤，后来因为尹昭及时赶到，严曦身上似乎有伤，溪孟安才幸免于难。”

尘无影眨眨眼睛，“舞儿相信了？”

“你以为呢？”圣忆风淡淡一笑，唇边却尽是苦涩，“溪孟安这个弱者的形象装得可真是百密无一疏。”

高轩叶轻叹：“少主认为严曦与溪孟安联手演了一出戏，让绝舞姑娘相信他的确无法行走也不会武功，甚至无心报仇？”

圣忆风没有接话，抬手却发觉刚才已将酒壶给了高轩叶，暗自一笑，他什么时候变得如此嗜酒……

“不对劲，非常不对劲。”尘无影瞧了圣忆风半晌，直觉哪里不对劲，不会是他的那个恶作剧真让两人反目成仇了吧？终于忍不住，尘无影小心翼翼地开口，“舞儿不会跟你吵架了吧？”

他指尖微动，两人还没来得及看清他的动作，高轩叶手中的酒壶已经落入他的手中，“吵架？”

她的话，比吵架还要伤人……

或许在她眼中，如今他已变成一个被仇恨蒙蔽了双眼的人。

尘无影见圣忆风的语气和表情都极为不对劲，又不像以前那样找他算账，心中感觉这次他似乎把事情闹大了，急忙轻咳两声，转移话题，“如果溪孟安与严曦联手，那问题似乎就难办了。”

“的确。”高轩叶蹙起眉，看了一眼圣忆风，“而且，今日接到柳老前辈的飞鸽传书，皇上决定明日立司空离为太子。”

“无妨，司空离若介入此事帮溪孟安，我会让他立即从太子的位置上摔下来。”圣忆风拈起酒壶，在酒杯中注入一杯酒，“你们忘了吗？我前段时间让司空离查封追忆绸庄，结果不久，溪孟安的绸庄就真的全部被封，这显然是溪孟安不想让司空离为难。”

“他们两人的交情可比我们想的要深哪。”圣忆风挑眉，眸中带笑地扫过几人，“如果不出意外，溪孟安相当看重两人的友情，他不会轻易让司空离陷入两难的境地。不过，”圣忆风把玩着手中的酒杯，指尖在杯身敲出清脆的响声，“还是要看紧司空离，以免出意外。”

高轩叶赞同地点点头，“看来当初独孤翊除掉司空霄如今也少了很多麻烦，如果换成司空霄，估计很容易被溪孟安收买，还不如司空离好用。”

“现在最主要的还是找到溪孟安。”

颜琦已经在抓紧搜寻，只是目前还是毫无线索。看来，溪孟安为了报仇当真做了许久的准备，这次居然故意失踪，嫁祸于他，引发舞儿的同情。

悄然无声的夜。

沁园主屋外的台阶上，绝舞看着屋内昏黄的灯光，寂然而立。

师父还在生她的气吧？不然不会在刚刚看到她后，还只身一人走进屋内关上房门，留她在屋外。大概连无影大哥都会觉得她傻，为了一个凭空冒出的人，处处惹师父不开心，甚至说了那么重的话。

然而她自己明白，即使再重来一遍，她还是会这样劝师父。她不是舍不得溪孟安受苦，不是舍不得师父杀他。换作任何一个人，她都会这样求师父。血债血偿，没有必要牵扯到无辜的人。她最不希望的是师父的手上，再次沾染血腥。

“师父……”她低低唤了一声，手搁在窗棂上，无意识地抚摸着雕镂的花纹。

屋内燃着烛光，却依旧无声。

“师父不想见我吗？”她的语气中隐着淡淡的委屈，“我知道我不该那样冲撞你，可是我不是那个意思，真的不是……”

屋内似有人站起，她微微喜悦了一下，然而她紧接着听到那轻微的脚步声并不是迈向大门，而是朝书桌的方向走去，喜悦的眸子又黯了下来。

然后，屋内传来翻书的声音。

沉默了一下，她踮起脚尖，伸长脖子，隔着窗棂闭起一只眼，用另一只眼费力地朝里面望去，隐隐约约见到一个紫影安静地坐在书桌前。

“那个……”她收回视线，揉揉酸痛的脖子，清清嗓子，用最甜的声音开口说道，“师父，你看到我放在桌上的鸡汤了吗？是我刚刚才炖好的，比前几天好喝了很多。不骗你，真的。你喝了吗？”

轻轻的一声嗯隔着镂空纸窗传了出来。

“好喝吗？”她有些紧张，又有些期待。她在厨房忙活了半天，终于弄出一锅汤，已经没有前几天奇怪的颜色，看着还不错。

“嗯。”

“那我明天再炖给你好不好？”声音里透出一丝欢喜。

他的沉默让她雀跃的眸子黯淡下来，捏了捏袖子，她失望地低下头。不过才片刻，她又抬起头来，眸底尽是坚定，无论师父的态度如何，她还会继续煮的，直到师父不再生气。

忽然听到屋内又传来一声无情绪的“好”，她的眸倏然亮了起来，正要开口让他开门，就听到他又道：“你先下去睡吧。”

下去睡？师父果然还在生气，不让她进屋。

红艳的小嘴噘起，嘟着双颊，她不情不愿地一步步缓慢地走下台阶，一步三回头，还故意将步子踩得很响，奢望他能像从前一样在最后关头原谅她，温柔地将她抱回屋里。

可她用最慢的步伐走下台阶，屋内还是没有传来一丝动静。

她终于红了眼眶，迈开小步离开。

第一次，她忽然觉得清幽的碎石小径变得好短，才没走几步，就出了沁园。

娇小落寞的身影离开沁园后，镂空纸窗被轻缓地推开。

夜风清凉，烛火摇曳。

疏淡的树影中，她渐渐远去的背影已经看不清晰，逐渐消失在镂空的砖墙的另一边。

他望着她离去的方向，目光柔和却又幽邃，若寒潭般沉静，却又隐隐透着温柔的暖意。扶在窗沿的长指暗暗攥紧，又倏地松开。

他深吸一口气，转身，清淡的视线落在书桌上仍冒着淡淡热气的鸡汤上。

鸡汤比前几日的颜色淡了很多，已经没有奇怪的黑色，隐约能够见到炖得过火的鸡肉，一些料材放得过多，汤汁显得略微浑浊。

他看得出，这鸡汤，甚至连鸡都是她自己处理的，因为鸡肉表面坑坑洼洼，想来是她怕洗不干净，用力过猛而造成的。

他走上前，端起桌上的汤碗，慢慢地品着，将她的苦心一口口地放进心里。

汤汁味道比前几天好了一些，但除了颜色变化很大外，并没有太大的改变。他知道她向来贪吃，却不爱下厨。现在她却为了讨好他，这样委屈自己。

心头积郁的苦涩因她的用心略微淡去一些，却始终无法完全消除。

他勾起薄唇，微微一笑，而笑中却有无奈。丫头，终究不明白他。

她以为他在怪她的出言相撞，其实不是。

即使她忤逆他百次千次又如何？他还是会包容她。他只是无法忍受她为了另一个男人，一而再、再而三地向他求情，甚至将他与严曦相提并论。

她近段时间因为溪孟安而起的反应，让他极度不安，他却不敢开口询问。他幼稚地害怕她连自己都没有觉察对溪孟安的感情，而在他的提醒下会突然醒悟。

讽刺地勾起唇角，他为自己的想法感到可笑。他幽幽一叹，端起那碗剩下的鸡汤喝了下去，和衣躺在床上。

无意识地侧身，伸开手臂，却猛然想起今夜身旁没有柔软的小人儿。

看来今夜是个无眠夜，他轻叹一声，起身朝屋外走去。还是去找人喝一杯吧，不然真无法度过这漫漫长夜。

这是司空离第一次踏入城主府。曾经，独孤翊与司空霄的关系虽然剑拔弩张，但也还算有交集，而他与独孤翊的关系仅仅是颔首打个招呼那么简单而已。

本不愿踏进这里一步，却不得不因为溪孟安的计划与独孤翊有所交集。

因是私下来访，司空离身边并未带人。

独孤翊静静地品茶，心里思忖着司空离的来意。他与司空离向来没有深交，这样突然来访让独孤翊有些出乎意料。

独孤翊高耸起眉，用杯盖撇开杯中漂浮的绿茶叶片，“太子为溪孟安而来？”

“不错。”司空离呷下一口茶，直入正题，“我与溪孟安是旧识，听说你们已经联手，所以我觉得有必要来拜访一下，以后大家就都是一条船上的人了。”

“一条船？”独孤翊不屑地撇唇，“你的太子之位是靠圣忆风得来的，估计坐得不会太稳吧。”

独孤翊的言下之意分明在说：司空离若要做出对不起圣忆风的事，很有可能太子之位不保。

司空离也不见生气，笑了笑，道：“所以，凡事还要多靠城主帮忙才好。”溪孟安不会让他涉险，他并不需要插手此事。

今日他来拜访独孤翊，只因前些日子对溪孟安提及自己曾经有过一面之缘却至今难忘的女子，溪孟安说那人或许是独孤翊的义妹。

他只为一个女子而来，其他一切全是借口。

“好说。”独孤翊敛眉，覆住幽深的眸子，以及心底的盘算，他不信司空离只是来套近乎的。

司空离侧身而坐，正要开口，突然如中了魔一般，眼睛怔怔地看着门口。

绝姒穿着一袭鹅黄色的纱裙，袅袅地从远处走来，莲步轻移，如落花上翩然的蝴蝶，轻轻走进大厅。她高雅、孤傲的风采夺魂摄魄，让司空离意乱神迷。

就是她，溪孟安的消息可真是准得很。

绝姒走进来，瞥了一眼盯着她的司空离，走向独孤翊身边，微微一福，“翊哥哥。”

“这位姑娘是……”司空离虽然尽量保持镇定，但声音依旧有些激动和轻颤。

独孤翊看着司空离，若有所思地笑了，湛蓝的眸异常明亮，“这是我的义妹，从小与我一起长大，我将她当作亲妹妹一样看待。”

独孤翊对绝姒微微一笑，“这位是太子殿下，问个好吧。”

原来这是新太子。绝姒微微福身，巧笑道：“绝姒见过太子殿下。”

“免礼、免礼，在宫外没有这么多讲究。”司空离的视线自绝姒进厅后就再没从她身上移开过，他终于见识到什么是“冰肌玉骨，自清凉无汗”的肌肤了。在光线充足的屋中，她似乎熠熠生辉，美得耀眼。这就是让他魂牵梦萦的女子，今日终于得以重见。这就是缘分吧。

冷风轻拂的夜里，独孤翊与绝姒两人并肩而行，静谧无声地走在园里的碎石小径上。

“绝姒，我想你看得出来，我也就不绕弯了。”独孤翊打破沉默许久的气氛，“太子喜欢你。”

绝姒没有惊讶，只是心底的不安越发明显。

独孤翊故意朝绝姒眨眨眼，调侃道：“他的眼睛可是从你出现就一直盯着你没放开过，你有什么不好意思的。”

绝姒不安地绞动着手中的绢帕，“翊哥哥，不要说了，如今我不想考虑这些问题。”

独孤翊像个疼爱妹妹的兄长，大掌拍拍绝姒的肩头，语重心长道：“你要为了一个几乎已经废了的人而荒废你的一生吗？你觉得值得吗？”

“翊哥哥……”她已经很少再想起司空霄，但并不代表她想要开始另外一段感情。

“司空离是太子，虽然我跟他没有深交过，但我知道他人不坏。”独孤翊望着绝姒，故意忽略掉她的欲言又止，“他若喜欢上你，以你是城主妹妹的身份，他会娶你为太子妃，以后更是会疼你、宠你，将来他登上皇位，你就是皇后。这样的机会，多少人盼都盼不来。”

绝姒忽然觉得浑身冰凉，冷得彻骨。

她望着独孤翊眼中的坚定，忽然明白，这不仅仅是劝说，更像是一种变相的威胁。尽管如此，她还是坚持自己的想法，“翊哥哥，我现在真的不想考虑这些，皇宫不适合我。”

独孤翊深深地看了她一眼，继续朝前走去，“告诉你实话吧，父皇现在对我相当不满，对我除了愧疚，已经没有以前的器重。每回进宫，看到曾经对自己阿谀奉承的人现在却冷眼相看，我都尽量克制，告诉自己不要在意，但还是觉得心寒。今天，太子好不容易亲自登门，我很珍惜这个得来不易的机会。”独孤翊仰首望月，无限感叹，“如果你能嫁给太子，对你、对我，都是好的。”独孤翊俯首，望着沉默不语的绝姒，“你明白吗？”

绝姒别开头，不去看独孤翊投来的视线。她勾唇，唇角的苦笑中带着难以言语的忧郁与心痛。

翊哥哥明知道她根本就不适合皇宫，现在却要让她嫁给只有一面之缘的太子，他难道不知道这比要她的命还要让她痛苦吗？

独孤翊停住脚步，双手覆在绝姒肩头，向来冷傲的眉宇间露出祈求与疲倦，“绝姒，帮哥一次，好吗？我不是逼你。”独孤翊若有若无地叹了口气，黑眸却在绝姒埋下的头顶若有所思地眯起，神态与语气中的恳求丝毫不相称，“我只是看司空离适合你，而你也会有个好归宿，毕竟这样的两全其美，是可遇不可求的。”

两全其美？绝姒在心底苦笑，对她来说是进退两难。

一入宫门深似海。将来后宫三千粉黛，她要如何在其中周旋？

最了解她的翊哥哥，竟然说出这样的话，真的让她心寒。

只是，他的请求，叫她如何不答应？

何况，她曾经背叛过他。欠他的，总是要还的。

她抬眸，“我答应你就是。”

清晨的薄雾犹未散去，阳光透过云层，洒下朦胧的光亮，逐去无尽黑暗。

散发着淡淡清香的竹林深处，种着四棵高大的树木，树木周围飞花青柳交织，在飞花绿树中间，圈起一小块清幽的桃花源，在这仿若仙境的地方悄然坐落着一间精致的木屋。

在木屋中，众人一直认为被圣忆风所藏的溪孟安倚躺在软榻之上，双膝交叠轻放，手捧一册书，发着呆，处处彰显着轻松自在，没有丝毫被困的烦恼，只是眸子略显蒙眬，也不知道在想些什么。

睫毛轻颤，素指微扬，他翻过一页纸，顿了顿，再翻过一页，目光在纸张上流连，上面的字符却一点也没有填进脑子。他只是单纯地盯着，甚至魂游天际，想着那张一直困扰着他的甜美而真诚的笑靥，而后蹙眉，将书册放于身边。

他侧首透过敞开的竹窗望着园里的景色，风吹拂着他的发，吹散他身上因长久服药而散发出的药香，混着外面飘来的花香，更加浓郁，熏染着整个屋子，颇有一种让人目眩神迷的感觉。

窗外传来轻啸而过的风声以及竹窗轻晃的咯吱声。

一道娇小的黑色身影稳稳立于屋内，单膝跪地，“主子，我在圣忆风每日的汤中都按主子的吩咐放了解乌兰，他已经接连服用十数日。”

“很好。”

影儿的眼睫又垂下一分，“绝舞目前以为主子在圣忆风手中，想尽办法要救尹昭和主子。”

影儿沉静的声音所阐述的事实让溪孟安的手指微微颤动。扬起的睫毛下黑眸如水，他迅速看了一眼低垂着头的影儿，再度恢复平静。

影儿继续陈述着绝舞与圣忆风关系的变化，溪孟安的眸底不可抑止地慢慢漾出笑意。

“这、很好。”那姑娘还真是个直憨的性子，为了他这个才认识不久的人，就能做到这种地步。

他轻咳一声，强迫自己不再想她，“尹昭目前怎么样？”

“被圣忆风关在尘家庄的地牢，听绝舞说，情况很糟。”

影儿的话，溪孟安丝毫不意外，他知道圣忆风若是抓了尹昭，定会严刑逼供，只要能套出他在何处，圣忆风会用任何方法。

“尹蓉目前在尘家庄。”

果然啊，尹昭不会因严刑拷打就屈服，圣忆风还用尹蓉威胁他。只是，有舞儿在，圣忆风真的能用尹蓉威胁到尹昭吗？呵，恐怕没那么简单吧。

一物降一物。这世上，只有绝舞能制得住圣忆风，也只有绝舞能让心思缜密的圣忆风放下所有戒备。

他现在每日想起绝舞的时间似乎越来越多了。

啪的一声，放于榻边的书被他不经意地拂到地上，也惊醒了神游的他。

起初，他本想用追忆绸庄引起圣忆风的注意，而后利用独孤翊与绝姒，还有严曦，共同对付圣忆风，却不料上天给他送来了绝舞，而且得来毫不费工夫。

如今，他只是利用影儿对绝舞稍作劝说，加上自己演了一出毫无破绽的苦情戏，就让绝舞同情心泛滥，偏向了他。

这比原先计划的轻松了很多。

溪孟安垂眸，望着自己略显苍白的手，从一开始的诱惑，就已经注定了最后的结局，所有的感情都是掌握在这双苍白的手中的一场游戏而已。他没有爱上她，也绝对不会爱上她！

黑眸轻抬，他支起身，双脚落于地面，接触到冰凉的地板，然后一用力，盈盈站起，目光如星，死死盯着面前单膝跪地的影儿。

脚，没事。

传说中被圣忆风挑断的脚筋，也没事。

黑发在他身后随着他的动作荡漾开来，红唇上的那抹笑痕衬着他宛如月下百合般的衣袍，有着凌波仙子般的柔弱、秀美，只是在这柔弱的风姿中，却蕴藏着无人能知的阴狠，以及潜藏在内心深处的浴血仇恨。

圣忆风，他一定要让他死，就是同归于尽也在所不惜。

为了这一天，他将目睹亲人惨死、母亲在他面前上吊的痛掩埋于心底，忍受了无数的嘲笑，熬过无数个沁血噬骨的夜……

在十多年的摸爬滚打和痛苦煎熬后，他终于等到了这一天，就是死，他也不能放弃！

第三十三章
聪明反被误

天初白，晨晓的池畔弥漫着蒙蒙轻雾，清晨的几丝凉意在池畔穿梭、氤氲。

微风带起池上的阵阵清香，缓缓飘进不远处的屋里。

绝舞蒙眬着双眼，在沁凉的空气中，坐在窗边，无神地望着园中并不熟悉的景色。

她与师父已经分开好几日。她夜夜难眠，天没完全亮就已经醒来，再也无眠。然而每日见到师父，他还是那样丰神清俊，丝毫不见难眠的迹象。难道只有她一人在苦恼吗？

忽然，一声低低的轻唤传来，如轻风拂花般轻柔，让绝舞瞬间就想到了尹蓉——尹昭的妹妹。果不其然，绝舞垂眸望去，看到不远处摸着墙走来的尹蓉。

尹蓉的眼睛看不见，一小步一小步地摸着墙移动，眼看就要踩到面前的一块石头。绝舞急忙跳出窗，用轻功瞬间移到尹蓉面前，扶住孱弱的身躯。

“尹蓉姑娘，你怎么起这么早？”

尹蓉蒙着雾般的眸子循着声音转向绝舞，如花的唇勾起柔柔浅笑，“舞姐姐，你比我大，叫我蓉儿就好。我睡不着，一入睡就会做噩梦，梦到哥哥会出事。”尹蓉抓起绝舞的手。

绝舞发觉她的手心尽是冷汗，只能安慰她，故意装出轻松的声音，“放心吧，你在这里好好休息。你若病了，尹昭大哥才会担心、才会出事呢。”

绝舞的双手被尹蓉紧紧地握在手里，她垂眸望着那纤白的手，细嫩光滑，显然是被尹昭保护得很好。她突然觉得尹蓉看不见或许是件好事，这样单纯的姑娘，若要看到尹昭大哥满身鲜血地被困于地牢中，该会晕过去吧？

眼睛看不见，所以尹蓉的听觉和感觉异常灵敏，她察觉到绝舞沉默的异样，轻轻唤着：“舞姐姐，怎么了？”

“没！”虽然尹蓉看不见，绝舞还是漾开甜美的笑，“走，先去屋里坐着，清晨太凉，你连件衣服都没添，着凉怎么办？”

尹蓉被绝舞扶着走进屋里坐下，但双手仍握着绝舞的手不放，“舞姐姐，不是说让我‘看看’哥哥的吗？为什么不让我去了？”

不让尹蓉见尹昭，是尹昭大哥的意思，尹昭大哥怕尹蓉摸到他身上的血迹会担心。可是，她要怎么跟尹蓉说？

“我先帮你倒杯热茶，暖暖身子。”绝舞挣脱开尹蓉，逃避般地走到桌前倒茶，“尹昭大哥前段时间受了点小伤，所以在那里调养，过段时间身子好了，你就可以看他了。”

“受伤？哥哥为什么会受伤？！”尹蓉激动地站起来，朝绝舞摸着走去，不料却被椅子绊倒，摔倒在地上。

绝舞急忙过去扶起她，“你不要乱跑啊。尹昭大哥没事，只是胳膊受了点小伤，过两三天就好了。你知道的，练武的人都很容易受伤啊，都是家常便饭的，我也是！”

“真的吗？”尹蓉依旧不放心，想起前几日听到的那个男人的话，她就有一种不安的感觉。

“嗯，我发誓！过几天，一定让你见他！”这么楚楚可怜的小妹妹，她实在不忍心让她担惊受怕，她要再去地牢一次，找个丫鬟清理好尹昭大哥的伤，这样蓉儿就不会摸到血迹了。问题是，尹昭大哥再也不能有新伤了。

“嗯，我相信舞姐姐。”尹蓉放心地笑了，笑容里尽是对绝舞的信任。

“那个……”尹蓉的笑容渐渐转淡，脸颊上浮现出一抹可疑的红晕，“舞姐姐，那天那个人，你也认识，对不对？”

师父吗？她当然认识。绝舞疑惑地偏首望着红着脸的尹蓉，“嗯。”

“那……你带我去见他，好不好？”尹蓉蒙眬的视线转向绝舞。

一种女儿家特有的娇羞出现在尹蓉的脸上。绝舞深感不妙，尹蓉不会对师父……

“见他做什么？”

“我想谢谢他。”尹蓉缓缓垂下头，双手不安地绞动着手中的绢帕。

“谢他？”绝舞蹙眉，师父做了什么需要尹蓉感谢？她忍不住再次问道：“你说的……是那天邀请你到尘家庄做客的人？”

尹蓉偏着脑袋，想了想，不禁啊了一声，“不是啦，不是他。虽然他的声音很好听，听起来也很温柔，可我感觉好害怕……”

“你说的不会是高大哥吧？”

“他说他叫高轩叶，让我叫他高大哥。”尹蓉点点头，“那……应该就是他了。”

绝舞咽咽口水，看到尹蓉雀跃的笑靥，不忍告诉她高轩叶早已经被冷沉香吃得死死的，“也好，他可是咱龙月国的第一神医，说不准能治好你的眼睛呢。”

刚好她也要去找高大哥，既然不能与师父说溪孟安的事，她总能求高大哥的，不是吗？

尹蓉激动得双手颤抖，蒙昽的眸子一下子显得亮了很多，“真的吗？我的眼睛能治好？”

“先别太高兴，我也不能保证，高大哥诊断过后才知道。”绝舞不敢给她太多的希望，听说她的眼睛是从小脑袋磕在石头上后，就再没看见过，“试一试总是好的！”

刚被冷沉香缠着在集市上逛了一圈回到尘家庄的高轩叶，才迈进大门没几步，就看到了他最近几日最怕见到的绝舞，而且她还身边带着尹蓉。他完全不用思考，就知道两人找他所为何事。

轻叹一声，高轩叶勾起惯常的笑容，“绝舞姑娘、尹蓉姑娘。”

绝舞嘻嘻一笑，将躲在她身后有点发抖的尹蓉拉到高轩叶面前，“喏，蓉儿要见你。”

高轩叶有些诧异，本以为绝舞是拽着尹蓉来向他求情要见尹昭，没料到却是来找他。

他转向尹蓉，温柔地开口，“尹蓉姑娘，找在下何事？”

“那、那个……那、那个，高大哥，叫我蓉儿就好……”尹蓉不住地绞动小手，颤抖得说不出完整的话。

高轩叶被眼前紧张的小人儿逗笑，“好，那蓉儿找我有什么事？”

绝舞见尹蓉支支吾吾半天，伸手握住尹蓉颤抖的小手，对高轩叶道：“蓉儿想要感谢你那日让她进去见尹昭大哥。”绝舞故意将话说得很酸，毕竟高轩叶让尹蓉进去并不是为了解尹蓉的相思之苦，而是为了威胁尹昭，“还有，我想让高大哥看看能不能治好蓉儿的眼睛。”

“这……”高轩叶面有难色，毕竟尹蓉是少主“软禁”在尘家庄用来威胁尹昭的人，并不是真的来做客的，现在绝舞让他给尹蓉看病，这恐怕要事先请示少主才行。

"犹豫什么？"绝舞望着高轩叶若有所思的模样，明了了几分，"你是在担心师父？"

高轩叶闻言，抛给她无奈的一笑。

"不、不用的。"见高轩叶为难，尹蓉贴心地忙道，"没事的，我不用医治，没关系，从小就这样，我都习惯了。舞姐姐，你不要为难高大哥了。"

绝舞听到尹蓉为高轩叶担心，扑哧一声笑出来，"蓉儿这句话倒是说得很流利啊。"

"舞姐姐！"尹蓉的脸瞬间红得像颗番茄。

高轩叶终于在绝舞的挤眉弄眼中瞧出些端倪，轻咳一声，"绝舞姑娘，你先将尹蓉姑娘送回去，我在此处等着，你应该有话要跟我说。"

匆匆将尹蓉送了回去，绝舞连休息喝口水的时间都不愿浪费地回头去找高轩叶。

"高大哥，既然你看出我想要做什么，我就不拐弯抹角了。"她双手放于身体两侧，支在石桌上，习惯性地偏起脑袋望着高轩叶，"我不好再去为溪孟安和尹昭的事求师父，你不要再对尹昭大哥严刑逼供了，好不好？让蓉儿去看看她哥哥吧。"

高轩叶反倒笑了，"严刑逼供对尹昭来说是没用的，那日后，我就再没对他用过刑。"

她的眼睛亮了起来。既然这样，这么多天过去，她再为尹昭大哥敷些药，伤口应该会好得很快吧？这样也方便蓉儿去和他见面。

高轩叶看着她亮晶晶的眼睛，沉默片刻，还是淡淡地开口，"不要想无用的事，没有少主的同意，我是不可能让她进去的。"

离都郊区有一条隐秘的窄路，路边有一片繁盛的密林，密林里有一个并不高的山坡，山坡上种着鲜艳的花朵。这种花在南城的郊区很常见，四季馥郁，起风的时候，花瓣漫天飞舞。山坡被茂盛的植物密密麻麻地覆盖，密叶中，隐约能看到有个一人高的洞口。

晌午的太阳闪烁着让人发晕的光芒，透过密林洒下的零星光斑随着轻风在树下人儿的脸上摇曳。绝舞站在洞口前，足足发了一刻钟的呆，脸上面无表情。她一直在想影儿的那番话，而那番话也是她来此处的原因。

今天清晨，影儿红着眼睛来找她，让她去救溪孟安。经过她的追问，影儿告诉她，今天清晨在经过大厅外时无意间听到师父与高大哥的谈话，提到溪孟安被关在哪里。

那些话到现在还盘旋在她的脑中。虽然她到了此处，可路上直觉哪里奇怪。师父心思那么缜密，又怕她救溪孟安，怎会在大厅那种地方跟高大哥谈及溪孟安，而且连关在哪里都说了出来？再者，影儿不会武功，在大厅外偷听师父说话，无论是呼吸，还是脚步，都不可能躲过师父的耳朵。

疑点实在太多，她来不及细想，决定还是先进洞看看。

忽而，风起，吹来一阵淡淡的香气，是一种不同于花香，又让她有点熟悉的味道，混杂在花香之中。

轻轻拨开遮掩洞口的绿色植物，沾着泥土和芬芳花瓣的小脚悄悄踏进岩洞。洞外经过密林遮掩的柔和阳光在她绯色的绸衫边缘镶了一层淡淡的暖黄色金边，映照出纤细娇小的剪影。

她走进黑暗中，宛如小动物般谨慎，每一步都提高警觉，走得小心翼翼。

气味愈来愈浓。

洞内阴暗凉爽，内侧土壁摸起来凹凸不平，地面却平整光滑。她摸着土壁一步步前移。走了十多步后，双眼才适应洞内的幽暗，也逐渐看到洞里面的一块大石板上躺着一个白色的人影。

心陡然一跳，她加快步伐走过去。白影侧躺在大石板上，一动也不动，连呼吸的起伏都浅得令人难以觉察。

她走到大石板前，那股熟悉的香味愈来愈浓，似乎笼在白衣人四周。直到微有晕眩的感觉，她才猛然想起那日在月湖上，师父对她用的迷香似乎也是这个味道。

真的是师父？

因为迷香，所以溪孟安才昏迷不醒？

她急忙屏息，用内力将迷香阻隔于鼻外，从腰间掏出一个药瓶。服下一颗药丸，她又取出一颗，将石板上的人抱在怀里，强迫他服下一颗。

她轻轻地将溪孟安放下，在一旁盘腿而坐，静静等待昏迷的人转醒。

过了许久，一阵细微的呻吟声响起，她急忙起身，俯身在他身边，“醒了吗？”

幽幽地，缓缓地，溪孟安在黑暗中睁开眼，“是谁……”许是太久没有说话，他的声音听起来有些沙哑。

听到他的声音，她欣喜地勾唇，“是我。”

突然，溪孟安安静下来，连呼吸都变得更加清浅，当她以为他又昏迷过去时，他慢慢开口，语气中有着抑制不住的激动和颤抖，“真的……是你？”

“是我。”她感觉到他艰难地伸出手，在黑暗中摸索着，然后，一只冰凉的手覆在她的手背上，颤抖得如秋风落叶。

“你居然找到我了……”他轻轻地松了一口气，似乎心里满满的不安因她的到来立刻变得荡然无存。

他的虚弱让她担心起来。她伸手摸摸他的额头，发觉没有发烧的迹象。忽而想起地牢中的尹昭，她想要伸手摸摸他身上是否有伤，又觉得不妥，只得急忙开口询问："你身上有伤吗？"

"伤？没有……"他虚弱地轻咳着，咳嗽声在空旷的洞内阵阵回响，好像是一个病弱的孩子，极度需要别人的照顾，"只是经过严曦那掌……就被掳来这里，身体还没……痊愈罢了……"

她短暂沉默后问："是我师父做的？"

溪孟安抬眸，在黑暗中看不清她的眼神。他轻咳两声，微微一叹，"他只是以为我要复仇，其实，也没做什么……"

见溪孟安已经成了这样，居然还为师父辩解，她心里一阵怪异：究竟是什么人被人误解成这样，还能为对方着想?

她深吸一口气，决定还是先出了这里再说，"我们先出去，我扶你。"

她双手扶着他的双肩，想要将他扶起。才刚刚离开石板一寸，他单薄的身子又重新跌回石板上。他发出一声轻吟，"你……自己走吧，我出不去的。"

她双手一颤，"为什么？"

她没有等来他的回答，而是感到他温热的呼吸拂过她的耳畔。她急忙退开，听到他低柔而虚弱的声音唤着她的名字，"舞儿。"

"嗯？"她讷讷地收回放在他双肩上的手。

本来觉得去扶他起来并没有什么，就如同扶起跌坐在地上的影儿或者绊倒的蓉儿一样，但他仿若含着无限深情的轻唤，让她心里不禁有些抵触。忽然间觉得，她对溪孟安不能再如此没有顾忌。这样不仅师父会误会，连溪孟安都会误会。

"舞儿……"他的手在黑暗中拉住她正欲收回的一只手，握在手中，拇指轻轻摩挲着她柔滑的手背。

她一惊，想要收回，谁料那只原本应该无力的手却在瞬间似乎有了无尽的力量。猛然间，一股力量将她拽进他怀里，她的脸颊撞在他胸口的一刹那，幽暗的洞内霎时间光火通明。

突来的亮光让她反射性地闭上眼。猝不及防地回身，她僵在一道淡如清风却蕴含怒意的熟悉声音中，"你们，这是在做什么？"

她用手挡住光，顿时怔住，放下手，缓缓睁开眼。洞内站着两排人，举着火把，一抹修长的身躯背光而立，看不清表情。

她有半晌无法回神，怔怔地垂下头，望着面前银色的足靴。余光扫到仍旧被溪孟安握在手心里的手，她的手似是被蝎子蜇了一般猛地抽回。

这一瞬间，她仿若才反应过来发生了什么，猝然抬眸，撞进一双平静却幽深若寒潭的凤眸。

冰河似是裂开了一条缝。圣忆风袖袍内的十指紧紧地攥成拳，青筋隐隐。

“师父……”她起身，小手想要握住他颤抖的拳，却因他的话停住。

“现在不要碰我。”他的声音宛如从冰海中游荡而来，可以冷到凝结成冰块。

溪孟安躺在石板上，勾唇对圣忆风微笑，那笑说不出的诡异，不是胆怯，不是害怕，更不是友善，而是挑衅，一种明目张胆的示威。

修长挺拔的身躯越过绝舞朝溪孟安走去，衣料摩擦的声音在沉寂的洞内尤为清晰，力道虽轻微，但碰触到绝舞肩膀时，还是让她朝一旁踉跄了几步。

他站在溪孟安眼前，垂眸扫视了一眼石板上看似了无生气的人，眸光冷沉如海，优美的薄唇漾开魅惑的弧度，脸上却无任何笑意，“溪公子这是打算永远躺着不站起来吗？”

溪孟安双手撑着石板，费力地缓缓起身，脸色苍白如纸，仿若这一动作耗尽了他全部的力气，连略微带紫的唇都轻微颤抖着。

待坐稳身子后，他靠在身后冰凉的墙壁上，不住地喘着气，伸手捂住胸口，轻咳了两声，长长的睫毛垂下，有些颤抖，“圣少主这是什么意思？”

洞外的风带着花香吹进来，吹拂起圣忆风身后过腰的墨发，发丝微乱，却怎么也撩不动他的眼波。他俊美的容颜上笼着笑意，与看似病弱的溪孟安形成了鲜明的对比，仿若神祇般高高在上，“我想，溪公子很清楚。需要我的帮忙？”银靴往前迈了一步，一只修长如玉的手朝溪孟安伸去。

绝舞大气不敢喘一下地看着那只伸出去的手，心怦怦直跳。

“少主。”高轩叶大步走过去，急忙制止圣忆风。他若不制止，真不敢想象那只伸出去的手接下来会做什么。就算要杀，也不能在绝舞姑娘对溪孟安所有的事完全不清楚的情况下动手。这样只会恶化两人的关系。

高轩叶凑在圣忆风耳边，轻声道：“少主，绝舞姑娘在。”

宛如艺术品的手僵住，缓缓收回。他轻垂长睫，再抬起，眸中已是一片平静。他侧首望向身旁满脸不安的绝舞，眼底闪过一丝复杂的情感，随即淡然转身，衣袍上的一片花瓣飘然落地。

他没再看她，朝洞外走去，“你若想留在此处陪他，请便。”

他的话让她委屈得红了眼睛，好像她是个水性杨花的女人。她只是可怜溪孟安而已。

看着快要消失在洞口的身影，她看都没看一眼石板上的溪孟安，急忙旋身跟上去。

溪孟安静静地靠在墙上，蒙眬的眼睛逐渐变得清明，深邃的视线看着那抹娇小的身影随着圣忆风消失在洞口，掩盖在白色袖袍下的双拳紧紧地攥着。

待洞内的人全部离去，溪孟安双脚落地，盈盈站起，望着洞口，冷冷地道："出来。"

一抹绿色的娇小身影从洞口慢慢走进来，动作不似往日利落，有些迟疑。

影儿站在溪孟安面前，单膝跪地，垂首静默不语。

"圣忆风怎么会突然出现？"他冷冷地望着地上的影儿，"说话。"

"是属下故意泄露的。"影儿抿唇，"属下以为圣忆风若来此，绝舞姑娘会更坚信是圣忆风囚禁了主子……"

向来镇定的影儿，说话的声音如此底气不足，让溪孟安不得不怀疑。

"站起来。"

影儿刚站起，脖子便被一只冰冷的手覆住，她身体一震，"主子。"

他微用力，用拇指和食指掐住她的下颌，强迫她抬头看着他，"这些年我看重你，是因为你听话，懂得进退，不要让我觉得后悔。"

她看着他眸中的冰冷，将酸涩咽回肚中，"是。"

纤白的手掌放开颤抖的脖颈，溪孟安看着她，眼神变得柔和，"听话就好。"

圣忆风与绝舞两人先后走进尘家庄，众人只见前面那位面笼寒烟，身后跟着一个可怜巴巴的小人儿。

绝舞小跑着跟着圣忆风进了沁园，才踏进屋内，抬眸便看到他猛然转身朝她压过来。她心虚得气都不敢喘，双手乖乖地背在身后，垂下头，悄悄地看到他的双臂朝她伸来，而后听到身后的吱呀关门声。他将她禁锢在门板与他之间，动作从容，没有盛怒之下该有的粗鲁，然而，萦绕在她鼻端愈来愈浓郁的香气泄露了他的怒气。

温热的指曲起，划过她的眉梢、眼角，沿着她粉嫩的脸颊滑下，抬起她死死低垂的下颌。

"丫头，你太没自觉性了。"

她被迫抬起颤抖的睫毛，看到他唇角的笑，那浅浅的笑靥飘忽而缥缈，仿佛下一瞬间便会化为乌有，又仿佛下一瞬间就会变得幽深莫测。

她背在身后的手紧紧抵着门板，一种预感在心底慢慢成形——

这次的误会，或许并不是坏事。

起码，师父愿意与她说话，而不是像前几日那样躲着她。

她伸出背在身后的手，抓住在她脸颊上摸索的手指，“洞里很黑。”

“嗯？”他望着她略显紧张却依旧装着镇定的模样。

“所以我看不太清。”她咽了咽口水，慢吞吞地说。

“所以呢？”他回握住她的小手，微微垂睫，视线落在她微阖的菱唇上，语气波澜不兴，“你想说，你看不到，所以不知道你是扑进他怀里，还是撞墙上了？”

“是他拽我的，真的。我也不晓得他突然间怎么变得那么有力。”

他的一只大掌轻易地握住她的两只细腕，将其固定在她身后，咽下暗叹，望着她的唇，似是说给自己听，“你怎么能让他碰你呢？”

他的声音很小，亦很轻，似是叹息，却清晰地传到了她的耳中。

他垂眸望着她，深邃的眼眸里跳动着不知名的火焰，似有干燥的木柴在离得很近的地方毕毕剥剥地燃着。

他俯首，吻住她。

他的唇温热而柔软，带着他身上独特的香味，仿佛最好的蜜糖，在她的唇齿间萦绕。她微眯起眸，悄悄地瞧着他，虽然两人早已熟悉彼此的身体，但他的吻还是会像初次那般让她心跳加速，心脏几乎爆炸。

双手被他固定在身后，无法习惯性地环住他，她只能无法控制地将身体迎向他。他的薄唇含着她的唇瓣，婉转低吟，吻得愈来愈深，舌尖卷曲，逗引着她的小舌，纠缠吸吮，从柔软的内壁一直到皓白的齿，她口中的热度让他感觉自己也烧了起来。他另一只本托着她下颌的手逐渐下移，环住她的腰身，另一只手也松开她的双手，托住她的翘臀，轻微用力，将她向上一托。她用双腿环住他的腰，他的身体朝她压过去，将她抵在冰凉的门板上，与他的身体贴合。

他俯首恣意地吻着她，墨发从肩膀流泻而下，垂到她酡红的脸颊上。黑发衬着他如玉的脸颊，别有一股魅惑的意味，让她的心摆荡得更加厉害。微启凤眸，他望着双颊绯红而迷乱的她。她的眸子没有闭上，他能完全清楚地看到她为他动情。在视线交汇的时候，宛如迷障的情欲如网、如布，紧紧地将他们包裹其中。

修长的指熟稔地找到系于她腰间的绳结，指尖宛转勾挑，她外面的红裳松松敞开，修长的手指以磨人的速度缓慢爬进她的中衣……

“少主，有事禀报。”高轩叶的声音突兀地在门板后响起，吓得她紧紧攥住他的衣领，在他的脸颊边大口地喘息。

浓浓的不悦瞬间爬上他的眉间，他的声音略带沙哑，“晚点儿再说。”

“事情紧急。”

“师父，放我下来。”她不敢看他，将脸埋在他的颈窝，方才的激吻让她的脑袋更加昏昏沉沉。中衣已滑下肩头，露出一方雪白的香肩，神智愈加迷乱。

他勾起薄唇，眯起眸子望着她，“让他等着。”

“师父——”她娇羞地垂头躲开他的吻，粉拳捶着他的肩。

他轻咬她红润的唇，轻笑逸出唇角，魅惑的嗓音同时萦绕在门里门外的两人耳边。

高轩叶无奈地叹了一口气，“少主，是溪孟安的事。”

他伸手拉好滑下她肩头的中衣，为她系好绳结、整理好后，才走出房间。

“跟踪到了？”

高轩叶摇摇头，“本打算待他放松警惕再一跟到底的，谁知，那影儿进去后，两人就没再出来。后来发现那山洞里有密道，两人应是从另一端离开了。”

“看来影儿的确是溪孟安派来的。”圣忆风寒了眸子，“只有五天的时间，一定要找到他。”

“是。”

绝舞在屋内将耳朵紧紧地趴在门上，将两人的对话一字不漏地听了进去。

原来影儿真是溪孟安专门派来安插在尘家庄的眼线，这样一来，她之前怀疑的那些事情也就都想通了。没想到溪孟安竟然在最初接触她时，就已经算计好了一切，甚至不惜与严曦联手，被打成重伤，心机这样深，他果然是有目的而来的。

既然这样，之前说的什么不想报仇，也都是他为了欺骗她而故意编造的谎言。

她紧紧地抿着唇，已分不清心底是什么滋味。

有着被人欺骗的愤怒，却也同时狠狠地松了一口气。

突然，屋外高轩叶的声音又响了起来，“绝舞姑娘想让属下医治尹昭妹妹的眼睛。”

“她若想，你就去医。否则，这丫头又要跟我闹别扭了。”

“是。”

“舞姐姐，我的眼睛真的可以治好吗？”尹蓉的眼睛上蒙着厚厚的纱布，不安地坐在床上，双手紧紧握住绝舞的手，无论是语气，还是动作，处处都显示着她的紧张。

绝舞拍拍尹蓉的手背，语气颇为轻松，“放心，高大哥已经为你治疗了，再持续服药一个月就会好的。既然高大哥说你能看到，你就一定能看到。”

“高大哥真的说了我能看到？”听到绝舞提及高轩叶，尹蓉的脸颊微微发热。

“是啊。”

尹蓉微微垂下柳眉，抿唇轻问：“舞姐姐，高大哥长什么样？”

绝舞乌黑圆亮的星眸瞅着尹蓉，虽知她看不到，还是俏皮地眨眨眼，“那蓉儿觉得高大哥应该长什么样？”

“嗯……应该高高的、瘦瘦的，看起来很文雅，因为高大哥身上有一股很好闻的竹香呢，说话时也很沉稳。”尹蓉偏首，小脑袋里开始描绘高轩叶的形象。

绝舞笑笑，“差不多。”

一双粉色的绣花鞋出现在绝舞的视线中。绝舞抬眸，看到身旁笑眯眯的影儿，“咦，影儿！”

影儿笑呵呵地将托盘中的粥端过来，“我看蓉儿生病了，所以下厨煮了些粥来。”

尹蓉微微一笑，“谢谢影儿。”这些天，绝舞不在的时候，都是影儿来陪她。她与影儿也熟悉了不少，而且两人年纪相仿，很容易说到一起。

绝舞拿一双水亮亮的眼瞅着两人，拉着影儿在床边坐下，笑得促狭，“你们两个刚好能做个伴，这样我就放心啦，蓉儿也不会寂寞。我先出去了哦，你们聊。”

午后，一场薄雨缓降，朦胧了所有池水，冷雾、轻雨交织成一片。片片落叶与花瓣漂浮在池面，远远看去，宛如一叶叶扁舟在水面上悠游飘荡。

雨水滴在八角亭上，发出叮咚的轻响。绝舞坐在亭内石栏上，双腿挂在空中，轻轻摇晃。

她的发丝半干半湿，衣裙的下摆全被雨水打湿，冰冰凉凉地贴在她的肌肤上，虽然气温并不低，但还是觉得很冰。

她抹去自已脸上的湿气，垂眸望着湿掉的裙摆，无奈地叹了口气。

她与溪孟安的初次见面是因为影儿；后来跑去与溪孟安见面，也是因为影儿说喜欢溪孟安；再后来，在追忆园见到严曦强迫溪孟安，还是因为影儿说要去找溪孟安；就连这次去山洞寻溪孟安，她也是由影儿口中得到的消息，而师父根本就没有囚禁溪孟安，更不可能与高大哥在大厅商讨什么事还被影儿听到。

影儿的疑点这么多，她竟然没有仔细去想过这中间的关系。她细细地想着，自我厌恶地将手中的石子用力抛到不远处的湖面，激起一阵阵水花。

她不能打草惊蛇。既然影儿有问题，她若是跟踪影儿，一定能知道些什么。

夜静悄悄地到来，整座城顷刻间披上缤纷的彩灯，酒楼、客栈热闹纷呈。

在狭窄无人的小巷中，一抹黑影迅速跃出客栈的窗棂。紧接着，另一抹娇小的身影跟着掠出，踩着如猫般轻巧的步伐，与夜色融为一体，乍看之下，形似风，影似魂。

后面的黑影隔着安全的距离追逐着前面的黑影，直到郊外的竹林。两个黑影接连进入竹林，悄然无声。

突然，后面那抹娇小的身影停于一棵树下，轻巧地一跃而起，落于繁茂的树枝上，用树叶掩去自己的身影。风起，树摇，可身影却站得极稳，仿佛与树枝已融为一体。

月光洒在她的脸上，映照出一张娇嫩的脸，亮晶晶的眼睛闪着着慧黠的光，定定地注视着突然停下的那抹黑影。

黑暗的竹林飘洒着阴沉的气息，夜风吹起阵阵簌簌声，更显得阴森，让人战栗。

隔着层层树枝的前方，那抹黑影背对着她，忽然开口，“出来。”

她一震，手紧紧攀住树枝，一动未动。

影儿发现她了？不可能！

她的身手相当敏捷，而且隔着这么远的距离，她应当不会发现她。

她立于树上，决定按兵不动。

前面那抹黑影侧首，看着右方，“出来。”

她盯着影儿的背影，忽然百感交集。那样冰冷的声音甚至比独孤翊最可怕的时候还要让人害怕，那真的是那个被她救了的可爱女孩儿吗？

她提气，正欲飞下树，前方右侧突然传来窸窸窣窣的声音，而后，一个颤抖的身影缓缓地从树丛后爬出，跌跌撞撞地爬到影儿脚下。

“对、对不起……我不是故意进来的……”因为距离比较远，她竖起耳朵，用千里闻音听到那人哆嗦的声音，听来像是五六旬的老人。

“莹姑娘，我一不小心走错了路，我什么都不知道，真的，你放过我吧。”又传来窸窣的声音，那人似乎朝影儿爬过去一些，“求求你，我还有一个孙女要养，求求、求求你。”

蓦地，声音戛然而止，一道血红在月光下喷洒而出，划起一道血弧。

绝舞反射性地用手捂住嘴，生怕发出声音。她不敢置信地睁大眼睛，看着远处那五六旬的老人趴在地上，一动不动。

前方笔直立于月色中的黑影收起刀，没有丝毫停留，迈开步伐，继续朝竹林深处走去。

她紧抿唇瓣，轻轻一跃，眨眼间便消失在树枝间。

然而跟着跟着，不远处的身影陡然消失，毫无踪迹。

她急忙飞跃上树枝，挡住自己的身躯，同时四处观望，搜寻影儿的身影。半晌过后，仍然毫无所获。

她气恼地在树枝上坐下，望着前方的几棵参天大树发呆。要命！她居然把人跟丢了，难道这里跟迦隐一样，四周有阵法？

夜很静，竹林悄然无声，只有一股淡淡的气味从不远处逐渐飘过来。觉察到不对劲的她急忙屏息，转身轻巧地沿着原路跃出竹林，不发出一丝声响。

离开竹林后不久，方才在竹林中吸入的淡淡的气味让她的头有些发晕，在兜里掏出药瓶后，她才发觉最后一颗药已经在山洞里给了溪孟安。她暗咒一声，来不及回尘家庄，就近找到一家药铺，买了些解药，自己服下。

她转身正欲放下茶杯走出药铺，被药铺里等待看诊的人的闲言闲语吸引，停下了脚步，在一旁坐下，假装喝茶，倾耳听起来。

“听说新任太子要成亲了，你们谁知道是哪个大人的女儿？”

“太子要成亲了？”一个激动的声音传来，好似要成亲的人是他一样，“唉，不用想都知道是个大家闺秀，这还用问？”

“错！”刚抓完药的一个青年听到他们的私语，走上前，一个字否定了他们的结论。

“不是？那你知道是谁？”

“当然。”那青年在一旁坐下，悄悄地朝几人招手，示意几人将头凑过来，而后轻声轻语道：“听说是蜀地城主的义妹。”

哐啷，茶杯在绝舞僵住的手中掉落，狠狠地砸在地上，打断了几人的窃窃私语。

几人回头看了一眼绝舞，“小妹妹，你没事吧？”

绝舞脑袋中一片混沌，侧首面对几人，讷讷道：“没事……”

这么一说，几人转过头又聚集在一起。另外几人更疑惑了，“那怎么不是大家闺秀了？”

“这事你们都不知道？”青年摇摇头，声音又低了几分，“凝香苑的老板——冷凝香，你们听说过吧？没几人见过她的真实面貌。传说，冷凝香就是蜀地城主的义妹。”

什么都还不及想的绝舞立即起身朝外奔去。

绝舞穿过层层纱帐、道道娉婷的身影，走上楼，一把推开绝姒经常在里面休憩的屋门。

屋内，绝姒静静地坐在铜镜前，手执木梳，轻轻顺着披散在身后的发。

一股红风卷过，抢过绝姒手中的木梳，“你要嫁给司空离？”

绝姒一怔，抬眸望着怒气冲天的绝舞，那双没有什么情绪的清澈眼眸逐渐变得温暖起来，“舞儿，你来了。”

“我问你，你是不是要嫁给司空离？”绝舞手中紧紧攥着木梳，似是再用力，就会折断手中的梳子。

绝姒转首，望着铜镜中的自己，开始卸妆，“司空离是太子，嫁给他，我就是太子妃。你不为姐姐高兴吗？”

绝姒的语调淡淡的，漾着喜悦，听在绝舞耳里，却是另一种落寞。

她啪的一声将木梳扔在桌上，“独孤翊逼你的？”

“不，翊哥哥没有逼我。”这是她欠翊哥哥的，应该还，也必须还。

“你骗人！”她异常激动，绝姒逆来顺受的样子让她红了眼睛，“一定是他逼你嫁给司空离的！一定是他！”

“舞儿，你别激动，真的不是翊哥哥。”绝姒站起来，双手按住她颤抖的双肩，“是我自己决定嫁的。”

她甩开绝姒的双手，“你骗人，你怎么会想嫁给司空离？”

绝姒的眼底流转出一股子难以阻挡的哀伤，撇开脸不去看她，双手撑在桌上，缓缓地握成拳，冷静地重复自己的决心，“嫁给司空离是我自己的选择，与任何人都没有关系。”

见绝舞不语，绝姒转首凝着她，叹了一口气，“我年龄不小了，该为自己考虑了，不是吗？我见过司空离，是个……不错的人，最重要的是，他喜欢我，我也想要找一个疼爱自己的人。这样不是很好吗？”

绝舞瞅着绝姒眼底的坚决与认真，一路上心里积郁起的沉闷慢慢地消散，“所以说，你是认真的？”

绝姒摸摸她的脑袋，“傻丫头，当然是认真的。”

小手抬起，抓住绝姒覆在她头上的素手，水汪汪的瞳眸中都是对绝姒的担忧，“那你会幸福的，对不对？”

绝姒看着她，眼底有一瞬间的失神、空茫茫的苍白，然而很快又恢复笑容，“对，我会幸福。”

第三十四章
千回百转阵

推开大门，绝舞满腹心事地走进前院。

抬眸，便见高轩叶立于门前望着她，似是专门等她回来。

绝舞走过去，脸上写满问号，“高大哥，你在……等我？”

“嗯。”高轩叶脸上难得地露出为难之色，“想请绝舞姑娘帮个忙。”

“什么忙？”

“你能不能跟尹蓉谈谈？”

绝舞望着高轩叶，一下子明白了是什么问题，抱歉地弯起唇，“尹蓉除了尹昭，再没接触过什么人，在这里，高大哥你又是她第一个接触的人，待她温和，所以尹蓉对你很有好感。我也旁敲侧击地说过，但她是个很单纯的姑娘，听不明白我的意思，我又不敢直说，怕伤了她……”

高轩叶垂眸，而后微微一笑，“知道了，我会找她说清楚。”

绝舞望着高轩叶快要消失在夜幕中的背影，急忙喊了一声：“高大哥！你……能不能说得婉转点，我怕她受不了。”

高轩叶回眸轻笑，“我会把握分寸。”

清光洒落在绝舞的面庞上，眉若弯月，目似点漆，她蹙着眉走进郁郁葱葱的迂回小径。风扬起她娇嫩双颊旁的发丝，长发随风舞，抿起的唇旁浮着两个淡淡的酒窝，像极了撒娇时故意装作难过的样子。

为什么每一份感情都要经历这么多痛苦？

蓉儿喜欢上高大哥，可高大哥却爱着冷沉香；司空离喜欢姐姐，而姐姐却已无心再爱；独孤翊想要得到她，而她始终都属于师父。

百转千回后的爱情，最终是否都能圆满结尾？

“小心脚底的石头。”浅浅的轻笑声穿过薄薄的月光，洒进她的耳蜗。

她顺声望去，看到坐在屋顶的圣忆风，粉颊上开出一朵如花笑靥。

他坐在屋檐上，对着月光。清冷的月光在他的周身勾勒出朦胧的银色淡光，绛紫的衣袍垂下，随着夜风缓缓飘荡，一如他飘飘洒洒的柔美音调，蛊惑了她的心神。

足尖轻点，她飞跃上屋檐，并排坐在他的身侧。

他微侧身，抬起一只手，将她脸颊旁扰乱视线的发丝撩到耳后，“丫头，我若不叫你，你可要踩在石头上了。”

她俏皮地眨眨眼，“但是我没有呀，因为有师父嘛。”

他收回手，将她拥入怀里，“心神不宁的，出什么事了？”

他的身上散发出她喜欢的清香，缓缓平复她心底的沉郁。她贪婪地将头埋进他怀里，双手习惯性地紧紧圈住他，“我今天跟踪影儿，跟丢了。”

他闻言轻笑，手指懒洋洋地抚着她的嫩颊，感受着指腹下如花瓣般的滑腻触感，“颜琦也跟丢了数次，你有什么好郁闷的？她是个厉害的角色，不可以掉以轻心。”

“嗯。”原来师父早就怀疑影儿了。不，不是影儿，她甚至不知道影儿的真名叫什么。

他垂下眼，长长的睫在月光下覆上一层朦胧的光，“到底因为什么不开心？”

她全身一紧。他轻似薄雾的声音似乎透过她的每个毛孔笔直地渗进她的身体，令她不由得又朝他贴过去一些。

师父为什么总是能轻易看穿她的心思？难道这就是爱吗？

她抬眸望着他，小手覆上他光滑如玉的俊颜，“我不知道，只是感觉最近似乎出现很多事、很多问题。好像除了师父，什么都是假的。我甚至不知道除了师父，还可以相信谁。”

“那就只相信我就好。”

她勾唇，开心地在他的唇上轻啄一下，心里暖暖的，似乎开满了花朵。

她红着脸，窝进他怀里，眼底却浮现出浓浓的不安。夜风吹过，她打了个寒战，“师父。”

“嗯？”

“我害怕。”

他拥紧怀里娇小的身躯，用自己的温度温暖她，“怕什么？”

“不知道。”她摇着小脑袋，收紧放在他颈上的双臂，几乎让他喘不过气，“脑袋里一团糨糊，好多好多的事搅在一起，总觉得会发生什么。”

他抬起她的脸面对他，竟发觉她的眼角挂着一颗晶莹的泪珠，心一紧，一字一字地道：“今天究竟发生什么事了？”

她鼻头发酸，又滑下一颗晶莹的泪珠，长睫缓缓垂下，“姐姐要嫁人了。”

绝姒要嫁人？他倒是乐见其成。但见她那么伤心，他也不好太过表露他的情绪。

他用拇指抹去她脸颊上的泪水，莞尔道：“怎么，丫头舍不得姐姐嫁人？”

“不是。”

“那是什么？”

“姐姐要嫁给司空离，可姐姐又不爱司空离……”她蓦地止住，不再继续说下去。

他俯首吻去她眼角的泪珠，“每个人都有每个人的归宿，绝姒是个聪明人，我想她有自己的想法，不要担心了，嗯？”

他的吻轻若羽毛，语气低柔，眉头却蹙了起来。绝姒要嫁给司空离……八竿子打不着的人居然会凑到一起，这其中一定少不了溪孟安和独孤翊的插手。只是不知，这究竟是溪孟安的阴谋，还是独孤翊对绝姒的报复？

“师父，姐姐说司空离喜欢她，所以才上门提亲的。”她轻轻啜泣，有些不相信，“司空离真喜欢姐姐吗？他是太子，将来就是皇上，三宫六院，会有那么多女人，姐姐一定不会幸福的。”

“绝姒怎么说？是独孤翊逼她的吗？”

“看姐姐的表情，不是。”这才是她最担心的地方，她最怕的就是独孤翊故意报复姐姐，姐姐却还一心想要报恩，毁了自己的一生，“可是我不信。”

他将她搂进怀里，轻轻拍着，“不要担心，我会查的。如果是独孤翊相逼，我会尽力阻止。但若是绝姒心甘情愿，我就无能为力了。”

暖暖的晌午。

阳光洒在玲珑雅致的假山石林间，间或有汩汩流水在假山之间流淌，墨色的青苔将满园山水点缀得更见韵致。

修长的身影徐徐地在假山间出现又隐没，而后迈上回廊。清风徐来，拂起他宽大的衣袖，带着几分闲适和缥缈。

他脚步极轻地走到榻边，轻轻坐下，望着榻上让他眷恋的娇颜。

绝舞蜷缩着身子侧躺在榻上，双手合拢，放在脸下，像婴儿般的睡姿，有着他熟悉的稚气。她睫毛微翘，菱形红唇，挺鼻小巧。

他轻轻拂开她眼帘上的一丝散发，静静地望着她，不自觉地勾唇浅笑。

似是感受到他打量的目光，她睁开眼睛，惺忪的睡眼蒙眬若雾。她眨了眨，正好对上他温柔含笑的眸，模糊不清的视线让她不得不再次眨了眨眼，微翘的睫毛忽闪。他看得忍不住笑了起来，嘴角勾起优美的弧度。

她怔怔地望着他，半晌才回过神来，急忙将枕在脸下的双手取出，胡乱地摸了摸身前软榻上的空处。

他含笑俯身，将散乱在地上的几本书捡起，“在找这些？”

她蓦地撑起身，抢过他手里的三本书，抱在怀里，迷迷糊糊地抹了抹眼睛，“我真的有看！只是不小心睡着了而已……”师父给了她几本关于阵法的书，让她好好研究研究，可开始真的很枯燥，所以她一不小心，看着看着就睡着了。她也不想睡啊，可是瞌睡虫来了，挡也挡不住。

他但笑不语，起身取了帕子，浸湿，给她擦擦脸，而后走到书桌前坐下，“穿上鞋子，过来。”

她穿上鞋走到桌边，看到他已经摆好了一张极大的宣纸，准备好毛笔，正含笑望着她，“将你那天进竹林看到的描述一遍，我把它画下来。”

她迷惑地眨了眨眼，不过在他认真的眼神下，她不自觉地陷入回忆，将那夜看到的所有都一一叙述出来。

等她说完，才发觉他已经在图上画了密密麻麻的奇异图示，手中的一支羊毫不停地在纸上留下他秀逸的字迹。

“师父，这些是什么？”她瞅着图上奇怪的标志，很是好奇，看起来有点像布阵图。

他放下笔，将她拉入怀中，安放在腿上，宠溺地捏捏她的鼻子，“我让你看那些关于阵法的书，就是想让你看看，能不能想明白怎么破千回百转阵。”

“千回百转阵？！”她眨眨眸，将脸朝图俯去几分，仔细瞧了瞧，摸着图上的那几棵大树。影儿最后确实是在那几棵大树后消失的，难道是这几棵树在作怪？

“嗯。”他轻敛着眉，朝图上看去，细润的指腹点在图上几棵相连的树上，“按你刚才描述的样子来看，从你的角度只能看到四棵树，但它们的后面应该还有四棵树，另外的四棵位于东、南、西、北四个方向，八棵树的树枝连在一起。”

她恍然大悟，小手砰的一下拍上脑袋，“就是因为这四棵树，我才跟丢了影儿？”

“对。”他不禁浅浅一笑，“这些相连的树中，应该有两棵树的枝叶纠缠得非常错乱，那两棵树纠缠错乱的部分就是阵眼。”

她点点头，咧开红唇，“所以说，破了阵眼，就破了这个阵，我就不会跟丢影儿了？”

他状似认真地点点头，欣赏地望着她，“睡过中午这觉，可真是聪明多了。”

“师父！”听出他的言下之意，她娇嗔地用粉拳捶上他的胸口，“好嘛、好嘛，我之前是笨了点，但现在开窍了也还来得及嘛。”

他展颜，沉吟良久，“按颜琦最近一直跟踪得来的线索来看，影儿每隔一天就会去一次竹林，还有两天就要比武了，所以明天影儿去竹林那次，你一定要跟上她，找出阵眼。只要一掌打中树，就能将阵彻底毁掉，即使是布阵之人，也无法在几天的时间内重新布阵。”

“嗯。”

他交给她一个药瓶，“这是迷药的解药，进阵前记得服用。”他忽而抬眸，迎向她清澈的目光，一字一字地道：“虽然到目前为止还没摸清影儿的武功到底多高，但并不低。而且她的轻功了得，你一定要多加小心，不要被她发现。”

“明白。”她乖乖地点了点头，但还是满腹狐疑，“既然颜琦大哥也跟丢了她数次，师父为什么不告诉颜琦大哥怎么破阵眼？”

他漾着春水般的暖眸柔柔地望着她，拍拍她的脑袋，“因为你的轻功比颜琦好。”他教她武功，最让他欣慰的是她的轻功。

“我会让他在不远处掩护你，但不能跟得太近。”与她相比，颜琦身形太高大，动作不如她轻灵，容易被发现。

她嘻嘻地笑起来，腻到他怀里，“原来我的轻功比颜琦大哥好哇？哈哈，看来我还是有可取之处的！”她欢乐的笑声穿过敞开的窗洒向园中，欢愉的泡泡逐渐笼住整座园，似乎连空气都变得活力十足。

她的笑声胜过任何灵丹妙药，让他原本因比武而有些沉郁的心情转好。

他从怀里掏出一个像是缩小了几圈的药瓶，挂在红绳上。在她疑惑的表情下，他将那个小药瓶模样的挂坠系在她的脖颈上。

小手抚上光滑、冰凉的瓷瓶，“这是？”

他清俊的面容上眉骨微沉，温浅的眸变得幽深，低低幽幽的声音飘出薄唇，“这个一定要留好，等比完武后再看。”

她定定地望进他幽深的眸，忽而打了个冷战，“为什么要比完武后看？现在不能看吗？”

他幽幽的视线下移，看到她摸着挂坠的手微颤，大掌抬起，覆上她冰凉的小手，带给她一种如诗的温暖，“听话。答应我，一定要等比武后再看。”

她怔怔地望着他，忽而一下扑到他怀里，紧紧地抱住他，“师父，你答应过会一直陪着我，不能说话不算数！”

他拥着她，垂眸，眸底的光明明灭灭、变幻莫测，慢慢地，他抿起嘴角，用出奇低柔又如丝般的声音在她耳边慢慢道：“当然，师父会永远在你身边。”

他的回答丝毫没有减轻她心底的不安。她抬起小脸，“那师父答应我，在比武的时候，连头发都不会掉一根。”

他无声浅笑，“好。”

绝舞趴在草丛里。按理说，该到影儿出现的时刻了，静悄悄的夜里却无一个人影。纵是如此，她也丝毫不敢放松，双眼直直地盯着远方。

夜幕中的繁星愈来愈多。直到凌晨，一抹黑影才从远方迅速飞来。待黑影如风般掠过眼前，她急忙服下解药，迅速从草丛中钻出，掠身而起，朝黑影追去。

越过清光下重重黑暗的树影，她轻盈地落于离那四棵大树不远处的一棵树上。待影儿的身影消失在树间，她这才飞身至四棵大树前，按着圣忆风说的顺序，轻巧地踩着步伐，逐一寻找。她很快找到阵眼，而后用凤玥剑一剑劈开。顿时，缠绕着的树枝似是有生命般缓缓松开。她立于两棵树之间，原本完全看不出有路的地方豁然开朗。

走进被破掉的千回百转阵，眼前几步远外是一圈与她高矮相当的树丛。她走进树丛，拨开层层树叶，看到被树丛围绕的中间悄然立着一间竹屋，散发着幽幽的烛光。

月光照亮她绯色的绣花鞋。小脚正要踏出树丛，想起圣忆风的嘱咐，她收回脚，在原地站好，将自己隐藏好后，竖起耳朵，用千里闻音听着里面的动静。

屋内两人的对话缓缓地顺着夜风推入她的耳中——

“确定没人跟着？”含笑的声音有着平日里独特的虚弱，却又比往日多了几分底气。

“没有，所有人都已睡下。”

溪孟安笑笑，声音略微低沉了一些，“即使有人跟来，恐怕也进不来这千回百转阵。圣忆风身边的颜琦数次跟丢了你，也还真沉得住气。”

绝舞水亮的眼眸逐渐暗下，原来，这才是溪孟安的真面目。

她当初居然傻傻地被他柔弱的模样迷惑，同情他的遭遇，没料到他是这样一个居心叵测的人。不过，溪孟安真的很会装，不但骗过了她，也骗过了姐姐，甚至骗过了所有人，让大家把师父当作坏人。真是狡猾的家伙。

“那个傻姑娘呢？她对你有怀疑吗？”幽幽微微的嗓音在提及绝舞时，带着连他自己都难以觉察的温柔。

傻姑娘？原来她在溪孟安眼里是这样的形象！

绝舞瞪圆杏眸，瞅着远处灯火摇曳的窗，以及窗上映出的剪影，恨恨地咬起牙，将粉拳握得咯吱咯吱响。

“没有。”影儿的回答干净利落。她近两日隐隐觉得有时绝舞看她的眼神已不如之前亲昵，后又暗笑自己多心。想来应是她前几次与绝舞争论圣忆风的事，让绝舞对她有了不满，所以才待她不如从前。

绝舞抬眸，看到窗前躺着的剪影似换了个姿势，改为侧卧着，“她跟圣忆风目前如何？”

哼，还想拆散她和师父？想得美！

“自那日在山洞中见到主子后，绝舞就更坚信主子是被圣忆风囚禁的，两人大闹了一场。”

“哦？”溪孟安的音调轻轻上扬，显得很是愉悦。

轻扬的简短音节后，是短暂的沉默。

随着烛火的轻曳，床上的黑影也晃了晃。

看来这几天来，她和师父故意演戏给影儿看，还是有用的。影儿也没那么聪明嘛。

“确定圣忆风已经接连服用解乌兰三十日左右了？”溪孟安的语气温柔如往昔，吐出的话却让绝舞狠狠地打了个冷战，“明日所有成败可都是在于解乌兰，你若出了任何差错，今日就是你我最后一次见面。”

绝舞手中的枝叶被她紧紧地攥着，不知不觉中，在她的手中竟化为粉末。她虽不知解乌兰是何物，但从溪孟安的口气中也隐约明白，绝对是会影响师父明日比武的东西。而且，溪孟安居然说师父已经服用了三十日？！这怎么可能？如果饭中有毒药，师父一定会觉察的，就是师父无法觉察，还有高大哥啊。

想起溪孟安那双看着她时迷蒙的眸子，以及此刻溪孟安声音中字字透出的算计，她的心猛地一沉。忽而惊觉，溪孟安既然准备得如此充分，欺骗了这么多人，万事都做得滴水不漏，那他给师父下药也肯定是计划了很久的事，会轻易出错吗？

抱着最后一丝希望，绝舞睁大眼睛看着窗上的剪影，等待影儿的回答。

“圣忆风每日喝的汤中，都有解乌兰。属下肯定，每碗汤圣忆风都喝下了。”每日绝舞送完汤，她都暗藏在窗外不远处，能听到绝舞在圣忆风喝下汤后发出的愉悦笑声。

鸡汤……

指甲猛地嵌入手心的嫩肉，视线落在远处的纸窗上一动不动，她感觉自己的呼吸逐渐沉重起来，心头仿佛压着一块巨大的石头，沉沉的；又仿佛有只无形的手扼住自己的脖颈，紧紧的，让她无法呼吸。

鸡汤，是她每日炖给师父喝的。

怪不得影儿说会教她煮汤，原来这才是她真正的目的。

她强迫自己镇定下来，不能乱了阵脚。她没有时间自我厌恶，目前最重要的是通知颜琦大哥带人来抓溪孟安，而后她赶回去阻止师父，不能让师父去赴明日的比武。

绯红的绣花鞋踩在落满绿叶的地上，她放开树枝，悄然退步，在清淡的月色下，宛如蝶般轻盈地跃起，消失在黑黝黝的竹林中。

绝舞找到隐藏在不远处的颜琦，吩咐过后，朝竹林外飞奔而去。

竹叶因风而起的簌簌声在她耳边响起，所有景色迅速在两旁倒退，她眸光不变地直奔目的地。

“舞儿。”一道低沉的轻声细语蓦地让她停身于青竹顶端，足尖点着竹顶，轻轻盈盈，如点水的蜻蜓。

视线下移，她看到地上不远处的一道高大的身影，“独孤翊？”

她不耐烦地飞身而下，站在安全距离之外，远远望着他，“什么事？”

什么事让独孤翊三更半夜地跑来前往尘家庄的路上堵她？还是……独孤翊也与溪孟安有什么交集，所以故意来堵她？！不可能，刚才她听到他们的对话，溪孟安和影儿根本就没发现她。

独孤翊朝她大步走来，语气急促，一接近就要拉住她的手腕，“来不及了，你先与我去了再说！”

凤玥剑闪电出鞘，准确无误地架上独孤翊的脖颈，她的另一只手按住独孤翊伸来的手，柔腕轻转，一掌打开独孤翊的手。

独孤翊轻叹一声，身体向后退去，避开她接二连三袭来的掌风，还要顾及脖子上的利刃。

“舞儿，你先给我个喘息的机会！”独孤翊不想伤她，只有不断退让。

她瞪着他，手中的剑轻转，改变方向，朝他胸口袭去，“那你就让开地方，我没时间跟你玩！”

然而，出乎她的意料，独孤翊突然间停在原地望着她，不再闪躲，“绝姒出事了！”

什么？！她一惊，及时收剑，然而攻势太快，剑尖还是插入独孤翊前胸，鲜红霎时间染红他湛蓝的衣袍，浸湿了他胸前的衣襟。

独孤翊稍稍退后一点，抽离身体里的剑，用手捂住胸口，吃痛地闷哼了一声，眼中的受伤不言而喻，“绝姒出事了！不然你以为我为什么来找你？你的态度已经很明显了，我不会再不知廉耻地缠着你……”

绝舞根本就不顾及他胸口的伤，只是讷讷地看着他，“姐姐出什么事了？”

凌晨的离都凝香苑后院，除了偶尔的虫鸣，悄然无声。

绝舞顾不上身后行动稍缓的独孤翊，用最快的速度朝目的地飞掠而去。独孤翊说姐姐出了事，她要尽快赶到那里，才能在天亮前回到尘家庄通知师父。

颜琦大哥应该已经带人包围了竹屋，不知道溪孟安有没有被抓。

脑袋里一团乱，她一把推开屋门，“姐姐！”

紧紧关闭的窗将屋内笼成一片黑暗。木门被推开，月光顺着敞开的门洒进屋内的地上，让人能隐隐约约看得到屋内的摆设。

她朝床边走去，想起独孤翊在郊外时脸上沉痛的表情，脚步有些颤抖，甚至不自觉地开始想象纱帐另一侧绝姒的模样。

姐姐会不会了无生气地躺在那里，一脸苍白？

焰门的大火以及尸体烧得发焦的气味一下子翻涌而上。废墟中、断垣残壁上，到处都是死人的尸体。鲜血在地上蔓延，仿佛一条条蜿蜒爬行的毒蛇，吐着鲜红的芯子。她的亲人，一夕之间全部丧命。

姐姐……

不要，她不要姐姐再次离开她！

小手蓦地捂住要快呻吟出声的嘴巴，颤抖地轻轻揭开床幔，她紧张而胆怯地从盖着被的人的脚部一直看到脸上。

屋内昏暗的光线让她看不清绝姒的面容，她轻轻地跪到地上，将小手伸入被子，紧紧握住绝姒的手，“姐姐……姐姐……”

慢慢地，床上的人有了动静，绝舞感觉她抓住的手微微动了动，“姐姐！”

轻轻的一声模糊的梦吟后，床上的人缓缓睁开眼睛，借着昏暗的月光以及熟悉的声音，认出了声音的主人，“舞儿？”

绝舞抓着绝姒的手不放，“姐姐，是舞儿！”

绝姒慢慢地撑起身，揉了揉睡梦中迷糊的眼睛，蹙眉道：“舞儿，半夜三更的，你怎么在这儿？”

绝姒的声音虽轻、虽低柔，却丝毫没有重病或受伤的虚弱，只有刚从睡梦中醒来的迷糊。绝舞顿时觉得事有蹊跷，缓缓地抽出放在被子里的手，右手下移，悄悄地握住腰间的凤玥剑，“姐姐没受伤？”

“受伤？怎么突然这么问？”她睡着睡着，突然感觉到手被人紧紧握着，而后传来轻轻的呜咽，她吓了一跳，听到舞儿唤她的声音，她才知道是舞儿，只是不知道舞儿为什么会在这个时候出现在这里。

绝姒的视线从绝舞的脸上疑惑地移到她身后，“翊哥哥？你怎么也在这儿？”

“真是姐妹情深啊。”一道低沉的声音在绝舞身后响起。

绝舞一惊，手中的凤玥剑迅速出鞘，却在同时，脖颈上蓦地传来一阵疼痛，绝姒的惊呼成为她昏迷前最后听到的声音。

绝姒震惊地跳下床，将昏倒在床边的绝舞抱在怀里，不敢置信地望着独孤翊，“哥，你这是干什么？”

颀长的身影背着月光，拉出一道长长的阴影，刚毅的面孔笼在黑暗之中，看不清五官。

绝姒更加心颤，“你对舞儿做了什么？！”

独孤翊俯下身，动作温柔地抱起绝舞，将她安置在床上，顺便拂开她脸颊旁的发丝，“什么都没做，只是让她好好睡一觉。明天下午，她就会醒来。”

绝姒从地上爬起来，看着独孤翊的侧脸，一种陌生的情绪就那么蔓延开来，几乎让她无法呼吸，“为什么这么做？”

如果她没记错，明天是圣忆风与严曦比武的日子，各界人士几乎都知道这个消息。独孤翊选在这个时候把舞儿留住，是怕舞儿明天会成为他的阻碍吗？可是，他明明说过不想再争什么，不想再与圣忆风为敌，难道是在骗她？！

“只是希望明天的事情进展得顺利些，你不用担心。”独孤翊安置好舞儿，转向绝姒，“你也下去休息吧。”

绝姒抓住独孤翊的手，蹙眉道：“你明日要做什么？”

“没什么。”独孤翊望着绝姒，湛蓝的眸宛如夜间宝石，散发出闪亮的光，耀眼而诡秘，“只是希望明天能将一切都结束。”

近日来独孤翊的行动以及种种猜测在绝姒的脑中汇集，她忍不住脱口而出，语气却有着迟疑与不确定，“哥，你不会跟司空离联手做了什么吧？”

“司空离？”独孤翊轻哼一声，甩掉绝姒的手，“他还不配！”

独孤翊看到绝姒脸上的震惊与受伤，嘴角轻轻一扯，扬起一抹似笑非笑的轻蔑弧度，“你背叛过我，我只是说了一些小谎而已，用不着这么震惊吧？与你对我做的相比，这点谎言根本微不足道，对不对？”幽深的蓝眸望着绝姒，里面隐藏的不知是恨意，是失望，还是轻微的疼痛。

绝姒缓缓抓紧衣裙，望着自己的脚尖失神。是啊，她背叛了他。他甚至因她丢掉了太子之位，失去了皇上的信任，因为她，他几乎失去了一切。她有什么资格责怪他的欺骗？

她是最没有资格指责他的人。

“不用觉得对我有愧。”独孤翊望着绝姒如死灰般的眼神，强压下心底渐渐升起的不舍，倏地站起身，“等到你嫁给了司空离，我们之前的一切就一笔勾销，我不会再耿耿于怀。”

绝姒垂着头，听到独孤翊打开门，又将门紧紧地关上，吩咐外面的人守好屋子里的人，不能让任何一个人在明日下午前踏出屋子。

随着开门吹进的夜风卷起屋外的落叶飘进屋里，她的眼角有珍珠似的液体被吹落，伴随着落叶一起跌落在地上。

圣忆风和衣而卧，斜斜地倚在软榻上，衣袍下摆沿着软榻滑下，轻轻地荡在空中，偶尔因从门窗外吹进的风而缓缓摆动。清雅俊美的脸庞上，那双凤眸时不时地会睁开，通过敞开的门一直望向园中的小径深处，等待出去的人儿回来。

他幽幽一叹，端起榻边的茶水饮下，再看看外面的天色，剑眉蹙起。这个时候，她怎么还没回来？

朦朦胧胧中，睡意却上涌，他竟渐渐睡去了。

这一觉睡得却很安稳，以至于惊醒时，他的眼前一片大亮。他怔怔地睁着眸子，看向窗外的天色，竟发觉已是晌午。

竟会睡得这么沉吗？他望了一眼桌上的空杯，似是忽然明白过来：是轩叶怕他担心舞儿而无法安睡，影响今日的比武吧。

这样想着，他抬眸。

高轩叶踏入屋子，看到他时，脸上露出诧异的神色，而后又看了看整齐的床铺，“少主昨夜没上床睡？也没关门窗？”

“嗯。”修长的腿从榻上移下来，他清明如水的眸因初醒有些蒙眬，如笼着雾气的湖水，“舞儿还没回来？”

“没见到。”说到这里，高轩叶的神色有些凝重，“不过昨夜凌晨，颜琦说绝舞姑娘已经破了阵，并通知他派人前去围剿。可是，那竹屋也诡异得很。他们赶到时，里面的人却凭空消失，后来找到一个密道，直直追下去，从密道中出来，是郊外的月湖，人早已无踪影。”

“那舞儿呢？为何现在还没回来？”平缓无波的眸渐渐散去雾色，漾起一抹担忧，朝屋外望去。

“听颜琦说，绝舞姑娘说是赶回来要告诉你什么，之后就再没消息了。”

圣忆风站起身，微微有些晕眩，神手揉了揉额际，扶住桌沿，定了定神。

高轩叶上前欲扶他，“少主？”

“没事，睡多了。”须臾后，晕眩的感觉已然消失，他抬眸凝眉，似是思索着什么，幽邃的眼瞳望向高轩叶，“颜琦回来了？”

“回来了。”

“让他立即去找舞儿。”

“是。”

“少主，已备好马，我们该起程了。”高轩叶看出圣忆风的担忧，“绝舞姑娘已经不是三年前的小姑娘了，她现在足以保护自己，而且颜琦已经出去找她了，少主大可放心。我们再不起程，怕是在约定的时间里赶不到断情崖了。”

圣忆风望着门外，眼瞳变得幽邃，过了许久，才施施然朝屋外走去，“上路吧。”

唔，头好晕。

绝舞还没睁眼，就用双手按住发胀的脑袋，紧紧地蹙着眉，平息脑袋中的胀痛。

头脑逐渐清醒，忽而，昨夜的一切在脑中回现。她在郊外等着影儿出现，而后跟着影儿到了竹屋，听到溪孟安与影儿的对话，急忙要赶回去给师父报信，却被独孤翊在半途中截住，接着去了凝香苑，然后……

心紧紧地一抽，她猛地从床上跳下，看到外面的天色，倏地煞白了娇红的脸颊。

师父！

顾不得穿上绣花鞋，她朝门口飞奔而去，却发觉门已经在外上了锁，急忙奔去窗边，发觉窗也同样上了锁。

视线移动，她看到趴在桌边还没醒的绝姒，“姐姐！”

绝姒悠悠地转醒，看到舞儿，“舞儿，你醒了。”她无眠了一整夜，天亮时才逐渐睡着。

绝舞抓住绝姒的双肩，急得红了眼睛，“放我出去、放我出去！师父会有危险的！”

绝姒虽不知是何事，但从绝舞的表情以及独孤翊拦下绝舞的蹊跷中，知道肯定有事情会发生，“你不要急，我们想想办法，翊哥哥让人守在外面，我们硬闯是出不去的。”

提及独孤翊，绝舞双眸中的水灵被焰火取代，愈燃愈旺，“如果师父有个三长两短，我一定会把他大卸八块！”

绝姒心知独孤翊过分，不再开口，而是突然跑到门边，疾声大呼，同时给舞儿做着眼色，“舞儿，你别吓姐姐啊，快醒醒啊。外面有人吗？快来人啊。”

“凝香姑娘，出什么事了？”门外传来护卫的询问。

“我妹妹出事了，快把门打开啊。”

绝舞轻轻走到门前，取出腰间的短剑，准备冲出去。

“城主吩咐过不可以开门。”

见门外的人无动于衷，绝姒威吓道：“你们知道关着的是谁吗？你们知道她对城主的重要性吗？！她要是有个三长两短，城主不会放过你们的！”

“这……”提及此事，门外的人犹豫了。而后，门外传来三个人的讨论声。

绝姒看到他们动摇，急忙装出哭腔，“舞儿，醒醒啊。”

忽而，绝姒扬高音调，冲着门外大喊：“她要是出了事，你们也会人头落地！”

“凝香姑娘，请往后站，我们这就开门。”

在三人进门的瞬间，躲在门后的绝舞利落地一掌击在一人的脖颈后，短剑划过另一人的腹部，在第三个人逃出屋内时，她在空中一个轻盈的翻身，堵住第三个人的去路，短剑出手，飞旋着划过第三个人的脖颈，又旋回她手中。

她取出软帕，抹去剑上的血渍。倏地，一道黑影闪至眼前，她正要出手，听到来人开口，“绝舞姑娘。”

看到颜琦，她再次想起圣忆风，“师父呢？还在尘家庄吗？”

“少主两个时辰前已经上路去了断情崖。”

“什么？！”她蓦地一阵心惊，猛地跳了起来，转身便飞身而去。

颜琦看到绝舞的反应，一时之间怔在那里，正准备追上去，身后传来绝姒的声音，“等等！”

颜琦回首，认出绝姒，“姑娘？”

“绝舞虽没来得及说，但圣忆风似乎有危险。她那么莽莽撞撞地跑出去，怎么也追不上他的。我已经让人备好两匹快马，你，保护好她。”

“是。”

凝香苑前往断情崖的古道上，两匹快马飞驰着，扬起古道上的沙尘，几乎淹没了视线。

第三十五章

断情崖变故

断情崖位于蜀地的西南方向，是龙月国最大的一座崖，占地极广，崖顶足以容纳数千人。因接近北城，崖上终年积雪，气候寒冷，因此，断情崖虽有着响亮的名字和称号，平日里却人迹罕见。

当圣忆风等人到达断情崖时，才发现严曦并不只邀了迦隐。崖上聚集了很多人，江湖各大门派几乎都能见到踪影。他扫视一周，却没有见到独孤翊的人。

“圣少主，多日不见了。”此人正是当日在武林大会上和圣忆风说过话的空幻大师，言谈举止无不体现出一代宗师的沉稳。

“大师近来可好？”圣忆风并不是多话的人，尤其在外人面前。曾经的圣忆风给人一种飘忽鬼魅的感觉，而自从在武林大会上公开身份后，给人清冷和沉稳的感觉。空幻大师是他在武林中唯一一位钦佩的人，因此才表现得较易亲近。

“一切安好。圣少主今日能前来，实在是武林之幸。”若是圣忆风今日能将严曦除去，等于是除去武林一大祸害。

“这是晚辈分内之事，前辈过奖了。”圣忆风轻淡地笑道。

一阵狂妄的笑声自崖边传来，“圣忆风，十年之后，你我还能如此相见，真是缘分哪。”

顺着笑声望去，淡定的眸逐渐泛起涟漪，冷厉的目光射向崖边狂笑的人，“你的命恐怕也就延续到今日为止了。”

“好大的口气！不急、不急，一会儿便见分晓！”

在场年长的人中有人认出严曦，“那不是迦隐曾经的宏火堂堂主吗？原来他就是日教后来上任的教主！”

“当年宏火堂的堂主在迦隐内乱后消失，莫不是这中间……”

严曦不在意众人的揣测，仰天长笑，“今天我若是赢了你，这武林第一的宝座就是我的，在场众人要当见证人！另外你也别忘了，按照之前你答应过的，将《凤凰舞》和《玉骨玲珑》交给我！”

“你若赢了我，我当然兑现承诺。”

周围一片唏嘘，怪不得严曦愿意冒险邀战，原来圣忆风拿两大秘籍作为赌注。

狂傲的一席话激怒了众多武林中人，严曦对在场众人的无视早已经超出他们能够忍受的界限。

有人忍不住呵斥道：“圣少主，拿下这嚣张的狗贼，替武林除去一大祸害！”

严曦的一张脸阴晴不定，着实是暴怒到了极点，冷厉阴森的眸射向方才说话的人。那人看起来是个刚出道武林的血气方刚的少年，还来不及反应，严曦一跃而起，魔掌瞬间劈向那个还愣在原地的少年。离少年最近的一个长者见状，双掌平平推出，挡住严曦劈来的掌。长者用了十足的内力，两股掌风相接，两人互被对方的内力所激。只见长者连退数步，直至被人扶住才停稳身子，而后噗的一声吐出血来；而严曦则稳稳地站在原地，丝毫不被影响，捋着胡子狂妄大笑。

圣忆风在一旁静静地看着，待两人交完手，平缓而淡然的声音才缓缓道出：“龙旋掌法共十二层，你如今也不过练至十层，三年前还曾伤过元气，你认定今天就一定能胜吗？”

听到十年前被打败的丑闻在武林豪杰面前被揭穿，严曦的老脸已经挂不住了，“多说无益，看掌！”

话语才落，受不住羞辱的严曦骤然飞身，一掌向圣忆风击去。

圣忆风对身后的四个阁主丢出一句“都不许出手”后，微微一提气，轻灵地跃起，飘至半空中，轻松地接下严曦劈来的一掌。两人互相击中，严曦一个倒翻，稳稳落地；圣忆风身影轻飘，宛若飞雪般盈盈落地。

才不过一掌，严曦便知这几年来圣忆风的武功又长进了不少，和他硬拼果然不是上策，“哈哈，多年不交手，你的武功果然大有长进哪。”

“彼此彼此。”严曦到底在玩什么花样？

严曦望着圣忆风，道：“你不把那个甜美的娃儿带在你身边行吗？说不定这会儿她早被独孤翊带走啦。哈哈……”

圣忆风淡定地望着嚣张的严曦，“这不劳你费心。”

“圣忆风啊圣忆风，你知道我最讨厌你哪点吗？”严曦捋着胡须，“就是你这副事事都在你预料之中的样子。我偏不让你如愿！我告诉你，你信也好，不信也好，我刚来断情崖之前就得知，那娃儿现在就在独孤翊的手中！”

不管严曦是否为了扰乱他的心神说假话，不可否认，他现在确实开始担心了。

圣忆风微微一笑，气定神闲，“既然在独孤翊手中，我就更放心了。”

他的话将严曦胸腹中本就燃烧的怒火轰的一声点得更旺了。严曦猛地提起，灌注内力，带起一抹黄色的寒芒，在空中汇聚成一个大掌的形状，向圣忆风疾推而去。

圣忆风冷冷地勾唇，骤然闪身，斜斜地飘出三丈远，紫色的人影仿若融入了大雪之中，轻松地躲过了严曦的几掌，没有浪费一分多余的内力。

又过了数招，严曦的身法忽然一变，他收回龙旋掌法，双眼微眯，以一种诡秘的步伐朝圣忆风闪去。

“幻影神功！”不知是谁惊呼一声。

十五年前，迦隐掌门人仅仅用两招就击毙了当时在江湖上武功排行第二的日教右护法的幻影神功！十五年后，他们竟然有幸再目睹一次。只是，为何严曦会此武功?按理说只有迦隐历任传人才会啊。

圣忆风虽惊讶严曦习得幻影神功，却没有分过多的注意力在上面，从刚才严曦的步伐不难看出幻影神功严曦仅仅会皮毛，不过是为了让他分神。

就在严曦快要接近圣忆风时，一道寒芒突然晃入圣忆风眼中，他微微侧身，将寒芒躲了过去。

“有人暗袭！”人群中有人看不过去。

圣忆风狭长的眸子微眯。他知道刚才的暗器不是严曦射出的。随即，他身形一凝，瞬间移形换位，闪至严曦身后。果然，人群中的一抹藏蓝的身影映入眼底——独孤翊来了，还用这种卑鄙的手段，呵。

严曦蓦地转身，躲过圣忆风在身后的袭击，薄唇轻轻勾起，展开一抹冷艳的笑。突地，圣忆风的身形竟如一条紫色游龙向严曦袭去。噗的一声，血自严曦的腰间射出，在雪白的地面射出一道血红的痕迹。

圣忆风轻巧落地，卷起的紫袍携带雪花静静飘落。

“溪孟安一会儿定会出现，记着之前我们的第二个计划。”圣忆风的凤眸变得幽暗，盯着严曦的一举一动，快速地对高轩叶交代。

就在众人以为严曦败北之际，独孤翊突地自人群中飞出，藏蓝的身影以极快的速度向方才定脚的圣忆风掠去。看着独孤翊袭来的气势，圣忆风才发觉独孤翊隐瞒的事情是什么——严曦将龙旋掌法传给了独孤翊！

两人过了数招，圣忆风化掌为剑，好几次险些刺中独孤翊，都被独孤翊躲了过去。独孤翊一个翻身，立于不远处的严曦身旁，冰蓝的眸在皑皑白雪的映照下更显清冷。

崖上众人均呼吸粗重，一瞬也不瞬地看着战况，没有人出声，也没有议论，就连独孤翊这个不属于江湖中人的人为何突然出现在严曦身边，也无人顾及。

独孤翊垂眸看了一眼受伤的严曦。还好只是外伤，没什么大碍。

就在圣忆风和独孤翊两人对望之际，严曦忽然抬手朝圣忆风疾射而去。圣忆风聚集起指尖的剑气迎向严曦使出龙旋掌法。与此同时，独孤翊射出一道利器，直击圣忆风的胸口。圣忆风微微侧身，躲过利器。两道掌风相击，周围功力较浅的年轻人，早已经被掌风逼退了几丈，才站稳脚跟。

虽躲过独孤翊的暗器，但圣忆风直觉有什么不对，指尖轻动，惊觉自己竟中了毒。

独孤翊看着圣忆风，道："感觉到了？我知道自己的暗器当然伤不了你，自不会用鸡蛋碰石头，但这毒粉却是你躲不掉的。"

圣忆风不惊不慌，只是淡淡地看着他，眸中竟有一丝惋惜，"没想到你会沦落到这种地步。独孤翊，我真为你感到惋惜。"

"你闭嘴！"他今日本要调遣兵力围剿迦隐的，谁料手中的兵符竟是假的！

独孤翊提气，抡起掌风，在空中疾速汇聚成一个黄色的掌，朝圣忆风推去。就在圣忆风预备接掌之时，一抹淡蓝的身影蓦地飞奔至场中，挡到圣忆风身前，实实地接住了独孤翊袭来的掌。

浅蓝的纤纤身影宛如飘落的轻羽般缓缓落于厚厚的雪地，水袖滑开，露出雪白的玉臂，深深陷入白雪，几乎与雪色融为一体。

不只是打斗的三人，在场的所有人都因这突然的变故怔住了。

只是，无人能看到这个为圣忆风挡了一掌的女人生得什么模样，因为她的头上戴着雪白的纱帽。

周围哗然，都在猜测是谁跑出来送死。的确，独孤翊那掌虽出手够快，却不够狠。以圣忆风的功力，他完全可以轻易躲过去，她根本没有必要出来挡这一掌。这行为，根本就是自杀。

圣忆风从怔然中回神，视线下移，落于地上的人身上，心扑通扑通地直跳。

在人扑过来的那一瞬间，他几乎以为是舞儿，心脏都要停止跳动时，才猛然发觉那不是绯色的衣裙。可那一瞬间的惊悸一直蔓延到现在，差点让他晕厥。待镇定下来，他才恍觉这身形与衣裙熟悉得很。地上的人痛苦地呻吟出声，他这才俯下身，伸手撩开她的面纱。

那张脸上不再有昔日的绝色，半张脸上布满了疤痕，加上苍白的脸色，使她看起来更加诡异。唇角的鲜血不住地涌出，红了大片雪地，在一片雪白中分外刺眼。

杜玉菲。

她已经失去了武功，这样跑出来接下一掌，看来是真的不想活了。

她缓缓睁开眼，费力地勾起唇角，苍白的唇颤抖地开启，裸露在雪地里、几乎快要没有知觉的手缓缓抬起，朝圣忆风伸去，“你……会……记住我……吗？”

清冷的凤眸注视着挣扎着朝他伸出的素手，眸色渐渐变得温暖，眼底出现了一抹面对杜玉菲时从未出现的怜惜，虽然很淡很淡，淡得几乎不可察觉。

他伸出修长的指，握住她颤抖的手。

杜玉菲看到了他眸底的温暖，唇角的笑慢慢扩大。当她无法奢望得到他的爱时，她希望他起码会怜惜她……她等了无数个日夜，却等不来他真心的一笑。如今，她终于在他的眼底看到真心，这已足够。

她的手逐渐收紧，想要再多感受一下他的温暖。既然他无法爱她，那就让她在他面前以这种方式死去。这样，他总是会记住她的吧。很久很久的以后，某一天，他还会记得曾经有一个女子，选择用死，让他永远地记住她。

她灌注了所有深情的双眸望着他，眼泪从眼角滑落，融化了她脸颊边的白雪。

曾经艳丽无双的女子，只不过三年，因爱变得憔悴、风尘满面，失去了光泽，失去了灵韵，而现在，即将失去生命。

“好累……”她望着他，慢慢地，慢慢地，眼睛逐渐闭上，手却依旧死死地抓着他的手。

大片的雪花在她周身飘落，在她身上覆了薄薄的一层。

凄美的画面使在场的人鸦雀无声，甚至连严曦与独孤翊都静默地站在原地。直到圣忆风站起身，吩咐高轩叶将人抱下去时，严曦才回过神。

两人都没看到，在独孤翊与圣忆风对话时，高轩叶已替圣忆风把了脉，并在圣忆风手中塞入了一颗解药。

圣忆风的清眸看着如闪电般挥掌而来的严曦，眼中浮起迷蒙的讥诮，“轩叶，独孤翊留给你。”

“是。”

圣忆风将背后的手缓缓放下，平缓的语气冰冷得如断情崖上终年不化的寒冰，“严曦，今天我要用你的血祭奠十年前迦隐的百余条人命。”

语落，他轻缓抬臂，双眸清冷，眼中尽是刻骨的仇恨。

看到圣忆风眼中的仇恨，严曦心神一颤，挥出去的掌风偏了一寸，扫到了围观的人。忽而，一阵惊呼，左围的一排人如浪般朝后退去。

圣忆风在严曦分神之际，跃身而起，绛紫的衣袍化为一朵绚烂的紫莲，朝严曦飞身而去，腰肢如柳般轻柔地斜斜弯下，一道寒光自他的袖口射出，直直射向严曦腰间。

严曦侧身翻转，想要躲过刺眼的寒光，本以为自己的方位很安全，谁知圣忆风突然在空中一个轻盈的翻转，寒光在射出袖口几寸的位置时被他一个旋身卷入紫袍中，在严曦刚刚松懈下时，消失在圣忆风衣袍中的寒光在他旋过身时从腰间如利剑般射出，直击严曦的命门。

寒光闪花了视线，严曦大惊，来不及回击，只能用右脚支住身体，朝另一侧翻身，同时用龙旋掌法击出的掌风去挡飞射而来的寒光，然而掌风还是挡不住寒光的攻势，最终在他闪身之际，射穿他已经受伤的腰部。

看到严曦再次落败，周围人一片惊呼，同时惊讶于圣忆风的功力，还没看到圣忆风的紫莲穿颈，严曦就已经受了两次伤。

圣忆风退身，在空中漂浮了一圈，如同旋落的雪花，没带起一丝风，连带着紫袍一起盈盈落地。相对于严曦的狼狈与愤怒，他显得轻松而悠闲。

严曦的血从腰部不断流下，那寒光直直地从他身体里射穿出去，疼得他无法呼吸。当时听溪孟安说他与圣忆风交手是鸡蛋碰石头，刚开始他还不服，谁知，圣忆风的武功真的已经高深到了这种地步。该死，溪孟安给圣忆风服用了解乌兰，怎么还不见起作用？难不成已经被他识破，解了毒？！

严曦的思绪开始混乱，眼神乱飘，一时之间看到人群中蔑视的视线一道道地朝他扫来，他一阵怒吼，突然飞身向左侧的人群中掠去，以极快的速度又返回原地，只是手中多了一个十六七岁的姑娘。人群中有人抽气，“严曦太卑鄙了！”

“圣忆风会管那人的死活吗，毕竟今天他是来报仇的……”

“放开我！”简简单单，不过三招，那个姑娘便被严曦固定在怀里动弹不得，看来她只是初入江湖。

冷沉香拽拽浅幽寒，“我们要不要去把人救回来？”

“少主不让我们出手。”浅幽寒紧盯着严曦的动作，“看严曦到底要干什么。”

“柳前辈也真是的！少主要除害，他居然窝在皇宫里泡在美酒佳肴中！”冷沉香开始埋怨，眼睛却盯着不远处与独孤翊过招的高轩叶。她知道高轩叶的功底，对付独孤翊应该还行，而且他还有毒药，实在不行就下毒，但她还是担心他受伤。

圣忆风放下手臂，静静地看着严曦和在严曦怀里不断挣扎的人，眼眸里平静依旧，还多了一抹讽刺的笑意，“你觉得我会在乎一个与我毫无干系的人？”

严曦一怔，他当然不指望圣忆风这种人会因一个毫无干系的人收手，他只是无法忍受这些人给他的脸色，所以一怒之下才抓了一个人回来。他冷哼一声，转身朝崖边飞去，站在崖边，将那姑娘提在手中。那姑娘悬在空中，脚下便是深不见底的深渊。

众人惊呼，生怕严曦心狠手辣地将一个如花的姑娘扔下悬崖。

圣忆风凤眸轻扬，语音不高不低，却依旧压过了众人的惊呼，“放下她。”他是不在乎那个姑娘是死是活，只是，在众多武林人面前，眼睁睁地让一个姑娘落崖，于情于理都有点说不过去。

听闻圣忆风的话，严曦放肆地大笑起来，“哈哈……原来圣忆风也是有感情的！哈哈……”

还不待笑声完全消失，严曦突地松手，那姑娘就哭喊着向崖下坠去。

“啊！”

随着不知何人的一声惊呼，圣忆风几乎在严曦松手的瞬间便向崖下跃去。严曦自然不能放过这个好机会，将藏于袖中的数根毒针一把打出，然而毒针却被圣忆风身后散发出的强大剑气挡了回去。严曦侧身，险险地躲过了飞回的毒针。

就在严曦侧身躲毒针的同时，圣忆风带着已经吓得没有反应的人从崖下宛若旭日般缓缓升起，周身包裹着强大的剑气，逼得人不能直视。

众人的惊呼声随着逐渐从崖底升上来的圣忆风慢慢小了下去，变为欢呼。

圣忆风没有看怀里的人，随手一抛，挂在他胳膊上的姑娘就如包袱般被不远处的冷沉香接住。

淡眸清扫，看到严曦身后不远处已被高轩叶制伏的独孤翊，他将视线拉回，冷冷地看着严曦，“你已经活得太久了，十三年前你能从那掌中死里逃生，今天，我不会再给你任何活着的机会。”

语落，圣忆风唇角挂着略显残忍的笑意，一步步地向有些惊慌的严曦走去。逐渐地，他的脸色变得越来越晶莹，连皮肤下的脉络几乎都隐约看得见，为他绝美的容颜添了诡魅之韵，披泻在身后的长发在静静飘落的雪花中逐渐开始飞扬。

“幻影神功！”有人忍不住惊呼了一声，“天啊，这是最高境界吗？！”

不只是严曦，就连周围的众人都开始缓缓后退，怕被圣忆风的剑气伤到。

严曦终于感到惊恐，脸色都已经变了，不可置信地看着圣忆风，“不可能、不可能，你不可能练至第十二层……”幻影神功练至最高境界，整个人便会出现如冰似水的特征，而练到这种境界至少需要二十年的时间。据他所知，圣忆风从十五岁开始练起，不可能在十五年内就练成！

圣忆风望着严曦，唇角的笑意越来越深，周身凝聚的剑气也越来越重，包裹着纷飞的雪花，形成一个淡紫色的球，整个人显得越发妖魅，全身的衣袂如被狂风席卷，猎猎飘起。空中飘下大片大片的雪花，卷进他周身的紫气中。他整个人立于晶莹的球内，剔透而明亮，又带着死亡般的凄美寒意。

所有人都被眼前的景象震住，同时朝周围迅速退去。

似笑非笑间，他缓缓抬起右臂，紫色的袖袍轻轻一拂，众人腰间的佩剑皆凌空出鞘，发出一阵哐啷啷金属撞击的声音。两手微微一指，漫天利剑汇聚成一个巨大的旋涡，而后像离弦的箭般向严曦罩去。同时，他的左掌划出一道紫色的光，袖中一朵紫色的莲飞出，射向严曦。

圣忆风双掌如剑，在挥出的同时，那些原本柔弱无害的雪花，瞬间变为可以杀人的利器，在他掌间盘旋狂舞，成片地朝严曦射去。

严曦大惊，迎掌挡去一半的利剑，但完全没有喘息的机会，另一批利剑再次朝他射来。他翻身一跃，飞身纵跃到身后不远处的大石上，众人随着他的方位望去，只见大石下云雾缭绕，如处虚幻之中，极险、极峻。

严曦险险躲过被圣忆风从众人手中引出的剑，那些剑全数插入他脚下的大石上，竟全部没入，只留剑柄在石头外。

严曦才站稳身子，雪花又成片地朝他飞射而来。他再无躲避的地方，也来不及挥掌，眼看雪白就要朝他罩来，他脚下一滑。就在严曦跌入深渊的一刹那，圣忆风忽然冷冷勾起唇，修长的手指宛如抓住一股清风般缓缓一动，雪花便瞬间变得温柔轻盈，轻飘飘地在严曦身前落下。同时，他的掌风轻轻一摆，一股强大的力量如磁石吸铁般将严曦快要掉下悬崖的身体吸了回来，重重地抛在大石下。

严曦捂住胸口，躺在大石下不住颤抖，心里从最初的嚣张变为深深的恐惧。他蜷缩在石头脚下，看着远处如神祇般静然而立的圣忆风，想起方才快要落崖那一瞬间内心深处从未有过的恐惧，强烈的心悸让他几乎站不起身。

“原来你也知道什么是害怕。”圣忆风站在原地，衣袂飘飞，宛如神仙一般高高在上地望着地上的严曦。

圣忆风的态度让严曦想起多年来的努力，又想起溪孟安对他说的话，抱着圣忆风会毒发的希望，强迫自己镇定地站起身，慢慢朝圣忆风走去，尽量拖延时间，想着或许只是时机未到。

“刚才为什么不直接让我掉下去算了？”

“那样死，岂不是太便宜你了？谁知道掉下去的你，会不会在以后的某一天又突然出现？”他冷笑，想起当年自己双亲的惨死，圣忆风的一双淡眸变得幽暗。

说完，不待严曦反应，强大的剑气再次从他的掌中射出。严曦身后大石上的剑哐啷啷地响起来，而后从大石中射出，在空中盘旋一圈，重新盘旋于严曦面前。严曦惊恐地看着满天的利剑，才抬起双臂准备反击，便已感觉周身被强大的剑气割裂的疼痛。蓦地，他狂吼一声，乱剑穿过他的身体，刺向他身后的石壁。他的身体被震飞出去，口中鲜血狂喷。紧接着，一朵紫莲携带着强大的内力，将他硬生生地钉在身后数丈外的石壁上。严曦死不瞑目。

在众人屏息凝神中，圣忆风周身的剑气缓缓消失，飞扬的衣袂也平静下来。

一切恍如梦境。

武林各派的人皆被方才的一幕震惊得说不出话来，眼睛死死地盯着被定在石壁上的严曦，脸上仍旧呈痴呆状。

圣忆风静静地望着眼睛突兀圆睁的严曦，多年来，始终活在复仇中的他，心里逐渐平静下来。

他和丫头的仇，都报了……可是，为何还是有不安的感觉?

就在这时，人群中突然有人道："严曦在看着哪儿？"

这一句似是提醒了圣忆风，他的视线落在严曦的眼睛上。那双眼睛至死都睁得大大的，仿佛看着他，又好像看着其他的地方。

"是啊，他好像看着那边……"

低语突然停止，而后响起窃窃私语。

修长挺拔的身躯旋身，视线落在他方才身后的位置，只见一个坐在轮椅上的白衣人被一个黑衣人缓缓地推进场中。

随着白衣人的出现，开始有人低语询问："那是谁啊？你们见过没有？"

"没有，没见过。"

"是啊，这是谁啊？"

众人只见那人含笑安然地坐在轮椅上，仿佛与冰天雪地融为一体，然而唇边的笑却似暖阳，让人温暖。这一看，大家仿佛看到了曾经还是圣音时的圣忆风。只是，此人的容貌不及圣音清雅飘逸，也没有圣忆风俊美幽魅，有的只是如一朵洁白百合的纯净、秀逸。

圣忆风毫不意外溪孟安出现，缓缓朝他走去，浓密的睫毛轻抬，对上溪孟安笑意盎然的眸子，"你来了。"

溪孟安坐在轮椅上，如梦如幻的眼眸望向圣忆风身后的大石，"杀严曦，对于你来说，还真是易如反掌。"

圣忆风与溪孟安的互动引来众人的猜疑，不出片刻，有人就认出了溪孟安的身份。

"是以前追忆绸庄的老板溪孟安！"

一道惊呼响起，众人沸腾。

“对、对！是他，我说怎么这么眼熟，我在安家酒楼见过他！”

“他一个商人，来看比武做什么？”

在众人的议论声中，溪孟安唇角的笑逐渐扩大，如幻的眸子变得清亮如星子，不像昔日淡然，也不像往日怯弱，反倒如鹰般锐利、无情。

圣忆风望着溪孟安的双眼，静立于原地不动。如果他没猜错，溪孟安的脚根本就没有废。为了以防万一，看来真的是该按第二个计划执行了。

就在此时，高轩叶走到圣忆风面前，“少主，独孤翊中毒昏迷；杜玉菲的血暂时止住，但能不能醒来，就要看她的造化了。”

圣忆风望了一眼远处正在被浅幽寒和冷沉香抬进轿中的杜玉菲，悠然对高轩叶道：“带着独孤翊下去吧。”

“是。”

溪孟安顺着高轩叶离去的背影望去，发觉迦隐的四阁主中，除了菊阁主孤傲洁，剩下三位阁主都已离去，心下微讶。

圣忆风就那么有把握没有四个阁主的帮助能杀了他？溪孟安心里猜测着，又看见圣忆风望向他的双腿，了然一笑，想必，圣忆风是真的不知道他并不是残废吧。

溪孟安细白的指覆上轮椅的扶手，而后微微使力，双脚伸出，落于雪地，雪白的靴子陷入皑皑白雪。

众人发出一阵倒吸气声，“溪孟安居然能站起来！”

“他的脚没事！”

“原来他之前都是骗大家的！”

一个人的指责说出口，所有人都开始附和。

溪孟安很满意地在圣忆风眼中看到一抹一闪而过的诧异，他迈出陷入雪地的白靴，笑容清丽，但那笑并没达至眼底。他又扫了一眼被钉在大石上睁着眼的严曦，啧啧两声。

“仇人的话……自己动手不是更解恨吗？”圣忆风侧身，顺着他的视线看向严曦，眸底含笑，却清冷，不是十丈软红中的超然，不是花前月下的温柔，而是一湾清泉，冷得彻骨。

溪孟安可真是个狠角色，不但利用了严曦，到头来还借圣忆风之手杀了严曦。严曦死都不会想到溪孟安是前日教教主杜寒的儿子。

想起自己的计划，圣忆风的唇角勾起一抹笑，凤眸宁静而深邃。要让这样一个跟他一样小心谨慎的人掉入陷阱，戏若演得不真，必定会被怀疑。

“只要结果一样，谁动手都一样。”

听着两人的对话，两人表面看似客气，众人以为两人的仇人都是严曦，殊不知两人之间其实激流暗涌。

“如果我没记错，你是叫杜安吧？”圣忆风笑睨着溪孟安，缓缓开口，低柔的语调里多了一丝慵懒，在霎时间寂静下的崖边幽幽渺渺地回荡着。

溪孟安并不惊异于圣忆风早已知道自己的身份，他长睫颤动，眸中有着圣忆风看严曦时激烈的恨意，“既然知道我的身份，那我就不用说明来意了。”

过了半晌，众人才反应过来杜安究竟是谁。

“他居然是日教前教主杜寒的儿子！”

“杜寒全家不是早就死了吗？！”

听到众人的议论，溪孟安的双眸更加冷厉，平日里底气不足的声音也扬了起来，“当年虽是严曦设计了我爹，但终究是你害死我全家，逼得我娘在我面前自尽！他该死，你更该死！”溪孟安朝圣忆风迈出去一步，单薄的身子在山风中因愤恨而有些颤抖，冷风扬着他洁白的衣袍，宛如颤抖得快要跌落的白蝶。

溪孟安的眸寒光四射，唇角浮出冷厉的笑，白袖扬起，宛如一阵风般朝圣忆风袭去。

圣忆风银靴轻退，绛紫的衣袍在风中因他的动作扬起，雪雾在两人的脚下腾起，形成一股朦胧的雾气，迷蒙了众人的视线。

溪孟安解下缠绕于腰间的银色软剑，原先柔软似绢布的剑身在他掌间化为硬芒。他轻轻一送，内力灌注于剑身，直直地朝圣忆风的脚下刺去，轻轻一摇晃，逼着圣忆风迅速朝后退去。

圣忆风的唇角勾起一抹诡异的笑，脚步看似无意地回转，再被溪孟安一个逼退，两人打斗间到了崖边，看得众人均紧张地屏住呼吸。

绛紫的袖袍抖动，众人以为圣忆风要使出幻影神功，却并没有看到变化。

溪孟安忽而收势，朝远方退去，白袍宛如百合花般绽开。他哈哈一笑，“怎么？使不出幻影神功了？”

溪孟安的语气令众人一惊，不知是何意。

为什么圣忆风会突然使不出幻影神功?

圣忆风旋身朝相反的方向退去，仿似一朵莲花在空中漂浮了一圈。一阵风起，掀起了漫天的雪花，他最后落身于大石前。

倏地，他的身体踉跄了一下，剑眉蹙起，不稳地退后一小步，站稳身子。他抬眸，凤眸中有着冷意，“你做了手脚？”

看到圣忆风的反应，溪孟安一颗悬着的心才真正地放下，他本担心圣忆风早已发觉影儿在汤中做了手脚，已服下解药，如此看来他并没有。

“不是我，是你那丫头收养的影儿。”溪孟安忽而笑起来，笑声穿越过方才被两人的打斗击起的雪雾，“知道什么叫引狼入室了吧？”

被雪雾迷蒙了双眼的溪孟安看不到圣忆风的唇角浮荡出一抹邪魅的讥诮，“你下了毒？”

“解乌兰而已。”溪孟安听到圣忆风逐渐低弱的声音，目中掠过精光，有得逞的骄傲，也有冷酷，“它毒发时只会让你使不出内力，无法动用幻影神功，而且，使出一次幻影神功，便会耗去你一半的功力。”

“如果我没看错，你杀严曦的时候，用的是幻影神功吧？而且，你刚才试图使出幻影神功，恐怕又费了两成的功力。”溪孟安的激动使得他周身的气流滚动，雪花轻卷，“现在的你，只剩三成的功力。杀你对我来说，就如你杀严曦一样，易如反掌。”

“那就试试。”在溪孟安看不清的雪雾里，圣忆风轻扬起唇角，眉梢眼角都流露出一股子悠然。

溪孟安忽而足尖轻点，朝崖边的圣忆风飞去。

圣忆风迎身上前，修长的指幻化为剑，与溪孟安的软剑相击，绘出剑光。他轻柔收挑，剑尖变化百出，冷如冰，硬似钢，柔若水，光胜月，在他玩弄戏耍的掌中以不同形态展现，摄人心魄。

突然之间，一股大风吹起，弥漫起白茫茫的一片，同时遮住了众人的视线。溪孟安看圣忆风的剑招似是愈来愈无力，在大风缓慢回落，视线变得清明的瞬间，一掌朝圣忆风击去。他的双手在触及圣忆风胸口的同时，圣忆风忽然收剑，单手抓住溪孟安肩头的衣服，迎上一掌，迅速朝后退去。

局面在一瞬间扭转，视线刚清晰，众人就看到圣忆风一个翻转，两人同时落下深崖。

崖上呼吸粗重的众人看着突然扭转的局面，没有人出声，也没有人议论，仿佛时间就在那一瞬间静止。

突地，一道凄厉的声音炸响。

“师父！”绝舞从马上飞奔而下，不顾身后颜琦的大喊，朝崖边飞去。

天！她刚才看到了什么？那是师父与溪孟安吗？！师父落崖了？！不，她不信！她不信！谁都有可能死，只有师父不会！

“绝舞姑娘，不可以！”孤傲洁一惊，和颜琦一起飞身过去拉住绝舞。他们毫不怀疑，若是此时不拦住，绝舞一定会跟着跳崖。少主嘱咐过他们：今日无论发生什么事情，都不要出手，要保护好绝舞姑娘。

"不要、不要！你们放开我、放开我！滚开！"绝舞被两人禁锢住，在两人怀里拳打脚踢，"师父落崖了！放开我！你们不去救，我去！"

"绝舞姑娘，冷静！少主会没事的！"

就在绝舞的情绪几近崩溃之际，突然，人群中有人喊道："上来了！"

疯狂捶打颜琦与孤傲浩的人儿倏地停手，泪水满面的脸转向崖边望着出现的两人。绝舞刚想出声，又怕让圣忆风分神，急忙捂住嘴巴，看着两人的情况。

两人在空中交锋，又同时借力朝崖边的大石上跃去。圣忆风脚下的石块突然一阵松动，与大石的相接之处轰然断裂。众人又发出一阵惊呼。绝舞则心惊地捂住唇，不敢发出声。

圣忆风紫袍翩翩，衣衫摆动，左足踏上右足，然后借力，欲提气跃回大石，溪孟安却在此时，借机朝圣忆风击去。一股强大的气流以排山倒海之势，从溪孟安的身体四周散发出去，他手臂一抬，巨大的掌风杀伤力十足地攻向圣忆风。

圣忆风身形一晃，因使不出内力，再无力上提，一个踉跄，跌下万丈绝崖。

"师父——"绝舞从颜琦怀里挣脱，一个飞身，以迅雷之势朝崖边扑去，然而迷雾缭绕的万丈深渊除了雪雾，什么也看不清，早已没有他的身影。

"你骗人、你骗人！师父是大骗子！"她仰首怒喊，泪水宛如泉般喷涌而出，"你说过会不伤一根头发地回去！你骗人！大骗子、大骗子！"

第三十六章
涅槃后重生

孤傲洁和颜琦互望一眼，急忙朝绝舞飞去，将在崖边的人儿架了回来。

“绝舞姑娘！冷静！”

孤傲洁一向冷静的容颜此时竟泪痕斑驳，她将绝舞推给颜琦，悲斥一声，飞身向立于大石上的溪孟安攻去，却在半途中被空幻大师截住，“菊阁主，不可！”虽说溪孟安是耍了手段才打败了圣忆风，但不得不承认，溪孟安的功力绝对在四阁主之上。

孤傲洁惊怒交加地望着溪孟安，碍于空幻大师阻拦，只能落回原地。

绝舞在颜琦的怀里疯狂地哭喊挣扎，使出浑身力气对颜琦拳打脚踢，甚至咬上颜琦揽住她的胳膊。鲜血顺着她牙齿陷入的肌肤中流下，颜琦只是微蹙眉头，胳膊却丝毫没有松懈地箍着她，“绝舞姑娘，少主不会希望你变成这个样子。”

提及圣忆风，她的身子倏地一颤，浑身的血液仿佛在瞬间冻结。她停住疯狂的举动，倏地大哭起来，哭声响彻整个山崖，听得崖上众人皆惊。

师父落崖了？不，她不信……

那是师父，师父那么厉害的人，怎么会被溪孟安打败？

溪孟安？！解乌兰？！

她倏地想起自己听到的事，对，是溪孟安下了毒！她猛然抬眸，望向大石上的溪孟安，那眼神宛如利剑穿心般，恨不得将溪孟安撕成碎片，然而，看着看着，她的眼神有了变化，逐渐平静下来。

溪孟安冷厉一笑，飞身跃至大石下，白衣飘飘，却如恶魔，让众人不屑。

他望着颜琦怀里的绝舞，他从未见过她这样，与方才的疯狂相比，此时的她更让他震撼。她的表情非常平静，那是一种绝望，愤恨至极后反归于平静，没有了他喜欢的耀眼笑容。此时的她，就只是一具没有灵魂的躯壳，空洞而沉寂。

包括空幻大师在内的几位德高望重的人，均纷纷劝说孤傲洁、颜琦与绝舞三人，让三人切记不可意气用事。

“颜大哥，放开我。”绝舞的声音异常冷静，冷静得仿似方才大哭大喊的不是她。

颜琦紧紧地箍着她，没有动。

“你放开，我不会做傻事。”她蹙眉，水漾的眸里映着几步之外的溪孟安，微一提气，从有些犹豫的颜琦的怀里挣脱出来。

颜琦正欲上前，看到她并没有激烈的动作，这才放下心来。

怔怔地望着溪孟安，她的眼中有泪，可她微一咬牙，攥紧拳头，将泪硬生生地逼了回去。

她不能哭、不能软弱！

师父在的时候，帮她扛起了一切，为她营造了一个与世无争的世界，甚至为她报仇。可师父现在不在了，她不能再软弱下去……

悄然无声的断情崖上，几乎能听到雪花飘落的细微声响，漫天的白雪若银舞灿流，雪雾缥缈。

她迟缓地迈开步子，小脚踩进积雪里，在她身后留下一个一个的脚印。

她的唇在雪雾中轻轻嚅动，却没人能听得到她在说什么。

绯色的衣裙在山风中扬起，猎猎飞舞。那抹娇小的身影在漫天雪花中显得尤为凄楚，连步伐都沉重得似千斤铁石。

在场诸人被气氛感染得站在原地无法移动，忘记说话，只是静静地看着她一步步走向溪孟安，不知她究竟要做什么。

溪孟安站在原地，长发披散，被风撩拨，散飞在他的身体四周。他凝望着她逐渐走近，想起初见她时两人交手时她狡黠的模样，以及她时常挂在唇边的灿烂笑容和粉颊上的酒窝，心跳竟无法抑制地加速。

刚才看到她因圣忆风落崖而扑到崖边发出悲鸣，那一瞬间，他甚至想：如果是他落崖，她会是怎样的反应。

只要看到她，他就好像吸了麻药一般无法自拔，那种感情是如同罂粟般的存在，只要一接触，就会上瘾，无法自拔。

溪孟安被自己的想法猛然一惊，他的眸子炯炯发亮，却面无表情地望着眼前的人儿。

不！他不喜欢她！她只是他的一颗棋子！现在他的复仇计划已经完成，他再也不需要她！

他不能被任何人影响情绪！他要除去迦隐，重振日教！他要成为武林第一！他不是为了女人可以放弃一切的傻瓜！他要成为霸主，他不要被任何人阻挡眼前的道路！

溪孟安看着已经站在他眼前的绝舞，那张娇俏的脸上此刻布满泪痕，双眼哭得红肿，没有任何美感可言，然而看在他眼里，却分外揪心。

她走到溪孟安的面前，缓缓地抬起头，红肿的眼睛望着溪孟安，“杀了我。”

她的话让在场的人清醒过来。顿时，阻止的言语飘来。

颜琦一惊，正要上前，绝舞蓦地回首，望着孤傲洁与颜琦，“你们若仍将师父当主子，就不要过来。”

孤傲洁凝着绝舞，却并没有在绝舞脸上看到任何赴死的绝望，相反，那双莹亮的眼睛中此刻尽是希望与决心。

孤傲洁伸手抓住颜琦，“不用过去。”同时，她望着颜琦，语气悲凉，“少主已经不在，她若刻意寻死，我们谁也拦不住。”

颜琦本要开口，倏觉孤傲洁的手收紧，两人多年来的默契，让他站回原地。

绝舞转回头，木然地望着溪孟安，“杀了我。”

溪孟安的眼神变幻莫测，心里不断地告诉自己：她是障碍，是障碍……杀掉她，就再也没有人能够阻挡他，既然如此，何不给她一个痛快，也给自己一个痛快？

心还在犹豫，等着给自己下一个决定，给这个自己最初拿来当棋子的人一个结局。

是生，还是死？

不知道，他的脑子有些混乱，真的不知道。

绝舞目不转睛地看着溪孟安的眼神。师父说过，若要知道一个人想什么，就看他的眼睛，那里面有最真实的情感，纵使一些人善于伪装，也逃不出自己的心所自然而然地流露出的情感。

“杀了我，不然总有一天，我会杀了你。”她的语气平静，没有怒气，也没有紧张。然而绯色水袖下的手却攥得更紧，指尖陷入手心柔嫩的肌肤。

她说，要他杀了她。

溪孟安的心蓦地一阵刺痛。

他看着她为圣忆风而悲痛，想要将她脸上的冷漠撕掉，换回以前的灿烂。

她让他杀了她，那他还在犹豫什么？

忽然，她平静的眼睛里水雾凝聚，泪水逐渐汇聚，从眼角滴落下来，顺着她苍白的脸颊一直滑落到圆润的下颔。

这样的眼泪，让人心生怜惜。

心中刚闪过这个念头，他就深刻感觉到这个女人对自己的影响。

她留不得！

如果她是这么重要的存在，那势必会让他的心变得柔软，一定会影响他接下来要做的一切！

心念一动，他的唇角勾出一抹露骨的杀气。

他表情的变化，引来周围整齐划一的倒吸气声。

下一瞬，他伸出袖袍中的五指，掐上她的颈项。

她的手攥得更紧，然而她却笑了，颜色憔悴的脸上居然散发出夺目的光彩。

她的笑，让他心中一动。他手指用力，心中交织着苦与涩，不知道自己究竟在想什么，脑中不断地命令自己杀了她，这样一来，自己就再无弱点，然而手下的动作却迟缓得像是在拖延时间。

“杀了我啊……咳咳……不然我一定会杀了你……”

闭嘴、闭嘴，你给我闭嘴！

溪孟安在心中呐喊。终于，在她的笑容下，他咬牙道：“你给我闭嘴！”

凶残在眸子中闪耀，他的手上加重力道，看着那白皙的脖颈上出现红色的指印，视线上移，看到她的脸涨得通红，心中被别样的东西填满，手蓦地松了一分。

她感到他手劲的变化，“呵呵，你也会手软？”

她的笑，看在他眼里分外刺眼，讽刺的音调让他的心更乱了，“闭嘴！”

雪花在他眼前飘飞，却不及他此刻纷乱的心。

看着她逐渐涣散的眼神，他不知道自己混乱的心绪如何发泄，手指挣扎起来，变为抚摸着她白皙却发红的颈项。

他的眸光从混乱转为明亮，“我为什么要杀你？杀了你，岂不是更合你意？我要看着你为他痛苦，生不如死。”他为自己寻找了一个不杀她的借口，心中豁然明朗。原来，他不是舍不得，只是不想她如此痛快地死去。圣忆风死了，他要让圣忆风爱的人生不如死！

蓦地，他在众人紧张急促的呼吸中，松开手。

她被一阵外力推开，踉跄地退后几步，捂着脖颈，不断地喘咳。

溪孟安望着她，眸子中闪烁着异样的情感，而后在众人惊讶的眼神中缓缓地从绝舞身边走过，“我等着你来报仇。”

她垂首，用手抚摸着自己发红的脖颈。在溪孟安离开后，她蓦地闭眸，唇角终于逸出一口气，双肩也松懈下来。

他没杀她。

方才一直紧绷的心此刻狂速地跳起来，想着他方才在杀她时看她的眼神，绝舞蓦地笑了，笑得悲凉而嘲讽。

师父果然说对了。

师父总是对的，可是、可是他怎么能骗她？

他说他会不伤一根头发地回来。

大骗子、大骗子！

小手抓紧胸前的衣襟，狠狠地收起，似乎再用大一些力气，就能抑制住从胸口不断传向全身的痉挛之痛。

风吹，雪飘，戏散了。

她依旧立于原地。雪花在她身上覆了厚厚的一层，她却宛如雪人般一动不动。

孤傲洁终于看不过去了，走上前，环上她僵硬的肩，将她搂进怀里，“你刚才太冒险了。”

冒险？她轻笑一声。现在的她，连死都不怕，还会觉得什么是冒险。

她没有给自己过多的时间悲伤，走到颜琦身边，“颜大哥，把迦隐的人都召集来，我要下去找师父。”

众人不约而同地朝崖边望去，那深渊白茫茫的一片，崖下的险恶无人能知，这样的地方，掉下去根本没有存活的可能性。

然而，却没人敢打破这个悲伤的姑娘最后的希望。

颜琦应了声，放出信号。

同时，周围的众人也都纷纷上前，决定下崖去帮她找圣忆风。

崖下悄静得没有丝毫风声，寂静阴冷得让人绝望。

在比崖上稍稍稀薄的雾气中，能看到周围枯枝中遍布的断石。孤傲洁和颜琦看到周围的情况，心顿时沉了下去。周围帮助寻找的众人中，也有人压低声音说着不可能有人从那么高的地方掉到这里还能存活，更何况圣忆风失去了内力。

两人听到别人的窃窃私语，朝前面卖力拨开树丛、枯枝寻找的人望去，紧紧地蹙起了眉。

孤傲洁走上前，伸出手想要阻止舞儿，但又不忍心打破她的希望，将手缩了回去，在周围寻找起来。

绝舞在乱石和枯枝间不断地游走，一双冻得冰凉的小手木然地拨着周围的树枝，从这一端走到另一端。

她沉浸在自己的世界中，听不到周围人的窃窃私语，感受不到崖下阴冷的风，也看不到被枯枝剐破不断流着血的小手。

她的脑中只有一个念头，那就是：她要找到师父。

无论师父是死是活，她都要找到！

天色渐渐暗下，本就冰天雪地的断情崖气温骤降，崖下更是寒冷难耐。

周围的人渐渐地都放弃了希望，加上气温已经降到让人无法忍受的地步，众人开始互相游说，决定离开这里。

孤傲洁看到众人蜷缩着身子，冷得打战，走上前对空幻大师道："大师，这里越来越冷，你们还是上去吧，迦隐的人手已经足够了。"

空幻大师环顾四周，又看了看依旧弯腰奋力找人的舞儿，叹了一声："告诉那位姑娘，节哀啊。"

孤傲洁的眼睛一红，轻嗯了一声。

除去迦隐的人，其他人纷纷离去。天色愈来愈暗，气温愈来愈低。崖下，一片漆黑中亮着无数的火把，在黑暗中摇摇曳曳。

她不知疲倦地在乱石间上上下下，不放过任何一个角落，崖下一片的地方都被她翻了个遍，还是一无所获，甚至连破损的衣角她都没有找到。

她坐在落满雪花的冰石上，无神的眼望着四周摇动的火把。

世界悄然无声，陷入一片黑暗。

她回想着他在她眼前落崖的那一瞬间。一刹那，她的胸口空荡荡的，仿佛心也随着他一起跌下了山崖，碎成了没有知觉的千万片。

怎么会？师父那样神仙般的人，怎么会就这样落崖？

她不信、她不信！

找不到尸体，她就不信师父真的已经死了！

她用寂静如死的声音慢慢地道："我不信、我不信……他说过会陪我，他不会骗我的……"

自言自语着，她蓦地跳起来，朝另一片她还没有寻找的地方飞奔而去。

颜琦看着绝舞，眼底有着深深的沉痛，"这样下去，她会没命的。"

孤傲洁低咒一声，再也看不下去，朝她飞身而去，一把将她转过来，"够了！你就是翻遍整座崖，少主也不会死而复生的！"

她空洞的眼睛在孤傲洁的脸上聚焦。她蓦地跳起来，朝孤傲洁大喊："你住口！住口！师父没死！师父不会死！不会死的！"

倏地，颜琦在她身后点了她的穴道，几近疯狂的人儿终于安静了下来，空荡而阴冷的崖下也重回死寂。

颜琦抱起绝舞，与孤傲洁对望了一眼，“上去吧。”

一小缕轻风拂过红烛，室内的光线骤然暗了下来。

溪孟安立于窗前。忽而，他转身背对窗外月光。月光在他身后氤氲成一圈光环，然而他的脸庞却笼在黑暗之中，深不见底的一对眼瞳漆黑如墨、深邃如潭。

再一次，他告诉自己要冷静！

蓦地，闭上眼，将她的笑、她的泪从脑中驱逐。

三更，更鼓的声音突破重重围墙，传入溪孟安的耳中。

门吱呀一声被推开，一道高大的身影走入房间，“主子。”

“你回来了。”溪孟安抬眸，看着走进来的人，“尹蓉还在尘家庄？”

“嗯。”无论他怎么说，尹蓉都不同他回来，说是要留在尘家庄解决一些事情，一张脸涨得通红。

“莹呢？”既然问题都已解决，也到了该恢复真正身份的时候了。

尹昭顿了顿，“在尘家庄。”

明眸瞬间射出一道寒芒，“她倒是喜欢上那地方了？”

“今天夜里，绝舞姑娘被颜琦抱回后，就一直高烧不醒。莹姑娘说她要留下照顾绝舞姑娘最后一晚。”尹昭心里的震惊丝毫不亚于溪孟安。他们认识的那个莹应该是个冷血无情的人，除了主子，谁都不认，最终却对绝舞产生了同情。

提及绝舞昏迷，溪孟安心里一阵混乱。他烦闷地挥挥手，“要留就留，让她明天回来先到我这里来。”

“是。”

“尘家庄情况怎么样？”不是他多心，而是圣忆风确实诡计多端，他难保不是诈死，然后在背后捅他一刀。

尹昭垂眸，“只能说是一片混乱。圣忆风的师叔也到了尘家庄，说是要找主子报仇。尘无影也发誓定要主子陪葬。”他也是在一片混乱中才能被莹救出，逃了出来。

听到有人要找他报仇，溪孟安不怒反笑。

轻笑中带着张狂的味道在黑暗的屋内回荡。溪孟安轻轻一扬手，烛火缓缓燃起，“去找日教曾经的前辈，我要重振日教。”看来，圣忆风不是诈死，不然绝舞今天也不会有那般绝望的表情。

“是。”

转眼间，离圣忆风落崖的日子已过了三日。

尘家庄内表面的宁静平和之下，无处不飘浮着悲伤的因子，连吸入的空气都让人心酸得想要流泪。

晌午的阳光静谧、安然，整座园子里一点风吹草动都没有。

斑驳的树影下，绝舞阖着眸子，半躺在松软的草地上，只穿着白色的中衣，身上搭了一方羊毛毡子，似乎是睡着了。

一个黑色的人影轻而无声地走过去，将手中的一小瓶药放在她身旁的草地上，垂眸看着合眼睡觉的人儿。纤长的睫毛安静地覆在眼睑，整张脸比以前几乎瘦了一圈多，圆润的下颌变得削尖，几乎一只手就能盖住她整张小脸。

看似还在沉睡中的人儿倏地睁开了眼睛，直直地盯着上方的人，慢慢坐起身，靠在身后的树上，冷冷地道："你还有脸来？"

已被识破身份的影儿换下了之前绝舞为她准备的甜美可人的衣裙，换上一身黑色劲装，原本可爱的脸上没有任何笑意与表情，大而圆的瞳眸微垂着，凝视着她，"我的真名叫莹。"

她冰凉的手撑住身子，从地上站起，冷嘲道："你叫什么名字，关我什么事？现在立即从我眼前滚开！"

莹的视线移到药瓶上，又看看她雪白脖颈上仍旧没有消去的瘀红，"那是主子让我给你的药。"

她随着莹的视线看到那个药瓶，俯下身拿起，"你主子？溪孟安？"

她咬着牙，在念出那三个字的时候几乎快要将牙齿咬碎，声音愈加冰冷，"在背后捅我一刀，然后又来说对不起？"

小巧的瓶子倏地脱手而出，不偏不倚地砸中莹的额头，发出咚的一声，而后骨碌碌地滚到地上。

"滚。"杏眸轻抬，宛如万年寒冰般看着眼前曾经被她救回的人，看着对方的额头上渐渐地渗出血。

莹站在那里，一动不动，冰冷的眸光似乎渐渐柔和，嚅动唇角，想要说什么，却又听她冷笑道："还站在这儿做什么？等着我给你上药，还是跟你主子一样想用苦肉计让我同情？"

莹的黑眸一闪，慢慢退后一步，"记得上药。"她深深地看了一眼绝舞，神色复杂，而后飞身离开。

午后的风渐起，绝舞冷漠的神色未变，冷冷地注视着那抹黑影离开的方向。

她的脸色苍白如纸，圆润的脸蛋变得尖削，显得成熟了几分。她光着足，踩在松软的草地上，慢慢地朝屋内走去。黑色如瀑的长发宛如丝绸，光滑透亮，未梳一髻，倾泻在肩头，白色的中衣在风中被吹得紧贴住她小巧的曲线，身子单薄得似一阵风就能吹走。

她的眼睛直直地盯着屋门，一步步走过去，没有看周围任何一处能勾起她回忆的草木。当她走回屋里，看到那张他在夜里拥着她入睡的床，黑眸中瞬间涌出泪花。然而只是一瞬，她的手紧紧掐住门框，强迫自己将深沉的情感暂时藏入心中。

尘无影走进沁园后就看到绝舞失神地从园中走回屋子，不放心地紧紧盯着她，生怕再出什么意外。想起那夜回来后的情形，他到现在都会打冷战。

在那孱弱的肩膀停止颤抖之后，尘无影终于走上前，轻轻唤了一声："舞儿。"

绝舞回眸，看着尘无影，"还是没有高大哥的消息？"

"嗯。"自圣忆风落崖后，连高轩叶也失去了消息。那日，高轩叶是与浅幽寒和冷沉香一同下山，但甚至连冷沉香都不知高轩叶究竟去了哪儿。

绝舞的眼神越过尘无影，似乎望回远远的从前。她的眼神极富深意，只是静静地看着。忽而，她对尘无影道："我要去追忆园。"

尘无影听到她这样的决定并不意外，但他还是皱了皱眉，"这不是个理智的决定。"

她走到桌前，倒下一杯茶，润着自己干燥的唇，目光黯了下去，"你以为我真的会拿鸡蛋碰石头？"

在尘无影不解的目光中，她站起身，在尘无影面前转了一圈，"我看起来怎么样？"

不问还好，这一问，尘无影的眸光沉了下去，"糟透了。"

听此话，她反倒笑了，笑得很寂寞、很温柔、很忧伤，像春天落地的樱花。

她双手背后，踮着脚尖，更加小巧的脸微扬，朝尘无影凑去。在这一瞬间，尘无影一阵失神，仿若看到了多年前的那天，她就是这样踮起脚尖朝他凑来。那个时候，她宛如向阳的葵花，灿烂明丽，笑靥如花，然而现在，却苍白得让人心疼。

她勾起唇，忽而笑起来，"越糟越好。"

尘无影怕她做傻事，一心寻死，"你要干什么？"

"放心，我会保护好自己。"她垂眸，望着自己的脚尖，神态寂寞而疲倦，"师父在的时候，我让他操心，他现在不在了，我不能让他操心。"

漠漠轻寒，烟雨如织。

这是一个容易令人回忆和忧伤的天气。

溪孟安立于莲花池中心的石亭，负手而立，看着满川烟雨。细细的雨丝在轻轻的、淡淡的雨雾中穿梭，洋洋洒洒地落在池上，泛起一圈圈细小的涟漪，在池上绽放。

整个莲花池笼在迷雾中，苍茫得看不见天际的轮廓，远处的亭台楼阁只能隐隐地看到昏暗的影子。

他的身体倾出亭台，让雨雾拍打着他的脸，表情温柔得不似那个心机重重、骗过所有人的溪孟安。

他的眼睛望着远方，似是等待着什么，终于在一抹淡淡的红在雨雾中逐渐清晰时，他的瞳眸变得明亮起来。

绝舞飞身至石亭之中，大概由于身子虚弱，身手并不如从前灵敏，落脚时有些微微的踉跄。

她抬眸，看着那双假意温柔的眼睛，双眼冷冷地泛出寒光。虽然她瘦了一大圈，看起来楚楚可怜，然而眼神中却看不到任何柔弱无依，更多的是一种刻骨铭心的仇恨。

“今天，我要为师父报仇。”音落，她迅速拔出腰间的凤玥剑，持着利刃，狠狠地朝溪孟安刺去。但溪孟安只是轻轻一旋脚，就躲了过去。

他处处让着她，直到她的脚步虚浮无力，他才一掌钳住她的手腕，将她拉至怀里。

他垂眸望着怀里苍白的脸，潋滟的眸子一瞬间变得锐利如刀锋，“你当真那么爱他？爱到来找死以求解脱？”

她垂首蓦地咬住溪孟安的手背，皓齿陷入他柔嫩的肌肤，鲜红的血立即涌出。直到尝到口中的腥甜味，她才松开牙齿，抬眸望着他，“我不是来求死，是来报仇。”

像是听到了天大的笑话，他大笑起来，而后视线落在她的唇上，有些苍白的唇因沾染上他的血迹而显得诡异、诱惑。

纵使手背血流不止，他还是没有松开她，注视着她的唇的双眸逐渐变得火热。

他的手想要摸上她的唇，却被她狠狠打开，同时从他怀里挣脱出来，然而力道过大，反倒让自己撞上身后的石桌，闷哼一声，蹙起眉。

“连站都站不稳，还想要报仇？”溪孟安闲适地朝身后靠去，将后背抵在亭柱上，随即笑了，“我记得初次与你交手，你的武功相当不错。若想报仇，还是养好身子再来，我奉陪。”

她轻哼一声，“不用以后，就今天。”

说着，她握紧手中的短剑，再次朝他刺去，然而溪孟安虽招招让她，她还是根本无法触到他。她眸底的诡异之色一闪而过，银光一掠，短剑入鞘，她改为以掌相击。数招之间，两道身影如疾电快闪，转眼间已经飞掠到不远处的假山上。

她身后的长发已乱，面色泛红，不住地喘气，身子越来越虚弱。溪孟安看得出，以她现在的状态，就是再多十个这样的她，也不是他的对手。

就在溪孟安处处让着她不反攻之际，她忽而娇斥一声，一掌朝溪孟安的命门劈去。溪孟安没料到情势的变化，微微一惊，反射性地击出双掌，朝她击来的掌袭去。

双掌相击，她被强大的内力弹开，脚踩在坑坑洼洼的假山上，身子不稳地朝后退去。溪孟安急忙收掌，然而根本来不及伸手去拉她的手，眼睁睁地看着那宛如脱线风筝般的柔弱身躯朝假山间摔去，发出骨头撞击硬物的声音。他的心一下子沉了下去。

渐渐陷入昏迷的绝舞，在溪孟安视线不及的地方，缓缓勾起唇角。

这种天气果然最易触动人的情绪，她等了几天，才等到这样的天气。呵，还真是管用。

雪白的身影如狂风掠至绝舞身边，轻手轻脚地将昏迷的人儿拦腰抱入怀中，落于平坦的草地上。

他望着她毫无生气地躺在他怀里的身躯，以及额头上不断流出的鲜血，心底的不安再次动荡起来，掀起波浪，一波强过一波，比那日手指掐上她脖颈时更加磅礴。

“舞儿？舞儿？”他轻轻拍打着她的脸颊，试图将她唤醒，“醒来、醒来！你不是要报仇吗？！你给我醒来！”

“主子。”

“去叫大夫来，快！”吩咐过身后的尹昭，溪孟安抱起她朝屋内飞掠而去，如风般在身后的雨雾中扬起了一片落叶。

好难受，脑袋好胀，胸口好痛，好像胸腔都被水溢满，阻断了新鲜空气进驻，使得她无法呼吸。胸口像是要被水撑破……

她看到他如落雁般朝崖下坠去，她飞奔了过去，伸出手，却连他的衣角都触及不到……

一股冰凉的触感落在她疼痛的额际，拨开她因梦魇而汗湿的发丝，动作虽然温柔，却不是她眷恋的熟悉。

鼻头一酸，泪，再一次沿着脸颊滑落。

“她怎么还没醒？已经两天了。”

这是……溪孟安的声音？她真的留在追忆园了？在丝被下紧紧拽着被单的手，在这一刻松懈下来。

“很快就会醒，这位姑娘身子实在太虚弱，所以才会沉睡了两天，剩下的情况要等她醒来才能断定。”

“还会有什么情况？”低沉的嗓音扬起，有着明显的不悦。

绝舞强撑起眼皮，眸子眨了又眨，目光才能直勾勾地望着上方，脑袋疼得使她不自觉地捂住头。下一瞬间，一只冰凉的手覆上她的额头，“你醒了？”

不知是错觉，还是神智过于恍惚，她竟在他的声音中听出了超出她意料的关心与看到她醒过来的放松。

溪孟安的手指冰凉，没有她喜欢的温热，她心里想要躲开，却没有动，只是睁着大大的眼睛望着溪孟安。

她的眼神，让溪孟安一头雾水。

“你没事吧？”他想让自己的语气更加冷漠一些，但是看着她无辜的大眼睛，他不自觉地温柔了很多。

她伸出丝被下的双手，紧紧地揪住被沿，向上拉了一寸，像乌龟般将脑袋缩进被里一寸，十指紧紧揪着，头颅压得好低好低，一双泛着水光的眼睛望着溪孟安，眼中尽是好奇。

感觉到她的不对劲，溪孟安伸出手，想要碰触她。她却朝床里面缩了过去，大大的眼睛看看溪孟安，又不时抬眸偷觑溪孟安身后的大夫。

溪孟安蹙眉，转首对身后的大夫道：“这是怎么回事？”不至于撞到脑袋就不会说话了吧？

“这……”老大夫望向绝舞，有些不确定。

就在这时，绝舞终于伸出小舌头来舔了舔下唇，望着溪孟安启唇，讷讷道：“你……是谁？”

她的话让溪孟安当场怔住，手指变得僵硬，“这是怎么回事？！”

老大夫上前一步，看到绝舞的症状，这才肯定地指着自己的头，“她因头部受到撞击，导致这里受到重创，可能不但影响她的记忆，还会影响言行、动作等等。”

听完大夫的话，溪孟安好看的眉紧紧地拧在了一起，倏地起身，转身攫住大夫的衣领，“你再给我说一遍，她失忆？！”

她怎么能失忆？她忘了跟他有关的一切？

“她……”

大夫还没说完，两人耳边突地传来一阵哭声。两人转首望去，方才还窝在被子里的人，此刻坐在床上，抱着被子号啕大哭。

溪孟安一怔，松开手。

绝舞抱着被子，盘腿坐在那里，扁着小嘴，哭得上气不接下气。

“她怎么了？”溪孟安朝床边走去。

“不知道……”大夫也被这突来的转变震住，急忙退后几步，远离“炸弹”。

溪孟安朝绝舞伸过手去，绝舞却拿起软枕不住地朝溪孟安拍打，“走开、走开！你是坏人、是坏人！”

失忆了居然还对他是坏人念念不忘，这一刻，溪孟安居然有想笑的冲动，“我不是坏人。”

“你是！你就是！你刚才打那个老爷爷，好凶！你是坏人！”他的解释，并未得到她的信任，她还是不住地拍打他。

枕头的硬角砸在溪孟安的脸上，让他忍不住一把拽住她不断挥舞的小胳膊，怒吼了一声：“住手！”

她被一声大吼震住，还流着眼泪的眼睛睁得大大的，望着溪孟安愠怒的面容，小嘴瘪着，不挣扎，不扭动，只是用无辜的模样看着他，像极了受委屈时忍气吞声的小猫。

她的模样让溪孟安心里陡升一种欺负弱小的罪恶感。他挫败地轻叹一声，用低柔的声音对她轻轻地道：“我不是坏人，你不可以再打我了，好不好？”

她不出声，吸吸通红的小鼻头，似乎在考虑他说的话的真假。

溪孟安见她不再有动作，缓缓松开她的手，回首问道：“她会这样多久？”

大夫瞅了瞅茫然的绝舞，“这个……也许一阵子。”

“也许？”

“也许……一辈子。”

“一辈子？！”溪孟安的脑中呈现半晌的空白，脸上愕然的模样与此时的绝舞如出一辙，只是，溪孟安的眼底更多的是幽深，而绝舞更多的是天真无邪。

“知道了，你下去吧。”

“是。”

溪孟安用极尽温柔的眼神望着愣愣的绝舞，喃喃道：“你居然忘了一切……这是上天给我的一个机会吗？”

说着，他看到绝舞好奇地眨了眨她无辜的眼睛，他轻笑出声，看着她的眼睛，“无论如何，我是不会放你走了。”

说着，他倾身上前，将她揉进怀里，“这是上天注定的，你逃不掉了。”

感到怀里人儿的扭动挣扎，他轻轻松开她，“舞儿，你是我的。”

“舞儿……”她仰起脑袋，呆呆地重复。

"对，你叫舞儿。"溪孟安垂眸，看着她纯粹的清颜，以及大眼睛中的天真，诱哄着，"是我的。"

"舞儿……"她垂下脑袋，念着这个名字，又抬起眸看着他，"你的？"

"对，我的。"

她猛摇着脑袋，说话不如常人那般流畅，"不……我不是舞儿……我不知道……"

"那你是谁？"

小脸呈现空白状，"我……"她顿了顿，懊恼地用手拍拍脑袋。他一惊，看到她拍着自己的伤口，血迹从白纱中渗出，急忙拽住她不规矩的小手。

他看着她秀气的眉因这个问题困扰地拧了起来，伸手抚平它，"不要想了，只要记住你叫舞儿，是我的。"

她似是被他温柔的语气和深情的注视所感染，不再有之前的敌意，而是垂着眸，思考了半天，然后抬起她的小脸，疑惑地看着他，有些吃力地慢慢说着："我是……舞儿，那你是谁？"

"溪孟安。"他拂开她脸颊旁的乱发，垂眸凝着她。因她不再记得从前，已变为一个全新的人，他的感情不再有任何隐瞒，注视着她时，眼底有着淹没红尘的深情。

她的嘴巴嚅动了半晌，没能准确地念出他的名字，只记得最后一个字，"安？"

"你喜欢叫什么，就叫什么。"他喜欢她现在的样子，单纯得如一张白纸，而她的眼里也不再有那个令她悲痛欲绝的圣忆风，只有他。

"安……安，安安？"她的小手抓住他略显冰凉的手，痴痴地笑起来。

听到她的称呼，他莞尔低笑。这称呼若是被莹和尹昭知道，怕是会惊讶得掉了下巴吧？

"那就叫安安。"他尽揽着她所有的反应，使她完全对他放下戒备。

得到他的赞同，她像个领了糖吃的孩子，呵呵笑起来，困难地说着："安安，不是……坏人，是……好人……"

第三十七章
红颜半面妆

等到绝舞下了床，开始正常的生活，溪孟安才真正意识到大夫说的“影响言行、动作”究竟是什么意思。

每到吃饭时，她都笨拙地拿着筷子，不停虐待盘子里的菜，却怎么也夹不上来，然后又耐不住性子地丢掉筷子，改用手指对抗不听话的饭菜。整个桌上，散落着油腻的饭菜和汤汁，当然，连她的小手和衣裳也无法幸免。

溪孟安总是极尽耐心地安抚着她，对她不时因惊吓和不耐烦而引起的哇哇大哭也一遍又一遍耐心地安抚，事后吩咐下人为她打水洗澡，换上干净、漂亮的衣裳。偶尔，他也会因她的任性而气闷，但每当看到她朝他露出灿烂的笑靥，他所有的烦闷就会立即化为乌有。

十多天过去，在溪孟安的耐心教导下，绝舞已经慢慢能够自理日常的生活。

晴朗的日空下，她偏着脑袋，手指着园子中任何一处的景物，然后转头望向身旁的溪孟安，随着他发出的音节，嘴巴认真地重复着，“湖水、红花、绿草、天空、白云、莲花……”

高高低低的嗓音将每个词连成一句，拼凑成轻快的曲儿，随着她欢快的脚步吟唱着。而后，她的视线落在满池的莲花上，眼神不自主地黯了下去。

溪孟安随着她的视线望去，看到绽放的莲花，心微微一颤，以为她记起了什么，“舞儿？”

“嗯？”她抬眸，眸底黯色全无，换上最灿烂的颜色。

他的手环上她的肩，微微笑着，仪态完美，“刚才在想什么？”

“莲花，漂亮。”她仰首望着他，露出天使般纯净的笑容，然而这笑容却宛如魅毒般深深地在他的心底扎根。

“舞儿喜欢莲花？”溪孟安抬眸望向那满池的莲花，只听到她说喜欢，并没有多想。

曾经，种下莲花，是提醒他不要忘记对圣忆风的仇恨。如今，圣忆风已经死了，既然她喜欢这莲花，那他从今天开始，就为她种。

“明天我就让人将那边的地开垦成湖，我们种大片大片的莲花，好吗？”

“好、好，舞儿喜欢莲花！”她像个得到嘉奖的孩子，拍着粉嫩的手欢呼雀跃。

他望着她欢喜的模样，胸腔里被一种叫作满足的东西填充得满满的。

莲池的景色很美，蜿蜒在湖面的长廊宛如巨龙盘踞，湖上波光潋滟，映照着蓝天白云，好似脚下拥有的是另一片晴空。

溪孟安躺在软榻上，看着将光滑的小脚深入池水中嬉戏的绝舞，唇角噙着温柔的笑。

一身黑衣的莹悄然无声地来到溪孟安的身边，看了一眼石阶下自娱自乐的人儿，神色复杂，“主子。”

“嗯。”

“是关于日教的事。”莹显然因绝舞的存在，说话有着戒备。

溪孟安明白莹的用意，他看向绝舞，而她也正好侧首，冲他展开一抹笑。单纯如初生婴儿般的笑容，让溪孟安的眼神更加柔和，“直说就好，不用在意她。”他喜欢现在的她，心里、眼里，都只有他一人。

莹颔首，犹豫片刻，道：“因为当年被圣忆风杀掉的几乎都是日教的元老，所以尹昭只找到几人，剩下的都是已死去的前辈的子孙，几乎一半的人不愿再涉入江湖。”

溪孟安的笑容转浅，眼底浮现冷厉，“不愿入？那就想办法让他们加入，我要听最后的结果，而不是这些烦琐的过程。”

“是。”

溪孟安见莹没有走开，有些微愕，“还有事？”

“主子真相信现在的绝舞？”莹看得出溪孟安对现在的绝舞所付出的感情，因此，措辞非常小心。

“你不信？”溪孟安扬眉，俊秀的脸上没有不悦，反倒噙着莫测的笑。

“不知道。”连大夫都说了，绝舞姑娘真的失忆了，她不好再说什么。

就在这个时候，光着脚丫的绝舞嘴里唤着“安安”，朝两人蹬蹬蹬地跑来，手里像宝贝般捧着一朵粉嫩的莲花，脸上的笑靥竟比莲花还要灿烂。她指着一直延伸入池的石阶，将手里的莲花递给溪孟安，“安安，旁边，有莲花，好漂亮。”

绝舞一斜眸，看到了溪孟安另一边的莹，愣了一下，貌似有些害怕，身子朝溪孟安的另一边躲去，大大的眼睛眨了又眨，不安地望着莹，“安安，她是谁？”

莹看了一眼绝舞，看不出情绪，颔首道：“绝舞姑娘。”

小小的鼻头皱起，她不满地撇着嘴巴，“我不是……绝舞姑娘，是舞儿……”

“绝舞姑娘？”这些天来，她在外面跑着忙日教的事，只听说绝舞行刺主子不但没成功，还摔了脑袋，本以为一切都是装的，但是现在，她亲眼看到绝舞，不得不说，如果绝舞是在演戏，那演技绝对比她更高一筹。

“叫她舞儿吧。”溪孟安将莲花凑到鼻尖，嗅着它的芬芳。曾经，他种莲花，是因为恨，如今，他种莲花，却是因为爱。

他眼底的温柔令一旁的莹怔住。她一直以为，溪孟安对绝舞，只是一种占有欲在作祟，因为没得到，所以一心想要抢夺过来，但此刻，她深深地感觉到溪孟安对绝舞的感情。

绝舞的小手摸上溪孟安有着精美刺绣的袖口，微微颤抖。

溪孟安抬眸，看到她变得通红的眼睛，倾身上前，轻声问：“怎么了？”

娇小的身躯贴上他的胳膊，绯色衣裙缠上他落于榻下的雪袍，“不喜欢……”她将脑袋埋下，小手紧紧地揪住他，“她瞪我，我不喜欢她……”她扁着嘴巴，豆大的泪珠挂在脸颊上，让粉嫩的脸颊看起来更加软嫩剔透。

溪孟安闻言，斜眸望向莹。莹听到绝舞的话撇过头，避开了溪孟安的视线，显得更加心虚。

“乖，她就是这个表情，不是瞪你。”莹是他最得力的助手，也是最沉得住气的一个人，即使他知道莹对他的心意，还是不太相信莹会在他面前大胆地对舞儿表露敌意。

“不是！她瞪我……舞儿有看到……”她抬起泪痕满面的脸，无限委屈地瞅着他，“不喜欢她！安安让她走开、走开……呜呜……”

溪孟安拥她入怀，伸手为哭得恁般凄惨的水娃娃擦去不断掉下的泪珠，对一旁的莹道：“你先下去。”

然而，这一次，莹却好似故意跟绝舞杠上，站在原地一动不动，只是静静地垂着头。

“下去。”随着怀里的人儿颤抖得愈来愈厉害，溪孟安的声音也低沉了几分。

忽地，一阵气闷传来，他咳了几声。莹急忙掏出药瓶，端起桌上的水递给溪孟安，“主子，喝药。”

溪孟安的喘咳让绝舞的泪水逐渐止住。她怔怔地看着溪孟安有些苍白的脸，小手笨拙地覆上他的背，轻轻拍着，急忙哽咽道："安安不气……舞儿乖，舞儿不哭……不闹……"说着，她吸吸鼻子，不再流泪，红红的眼睛像兔子一般，"安安不咳……"

软软的手在他的背部轻抚，一种奇异的酥麻感觉划过他的心头，让他狠狠一颤。多久没有人这样关心过他？之前，是她用灿烂的笑温暖了他冰冷多年的心，如今，也还是她，用迟缓笨拙的动作，让他死寂的心复活。

她柔软的发丝在他的脸颊旁荡漾，他甚至能闻到她身上沐浴后散发出的清甜香味。

他不可抑制地侧眸，望住她的眼睛，轻轻地在她额头上落下一吻，温柔如水。

她的身体如被雷击中般猛地怔住，连在他后背轻拍的手也停住动作，在他身后紧紧握成拳，不过只有一瞬，在无人觉察之时，又迅速松开。

他感觉到她的僵硬，以为自己吓坏了她，毕竟现在的她单纯得就如几岁的孩子。

"刚才……"

他正要解释，她却眨动着大大的眼睛，眼底一片疑惑，"安安……"

她单纯的眼神竟让他有几分心虚，微微垂眸笑道："是奖励。"

她偏着脑袋想了想，"因为舞儿乖，所以有奖励？"

"对。"

"那安安没有不喜欢舞儿？"

"当然没有。"

"那安安是喜欢舞儿喽？"她讨赏般的大眼水汪汪地瞅着笑容可掬的溪孟安。

他跟着她说绕口令，"当然……"

"安安喜欢舞儿，那就是说，安安……不喜欢其他人喽？"

"嗯。"

她的眼睛小心翼翼地瞥了一眼定在一旁的莹，又迅速收回视线，小手把玩着溪孟安的袖口，垂着眸，用很轻、却足以让三个人听清楚的声音道："安安，只喜欢舞儿，不喜欢她，对不对？"

她看似毫无城府的问题，却令一旁的莹当场僵住，脸色难看到了极点。

"是的。"原来她绕了一圈，是要说这个问题，真是个占有欲强的小家伙。

"那安安……快让她走，我讨厌她……"

莹垂眸，这次不再等溪孟安开口，自己慢慢朝后退去，"属下先下去了。"在转身离开之际，冰冷的眼角竟闪着一颗泪花。

追忆园。

长廊，清光，水波。

廊檐之外是一望无际的莲池。月光倒映在池上，洒下点点的银光，给暗夜之中深不见底的幽幽湖水铺上一层碎玉般的瓦片。

一道修长的身影宛如柔柳拂水般轻轻地飘落在一间屋前，纵身一跃，无声无息地翻过大敞的窗，在屋内落地。

“丫头。”

月也暗，风也轻，清晰异常的两个字从来人优美的薄唇中轻轻飘出。

挺拔的身躯悠悠地行至床前，修长的指挑起雪白的床幔，挂在床边的弯钩上，一张娇嫩的脸蛋儿映入他的视线。他微微一笑，似是松了一口气。

床上的人儿抱着枕头蜷缩成一团，蹙着眉头，菱唇紧紧抿着，似是被梦魇困扰，表情看起来非常痛苦。他在床边坐下，伸出手轻抚她的额头，摸到凉凉的冷汗，拈起袖口为她轻轻地擦拭。

是谁？是谁在碰她？

她的眉头拧得更紧，熟悉的触感让她想要从梦魇中挣扎着醒过来，但那梦却似沼泽般让她一点点地沉没下去，愈是挣扎，陷得愈深，泥沼没过她的脖颈，几乎快要扼住她的呼吸。忽而，一股淡淡的香气如暗夜妖娆的月色扑面而来，她的身体情不自禁地狠狠战栗起来，“师父、师父……”

是师父吗？是谁在这么温柔地为她拭汗？

不、不是师父……师父已经不在了……

她的冷汗愈来愈多，让他一阵心惊，“丫头。”他担忧地轻唤一声，俯身将她抱起，安放在自己的怀里。但她却死死地抱住那个枕头不断颤抖，眼泪从紧闭的眼角滑落，嘴里不停地念着“师父”二字，抽搐着，似乎要昏厥过去。

“丫头，醒来。”他紧紧拥住她，想要阻止她的颤抖，薄唇贴于她的耳际，轻轻地唤着她。

他伸手抹去她不断流下的泪，令她忍不住浑身战栗。

强烈的熟悉感一波一波地袭向她的身体。终于，她蓦地睁开眼睛，呆愣片刻后，发觉自己的身体连同怀里的枕头一起被强有力的臂膀环在胸前。

熟悉的触感，熟悉的呼吸频率，熟悉的怀抱，熟悉的……香味。

她的大脑呈现半晌的空白，脸色时红时白，双瞳中闪着奇异的光芒，似是疑惑，似是紧张，又似是喜悦，而后逐渐强迫自己平静。

她是傻子吗？师父已经不在了，她居然会有这样的错觉。

可是，现在抱着自己的人是谁？她想要抬头看看究竟，却又怕自己的幻想破灭。

他感到她的颤抖与急促的呼吸，俯首，薄唇落于她的耳边，轻轻唤了一声：“丫头……”

这低柔缓慢的音调缭绕在她的耳边，温柔得似飘落一阵梨花雨，静静地、又深深地落在她的心头，让她激动地颤抖起来。

她的双手缓缓松开抱枕，轻颤的手摸向环住她身体的手臂，紧紧攥住。

泪水滑落，她的唇角，却逐渐扬起。

是师父，真的是师父，师父他没死……

她抬首，这一简单的动作似是耗去了她所有的力气。映入眼底的是他惊世绝艳的容颜，一如她熟悉的那般温柔，没有丝毫的伤口。

老天还是怜她的。很多种情绪在瞬间迅速混在了一起，她在骤然脱力后的轻轻气喘之余蓦地扑到他的怀里，紧紧地、紧紧地将他搂住。

突然，她又松开他，攥起粉拳毫不留情地朝他胸前抡去。所有的思念、绝望、愤怒全部聚集在她的双手，狠狠地砸在他的胸口。

怕被别人听到，她不敢出声，只能无声地痛哭，整个房间都充斥着拳头砸向他胸口的声音以及她压抑的抽泣。他没有动，也不出声，静静地任她发泄，终于，再也忍不住，伸手拂去挂满她脸颊的泪水，不忍她这样折磨自己。

“对不起、对不起……丫头……”他将她，连同她的拳头一起固定在怀里，抚着她的后背，轻轻安抚她的情绪。

“呜呜……呜……太过分了……你怎么能……这么骗我……”她的双手紧紧地揪住他的领口，牙齿咬得咯咯直响，原本积郁在心中的思念逐渐地化为愤恨，“太过分了……”

“对不起、对不起。”他的低喃与歉意宛如拂过琴弦般轻柔，呢喃细语婉约如梦。

夜间的清风带起园中莲花香，从窗外一阵阵地卷进屋内。房间中，花香缭绕，纱幕轻扬，在低沉的气氛中带起一阵异样的暧昧，纠缠其中。

在他一遍遍低柔的歉意中，她愤怒的眼神变得绵软，连灵魂都几乎快被吸入到他那优雅而富有磁性的声音中。渐渐地，她的心情平静下来，将一切的不满都丢到了九霄云外。她还有什么不满的？师父回来了，师父没有死，这比什么都重要，不是吗？

他用双手捧起她被泪水浸湿的脸颊，拇指轻柔地擦拭着她的泪水。他眼眸微垂，长睫颤动，睫下是她所熟悉的一抹秋水，震撼着她的心。

“丫头，不哭……”他的声音低沉，有着摄人心魄的缥缈，依稀凝了百年的幽思，搅在红尘俗世中细碎缠绵。

她的小手颤抖着沿着他的领口逐渐上移，像他捧着她的脸那样捧着他的。

“真的是师父吗？”她摸向他的额头、眉梢、眼角，坚挺的鼻、莹润的薄唇，眼底还残留着震惊过后的担忧，“这不是幻觉吗？”

她好怕这一切都是她的梦。梦醒了，一切就都碎了。

他捉住她的一只小手，按在自己的胸口，凝住她依旧迷茫的双眸，“感觉到了吗？它是跳动的。”

“它在跳……是真的……”她自言自语。

他的嘴角扬起一抹柔柔的弧度，重新捧起她埋下的小脸，“是真的。”

“真的是师父？”她茫然地望着他。

直到他仿佛还带着晨风清香的薄唇覆上她颤抖的红唇，她才真正地感受到一种真实的安定感。

他的唇，在她的唇上轻吻浅啄，那么光滑柔腻，带着他身上独特的香气，萦绕在她的唇齿之间，实在柔魅到了极点，让她忍不住启唇，颤抖地迎合他的温柔。

她的手依旧在他的脸上摸索，和怀念中的一模一样。她在他的唇间满足地叹出一口气，小手下移，双臂紧紧地环住他的颈项，将自己娇软的身躯更加紧密地揉进他的怀里。

他眯起凤眸，温柔的视线在她精致的五官上游弋。在纱帐因风卷起的梦幻美景中，他修长的指缓缓朝她的腰间移去，温热的掌所到之处，撩拨起一阵淡淡的酥麻，让她忍不住又朝他贴去几分。

他以另一手为梳，插入她浓密的长发，按住她的脑袋，加深这个令两人逐渐失去控制的吻。舌尖卷曲，追寻着她想要躲闪却躲闪不了的舌，纠缠吮吸。

她感觉到他的身体愈来愈热，萦绕在鼻端的香味也愈来愈浓，她微启眸，在他的眼底看到了浓浓的欲望，紧跟着，腰间的系带倏地一松。她蓦地清醒，急忙抓住他的手，阻止他继续撩拨她的身体。

“师父……放开……”声音从纠缠着的唇舌中间溢出，她在快感与理智中挣扎。

他浅浅地退离，看着她蒙眬的眼睛，因情欲和某种不知名的东西所肆虐的脸上有着平时绝对看不到的性感。

“怎么了？”他强压下欲望，在她的唇边吐息。

她想要松开环住他颈项的双臂，却被他用力地拥入怀里，双臂不得不重新放回。她将通红的脸搁在他的肩头，“这里是追忆园，会被发现……”

她的话，让他开始猜测她出现在追忆园的原因。

气氛一瞬间沉淀下来，紧张、阴暗、低沉，让人无法忍耐。

他放在她腰间的手探入外裳，大掌隔着一层薄薄的中衣用灼热的温度熨烫着她的肌肤。他的手微微用力，将她的腰按入他怀里，使得她的上身微微朝后仰去。

他手掌中的温度热得惊人，让她忍不住战栗了一下。她抬眸望着他，“师父？”

“为什么在这儿？”

“我想为师父报仇。”

“报仇？失败了？溪孟安没杀你，反倒将你留下了？”他的语气忍不住上扬，在低柔中蕴着未知的暴风雨，凤眸中跳跃着莫测的光芒。

她嘟起小嘴，娇嗔地望着他，“人家是故意失败的好不好？”

“你预备怎么做？”

“我想等溪孟安完全放下戒心的时候，再杀了他……”

“让他放下戒心？”他含住她的唇，另一只手温柔地在她的发间穿梭，眼底的柔情蜜意显露无疑，“怕是会比较难。”

她小小的脸庞瞬间绽放出自豪的光彩，“我做到了啊。他现在完全相信我失去了记忆，只是什么都不懂的娃娃。”

“所以，你要继续留在这儿？”他怕溪孟安和独孤翊联手拿到迦隐的布阵图，这两天，他和高轩叶好不容易处理了迦隐的一些事情，重新布了迦隐的四个阵，夜间才抽空回到尘家庄，就听到无影说她已经成功地留在了追忆园。当时，无数个念头闪过他的心头，最怕的，无疑是她报仇失败反倒被溪孟安禁锢。结果，看到她舒适地住在这里，放心的同时又有一抹酸涩在心头悄悄酝酿。

“嗯！”她强迫自己忽略他的手在她身上撩起的欲火，使脑袋保持清醒，“而且，师父不是也诈死了吗？这样跟我的计划刚刚好一起让他完全放松警惕，我这次一定能除掉他的！”

他笑凝着她，在她耳边浅笑轻啄，“我准了。”

音落，他迫不及待地含住眼前娇艳欲滴的唇。

她的手推拒着，好不容易才能喘气，急忙道：“师父，会被发现的……那样就前功尽弃了……”

“嘘，乖……”

“师父……”

在她的半推半就中，他轻柔地将她放在床铺上。

雪白的纱帐软软落下，浅浅的轻吟、急促的呼吸从纱帐内传出，暧昧地萦绕在寂静的屋内。颈项纠缠，带起这红尘俗世的一阵微风，纠缠不休……

追忆园的花园里，一道娇小的身影蹦蹦跳跳，一个人玩得不亦乐乎。

小小的脚丫光溜溜地踩在松软、浅绿的草地上，绯色裙摆拂过小草，沙沙作响。偶尔有蝴蝶飞过，她就提起裙摆露出圆润的脚趾奔跑着追逐花丛中的彩蝶，自个儿边玩边笑，一个人也可以玩得很快乐，很快乐。

没有束绑的发松散地披在她的身后，在阳光下一闪一闪的，发出耀眼的光芒。

“等安安来找舞儿……”菱唇嚅动，她欢快地挥舞着小手逗弄身边旋飞的蝴蝶，蹦着蹦着，雀跃的憨娃娃来到园子紧锁的木门处，倏地停住脚步，偏着脑袋，又抓抓头上乱乱的发，显得非常困扰，半晌，才喃喃道：“安安说，不可以随便出去……会丢……可是，很想安安呢……安安怎么还不来……”自己咕咕哝哝半天，她终于把小手扶上门扉，隔着空隙朝另一边望去。

终于，她等待得快要与周公见面的时候，沉重的木门吱呀一声被人从外面推开。小小的脸上立即绽放出喜悦的光彩，她张开手臂，像老鹰捉小鸡一样将进来的人抱住，“哇，安安来了！”

莹被突然扑到胸膛的迅猛力道所震撼，微微朝后退了一小步。

“人家等好久了哦，安安。”一颗小小的头颅在莹的胸前得寸进尺地磨磨蹭蹭，传来银铃般的笑声，纤细玉膀将进来的人抱得好紧。

莹呆愣着，还来不及推开，那颗头颅仰起，在莹眼底映出一张纯真的笑靥。

四目相交，那笑靥冻结。

绝舞眨了眨眼，又眨了眨眼，笑容僵住了，动作也僵住了。

“是你啊。”显而易见的失望和惊恐在那张花颜上漾开，环着莹的手骤然松开。

莹回过神，不明白眼前失去记忆的绝舞为何会对自己那般惧怕，只是因为她长了一张冰冷的脸吗？

绝舞的手收回的同时，身体有些踉跄。莹本能地伸出手想要拉住她，没想到，她却哇地大叫了一声，将自己重重地摔到鹅卵石小径上。

莹的眉头紧蹙，不出意料地看到那张小脸渐渐变色，而后蓦地哇哇大哭起来。

“怎么了？”

这一幕正巧落入在约好的时间来见绝舞的溪孟安眼里。他看到地上哭得好委屈、好伤心的娇娃娃，急忙上前扶起，柔声询问：“怎么了？”

地上乱哭的娃娃听到关心的声音，抬起水汪汪的眼睛，看到溪孟安，哭得更凶了，“安安骗我、安安骗我……”说着，小手就朝溪孟安的胸前抡去。

“我哪里骗你了？”溪孟安看了一眼一旁的莹，又无声地收回视线。

“安安说让她走开……”她抽泣着，还不时偷看一下旁边的莹，“为什么、为什么她还在……”

溪孟安不好解释，直接下了逐客令，“你下去。”

“属下有事禀报。”莹抬眸，看向绝舞的视线由之前的冰冷变为一种恨意。她本来是来报告主子事情的，没料到会碰到这个烦人精。起初欺骗绝舞，她还有一丝丝的内疚，但自从她出现在追忆园失忆后，她对这个看起来痴傻的娃儿就只有讨厌。

正巧，绝舞从溪孟安的怀里抬眸，看到莹的视线，怯怯地将头缩了回去。

溪孟安拉起绝舞，朝院子里走去，一只手不断地抚着她因哭泣而颤抖的背，“说。”他的语气中有着难言的忍耐，对莹此刻出现在这里极度不满。

莹默默地跟在两人身后，不由自主地想起刚才绝舞对她的投怀送抱。她承认，现在的绝舞的确很黏主子，但即使再黏，她也未瞧见过绝舞会对主子做出方才在她怀里那番亲密的举动。她不得不猜想：绝舞能那么无所顾忌地黏在自己怀里，难道是因为先前就知道进门的人根本不是主子而是她？

莹一怔，被自己的猜测吓了一跳。如果真是这样，绝舞就是故意在离间她和主子。而能做出这样事情的人，是真的失忆了吗？

莹越想越混乱，对自己的猜测有几分相信，又有几分怀疑。她抬眸，看着溪孟安走进水榭，将绝舞安放在软榻上，把软软的毯子盖在她娇小的身躯上，像哄孩子般哄着闭上眼啜泣的人儿，才安静片刻的人儿不一会儿就传出了轻鼾。

主子每日都与绝舞在一起，以主子细腻的心思与敏锐的洞察力都看不出绝舞是在装，那她这样的猜测是不是过于感情用事？

她烦闷地蹙起眉，站在一旁，复杂地望着软榻上已经进入梦乡唇角还噙着笑的人儿，唇角勾出一抹讽刺的笑。真是个幸福的人，失忆前有圣忆风那样的人宠着，失忆后又有主子如此怜惜……被宠坏的人，她向来不喜欢。真不晓得自己当初为何会因对她的欺骗，还有那么点歉意。

溪孟安等听到绝舞的鼾声，才安心地才直起身，走到几步之外的石栏边，低声道：“什么事？”

莹收回心神，垂眸报告：“事情有些蹊跷，先前答应入日教的人最近先后告诉尹昭，他们改变了主意，决定不再涉入江湖。”

眉梢微挑，溪孟安潋滟的明眸看了一眼垂首的莹，“都是最近几天？”

“是。”

“先后退出啊……”溪孟安垂眸，喃喃自语。而后，他抬眸望着满池绽放的莲，“这些人彼此有联系吗？”

“属下认真查过，除了有两人是旧识，其余几人都不认识彼此，也不曾在尹昭找他们之后联系过，因此，不像是集体商量决定的。”

“这么突然，又是在这几天，看来是受什么影响了。”溪孟安的眸光逐渐变得锋利，“告诉尹昭，查清这些人最近都与谁联系过。”

“是。”

溪孟安侧眸，扫了一眼莹，“你可以下去了。”

“是。”

轻笑声响起，莹疑惑地抬眸，撞进溪孟安明丽的眸中，只见他凝住她，唇角划开一抹淡淡的弧度，“怎么，今天不拗气了？”

莹一怔，“属下不敢。”

“不敢？”溪孟安朝莹迈去一步，强迫的气势让莹不自觉地后退了一步，“你昨天可不是这么说、这么做的。”

“属下知错。”

溪孟安微微一笑，“你何错之有？”

这一问，莹愣在那里不知该如何回答，难道说自己不应该因私情而忤逆主子的话吗？

见莹不语，溪孟安的视线回移，落在传出轻轻鼾声的绝舞身上，“你是我最喜欢的手下，也是最懂得进退分寸的，但是最近，你失职了。”

莹扑通一声跪下，“属下知错。”

溪孟安垂眸看了一眼莹低垂的头，冷声道：“以后汇报情况的事由尹昭来，我不想再看到你出现在她面前。”

莹的身体猛地一颤，僵持了很久很久，她才轻轻应了一声，“是。”她每日只盼着汇报情况能见到他，如今，他竟连她这点小小的期待都剥夺了。

娇小的身影迅速消失在回廊之上。溪孟安坐在软榻前，痴迷地望着榻上安睡的人儿，甚至没有抬眸看一眼因他而伤心欲绝地离去的人。

在灯火渐熄的南城，追忆园中却灯火通明，平日里此时早已是灯火俱灭的时候，最近几日却充满着明亮。

下人们也推迟了休息的时间。大家都知道，如此转变，只因为追忆园新来的一个痴傻姑娘说了一句“怕寂寞、怕黑”。

追忆园中的某处大屋内，灯火摇曳，不时传出悦耳笑声。

一道黑影步入大敞的房门，垂首在陪同绝舞玩耍的溪孟安耳边轻声说了一句话。溪孟安抬眸，看了他一眼，思索片刻，道：“让她进来吧。”

不满溪孟安的注意力被人抢走，她秀眉微皱，将手里软软的抱枕一下子塞到溪孟安怀里，成功地拉回走神的溪孟安，这才满意地嘻嘻笑开，嗓音娇软地好奇道：“安安，你让谁进来？”

溪孟安拂开她额际垂落的发，眼神中有些犹豫，“你应该见的人。”

绝姒已经来过数回，每回都被他挡在门外，他怕绝姒的出现会勾起她的回忆。但是连如此被她憎恨的他跟她在一起数日，都没能勾起她的任何回忆，绝姒也很难做到吧？何况，绝姒是她唯一的姐姐，她失去了从前，不应该再失去唯一的亲人。

他很矛盾，想要将她永远地禁锢在追忆园，永远地与从前隔绝，但又不忍心剥夺她认亲的权利。以后，重建日教的事会让他很忙，绝姒或许能代替他陪着她，这样他才会放心。

当然，他已经让尹昭传达了他的意思，用见绝舞来换绝姒对从前守口如瓶，希望绝姒能遵守。

绝舞偏着脑袋，甚是疑惑，不断地眨动着盈盈的杏眸，“我应该见的人？”说完，她嘟起嘴巴，“人家不见，人家只要安安……”

看到她娇憨的模样，他摸摸她的头顶，“她是你的亲人。”

“安安也是我的亲人。”她眨巴眨巴眼睛。

“亲人”两个字让溪孟安的心底再次温暖起来，他柔柔地将她拥进怀里，“谢谢……”

“安安为什么跟我说谢谢？”她像是发掘了新奇玩意儿似的戳戳溪孟安的脸颊，“安安陪我玩，我才该说谢谢。”她咯咯地开心笑起来，痴痴的模样似是把溪孟安方才说她要见一个人的事抛到了脑后。

“舞儿！”一道颤抖的柔声插入看似和谐的两人之间。

她侧眸，看到门口纤细的身影，又望望溪孟安，“安安，她是谁呀？”

溪孟安微微一笑，走下床榻，“你姐姐。”

她清澄的眸中映出逐渐向她走来的绝姒。她眨眨眼，“姐姐？”

溪孟安走过绝姒的身边，低低地说了一句。绝姒咬了咬下唇，没有看溪孟安，直直地朝舞儿走去。

“舞儿？”绝姒小心翼翼地坐到床边，看到绝舞的身体朝里侧缩了缩、大大的眼睛里都是疏远与陌生，再想起圣忆风落崖之事，她的眼眶渐渐地红了起来。

绝舞抱着软枕，怯怯地看着红着眼睛的绝姒，低低地唤了一声：“姐姐？”

“你记起来了？！”绝姒激动地上前想要抓住绝舞的手，却被绝舞抽了回去。

“不记得……不过安安说，你是姐姐，那你就是姐姐。”她圆圆的眼眸在说及溪孟安的名字时闪烁出亮亮的光彩。

绝姒见她愿意说话，朝她坐近几分，伸手覆上她娇软的手，“你……现在快乐吗？”

她开心地猛点头，“嗯、嗯，安安对舞儿很好哦。”

绝姒蓦地垂下头，用手捂住自己的唇，避免舞儿看出异样。须臾，哽咽的声音从她隐没在手下的唇中溢出，“开心就好……”

“姐姐在哭吗？”她好奇地将脑袋伸过去，压得低低的，从下面朝上望去，偷看绝姒隐埋在长发下的脸。

“没、没有。”绝姒抹去脸上的泪，抬首展开笑颜，看着她，“今天来，就是看看你过得好不好，还有……”

绝姒的脸色在瞬间黯了下去，意识到眼前的人对曾经的记忆已经不再记得，她不需要再隐藏任何感情。思及此，她放松地呼出一口气，决定给自己一个喘息的空间。

绝姒将绝舞的手握在双手之间，缓慢地摩挲，视线落在绝舞的手背上，眼眸里的幽色隐隐地流转着，“姐姐，就要嫁人了。”而后，她感觉双手间的那只小手僵住了。绝姒一怔，抬眸望向绝舞，只看到她蹙起了眉头，“姐姐，你弄疼我的手了。”

绝姒勾唇一笑，暗笑自己的痴傻，舞儿都已经成这样子了，她还奢望会有奇迹。刚才那一僵，是因为她太用力了吧。

“姐姐什么时候嫁人啊？”

就在这时，溪孟安端着一碗粥走了进来，“煮了你最爱的粥，快喝吧，然后一会儿该睡了。”

绝姒不自觉地站了起来，将位置让给溪孟安，朝舞儿微微一笑，“姐姐改天再来看你。”

还不待舞儿开口，绝姒已经转身离开了房间。

绝舞张开嘴巴，吃下溪孟安喂给他的粥，含含糊糊地说着：“安安……那个姐姐刚才说，她要嫁人了……”

“大概吧。”溪孟安继续喂了一勺，堵住她不安静的嘴巴。

“那她什么时候嫁啊？”

溪孟安若有所思地望着她，“下次她来了，你问她。”沉默半晌，他忽而抬眸，静静地看着她。就在舞儿以为他发现了什么之际，他放下手中的粥碗，拉过她两只暖暖的小手握在手心，“舞儿，想嫁人吗？”

“嗯？”绝舞顿时怔在那里，大脑一片空白，一时间竟不知该做何种反应，只是愣愣地望着他。

她望着他，一直望进他的眼底深处。视线交织，千言万语仿佛都隐含在他潋滟的眸中。手指纠缠，他轻轻地执起她的手，将略显冰凉的唇印在她软软的手背上。

嘴唇冰冷，印在她的手背上，让她的心也跟着冰冷了起来，好似被关进了冰窖，完全不像师父的吻那般温暖。

嫁人？溪孟安想娶她？！

溪孟安喜欢她喜欢到想娶她？！这太不可思议了。

溪孟安的手在她大脑一片空白之际缓慢上移，轻轻地抚摸着她的面颊。他心中激荡不已。

她不敢动，只能装出一副一无所知的样子。他望着她的眸子漾着满满的深情，唇边是温柔的笑。看着这样的溪孟安，她完全无法与在断情崖上将手掌掐在她脖颈上的那个人联想到一起。

那个溪孟安充满了危险与算计，而此时眼前的溪孟安，只是一个为情所动的平常男子。

这就是她要的，她做到了……

他眼眸微睁，长睫颤动，“想要嫁给我吗？”

她的脸呈现出一种白痴的状态，“嫁给安安有什么好？和现在有什么不一样吗？”

他闻言轻笑，“嫁给安安，安安就会一直陪着你，永远都在一起。”

她扬头，对上他灿烂如星的眸子，开心地咧开一抹笑，“好啊。那我要永远与安安在一起！”她张开双臂雀跃地欢呼，“我要嫁给安安、我要嫁给安安！”

他唇角的笑容因她天真的回答，愈来愈大。心狂速地跳动起来，有着不曾有过的激动与喜悦。

他凝望着她明媚的笑颜，心底有着深深的眷恋。这样天真活泼的她，让他这个处处和人钩心斗角的人泥足深陷，无法自拔。

他望着她方才因喝粥而变得湿润的唇，眸色变得更加迷乱。他无法控制地朝她缓慢地俯过身去，就在唇即将要印上她的唇之际，一抹黑影带起一阵风声从屋外飞过。

“谁？！”凌厉的眸朝窗外射去，袖剑从袖口射出，直直地穿过纸窗，发出一道低沉的咻声。

门啪的一声被推开，尹昭手中握着剑冲了进来，“主子！”

溪孟安抱住因惊吓而颤抖的绝舞，“刚才门外是什么人？”

尹昭疑惑地扬眸，“属下没看到任何人。”

尹昭在门外，居然没看到？溪孟安望着窗外，眸中发出泠泠幽光，“把他给我找出来。”

“是。”

第三十八章

一计还一计

潇潇的细雨夹着轻如毛的雪花，洋洋洒洒地扑落在北城。

轻雪打在树上的叶片上面，迅速化为雨水，零星的几片枯黄的叶也随之飘落。

被高大的绿树隐起的小径上，一顶华丽的轿子迅速前进着。静谧无声的夜里，轿子周围的一行人马谨慎前行，像是在保护着重要的人物。

几个轿夫沉默而尽职，即使扛着沉重的轿子，也没有影响他们的脚步。轿子前后的几个男人，从他们的眼神与动作中均能看出有一定的武功功底。

轿内，一道低沉浑厚的声音传来，“少主决定现在就进迦隐公布没死的消息？”

圣忆风懒懒地倚在轿内，眼眸似睁似闭地轻轻阖着。在高轩叶开口后，他缓缓地睁开眸，一双淡薄的瞳淡淡地露出一丝关切，“师叔和吟依怎么样了？”

“你去追忆园的那晚，我已经把真相告诉前辈和吟依了。”高轩叶笑道，“若再不说，前辈就杀到追忆园去了。”

闻言，圣忆风安心地闭上眸，唇角勾起一抹笑，“直接去迦隐后山吧，我先去那里。迦隐其他的事，还是由你来管，沉香、幽寒和傲洁无论问什么，都不要把我没死的事说出去。越少人知道，被怀疑的几率就越小。”

“是。”

圣忆风缓缓抬眸，笑睨着垂首的高轩叶，“尤其是沉香，在她面前，你一定不要有任何不妥的表现，那妮子太爱追根问底，我怕你把持不住。”

高轩叶轻笑，“少主这是不相信我的功力？她再难缠，我也对付得了。”

“是啊……一物降一物嘛……”圣忆风轻缓地闭上眸，叹了一口气，“还是小心为好。”

“是。”

短暂的沉寂过后，轿外的风掀起轿窗上的紫纱，拂上了圣忆风的脸颊。他伸手卷起纱帘，远处一抹疾速朝他们飞掠而来的黑影吸引了他的视线。他放下纱，毫无意外地在下一刻听到轿外颜琦的声音。

“少主。”

“进来说。”

轿子悠悠地停下，颜琦进轿，而后轿子在小径上又缓缓地起程。

“出什么事了？”眸内精光一敛，圣忆风望着颜琦，心思迅速地盘算起来，猜测着是什么事情让颜琦不顾他的吩咐到北城来找他。

颜琦垂首，低沉的嗓音在轿内响起。他说完话，圣忆风的脸色变得异常难看。

圣忆风扬起的唇角中隐藏着一股子快要迸发而出的怒气，“你再重复一遍。”

“溪孟安要娶绝舞姑娘。”

“然后呢？”

“绝舞姑娘已经答应了……”

半缺的月高高悬在天际，却被一片薄云给掩去了光华，家家灯火早已捻熄，只剩细微的星子为人照路。

追忆园莲花池畔的青草似是被风掠过般发出微微的簌动声，带起一阵清淡的香味，让原本静谧的园子添上诡谲幽魅的气氛。

绝舞住的屋子木窗发出轻微的声音后，一抹修长的身影悄然无声地落于地面。

还没熟睡的她撑起身，隔着雪白的纱帐望着纱帐外的身影，轻轻唤了一声：“师父？”自从上次师父找过她后便再没有来过了，难道是她太过思念他出现幻觉了吗？

那人缓缓走到桌边，点亮了烛火，凤眸中的火焰跳跃，将那张俊美的面庞映衬得俊雅魔魅。

黑影走近。她抬眸，瞧见熟悉的指撩开床幔，勾唇笑了，“师父，你来了啊。”

“就这么肯定是我？”

清淡的嗓音中是魅人的婉转音调，让她忍不住雀跃地扑了上去，而后看到烛光，急忙道：“师父，把蜡烛灭了，不然会被发现的！”

他拥着她，她发上的香味萦绕在他鼻端，让他的心慢慢地平静了下来，“不会，他们不会醒来。”

她歪着脑袋，瞅了瞅他，“师父用了迷香？”

他轻轻一笑，用手指捏了捏她的鼻子，“丫头，变聪明了。”说着，他的手滑到她的领口。她僵住了，以为他有下一步举动时，他却在这时收手。她好奇地垂眸，看到他将她脖子上挂着的小药瓶取了出来，脸蓦地红了。真丢人，她还以为师父要做什么呢。

他看着她绯红的脸，忍不住想要逗弄她，“你刚才在想什么？”

“没有，什么都没有想！”她的头摇得像拨浪鼓，然后将注意力放在他手心的药瓶上，猛地用手拍上额头，“呀，我怎么忘了，你说让我在你比武完后看的！”

“那天我来见你，看到你的反应，我就知道你没看。”他取下药瓶握在手心，顷刻间，药瓶在他的手中化为粉末，从他的指缝间如沙般流散下来。

她恍然，“这里说了师父的计划？”

“嗯。”他看着她懊恼的模样，揉揉她的发，将她顺滑的发揉得凌乱，“没关系，这恰好让你成功地获得了溪孟安的信任，不是吗？”

“可是人家那几天真的难过得比死了还要痛苦。”她抱住他的胳膊，噘起唇，“无影大哥为师父办了葬礼，那个时候我已经到了追忆园，没法参加葬礼，还自责了好久……”她这才想起了尘无影，“对了，师父，无影大哥知道你没死吗？”

“不知道。”他淡淡一笑，抱歉地勾起唇，“知道的人越少越好。何况溪孟安在尘家庄安插了眼线，若是他们知道，纸包不住火，总会暴露的。”

“也是呢。”她安心地将脑袋枕在他的胳膊上，“还好师父告诉我了……”

他垂眸望着她，捧起她的脸颊，在她唇边印下轻轻一吻，呢喃道：“傻丫头，因为我最舍不得让你伤心……”

她嘻嘻笑开，伸出双臂紧紧地抱住他，叹了一口气，仿佛抱住了整个世界般满足。

“为什么不跟我商量就擅自做决定？”他将埋在他胸前的小脸勾起，深深地望住她，清澈的眸光是那样柔，却又难掩薄怒。

“你答应了溪孟安嫁给他吗？”他的眸光一黯，“或许你可以换另一种说法，我真不爱听‘嫁’那个字。”

“原来追忆园也有师父的眼线？”她急忙转移话题，“是谁？”

“不是眼线，我只是让颜琦在暗处保护你而已。”

颜琦大哥？那溪孟安要吻她的时候，一定是颜琦大哥故意引开溪孟安的注意。这样师父岂不是知道了？！

她装作镇定地看着他，并没有发现他有任何其他的情绪，这才安心地松了口气。还好，颜琦大哥不是有事必报。

“为什么答应？要杀他有很多种方法、很多机会，不一定要答应嫁给他。”在说嫁给溪孟安的时候，他几乎是从牙缝中挤出来的。虽然是做戏，但他也不想让她第一次穿嫁衣是在这样的情况下。

“成亲的时候才会是他最放松警惕的时候。”她摸摸他的脸，安抚他的情绪，“而且，我总觉得溪孟安偶尔看我的眼神有那么一点奇怪，不知道他是不是发现了什么……我有点担心……师父呢？师父那边进展得怎么样了？我听那个影儿给溪孟安汇报，很多之前答应入日教的人都突然之间改变了想法，这跟师父有关吗？”

他浅浅地笑笑，凤眸轻扬，“总不能让他事事都如意吧。不过这事进行得很小心，不会被发现。何况，尘家庄跟迦隐的人都以为我死了，那种真实的悲伤气氛可是装不出来的，他确实坚信我已经死了。”

“这就好……”她俏皮地朝他眨眨眼，“溪孟安这边，师父这次就放手让我做吧，我不会搞砸的。”

“这么自信？”他朝后一靠，靠在床柱上，将她带入怀中。她趴在他的怀里，姿态雍容。

“因为他宠我嘛。”她笑了起来，抬起黑黑的瞳眸瞅着他，“影儿可是最棘手的一个，我会先对付她！”这是影儿欺骗她，甚至给师父下毒的报应。

追忆园，溪孟安的书房内。在整座园已经灯火俱灭时，它依旧烛火通明，从纸窗上能看到随着烛火摇曳，被拉得修长的人影坐在桌前撑着额，许久许久不动，像是在想着什么，抑或……是在等人。

门咿呀地陡然打开，微风吹入室内，让烛火加剧晃动。转瞬，一抹娇小的身影已经单膝跪立于书案前方。

“尹昭说你有事一定要找我。”自从上次莹吓到绝舞之后，她就真如他所言没再出现在绝舞眼前，当然，整日与绝舞在一起的他也没再见过她。但今日晌午，尹昭说莹有事一定要见他。

“属下知道要说的话主子必定不爱听，但还是要说。”莹低垂着头，音调平静得没有任何波澜起伏，冰冷得如同深冬的湖水。

他玩味地望着她，心知她大概要说些什么，“说。”

“绝舞对圣忆风的感情，主子是看到过的，她若想为圣忆风报仇，一定会做好充分的准备再来找主子，但当日她来报仇时身体异常虚弱，也就是说她明知那样的自己无法打赢你，无法为圣忆风报仇，她还是来了。主子有没有想过，或许这其间有什么问题？”

“你是说，她故意选在那个时候来，故意将自己的脑袋磕在石头上，故意装傻留在追忆园？”溪孟安单手支额，敛目思索，姿态看来相当闲散。

“是。”莹没有任何惧怕，回答得干脆利落。

溪孟安沉默半晌，瞅着低垂着脑袋的莹，“大夫说，她的头部的确受损，她不是假装失忆。”

“或许她买通了大夫。”

“那大夫是我找的。全城那么多大夫，她怎么知道我会找哪个？”

“或许她买通了所有大夫……”

溪孟安轻笑，“你没发觉你总是在用‘或许’这个词吗？你连自己都无法说服，凭什么认为会说服我？”

被溪孟安这样一问，莹怔住。她的确没有任何确凿的证据，只是凭一种感觉，“这……属下只是心中这样想，就想告诉主子……怕主子……”

溪孟安挑眉，“怕我太过沉溺于现在，而忘记了重建日教的大业？”

“属下不是这个意思。”她知道主子不是沉溺于美色的人，但自从将绝舞留在追忆园后，那个绝舞就像牛皮糖一样黏着主子，扯都扯不开。

“抬起头来。”溪孟安的声音忽然放柔了几分。

看到莹抬起头，他漾着浅笑的眼直视着她，眼神忽而转为凌厉，冷冷地道：“你对我的感情导致了你对她的偏见，我不希望这样的事情再次发生。”

莹有一瞬间的呆滞，她无法相信自己多年的感情就如此卑贱地从溪孟安的嘴里说出。她回过神，脸上一阵红、一阵白，最后恢复平静，只是觉得全身透骨地凉，仿佛被人从头到脚狠狠地灌了一桶的冰水。

“下去吧，这样的话我不希望再听到。”

“是……”

莹带起一阵风和关门声，消失在门后。

溪孟安吐出一口气，靠在椅背上，略微沉吟一下，而后站起，抬掌熄灭了烛火。

在莲花池边的一棵大树下，娇小的人儿蜷缩着窝在树下的软草上闭眸浅息。温暖的阳光透过树隙，淡淡柔柔地洒在她粉嫩的脸颊上，晕出一抹淡淡的红晕，在眼睑处覆出淡淡的阴影。唇角挂着满足的笑，她憨甜的模样让人不忍心打扰她的休息。

忽而，一道黑影立于她的身前，掩住了零零散散地洒在她身上的阳光。也许是感觉到了温暖消失，闭眸的人儿缓缓地睁开眼，眨了眨迷蒙的眼睛，一双黑色的鞋子映入眼底。

她呆呆地抬起头，露出一张呆呆的脸，而后慢动作地用小手揉了揉眼睛，看到冰冷而面无表情的莹。

她有些怯怯地把小屁股往后移了一分，贴住身后的大树，用很小很小的声音道："你要做什么……"

莹的眼睛蓦地眯起，一把揪住绝舞领口的衣服，陡然将她拽起。绝舞被莹突然的动作吓住，一时之间没有站稳身子，在莹刚把她拽起后，一个不稳，又摔到了地上，大大的眼睛蓦地被泪水填满。

"不要在我面前装模作样，自己站起来。"莹冷冷地垂眸，望着地上的绝舞。

绝舞的双肩不住颤抖，扶住身后的大树缓缓站起，低埋着脑袋不敢看凶巴巴的莹。

"为什么不敢看我？抬起头来。"她不信，这个女人一定是在装！莹想着，一手伸过去捏住她的下颌，强迫她抬头望着她。

"你、你要干什么？"她的大眼里充满了恐惧，泪水一不小心就涌了出来。

莹注视着她的表情变化，那张小脸上除了惊吓，再无任何异常，她甚至能感觉到自己手下的人全身都在颤抖。难道她真的是如主子所说，她被自己的感情蒙蔽了双眼，所以做出了错误判断？

这样想着，莹的手瞬间松了松。这一刻，绝舞急忙从莹的手中挣脱出来，往回跑去。

不，即使她错了，她也不能让这个女人存在，绝舞只会误了主子的计划！莹一个翻身，跃至绝舞眼前，挡住她的去路。绝舞双手揪住衣裙不断搓弄着，极度的不安从她大大的眼睛中流露出来。

在莹一步步前移的脚步下，她一步步地后退，结结巴巴地道："你、你不要乱来哦！我会告诉安安、告诉安安你欺负我……"说着说着，她的眼泪因害怕再次涌了出来。

提及溪孟安，莹的心一阵刺痛。想着昨夜溪孟安看着她时的冷厉视线，对绝舞的恨意霎时间高涨起来，她多年的爱凭什么被这个半路出来的女人比下去！

舞儿一步步地后退，莹的视线落在舞儿身后的莲池上。她的视线下移，看到舞儿的脚离莲池愈来愈近。见舞儿还不断地后退，她的眸色黯了黯，不知在想些什么。

"你不要过来哦……"绝舞只顾着眼前让她害怕的人，根本没有看自己的身后。

让她这样掉下去？不……莹的眉头蹙起来，这样让她掉下去，这个牛皮糖准会向主子告状。

刚刚伸出手想要拽回绝舞，指尖碰触到绝舞的瞬间，绝舞惊呼一声，整个人后倾，一下子落进水里，像个旱鸭子般不停地在水中扑腾。

“啊，安安……”才发出几个音节，小小的身子就朝水里沉了下去，咕嘟嘟地在水面冒出泡泡。

莹站在岸边，看着水中挣扎的人儿，竟没有移动一步。人不是她推下去的，是绝舞自己笨掉下去的，不关她的事。

水面逐渐地平静下来。她蓦地一惊，正要上前，一抹黑影抢先她一步扑入水中，动作迅速地抱着绝舞破水而出。

浑身湿漉漉的尹昭抱着昏迷过去的人儿上岸。做了抢救工作后，绝舞蓦地咳出一口水，一张小脸苍白异常，蜷缩在尹昭的怀里不住颤抖，像个落水的可怜小猫。在尹昭的轻唤中，她混混沌沌地睁开眼，侧首看到尹昭身旁的莹，小手蓦地揪紧尹昭的衣袖，双眼中尽是恐惧，一个紧张，又晕了过去。

尹昭抱起绝舞，朝屋内走去，他责备地看了莹一眼，“绝舞姑娘是无辜的，当初她全心全意将主子当作朋友。我被关在尘家庄时，她想尽办法要救我出去，还求高轩叶治好了蓉儿的病。我们欠她的太多，是我们对不起她。”

莹张口想说什么，又被尹昭的视线压了回去，“圣忆风已经死了，她又变成了这样，如今的她只是一个什么都不懂的孩子，你究竟还想怎么样？”

莹跟在尹昭身后朝屋内走去，听着尹昭的句句指责，莹冷了脸，“不是我推她下去的。”

“我站在远处，都看见了。”他看到莹伸手去推绝舞，并且对绝舞在水中的挣扎袖手旁观，“主子那边，能隐瞒，我尽量帮你瞒住，但再有下次，我绝不会再帮你。”

莹的手紧紧攥住，不甘心地瞪着尹昭怀里的人。凭什么？凭什么连尹昭都对绝舞如此信任！

莹看着尹昭把绝舞轻柔地放在床上，语气微微颤抖，“我跟你共事这么多年，竟比不上她。”

尹昭深深地看了她一眼，“这不是偏袒谁的问题。”随后，尹昭走出屋子，让下人找大夫来，看到站在那里一动不动的莹，轻轻一叹，“不要再做傻事，不然只会让主子更加恨你。”

莹微微一颤，难堪地别过头。她隐藏得如此深，竟连尹昭也看得出她对主子的感情。

屋内木桌上的香炉里袅袅散发着熏香，纱帐一侧低垂，另一侧挂上白玉弯钩，露出床上拥被而卧的娇人儿。她的黛眉紧紧地蹙在一起，一张小脸因病痛皱在了一起。

自被尹昭救回后，绝舞就一直昏睡着，直到此刻。已经过了一天，床上的人不但没有转醒，体温也愈来愈高。

溪孟安坐在床前，双手握着她的手陪了整整一夜，已经接近晌午，他却丝毫没有困意，目不转睛地凝着床上的人。

尹昭领着一位大夫静静地走进来，“主子，大夫请来了。”

“是昨天给舞儿看病的那个？”溪孟安的声音很低，却异常冰冷。

“是。”

溪孟安侧首，看到一旁哆哆嗦嗦的大夫，潋滟的眸微微眯起，“昨天你走后，她就未醒过，今晨开始发烧，这是怎么回事？”

大夫眼睛都不敢抬起，“大、大概是受了风寒。”

“风寒？”溪孟安的眉蹙到一起，不经意地朝低垂着头的尹昭瞥了一眼，“不是说她不小心从台阶上摔了下去吗？怎么会受风寒？”

“啊？”大夫惊讶地抬起头，看了看床上昏迷不醒的舞儿，“昨天老夫来的时候，听下人们说这位姑娘是由于落水导致昏迷的。”

“落水？”溪孟安低柔的嗓音微微扬起，明眸看向此刻有些紧张的尹昭，“你先把脉，为她开药。”

“是。”

待大夫走后，溪孟安将绝舞出冷汗的手放入被中，安置好一切后，在床边的圆木椅上坐下，“说吧，怎么回事？”

尹昭在一旁垂首不语。

“抬起头来看着我。”溪孟安望向对面垂首而立的尹昭，声音如冷冽的清风般让人微微战栗。

“是莹。”

而后，在溪孟安示意的眼光下，尹昭将看到的一切都如实说了出来。他知道，此时若再隐瞒，也只是雪上加霜，莹更加容易受到惩罚。

溪孟安冷静地扬起一丝浅笑，然而眸色却骤然黯了下来，眼瞳在这一刹那间变得深不可测，漆黑如墨。他给了莹多少次警告，她竟然还是这样违背自己的交代。

溪孟安拿起一旁的帕子为绝舞擦去额际渗出的冷汗，“把她叫来。”

“主子，念在莹是初犯，就……”毕竟莹从小就跟随主子，这么多年，他们三人都是一起熬过来的，莹是因为嫉妒做了一些傻事，但他比主子更加了解莹，莹的内心其实不如表面那般冰冷，冰冷只是她用来伪装自己感情的假象。他相信，昨天若不是他冲动地去救人，莹不会放任绝舞淹死在水中。

溪孟安凝视着绝舞脸上的痛苦，对莹就更加厌恶了一分。

“把她给我叫来。”怕吵到睡得并不安稳的人儿，他忍着怒气，放低了声音，语气却更加冰冷。

尹昭依言离开了屋子。

绝舞的眉头蹙了又蹙，丝被下的小手开始不安分地乱挥舞，身子不断地挣扎扭动。溪孟安轻轻地唤着她，希望能将她从噩梦中唤醒。

“不、不要……”她摇着陷入软枕的脑袋，小手从被中挣脱出来。她的声音沙哑中带着恐惧，听得溪孟安的心也跟着她痛苦的表情紧紧地拧了起来。

“呜呜、呜……不要……过来……”泪水从她紧闭的眼角流出，溪孟安急忙帮她拭去，然而越擦越多，“呜……安安、安安救我……”

她娇软而沙哑的声音唤出他的名字，让他的心前所未有地疼痛起来，恨不能此刻代她痛苦，更恨不能将害她如此的人亲手杀掉!

“安安……救我……”她挥舞的手被溪孟安拽住，他用手安抚着她的脸颊，轻声诱哄，“乖，我在这里……”

“安安、安安……”大概是听到他的轻声低唤，以及他温柔的安抚，她渐渐地平息下来，只是不住地啜泣流泪。

他在床边，将她轻柔地抱起，安放在他怀里，轻轻地拍着她的肩膀诱哄。

洞开的窗子在清风善意的回旋中，再也挡不住屋外淡淡飘散而来的莲花香，隐隐传来的细细的虫鸣给屋内带来一丝生气与安逸。

她的脸颊苍白中浮现出一抹病态的绯红，长长的眼睫半掩着漆黑的双瞳，小手紧紧地抓着溪孟安的衣袖，在几番挣扎后，眼睛开开合合数次，终于缓慢而吃力地睁开。

“安安……”

沙哑的声音飘进神色凝重的溪孟安耳里。他垂眸，看着刚睁开眼的她，不自觉地微微收紧了双臂，“你吓坏我了。”

“对不起……”她的小手紧拽着溪孟安的衣袖，语气委屈得好似她做错了什么。

他疼惜地望住她，“笨蛋，你又没错，道什么歉？”

“我让安安担心了……”她吸吸鼻子，眼泪又落了下来。

他垂眸凝望着她，发觉她的一言一语，甚至一颦一笑都能勾起他不同的情感反应。这一刻，他明白，她在他心里，远远比自己想象的还要重，也早已超过了自己预计的重量。

以前他压抑自己的感情，或许是因为她与圣忆风的关系，也或许是因为她只是他的一颗棋子，但最重要的，应该是他在内心深处并不相信她会爱上他。所以他逃避，不敢直视自己的感情。忽而，他一笑。现在不同了，现在的她完完全全属于他一人，心里只有他，他会是她的全部。

“害你受苦了，对不起。”他垂首，在她的耳边低语。

“安安不用说对不起。”她的声音依旧没有转好，有着淡淡的沙哑。他在她的耳边，她能感觉到他的呼吸拂在耳边，湿热了她的皮肤。她不喜欢他呼吸的频率，不喜欢他的气息，虽然他的身上带着淡淡的药香，很清淡，很好闻，却不是她喜欢的味道。他的一切，她都不喜欢。

她不敢侧首，怕轻轻一转，就会碰触到他冰冷的唇，“安安没有错，是我没有保护好自己……”

她的懂事与理解让他湿润了眼眶，从小，从不曾有人关心过他，没人理解过他，就连身边的尹昭与莹，也并不认同他所有的作为。只有现在的她，真正地包容他、依赖他，她给他的，将是他这一生最珍惜的东西。

“主子。”尹昭的声音打破了两人之间的安逸和谐。

溪孟安转首抬眸，看到了尹昭以及尹昭身边直视他的莹。他宛如水般柔和剔透的眸变得深邃，直直地凝望着莹，“我真的对你很失望。”

莹没有辩解，只是望着溪孟安，平静的脸上看不出任何的情绪波动。她根本无法解释，的确是她将绝舞逼到了池边，也的确是她在伸出手碰触到绝舞的同时绝舞掉进了水里。有一瞬间，她甚至站在岸边看着绝舞沉了下去而没有丝毫动作，即使，最终她改变了想法想要救人，也没能赶在尹昭之前将绝舞救起。连与她共事多年的尹昭都不相信她，她又怎么能认为最近本就对她不满的主子会相信她。

“我给你一个机会解释。”

溪孟安怀里的绝舞悄悄地抬起眼眸，不知是因为吹进的风，还是因为此刻站在她眼前的莹，她的身子有着微微的轻颤。她怯怯地开口，“你……为什么不喜欢我……”

莹的视线移向此刻怎么看都无比可怜与无辜的绝舞，“我没有不喜欢你。”

“你骗人……”

莹望向溪孟安，“绝舞落水的确是属下的错，属下甘愿受罚。”

溪孟安望着莹，眼神变幻莫测。一旁的尹昭攥紧了手，看着溪孟安的表情变化，甚至比当事人还要紧张，“主子，莹她是一时冲动……”

“一时冲动？”溪孟安的视线冷冷地射向尹昭，“一时冲动就能让舞儿落水，昏迷一天，若不是一时冲动，舞儿岂不是会送命？如果昨天你没有及时出现，或许现在舞儿已经不在人世了！哪一只手？哪一只手昨天将她推下去的？”

尹昭惊讶地喊了一声，想要制止，“主子！”

绝舞听到溪孟安的话，害怕地睁大了眼睛，“安安要做什么？”

溪孟安垂眸看着她，“没什么，你不用怕。”

“可是尹昭大哥好紧张。安安要做什么？”她看了看莹，发觉那张冰冷的脸变得异常难看，甚至能看到她平日并不表现出的心痛。

尹昭在此时脱口而出，“主子，莹为您做了这么多年的事，若是失去一只手，她以后怎么办？！”

绝舞顿时愣住，而后激动地抓住溪孟安，大大的眼眶里集满了泪水，“她为什么会没有手？安安要……砍了她的手吗？”在说“砍”的时候，她的音调颤抖得几乎让人听不出清她在说什么，“是我自己不小心掉下去的，真的！安安不要砍她的手，好不好？”

看到她惊恐的模样，溪孟安冷厉的视线朝尹昭射去。尹昭只能默然垂首，心底却因绝舞为莹辩解松了口气，他就知道绝舞不会让主子做那样的事。

“好、好，不砍，不要害怕。”溪孟稳住颤抖的人儿，“她害你落水，你不怨她，还为她求情？”

“可是砍手好可怕，不可以……”说完，她蓦地住了嘴，用手捂住嘴巴，“不对、不对，不是她害我落水，是我自己掉下去的……”

溪孟安望着她，无奈地浅笑，“我答应你。”随即，他抬眸望向莹，发觉莹竟红了眼眶，他冰冷的声音从唇角飘出，“以后，不要让我在追忆园看到你。”

莹松了一口气，还好主子没说断绝关系……她僵硬地颔首，跟着尹昭朝外走去，然而在步出房间的那一瞬间，她回眸望向绝舞的眼中闪过一抹嫉恨。

蜀地，城主府。

独孤翊蹙着眉走到绝姒的房间外，高大的身影挡住了射进屋内的几乎一半阳光。他双手环胸，倚靠在大敞的门边，阳光将他的影子投射在屋内的地上，拉出长长的线条。

他望着坐在屋内梳妆镜前久久不动的绝姒，默默地想着两人从小相处的点点滴滴，究竟是什么让他们两人的关系变为现在的冷漠与算计？

绝姒虽背叛了他，但不可否认，这些年来，除了已逝的义父、义母及姐姐，真正关心他的人，只有绝姒一人。

两人经历这么多年的风雨，她对他言听计从，他也是有感激的。

然而，就是她多年来对他的百依百顺，让他无法忍受她突然的背叛。

宽厚的大掌缓缓收紧。

他安静地站在门外许久，也看着绝姒在梳妆镜前出神了许久。她是在想几日后嫁给司空离的事吧。

想到她即将有可能嫁给司空离，他的心居然有一种空空的感觉，像是一直填满自己心里的某种东西即将被抽离。这个一直陪伴他的人，即将嫁给别人，从此以后，他会变成孤零零的一个人……

然而，他又想到了自己的计划，内心深处对权力的渴望渐渐地又掌控了他，他湛蓝的眸逐渐变得幽暗。

圣忆风死了，他也失去了绝舞，他不能再失去他现在唯一的寄托。

思及此，他不再挣扎，调整自己的情绪后朝屋内走去。

独孤翊站在绝姒身后许久，绝姒都没有发觉。他看着镜中的她，曾经美艳的她在最近几日里变得越发脸色苍白，一双眼睛幽幽沉沉，像潭湖水一样，深不见底，唇角微微上扬，却是一种讽刺至极的笑，曾经的几分傲气在最近已经消磨殆尽，整个人看上去了无生气。

“绝姒。”他用低沉的嗓音唤了一声。

绝姒蓦地一惊，在镜中看到了身后的独孤翊，“哥！”

她正要起身，独孤翊按住她的双肩，将她固定在木椅上，“不用起来，我就说几句话。”

独孤翊走上前，靠在绝姒面前的梳妆镜边沿，湛蓝中泛着亮光的眸深深地凝着她，“我一会儿让下人炖些补品来，你最近的气色不太好。”

绝姒勾唇浅笑，“不用费神了，我很好。”

“这种话，你用来骗骗自己就好，不用说给我听。”他如墨染的眉拧起，看起来对于她对自己身体的虐待有些不满。

绝姒慢慢垂下眸。独孤翊看到她覆在睫毛下的淡淡阴影，“你最近没有休息好，好好养身子。你见过哪个新娘是你这副模样吗？”

“哥……”

“不要说其他没用的。”独孤翊打断绝姒的话。不管她现在说什么，都不是他关心的，他只关心她能否安安静静地上花轿，而后安安静静地嫁给司空离，最后再安分地执行他即将交给她的任务。

独孤翊凝着欲言又止的绝姒，“司空霄如今跟死了一样，你就当给自己一个解脱、一个出路，也当帮我一个忙，不要胡思乱想了。”

绝姒低垂着头，不再开口，专心致志地梳理着自己垂落在手臂上如丝的发，轻轻地抚弄着。许久之后，她才开口，“放心吧，我会嫁过去的。不会给你添任何麻烦。”

“这样就好。”独孤翊刚毅的唇边咧开一抹笑。

他正欲转身离去，却被绝姒叫住，“哥。”

“怎么了？”

绝姒凝望着他，阳光在他的身后，有些刺眼。她用手挡在额际，遮住强烈的光线，“哥，你和严曦联手了，对不对？”

独孤翊沉默片刻，“严曦与溪孟安联手，给我服了绝命蛊，我不得不服从。”

“绝命蛊”这三个字，让绝姒的心陡然一惊，她几乎从位置上弹了起来，“那现在呢？你还有毒在身？！”

“没有，他已经给了我解药。”圣忆风死后，溪孟安就让司空离给了他解药。

“那就好……”

独孤翊看着绝姒真心为他担忧的模样，心情有些复杂，他急忙转过身离开，避开她的视线，“我会准备好你的嫁妆，让你风风光光地嫁过去。”

看着独孤翊离去的背影，她黯然神伤。一阵风从窗吹了进来，撩动了她的发丝。她垂下眸，看着自己的脚尖，难过地闭上了眼。他真的看不到自己的拒绝吗？或许，他只是视而不见，逼着他嫁给司空离，只因为她曾经背叛过他。

第三十九章
绝奴嫁太子

迦隐后方几十里处有一个四面被山环绕的山谷，在能进入的一面，山下有一条几乎不可见的小路，路口隐藏在繁茂的树丛之后。从小路一直蜿蜒而入，直到出口便会豁然开朗，这就是迦隐的后山。

与出口正对的一面山壁上有一个洞口，是这后山唯一能落脚栖身的地方。

石洞内并没有洞外看起来简陋，相反，看起来非常舒适与安逸，不但没有潮湿的迹象，还飘散着淡淡的熏香，并不比迦隐惊风苑的主屋差。

山洞之内，有一个宽大的屏风，隔开了外面的厅与内室。屏风上绣着一棵精美的红色珊瑚树，高约八尺，看起来栩栩如生，质地硬如玛瑙、润如美玉。透过珊瑚屏风朝里望去，可以看到一个修长的身影，独坐在内室之中。

悄静的四周忽而响起轻微的脚步声，而后是一道笑声，几乎震得山谷中的树木纷纷落叶。

“好小子，居然瞒着你师父我！”紧跟着，一道呼啸而过的风声绕过珊瑚屏风，直飞内室。

浅浅的笑声自屋内人的薄唇中溢出，“比武那天，师父若是去了，徒儿可就不会落崖了。”

“哈哈——你小子！还好我没去，不然我准不会让你落崖，岂不是会破坏了你的计划！”柳钦乐呵呵地一屁股坐在圣忆风身前的石桌上，“吟依可是被你害得流了一大把一大把的眼泪，不知道的还以为她二叔我死了呢。”

话音刚落，两道身影轻轻地步入内室，“二叔，您就爱取笑我！”吟依与高轩叶走了进来。看到圣忆风的瞬间她就红了眼睛，提起裙角就朝圣忆风疾步走了过去，而后蓦地扑入圣忆风的怀里，“师兄！”

圣忆风唇角噙着笑，安抚地拍了拍吟依的后背，“害你担心了。”

吟依缓缓地退开，“既然是这样的打算，之前怎么不告诉我们？害我们大家虚惊一场！”

“知道的人多了，走漏消息的可能性就大了。”圣忆风与高轩叶对望一眼，而后望向柳钦，“师叔，迦隐内有没有什么异常的举动？”圣少主刚刚过世，大概会有人吵嚷着选下一任少主吧。

“没有、没有！”柳钦捋着胡须，赞赏地看着高轩叶，“轩叶小子可是把迦隐打理得井井有条，目前没人有异议，倒是很多人因为没有找到你的尸首，都不相信你已经死了。”

“迦隐的人没有允许，并不会私自出迦隐的四个阵。既然这样，在迦隐内，我就没有必要封锁消息，但我还是这样做了，你们就不觉得奇怪吗？”圣忆风唇角微扬，似笑非笑，眼里闪过一丝诡谲。

柳钦大口地喝着桌上仅有的一壶酒，似是没有听到圣忆风的话。吟依则是疑惑地蹙起了眉，从高轩叶的表情中似乎看出了什么，但并没有言明。

最后，反倒是柳钦大口喝下酒，而后草草地说了句：“这小子的意思，不就是迦隐有奸细嘛。”

“少主真是这个意思？”高轩叶的墨眉拧了起来。刚才听闻少主的话，他的确也有这个猜测，但并不肯定。迦隐的人都相当忠心，那些年轻一辈几乎都是在迦隐内长大的，是不允许出迦隐的；而年老的都是迦隐的前辈，忠心不二。如果是奸细，就会是有能力走出迦隐外四个阵的人，那就是说，极有可能是那些前辈中的某一个。

“我的确是这个意思。”圣忆风敛心敛神，眼眸里的幽光流转而逝。他浅浅地扬起唇角，“我落崖后，溪孟安并没完全相信。他在尘家庄布了眼线，即使看到那样的情况，也没有完全信任，暗地里派了很多人在崖下搜寻我的尸体，却一直没有找到。无计可施的时候，他才派人在迦隐外潜伏，但迦隐外的四个阵并不是轻易可以进入的，而且在我落崖后的第二天，我就与轩叶一起重新对四个阵做了布置，即使溪孟安拿到独孤翊手中的杜玉菲曾经画的图，也还是不能进入迦隐，所以他无法探知详情。”

“也就是说，他不能亲眼看到迦隐内的情况，以他的小心谨慎，是绝对不会相信我已经死了。但有一天，他突然撤去了迦隐外的所有人，同时连在尘家庄的人也撤了去，连同在崖下寻找尸首的所有人手都撤了回去。”圣忆风把玩着桌上的酒杯，眯起狭长的凤眸，“除非，迦隐内有他非常信任的人，亲口告诉他，我的确已经死了，否则他不会相信。”

吟依惊讶地望向柳钦，柳钦则还是大口地喝着酒。高轩叶紧紧蹙着眉头，不发一语。

圣忆风微阖眼睑，嘴角勾起带着一丝冷意的弧度，饮尽了杯中许久前倒入的酒。

谷间凉风轻送，带着雪后寒冷的空气吹进洞内，透过屏风，在室内萦绕。吟依不自觉地看了看高轩叶。

就在这时，沉默了许久的高轩叶缓缓抬眸，望着圣忆风，道：“少主怀疑奸细在迦隐的前辈之中？”

圣忆风缓缓地抬起头来，似笑非笑地道：“你忘了？我们改了阵。能在我死后这几天出阵告诉溪孟安我已经死了的人，只有知道新阵如何走的人。”

高轩叶凝重的眼里闪现出诧异，“包括我在内，只有四阁主和柳前辈知道。”

吟依不敢相信地望向圣忆风。

圣忆风凝视吟依，悠悠地道：“师叔绝对不可能是告密之人。”

柳钦的大掌毫不留情地拍在圣忆风的肩头，“还好你小子没猜是我，不然老头子我跟你没完！”说完，他抖了抖酒壶，发觉酒已经被自己喝光，懊恼地蹙起了自己又白又长的眉毛。

“二叔！”吟依无奈地将柳钦手中的酒壶抢了过来，“您正经一点好不好？师兄正在愁谁是奸细，您还在喝酒！”

“好嘛、好嘛，乖，二叔听你的！”说完，柳钦笑眯眯地捋着胡须，“那现在，不就有一个嫌疑人站在我们面前嘛。”

高轩叶沉静地望着柳钦，平静的眼波并没有任何的波动，“前辈，不是我。”

柳钦无趣地摸摸胡子，“我当然知道不是你，真没劲！”

吟依蹙眉望着圣忆风，“师兄怀疑其他三位阁主？”

圣忆风略微沉吟一下，缓缓抬起凤眸，唇角噙着清冷的笑意，除此之外，还有一抹似有若无的遗憾与伤感，“她们三个都跟了我很多年，我宁愿是迦隐内任何一个人，都不愿意是跟我如此亲近的人。”

高轩叶沉默了。比起少主而言，其他三个人跟他的关系更加亲密一些。这些年，他们共同为少主奔波，情同手足，何况其中一人还是即将与他相守一生的人。他甚至不敢去猜，究竟是她们中的哪一个。

看出高轩叶的为难，圣忆风理解地拍拍他的肩膀，“这件事可以让师叔去查，你不用插手。”若真要高轩叶从三人中找出那个人，就相当于砍掉自己的手臂一样，他能理解。

然而，高轩叶抬眸，坚定地看着圣忆风，“这件事我来查。”看到圣忆风不解的眼神，高轩叶道："这样我才能放心，我不希望因为任何差错而找错了人，或许，并不是她们其中的任何一个。"

蜀地城主的义妹三日后成亲。

这个消息很快地在蜀地的大街小巷传开。

红绸缠绕于蜿蜒曲折的回廊，府内的丫鬟下人一派喜庆，忙着张罗三天后的大喜事。

是夜，月色如水。

城主府一片灯火通明，处处是红绸灯笼的鲜亮色彩。

一阵琴声忽然从舞园的屋内传出，行云流水般传入众人耳中，听到的人都默默地立于原地，脸上因喜庆而浮现的笑容渐渐消失。

那琴声悠悠荡荡地从舞园流泻而出，如丝丝缕缕的愁萦绕在府里的每一个角落，似乎是一个忧愁的少女，在雨天凭栏眺望，焦虑地等待着自己心里的那个人，虽然心底知晓那个人永远不会来，而后音律微微一转，又似一个淡漠的贵妇，细细地在镜前梳妆，默默地低语：忘了吧、忘了吧。

这一段伤感又绝望的旋律在每个人的耳中回转。琴声终于渐渐停歇，天地间一片沉寂，仿似每个人都屏着呼吸。在听琴的过程中，每个人都被这忧伤的旋律所感染，甚至忘记了这琴音出自一个即将成亲的人之手。直到此刻琴音停止，众人才逐渐从那音律中回过神来，开始窃窃私语。

而后，一声巨大的破裂声从舞园中传了出来。

"哥！"绝姒震惊地从木椅上跳起，看着地上被摔成两半、琴弦断掉的木琴，不可思议地望着独孤翊。

因独孤翊突然进入而卷起的风，屋内的烛火明明灭灭，最后逐渐熄灭。

独孤翊的胸口因怒气有些起伏，高大的身躯立于绝姒面前，强迫的气势让绝姒不由自主地微微退后了一步。

"三日后，是你成亲的日子，你要嫁的人不是其他的市井小民，是当今太子！"湛蓝的眸在昏暗的屋内闪出瘆人的光芒，"我不希望任何不利于你的谣言传到宫里。"

绝姒垂眸，沉默半晌，"我只是弹一首曲子而已。"

"是人都听得出这不是一个即将出嫁的人该弹的曲子！"独孤翊低沉的呼吸声在屋内不断起伏。

绝姒低垂的眸明明灭灭，沉寂了须臾，她才慢慢道："知道了，这三天我会安安静静地在府里等着嫁出去。”

见到她温顺的样子，有那么一瞬间，独孤翊有些失神。想起曾经的她，明丽照人，举手投足间都自然而然地流露出淡淡的傲气，然而现在的她，快要让他想不起曾经的她是什么样子了……

忽地，一阵风吹开了轻掩的窗，冷冷地吹进屋里。咚的一声，蜡烛被风吹得倒落在桌上，发出一声轻响，让陷入沉思的两人同时回神。

独孤翊转身，走到窗边抬首而望。月色点缀了他的眼睛，让那两抹湛蓝更加透彻。他几乎不可闻地轻叹一声，顺手关上了窗，朝屋外走去，“你早些睡吧，好好休息。”

长廊幽静，有风轻吹，月光透过窗棂映上绝姒的眼睛，她的眼睛竟有几分湿润。

“为什么不告诉我？”她叫住转身离开的独孤翊，眼神和语气都有些微愠，一种即使独孤翊逼她嫁给司空离时都没有出现过的情绪。

独孤翊的脚步停顿一下后，再次迈开，“我不知道你在说什么。”

“舞儿的事。她四天后会嫁给溪孟安，为什么你没告诉我？”绝姒盯着独孤翊的背影，一颗心浮浮沉沉，很多的失望在心底开始慢慢汇集。

独孤翊转身，刚毅的面庞因背光笼在一片黑暗之中，“舞儿已经不记得你，说与不说又有什么关系？等你成亲后再告诉你也不晚。”说完，他不待绝姒有任何反应，便利落地转身朝屋外走去。

在绝舞的央求下，溪孟安找来一叶小舟，牵着欢喜的人儿踏上小舟，在追忆园的莲花池中游玩。

“安安、安安，把船划过去，那边有好多莲花，好漂亮！”绝舞兴奋地趴在船边，指着远处一朵开得灿烂粉白的莲花对溪孟安说。

“咦？！安安，你看，还有鱼！”她随手拿起一盘早已经备好的甜点，塞进嘴巴里慢慢品尝，“安安，去那边。”

溪孟安看着孩子似的她，不禁与从前的她进行对比。若是她没有失忆，他恐怕永远也看不到她如此灿烂天真的笑容。

“安安！”见溪孟安望着他出神，她一边将糕点往嘴巴里塞，一边歪着脑袋望着他，“你在看什么？”

“没什么。”溪孟安回神，将半个身子都挂在船边的她赶紧拉了回来，故意装出愠怒的样子，“上次掉进水里，怎么还离水那么近，一点都不担心？”

她甜甜地笑笑，“不怕，有安安在，我不怕掉进水里，安安会救我。”她娇软地嘟哝，并乖乖地趴到他身边，将一块糕点递给溪孟安。

一抹黑影如风般落于船上，“主子，一切都已经准备好，就等着三日后的婚礼。”

“知道了。”溪孟安看着她，眼睛流露出喜悦的情绪，伸手将她环住，“莹最近怎么样？”

“最近都是她在寻找曾经在日教的人。”

绝舞眨巴眨巴大眼睛，愣愣地望着尹昭，粉颊因兴奋而有些微红，“尹昭大哥，你会飞啊。”

尹昭被她突然飞来的一句话说得愣在那里，看看溪孟安，不知该如何回答。

溪孟安微微一笑，“你喜欢？”

“喜欢、喜欢，舞儿也想要飞。”她开心地坐起来，张开双臂就要朝尹昭扑去。

尹昭紧张地流出了冷汗，呆呆地站在那里，不敢有任何动作。就在那娇小的双臂快要环住尹昭时，一只手及时揪住她的后领，像拎小猫、小狗一样将兴奋的人儿拎了回来。

溪孟安望着被揪回来的她，细腻如花瓣的唇在她耳边轻轻呵气，“我也可以。”

“真的吗？！”一双大大的眼睛绽放出如星星般闪烁的光芒，而后，她朝溪孟安张开双臂，“那安安抱着我飞！”

“乐意至极。”溪孟安轻笑，在俯身拦腰抱她之际，冰凉的唇有意无意地轻扫过她的脸颊，然而只是轻轻地碰触了一下，而后就离开了。感到怀里的人轻微一颤，将头埋进他怀里，他只当是女儿家害羞的表现。

溪孟安的身体看起来纤弱而轻盈，他轻点足，迎风而起，穿着的宽大白袍被风一吹，两个袖袍仿佛两片翩翩纷飞的蝴蝶翅膀，分外动人，连同他怀里的绝舞的绯色衣裙也被风扬起，在他宽大的白袍中翻飞。

他抱着她，在她像孩子般的欢呼声中，飞过波光潋滟的莲池，盈盈地在湖心的水榭落地。尹昭也在身后，跟着两人立于水榭之中。

看着她欢呼雀跃的样子，溪孟安的唇边也有着无法抑制的微笑，他将裸着足的人儿抱到一旁的软榻上，“我跟尹昭有事谈，你先自己在这边，我一会儿过来。”

闻言，她的软唇嘟得好高好高，“安安什么时候回来？”

“我保证，会很快。”

“那……好吧。”她看起来很大度地瞅着他，“我允许你去，你要快点回来哦。”

“嗯。”

尹昭跟着溪孟安朝水榭的另一端走去，“莹最近一直在找前段时间答应加入日教而后又退出的人，但那些人就像蒸发掉一样，毫无踪迹。”

溪孟安负手而立，凭栏望着满池的莲花，敛了笑容，漾在他眸子里的是茫然与不解，“难道是哪里出了差错？”

听到溪孟安的喃喃低语，尹昭神情凝重，“这一定是有人在其中捣鬼。主子，会不会是尘无影？以他与圣忆风的交情，一定会来报仇的，但这么些日子以来都没有动静，会不会是他在暗中阻止我们重振日教？”

“尘无影？”溪孟安默默地低念着这个名字，盈盈的眸中有着奇异的情绪，“在尘家庄的那些眼线能够信任吗？”

“那些人都是属下亲自带出来的，非常忠心，不会谎报消息。”尘无影最近的确沉浸在悲恸之中，而且据报，当时绝舞来找主子报仇时，的确吩咐过尘无影不要动用任何一个尘家庄的人来报仇。何况，据他最近几日的监视，连出入尘家庄的人都少之又少，尘无影更是寸步未离，没有任何异常的举动。排除这种可能，有一种猜测在尹昭心中慢慢地浮现，但又不敢轻易说出口。他张了张口，犹豫须臾，还是只字未提。

相处多年，溪孟安敏锐地感到身旁尹昭的气息逐渐变得急促，似有些不安。他侧首，凝望着尹昭，“你有什么想法？”

“属下不知该不该说。”

“这种情况之下，任何可能我们都要顾到，没有什么能不能说的。”他隐隐地感到，尹昭即将说出口的猜测会与他的想法不谋而合，但是，这个猜测是他最不愿看到的。

尹昭回头看了看自娱自乐、玩得不亦乐乎的舞儿，再回过头望着溪孟安，用极低的声音道：“属下猜测，圣忆风，并没有死。”

心一沉，对望了一眼，溪孟安与尹昭的脸上同时笼上了一层凝重。

溪孟安缓缓地面向满池灿烂绽放的莲花，脸上阴晴不定，回想着在断情崖上比武的当天。他当天到断情崖时，除了圣忆风与孤傲洁外，再无其他迦隐的人，连其余的三大阁主都不在。如果当时那一战圣忆风一定要赢，为了确保万一，他肯定会命四大阁主无论如何都不要离开断情崖。更何况，自己也没有见到圣忆风的师叔。再回想两人比武时，起初离崖边并不近，最后打斗到崖边，似乎是圣忆风在引路。而他也并没有感到圣忆风出现解乌兰毒发的任何症状，解乌兰虽然只会对武功起作用，但人的身体也会有一些反应，例如肤色的变化与眼瞳颜色的变化。不知是当时风雪太大的缘故还是其他原因，除了圣忆风功力的变化有着解乌兰毒发的症状外，其他一切都正常。

难道，圣忆风是诈死？

溪孟安负在身后的双手缓缓地攥住。迦隐与尘家庄都无任何异样，也许并不是因为圣忆风真的死了，而是因为圣忆风骗过了所有人！

尹昭似想起了什么，突然对溪孟安道：“迦隐的眼线消息准确吗？”

“当然，她可是位处迦隐中心的人物，圣忆风一旦出现在迦隐，我们也许会比迦隐的人更先知道消息。”

他派了那么多的人去搜尸体，虽说崖下地势险峻，尸体也有可能在任何一个搜查不到的地方，没有找到并不奇怪，但圣忆风若真的没死呢？

思及此，他蓦地回首望住软榻上抱着软枕痴痴地望着莲池的绝舞。

圣忆风若没死，一定会回来寻绝舞，为何至今为止都没出现？

“找个你信得过的人，将你的任务交给他，有个新的任务要交给你。”

溪孟安凝住不远处的绝舞。最近几日与她在一起的每时每刻，她每一声“安安”、每一次嘸唇、每一个笑容、每一个撒娇的动作都深深地印在他的心里。曾经，他以为自己想要的只有名誉与江湖上的地位，“情”之一字绝不会成为禁锢他的枷锁，现在才发现，自己还真是幼稚得可以。想要忽视那份情，并不代表那个人不在自己的心里，并不代表自己不在意。

他喜欢现在这样天天与她相处，喜欢这份快乐，他绝不容许这得来不易的幸福就这样再次被圣忆风破坏掉！

尹昭顺着溪孟安的视线望去，明了地颔首应道：“属下定当保护绝舞姑娘，不会让圣忆风有丝毫接近她的机会。或许，主子与绝舞姑娘成亲的日子可以提前。”

溪孟安摇摇头，“两天后，是司空离的婚礼，我不可能在那天娶舞儿，而我答应她，明天让她与绝姒见一面，毕竟她们姐妹俩见面的时间不多了。”

“是。”

两人交谈完后，尹昭离开。溪孟安朝绝舞走去，抱起已经睡着的人飞身离开水榭，他没有发觉，怀里的人悄悄地睁开眼，眼神复杂，似是在思索着什么。

绝舞一人在水榭延伸入池中的石台上笑得不亦乐乎，小手没入水中，一圈圈地拨弄着湖水，也在清澄似镜的湖面中看到了此时的自己。

水波涟涟，她的笑脸在水中破碎开来。水面恢复平静，被自己搅乱的笑脸才又在水面上拼凑成完整的模样。

她的脸在笑，心里却七上八下。她昨天坐在软榻上，用千里闻音听到了溪孟安与尹昭的对话，没料到溪孟安居然猜到师父还没有死，还好上次分开时师父告诉她为了避免被发现最近几日不会来找她。可是，溪孟安还说到姐姐明天就会嫁给司空离。既然溪孟安与司空离是好朋友，那她央求他明天去姐姐的婚礼带着她，他一定会答应的吧。

想着想着，一双娇小的黑色布鞋映入眼帘。她慢慢地站起身，装作不敢抬头的样子。

“才掉进过水里，居然对水一点都不害怕，这不是太奇怪了吗，绝舞姑娘？”莹站在绝舞身旁，冷眼望着垂首的绝舞。

绝舞抬起头，蹙起她好看的眉头，“我说过，我叫舞儿，不叫绝舞。”

莹冷笑一声，“你骗得过主子，是因为主子对你的感情蒙蔽了他的双眼，但你绝对骗不过我。”

绝舞不理会她，转身沿着石阶，一步步地迈着小小的步伐走上去，抱住一旁的朱漆红柱，答非所问，“有安安在，你不敢再把我推进水里。”

莹走上去，离开她几步之外，直直地盯着绝舞的眼睛，“我会站在离你很远的地方，以防你再次掉下去诬陷我。”

绝舞咬住下唇，一副委屈得快哭了的样子，“明明就是你把我推下去的……真过分……”

莹转身离去，走前，回身盯住绝舞，信誓旦旦，“我不会让你嫁给主子的，我不会让你的计划得逞。”

莹转过身后，绝舞眼眸中的天真逐渐变得成熟。缓缓地，她垂眸，唇角勾出一抹笑，笑得没心没肺。呵呵，我不会让你有机会阻止我的。

绝舞抬首，正欲离开水榭，看到远处婀娜而来的绝姒，眼眶一热，险些流出泪来。她装作眼睛难受的样子，揉揉发红的眼睛，张开双臂，像只小鸟一样朝绝姒扑去，“姐姐！”

绝姒伸手接住飞奔而来的人，唇边划开一抹温柔的笑，“舞儿。”

“姐姐也说我是叫舞儿的吧？”她将扑在绝姒怀里的脸抬起来，摸摸被撞疼的小鼻子，“那个莹非要说人家叫什么绝舞，还说不让人家嫁给安安，好讨厌！”

“莹这么说？”

“咦？”绝舞把脸从绝姒胸前伸出来，看到绝姒身后的尹昭，“尹昭大哥也在呀。”

尹昭听到绝舞娇软的嗓音和天真的模样，忍不住勾起了唇角，“嗯。”

绝舞噔噔地跑到尹昭面前，抬起脸，把头仰得高高的，蹙起眉，担忧地望着尹昭，“尹昭大哥，莹为什么那么说？她为什么不想让我嫁给安安？可是，我好喜欢安安……”说着，她的眼眶变得红红的，凝聚满了泪水，脑袋慢慢地垂下，传出呜咽的声音，“我好喜欢安安……想要跟安安在一起……为什么她不愿意我嫁给安安……”

看到绝舞在哭，尹昭有些不知所措，大手抬起来想要安抚，又不知该放哪儿，“你别哭，不会发生这种事情的，你会嫁给主子的！”说着，他抬眸向绝姒求救。

听到绝舞的话，想起已死的圣忆风，绝姒心情复杂地望着她，而后慢慢走过去，轻轻拍打着她的后背，“乖，不哭了，尹昭说了你能嫁就一定能嫁。”好多次，她真的想要开口告诉舞儿事实，她无法想象如果将来有一天舞儿恢复了记忆，发觉自己嫁给了仇人，会有什么样的反应。但是，每当她想要开口的时候，看着舞儿提及溪孟安时开心的模样，她就不忍心剥夺她现在的平静与幸福。何况，现在的舞儿，连圣忆风是谁都不知道。即使她说了，舞儿会有反应吗？会在乎吗？她觉得不会。所以，她宁愿舞儿享受现在的平静，重新过上一种全新的生活。

“你醒了？有没有觉得不舒服？”溪孟安坐在床边，看着绝舞勉强地睁开眸子，感觉心里似有千斤的重量。自从她来到追忆园，大事小事就不断地出现，现在，她居然在婚前的第二个晚上开始发烧。

“嗯……”她微微沉吟出声，好不容易睁开眼睛，眼前的事物却是一片模糊。再接着，一只沁凉的手摸上了她的额头，她感觉稍微舒服了一些，而后蒙眬的视线也渐渐变得清楚了一些。

一双潋滟的眸子映入眼中，却不是梦中的那一双，片刻的恍惚之后，她才意识到眼前的人是溪孟安。

溪孟安坐在旁边，手掌轻轻地搭在她的额头上，眼睛中满是温柔。看着如此虚弱的她，他的心里都是矛盾与挣扎。

难道她真的不属于他吗？为何她留在追忆园后，就不断地出现意外？

她又重新闭上眼睛，回忆自己傍晚时做的事情，待把一切理清，断定没有异常的情况发生后，她才安心地睁开眼睛。

“有没有感觉好一点？”溪孟安再摸摸她的头，发觉她在慢慢地退烧，“要不要喝水？”

“嗯……”她微微呻吟了一声，暂时撇开脑袋中的胀痛，在他的搀扶下吃力地坐起来，随后，嘴唇边沿抵着一个冰凉的东西，她微微张口，温热的液体缓缓地流入体内，湿润了她干燥的喉咙。

“安安……”在溪孟安温柔的动作下，她重新躺回床上。她望着溪孟安，眼睛里有着疑惑和一些害怕，“我做了奇怪的梦。”

溪孟安看到她眼底的害怕，“什么梦？”

“梦到大火，好大好大的火，好多的尸体……我被一个人藏在假山的洞里……外面都是惨叫……”她望着溪孟安，眼底仿似燃起了火，小手伸出来，死死地抓住溪孟安的手，“等我出来，外面都被烧焦了……好多血……”

溪孟安蓦地捂住了她的嘴巴，“好了，不要说了。你需要休息。”

他轻轻地拍着她，安抚她激动的情绪，同时也在脑海中回忆她刚才的话。如果他没记错，她曾经是焰门的二小姐，听说焰门毁于一场大火，那么刚才依她的描述，她是在梦里看到了曾经吗？

这算是某种预示吗？预示她以后会逐渐地记起以前的事？！

看着方才激动的人儿渐渐入睡，溪孟安慢慢地退出房间。

溪孟安站在回廊上，一身的白衣在夜风和清光中显得他更加朦胧，他静静地站在那里，紧锁着眉，似是在思考着什么。过了许久，他才开口，“尹昭。”

最近几日一直保护绝舞的尹昭从门前走了两步，来到溪孟安身旁，“属下在。”

“最近有什么人接近舞儿吗？”因为她前几日落水，最近几日，他一直让大夫来为舞儿检查身体健康状况，并没有任何可能让她恢复记忆的情况出现，而且她在傍晚后突然发烧，实在有点奇怪，更像是中了蛊之类的东西。

“没有，属下一直在暗处保护，并没发觉可疑的人。”

溪孟安侧眸，若有所思地望着尹昭，“莹呢？”

“莹她也没有接近过舞儿。”蓦地，尹昭想起了白天他去接绝姒回来时，舞儿对绝姒说的话。

“你刚才皱眉，是什么意思？”溪孟安观察入微，敏感地发觉尹昭方才似乎想起来了什么。

尹昭沉默片刻，“属下今天听到绝舞姑娘对绝姒姑娘说的话，莹好像在我去接绝姒姑娘的时候找过绝舞姑娘，而且，还说她会阻止绝舞姑娘嫁给主子。”

“又是她？”溪孟安开口，声音直入骨髓的冷，甚至让尹昭都微微地颤了颤，“在成亲前，保护好舞儿，我可不希望我的新娘在拜堂前突然消失无踪。”

“是。”

追忆园中，清晨的阳光透过敞开的窗洒在梳妆台上，在那娇小的背影上圈出一层淡淡的光晕。

“如果身体不舒服，就不用去了。”溪孟安端着粥走进屋里，将粥放在桌上后，朝绝舞走去。

绝舞被溪孟安扶着走到桌前坐下，虽然已经退烧，但脸色依旧有些苍白，整个人看起来分外虚弱。

“我一定要去。”她端起粥，勉强自己喝下一口，“我已经不记得姐姐了，姐姐一定很难过。今天她成亲，我若是不去，她会更加伤心的。”

溪孟安冰凉的指覆上她的眉心，轻轻抚着，“怎么一直皱着眉？”

她抬眸，望着溪孟安，“安安，我昨晚又做了奇怪的梦。”

溪孟安收回手，动作有些僵硬。他端过一杯茶，装作无事地垂眸品茶，“什么梦？”

舞儿蹙着眉，眼神有些迷离，似是在回忆着什么，“我梦到有一个长得很美的紫衣人，从一座雪白雪白的山崖上掉了下去……”

砰的一声，茶杯掉落在桌上发出的碰撞声打断了她的话。

“安安，你怎么了？”她似是被吓住了，怔怔地望着溪孟安，想要伸手去摸溪孟安被泼到茶水的手，却被溪孟安躲开了。

溪孟安顿了顿，倏地从椅上站了起来，“我去找人来收拾，你先喝粥，一会儿我来接你。”

说完，他转身离去。而他身后的绝舞，则望着他慌乱的背影，唇角扬起一抹得逞的笑。

衣似红霞人如玉。

铜镜中的女子生得别样精致，柳眉凤眼，瑶鼻朱唇。鲜红的嫁衣裹在她的身上，映得镜中那张似笑非笑的脸有些苍白。

“小姐真是美呢。”

“对啊，跟太子简直就是天造地设的一对！”

“可不能叫小姐啦，是太子妃，要叫太子妃啦！”

因平日里绝姒脾气极好，侍女们嬉笑着闹成了一片。受到欢愉气氛的感染，绝姒的眉也不由得扬了扬，淡淡笑着。

“贺礼来喽。”随着这声又娇又软的嗓音，绝舞抱着一个玉枕笑吟吟地出现在房间的门口。

绝姒回眸，惊喜地道：“舞儿，你也来了。”

“当然嘛，姐姐要成亲，舞儿当然要来喽。”绝舞走过去，将玉枕放在梳妆台上，俏皮地眨着眼睛，“我不知道应该送什么，这是安安准备的哦。”

绝姒笑着让周围的婢女们都下去。须臾过后，吵闹的房间就只留下姐妹二人。

绝姒望着桌上的玉枕，是一个做工极为精致的玉枕，四周缀有珍珠，一动，就发出清脆悦耳的撞击声。她笑盈盈地抬眸，“这是溪孟安准备的？”

“嗯！”绝舞用力地点点头，“不过这是他替我准备的啦，他的还没有送上来！”

两人交谈了一会儿，渐渐有人进入屋内，为绝姒戴上镶着宝石的凤冠。绝姒隔着长串珠帘，对绝舞勾起一抹笑，轻轻地道了句：“不管你有什么计划，要小心。”而后，她就那样搭上了喜娘的手，在六个侍女的簇拥下款款迈出了门槛。

舞儿依旧站在原地，望着绝姒宽大的裙摆如水般自地面上拖了过去，优雅的身子渐行渐远，忽然间，感到了一阵失落。

姐姐出嫁了。

曾经失散多年的姐姐，和她相认后经历了那么多的不谅解与误会，好不容易和好，姐姐最终却穿着嫁衣嫁给一个自己不但不了解而且将来极有可能当皇上的人。一入宫门深似海，姐姐能幸福吗？

想起自己塞入绝姒手中的字条，她有些担忧。姐姐会考虑她的话吗？毕竟，姐姐将独孤翊当作亲哥哥一样，会相信自己的话吗？

绝姒的目光落到身畔的玉枕上时，忽而轻轻地笑了起来。她抚着玉枕，想着绝舞塞给她的那张字条。绝舞让她提防独孤翊，说独孤翊让她嫁给司空离，极有可能隐藏着什么阴谋。

舞儿大概不知道吧，在她答应独孤翊嫁给司空离前，已经想过任何一种可能，她连最坏的情况都已想过，还怕独孤翊有什么阴谋呢。无论他有什么阴谋，对她来说，都不重要了……她，只想求个解脱。

还好，还好在这之前，她知道舞儿并没有真的失忆。

那她，也没有什么遗憾了。

此时，已经深夜。布置华贵的新房内，点着儿臂粗的大红蜡烛。屋内静悄悄的，除她之外，再无一人。绝姒觉得有些奇怪，按理说此时屋内应该有侍女才对。

刚才在殿堂上与司空离匆匆见了一面，相比之前在尘家庄的数次见面，绝姒并没有太大的感觉，而且，她不喜欢司空离看她的眼神。现在，她只需要安静地坐在这里等着新郎来掀盖头就成了吧？

忽而，隔着几重红纱传来门扉的吱呀声，绝姒以为是司空离，谁知进入喜房的并不是她的夫君，而是——独孤翊。

绝姒抬眸，瞧见穿着一身藏蓝袍子的独孤翊。明亮的灯光下，他湛蓝的眸看起来璀璨得不可思议。她有些微讶，没料到独孤翊竟敢如此明目张胆地在太子之前进入喜房。

绝姒还未开口，独孤翊走了上来，看了眼绝姒怀里的那个玉枕，以及绝姒脸上的惊讶、担忧，“放心，不会有人进来，司空离短时间内也摆脱不了那么多应酬。”

“你对她们做了什么？”绝姒蹙眉，终于知道为何屋内没有一个侍女了。

“没什么，只是让她们多睡一会儿而已。”独孤翊的眸在光下闪烁。他又朝绝姒迈去一步，高大的身躯所散发出的强势气息逼得绝姒不得不垂下眸。

“哥，你还是先出去吧，被发现了不好。”绝姒不自在地避开他的视线，有种不祥的预感。

独孤翊从她的怀里拿走了玉枕，挑眉道：“这也是你的嫁妆？真是个精致的玉枕，期待你与太子能同床共枕？”

独孤翊的语气让绝姒的不安在心底扩散开来。她抬眸，望着独孤翊，将玉枕拿回，放在床上，“有什么事就直说吧。”

果不其然，独孤翊沉默半晌，从怀里掏出一包药粉塞进绝姒的手中，刚毅的唇角勾起一抹笑，“你早就料到我有事找你？”

“不然呢？还有什么理由能说服我自己去相信，你只是为我好，想让我有个好归宿？更何况，在你眼里，我曾经背叛过你。”绝姒静静地望着独孤翊，眼底没有挣扎，没有懊悔，甚至没有埋怨，平静得如一汪没有涟漪的湖水。

独孤翊静静地看着绝姒那张没有任何怨恨的脸，突然有那么一丝罪恶感涌上心头，然而，想起太子之位，他很快地将那仅有一点罪恶感压入心底。

“不用急，我会给你一个月的期限。在这一个月中，你想要在哪一天将药放入他的酒中都行，我不逼你。”独孤翊看着绝姒的眼睛，慢慢说着。

“然后我就会被扣上两个名号，‘新寡’跟‘罪犯’。”绝姒勾唇浅笑，望着独孤翊充满贵气和威严的浓眉，语气并未因独孤翊看似好意的一个月期限而缓和，甚至有些讽刺，“这一箭双雕的计划，是从什么时候开始的？”

独孤翊被绝姒明亮的眼睛看得一阵心虚，他微微后退，勾唇掩盖自己些微的心慌，“我只要知道你答应我就好。”

“你知道，我不会拒绝你。”绝姒转身背对独孤翊，淡淡地下了逐客令，“你走吧，我会照你所说的做。”

“希望你这次不要再让我失望。”独孤翊深深地望了她一眼，转身离开。

第四十章

执手情一诺

从绝姒与司空离的婚礼回来后，绝舞就一直昏昏沉沉。直到天色微暗，溪孟安才哄着她慢慢入睡。

轻轻地掩上门，溪孟安眼眸里幽光流转着，望向门边的尹昭，“我刚才请大夫为她把了脉，她的确中了毒。”

尹昭顿了片刻，“主子认为是……凝魂露？”

“你以为还有什么能让人产生幻觉？”溪孟安如星般灿烂的眸望着尹昭，“因为曾经那些回忆都是深深印在脑子中的，虽然她不记得，但一旦有什么东西能将那些画面引出来，就另当别论了。”

“主子认为是莹？”

“不然呢？莹一直不喜欢舞儿，更是处处针对舞儿，她不是说过绝不会放任舞儿嫁给我吗？”溪孟安叹了口气，“我无法说服自己不去怀疑她，毕竟，她是有动机的。”

“如果真是莹呢？主子准备怎么做？”尹昭想起昨天下午经过厨房时，不经意瞥到的那抹黑影，心底有些不安。难道莹是在那个时候，在绝舞姑娘的饭中放了凝魂露，才导致绝舞傍晚时发烧并出现幻觉？

溪孟安没有回答尹昭，只是转身离开，“去帮我查清是不是莹。”

“是……”

溪孟安敏感地觉察尹昭短暂的停顿，他止住脚步，回眸望着垂首的尹昭，又走了过去，“刚才的迟疑你怎么解释？”

“呃？”尹昭不自觉地抬手摸了摸耳后，“属下没有迟疑。”

溪孟安看到尹昭的动作，浅浅扬起嘴角，“知不知道你刚才的动作，是一个人心虚时最易做的一个动作？”

尹昭蓦地放下胳膊，垂首一字一字地道：“属下没有心虚。”

“那你的嘴巴紧紧地抿起来是什么意思？”溪孟安盯着尹昭的面部表情，“在因为我看出你的心思而不安？”

“主子！”尹昭微愕地抬眸，望着双眸含笑的溪孟安，眼神中有着挣扎，而后，他缓缓垂眸，轻声道：“属下昨天下午看到莹进过厨房。”

尹昭说完，见溪孟安没有任何反应，他抬眸，看到溪孟安竟已经转身朝莲花池的水榭中央走去。

夜幕愈来愈暗，繁星点点在空中闪烁，清澄的池中，朗月盈盈，正是赏月、赏莲的好时机。凉风在池上萦绕盘旋，偶尔送来几缕清淡的莲花香气。

尹昭垂首跟在溪孟安身后，缓缓地从鹅卵石铺成的小桥上步入水榭，看着溪孟安在软榻上和衣而卧，他有些不明所以。

溪孟安闲适地躺在软榻上，合上了眼，似是已经睡了过去。

过了良久良久，就在尹昭正欲转身离去时，溪孟安终于睁眸启唇，“把莹给我找来，就现在，我在这儿等她。”

“主子……”尹昭有些迟疑，毕竟莹从小就跟着主子，他也并不愿意因为绝舞让莹跟主子闹僵。

“不要再为她求情，她犯的错，我无法原谅。”溪孟安闭上眼，表示他不愿听过多的话。而后，他从袖口里取出一张字条递给尹昭，“去迦隐找这个人，这个人会帮你拿到解药。”

“凝魂露的解药？”尹昭说着将纸展开，顿时怔住，“主子，这个人？！就是迦隐的那个眼线？这个人可信吗？！”毕竟那人在迦隐地位这么高，又曾经对圣忆风那么忠心，他很难不怀疑。

溪孟安望着满池的莲花，眼神忽而变得幽远而惆怅，“她，是我信得过的人。”

尹昭很少见到溪孟安露出如此的表情，这种只有在回忆过往时才会出现的眼神让尹昭隐约间似乎明白了一些什么，“是，属下会赶在天亮之前拿到解药。”明日就是主子与绝舞姑娘的成亲之日，希望不要再出什么差错。

“你来了。”首次，溪孟安在莹开口之前，打破了两人之间的沉默氛围。

“主子。”莹有些微讶，毕竟，每次汇报任务，若是遇到主子浅息，她都静静地在一旁等到主子醒来，而后主动开口。而这次，竟是主子首先开口，突然的转变让她有些不安。

听到莹的称呼，溪孟安微微颔首，撑起身，一头乌发如流泉般滑了下来，露出洁白如玉的颈项，分外动人。

莹的心跳动了一下，而后尴尬地避开视线。

“从我将你带回来，已经十五年了，时间过得真快……”溪孟安没有看莹，而是看着满池的莲花，浅浅的叹息中夹杂着对往事的回忆。

莹不由得稍微愣了愣。这句话如石子般砸在她的心湖，涟漪愈来愈大，愈来愈大，大到她都快要无法控制了。

然后，慢慢地，溪孟安转首抬眸，看着莹的眼睛，“也该到我们分离的时间了。”他慢慢地说着，语气前所未有的温柔，柔得如山涧轻缓流动的水波，眼睛也蒙眬万分。

但是，他的话听在莹的耳里，却如晴天霹雳般让莹险些站不住脚。她看着他潋滟的眸，呆愣了片刻，才慢慢地回过神，意识到他方才说了什么。

“主、主子……”莹愣愣地站在那里，仿佛整个人被人抛进荆棘之中，浑身火辣辣地刺痛。

“没听明白？”溪孟安浅笑，抬手撩开莹的袖口，露出莹手腕上那只银色的镯子。

莹垂眸，倏地一惊，退后一步，却发觉溪孟安的手紧紧地拽住她，她根本无法动分毫。

“主子……”

手指轻动，一声清脆的扣声响起，那只银镯自莹的手腕上滑下，落入溪孟安的手中，“既然离开，这个镯子我就收回来了。”

袖袍晃动，素白的手握住银镯。莹望着溪孟安的手，看着那只自己唯一珍视的东西转瞬消失，眼泪忽而涌出眼眶，急速地从脸颊上滑下。

“被夺去珍惜的东西，你也会难过？”溪孟安从软榻上下来，直直地站起身，眼神如细细密密的网铺天盖地地朝莹罩去，“当你对舞儿下凝魂露的时候，有没有想过，如果我失去最珍惜的东西，也会难过？！”

“主子！”莹一惊，退后一步，睁大眼睛望着溪孟安，“属下没有对她下毒！”

溪孟安直直望进莹噙满泪水的大眼，失望地摇摇头，“你实在是变了太多，现在的你，已经没有任何资格留在我身边。”

“主子！”自小以来，莹首次做了越界的动作，她上前抓住溪孟安的袖口，“属下真的没有对她下毒，主子要相信我！”

“尹昭亲眼看到你昨日下午进过厨房，傍晚的时候舞儿就开始发烧、出现幻觉，这，你怎么解释？”溪孟安垂眸，将莹紧紧攥在他袖口上的手一指一指地掰开，“即使这件事我冤枉了你，之前你将舞儿推入水中，总是真的；你亲口告诉舞儿，会阻止她嫁给我，也是真的。”

待最后一根指离开雪白的袖口，溪孟安低沉的声音钻入莹的耳朵，“背叛者的下场，你是见过的。念在你跟了我这么多年、立过不少功的分上，我不再追究这件事。从今以后，在我眼前永远消失。”

莹垂眸，慢慢地朝后退去，低喃道：“若是再碰到了呢？”

溪孟安秋水般的眼睛朝莹扫去，“那我只能杀了你……”

闻言，莹倏地抬眸，眼睛里充满了复杂的情绪，许久过后，才缓缓地归于平静。她的唇角勾出一抹若隐若现的弧度，如在夜风中消散的花香，不留一丝痕迹，而后转身飞离水榭。

溪孟安站在绝舞身后，看着眼前忙碌成一团的情景、被围绕在众人中间装扮的人儿和那双无辜地眨巴的眼睛，有些心疼，“如果不舒服可以告诉我，我们可以延期。”

“不要。”她噘唇，从镜子中望着身后的溪孟安，“人家要今天嫁给安安。”

听闻她稚气的话，周围几个忙碌的侍女不禁掩唇轻笑。而这句话，也成功地让溪孟安定下心来。

“新郎快出去吧，以后有的是时间黏在一起。”一道低沉调笑的声音从门外传了进来。溪孟安侧首，看到刚刚大婚的司空离。

“走吧，你要准备穿喜袍了。”

溪孟安绽开一抹笑，朝外走去。

绝舞坐在镜前，望着镜中美丽的自己，有些不敢相信自己的眼睛。她伸手摸摸身上的喜袍。她的喜袍是溪孟安拜托司空离让皇宫内的绣房女官亲自裁剪的，大红的绸缎为底，金色的刺绣作边，举手投足间，绸缎抖动起来，犹如流动的水般光滑鲜艳，而金色的刺绣好像是云霓被阳光穿过时为它镶嵌的金边。

“很美的衣服。”她娇软的嗓音慢慢地说着，然而，她的眼神慢慢黯了下来，她真希望，第一次穿喜袍是为师父而穿，而不是为一个自己讨厌的人。

沉重的凤冠压上她的小脑袋，她有些木然地将手搭到一只伸来的手上，在侍女的簇拥及欢闹的愉悦声中踏出房门。

她是一个连花轿都不用上的新娘，舞儿这样想着，不禁觉得有些好笑。她拖着长而沉重的裙摆在回廊上朝大厅走去。

风儿轻轻地吹着，拂起她喜帕的一角。她抬眸，不经意地一瞥，看到园中隐没在繁茂的树丛中一个若隐若现的身影，心扑通跳了一下，没注意脚下的台阶，喜袍下的脚丫踩空，身子顷刻间朝下栽去。

她忍不住闭上眼睛，等着接触地面的那一瞬间。然而，只觉一阵风刮过，在撩起喜帕的瞬间，她落入了一个温暖的怀抱。

周围惊讶的倒吸气声响起，然而众人还来不及喊出声，倏地，一阵托盘噼里啪啦落地的声音传来。

闻到熟悉的香味，她一把扯掉头顶上碍事的喜帕，看到唇角紧紧抿成一条线的圣忆风，以及周围已经躺在地上的几位侍女，不由得愣了愣。

"师父，会被发现的！"她急忙伸手就要从他怀里挣脱出来，却发觉脚下一堆裙摆堆在那里，挡住了她的去路。

他重新将她揽回怀里，俯下身，将她拦腰抱起。她惊呼一声，慌张地环上他的脖颈，手指不经意地掠过他的唇，发觉那里冰凉一片。

他似笑非笑的眼睛望着她，"那就让他们发现好了。"说完，她发觉自己竟被他抱着朝相反的方向走去。

"那是我刚才出来的房间。"

他幽幽地笑着，"我知道。"

"她们都躺在那里，会被溪孟安的人发现的！"她说着回头，竟发觉刚才躺在回廊上的人都已经不见踪迹，而后，从远处的拱门处走进来另一批侍女，端正地站在拱门处，不再前进，"师父带了迦隐的人来？"

"嗯。"

她的脑袋趴在他的肩头，看着自己长长的裙摆一直从他的怀里落到地面，在两人身后拖出长长的痕迹，粉颊上漾开两朵笑涡，紧紧地环着他白如玉的颈项。倏地，她似是想起了什么，急忙道："不行，师父，你放我下来。溪孟安如果突然来这里会发现的，那我的计划不就全完了？"

他抱着她，空出一只手推开门，将她的声音淹没在屋里。

"这个时候，新郎是不准来看新娘的。"他将她放在桌上，狭长的凤眸眯起，在说这句话时，语气里有着隐忍的淡淡怒气。

他望着她经过妆点的面孔，不自觉地抬手覆上她红艳的菱唇，浅声低吟："丫头，你今天很美。"

听到他带着魅惑音调的婉转低吟，她害羞地垂眸，双手有些紧张地放在腿上绞动着，一边强迫自己此时不要掉进他的陷阱，一边拉长耳朵听着门外的动静，生怕溪孟安的人进来。

“你走神了。”他看着她微微颤抖的睫毛，微微俯首，鼻尖碰触她粉嫩的脸颊，感受着她散发出的体香。今日的她，在原本甜美的味道中多了一抹能撩拨人心弦的神秘力量。

“呃……”感受到右颊上他鼻尖冰凉的触感，她不着痕迹地侧首，避开萦绕在她鼻端的气息，“我怕溪孟安会……”她不能在这么紧要的关头引起溪孟安的任何怀疑，她不能让溪孟安好不容易对她建立起的信任付之东流。

他蓦地攥紧她的腰肢。随着一声惊呼，她整个人几乎都贴在了他的怀里。她诧异地抬眸，意外地撞进他深幽的眼瞳，“师父？”她说错什么了吗？

他的指触上她的红唇，神情淡淡的，看不出任何情绪，“最近，我是不是从这里听到过太多的‘溪孟安’？”

“师父？”

“为什么避开我？还是说，几日不见，你已经喜欢上了另一种气息？”他的手下滑，在她失神的瞬间就解开了花费了很多工夫才系上的结，而后将手伸了进去，用掌心感受她玲珑有致的身躯。

“师父！”她觉察他在做什么，猛地一颤，还没意识到自己做了什么的时候，双手已经伸出，啪的一声将他推了出去。

他微怔，垂眸看着卷在他手腕上的红绸，抬眸望着同样怔住的她，“你刚才，那是在拒绝吗？”

他眸底幽光流转，上前一步，紫袍在脚下划出水一样的流波，重新立于她面前，而她的鼻尖恰好碰上他的下颌。

“怎么，这次不躲开？”

“刚、刚才不是故意的……”她不知该如何解释，刚才她只是不想让事情发展到一发不可收拾的地步。这里是追忆园，不是尘家庄，也不是迦隐，万一溪孟安的人就这样闯了进来，她要怎么办？

“难道，这就是所谓的‘日久生情’？”他的声音宛如夜间清冷的弦月，散发出幽幽的韵味，又似琴弦泻出的低沉音色，带着一丝慵懒的倦意。

她猝然一惊，打了个寒战，“师父怎么会这么想？你再这样说，我生气了！”

他的神色并未因这句话好转，而是更加幽深地望着她。她伸出手，在他宽大的袖袍中摸索他的手。指尖刚一碰触，冰凉的触感就从指尖流窜而上，整个手臂一阵冰寒。

“我只是不想让自己的计划全盘皆输，已经走到这一步了，我不想出任何意外！师父总是想做什么就做什么，为什么就不想想我的心情、我的担忧呢？”他的猜疑，让她有些委屈。加上前两日为了逼走莹，她故意在自己的饭中下了凝魂露，虽然昨天夜里吃了解药，可是今天脑袋还是有些不舒服，混混沌沌的。所以，语气不自觉地冲了很多。

“那你有想过我的心情、我的感受吗？”他幽幽地望着她，俊美的容颜好似由晶莹冰雪砌就的艺术品，“本来，我出现在追忆园的那夜就可以将你带走，就是因为看到你眼中对这次计划的希冀才将你留了下来，任你在他身边停留了这么多日子。你以为当我走进追忆园，看着满园火红，看着你为溪孟安穿嫁衣，心里会好受吗？你们两个天天相依，片刻不离，你以为这些我都不知道吗？换作是你，你怎么想？”

她咬唇，生着闷气，不愿回答他的问题。

他黯着眸子，即使知道自己生的气有些幼稚，还是无法不在意她与溪孟安有任何接触。他深深地望着她生气的娇颜，悠悠转身，打开门，走了出去。

忽而，他停住脚步，紫袍在清风中微微飘拂，似是山涧飞溅的清泉，又似黑夜里的一抹月光。沉吟良久，他才开口，“你放心去进行你的计划，无论你是在拜堂时，还是在洞房时，甚至是在洞房后下手，我都不会再介入。”

她倔强地没有抬头看他，只是将视线定在桌上的几支毛笔上。待他的背影消失后，她倏地从桌上跳下来，整理好方才被他解开的衣袍，自己盖上喜帕，提起裙角朝外慢慢地走去。

满园、满室的花红如海，平日里总是穿白袍的溪孟安身披喜袍，站在大厅的门前望着远处被几个侍女簇拥而来的人儿。一个侍女笑意盈盈地将手中的红带分别送到溪孟安与绝舞手中，说着：“吉时已到，请新人准备拜堂。”

绝舞的小手从红袖中露出，握住了红带的一头，在侍女的搀扶下，跨过高高的门槛，走进殿中。

周围的宾客都屏住了呼吸，看着这一对奇异的拜堂新人，露出疑惑的表情。在场的众人多是武林中人，也多是在断情崖比武那日在场的人，都知道这个跟溪孟安成亲的姑娘是当时因圣忆风的死而悲痛欲绝的姑娘，因此，都满腹狐疑地看着这场婚礼。

尹昭站在人群中，望着两人，满意地点了点头。

绝舞并没有乖乖地拉住红带，她的小手沿着红带一点点地往溪孟安那里凑，终于，红带一点点地消失在她的小手里，都被她藏入了袖口，她也成功地摸到溪孟安略显冰凉的手。

感觉到头顶传来轻轻的笑声。

“安安。”她用好小好小的声音轻轻地唤了一声，“我怕。”

周围立即传来侍女们的嬉笑声。

溪孟安俯首轻轻拍着她，在她耳边安慰着，“一会儿拜完堂就好了，没什么好怕的。”

“安安，我不要拉着红带，拉着你的手，好不好？”她悄悄地趴在他的耳边说着，小手几乎要撩起头顶上的红帕。

一旁的喜娘急忙跑过来，按住她的手，“小乖乖，这会儿是不能掀盖头的！一会儿到了洞房，才可以掀！”

说完，哄堂大笑。

“安安，我是不是做错什么了？大家笑什么？”她担心地扬起头，隔着红盖头望着溪孟安。

溪孟安也忍不住笑出声来，“没有，大家笑你可爱。”说完，他握紧了塞入他手中的小手，朝前走了几步，准备拜堂，“我们先拜堂。”

“好。”她乖乖地跟过去，站在他身边，而后听到他似乎在她耳边轻轻地说了四个字，她怔住。

随着大家的嬉闹声，一道“一拜天地——”的拉长音调响起。两人正准备拜堂，溪孟安的身体突然僵住，另一手急忙抚上胸口，想要压下胸口突然袭来的绞痛。

一旁的尹昭发觉溪孟安的异样，正欲上前，被溪孟安抬手阻止。

溪孟安垂眸，望着紧握在自己手中的那只小手，轻轻道了句：“我一定会娶到你。”

说着，他收紧手，正欲弯身拜堂，绝舞倏地从他的手里挣脱出来。在众人不解的目光下，她蓦地扯下头顶的红帕，露出一张娇艳的脸颊。红润的唇瓣嫣然一笑，盈盈水眸中已然没有之前的天真。

她敛起喜袍，在众人惊讶的倒吸气声中退后几步。

喜娘急忙跑上前，试图打破尴尬的气氛，“小乖乖，这帕子现在是不能拿下来的。”

“又不成亲，盖着那碍眼的东西做什么？”绝舞冲喜娘眨眨眼，问得无辜，却吓得旁边的喜娘险些昏过去。

溪孟安的脸色变得惨白。

一旁的尹昭先沉不住气地低沉质问：“舞儿姑娘，你这是做什么？”话落，身边的溪孟安突然一阵踉跄，及时被尹昭接住，才没落地。

“不做什么，只是报仇而已。”她瞅着溪孟安在喜袍下越发苍白的脸，胜利的滋味让她乐得飘飘然。

她的语音清脆，如银铃，格外悦耳，完全没了往日的痴傻，却让大厅中欢闹喜悦的气氛顿时凝结。

溪孟安缓缓抬眸，逐渐变得青紫的唇有些颤抖，“什么时候恢复记忆的？”

她甜甜一笑，甩甩手里被她扯下拿在手中把玩的红盖头，“没想到你也不聪明嘛。哪有什么恢复不恢复的？从一开始我就没失忆过啊。”

“你！”尹昭怒气上涌，就要上前，却被溪孟安拽住，“亏我还处处为你说话，没想到你居然骗了我们！”

被指责的人丝毫不见恼怒，笑得眉眼弯弯，看着宾客们窃窃私语，对溪孟安投去的眼神中，有惋惜、有同情、有蔑视，她的心情愉快到了极点，“当初是谁故意骗取我的同情，潜入尘家庄跟我姐妹相称，最后背叛了我？又是谁故意装作残疾博取我的同情，害我与师父多次不合，最后还将我师父打下了山崖？究竟是谁欺骗了谁？”她倏地敛起笑容，眼眸如利箭般射向溪孟安，“就算我骗了你们，那也是你们罪有应得。”

在她说这些话的时候，溪孟安一直闭着眼，直到她的话音落下，他才缓缓地睁开眸，身体凭借尹昭扶着才能勉强站住。

屋内一片死寂。风吹进屋内，卷起满屋的红绸，如翩翩起舞的蝶。火焰如红莲，美丽却又危险，不断地燃烧，即使知道投身于此会化为飞灰，还是无法割舍这残酷的美丽。

溪孟安幽幽地望着几步之外的绝舞，看到那双瞳眸中深深的厌恶，他似乎听到了心底某样东西正在彻彻底底地破碎。

他看进她的眼底，就像静静地等待着死亡，“所以，一开始，你就没有失忆……你对我说过的那些话都是假的？”

他的声音幽幽荡荡地飘散在大厅中，虚弱得如垂死挣扎的蝶。愕然、痛苦、绝望，所有的情绪都融汇进他无力的质问。

手指微动，他发觉自己竟无法提起一分的力气，“什么时候下的毒？”

“刚刚你握着我的手时，毒药从肌肤渗入。我之前服用过解药，所以不会有事。”她眨巴眨巴眼睛，似是在告诉他：放心，我不会有事的，有事的只会是你。

溪孟安唇角勾起一抹浅笑，低声道：“我就知道，总有一天，我会败在你手中……只是没想到，会这么快……”

她嘻嘻一笑，“看来你要感谢我提早帮你实现愿望！”

“你！”尹昭作势又要冲出去，再一次被气虚的溪孟安阻止住，只得冷着眸，“解药拿出来！”

“我在追忆园窝了这么多天，”她指指靠在尹昭怀里脸色全然惨白的溪孟安，“天天跟他黏在一起，就是为了能让他死在江湖众人面前，怎么可能给你解药？”

就在这个时候，从尹昭的手里突然飞出来一颗银珠。银珠入眼，绝舞动作奇快，挥起红袖去挡。红袖翻转间，银珠被卷入袖中，又在下一刻飞射而出，直直地嵌入一旁的桌子。

“你，当真这么恨我……”

她一双娇媚的眼弯成一条线，“师父掉下去的时候，我几乎恨不得将你碎尸万段。你要理解我，忍了这么久，真的是一件很不容易的事情。你想想，天天看着一个你恨不得杀了的人，还要装作你很喜欢他，是不是很痛苦？”说完，她还正儿八经地望了望。看到周围有人应和地点头，她开心地漾出一抹甜甜的笑，“看吧，大家都这么认为呢。”

溪孟安重重地闭上眼，而后又睁开，推开扶住他的尹昭，用极缓慢的步伐朝她走去，眼神纠缠住她明亮的大眼，“从来没有为我心动过吗？哪怕一点都没有吗？”

他的眼中没有断情崖上那日的冷厉，也没有近几日的柔情，有的只是垂死的一抹挣扎与希冀。她静静地望着他，看着他的脸色完全苍白，唇上的紫色愈来愈重，慢慢地说道：“从来没有过。”

他知道自己的眼神开始涣散，甚至无法在眼底映出完整、清晰的她，但他发觉，心底竟异常平静，没有曾经对权力及地位的欲望，也几乎没有了对圣忆风的恨意。

曾经所有的爱恨纠缠，在濒临死亡的这一刻，显得渺小了很多……很多的不甘在涣散的视线中，开始变得明朗起来。

身体变得愈来愈轻，就在他几乎要撑不住、身体倒落的那一瞬间，一抹淡黄色的身影从厅外飘进来，接住了即将落地的他。

他来不及睁眼，就听到绝舞震惊的声音，“兰阁主！”

浅幽寒对绝舞轻轻颔首，而后面无表情地抱着溪孟安，将他安放在自己的怀里，神情复杂，张了张口，似是要说什么，最后却什么也没说出。

溪孟安似是了解地拍拍浅幽寒的手，虚弱地微微睁开眼睛，看着绝舞，“莹的事，都是你计划好的？”

绝舞压下心底对浅幽寒行为的诧异，望着溪孟安，“她没有推我下水，是我自己掉下去的；她也没有对我下毒，尹昭在厨房看到的那抹黑影是我，毒是我自己下的。”

溪孟安忽然笑了起来，“这是报应……我伤了她，你伤了我……”

鲜血从溪孟安的十指中渗了出来，染红了他苍白如雪的肌肤，渗入他红艳的喜袍，“既然他没死……我是不是，就不用感到抱歉……”溪孟安的手指挣扎着紧紧抓住浅幽寒，咳嗽两声，鲜血从他的唇角流溢出来，“对不起……从小，没能照顾你……找到了你，又没有了机会……对不起……”

绝舞愕然地望着两人，竟然在浅幽寒的眼中看到了一抹闪动的泪花。

一股熟悉的清淡香味飘入死寂的大厅，众人的视线不自觉地朝大厅的门前转去，而后，看到他们以为已经死去的圣忆风飘飘然地、轻缓地迈过门槛，震惊得睁大了眼睛，忘记了发出声音。

绝舞抬眸看到圣忆风，想起之前两人不愉快的对话，有些气闷地望着他，叫了一声："师父。"

听到"师父"这两个字，众人的思绪才被拉了回来。一些谄媚的人士立即迎了上去，恭贺圣忆风回归。

他敷衍地轻笑，越过众人来到她身旁，而后望向地上的溪孟安与浅幽寒，凤眸中尽是惋惜，"他们是……亲兄妹。"

"啊？！"

圣忆风将她揽进怀里，轻叹了一声，对跟着进来的高轩叶道："轩叶，去看看。"

高轩叶倾身，在已经僵硬的浅幽寒怀里拉出溪孟安的手腕，而后探探他的鼻息，深深地看了一眼浅幽寒，拍拍她的肩，起身对圣忆风道："已经断气了。"

浅幽寒的手臂轻轻地颤抖，眼如一潭死水，她甚至没有看高轩叶与圣忆风。尹昭红了眼眶，俯身想要抱起溪孟安，却被浅幽寒一掌打了出去。

"属下先告退了。"冰冷的声音带着失魂的音调飘出，浅幽寒抱起溪孟安单薄的身躯，在众人纷纷让开的道路中，朝外走去。尹昭急忙跟了上去。而后，三人一点点地消失在温暖的阳光之中。

"他死了……"绝舞望着两人的背影，垂眸看着手中的红带，突然间觉得生命是如此短暂与脆弱，刚刚还对她温柔含笑的人，就因为一个不经意，被下毒而身亡。

她打了个冷战，有些仓皇地摸进他的袖口，紧紧抓住他的手，抬起脸望着他，"师父，我们以后不要吵架了，好不好……"

他垂眸，唇边含笑，看起来分外温柔，让在场的众人几乎看痴了。

日光笼罩在他俊美的脸上，别有一种朦胧圣洁的美丽。他望着她，眼光深邃，俯首轻轻吻了吻她光洁的额头，"对不起，今天是我不对……"

在众人面前这轻轻一吻，让她的脸蓦地全部涨红。她埋下脑袋，伸出小指勾住他的小指，"那我们拉钩，一百年不许变！"

一个月后，北城迦隐。

"属下可以说'不'字吗？"高轩叶垂首站在圣忆风身边，两道浓眉紧紧地蹙在了一起，仿佛面临着莫大的难题。

轻呷一口极品碧螺春，榻上的圣忆风微微一笑，如百花绽放，俊美的容颜上是满满的幸福，凤眸扬起，扫了一眼一旁的高轩叶，“估计不行。”

“迦隐没有少主，估计很难……”

圣忆风没有给他过多推辞的机会，用轻轻的、淡淡的声音打断了他，“我不在的那段时间，你的能力大家有目共睹，我相信你有能力胜任。”

手指微微颤抖，高轩叶无言以对。

“明日我与丫头会离开迦隐，如果没有特别重要的事情，不要打扰我们。”提及绝舞，圣忆风的眼中都是温柔。他看到门外飞奔而来的人儿，优美的薄唇勾起。

“师父、师父，你前段时间答应过我，带我游山玩水。我们什么时候去？！”她如翩翩飞舞的蝶，绯衣翻飞着扑了进来，准确地将自己摔进他的怀里。

高轩叶的额头上已经青筋隐隐，听到“游玩”二字，更是气闷。不明白为何有人能够无所牵挂地游山玩水，有人就必须埋头苦干！

“明天。”

“那可以叫姐姐一起吗？！”全家一起，才开心啊。

“她现在是太子妃，你以为她跟你一样想去哪儿就去哪儿？”

她坐起身，“那我们明天去看看姐姐吧，姐姐说要感谢你的。若不是你，她恐怕要在地牢里等死了。”

可恶的独孤翊居然逼姐姐去给刚成亲的相公下毒！还好最后姐姐及时收手，没有酿下大错，但还是被司空离发现企图，大怒之下，他将姐姐关入地牢。还好，师父找足了证据，将独孤翊做的所有罪证都拿出来摆在司空离面前，加上司空离确实对姐姐有情，最后原谅了姐姐。所以，现在，在大牢中的人，是那个她最讨厌的独孤翊！

“好。”

他起身，顺手抄起一旁的两件雪白裘袍，自己披上一件，将另一件裹在她身上，牵起她软嫩的小手，朝屋外纷飞的雪地中走去，“丫头，我们去堆雪人。”

“好啊！”她俏皮地冲一脸阴霾的高轩叶挥手告别，朝屋外走去。

“少主，幽寒的事……”

“你看着办吧……”

一高一矮的身影，手牵着手，缓缓消失在纷飞大雪之中，与雪白的天地融为一体，直到眼前一片白茫茫，两人无影无踪，依旧能听到天地间传来的银铃笑声，宛如山间流泉在轻轻地回荡，谱写着人间最美的爱的乐章。